Susurros al atardecer

BARBARA DELINSKY

Susurros al atardecer

Traducción de
Alicia del Fresno Galván

PLAZA JANÉS

Delinsky, Barbara
   Susurros al atardecer - 1ª ed. - Buenos Aires : Plaza & Janés, 2006.
   464 p. ; 23x16 cm. (Narrativa femenina)

   Traducido por: Alicia del Fresno Galván

   ISBN 950-644-087-5

   1. Narrativa Estadounidense. I. Fresno Galván, Alicia del, trad. II. Título
   CDD 813

Primera edición en la Argentina bajo este sello: septiembre de 2006

Título original: *Twilight Whispers*

© 1987, Barbara Delinsky
   Publicado por acuerdo con Warner Books, Inc., Nueva York (Estados Unidos)

Todos los derechos reservados.

© 2006, de la presente edición para España y América Latina:
   Random House Mondadori, S.A.
© 2006, Alicia del Fresno Galván, por la traducción
© 2006, Editorial Sudamericana S.A.®
   Humberto I 531, Buenos Aires, Argentina
Publicado por Editorial Sudamericana S.A.® bajo el sello Plaza & Janés
con acuerdo de Random House Mondadori

Impreso en la Argentina
ISBN 10: 950-644-087-5
ISBN 13: 978-950-644-087-9
Queda hecho el depósito que previene la ley 11.723

Fotocomposición: Fotocomp/4, S.A.

www.edsudamericana.com.ar

A DHG,
asesor histórico, guía, padre…
con todo mi cariño y mi agradecimiento

1

Robert Cavanaugh sintió deslizarse por su cuello los arroyuelos de sudor que provocaba el intenso calor. Se los secó con la palma de la mano, perversamente satisfecho al reparar en que no era el único que sufría las inclemencias del tórrido día. Los miembros de la prensa congregados a su alrededor tenían tanto calor como él. Las espaldas de las camisas estaban mojadas. Los cámaras bajaban sus equipos de vez en cuando para secarse los ojos y las mejillas con las manos. Más de un reportero se abanicaba con su libreta. Sin embargo, no se trataba de ninguna rueda de prensa, ni los cuerpos de los presentes se apretujaban, sofocados por el calor de los focos de las cámaras de televisión.

Se trataba de un funeral que tenía lugar bajo un radiante sol de junio, una ceremonia que había despertado tanta atención pública como lo habría hecho el anuncio de un nuevo candidato a la presidencia.

Cualquier cosa que implicara a los Whyte y a los Warren era motivo de atención. Aunque quizá en otras circunstancias eso habría molestado a Cavanaugh, no era ese el caso. La aglomeración de periodistas disimulaba su presencia.

De pie entre ellos sobre una loma cubierta de hierba desde la que se dominaba la multitud de los asistentes al acto, Cavanaugh pasaba tan inadvertido como podía aspirar a serlo cualquier teniente del departamento de policía. Ayudaba el hecho de ir vestido de paisano, aunque lo cierto es que hacía años que no se ponía un uniforme. Además, tenía la sensación de que hacía una eternidad que no sentía esa clase de energía, como si todo lo que había ocurrido a lo largo de su carrera hasta el momento hubiera sido una simple preparación para la investigación que estaba a punto de iniciar.

La venganza era una poderosa razón. Fea, cierto, pero dulce, oh sí, muy dulce cuando se pensaba en ella, sensación que iba en aumento desde el decisivo instante en que, treinta y seis horas antes, John Ryan, superintendente suplente y jefe de detectives del departamento, le había llamado a su despacho.

—¡Cavanaugh!

Cavanaugh estaba escribiendo un informe sobre un sospechoso de violación y de asesinato que había capturado el día anterior. En cuanto oyó gritar su nombre desde la otra punta de la sala de brigada, sacó de un tirón el informe de la máquina de escribir, lo metió en una carpeta y se dirigió al despacho de Ryan.

—Cierra la puerta —ordenó Ryan en un tono que, para desgracia de su subordinado, últimamente denotaba mayor brusquedad que de costumbre.

Después de cerrar la puerta, Cavanaugh se apoyó en un archivador mientras miraba cómo su superior movía su voluminoso cuerpo para introducirlo en la desgastada silla tras el escritorio. La silla soltó un gemido cuando Ryan la inclinó hacia atrás.

—Hace un rato he recibido una llamada —empezó. Su voz sonó aguda, como si saliera estrangulada desde su poderoso pecho—. Se han encontrado dos cuerpos en un barco junto al muelle Lewis: Mark Whyte y su esposa, Deborah Warren.

Una repentina descarga de adrenalina llevó a Cavanaugh a tensar la espalda.

Satisfecho en cuanto reparó en que había captado por completo la atención del detective, Ryan prosiguió.

—Los primeros hombres en llegar al lugar de los hechos creyeron que se trataba de un caso de asesinato y posterior suicidio. Quiero que lleves el caso.

Cavanaugh asintió.

Ryan levantó unos dedos regordetes para rascarse la cabeza y a continuación se pasó la mano por el pelo, que llevaba muy corto y que empezaba ya a escasear.

—Investiga el caso. Podría tratarse de algo gordo. Esas familias tenían problemas. Whyte apenas se hablaba con su hijo menor y Warren y el suyo están compitiendo entre sí para ganarse apoyos políticos desde hace años. Los dos muertos estaban metidos en asuntos turbios en Los Ángeles. Eran una vergüenza para la familia. Puede que alguien haya querido quitarlos de en medio —añadió, arqueando una ceja—. Warren tiene previsto presentarse a la reelección el año que viene. Esto apesta.

Después de su muestra de análisis sucinto, Ryan levantó un montón de diez centímetros de carpetas y papeles que había entre profusión de tazas de café vacías y envoltorios de sándwiches que cubría su escritorio.

—Dedícate un poco a la lectura. Lo encontrarás interesante. Tómate tiempo. Ya sabes con quién tratamos, así que anda con cuidado. Y mantenme informado. Cavanaugh —añadió, al tiempo que le indicaba con un ademán que podía marcharse—, quiero seguir este caso de cerca y al detalle.

Cavanaugh se sintió halagado al recibir el encargo y luego entusiasmado a medida que el campo de acción iba abriéndose ante sus ojos. Al parecer, no era el único que había seguido la pista a los Whyte y a los Warren a lo largo de los años. El archivo de Ryan era más completo que el suyo. Se remontaba a más de cincuenta años y documentaba el ascenso que habían experimentado las dos familias hasta llegar a convertir los suyos en dos apellidos prominentes. Los recortes de periódico, artículos de revistas, anotaciones varias y memorandos internos evocaban hábiles movimientos empresariales, aspiraciones políticas y búsqueda del poder. Sin embargo, entre ese cúmulo de admirables testimonios asomaban los oscuros negocios, la ambición y la falta de escrúpulos que Cavanaugh había sospechado.

Durante más de cincuenta años, los Whyte y los Warren se habían abierto un hueco cada vez más amplio entre la élite del poder. Inevitablemente, se habían creado enemigos durante el proceso, aunque no iban a ser estos el centro de atención de la investigación de Cavanaugh. A Cavanaugh le seducía la idea de que la discordia que existía entre ambas familias pudiera haber llevado al deliberado silenciamiento de dos de sus miembros. Albergaba la fantasía de que, en una muestra sin precedentes de justicia poética, los Whyte y los Warren quedaran prendidos en una red mortal tejida por ellos mismos.

Ahora, viendo el funeral tal y como el público lo vería más tarde en televisión, tuvo la certeza de que cualquier superchería interna quedaría —sin duda lo estaba— perfectamente oculta. El dolor flotaba en el aire, pesado como el calor; la traición se antojaba impensable en el seno de un grupo que mostraba su pesar del modo en que lo hacían esas dos familias.

Congregados alrededor de las dos sepulturas, los miembros de ambas familias formaban un grupo en el que era imposible distinguir las fronteras sanguíneas que diferenciaban a las dos familias. Un Whyte se apoyaba en un Warren; dos Warren flanqueaban a otro Whyte. Contradiciendo el antagonismo mencionado por Ryan, ambos apellidos formaban un conjunto fuertemente unido, tal y como, superficialmente, lo habían sido durante más años de los que Cavanaugh llevaba con vida.

Quizá fuera eso parte del misterio que los envolvía. Sin embargo, era labor de Cavanaugh distinguir realidad de fantasía, separar y analizar a cada uno de los Whyte y de los Warren en busca del punto flaco que, según John Ryan, existía.

No sería fácil. Si el poder era una fortaleza, ambas familias estaban férreamente protegidas. Encontrar una grieta en la pared y colarse por ella antes de que fuera descubierta y reparada requeriría no solo tiempo, sino también perseverancia y una gran lucidez mental.

Ryan le había dado la primera de las tres premisas. Cavanaugh dispondría de todo el tiempo que necesitara para llevar a cabo una detallada investigación. En cuanto a la perseverancia y a la lucidez mental, debía confiar en las suyas propias. Durante los diecisiete años que llevaba en el departamento, se había ganado una gran reputación por sus dotes para la investigación y por su tenacidad. Había sido su propio supervisor, tarea para la cual no había escatimado severidad, y se había descubierto satisfecho con un trabajo bien hecho sin tener en cuenta el volumen de quejas que sus órdenes a veces inspiraban entre el personal situado por debajo de él.

A diferencia de otros detectives, Cavanaugh jamás buscaba estar en el candelero. Creía que John Ryan le había dado esa prestigiosa misión precisamente por esa razón. Al tiempo que ambos eran conscientes de que el éxito empujaría la carrera de Cavanaugh al escalón más alto dentro del departamento, también sabían que durante el camino no habría público que apreciara su labor. A pesar de la venganza personal que perseguía Cavanaugh (y de que no tenía forma de saber si Ryan estaba al corriente de ella), la investigación del caso Whyte-Warren se llevaría a cabo con los mismos parámetros de profesionalidad y laboriosidad con los que había acometido todas y cada una de las investigaciones que le habían sido asignadas.

Plenamente consciente de que la investigación estaba en marcha, Cavanaugh levantó la cámara que llevaba colgada del hombro y apuntó con el teleobjetivo a los apesadumbrados asistentes al funeral. Fue desplazando el objetivo de un rostro al siguiente, estudiando e identificando a los presentes. Si el calor debilitaba a gran parte de la multitud congregada, los familiares más cercanos a los fallecidos parecían impermeables a él, aparentemente protegidos como estaban bajo una bóveda de dolor. El pañuelo ocasional enjugaba una lágrima, aunque, en su mayor parte, los rostros se mostraban pálidos e inexpresivos.

Cavanaugh pulsó repetidas veces el obturador de la cámara, captando así la imagen completa, segmento tras segmento, en el rollo. De pie, en el centro del grupo, estaba la generación más veterana de los Warren y de los Whyte: Gilbert Warren, miembro desde hacía veintitrés años de la Cámara de Representantes de Estados Unidos, y su esposa, Lenore; Natalie Whyte, pegada a su esposo Jackson, presidente y decano del consejo del prestigioso Grupo Whyte, que incluía, entre otras muchas cosas, una de las compañías aéreas más importantes del país y una división de material electrónico íntimamente ligada al gobierno.

Formaban un atractivo cuarteto: esbeltos, elegantemente vestidos de negro, envidiables incluso a pesar del duelo en el que estaban sumidos.

Sus hijos no resultaban menos llamativos, aunque lo cierto es que no eran ya ningunos niños, pues sus edades oscilaban entre los treinta y los cuarenta y cuatro años. Estaba el mayor, Nicholas Whyte, apagado aunque rutilante, el heredero declarado del Grupo Whyte, y su esposa Angie, una mujer despampanante que había sido la causa de más de un corazón roto cuando había retirado a Nicholas de las listas de candidatos elegibles diez años atrás. Estaba Peter Warren, abogado al que las malas lenguas atribuían un ego descomunal, con el que pretendía hacerse con una magistratura, y su segunda esposa, Sally. Al lado de ambos estaba la reservada Laura Warren con su esposo Donald, un cirujano plástico de reconocido prestigio.

Junto a los Whyte más veteranos estaba Anne, la hija menor, y su esposo, Mark Mitchell, ambos con puestos de gran responsabilidad en el Grupo Whyte. Estaba Emily Warren, modelo convertida en actriz y vestida para la ocasión con un espectacular vestido de tubo y velo negros. Parecía debilitada por el pesar y gozaba del apoyo —apropiadamente, pensó Cavanaugh— de Jordan Whyte, héroe del fútbol convertido ahora en aguerrido empresario.

De no haber estado tan bien informado, Cavanaugh quizá hubiera sospechado que entre ambas familias existía algún vínculo de sangre. Gil Warren y Jack Whyte mostraban similares matas de pelo cano y, mientras que el perfil de los Warren resultaba más pronunciado en la nariz y la barbilla que el de los Whyte, los hombres de las dos familias se caracterizaban por una altura superior a la media, unos hombros anchos y unas mandíbulas firmes. Las mujeres presentaban rasgos más individualizados: Natalie, más morena y de líneas más suaves que Lenore, más rubia; y la descendencia femenina presentaba variedad de alturas y de tonalidades, a pesar de que cada una de ellas era tan atractiva como el resto.

Eran la gente guapa, representativos de ella, aunque quizá eso no fuera del todo cierto. Mientras los estudiaba, Cavanaugh se dio cuenta de que era la dignidad de su porte lo que creaba esa marcada sensación de parecido entre ellos. Los ricos llevaban el dolor con orgullo, pensó con desdén.

Naturalmente, esos ricos en particular sabían que estaban siendo fotografiados y filmados. De hecho, lo eran constantemente. Eran un acontecimiento noticiable, que suministraba forraje con el que los medios podían azuzar la insaciable curiosidad del más común de los mortales en sus casas. Cavanaugh era lo suficientemente cínico para darse cuenta de que, a pesar de todo el dolor implícito en las circunstancias, los Whyte y los Warren eran gente muy hábil a la hora de ponerse en la palestra.

Después de haber captado con su cámara a cada uno de los familiares próximos de los fallecidos, Cavanaugh apuntó su objetivo a otros asistentes. Reconoció a muchos de ellos; a los que no había visto en reportajes relacionados con las familias, los conocía gracias a otras fuentes. Estaban los nietos, naturalmente, agrupados entre otros parientes en un segundo plano. También reconoció a algunos de los empleados de Gil Warren y a miembros del consejo directivo de Jack Whyte. El resto de los presentes estaba compuesto por numerosos miembros prominentes de las comunidades política y empresarial, así como por representantes del mundo del espectáculo y por varios amigos de la familia.

Al tiempo que supervisaba la multitud, Cavanaugh enfocó la lente de su cámara en una cautivadora modelo con la que tanto Mark Whyte como su padre habían estado supuestamente relacionados. A continuación apuntó con su objetivo a un constructor local que contribuía de forma habitual a las campañas de Gil Warren, y que era tan falto de honradez como ellas. También sacó una foto a la secretaria personal de Gil, cuya hija de catorce años, que no estaba presente, gozaba de una más que dudosa paternidad.

Cavanaugh volvió a concentrar su atención en la primera fila de asistentes al funeral. Reparó en cuatro ligeramente separados del resto, en el extremo más alejado de los ataúdes. Los reconoció solo gracias al hecho de haber sido un voraz estudiante de las crónicas de los Whyte-Warren. Se trataba del servicio: Jonathan y Sarah McNee, que llevaban años atendiendo a los Whyte, y Cassie Morell, la leal ama de llaves de los Warren y mujer de un tremendo atractivo personal. De estatura casi diminuta, llevaba un escaso vestido negro con un chal de encaje blanco al cuello que podría haber resultado una ridiculización del uniforme que caracterizaba su posición en la casa de no haber sido porque mostraba un porte adecuadamente abatido. Llevaba el cabello rubio recogido en un pulcro moño en la nuca, mostrando unos rasgos delicados, aunque algo ajados.

Sin embargo, fue en la última de las cuatro personas en la que quedó prendida la atención de Cavanaugh: una joven que resultaba tan impresionante como cualquier Warren o Whyte aunque de un modo más suave y vulnerable. Era Katia, la hija de Cassie, que se había criado con los hijos de los Whyte y de los Warren y que a menudo había sido fotografiada con ellos. Katia era más alta que su madre y de tez clara. Tenía el pelo rubio, que llevaba por encima del hombro con un corte de lo más ingenioso, un rostro delicado y triangular y una figura esbelta. Llevaba un elegante vestido gris claro con hombreras y un cinturón a la altura de las caderas, además de medias y zapatos de tacón a juego.

Cavanaugh rebuscó en el banco de datos de su memoria y no tardó en asociarla con el mundo del arte... o quizá fuera de la publicidad, no estaba seguro del todo. Cuanto más lo pensaba, más le parecía que la segunda opción parecía encajar con su sofisticado aspecto de ejecutiva.

De todos los presentes, no le costó el menor esfuerzo aceptar que el dolor de Katia era genuino. Tenía la cabeza gacha, y el pelo le cubría elegantemente la mejilla. Su madre le rodeaba la cintura con el brazo, pero Katia tenía los suyos abrazados a su propio cuerpo, casi como si quisiera derrumbarse en un lamento fúnebre pero estuviera ejerciendo todo el control sobre sí misma para no hacerlo.

Cavanaugh le sacó varias fotos y siguió observándola mientras ella levantaba despacio la cabeza, echaba una breve mirada a los ataúdes ornados de bronce y luego miraba más allá con una expresión de dolor y confusión. Cavanaugh siguió rápidamente su mirada con la lente de la cámara y enfocó con ella a Jordan Whyte, cuyos ojos, como respondiendo a la silenciosa llamada de Katia, se encontraron con los de ella, presas de idéntico dolor.

Cavanaugh alternó su mirada entre ambos rostros. La emoción que leyó en ellos era real, aunque su causa resultara para él un absoluto misterio. ¿Por qué ellos dos? ¿A qué se debía ese prolongado intercambio visual? Era imposible que Jordan y Katia fueran simplemente amigos desde hacía tiempo y estuvieran compartiendo el dolor que los embargaba. También cabía la posibilidad de que su relación fuera más allá de lo que la prensa había apuntado. ¿Serían amantes? ¿Conspiradores? Cavanaugh sabía que Jordan, como muchos de los Whyte y de los Warren, había perdido dinero en negocios que el fallecido, su hermano Mark, había emprendido. Aunque

¿qué era un poco de dinero para alguien como Jordan Whyte, que tenía más del que podía desear? ¿Dónde estaba el móvil? ¿Por qué iba Deborah, la esposa de Mark, a ser también asesinada? ¿Y Katia? ¿Acaso una criatura aparentemente tan inocente como ella era capaz de cometer un asesinato?

El instante tocó a su fin. Katia volvió a bajar los ojos mientras Jordan volvía a clavar la mirada en los ataúdes de su hermano, un productor de cine con un éxito reciente, y a su cuñada, la soñadora de los Warren.

Cavanaugh bajó entonces la cámara y se preguntó sobre eso. Un productor de cine y una soñadora. Según el veredicto oficial, a pesar de que los informes finales de la autopsia seguían todavía pendientes, Mark había matado a Deborah antes de dispararse con la misma pistola. El arma era de su propiedad. Las únicas huellas que se habían encontrado en la pistola eran las suyas. Marido y mujer estaban solos en su yate, amarrado en el puerto de Boston en el momento de los disparos. A pesar de que había mucha gente a la que interrogar, ni los dueños de los barcos vecinos ni los residentes de los bloques cercanos habían visto ni oído nada. No había signos de allanamiento, y mucho menos de pelea.

Pero ¿un móvil? ¿Por qué un hombre que por fin había logrado cierto éxito personal iba a matar a su inocente esposa y suicidarse después?

La prensa, cogiendo al vuelo la oportunidad de especular que presentaba el caso, había sugerido de forma alterna que ambos se habían visto inmersos en una extraña secta satánica de California; o bien que, unidos desde la infancia, habían hecho un pacto para morir juntos; o que Mark Whyte consumía drogas; o que Deborah Warren Whyte se había echado un amante y que, al saberlo, su marido se había alterado hasta el punto de perder la cordura.

John Ryan había insinuado que Mark y Deborah habían estado implicados en actividades o que simplemente eran poseedores de información que podría haber destruido a otros miembros de sus respectivas familias.

Era labor de Robert Cavanaugh descubrir cuál de las teorías que se multiplicaban rápidamente era cierta.

2

Katia Morell escuchaba a medias las últimas palabras del sacerdote. Se sentía abotargada. De hecho se sentía así desde que había recibido la llamada de su madre en la que la hacía partícipe de la tragedia. Mark y Deborah… no tenía sentido. Era cierto que Mark tenía sus altibajos y que se movía a un ritmo mucho más acelerado del que la etérea Deborah hubiera preferido. Pero estaban enamorados. Parecía que siempre lo habían estado.

¡No tenía sentido!

Katia se había sentido aliviada al ver que las familias habían optado por un servicio sencillo y un entierro rápido. La prensa los seguiría como sabuesos hasta que llegaran a la isla, cosa que no le cabía la menor duda de que pretendían hacer en cuanto las ceremonias correspondientes se hubieran celebrado en la ciudad. La isla, su refugio privado frente a la costa de Maine, era el único sitio donde podrían verse libres de los codiciosos ojos del mundo.

Katia emergió de su ensimismamiento al percibir el ligero apretón de la mano de su madre en su cintura. Levantó la mirada y vio que ambas familias se retiraban ya, dirigiéndose hacia las largas limusinas negras que esperaban en el camino cercano. Buscó la cabeza de Jordan, oscura y gacha entre las demás, y sintió que una docena de dedos se cerraban sobre su corazón.

Era la primera vez que lo veía desde hacía casi un año. El tiempo no había hecho nada por apaciguar las dolorosas y confusas emociones que albergaba. Aunque deseaba desesperadamente acercarse a él, sabía que aquel no era ni el lugar ni el momento adecuados, de modo que volvió con su madre y con los McNee al coche que había alquilado en el aeropuerto al llegar a Boston de Nueva York la noche antes.

Sin esperar a que los demás emprendieran la marcha, Katia se desmarcó de la fila, adelantándose a la comitiva. Se había contratado a un servicio de catering para la gente que regresaría a Dover con el resto de la familia. Cassie y los McNee habían querido estar presentes en el cementerio, pero eran conscientes de que su supervisión era necesaria en casa de los Warren, que había sido el lugar elegido para la recepción posterior al funeral.

El aire acondicionado enfrió rápidamente el interior del coche, haciendo que sus pasajeros se sintieran tan cómodos como lo permitían las circunstancias. Katia estaba concentrada en la conducción, aunque solo fuera en un intento por aliviar su mente de la desoladora imagen de la pareja de ataúdes que acababa de ver en el cementerio. Los McNee y Cassie Morell, sin embargo, no tenían esa posibilidad de distraerse.

—Es que todavía no me lo creo —murmuró Cassie. Incluso a pesar de la confusión que la envolvía, articulaba las palabras con sumo cuidado, como había aprendido a hacerlo a lo largo de los años para que resultara imposible adivinar que su lengua materna era el francés—. Tantas cosas por las que vivir, y todo ha quedado en nada. En nada. —Se frotó las sienes con las yemas de los dedos—. ¿Por qué? ¿Por qué ha ocurrido?

En un destello de memoria, Katia oyó palabras similares de labios de su madre, pronunciadas aproximadamente diecinueve años antes, cuando Kenneth, su hermano mayor, su único hermano, había muerto en combate a miles de kilómetros de casa. Katia tenía solo once años en aquel entonces, pero jamás había olvidado el dolor y la amargura de Cassie. Ahora, más que amargura, percibió simplemente tristeza en la voz de su madre.

Sarah McNee estaba sumida en su propio aturdimiento, con la mirada perdida en el paisaje que se deslizaba al otro lado de la ventanilla del coche mientras se aferraba con fuerza a la mano de su marido.

—Mark era un niño muy nervioso —murmuró con un acento irlandés que ni en los momentos de mayor felicidad intentaba disimular, ahora más marcado de lo habitual—. Su padre nunca lo comprendió y la señora se preocupaba muchísimo por él. Era uno de esos chiquillos que le dan muchas vueltas a las cosas, con mucha energía creativa y ningún canal para expresarla. Tenía puntos de vista totalmente distintos de los de los demás. Desde un principio, la señora supo que nunca saldría adelante en el mundo de los negocios.

—Pero encontró su propio negocio —apuntó Katia con suavidad—, y lo estaba sacando adelante con éxito.

Cassie soltó un gruñido.

—Dirigiendo películas. ¿Qué clase de negocio es ese?

—Uno muy lucrativo —intervino Jonathan McNee. Un velo de sequedad cubría la cadencia de su discurso.

—Aunque inestable.

Katia dedicó a su madre una mirada cariñosa, aunque no por ello menos crítica.

—Todo en la vida es hasta cierto punto inestable. Si, Dios no lo permita, algo les ocurriera hoy a Lenore y a Gil, mañana mismo podrías quedarte sin trabajo. Si hoy mi compañía fuera absorbida por otra, también yo podría verme mañana mismo en la calle. Pero Mark estaba metido en algo bueno. Había trabajado duro por ello y por fin lo había conseguido. Esa es una de las razones por las que cuesta tanto creer que todo esto haya ocurrido.

—¿Dirigir vídeos musicales? ¿A eso le llamas tú algo bueno? —se mofó Cassie—. No quiero ni imaginar la clase de gente de la que se rodeaba.

—Mamá, Mark tenía cuarenta y tres años. Ya no era ningún niño. Sabía lo que hacía. Las películas que hacía eran buenas, y los vídeos musicales no eran más que la guinda del pastel. Sabe Dios que aparecieron en el momento oportuno. Pregúntale a Jordan. Su canal de televisión por cable está dedicado en exclusiva a mostrar vídeos como los que sacaba Mark, y se está forrando.

Sarah se inclinó hacia delante.

—Jordan convierte en oro todo lo que toca. Haga lo que haga, siempre termina forrándose.

Katia no podía negar la evidencia. Jordan había gozado de un éxito fenomenal desde el principio. Mientras que Nick había sido el hijo modélico y Mark el distraído, Jordan, el menor, había sido la agresiva oveja negra de los tres hermanos. Se había empeñado en volar con sus propias alas, evitar el Grupo Whyte y forjarse un nombre por sí mismo. Armado con la perspicacia que su padre había demostrado por los negocios, por no hablar de los arranques de mal genio que sembraban el temor por igual en socios y competencia, se había abierto camino contundentemente. A lo largo de los años, en ocasiones lo había arriesgado todo a un solo proyecto, sobreviviendo a escollos que habrían hecho huir a otros. Pero él había salido airoso de la contienda. La tenacidad era uno de sus puntos fuertes.

—Deborah estaba embarazada —dijo Cassie, y lo hizo en voz tan baja que en un primer momento Katia, que en ese momento pensaba solo en Jordan, no estaba segura de haberla oído bien.

—¿Perdón?

—Deborah estaba embarazada.

Katia contuvo el aliento.

—¡No lo sabía! —Lanzó una mirada por el espejo retrovisor y vio que los McNee estaban tan sorprendidos como ella, cosa que no le extrañó. Cassie Morell no era ninguna chismosa. Es más, jamás se había identificado del todo con los McNee. A pesar de que ocupaba un puesto comparable al de ellos y de que se veían a menudo, siempre se había mantenido un poco apartada.

—Acababan de confirmarlo —admitió Cassie—. Oí a la señora Warren decírselo al congresista el otro día. Deborah no quería que nadie lo supiera hasta que estuviera de más tiempo.

Conmocionada, Katia agarró el volante con más fuerza.

—¿Crees que existe la posibilidad de que Mark no quisiera tener ese niño?

—No lo sé.

—¿O que fuera ella la que no lo quisiera?

—No lo sé.

—¿Quizá Mark y ella discutieron?

—No lo sé. Solo oí una parte de la historia. La señora Warren estaba asustada. Después de lo que Deborah pasó con el último embarazo, es comprensible. —Desesperada por tener un hijo, Deborah se había quedado encinta cuatro años antes y había llevado el embarazo hasta el final, dando a luz a un niño muerto—. Estaban encantados. Me refiero a los Warren mayores. Tenían la impresión de que si todo iba bien, sería lo mejor para Deborah. Debía de ser duro para Deborah no tener a Mark nunca en casa con ella.

Katia podría perfectamente haber argüido que Deborah sabía muy bien dónde se metía al casarse con Mark, pero se le antojó inútil. Estaban muertos. Los dos. El hecho en sí la dejaba perpleja cada vez que volvía a ser consciente de lo ocurrido.

—Dios, pero si parece que fue ayer cuando éramos unos niños, tan despreocupados, jugando juntos… —susurró, dejando que sus palabras se apagaran al tiempo que los fragmentos del pasado destellaban en su cabeza. Sus pasajeros también guardaron silencio, perdidos en sus propias cavilaciones. Katia casi lamentó acercarse a Dover y darse cuenta de que la peor parte estaba todavía por llegar.

Había llegado la noche anterior, tarde. Deseosa de estar con su madre, de consolarla y de recibir ella también su consuelo, se había dirigido directamente a la pequeña casa situada en la parte posterior de la casa de los Warren donde había vivido cuando era pequeña. Solo había visto a los Warren y a los Whyte en el cementerio. Ahora estaría con ellos, como lo había estado durante gran parte de su vida. Era plenamente consciente de que el dolor de las dos familias no haría sino magnificar el suyo. El desconsuelo que había hecho presa en ellos convertiría el suyo en algo igualmente intenso.

Después de inspirar profundamente, Katia salió de la carretera principal por el camino privado que llevaba, a su vez, a un nuevo desvío. A varios cientos de metros a la izquierda estaba la elegante granja colonial de piedra de los Whyte. A varios cientos de metros a la derecha, hacia donde ella se dirigía ahora, estaba la magnífica casa colonial de estilo georgiano de los Warren.

Cuando era niña, Katia se preguntaba por qué dos familias que compartían tanto y que incluso habían adquirido parcelas de terreno contiguas habían elegido construir casas de estilos tan distintos. Cuando se lo había preguntado a su madre, Cassie se había limitado a responder que mujeres distintas tenían gustos distintos, comentario que no había hecho más que espolear la confusión de Katia, puesto que hasta su mente de niña veía que Jack y Gil eran quienes llevaban las riendas de sus familias.

Sin embargo, y a medida que fue haciéndose mayor, Katia comprendió que las casas habían sido premios de consolación. Jack y Gil eran sin duda quienes ejercían el poder, disfrutaban de la fama y cosechaban la gloria. Sus esposas ocupaban asientos de segunda fila y a menudo en soledad. Los hombres se habían mantenido aparte cuando se diseñaban las casas simplemente como una muestra de deferencia hacia ellas.

De ahí los estilos como reflejo de distintas personalidades. Natalie Whyte, con su elegante granja de piedra, era una mujer mucho más cálida de lo que Lenore Warren, con su pretenciosa casa colonial de corte georgiano, llegaría a serlo nunca.

Y eso aumentaba un poco la angustia que Deborah provocaba en Katia. Deborah, una mujer cariñosa y generosa, que lo único que deseaba era amar y ser amada, con una madre severa y un padre ausente, que había deseado un niño, deseo que la muerte le había negado en dos ocasiones.

¿Quién decía que los ricos no sufren?, se preguntó presa de la rabia.

Deteniéndose junto a la casa de su madre, tras las furgonetas del catering, aparcó el coche. Se quedó sentada al volante durante un minuto para recobrar la compostura y a continuación siguió en silencio a los demás hasta la casa principal.

En la puerta, Cassie se volvió para instruirla con suavidad:

—No quiero que trabajes mientras estés aquí, Katia.

—¿Por qué no? Tú lo haces.

—Es mi trabajo, no el tuyo.

—Pero puedo ayudarte.

—Eres una invitada.

—¿Una invitada en mi propia casa?

—Sabes muy bien a qué me refiero.

Y así era. En muchos sentidos ese era el punto crucial del dilema que llevaba años intentando resolver. ¿Quién era? ¿Cuál era su sitio? Por una parte, aquel era su hogar. Se había criado como una Whyte-Warren, la pequeña hermana adoptiva de los demás. Había ido al colegio con ellos, había ido a clases de danza y de patinaje con ellos. Había tenido libre acceso a las casas, a los jardines, a los establos. Había pasado el día de Acción de Gracias con los Whyte y Navidad con los Warren. Y durante los veranos había disfrutado de la isla.

Nunca había pasado la menor necesidad. Aun así, su madre era una empleada.

Desde el momento en que Katia había tenido la edad suficiente para comprender que su hermano y ella gozaban de un estatus inferior al de los demás, se había preguntado por las ventajas materiales de las que disfrutaban tanto Kenny como ella. Cassie había atribuido la buena ropa, las lecciones de patinaje y el gasto de dinero a una gestión prudente del presupuesto por su parte y a la generosidad de los Warren. Sin embargo, Katia reparó en que Cassie lo habría dado casi todo por ver que sus hijos alcanzaban un nivel social superior al suyo.

Durante sus años en el colegio, Katia nadaba entre dos aguas, con una pierna a cada lado de una verja socioeconómica. Podía seguir ese juego sin demasiado esfuerzo, asumiendo el papel de una Warren o de una Whyte. Muy pocos, aparte de su grupo de amistades más cercanas, estaban al corriente de que era la hija del ama de llaves. Pero ella sí lo sabía, y esa información no hacía sino agrandar la inevitable confusión propia de la adolescencia. Cada vez se sentía más incómoda cenando con los Warren mientras su madre comía aparte en la cocina. Se sentía obligada a ayudar en las tareas domésticas y, cuando lo hacía, era presa de la timidez. Cada vez se sentía más incómoda yendo al club de campo con los demás, consciente de que no era ese su lugar.

Cuando llegó el momento de ir a la universidad, Katia supo que tenía que volar sola. En vez de intentar ser admitida en Wellesley, Radcliffe o Smith, como quería su madre, solicitó plaza en la Universidad de Nueva York, donde no solo fue aceptada, sino también becada. Esperaba encontrar allí el anonimato y, con el tiempo, a sí misma.

Nueva York era además la ciudad donde estaba Jordan Whyte.

—¿Katia? —Su madre la apremió para que regresara al momento presente sacudiéndola con suavidad y con una mirada preocupada—. ¿Estás bien?

Katia clavó en ella la mirada durante el instante que la llevó reorientarse y luego sonrió.

—Sí, estoy bien.

—Sabes muy bien a qué me refiero. Ahora eres una mujer profesional. Una mujer de éxito en su profesión. Puede que aquí tu madre sea el ama de llaves, pero tú... tú no tienes nada que envidiar a ninguno de los Warren ni de los Whyte, y, desde luego, a ninguno de los invitados que puedan estar hoy aquí. —Tocó el pelo de Katia, acariciándoselo levemente. Era un gesto de corazón, un ademán esbozado, como una concesión frente a los dictados de su mente. Katia siempre había sido consciente de esa dicotomía en su madre: amar con extremado cariño pero regirse por una silenciosa obsesión—. Quiero verte con la cabeza bien alta.

—Yo diría que es tu cabeza la que llevo muy alta —bromeó Katia, haciéndose a un lado cuando un camarero entraba con una bandeja de comida desde una de las furgonetas. Cassie esperó a que pasara para responder.

—Estoy orgullosa de ti —dijo con auténtica convicción y luego estrechó a su hija en un firme abrazo—. No pienso negarlo. Tengo derecho a estarlo, ¿no te parece?

Katia disfrutó del placer que le produjo el instante de proximidad con su madre.

—Lo he intentado. Sabe Dios que lo he intentado.

—¿Cassie? —se oyó la voz levemente alterada de Sarah desde la cocina, seguida minutos después por su rechoncha figura—. ¡No encuentran la cafetera de filtro! ¡La he buscado por todas partes!

Cassie soltó a Katia a regañadientes, dándole un apretón final a su mano antes de ir al encuentro de Sarah.

—Es que no la habéis buscado en el sitio adecuado —respondió con suavidad mientras se alejaba en busca del escurridizo aparato.

Detrás de ella, Katia sonreía, tan orgullosa de su madre como esta lo estaba de ella. No siempre había sido así. En sus años de instituto, durante la época en que se había cuestionado intensamente su identidad, se había avergonzado del estatus social de su madre. Le enojaba que su madre no fuera un pilar de la sociedad, que algunos invitados de los Warren las miraran por encima del hombro, que no pudiera impresionar a sus amistades invitándolas a cenar a la casa.

Entonces el dolor la desgarraba por dentro. Había momentos en que se le partía el corazón al tomar conciencia de que el destino de su madre en la vida era hacer las camas de otras personas. Incluso cuando se recordaba a sí misma que en realidad no era eso lo que hacía Cassie, pues había una sirvienta que se dedicaba exclusivamente a las labores de limpieza y una cocinera cuya *picatta* de ternera era tan sensacional como sus barquillos belgas, el dolor seguía ahí.

Katia tuvo que esperar a ir a la universidad, y mezclarse por primera vez con gente de todos los estratos de la sociedad, para desarrollar el orgullo y la comprensión que ahora sentía.

La labor de Cassie se ceñía a supervisar el quehacer doméstico del hogar de los Warren y asegurarse de que todo funcionara a la perfección. Hacía bien su trabajo. Tenía todo bajo control. Desde la perspectiva que daba la edad, Katia veía que esa faceta de la personalidad de su madre había suministrado estabilidad a su propia educación.

Ahora, deambulando entre los trabajadores que circulaban de una a otra habitación de la espaciosa primera planta de la casa, Katia se maravilló al darse cuenta de todo lo que estaba bajo el mando de su madre. La casa de los Warren era magnífica. Cuantas más veces regresaba, más convencida estaba. Desde el aparador Hepplewhite y la lustrosa mesa de caoba con sus sillas en el comedor, pasando por los sofás enfrentados y los sillones con fundas de chenilla del salón, hasta la elegante escalera de espiral del enorme vestíbulo principal… de eso estaban hechos los sueños.

Sin embargo, Katia estaba contenta con el pequeño aunque elegante apartamento que ocupaba en Nueva York. Dejándose caer sobre el banco protegido por la fina funda de punto de aguja situado delante del magnífico piano, supo que, si en algún momento había aspirado a considerar todas esas cosas como suyas, sus aspiraciones eran agua pasada. Si antes creía que los Warren y los Whyte eran las personas más afortunadas del mundo, ahora veía las cosas de otro modo.

La suerte poco tenía que ver con el dinero y con el poder, y ninguna de esas dos cosas garantizaba la felicidad. Mark y Deborah no eran más que una clara muestra de ello…

El sonido de las llantas de un coche en el camino circular llevó a Katia a volver la cabeza. Con el corazón en un puño, se levantó del banco y corrió a abrir la puerta principal. La golpeó de pleno una oleada de calor que pareció espesar el velo de tristeza que tendía la llegada de las ominosas limusinas negras.

La primera se había detenido ya y los miembros de más edad de la familia Warren bajaban del vehículo. Lenore parecía claramente temblorosa. Donald, su yerno, le servía de apoyo, mientras que Gil se volvió a ayudar a Laura y a los niños.

Katia se quedó de pie en la puerta principal con el corazón destrozado al verlos. Abrazó a Laura, que fue la primera en llegar a ella; luego a Donald y, mientras los niños se precipitaban corriendo al interior de la casa, rodeó suavemente con el brazo a Lenore por la cintura y pegó su mejilla a la de ella.

—Lo siento mucho, señora Warren —susurró—. Muchísimo.

Lenore no le devolvió el abrazo, aunque Katia no lo esperaba. La señora Warren nunca había llegado a aceptar a Katia como a una de los suyos y Katia lo entendía. Compadeció a la mujer en más de un sentido.

En cuanto Lenore entró en la casa, hubo abrazos para Peter, para su esposa y sus dos hijos, y a continuación uno prolongado para Emily. De todos los hermanos Whyte-Warren, Emily era la de edad más próxima a Katia. Habían sido amigas del alma en su momento y, a pesar de que cada una había seguido su camino en los últimos diez años, el afecto que se habían profesado de niñas seguía intacto.

—No sé qué decir, Em —dijo Katia con suavidad—. No debería haber ocurrido.

—Lo sé —fue todo lo que Emily logró decir. Aferrada a su velo con una mano, palpó a ciegas con la otra tras ella para atraer a su compañero hacia delante—. Katia… Andrew.

Katia asintió, segura de que Andrew, hermoso y fanfarrón a primera vista, era actor, aunque igualmente segura de que no se trataba de ninguno que ella reconociera. Sin embargo, en ese preciso instante, vio acercarse a Gil Warren. Disculpándose con Emily y con Andrew con la mirada, los dejó atrás y descendió tres escalones poco pronunciados para bajar a su encuentro.

Con el corazón encogido en un nudo de compasión, vaciló ante Gil durante un instante. Finalmente, él se adelantó y la estrechó entre sus brazos, abrazándola con fuerza.

—Katia —jadeó con voz ronca—. Me alegro de que hayas venido.

Katia pudo sentirlo entonces, ese algo especial que ambos compartían, y durante un fugaz instante, le devolvió el abrazo con la misma fuerza.

—Ojalá fuera en una ocasión distinta de esta, Gil. Sabes lo mucho que quería a Deborah.

Gil no dijo nada durante un minuto. Cuando se separó, estudió el rostro de Katia. Luego, con una triste sonrisa, le acarició la mejilla con el dorso de la mano. Era un gesto que había hecho muchas, muchísimas veces a lo largo de la vida de Katia, un gesto que a ella le resultaba tan familiar como el aroma a tabaco de pipa de cerezo que desprendía su ropa.

—Me alegro de que hayas venido —repitió Gil con voz rota. Tomándola del codo, la llevó hacia la casa—. Deberías haber venido a vernos anoche.

—Yo… habría estado fuera de lugar de haber hecho algo así, con todos los demás aquí.

—Nos habría gustado. Hace mucho que no te vemos.

—¿Cómo lo lleva Lenore?

—No muy bien. Si no me equivoco, aguantará una hora más y luego subirá a acostarse.

Gil no necesitaba elaborar más su afirmación. Lenore buscaba la reclusión de su habitación cuando algo la molestaba, y al parecer, siempre había algo que la molestaba. Eso era otra de las cosas que Katia había aprendido a admirar de Cassie, quien, junto con Natalie Whyte, había sido más una madre para los Warren que la propia Lenore. Ojalá el mundo llegara a enterarse algún día.

—¿Y tú? —preguntó Katia, consciente de que Gil estaba pálido y de que parecía más cansado que nunca—. ¿Estás bien?

Gil se encogió de hombros y luego intentó mostrar una sonrisa que solo pudo esbozar tristemente.

—Lo superaré.

Estaban en el vestíbulo principal. Gil besó cariñosamente a Katia en la frente. A continuación, y sin una palabra más, irguió los hombros y desanduvo el camino que llevaba a la puerta de entrada por el jardín. Iba a recibir a sus votantes. Katia debería haber presenciado la escena presa del espanto, pero conocía a Gil demasiado bien. Llevaba la política en la sangre. O se lo quería tal cual era o se lo despreciaba. Katia simplemente había elegido la primera opción.

El flujo de personas que aparecían por la puerta principal volvió a la vida con la llegada de los Whyte. Katia compartió con cada uno de ellos sentidos abrazos: primero con Natalie, que parecía aturdida; luego con Jack, que parecía distraído; a continuación Anne, su marido y su hija de cuatro años. Nick y Angie llegaron instantes después, seguidos por sus cuatro hijos.

Y Jordan. Katia contuvo el aliento cuando él se detuvo ante ella. Acto seguido, el corazón empezó a martillearle en el pecho. Jordan parecía agotado, pero estaba espléndido. Llevaba el pelo moreno más largo que su hermano o su padre; le caía sobre la frente por delante y por detrás tapaba el cuello de la camisa. Ya se había quitado la chaqueta del traje; había aflojado el nudo de la corbata y se desabrochó el primer botón de la camisa, según Katia supuso, no tanto por el calor como por la energía natural que lo colmaba. No era un hombre al que resultara fácil forzarlo a nada. Nunca lo había sido. Ni siquiera el tiempo había cambiado eso. No obstante, el tiempo le había cincelado diminutas patas de gallo junto a los ojos y grabado surcos a ambos lados de la boca que le daban un cierto aire disoluto. Eran signos de su buen humor, aunque ahora, en ausencia de la risa, estuvieran pálidos.

—Oh, Jordan —susurró Katia, al tiempo que se le llenaban los ojos de lágrimas. Cuando Jordan abrió los brazos, ella se fundió en ellos, repentinamente abrumada por un profundo conflicto interior. Estaba a la vez muy feliz de verlo, de tocarlo, y afligida por las circunstancias. Aferrándose a él, sollozó en silencio, en absoluto sorprendida de que la presencia de Jordan hubiera dado rienda suelta a sus emociones, puesto que siempre le había ocurrido eso con él. Había sido su ídolo, su protector. Lo había adorado desde que tenía cuatro años. Siempre había estado ahí para ella, haciéndola sentir siempre como alguien especial.

Jordan la estrechó con firmeza entre sus brazos, absorbiendo su angustia incluso aunque también sus brazos temblaran, presas de su propio dolor. Cuando las lágrimas de Katia remitieron, él se las enjugó suavemente de las mejillas y volvió a envolverla entre sus brazos, acunándola lentamente. Katia extrajo fuerzas de él y encontró consuelo en la robustez de su cuerpo, en la leve caricia de Jordan sobre sus cabellos.

Por fin, levantó los ojos.

—¿Por qué, Jordan? ¿Por qué? —La implorante pregunta podría haber hecho referencia a muchas cosas de su propia vida, de sus vidas, aunque la tragedia inmediata ocupaba un lugar preferente en la mente de ambos.

Jordan inspiró hondo, expulsó el aire y habló por primera vez. Su voz sonó tan torturada como lo era la expresión de su rostro.

—No lo sé. Bien sabe Dios que me he hecho esa misma pregunta mil veces en el último día y medio, pero no logro dar con ninguna respuesta.

Se le humedecieron los ojos cuando bajó la mirada hacia ella. A continuación volvió a levantarla y a recorrer con ella a los parientes y amigos de la familia que habían empezado a alcanzarlos. Una mano le dio unas palmadas en el hombro, otra le apretó el brazo. Cada gesto llegaba acompañado de una o dos palabras murmuradas de condolencia antes de que quien las daba siguiera adelante.

—Vamos —le dijo a Katia bajando la voz, pasándole un brazo por el hombro y apretándola contra su costado mientras echaba a caminar. Bajó de nuevo los ojos para mirarla—. Llevas un año desaparecida. —Al ver que ella no intentaba negar ni justificar la veracidad de esa afirmación, Jordan prosiguió—. Estás estupenda.

—Estoy horrible. —Katia se pasó los pulgares por debajo de los ojos en busca de restos de maquillaje.

—No, estupenda. Siempre lo has sido, aunque cada vez que te veo estás mejor.

—Y tú has sido siempre un adulador, Jordan Whyte.

Jordan no discutió porque Katia estaba en lo cierto. Llevaba diciendo cosas bonitas a las mujeres desde que tenía doce años. Lo que Katia no sabía era que, cuando la piropeaba, estaba siendo absolutamente sincero.

—La verdad es que te prueba la vida de directora de arte.

En cuanto entraron al salón su conversación quedó de inmediato acallada por el silencioso murmullo de la multitud allí congregada.

—Es una vida muy ajetreada. Supongo que así es en cualquier agencia de publicidad, del nivel que sea. Y nosotros estamos muy lejos de las más grandes. Pero me gusta.

—Te has ganado tu sitio a pulso. Los hombres no seguirán dándote problemas, ¿verdad?

—Solo cuando necesitan un chivo expiatorio. Pero sobreviviré.

—A pesar de que la elección de palabras por parte de Katia había sido totalmente inocente, evocó pensamientos más sombríos. Un velo de dolor asomó a la expresión de su rostro—. El suicidio... nunca lo hubiera esperado de Mark, y mucho menos... el asesinato. ¿Están seguros? ¿Están totalmente seguros de que nadie se coló en el barco?

Jordan la llevó hasta el mismo banco del piano en el que Katia había estado sentada poco antes. Y es que, por muchas veces que los dos se hubieran sentado en él en el pasado, riéndose mientras Jordan aporreaba canciones obscenas en el teclado, las mentes de ambos estaban ahora sobrias, concentradas únicamente en el presente.

—Están investigando —soltó con un bufido—. Famosas palabras concluyentes.

—¿Cuánto se tarda en registrar un barco?

—Poco a simple vista, aunque mucho más en el laboratorio. El informe preliminar no muestra ninguna evidencia que apunte a la intervención de un intruso.

—¿Sabes si Mark tenía enemigos?

—Todos teníamos enemigos... tenemos.

—¿Alguno capaz de matar?

—No lo sé —respondió Jordan, frunciendo el ceño y como debatiéndose mientras acariciaba con gesto ausente la mano de Katia—. Mark y yo habíamos tenido diferencias. Con los años, ha hecho verdaderas estupideces.

—¿Te refieres a aquellas malas inversiones?

—A eso... y a otras cosas.

A punto estuvo Katia de ahondar más en la cuestión cuando una pareja se acercó a ellos. Aunque ella no la reconoció, Jordan sí lo hizo. Se levantó y los saludó en voz baja. Katia logró esbozar una sonrisa de cortesía cuando él la presentó, pero su atención rápidamente se alejó del solemne intercambio.

Al otro lado de la sala, Jack Whyte estaba de pie entre un grupo de empresarios, al parecer totalmente entregado a la discusión que tenía lugar en el grupo. Junto a la puerta y de modo similar, Gil Warren, que acababa de hacer su entrada, estaba ocupado con sus seguidores. Eran dos hombres cortados por el mismo patrón, reflexionó Katia. A juzgar por el aspecto de ambos, la reunión podía perfectamente haber sido un cóctel tanto como un funeral.

A cierta distancia de ella, Natalie Whyte estaba de pie con el brazo alrededor de la cintura de Lenore Warren. Estaban rodeadas de amigos y Katia no pudo evitar preguntarse si la atención era más una ayuda o una carga. Jack y Gil se nutrían de ello; era su mundo. Sus esposas, no obstante, no eran tan obtusas ni resistentes. Natalie parecía a punto de echarse a llorar, aunque se contenía, y Lenore parecía que necesitara llorar pero que no pudiera hacerlo.

Anne, la hermana pequeña de Jordan, lloraba desconsolada. Sentada en un extremo del sofá, abrazada a su hija, parecía simplemente haber perdido el control sobre sus emociones. Katia deseaba decirle muchas cosas a Jordan, pero no era el momento más adecuado. Buscó sus ojos con los suyos y volvió una mirada preocupada a Anne.

Haciéndose cargo de la situación al instante, Jordan asintió.

—Intenta ayudarla —la apremió con suavidad—. Yo me reuniré contigo más tarde. —Le dio un ligero beso en la frente y se marchó, deteniéndose prácticamente a cada paso para saludar a un rostro familiar u otro. Katia siguió su progreso hasta que Jordan desapareció de su vista, momento en el que se dirigió hacia donde estaba Anne.

—Annie —dijo con voz queda, agachándose junto al sofá y rodeando a su amiga con el brazo—. Shhh. Tranquila.

Anne cerró los ojos, apretándolos con fuerza, e inspiró entrecortadamente. Luego levantó la cabeza y miró a Katia.

—Le dije cosas terribles —susurró en un arranque de desesperación—. La última vez que estuvimos juntos fue muy desagradable.

Katia se inclinó hacia delante y acarició la cabeza de Amanda.

—Hay un montón de golosinas en el comedor, cariño. ¿Por qué no vas a buscar unas cuantas? Apuesto a que tus primos ya están allí.

Amanda no necesitó que le dijera nada más. Se deshizo del abrazo de su madre y partió rumbo al comedor. Fue entonces cuando Katia se volvió hacia Anne.

—Todos nos decimos cosas terribles en un momento u otro. Pero hay buenos momentos que bien vale la pena recordar. ¿No sería mejor que pensáramos en ellos?

—Lo intento, pero no dejo de oír esas otras palabras aunque deseo borrarlas de algún modo. Pero no puedo. Es demasiado tarde. ¿Por qué lo hizo, Katia? ¿Qué pudo pasarle por la cabeza para hacer algo así?

—Nunca llegamos a conocerlo del todo, ¿no crees?

—No. ¿No te parece triste? Siempre fue un poco raro. Y un poco alocado —añadió, haciendo una pausa—. Pobre Deborah. ¿Sabes que estaba yendo al psicólogo desde... desde lo del bebé?

—Sí.

—Mark también lo necesitaba. Papá no quiso ni oír hablar de que un hijo suyo se sometiera a tratamiento psiquiátrico, aunque de todos modos mamá lo propuso; Mark puso el grito en el cielo. Cada vez que él iba a verlos, las cosas no hacían más que empeorar.

—¿A qué te refieres? —Aunque estaba al corriente de sus actividades, hacía mucho que Katia no había visto a Mark.

—A cómo hablaba del dinero, de la fama. Lo tenía obsesionado. Realmente desagradable. —La mirada de Anne se tornó suplicante—. Nunca fuimos así, ¿no es verdad, Katia? Tú nos conoces mejor que nadie. ¿Alguna vez resultamos odiosos por lo que teníamos?

—Por supuesto que no. —Y si la prensa en alguna ocasión había sugerido lo contrario, era por pura envidia.

—El dinero no fue nunca la razón de nuestra existencia.

—Lo sé. —Desde luego, no entre los Warren y Whyte de la misma generación que Anne—. Nunca hicisteis alarde de lo que teníais. Aunque sí hubo una época en que Mark se dedicó a gastar dinero a manos llenas. Quizá para él se convirtió en algo más importante precisamente por eso. En cualquier caso, últimamente las cosas le iban bien, ¿verdad?

—Eso creía yo. Eso creíamos todos. Lo cierto es que no paraba de hablar de todo el dinero que ganaba, pero cuando Deborah y él estuvieron aquí hace cosa de un mes, vino a verme a la casa y me pidió un préstamo. Cuando le pregunté para qué lo quería, no quiso responderme, y cuando lo acusé de estar metido hasta las cejas en asuntos turbios, se puso como una furia. Fue entonces cuando... cuando le dije esas cosas desagradables. —Se le quebró la voz—. Quizá si hubiera mantenido un poco más la calma, si hubiera hablado con él, si hubiera intentado entender el momento por el que estaba pasando...

Katia estrechó un poco más el hombro de Anne con el brazo.

—No puedes culparte por lo ocurrido, Anne. Mark era responsable de sus actos.

—Era mi hermano. —Sus ojos volvieron a llenarse de lágrimas—. Tú también tuviste un hermano, Katia. ¿Cómo te sentiste cuando murió?

Pillada por sorpresa por la pregunta, Katia reflexionó su respuesta durante un momento.

—Triste. Enfadada. Confusa. Era demasiado joven para sentirme culpable, y, además, fue una situación totalmente distinta.

—Bueno, pues yo sí me siento culpable. Y mucho.

—No te resultará productivo, y da la casualidad que eres una de las mujeres más productivas que conozco. ¿Qué piensas hacer?

La franqueza de Katia era justo lo que Anne necesitaba. Miró a Katia durante un minuto, abrió la boca para responder, volvió a cerrarla y suspiró.

—Nada. No hay nada que pueda hacer... salvo seguir adelante con mi vida, supongo. —Ante el gesto de acuerdo por parte de Katia, Anne pareció sumirse en sus cavilaciones—. Eres buena, Katia. Eres una buena persona.

—Tú también. Todos vosotros lo sois.

—No estoy segura. Hace tanto tiempo que las cosas nos salen como queremos que nos hemos malacostumbrado. Cuando ocurre algo como esto, perdemos el norte. No tenemos forma de comprar el regreso de Mark ni de Deborah, aunque seguro que papá sería capaz de sobornar a Dios si supiera cómo dar con él.

—Cualquier padre haría eso. Jack no es el único.

—Pero tú sí eres buena. —Rápidamente Anne volvió a centrar

la conversación en Katia—. Te van bien las cosas, y lo has hecho sin la ayuda de nadie.

—Tuve un buen principio aquí.

—Pero has ido más allá de eso. Podrías haber venido a trabajar con nosotros en la empresa de la familia, pero no quisiste. Y te negaste a ir a Washington y trabajar con Gil.

—Necesitaba establecer mi propia identidad.

—Bueno, pues ya lo has conseguido. Solo espero que Jordan se dé cuenta antes de que sea demasiado tarde.

A Katia el corazón le dio un vuelco.

—¿Jordan? ¿Qué tiene Jordan que ver con todo esto?

—Serías buena para él.

—Soy como una hermana para él.

—Pero no lo eres. Siempre ha habido algo distinto entre vosotros dos. Y, ya que has roto con Sean...

Katia suspiró.

—Anne, tu hermano sale con las mujeres más estupendas del mundo. Cada vez que veo su foto en el diario, va con una distinta del brazo. ¿Para qué iba a necesitarme a mí?

—Para el amor, el matrimonio, los hijos.

—Quizá no esté preparado para sentar cabeza.

—Tiene treinta y nueve años, por el amor de Dios. ¿A qué espera?

Katia no tenía la respuesta a esa pregunta. Se limitó a esbozar una sonrisa tímida.

—¿A perder su tercer millón y ganar el cuarto?

Anne no encontró gracioso el intento por parte de Katia de poner una nota de humor en la conversación.

—¿Vuelves a salir con alguien?

—Sí.

—¿Alguien en particular?

—No.

—¿Quieres a Jordan?

La mirada de Katia se deslizó inadvertidamente entre la confusión de cuerpos congregados en la sala. No estaba preparada para una conversación como aquella, no tanto porque no conociera la respuesta a la pregunta de Anne, sino porque estaba demasiado alejada del motivo que los había reunido allí ese día. Se había acercado a Anne para consolarla. Aparentemente lo había logrado, y con creces.

Frunciendo el ceño, inspiró hondo y volvió a mirar a Anne.

—Os quiero a todos. Ya lo sabes.

—Pero ¿no es distinto lo que sientes por Jordan?

—Vivimos en la misma ciudad, pero no nos vemos a menudo. Él está ocupado. Viaja mucho. Yo también.

—No has contestado a mi pregunta.

—No puedo. Jordan y yo…

—Voy a hablar con él.

—¡Ni lo sueñes! —exclamó Katia. Entonces, consciente de la gente que las rodeaba, volvió rápidamente a bajar la voz—. Por favor, Anne. No lo hagas.

—¿Por qué no? Es mi hermano. Tienes razón: ya no puedo hacer nada por Mark. Pero lo de Jordan es muy distinto.

—Jordan no necesita ayuda.

—Eso es discutible.

—Pero si es feliz como está…

—Es un idiota. Si tarda mucho en pillarte, lo hará otro.

Katia no estaba tan segura. Lo había intentado. Desde luego que lo había intentado. Había salido a menudo con otros hombres en los últimos años, incluso había mantenido su relación con Sean durante cuatro largos años con la frágil esperanza de que se convirtiera en amor. Desafortunadamente, ni Sean ni ningún otro hombre de los que había conocido la atraían tanto como Jordan.

Naturalmente, no pensaba decirle eso a Anne. Algunas cosas eran sagradas.

Así que recurrió al humor.

—¿Y para qué iba yo a querer ser la mujer de Jordan? Está constantemente al borde de la bancarrota, invirtiendo los ahorros de su vida en cualquier proyecto estrambótico. Compra equipos de hockey hundidos, edificios infestados de ratas, arte original que se parece a los trozos de hule que utilizamos en el estudio. Es totalmente irreverente y absolutamente incorregible. Va siempre contra corriente. No pasa un día sin su ración de nueces de macadamia. Y, encima, es un temerario en un velero, un maníaco a lomos de un caballo, un glotón en una heladería, y ronca.

—¿Y cómo sabes tú eso? —preguntó Anne, entrecerrando los ojos.

—¡Pues porque se ha dormido muchas veces en este mismo sofá, cuando se queda como un tronco en medio de las reuniones familiares!

Anne se pasó un dedo por el labio inferior.

—Mmmm. Puede que tengas razón. No es ninguna ganga, ¿verdad? —Dedicando a Katia una sonrisa maliciosa, hizo ademán de levantarse, pero, tras una breve pausa, se inclinó sobre ella y le dio un abrazo—. Gracias —dijo en voz baja, y levemente entrecortada—. En el cementerio hemos pasado un rato terrible. Pero en la vida hay muchas más cosas que la muerte, ¿no te parece?

Era una pregunta retórica, una pregunta que Katia se repetiría en silencio un buen número de veces durante las horas siguientes. Lenore, como era de esperar, se retiró al primer piso de la casa mientras Natalie se movía despacio y sigilosamente entre sus invitados. Jack y Gil se trabajaban hábilmente a la concurrencia, aunque en comparación a su estilo habitual empleaban tonos más bajos y moderaban las palmadas en la espalda con las que saludaban a sus invitados. El resto de los Whyte y de los Warren actuaban en consecuencia con los asistentes.

Katia iba de un grupo a otro, hablando con voz queda con miembros de ambas familias, saludando a aquellos de sus amigos a los que conocía y dejándose presentar a otros. Sí, las muertes eran espantosas. Y trágicas. Y motivo de absoluta perplejidad. No, no había habido la menor indicación de ningún problema serio por parte de Deborah ni de Mark. Sí, era un terrible desperdicio de vidas.

A Katia el ambiente de duelo le resultaba opresivo y casi deseó poder lidiar con él con la misma soltura con que lo hacían Gil y Jack. Incapaz de comer, solamente bebía café. Cuando empezaron a temblarle las manos, simplemente las entrelazó con más fuerza sobre las rodillas. Cuando empezó a palpitarle la cabeza, se tomó dos aspirinas en la cocina. Y cuando empezó a rezar para que el día tocara a su fin, Jordan apareció en su rescate.

Katia estaba en el comedor hablando distraídamente con un amigo de Nicholas Whyte cuando Jordan se pegó con mala intención a su espalda.

—Necesito ayuda —le jadeó al oído—. Me estoy volviendo loco. —Levantó la mirada hacia el hombre que había estado hablando con Katia—. ¿Nos disculpa? —Sin esperar una respuesta, tomó a Katia de las manos y salió a paso rápido del comedor hacia la cocina, en dirección a la puerta trasera. Katia tenía que correr para seguirle el paso, pero no le importó. La promesa de un descanso, y con Jordan nada menos, resultaba tremendamente bienvenida.

Jordan no se detuvo al llegar a los escalones traseros, sino que siguió andando con el mismo paso exigente hasta que la casa primero y los establos después hubieron quedado muy atrás y entraron en el huerto de manzanos. Solo entonces aminoró el paso, aunque no dejó de caminar.

No decía nada. Sobraban las palabras. Katia comprendía que Jordan necesitaba liberar la energía nerviosa que había ido acumulando, y se sorprendió haciendo lo mismo. Hasta el calor parecía conceder una tregua de la melancolía que invadía la casa y, a pesar de que era incapaz de borrar de su mente la tristeza del día, sí pudo sentir cómo remitía gracias al dulce olor de la hierba, al espectáculo de las manzanas nuevas formándose en los árboles, ante el zumbido de una abeja. El mundo estaba vivo, y esa vida era todo un consuelo.

Siguieron caminando todavía un poco más por una gran arboleda de exuberantes pinos y arces y luego a lo largo de una valla de madera que bordeaba la propiedad antes de volver a paso más lento a la casa. Al llegar a los escalones que daban acceso a la puerta trasera, Jordan se detuvo por fin. Soltó la mano de Katia por primera vez, apoyó los antebrazos en la baranda de madera, dejó caer la cabeza e inspiró hondo varias veces.

El sudor se deslizaba por sus mejillas. Tenía el pelo húmedo, ligeramente rizado sobre el cuello. Mientras Katia seguía mirándolo, Jordan flexionó los músculos de los hombros. Tan anchos, pensó Katia. Y tensos. Todavía tensos.

Deseosa solamente de consolarlo, empezó a masajearle los nudos de la zona lumbar. El grave gemido de Jordan le indicó que sus servicios estaban siendo apreciados, lo cual, a su vez, la animó a seguir con el masaje. Si las circunstancias lo hubieran permitido,

Katia habría seguido con ello durante horas. Tocarlo era para ella una delicia.

—Mmmm, Katia. Has sido el único punto de luz en un día jodidamente asqueroso.

—Ya casi ha pasado lo peor —intervino Katia con suavidad—. Todo se arreglará.

—Ojalá pudiera creerte —fue su apagada respuesta—. La prensa tiene campo abonado con este caso. Ya han empezado. «El Romeo y la Julieta de los ochenta; los desgraciados amantes mueren uno en brazos del otro.» A los medios les encanta este tipo de cosas. Apostaría lo que fuera a que dentro de una semana llama alguien proponiendo escribir un libro sobre Mark y Deborah. O una película para televisión. Me da náuseas.

—Pero eso no es nada nuevo. Siempre han estado detrás de vosotros.

—No me importa que estén detrás de mí. Pero detrás de Mark y Deborah, que ya no están aquí para poder defenderse... eso sí me molesta. Y lo peor es que quien de verdad va a sufrir con todo esto es mi madre.

—Es una mujer fuerte, Jordan —dijo Katia, pensando con admiración en cómo a lo largo del día Natalie Whyte había mantenido su porte orgulloso.

—Y que lo digas —replicó Jordan con amargura—. No debe de haberle resultado nada fácil haber tenido que vivir con papá todos estos años... o sin él, para ser más precisos. No se merecía eso, y tampoco se merece esto. Puede que sea una mujer fuerte, pero no hay nadie tan fuerte.

—Entonces tendremos que ayudarla. Tendremos que devolverle parte de la fuerza que ella nos ha dado durante todos estos años.

Jordan irguió la espalda y se volvió a mirar a Katia.

—Ven con nosotros a la isla —dijo con queda intensidad—. Nos vamos por la mañana. Ven con nosotros.

Katia tragó saliva, en un intento por encontrar las palabras precisas.

—No sé, Jordan. Creía que querríais estar solos.

—Pero tú eres parte de la familia...

—No del todo.

—¡Sí! —respondió él presa de un repentino arrebato. A continuación, y con la misma rapidez, bajó la voz—. Últimamente has estado demasiado ausente, pero no tiene por qué ser así. —Hizo una pausa antes de proseguir—. ¿Qué has dicho en el trabajo?

—Que quería asistir al funeral. Todos leyeron el periódico.

—¿De cuánto tiempo dispones?

—Tengo varias reuniones mañana por la tarde.

—Aplázalas —la apremió—. Puedes permitírtelo, y, teniendo en cuenta el motivo, no pueden reprochártelo.

Katia adoptó una expresión sarcástica.

—Me lo reprocharán.

—¡Pues que les jodan! Te necesitan más ellos a ti que tú a ellos.

—No es cierto.

—Nosotros te necesitamos. —Jordan contuvo el aliento y adoptó un tono suave e implorante—. Yo te necesito. Ven a Maine, Katia. Por favor.

Presa como estaba de la súplica que había en los ojos de Jordan, Katia supo que no tenía elección. Tiempo atrás había caído en las redes del hechizo de Jordan Whyte. Ni el tiempo ni la distancia que había puesto entre ambos a lo largo de los últimos años habían logrado disminuir la fuerza de ese hechizo. Si se hubiera tratado de Em, de Anne o de cualquiera de los otros, habría sido capaz de presentar mayor resistencia, pero cuando se trataba de Jordan, Katia estaba totalmente desarmada. Si él la necesitaba, ella acudiría en su ayuda.

Con una leve sonrisa y el corazón exaltado, Katia asintió.

3

Katia pasó las primeras horas de la mañana siguiente indecisa. No es que temiera llamar a Nueva York, pero tampoco tenía demasiadas ganas de hacer frente a la inevitable discusión que provocaría su llamada, así que se dedicó a poner en orden la casa, que, por otro lado, precisaba de pocos cuidados, e hizo su equipaje, aunque pocas cosas tuviera que recoger. Se duchó morosamente, se lavó y se secó el pelo y se puso unos pantalones cortos y una camiseta que tenía entre las pocas prendas de ropa que aún conservaba en Dover.

Poco después de las nueve, con talante resignado, cogió el teléfono. Roger Boland, su supervisor creativo, estaba ya sentado a su mesa, a pleno rendimiento como Katia sabía que lo estaría. Del equipo de gestión de la agencia de publicidad, con quien mejor se llevaba era con Roger. Si había alguien que pudiera entender su causa era él.

Pero se equivocó.

—¡Demonios, Katia, tienes que volver! Hoy íbamos a revisar los *storyboards* del anuncio de cerveza.

—Lo sé, pero…

—Tienes que escoger el decorado de la habitación que quieres para el anuncio del colchón, y en contabilidad están esperando un informe de continuidad del anuncio del perfume.

—Lo sé, pero…

—Tienes un millón de currículos acumulados en tu mesa. Tienes que elegir al ilustrador que quieres para…

—El anuncio del diamante. Lo sé, Roger. Pero esto es importante. No creas que me estoy tomando unas vacaciones.

—Ya has ido al funeral. ¿Qué más quieren?

Katia apretó los dedos alrededor del auricular.

—Lo que importa es lo que yo quiero, y quiero quedarme con ellos unos días. Los *storyboards* están encima de mi mesa, puedes supervisarlos tú mismo. Los de contabilidad pueden esperar un poco el informe de continuidad. Donna puede escoger el decorado del dormitorio. De todos modos, pensaba acompañarme y sabe muy bien lo que quiero. Y los currículos de los ilustradores seguirán ahí hasta que regrese. El lunes por la mañana, Roger. Estaré en la oficina el lunes por la mañana.

—¿Sabías que vendía coca?

—¿Perdón?

—Mark Whyte. Vendía coca.

—Eso es basura. No me lo creo.

—Y Deborah Warren estaba embarazada.

—Eso sí lo sabía. ¿Cómo te has enterado tú?

—Estaba en el informe de la autopsia.

Katia empezó a encenderse.

—¿Y cómo has encontrado el informe de la autopsia? —Hasta donde ella sabía, la policía no esperaba tener los resultados hasta última hora de la noche anterior.

—Está en el periódico. Según se rumorea, no era hijo suyo.

—¡Pues claro que lo era!

—No hay pruebas.

—Qué más da eso. ¿No deberíamos dar a la mujer el beneficio de la duda? Ya no está entre nosotros, está muerta… Y, de todos modos, ¿qué periódico es ese?

Se produjo una pausa, seguida por un ligeramente tímido:

—El *Post*.

Katia soltó un bufido.

—¿Y te crees una sola palabra de lo que diga ese panfleto? Venga ya, Roger. ¿Desde cuándo tú lees el *Post*?

—Desde que fundé mi empresa, hace diecisiete años. Tengo que ver quién anuncia qué y cómo.

—Entonces dedícate a mirar las fotos y pasa de las palabras.

—Hablando de fotos, deberías ver la que aparece en portada: Mark Whyte abrazado a una cantante de caerte de espaldas mientras su esposa mira la escena desde un segundo plano.

—Mark trabajaba con cantantes impresionantes, lo cual no significa que se enrollara con ellas delante de su esposa.

—Su padre bien que lo hacía. ¿Por qué no iba a hacerlo él?

—Jack nunca tuvo ningún rollo con una cantante de caerte de espaldas.

—Sabes muy bien de lo que hablo —fue el gruñido con el que respondió Roger.

Katia suspiró, cansada.

—La verdad es que no quiero hablar de esto.

—Pero ¿es que no ves dónde te estás metiendo? Esas familias son un par de nidos de ratas.

—Esas dos familias son mi familia. Y también son mis amigos.

—Menudos amigos. ¿Sabías que Jack Whyte acaba de hacer una fortuna comprando un montón de acciones previamente a una opa hostil y vendiéndolas después con un margen inmenso cuando por fin la empresa encontró otra que las adquiriera?

—No hay nada de ilegal en eso.

Roger pasó por alto la argumentación de Katia.

—Y Gil gasta más dinero del contribuyente por votante en envíos postales que cualquier otro representante. ¿Lo sabías?

—Gil le saca el mayor partido posible al privilegio de exención de franqueo que le proporciona su estatus de miembro del Congreso.

—Ya lo creo… en beneficio de su propia campaña de reelección.

—Escucha, aunque quizá no estemos de acuerdo con lo que hace, sigue sin quebrantar la ley.

—Puede ser, pero eso no significa que no apeste. Y Jordan Whyte no es mucho mejor. Compró un edificio de apartamentos en Central Park South, lo restauró y lo vendió por pisos. Para eso tuvo que echar a muchas familias humildes que llevaban años viviendo allí.

Quizá últimamente Katia no hubiera visto a Jordan a menudo, pero, incapaz de contenerse, se había mantenido al corriente de sus actividades.

—Les ofreció generosas condiciones para comprar alguno de los pisos.

—¡Pero si ni siquiera podían permitirse esos precios! —declaró Roger—. Y ya que tocamos el tema de las tácticas de presión, ¿sabes lo que hizo ese tipo la semana pasada? Cuando uno de los mayores anunciantes de su canal de televisión por cable, el que vende zumo de fruta en esos pequeños envases de cartón, amenazó con romper el contrato afirmando que la música de la cadena era cada vez más obscena, Jordan ordenó a los presentadores de la cadena que animaran a los espectadores a mandar comentarios sobre el producto. La sala de correo se inundó de cartas con mensajes positivos. De pronto el anunciante decidió que la música ya no era tan obscena.

Katia sonrió.

—Muy inteligente de su parte.

—Oh, vamos. Es un arrogante hijo de perra que lo único que quiere es salirse con la suya.

—Como nosotros. Lo que pasa es que no lo logramos tan a menudo como él. Asúmelo, Roger. Jordan es magia pura.

—Magia negra, diría yo —respondió Roger.

—Estás celoso.

—Y que lo digas. Te tienen allí con ellos cuando yo te quiero aquí conmigo. Estamos hasta arriba de clientes…

—¿Te estás quejando?

—No de nuestros clientes, pero sí de que te hayas marchado. Tendrías que ver cómo tengo la mesa. —Roger hizo una pausa y Katia pudo verle agitando la mano sobre lo que fácilmente podría haber sido declarada una zona catastrófica—. Tengo informes, archivos, maquetas y bocetos, y ahora tú me dices que la mitad de todo esto tendrá que seguir aquí encima un tiempo más.

Katia no sintió por él la menor compasión.

—Organización, Roger. Esa es la clave. Ya te lo he dicho en alguna ocasión.

—La organización es incompatible con la creatividad.

—Mmm. Ley de Boland número cuatrocientos treinta y siete. No puedo criticarla porque a ti te funciona, pero a mí no. Bueno —dijo, inspirando hondo—, encontrarás todo perfectamente organizado en mi mesa. Coge los *storyboards* y todo lo que necesites hoy y mañana y el lunes estaré de vuelta para ocuparme del resto.

—Para entonces tendrás mucho más de lo que ocuparte —le advirtió él amargamente.

—Prefiero tomarme las cosas día a día. Ley número uno de Morell.

Roger llevaba trabajando con Katia el tiempo suficiente para saber cuándo estaba totalmente decidida a hacer algo. Era una mujer agradable y normalmente flexible, pero cuando se empeñaba en algo, como sugería en ese momento el tono de su voz, no había forma de hacerla cambiar de opinión.

—Eres una cabezota.

—Lo sé.

—¿Debería decírselo al jefe cuando aparezca por aquí buscándote?

—Lo dejo a tu elección.

Roger suspiró.

—¿El lunes entonces? ¿No me vendrás con ninguna otra excusa?

—El lunes. Hasta entonces, Roger.

Horas después, esa misma mañana, seis coches llenos de miembros de las familias Whyte y Warren se dirigían a Portland, en el estado de Maine. Katia había salido antes con su madre y los McNee y, mientras ellos iban al mercado para aprovisionarse de comida, Katia se acercó a las tiendas más cercanas a fin de completar su limitado vestuario. La poca ropa que había traído de Nueva York resultaba demasiado seria para la isla. Se compró prendas informales adecuadas para la ocasión, consciente de que las pocas veces que esa temporada había comprado ropa en la ciudad había adquirido fundamentalmente ropa de trabajo.

Habituada a aprovechar el tiempo al máximo, corrió de una tienda a otra. Su adiestrada mirada rápidamente localizaba prendas de estilo y color que la favorecieran: unos pantalones cortos rosa pálido; otros de color menta; unos vaqueros blancos; una sudadera de color azul cerceta y blanca pintada a mano, una talla mayor que la suya; un jersey de color fucsia. Cualquier asomo de culpa que pudiera sentir al hacer sus compras no tuvo que ver con el monto de las facturas que pagó por ellas, sino con la alegría de los colores que escogió.

Y es que en la vida había muchas más cosas que la muerte, ¿o no era así?

Volvió al mercado a la hora acordada. No menos de tres ayudantes se encargaban de ayudar a meter las provisiones en el maletero y en el asiento trasero del coche. Afortunadamente, el mercado estaba a muy poca distancia en coche del muelle, donde esperaba el yate que llevaría a los allegados de la familia a la isla.

Los demás coches llegaron poco después que ellos. Se subieron las maletas al barco y los coches se aparcaron y se aseguraron en un aparcamiento privado próximo. Uno tras otro, los miembros de la familia que emprenderían el viaje subieron a bordo. Nicholas Whyte había decidido quedarse en Boston con su mujer y sus hijos, así como el marido de Laura Warren y el mayor de sus hijos. El resto de los Whyte y de los Warren estaban presentes, además de Carl Greene, el secretario de prensa de Gil, que se ocuparía de los teléfonos en la isla.

El sol moteaba la cubierta del barco, tan alegre como taciturnos estaban los viajeros. Los Whyte y los Warren de más avanzada edad se refugiaron en el salón bajo cubierta y el resto permaneció repantigado en las tumbonas en las que se habían derrumbado al subir al barco. Hasta los niños parecían desprovistos de sus habituales ganas de jugar.

Katia estaba apoyada en la barandilla de bronce de la cubierta delantera, viendo el hipnótico movimiento del lustroso yate cortando el agua cuando Jordan se unió a ella. Cerró una mano sobre la suya y clavó la vista al frente donde, a veinticinco millas de allí, en mar abierto, la isla esperaba.

—¿Has llamado a Nueva York? —preguntó él en voz baja.

—Sí.

—¿Todo en orden?

Katia hizo una pausa y luego asintió.

—Han visto los periódicos. —Al percibir la leve contracción de los dedos de Katia, Jordan le dedicó una mirada seca y de reojo—. Los teléfonos han empezado a sonar a primera hora de la mañana.

Y no es que los periódicos de Boston fueran más benignos. Saltan sobre cualquier cosa que tengan a tiro.

—¿Cómo pueden hacer lo que hacen? —preguntó Katia, desesperada.

—Son noticias, o eso dicen.

—Pero el informe de la autopsia… imaginaba que el departamento de policía podría haber esperado hasta… hasta esta mañana, al menos, para hacerlo público. ¿No hubo nada que Gil o Jack pudieran hacer?

—Se lo plantearon. Anoche se quedaron despiertos, lanzando amenazas a las paredes, aunque ¿para qué? Nos habríamos encontrado con llamativos titulares sobre la petición de una orden judicial y eso realmente habría despertado todo tipo de especulaciones, lo cual habría resultado mucho más condenatorio que el propio informe.

—¿Y qué decía?

El rostro de Jordan se desdibujó en un entramado de tristes arrugas.

—Que hacia la una de la madrugada ambos murieron debido a un solo disparo hecho a bocajarro. Que Deborah estaba embarazada. Que esa noche los dos llevaban un par de copas de más.

Por su voz, Katia adivinó que Jordan no había terminado de hablar. Esperó, observando su afligido perfil, y dijo suavemente:

—No creo que un par de copas supusiera nada. Los dos aguantaban bien el alcohol. Pero ¿qué me dices de las drogas?

—Nada, gracias a Dios.

—¿Sabes si Mark consumía?

—A veces se metía coca, pero según parece no estaba colocado cuando ocurrieron las muertes.

—¿Traficaba?

La mirada de Jordan se clavó en ella.

—¿Dónde has oído eso?

—Yo… Roger lo ha mencionado esta mañana, cuando lo he llamado. Le he dicho que estaba loco.

—¿Dónde lo ha oído él?

—No me lo ha dicho. Estoy segura de que no era más que un rumor.

Jordan se volvió de nuevo hacia el mar, aunque esta vez su perfil era un claro espejo de su tensión. No dijo nada. Se limitó a mordisquear la cara interna de su mejilla.

—¿Lo era, Jordan? ¿Era solo un rumor?

—Eso me gustaría creer.

—Pero no estás seguro.

Se produjo una pausa y a continuación un casi inaudible:

—No.

Katia cerró los ojos, echó la cabeza atrás y dejó que la brisa fresca la bañara, como si pudiera romper el hechizo del tormento mental al que de pronto se estaba viendo sometida.

—Intento una y otra vez entender cómo pudo Mark haber apretado ese gatillo, pero no puedo. Mark era…

—Un cobarde.

Katia se encogió de hombros en señal de acuerdo.

—Cuando éramos niños, siempre se las ingeniaba para meter en problemas a los demás. Proponía alguna locura…

—¿Como montar a pelo por las calles de Dover a medianoche?

—Mmmm. —Una sonrisa triste asomó a los labios de Katia. Aunque en esa época ella tenía ocho años, recordaba con claridad que Emily había entrado a hurtadillas a su casa para despertarla, a ella y también a Kenny; que Peter se había enfadado, porque decía que no tendrían que haberla llevado con ellos, incluso cuando Jordan la subía desafiante a lomos de su caballo—. Mark no apareció. Estaba cómodamente metido en su cama cuando la policía nos detuvo y nos llevó a casa.

—Así era Mark. La fuerza se le iba por la boca.

—¿Tanto cambió? Me refiero a ser realmente capaz de apretar ese gatillo…

—Yo tampoco creo que lo hiciera —fue la tensa respuesta de Jordan—. Aunque la alternativa sea casi tan mala. —Contuvo el aliento y guardó silencio, como si estuviera a punto de decir algo y finalmente decidiera no hacerlo—. Necesitaba dinero. Quería producir una película que podría convertirse en una obra de culto. No pudo conseguir respaldo financiero por su cuenta y acudió a varios de nosotros, pero estábamos demasiado hartos de sus estrambóticas ideas. —Jordan se mordió el labio, soltándolo despacio—. Hay dinero en las drogas. Puede que sea inmundo, pero sigue siendo verde.

—Y también atrae a enemigos.

—Mortales. Si alguien se tomó la molestia de cometer un doble asesinato, debe de haber tenido una razón de mucho peso. Y no fue ningún aficionado quien se coló en ese barco sin dejar el menor rastro de su visita. Quienquiera que fuera, sabía muy bien lo que tenía entre manos.

—¿Sabes si la policía ha descubierto algo?

—Nada que nos hayan comunicado. —Parecía primero nervioso, luego enfadado—. Puede que en realidad todavía no tengan nada, o que encuentren placer en mantener la investigación en secreto.

—Es su pequeña parcela de poder. ¿Tienes idea de quién está a cargo de la investigación?

—Un tipo llamado Cavanaugh.

—¿Es bueno?

—Eso dicen. Supongo que tendremos que esperar a ver.

Jordan esbozó una semisonrisa de impotencia, trazó un cariñoso círculo en la espalda de Katia con la palma de su mano y a continuación volvió una vez más a dejarla sola en la barandilla.

La isla estaba situada al este de Portland, en el golfo de Maine. Cuando tenían prisa, las familias iban y venían a la isla en helicóptero. Ese día no era el tiempo el que apremiaba, sino la necesidad de reclusión, que quedó satisfecha en cuanto el yate salió a mar abierto.

El viento soplaba con moderación y las olas batían con suavidad, lo que redujo un trayecto de tres horas a poco más de dos. Katia vio materializarse la isla en el mar con la misma venturosa sensación que siempre la embargaba al verla. En el curso de sus veintinueve años había llegado a asociar la isla con una atmósfera de tranquilidad y seguridad, e incluso esta visita, en circunstancias tan sombrías, no borraba esas sensaciones. Cuando la casa de estilo Cape apareció a la vista, le invadió su calidez. Sonrió al tiempo que daba uno de los suspiros más hondos y frescos que había dado desde hacía días.

No era la única que pareció iluminarse repentinamente. De los cuatro que, desde el salón, se habían unido a los demás en cubierta, Natalie parecía aliviada, y Lenore estaba de pie, con todas sus facultades perfectamente alertas. Jack y Gil discutían el plan fiscal del presidente fingiendo esa animación característica de ellos.

Los dos hombres habían comprado la isla hacía más de treinta años. Entre dieciséis mil hectáreas de bosques que se elevaban paulatinamente hasta culminar con los pinos mayestáticos de la cima, la isla acogía antes dos viejas casas victorianas de dos plantas que en su momento habían sido derruidas y sustituidas por la casa que ahora dominaba el frente. Se trataba de una estructura baja y extensa, de tablillas de cedro que con el paso de los años se habían fundido perfectamente con los bosques hasta el punto de que si uno no buscaba la casa con la mirada, podía pasarle inadvertida. Solo al aproximarse la poderosa presencia de la casa se hacía evidente. La viva imagen de Jack y Gil, pensó Katia.

Estaba el ala de los Whyte y el ala de los Warren, más una tercera para el servicio. Con el tiempo, la casa se había ido renovando hasta convertirse en una vivienda moderna, incluida la gran piscina de agua salada construida en el jardín trasero.

A un lado, casi oculta entre los árboles, se levantaba la casa de los cuidadores, y en la playa, junto al muelle, había un embarcadero. Miles de estrechos senderos serpenteaban por la isla como tentáculos que siempre conducían de regreso a la casa.

Todas las manos pusieron de su parte para llevar maletas y provisiones hasta la casa. Cuando Katia concluyó con su parte, fue a su habitación a deshacer el equipaje y rápidamente se puso el bañador que se había comprado esa misma mañana, cogió una toalla y se fue derecha a la piscina.

No fue la única que tuvo esa idea. Los niños ya estaban en el agua cuando llegó y el esquelético contingente de salvaguardas paternos aparecería en cualquier minuto.

Katia se acostó boca arriba en una tumbona, cerró los ojos y disfrutó de la sanadora calidez del sol, sintiéndose más lejos que nunca del ritmo frenético de la vida que llevaba en Nueva York. Los sonidos del exterior —las gaviotas, los niños, la brisa en los árboles y, más atenuado, el del océano— eran calmantes, reconfortantes y regeneradores. Dejó que se abrieran paso en su interior, relajaran su cuerpo y apartaran todo pensamiento de su cabeza. A punto estaba de quedarse dormida cuando una cálida mano se cerró sobre su hombro y la sacudió con suavidad.

Katia abrió un ojo y vio a Jordan en cuclillas a su lado.

—Te quemarás —bromeó—. O eso, o te perderás la diversión.

De no haber estado sumida en un estado tan letárgico, habría reconocido el brillo malicioso en la mirada de Jordan. Sin embargo, antes de que pudiera incorporarse del todo, él la levantó en brazos, recorrió los pocos pasos que los separaban de la piscina, y la tiró al agua. Lo último que Katia vio antes de sumergirse fue su amplia sonrisa, que para ella supuso un alivio tal de la tristeza del día anterior que tuvo que hacer acopio de toda su fuerza de voluntad para volver a salir a la superficie simulando enfado.

—¡Jordan Whyte! —balbuceó, apartándose el pelo de la cara al tiempo que agitaba la cabeza por encima del agua—. ¡Eres imposible! ¡Podría haberme ahogado! ¿Qué clase de ejemplo les estás dando a los niños?

Sin dejar de sonreír, Jordan respondió con un infantil encogimiento de hombros y luego se zambulló suavemente en el agua. Conociéndole como le conocía, Katia se dirigió al borde de la piscina, pero él la atrapó antes. Le tiró del tobillo y volvió a sumergirla. A continuación, trepó por el cuerpo de ella de modo que cuando ambos volvieron a emerger, Katia estaba en sus brazos.

—Demasiado lenta, cariño —se rió él entre dientes—. Tienes que mejorar.

—Eres un demonio —lo regañó Katia, aunque estaba abrazada a él con brazos y piernas y se sentía impropiamente feliz. Era un hombre fuerte, los mantenía a ambos a flote; además era un hombre guapo, con el pelo cayéndole sobre los ojos y los anchos hombros asomando a la superficie.

Durante un instante, sus brazos se tensaron alrededor del cuerpo de Katia y la expresión de su rostro se serenó. Luego, con idéntica rapidez, cualquier cosa que le hubiera pasado por la cabeza desapareció cuando dos bracitos empezaron a tirar de él desde atrás.

—¡Juega con nosotros, tío Jordan! ¡Nosotros también queremos que nos tires! —Era Tommy, el hijo menor de Laura, que junto con otros tres niños, chapoteaba alrededor de ellos.

Jordan soltó a Katia, se sumergió y emergió de nuevo con un Tommy chillón sobre los hombros. Girándose, agarró al niño con firmeza por el trasero y lo lanzó al aire, tirándolo al agua. Cuando Katia alcanzó el borde de la piscina y salió, Jordan lanzaba a un segundo niño desde sus hombros.

Katia se quedó de pie mirando la escena, sonriente, pensando que Jordan sería un padre maravilloso y preguntándose por qué todavía no lo era. Entonces su sonrisa se desvaneció y se sumió en la profundidad de sus propias cavilaciones. Regresó a su tumbona, se abrazó las rodillas contra el pecho y siguió mirando el juego, aunque ahora recordando cómo la había abrazado Jordan hacía apenas un instante; sintió un punzante dolor en lo más íntimo, que aumentó cuando, al tiempo que pedía un poco de compasión entre risas, Jordan salía de la piscina. Los gruesos músculos de sus hombros se tensaron. Cuando se incorporó del todo, Katia solo tuvo ojos para el oscuro vello de su cuerpo pegado al pecho bronceado, el estómago plano, sus piernas, el modo en que el bañador se amoldaba a esa parte de él que el decoro exigía cubrir. Demasiado bien recordaba ella con qué naturalidad sus muslos habían rodeado esas esbeltas caderas.

Los ojos de Katia ascendieron por el cuerpo de Jordan hasta encontrarse con su mirada. Rápidamente apartó la vista y se dio media vuelta, tumbándose boca abajo y cerrando los ojos. Incluso así sintió que Jordan se acercaba y se agachaba junto a ella.

—No deberías hacer eso —le dijo con voz queda.

Ella siguió con los ojos cerrados.

—¿Hacer qué?

—Mirarme así.

—¿Así, cómo?

—Sabes muy bien cómo —la regañó bruscamente.

Katia se encogió de hombros, intentando parecer indiferente.

—Eres un hombre guapísimo. Debes de estar acostumbrado a las miradas ávidas.

—Cuesta manejarlas cuando provienen de ti.

—¿Por qué? —preguntó ella, perversamente deseosa de aguijonearlo para que prosiguiera—. ¿Tan distinta soy de las demás mujeres?

—¡Sí! Eres…

—¿Qué está ocurriendo aquí? —La voz intrusa pertenecía a Emily, que en ese momento dejaba caer su toalla encima de una silla cercana—. ¿Es una conversación íntima o hay sitio para los demás?

Peter, que momentos antes se había acercado a unirse a Sally, su mujer, se incorporó en su silla.

—Si es un *tête-à-tête* familiar, contad conmigo. ¿Vamos a hablar de Mark y de Deborah o ya nos los hemos cargado bastante?

—Cállate, Peter —gruñó Jordan, levantándose y cogiendo su propia silla.

Laura, que estaba sentada cerca con una copa en la mano, volvió sus ojos protegidos por una visera hacia ellos. Anne, cuyo marido estaba ocupado entreteniendo a los niños en el extremo más alejado de la piscina, la imitó.

Katia sentía una desesperada curiosidad por saber lo que Jordan había estado a punto de decir en el momento en que los habían interrumpido, pero se dio cuenta de que el momento ya había pasado, de modo que se dio media vuelta en la tumbona y se sentó, ajustando el respaldo de la silla hasta ponerlo en posición vertical.

—Quizá deberíamos hablar de ellos —prosiguió Peter, pasando por alto la advertencia de Jordan—. Al fin y al cabo, son la razón de que estemos aquí ahora.

—Me parece una visión muy parcial —intervino Laura, haciendo girar el whisky en su vaso—. De todos modos habríamos venido antes o después. Hacía ya tiempo que no estábamos todos juntos.

Anne se mostró de acuerdo con ella.

—Laura tiene razón. No tengo ni idea de lo que vosotros habéis estado haciendo últimamente.

—Eso te pasa por haberte casado con el Grupo Whyte —contraatacó Peter—. ¿Cómo puedes ser esposa, y mucho menos madre, teniendo la nariz constantemente metida en los asuntos de la corporación?

—Me las arreglo —dijo Anne, con cierta actitud defensiva—. Aunque, mira quién habla. ¿Cuánto tiempo puedes tú pasar con

Sally y con los niños si estás todo el día en ese cursi despacho tuyo, moviendo hilos por teléfono, delante de la puerta de algún juzgado enfrentándote a la prensa en nombre de uno de tus clientes o en alguna campaña política de recaudación de fondos, convertido en abanderado de buena voluntad?

—Hago lo que tengo que hacer —fue la suave respuesta de Peter—, y Sally lo entiende.

—Bueno, pues mi Mark también lo entiende. Y, además, él está tan ocupado como yo. En cuanto a Amanda, lo que importa es la calidad del tiempo que paso con ella, no la cantidad.

—Ahhh —suspiró Peter—. Calidad sobre cantidad. El credo de la mujer trabajadora.

Jordan, a quien el sarcasmo de Peter se le antojó innecesario, aunque predecible, ladeó la cabeza.

—Yo te respeto, Anne. No tiene que ser fácil lidiar con todo.

Anne saludó el comentario de Jordan con una mueca.

—Hay veces en que me entran ganas de mandarlo todo a hacer gárgaras, pero ¿qué haría entonces? No puedo ni imaginarme pasando el resto de mi vida esperando a que Mark llegue a casa, como lo hace mamá con papá. Ni viviendo exclusivamente a la espera de poder disfrutar de ocasiones como esta, en las que podemos estar juntos unos días.

—Lo cual nos lleva de nuevo al punto que he expuesto originalmente —intervino Peter—. Yo no sé vosotros, chicos, pero podéis estar seguros de que yo quiero saber lo que ha pasado con Deborah y con Mark. No estoy dispuesto a aceptar la teoría de suicidio, lo cual nos deja solo la del asesinato.

—Por favor, Peter…

—A eso le llamo yo hablar sin rodeos…

—Por el amor de Dios…

Peter no se amilanó.

—No tiene sentido darle más vueltas. Todos hemos pensado lo mismo. Nos hemos devanado los sesos intentando comprender cómo Mark ha podido matar a Deborah y luego suicidarse, y las piezas no encajan. Nuestros padres estarían felices de poder achacar lo ocurrido a la acción de algunas facciones para provocar un escándalo que debilitara las posibilidades de reelección de Gil.

Jordan se removió en su silla.

—Es mucho más fácil echarle la culpa a otro.

—¿No crees que debamos?

—Sin duda, pero lo cierto es que el asesinato es mucho más fácil de tragar que el suicidio, que a su vez tendría un claro impacto sobre todos nosotros.

—Yo no me siento culpable de nada —declaró Peter.

—No me cabe duda —le respondió Emily con un bufido.

—No es la culpa lo que importa —prosiguió Jordan— si estamos hablando de asesinato. Pero aunque así sea, carecemos prácticamente de pistas. La vida de Mark y de Deborah tenía un lado… —vaciló y un tinte de preocupación asomó a su mirada— que ninguno de nosotros conocía demasiado. Supongo que podemos especular, claro…

—Drogas —intervino Anne.

—Esa es una posibilidad.

—Dinero —soltó Peter—. Si Mark lo necesitaba desesperadamente y fue lo bastante estúpido como para recurrir a las personas equivocadas…

—¿Y por qué iba a hacer algo así? —preguntó Laura—. ¡Podía recurrir a nosotros! —Levantó su vaso de whisky y le dio un buen sorbo.

—Lo hizo —dijo Anne, bajando la voz—, y no le escuchamos.

Laura pareció conmocionada durante un minuto.

—Pues os aseguro que a mí no acudió.

—¿Lo habrías ayudado?

—Yo… quizá. No lo sé. A Donald nunca le hicieron gracia los proyectos de Mark.

Peter asintió.

—Tipo listo.

—¿Tan desesperadamente necesitaba ese dinero? —preguntó Emily.

—Probablemente.

—Creía que lo ganaba por sus propios medios.

—No lo bastante.

—Pero aunque sea cierto que Mark acudiera a las personas equivocadas, sigue sin tener sentido —intervino de nuevo Laura, desconcertada—. ¿Por qué iba alguien a matarlo por dinero? Un hombre muerto nunca paga sus deudas.

—Pero sus herederos sí —informó Peter—, siempre que sean deudas legítimas.

Katia frunció el ceño.

—Eso tampoco tiene sentido, porque si alguien como Mark llegó hasta el punto de pedir dinero prestado, no creo que conservara mucho de su fortuna personal.

—¿Y qué pasa con Deborah? —preguntó Emily—. Hasta ahora hemos dado por sentado que era Mark el que tenía el problema. Quizá fuera ella la que tenía los contactos sucios.

Los demás negaban ya con la cabeza incluso antes de que Emily terminara de hablar. Jordan dio voz al punto de vista del grupo.

—No. No me imagino a Deborah en ese papel. Mark era el líder. Ella lo seguía.

—Quizá se tratara de una mujer —sugirió Peter—. Mark tenía unos cuantos rollos. Quizá Deborah y él se vieran implicados en un amargo triángulo amoroso.

Jordan lo miró y arqueó una ceja escéptica.

—¿Una mujer que se coló de forma tan experta en el barco y que los mató sin que ninguno de los dos opusiera resistencia?

—Quizá estaban dormidos.

Pero Jordan volvía a negar con la cabeza.

—Quienquiera que lo hiciera… en caso de que realmente haya habido un tercero… es un asesino experimentado, y dudo mucho que una amante lo sea.

—¿Y qué me decís de un amante masculino? —propuso Anne, pero Laura rápidamente desestimó la idea.

—Deborah jamás se habría echado un amante. Adoraba a Mark.

—Quizá fuera Mark el que tenía un amante —replicó Emily. A pesar de que ofreció su comentario con una sonrisa maliciosa, sumió al grupo en el silencio y en la melancolía durante un instante.

Por fin, Peter gruñó.

—Eso retrata el ambiente en el que te mueves. El mundo del teatro es un estercolero de homosexuales.

Anne se estremeció.

—Qué imagen tan poco poética.

—E inadecuada —arguyó Emily—. Lo que pasa es que los gays son más abiertos en el mundo del teatro, un mundo en el que, por cierto, Mark estaba bastante metido. ¿Qué me decís de lo del amante?

Jordan conocía a su hermano lo suficiente, al menos en ese aspecto, como para poder responder por él.

—No. Mark solo tenía ojos para las mujeres.

—Deborah tendría que haberse echado un amante —reflexionó Laura en una clara digresión derivada de sus primeros pensamientos—. Bien sabe Dios que Mark no le era fiel y que donde ellos vivían había un montón de hombres atractivos y disponibles.

Peter la miró con expresión de recelo.

—Cualquiera diría que le tienes envidia. No puedo creer que tengáis algún problema en casa. Donald es todo un ejemplo de moralidad.

Cosa que, dejando a un lado el terreno sexual, podía resultar de lo más aburrido, pensó Katia. Aunque respetaba a Donald, nunca lo había considerado una persona excitante.

—No tengo la menor queja de Donald, ni tampoco problemas en casa —insistió Laura—. Pero cuando ocurre algo así, te hace pensar en tu propia mortalidad, en las cosas que quizá harías de forma distinta si pudieras volver a vivir tu vida. —A pesar de ser normalmente la más reservada del grupo, el licor parecía haberle soltado la lengua.

—¿Qué harías? —preguntó Katia, intrigada.

Laura inspiró hondo y luego miró a los demás con el descaro que había encontrado en el whisky.

—Habría disfrutado un poco de la vida antes de casarme. No, no me mires así, Peter. Soy humana. Y mujer. Si pudiera volver atrás y vivir mi vida de nuevo, habría experimentado hasta notar el corazón satisfecho antes de sentar la cabeza.

—¿Por qué no lo hiciste?

—Porque cuando salí de la universidad eran otros tiempos y lo único que quería era ser una buena esposa y una buena madre.

—Eso tiene su lado bueno —respondió Katia—. Quizá estés dotando al mundo de los solteros de un glamour que no tiene... o, en otras palabras, quizá estés viendo más verde la hierba del jardín de tu vecino que la del propio.

—Vaya, vaya —se burló Peter—. ¿No estarás replanteándote volver a salir con Sean?

—No especialmente.

—Pues, por lo que dices, cualquiera diría que tienes ganas de casarte y de tener hijos —añadió.

—Todo llegará —reconoció Katia sin ningún asomo de vergüenza. Evitó cualquier contacto visual con Jordan y volvió su atención a Emily—. ¿Qué opinas tú, Em? Tú has sido parte del mundo de los solteros. ¿Es tan fantástico como suele pensarse?

Emily esbozó una sonrisa maliciosa.

—No para todo el mundo, aunque yo no tengo motivo de queja.

—Un momento —dijo Peter, mirando a su alrededor—. ¿Y dónde se ha metido comoquiera-que-se-llame?

—Andrew ha salido a hacer un poco de jogging.

—Ahhh. Bien. No hay nada como mantener el viejo… perdón, el joven cuerpo en forma. ¿De dónde lo has sacado?

—Aunque no es asunto tuyo, nos lo presentó un amigo común.

—¿Qué fue de aquel otro? ¿Jared, se llamaba?

—A Jared —respondió Emily, suspirando pacíficamente— se lo llevó el viento, cosa que no lamento en absoluto —añadió, más serena— porque era un parásito. Cero agallas y menos empuje. Juro que a veces podría haberlo estrangulado.

—Lo cual nos lleva de nuevo al punto de partida —anunció Peter—. Mark y Deborah. Asesinato. —Se tiró de la oreja—. No puedo evitar preguntarme lo que nos dirá la policía.

—¿No te estarás poniendo nervioso? —se mofó Emily—. ¿Acaso temes que aparezca algo que mancille tu buen nombre?

Sally irguió la espalda contra el respaldo de su silla.

—Peter puede contar con sus propios méritos, independientemente de lo que resulte de la investigación —dijo, en defensa de su marido.

—Entonces, ¿qué es lo que teme? —preguntó Anne, buscando los ojos de Peter con la mirada.

Peter sacudió los hombros con gesto arrogante.

—No me da miedo nada. Solo siento curiosidad. ¿No os gustaría saber lo que ha ocurrido realmente? Mark era vuestro hermano.

—Y Deborah tu hermana —replicó Anne—. Reconócelo: los dos estaban un poco pirados.

Jordan, que hasta entonces se había mostrado taciturno, por no decir callado, mientras seguía el curso de la conversación, se repantigó repentinamente en su tumbona, estirando las piernas hacia delante e introduciendo las yemas de los dedos en el elástico de su bañador de licra.

—Qué interesante... ver cómo funcionan las familias. ¿Qué les hizo ser como eran cuando el resto de nosotros somos tan distintos?

—¿Lo somos? —preguntó Emily con una sonrisa afectada—. Quizá todos seamos un poco raros.

—Habla por ti —le advirtió Laura.

—De acuerdo, lo haré —replicó Emily levantando la barbilla—. Soy rara.

Peter asintió.

—Ya lo creo. Siempre fuiste la más emotiva. ¿En qué estás metida ahora, Em? ¿Sigues en off Broadway?

—Me gusta trabajar en off Broadway. Algunas de las obras más interesantes empiezan así.

Peter insistió.

—Pero ¿no preferirías estar en lo más alto? Ya sabes, encabezando el reparto de un teatro de los grandes, con tu nombre en luces de neón y saliendo al centro del escenario cuando llega el momento del saludo final.

—Estás dejando hablar a tu ego, Peter —apuntó Jordan.

—¿Es que tú no lo tienes? —contraatacó Peter, pero Emily ya tenía preparada su propia respuesta y no tenía intención de dejar pasar la oportunidad de darla.

—Me gusta estar donde estoy. En cualquier escenario existe la adulación y me satisface abrirme camino con mi trabajo. Quizá también en eso sea rara, porque todos vosotros sois unos supertriunfadores. En cualquier caso, yo consigo las cosas a mi manera.

Sin duda, Peter disfrutaba metiéndose con ella.

—Qué lástima que Mark no viviera para producir esa película suya de cine de autor. Quizá te hubiera dado un papel protagonista.

—No, gracias —respondió ella, con los ojos encendidos—. No habría trabajado con Mark ni por todo el oro del mundo, sobre todo después de sus agradables comentarios sobre mis facultades interpretativas la última vez que lo vi.

—Dijo que estarías bien bajo su dirección —bromeó Peter.

—Estoy bien ahora.

—Actriz —musitó Laura con cierta melancolía en la voz—. Ninguna de nosotras intentó algo así.

—Quizá por eso lo hice. Viniendo detrás de todos vosotros, tenía que hacer algo distinto.

—Lo entiendo perfectamente —intervino Jordan con su tono más seco.

—Ah, el pequeño de los Whyte, decidido a abrirse camino solo —comentó Peter, aunque sin ningún rencor. Jordan y él tenían edades aproximadas y aunque de niños a menudo habían sido rivales, el hecho de que ambos hubieran evolucionado en direcciones distintas al llegar a adultos ayudaba a conservar su amistad—. Bueno, pues lo has logrado, eso nadie puede negártelo. ¿Qué toca esta semana? ¿Un equipo de polo? ¿Un grupo de prensa? Oye, esa es una buena idea. Si fueras dueño de un periódico, podrías controlar las noticias. Por cierto, ¿cómo has logrado encontrar el tiempo libre para poder venir? ¿No temes que alguien te robe algún supercontrato delante de tus narices?

Viniendo de un intruso, un sarcasmo de esa índole habría hecho saltar a Jordan, pero con su familia se mostraba más suave que con el mundo en general.

—Soy partidario de delegar autoridad —respondió antes de esbozar una sonrisa maliciosa—. Me refiero a que yo soy la autoridad, pero los que están por debajo de mí son lo bastante leales como para gestionarla en caso de ser necesario. Saben muy bien lo que quiero. Si surge algún problema mientras estoy aquí, me llamarán.

—Qué envidia me das —confesó Laura—. Ojalá la profesión de Donald le permitiera darse ese lujo. Así podría pasar más tiempo con nosotros.

Katia estaba pensando en la cantidad de paralelismos que existían entre la vida de Laura y la de su madre, Lenore, cuando Emily expresó pensamientos similares.

—Deberías hacer algo sobre eso, Laura. Oblígalo a que se tome tiempo libre de vez en cuando. Debería pasar más tiempo contigo. Puede que mamá ya sea demasiado mayor para cambiar a papá, pero tú no lo eres para cambiar a Donald.

—Se trata de la carrera de Donald, exactamente como ocurrió con la de papá —dijo Laura a la defensiva—. Y, además, Donald tiene cuarenta y seis años y yo ya casi cuarenta y cuatro. Quizá seamos demasiado viejos para cambiar.

—Qué mujeres tan sufridoras —suspiró Peter, magnánimo—. ¿Qué haríamos sin ellas?

Katia, que ya se sentía bastante mal por Laura sin las pullas de Peter, alzó su voz, reflexiva.

—De todos modos, resulta interesante. Laura es como Lenore, tú te pareces a Gil. Nick se parece a Jack…

—Y Jordan ha sacado lo mejor de su padre y de su madre —intervino alegremente Emily con una sonrisa de oreja a oreja.

—O lo peor —añadió Katia, aunque también ella sonreía.

—¿Y dónde deja eso a Emily? —preguntó Peter—. ¿O a Mark y a Deborah, por mencionar a alguien? O a ti, Katia. ¿A quién te pareces tú?

Katia no estaba preparada para esa pregunta y, mientras ella se debatía en un intento por encontrar una respuesta, Jordan acudió en su rescate.

—Katia tiene el corazón de su madre. El resto lo ha adquirido por simple ósmosis. ¿O es que acaso esperabas que, después de pasar tantos años de su vida con nosotros, se librara del virus familiar?

Peter no estaba en absoluto satisfecho con la explicación de Jordan.

—¿Y qué pasa con Henry? ¿Qué es lo que ha heredado de él?

A Katia le pareció apreciar un cierto desafío en sus palabras, desafío ante el que su corazón empezó a latir más deprisa. ¿Qué había heredado de Henry, su padre?

—A Henry le gustaba cocinar —apuntó Emily—. Katia no para de hacer cursos de alta cocina.

—¿Alguno de vosotros ha probado alguna vez su cocina?

—Yo —intervino Jordan, dedicando a Katia una sonrisa traviesa—. Solía llamarme cuando necesitaba un conejillo de Indias.

—No es cierto —protestó Katia, presa del mismo ánimo juguetón y forzado del que solo ella era consciente—. Te llamaba cuando estaba tan desesperada por verte la cara que habría hecho cualquier cosa, incluido pasarme gran parte del domingo delante de unos fogones encendidos preparando alta cocina francesa, para tenerte a mi lado. ¿Y alguna vez te decepcioné? ¿Alguna vez saliste de casa con acidez? ¿Indigestión? ¿Intoxicación?

—No. Eres una gran cocinera. No dudaría en ir a cenar a tu casa en cualquier momento. No hay duda de que es mucho mejor que la basura recalentada en el microondas que como a menudo.

—No me vengas con esas —contraatacó Katia, entrecerrando los ojos—. Comes en los mejores restaurantes cuatro de cada cinco días a la semana, y cuando no comes fuera…

—Tiene a alguna mujer cocinándole —concluyó Anne—. Eres un maldito bastardo, Jordan, ¿lo sabías? Usas a las mujeres como lo hacían los cavernícolas. Te sirven solo para dos cosas: la comida y el sexo.

—Eso no es cierto —arguyó Jordan con una mayor dosis de inocencia de la que podía permitirse, dado su currículo—. Respeto a las mujeres. ¿Acaso no he dicho hace menos de veinte minutos que os respeto? Tengo testigos, así que no lo niegues.

—Vives guiándote por una doble moral —fue la cáustica respuesta de Anne.

—¿Acaso no lo hacemos todos? —preguntó Emily—. Por un lado están las personas a las que queremos y, por el otro, aquellas a las que utilizamos.

Jordan había fruncido el ceño.

—Pero ambos grupos no son excluyentes. ¿No es eso el amor? ¿Utilizar a alguien y dejar que ese alguien te utilice a su vez al tiempo que el intercambio resulta más productivo y gratificante para ambos?

—¿Pretendes decirme que has estado enamorado de todas las mujeres que han entrado y salido de tu vida? —se burló Anne.

—Por supuesto que no. Aunque siempre les he dado todo lo que he recibido de ellas.

—Justo —concluyó Anne con aire satisfecho.

Jordan a punto estaba de protestar cuando Emily se inclinó repentinamente hacia delante en su tumbona. Con los ojos como platos, miró su reloj.

—Hablando de sexo, tengo que darme prisa. —Recogió la toalla y la loción bronceadora que no había utilizado—. Si me disculpáis... —Y se marchó.

—¡Qué insaciable! —Peter dirigió su exclamación a la figura cada vez más lejana de Emily—. Ya sé lo que pasó con Jared. Lo destrozó. Espero que Andrew tenga más aguante.

—Empieza su culebrón favorito —le informó Anne—. No se lo perdería por nada del mundo.

Jordan esbozó una sonrisa irreverente.

—¿Y de quién lo habrá heredado? ¿Creéis que Lenore se ha pasado todos estos años viendo culebrones en su habitación?

—Shh —le regañó Katia.

Laura soltó un profundo suspiro en el interior de su vaso.

—No. Mamá se limita a estar enfurruñada. —Se bebió el resto de whisky que aún le quedaba y miró por encima del borde de su vaso la figura de Peter, que en ese momento se ponía en pie—. ¿Adónde vas?

—Hora de usar el teléfono —gritó él por encima del hombro, cruzando el patio hacia la casa.

—Tiene que llamar al despacho —explicó Sally en voz baja—. Y yo debería librar a Mark M. de los niños. —Con el paso de los años, las familias habían terminado refiriéndose a Mark Mitchell, el esposo de Anne, como Mark M. para diferenciarlo de Mark Whyte. El hecho de que ya no hubiera ninguna necesidad de hacerlo era algo que todos dejaban de lado.

También Katia se levantó. Aunque le habría gustado poder quedarse a solas con Jordan, se dio cuenta de que Laura no pensaba moverse de su sitio en un buen rato y vio que Anne volvía a estirarse al sol.

—Creo que iré a dar una vuelta. Os veré luego.

El resto del día transcurrió en calma, como también los días siguientes. La introspección parecía ser el pasatiempo más común entre los autoexiliados en la isla. Hubo algunos juegos, algunas risas, aunque siempre breves.

A pesar de que Katia sentía profundamente la tragedia, estaba a la vez lo suficientemente distanciada de lo ocurrido como para poder observar atentamente a los demás. Como ya había esperado, Lenore pasaba la mayor parte de su tiempo en su habitación mientras que Gil se dedicaba o bien a repasar sus papeles o a llamar por teléfono. Y, como bien sabía Katia, no era que Gil no sintiera la pérdida de su hija y de su yerno, pues veía la mirada apenada que asomaba a sus ojos de vez en cuando. Sin embargo, el trabajo era para él, y había sido siempre, una panacea. Katia aceptaba eso del mismo modo en que, según suponía, Lenore lo había aceptado años atrás.

Aunque Natalie a veces estallaba en llanto, lo cierto es que se enfrentaba a la muerte sobre todo concentrándose en los vivos. Era la encargada de que los nietos estuvieran siempre ocupados cuando sus padres mostraban escasa disposición a encargarse personalmente de ellos. Para sorpresa de Katia, Jack era quien mostraba los estragos del dolor de forma más abierta que los otros tres miembros de la generación mayor de ambas familias. Se mostraba propenso a repentinos cambios de humor: se enfadaba por cualquier cosa y ante cualquiera, y segundos más tarde se mostraba silencioso y meditabundo. También él se pasaba largas horas colgado del teléfono, básicamente poniendo como un trapo a alguno de sus subordinados de Boston. Cuando no descargaba su furia sobre esas víctimas indefensas, le daba vueltas a las cosas en la playa. A menudo, durante la cena o de noche en el salón, se separaba por completo de la conversación y cuando había alguna pregunta dirigida a él alzaba sus ojos preñados de rabia o de lágrimas.

Katia dedicó su tiempo a relajarse, bronceándose junto a la piscina, hablando durante horas con Emily y Anne. Laura, a pesar de estar presente, demasiado a menudo con una copa en la mano, se unía a la conversación en raras ocasiones. Peter solía estar al teléfono.

Para deleite de Katia, Jordan la buscaba con frecuencia. La persuadía para nadar con él en la piscina, aunque ella siempre se cansaba antes que él. Le pedía que lo acompañara en el velero, aunque ella terminaba aferrada a la borda cuando el barco se escoraba en un ángulo peligroso. La llevaba a dar largos paseos por los senderos de la isla, hablando suavemente de muchas cosas, excepto de lo que Katia realmente deseaba hablar.

Katia sentía que él la necesitaba. Jordan parecía más calmado, más en paz consigo mismo cuando estaba con ella, aunque Katia se preguntaba si esa impresión no sería simplemente fruto de su imaginación. Llegó a pensar que era masoquista, porque atesoraba la compañía de Jordan independientemente de lo que hicieran, incluso a pesar de que la destrozaba tener que retirarse sola al final del día.

Jordan había tenido una oportunidad cuando ella tenía diecinueve años, pero la había rechazado con firmeza. Había tenido más oportunidades cuando ella había terminado la universidad, cuando ambos estaban en la ciudad, libres de cualquier compromiso. Pero Jordan nunca las había aprovechado. Nunca había sugerido que deseaba de ella algo más que una simple amistad, y ella era demasiado orgullosa para presionarlo, así que había salido con otros hombres y finalmente terminó con Sean. Sin embargo, cuatro años de relación y convivencia le habían enseñado que un hombre no puede jamás sustituir a otro. Cuando Sean se había manifestado deseoso de casarse con ella, Katia se echó atrás y terminó por enfrentarse a la verdad.

Ahora, una vez más, era libre. Aun así, no era el momento adecuado para Jordan y ella. Las circunstancias no acompañaban. Se vio preguntándose si alguna vez lo harían, aunque esa idea la fastidió sobremanera, de modo que la apartó de sí, solución a la que se había aficionado. En vez de especular sobre sus esperanzas y sus sueños de futuro, adonde la llevaban sus reflexiones sobre la mortalidad, pasaba la mayor parte de su tiempo pensando en el pasado.

Durante uno de esos períodos de evocaciones, mientras deambulaba por el área común de la casa, se vio casi sin querer entrando en el estudio. Era una amplia habitación cuya calidez siempre le había parecido consecuencia de la gran cantidad de fotos de familia y de bocetos, sobre todo de Gil, que tapizaban las paredes.

La habitación no estaba vacía. Katia se detuvo en seco en el umbral al ver a Natalie y a Lenore sentadas en el magnífico sofá de piel con las rodillas cubiertas de álbumes y montones de fotografías sueltas.

—¡Oh, lo siento! No sabía que estuvierais aquí.

Mientras los ojos de Lenore siguieron fijos en las fotografías que sostenía entre las manos, Natalie levantó la mirada y esbozó una amplia sonrisa.

—¡Katia! Tienes que ver estas fotos. Hace mucho tiempo que no las mirábamos y son divertidísimas.

Katia vaciló. Lenore no parecía presa de la hilaridad, y lo último que Katia deseaba era ser causa de aflicción para ella. Pero Natalie insistió, animándola a pasar.

—Vamos. Ven a mirar. —Natalie le tendió una instantánea y Katia, por no hacerle un feo, no tuvo otro remedio que acercarse.

Aceptó la fotografía de sus manos y, al estudiarla, no pudo contener una inmediata sonrisa.

—Qué preciosidad. Laura y Em. Mira qué rizos. Y Mark y Jordan.

—Y tú. En esa foto no debes de tener más de cinco años.

—Dios, cómo ha pasado el tiempo —musitó Katia, sin dejar de sonreír—. Y qué largo tenía el pelo. O quizá es que era muy baja. —Incapaz de contenerse, se agachó a ver algunas de las fotos que Natalie tenía en la mano. Eran fotos sacadas en varias épocas, todos ellos buenos momentos, divertidos—. Huy —se corrigió—, aquí estoy llorando. —Entonces soltó una carcajada—. Lo cierto es que recuerdo muy bien ese día. Fue en la fiesta de cumpleaños de Peter. Estábamos todos comiendo cucuruchos, pero a mí se me cayó el helado, que fue a parar a mis merceditas. Era demasiado pequeña para que me diera vergüenza. Estaba simplemente desolada.

Natalie señaló el álbum abierto que tenía sobre las rodillas.

—Mira estas. Son de cuando Nick empezó la universidad, cuando estaba pasando por su fase de «fotógrafo serio». Mira cómo os hizo posar a todos… parecéis a punto de echaros a gritar.

—Es que no terminaba nunca. Y cuando por fin creíamos que estaba todo a punto, él se daba cuenta de que el rollo no estaba bien puesto en la cámara, o que el flash no funcionaba, o que no podía disparar la foto porque tenía el seguro puesto. Y, cuando por fin solucionaba lo que fuera, alguien se había movido, así que bajaba la cámara y había que empezar de nuevo. —Katia estudió la fotografía—. Qué... formales estamos. Frustrados, aunque formales. Anticuados.

—Que alguien sea anticuado no necesariamente implica que esté frustrado o que sea formal —murmuró Lenore, hablando por primera vez desde que Katia había entrado a la habitación. Su voz denotaba cierta melancolía al tiempo que estiraba un dedo índice para señalar una de las fotografías del álbum que tenía delante—. Esta se tomó a principios de los años treinta. Mira.

Katia se movió detrás del sofá y vio, por encima de hombro de Lenore, una foto descolorida en la que aparecían Jack y Gil, hombro con hombro, sonriendo a la cámara.

—El país estaba en plena Depresión —prosiguió Lenore, claramente admirada—, pero ellos dos eran irreprimibles. La foto se sacó en Amherst. Mira los pantalones anchos y los sombreros.

—Y las petacas —apuntó Natalie con sequedad—. Para ellos la Ley Seca no significaba nada.

—Pero todavía no los conocíais, ¿verdad?

Fue Lenore quien respondió.

—No. Pasaron otros diez años antes de que nosotras entráramos en escena. —Volvió la página del álbum y señaló—: No podíamos tener más de quince años en esta. Mira, Nat. ¿Te acuerdas?

Lenore Crane era una princesa, o al menos eso es lo que ella creyó durante la primera década de su vida. Vivía con su hermana menor y sus padres en una espaciosa casa de ladrillo en Back Bay, Boston, a escasa distancia del banco en el que Samuel, su padre, ocupaba el prestigioso cargo de presidente. Lenore tenía todo lo que deseaba.

Era una niña hermosa con un pelo rubio largo y sedoso, una nariz pequeña, una cara delicadamente redonda y unos pálidos ojos azules. Sus vestidos estaban confeccionados con el más suave de los terciopelos, elegidos personalmente por su madre en Best's. Sus zapatos eran del mejor charol, renovados al menor signo de exceso de uso. Las muñecas con las que jugaba eran inglesas, y las tazas en las que les servía el té eran versiones en miniatura del elegante juego Royal Worcester que su madre utilizaba cuando tenía invitadas, cosa que ocurría a menudo.

La llevaban al cine al lujoso Metropolitan Theatre, a las fiestas del club de campo, siempre en el elegante Pierce-Arrow que su padre conducía con orgullo. Su profesora de piano iba a su casa una vez por semana, como también su instructora privada de ballet. Muy pronto aprendió a utilizar el fonógrafo y disponía de una colección de discos mucho más numerosa que la de cualquiera de sus conocidos; si no quería oír el fonógrafo, podía encender la radio, que era la mejor y la más cara y que su padre había pagado al contado en el momento de la compra, y no empleando uno de esos planes de pago a plazos que tan populares se habían hecho entre la gente de posición inferior.

Jamás hubiera imaginado que algo pudiera echar a perder una existencia tan maravillosa. Si su madre se aplicaba con evidente entusiasmo a frecuentar las tiendas de artículos de lujo de lo más chic, como Slattery's o Madame Driscoll's, lo único que Lenore sabía de ella era que tenía la madre más hermosa y mejor vestida del vecindario. Si su padre encontraba su mayor fuente de emoción desafiando la Ley Seca y colándose en el Mayfair después de que el banco cerrara sus puertas cada tarde, lo único que Lenore sabía de él era que volvía con un conejillo de chocolate o algún otro dulce tentador para su hermana Lydia o para ella cuando llegaba a casa.

Desgraciadamente, beber licor de contrabando no era la única fuente de emoción en la vida de Samuel Crane. Tenía un lado que no compartía con nadie, un lado que contrastaba por completo con la imagen conservadora que mostraba en el banco.

Samuel Crane jugaba a la bolsa, y lo hacía con tal arrojo que maravillaba a su agente, quien no tardó en seguir los consejos de su cliente en vez de seguir ofreciendo los propios. A Samuel las cosas le habrían ido bien de haberse limitado a invertir su propio dinero, pero no fue así. Invertía cada centavo de su sueldo en mantener el estilo de vida que consideraba apropiado para él y los suyos, de modo que cuando necesitaba dinero adicional lo malversaba del banco.

El 30 de octubre de 1929, el día después de la caída de la bolsa, encontraron a Samuel Crane colgando de una soga en la buhardilla de su casa. Lenore apenas tenía diez años, pero ese día provocó una serie de cambios en su vida que afectaron profundamente a todos los aspectos de su existencia.

Greta Crane se quedó perpleja ante la repentina muerte de su esposo. Ni siquiera había tenido tiempo de asimilar el duelo y ya la humillación la estaba dominando, rápidamente fue seguida por el horror en cuanto descubrió el volumen de las deudas que había heredado, deudas que solo podía pagar con la venta de todo lo que tenía.

En la mente de Greta, hacer frente a la desgarradora prueba que suponía su nueva situación era como si le quitaran la sangre, y de no haber tenido hijos que cuidar, quizá se habría unido a su marido, cayendo así en el olvido. Sin embargo, y por el bien de Lydia y de Lenore, siguió adelante; dejó atrás Back Bay y se trasladó con las dos niñas a la planta superior de una modesta casa bifamiliar situada en Watertown, que alquilaba por menos dinero al mes que la suma que hasta entonces destinaba a ropa para la misma cantidad de semanas. Se desprendió de los servicios de la criada y la cocinera, del Pierce-Arrow y el club de campo, sustituyéndolos por una existencia que, aunque físicamente desoladora, resultaba aún más descorazonadora emocionalmente.

Desilusión es una palabra demasiado suave para describir los sentimientos que embargaban a Greta. Estaba furiosa con su esposo, con el banco, con el mercado de valores y con Herbert Hoover. Se sumió en la vergüenza, viviendo en el purgatorio que era obra de su marido.

Sin una fuente de ingresos, y mucho menos capacidad de conseguir una, aceptó un trabajo nocturno cuidando a una ciega que vivía en el cercano Belmont. Por un lado, el puesto le convenía, pues podía ganarse el sustento sin ser vista, al amparo de la oscuridad de la noche, escapando al escrutinio de los ojos del mundo. Por otro, con ello sus hijas pequeñas se quedaban solas de noche y ella dormía lo que podía mientras las pequeñas estaban en el colegio.

Observando a su madre, Lenore pronto tuvo que asumir la desgracia en la que vivían. Mantenía la mirada baja cuando iba a la escuela, evitaba hacer amigos y corría a casa con su hermana menor en cuanto terminaban las clases para refugiarse en los confines de su pequeño apartamento.

No había piano que tocar, ni ballet que practicar. Enclaustrada en la diminuta habitación que compartía con Lydia, Lenore se acostumbró a soñar. A veces fingía que su padre había tenido que ausentarse a causa de un negocio secreto, pero que regresaría para devolver a la familia la posición social que le correspondía. En otras ocasiones, imaginaba simplemente que estaba viviendo una pesadilla de la que volvería a despertar en Back Bay, durmiendo entre delicadas sábanas bajo el edredón. Otras veces, soñaba con el futuro, imaginando que un caballero de brillante armadura la cogía en brazos, la rescataba de la vergüenza y la cubría de riquezas.

Greta alimentaba su propio sueño con la amargura que se había convertido en núcleo de su personalidad.

—La vida será más generosa con vosotras de lo que lo ha sido conmigo —instruía tenazmente a sus hijas en tantas ocasiones que Lenore llegó a aprenderse sus palabras de memoria—. Os casaréis con hombres atentos, hombres que ganarán buenos sueldos sin necesidad de echar mano del juego. Vuestro padre tenía ese mal y por culpa de él tenemos que vivir así. Pero nosotras les enseñaremos. Les daremos una lección a todos ellos. Sois buenas chicas, y hermosas. Algún día volveréis a estar en lo más alto.

Resultaba más fácil decirlo que hacerlo. Si en su momento Greta había vislumbrado los magníficos debuts de sus hijas sin la menor preocupación, ahora esa clase de lujos habían quedado arrinconados. No solo no tenía el dinero para ello, sino que estaba totalmente apartada de la sociedad de la que en su momento había sido parte, y se negaba a mezclarse más de lo necesario con la gente de su nueva posición.

Así que Greta ahorraba cada penique que le sobraba en una caja de cereales vacía que guardaba al fondo del estante de la despensa, con la intención de poder dar a sus hijas lo que pudiera cuando llegara el momento en que sus dos niñas recuperaran su estatus social. Evitaba cualquier gasto innecesario y no tardó en poner a Lenore a hacer recados y a aceptar pequeños trabajos de cuidado de niños en cuanto Lydia fue lo suficientemente mayor como para poder quedarse sola en casa.

Había veces en que a Lenore le hubiera gustado que su madre trabajara durante el día, porque de ese modo Greta dejaría de observar cada uno de sus pasos. La situación resultó particularmente difícil para Lenore cuando entró en la adolescencia y su cuerpo empezó a experimentar una serie de cambios sobre los que Greta no tardó en opinar.

—No, no te pongas ese suéter, Lenore —la regañaba con una calma que resultaba mortal a oídos de la joven—. Ese puede ponérselo Lydia.

—Pero si es mi preferido —discutía Lenore—, el más suave que tengo.

—Ponte el verde.

—El verde pica.

—Entonces ponte una blusa. Ese suéter es demasiado ajustado.

No quiero que andes por ahí pavoneándote o atraerás a quien no debes. Ya es bastante desgracia tener que vivir rodeadas de vecinos como estos para que encima te rebajes a su nivel.

En momentos así, Lenore se preguntaba si el nivel «de ellas» podía ser la mitad de malo que el «de ella». La madre, que en su momento había sido tan indulgente, se había convertido en una arpía. En raras ocasiones sonreía y tenía los rasgos tensos. Si había en ella algún atisbo de calidez, este quedaba cubierto por el rígido deseo de venganza que parecía alimentar su existencia.

Lenore necesitaba calor. Se sentía sola. Si en su momento ella y su hermana habían estado unidas, los tres años que se llevaban se le antojaron de pronto una distancia insalvable. La compañía de Lydia le resultaba tan insatisfactoria como, paulatinamente, lo fueron sus sueños, y dado que Greta le impedía que hiciera amigos entre la gente del vecindario, Lenore se sentía frustrada. Incluso la desgracia que escondía a sus espaldas desde la muerte de su padre empezó a palidecer. Cuando su madre se refería a «quien no debes», lo único que Lenore pensaba era que ella no atraía a nadie, y eso la molestaba.

La biblioteca pública era el único sitio al que su madre le permitía el acceso durante el poco tiempo libre de que disponía, y fue precisamente allí donde Lenore conoció a Natalie Slocum. Las dos tenían trece años, ambas estaban solas y anhelaban compañía. Lo que empezó como un simple intercambio de libros muy pronto se convirtió en amistad. Aunque Lenore se mostró al principio reacia a abrirse, el encanto callado de Natalie y su naturaleza sencilla no tardaron en ganar el corazón de la joven.

A diferencia de Lenore, Natalie nunca había conocido la opulencia. Se había criado en una pobre casa de madera situada en una parte de la ciudad aún más pobre que el barrio donde Lenore había vivido durante los últimos tres años de su vida, y en vez de condenar a Lenore por la caída en desgracia de su familia, estaba ansiosa y maravillada por oír detalles de la vida que su amiga había tenido en Back Bay. Para ella todo aquello era un sueño, como lo era ahora para Lenore, y las dos se pasaban las horas deleitándose con él.

Natalie había tenido una vida dura. Su madre había muerto cuando ella tenía dos años y su padre había hecho lo posible por criar a su única hija con los pocos medios a los que tenía acceso. Pero era lechero, trabajaba largas jornadas y era incapaz de dar a Natalie la guía que la pequeña necesitaba a medida que se acercaba a la adolescencia.

Aun así, y como bien admitía Natalie, a su padre siempre se le había caído la baba con ella. En las frías noches de invierno, la abrazaba con fuerza a su lado y le leía cuentos que sacaba de los libros que uno de sus clientes más benevolentes le había regalado. Cuando caía la primera nevada del año, la envolvía en capas y capas de ropa y se la llevaba a patinar en un trineo que él mismo había construido. En primavera, hacía un picnic para los dos y salían a disfrutarlo bajo el roble del vecino, que derramaba sus ramas sobre su diminuto jardín, cubriéndolo de un suspiro de sombras. Y en verano siempre la llevaba con él a la playa.

Lo irónico del asunto era que el exceso de atenciones por parte de su padre la agotaba, sobre todo cuando Natalie empezó a florecer y los gorgoritos que él no ahorraba sobre los encantos infantiles de su niña fueron reemplazados por una serie de elogios más maduros, aunque no menos intensos, ante su inteligencia y belleza. Natalie pensaba que, por ser su padre, no era parcial. Llegó incluso a plantearse si tendría alguna carencia importante que él estaba intentando disimular desesperadamente.

Natalie no era hermosa como él siempre había dicho que era. El espejo que él le había regalado el día de su duodécimo cumpleaños así lo constataba. Tenía el pelo moreno y ondulado, cuando debería haber sido liso, ojos castaños demasiado separados, nariz con un pequeño bulto, labios carnosos y la piel del color de la pasta de harina que utilizaba en la escuela. No, no era hermosa, desde luego no como Mary McGuire, que vivía en su misma calle, iba un curso por delante de ella en el colegio y tenía a todo el vecindario a sus pies.

Tampoco era brillante. Quizá fuera lista, por cuanto no le faltaba sentido común, pero no brillante. O, si su padre estaba en lo cierto, y así era, desde luego sus profesores no lo creían. Nunca esperaban de ella la respuesta correcta como hacían con George Hollenmeister, y jamás la dejaban que se saltara las horas de lectura para ayudar con los más pequeños como lo hacían con Sara French.

Llegando a sus propias conclusiones y mostrándose sensata acerca de ellas, apenas se relacionaba con nadie, cosa que le facilitaba las cosas, pues a los libros y a las revistas, que eran sus compañeros constantes, no les importaba su aspecto ni su forma de vestir, y tampoco que no tuviera madre ni que nunca fuera a convertirse en una Chica Ziegfeld.

Sin embargo, del mismo modo que esos libros y revistas no podían hablarle, tampoco podían proporcionarle la compañía humana que cada vez más, y de modo totalmente inconsciente, Natalie anhelaba. Por otro lado, conocer a Lenore Crane ese señalado día en la biblioteca respondía perfectamente a sus requisitos. El hecho de que estudiaran en escuelas distintas y de que jamás se hubieran visto antes daba a ambas la posibilidad de empezar de cero. Más allá de eso, la inseguridad de Lenore era algo con lo que Natalie podía identificarse fácilmente. La timidez y la cautela que caracterizó sus relaciones iniciales no tardaron en disiparse a medida que fue emergiendo la necesidad que ambas compartían.

Se convirtieron en amigas secretas, disfrutando de la idea de que su amistad fuera una cuestión privada, un exclusivo club formado solo por ellas dos. Se encontraban en la biblioteca varias veces a la semana y se sentaban en un rincón tranquilo con los libros abiertos sobre las rodillas mientras hablaban entre susurros de todo y de todos.

Natalie le habló a Lenore de la estirada Nola Wurtz, que siempre la evitaba, y también de Mary Melanson, a quien había visto un día detrás de la escuela besándose con un chico. Le contó que hacía trabajitos para los Belsky los viernes y sábados por la noche, por los que recibía cincuenta centavos semanales, y que estaba ahorrando para comprarse un par de merceditas. Admitió que le habría gustado tener madre, o, por lo menos, una hermana o un hermano, o al menos un perro como Sandy, el perro de la Pequeña Huérfana Annie.

A su vez, Lenore confesó que tener madre no era tan maravilloso si esta estaba siempre enfadada, y que no estaba mal lo de tener hermanas hasta que empezaban a hacer preguntas a las que no te apetecía responder, y que lo peor de haber salido de Back Bay era que, una vez fuera de allí, no había vuelta atrás. Quiso conocer la opinión de Natalie sobre si debía cortarse el pelo, dándole un corte más elegante (aunque lo cierto es que era una pregunta inútil, puesto que su madre jamás se lo permitiría), sobre si de verdad el suéter le quedaba demasiado ajustado y si creía que Greta Garbo era tan hermosa como se decía.

Las niñas estaban de acuerdo prácticamente en todo, aunque sobre todo en sus planes de futuro. Estaban decididas a salir adelante, y a hacerlo a lo grande. Se casarían bien y algún día tendrían todo aquello que en aquel entonces les estaba negado. Serían respetadas, admiradas y requeridas por la crema de la sociedad. O al menos ese era su sueño.

Su amistad, aunque preciosa para ambas, no era vista del mismo modo por la madre de Lenore.

—¿Has vuelto a ir hoy a la biblioteca? —preguntaba con la lacónica acritud que Lenore tan bien conocía.

—Voy a hacer los deberes.

—¿Estaba también la pequeña Slocum?

—Sí.

—Pasas demasiado tiempo con ella.

Lenore mantenía siempre la voz baja porque no le gustaba el modo en que el rostro de su madre se tensaba alrededor de las aletas de la nariz. Se cocía una pelea.

—Solo la veo en la biblioteca.

—No le veo ningún sentido.

—Me cae bien.

—Pero si no es nadie…

—¡No la conoces! —La afirmación de Lenore era sin duda para ella motivo de alegría. Por una vez, la vergüenza que su casa provocaba en Greta jugaba en favor de los planes de Lenore, pues no tenía la menor intención de someter a Natalie al escrutinio de Greta, del mismo modo que esta no deseaba someterse a la mirada de Natalie.

—Ella viene de la nada —especificó Greta.

Pues nosotras éramos alguien, y míranos ahora, pensó Lenore, aunque era lo suficientemente cauta como para no expresarlo de viva voz. De hecho, ya había elevado la voz más de lo que resultaba aconsejable. En cuestión de un minuto, Greta le estaría diciendo que bajara el tono, a menos que quisiera que el casero oyera cada una de sus palabras.

—Tiene un padre maravilloso.

—Que no tiene ni dinero, ni contactos, ni poder. Cuando elijas a tus amigas, Lenore, tienes que hacerlo sabiamente. Si algún día piensas conocer a un hombre que te mantenga como mereces, no será gracias a niñas como Natalie Slocum.

—¡Pero si apenas tengo catorce años, mamá! ¿Qué importancia tiene quiénes sean mis amigas ahora?

—Baja la voz, Lenore, o el señor Brown te oirá. Y, en respuesta a tu pregunta, sí importa. Créeme.

Lenore no la creía. No, no creía una sola palabra, y nada de lo que su madre pudiera hacer o decir, aparte de encerrarla en casa, podía impedirle que viera a Natalie. La amistad entre ambas era para ella la luz más brillante de su monótona existencia. Resultaba divertida y emocionalmente gratificante. Y, gracias a la estrechez de miras de Greta, también satisfacía la adolescente necesidad de rebeldía que embargaba a Lenore.

Cuando las niñas cumplieron los dieciséis años, se visitaban regularmente. Robert Slocum era un hombre cálido, en cuya presencia Lenore se sentía siempre bienvenida, y, aunque Greta se mostraba más estirada con Natalie, al menos se comportaba civilizadamente. Lenore sabía perfectamente que su madre no había dado la guerra por zanjada; simplemente había cedido en esa particular escaramuza. Lo cual era comprensible porque, cuando las niñas estaban en pleno bachillerato, otra batalla empezó a cernerse en el horizonte.

Los chicos. Lenore y Natalie se pasaban horas hablando de ellos, especulando sobre quién las invitaría al baile, ensayando seductoras sonrisas, experimentando con sus cabellos, con los bajos de las faldas y con su forma de andar.

Los cuatro años transcurridos desde que se habían conocido habían presenciado los cambios operados en ambas. Lenore había terminado por sentirse bien con su propio cuerpo, por fin capaz de apreciar sus curvas. Había conseguido cortarse el pelo y hasta Greta había tenido que reconocer que el trabajo que llevaba rizarlo merecía la pena. Su rostro, antes redondo, se había estilizado, subrayando unos rasgos patricios y delicados. Era una jovencita de una belleza deslumbrante, cosa que, a juzgar por las miradas que había empezado a recibir por parte de los chicos del colegio, ella sabía.

Natalie era, a su manera, tan atractiva como Lenore. Sus cabellos morenos, antaño indómitos, respondían por fin a la destreza de su mano y le caían sobre los hombros en suaves ondulaciones. Había aprendido a depilarse, a pintarse las cejas y a añadir un toque de color a sus mejillas, y cuando llevaba un pintalabios de color rojo oscuro, la boca, que a sus ojos había sido siempre demasiado carnosa, resultaba voluptuosa.

Formaban un dúo espectacular mientras iban juntas de una clase a la siguiente. Si bien Natalie era la más extravertida de las dos, Lenore era quizá, y por muy poco, la más hermosa. Se complementaban, se daban fuerza la una a la otra y esa confianza en sí mismas añadía un aura especial a su aspecto de modo que, cómo no, con frecuencia tenían compañía durante el camino de regreso a casa.

Eso ponía a Greta nerviosa. Trabajaba como contable para un comerciante local y rara vez estaba en casa por las tardes. Pero Lydia, que ya era toda una adolescente y que estaba más que envidiosa de su hermana, era una avezada espía de su madre, a quien informaba de todo lo que ocurría y con quién ocurría.

—¿Así que hoy han sido Lewis y Joe? —preguntó Greta mientras preparaba la cena. A esas alturas, había terminado por acoger a Natalie bajo el ala, después de concluir que, ya que las dos jovencitas eran tan buenas amigas, lo que una hacía afectaba a la otra, y puesto que Natalie no tenía madre bien podía beneficiarse de los consejos de alguien mayor y más experimentada que ella.

Las niñas estaban leyendo una revista, sentadas a la mesa de la cocina. Lenore había llegado a disfrutar de las ocasiones en que su madre las aleccionaba, pues la fuerza de su ataque era mucho más llevadera de lo que habría sido si madre e hija hubieran estado a solas. Sospechaba que, a pesar de la resistencia inicial de Greta, había terminado por tomarle cariño a Natalie, y eso reconfortaba a Lenore, que en el fondo deseaba complacer a su madre. Además, cuando Natalie estaba con ellas, Lenore contaba con una aliada.

—¿Lewis y Joe? —repitió Lenore, mirando a Natalie con aire satisfecho—. Ajá.

—Lewis no me hace demasiada gracia —prosiguió Greta, escéptica—. Por lo que he oído —y, sin duda, ya se encargaba ella de oírlo y enterarse de todo—, siempre ha dado muchos problemas en la escuela.

—Pero saca buenas notas, señora Crane. Su padre es profesor en Harvard y su madre es una Fenwick. Cuesta encontrar mejores calificaciones. —Natalie sabía exactamente lo que tenía que decir para aliviar la preocupación de Greta. Y no es que ni ella ni Lenore estuvieran locamente enamoradas de Lewis, porque lo cierto era que Lewis estaba totalmente enamorado de sí mismo, pero el joven sabía cómo fingir un buen arranque caballeresco que, a ojos de una chica de diecisiete años, no podía pasar inadvertido—. Es siempre muy cortés, y además es muy guapo.

—Está en último curso, ¿verdad?

Lenore asintió.

—Ajá.

—¿Qué planes tiene para el año que viene?

—Probablemente irá a Harvard.

—Con sus notas, imposible.

—No las necesita, mamá. Tiene dinero y contactos. Entra directamente. —Había cierto tinte de amargura en la voz de Lenore. De vez en cuando también ella recordaba que había tenido dinero y contactos.

Natalie, que comprendía bien a Lenore y que a menudo se mostraba también amargada por su suerte en la vida, entendía asimismo que no debía contrariar a Greta. Intentó suavizar las palabras de su amiga diciendo:

—Qué más da a qué universidad vaya Lewis. Vaya donde vaya, triunfará. Tiene ese don.

—Gracias a Dios por ello, al menos —fue el silencioso murmullo de Greta. Se volvió a mirar a las niñas—. ¿Y tú, Natalie? ¿Ya has pensado en lo que quieres hacer cuando termines el instituto?

—Sí —dijo Natalie, frunciendo el ceño—, pero mi padre y yo no parecemos ponernos de acuerdo. Él quiere que trabaje, básicamente por lo del dinero, pero yo no veo que encerrándome en una oficina vaya a conseguir nada, salvo hacerme vieja.

Greta esbozó una débil sonrisa. No era que no sintiera legítimamente la sonrisa, sino que había perdido la práctica. Aun así, estaba satisfecha: Natalie estaba en el buen camino.

—Entonces, ¿tú también estás pensando en ir a la universidad? —Eso era lo que Lenore estaba haciendo, apremiada por su madre. Aunque resultaría caro, era una forma de que una chica sin estatus conociera a algún hombre que sí lo tuviera.

—Me gustaría ir al estado de Massachusetts —declaró Natalie—. Puedo estudiar magisterio…

—Hasta que aparezca otra cosa —terminó Greta—. Eso es exactamente lo que le he estado diciendo a Lenore, ¿no es así, Lenore? —Por supuesto, Greta no había estado pensando exactamente en Massachusetts, sino en alguna universidad un poco más exclusiva, como Simmons. Después de años ahorrando quería que su hija pudiera disfrutar de lo mejor que pudiera pagarle.

—Sí, mamá.

—Y no será tan caro si vives en casa —añadió Greta, omitiendo que si Lenore vivía en casa, ella podría separar las buenas proposiciones de las malas.

Lenore tenía otros planes.

—La verdad es que estaba pensando que podría ser agradable vivir en la facultad.

—Muy caro —dijo Greta con voz cansina, mostrando su rechazo inmediato.

—O eso o alquilar una habitación para mí sola. —Lenore necesitaba alejarse de Greta, cuya mirada vigilante y expresión dolorida eran como grilletes, un recordatorio constante de dónde habían estado en su momento y de lo bajo que habían caído.

—Las habitaciones también cuestan dinero.

—He estado trabajando los fines de semana y los veranos en A&P, así que he ahorrado lo suficiente para los primeros meses. Puedo ganar dinero extra como tutora en cuanto empiece la universidad. Claro que —prosiguió, bajando la mirada—, si Nat y yo nos alojáramos juntas, podríamos compartir el alquiler.

A Natalie a punto estuvieron los ojos de salírsele de las órbitas.

—¡Qué idea tan fantástica! —Enseguida se desinfló—. Aunque me imagino lo que dirá mi padre. Y es que estoy segura de que en el fondo quiere que vaya a la universidad. Solo quiere lo mejor para mí. Pero lo mejor es caro, y él se pone nervioso.

—Si te vas a vivir fuera de casa, él se quedará solo —apuntó Greta—. Eso es algo que deberías tener en cuenta.

—¡No la hagas sentir más culpable, mamá!

—Simplemente estaba constatando lo que es obvio. Y merece la pena que lo pienses un poco. Además —añadió, arrugando la nariz—, las chicas decentes no viven en pensiones.

—No estoy hablando de vivir en una pensión —arguyó Lenore—, sino de alquilar una habitación en una casa, o un pequeño apartamento.

—Tienes una habitación en esta casa, y ni siquiera tienes que pagar por ella.

—No es lo mismo.

—Si quieres, puedo pedirte que me pagues un alquiler. Algunos padres lo hacen.

—Mamá, estás sacando las cosas de quicio.

—Lo siento, Lenore, pero es que sencillamente no creo que las jovencitas de vuestra edad deban vivir solas.

Lenore no podía creer lo que estaba oyendo, o mejor, podía creerlo viniendo de su madre, pero lo encontraba ridículo.

—Ya habremos cumplido dieciocho años. Probablemente la mitad de las chicas que conocemos se casarán y empezarán a tener hijos en cuanto terminen el instituto.

—Quizá también os ocurra a vosotras —dijo Greta esperanzadamente. Cierto, Greta había cogido de la caja de cereales los fondos necesarios para vestir a su hija a la última moda, y no lamentaba el gasto que eso suponía, pues lo veía como una inversión de futuro.

Sin embargo, ni Lenore ni Natalie compartían sus esperanzas de que la inversión quedara amortizada con tanta brevedad. No les interesaban los chicos que conocían, que apenas empezaban su andadura en la vida. Querían conocer hombres maduros, hombres que ya se hubieran establecido, que pudieran darles todo aquello en lo que llevaban años soñando. Querían vivir en Louisburg Square, conducir Cadillacs y pasar las noches de los sábados bailando en el jardín de la azotea del Ritz. Querían vestidos elegantes, estolas de piel y criadas que hicieran las tareas que ellas habían tenido que hacer durante años. Sobre todo, querían seguridad, anhelo que les habían metido en la cabeza de forma implacable.

A medida que transcurrían los meses, Greta por fin se mostró de acuerdo con la visión que su hija manifestaba sobre los chicos del instituto. Alex Walter, que acompañó a Lenore a su baile de fin de curso, era un chico guapo, pero no tenía dinero ni oficio y estaba destinado a engrosar el Cuerpo de Conservación Civil en cuanto terminara el bachillerato, lo cual no concordaba con los parámetros que marcaba la ambición de Greta.

Will Farino, que llevó a Lenore al baile de la cosecha de otoño, era decididamente encantador, como lo era su padre, un astuto comerciante que, según Greta, terminaría con sus huesos en la cárcel. Si quería respeto para su hija, mezclarse con gente de la calaña de los Farino no era el medio adecuado de conseguirlo.

Hammond Carpenter, que invitó a Lenore a cantar villancicos con él en Nochebuena y era el hombre más guapo que Greta recordaba haber visto, tenía el corazón puesto en entrar en West Point en otoño. Aunque Greta no tenía nada en contra del honor que suponía labrarse una carrera en el ejército, no tenía el menor deseo de ver a su hija yendo de un lado a otro durante toda su vida, y mucho menos de que viviera de un sueldo que le pagaba el Estado.

George Hastings, que acompañó a Lenore a su baile de graduación, era sin duda el ídolo de todas las chicas del instituto. Capitán del equipo de fútbol, era un chico robusto, de rasgos fuertes, piel atezada y una mata de pelo negro que le nacía justo encima de la frente. También era prácticamente analfabeto. Y, según el razonamiento de Greta, cuando un chico seguía en un colegio únicamente por sus proezas atléticas, el hombre en el que el chico en cuestión se convertiría tenía pocas esperanzas de éxito, por no mencionar el hecho de que su padre era un borracho.

Pues bien, Lenore se graduó en el instituto y salió de allí con un diploma bajo el brazo y sin marido, lo cual no representaba para ella ningún problema, pues eso le permitía poner rumbo al mundo. Desgraciadamente, sus planes de futuro se vieron bruscamente frenados, pues su madre terminó saliéndose con la suya y Lenore siguió viviendo en casa. El lado positivo fue que Natalie logró convencer a su padre para que la dejara seguir estudiando e incluso había conseguido una beca, de modo que Lenore y ella iban todos los días a estudiar a Simmons.

Cuando todo quedó finalmente decidido, las dos jovencitas pasaban prácticamente el día solas, pues se iban de Watertown a las seis y media de la mañana y rara vez regresaban antes de las diez de la noche. Resultaba más fácil poner en escena el papel de mujeres sofisticadas cuando estaban lejos de la evidencia tangible de sus modestos medios, y precisamente eso, mujeres sofisticadas, era lo que deseaban ser.

Entre las clases y los trabajos que habían cogido cerca de la facultad estaban muy ocupadas, aunque no tanto como para no relacionarse. Pasaban algunas tardes con amigas tomando café y pastas y hablando de Brenda Frazier o Alfred Vanderbilt, y de cine, ámbito en el que todas las miradas estaban puestas en Clark Gable o Jean Harlow, y de las fiestas, cuya actividad se congregaba alrededor de la máquina de música, bailando el popular *jitterbug*.

Y además estaban los hombres, muchos de los cuales resultaban mucho más excitantes que cualquiera de los que las muchachas habían conocido hasta entonces, aunque ninguno cumpliera con los requisitos para convertirse en Míster Perfecto. Por un lado, ambas tenían sus respectivas ofertas, cosa que las reconfortaba, puesto que la perspectiva de convertirse en un par de solteronas y tener que mantenerse de por vida era sencillamente aterradora. Por el otro, estaban dispuestas a aguantar un poco más, convencidas de que era solo una cuestión de tiempo que su paciencia se viera recompensada.

Lenore y Natalie concluyeron su primer año en la universidad, también el segundo, y ambas seguían solteras.

En verano de 1941 Greta empezó a preocuparse. Se habían extendido los rumores sobre una guerra inminente, y eso significaría el éxodo de los mejores hombres disponibles.

—¿Y quién sabe lo que podría durar una guerra? Ya tienes veinte años, y envejeces a marchas forzadas. Cuando termine la contienda, habrá muchas más mujeres, y más jóvenes que tú, luchando por los hombres que regresen a casa. Yo ya me había casado a los diecinueve.

—Y habías enviudado a los treinta y uno —apuntó Lenore con cierta sequedad—. Si me apresuro a casarme ahora y realmente hay una guerra, también yo podría enviudar. ¿Qué sería entonces de mí?

—Te quedarías con la fortuna de tu marido.

—Precisamente por eso tengo que asegurarme de encontrar un marido con una fortuna que valga la pena heredar. No te preocupes, mamá. Estoy de tu lado. No quiero vivir siempre así. Y lo intento. Créeme.

Natalie ponía en ello tanto o más empeño que la propia Lenore. Era tan práctica como su amiga y, mientras que Lenore seguía trabajando como tutora, Natalie dejó su trabajo en el departamento de inglés y empezó a trabajar durante sus horas libres en el despacho de un joven abogado que tenía la virtud de atraer a clientes adinerados. Natalie calculaba que, si existía alguna oportunidad de mezclarse con los ricos, estaba sin duda ante ella.

Su jefe, Gilbert Warren, era un hombre guapo, disponible y sin duda destinado a llegar a lo más alto. De vez en cuando la llevaba a cenar y, aunque Natalie lo admiraba profesionalmente, era quizá un hombre demasiado astuto, demasiado autoritario, demasiado arrogante para los gustos románticos de la joven.

Sin embargo, uno de los clientes del abogado era perfecto. Su nombre era Jackson Whyte, un hombre de negocios que, en pocos años, había iniciado una floreciente carrera llevando a gente adinerada de un lado a otro a bordo de los aviones que habían invadido el país durante la década anterior. Era alto y muy guapo, atento aunque no por ello menos enérgico, y siempre que se acercaba a ella, a Natalie se le aceleraba el pulso.

Además, resultó ser el mejor amigo de Gilbert Warren. Los dos se habían conocido en Amherst, donde Jack iba un curso por delante de Gil y donde, según pudo entender Natalie, ambos eran tan buenos amigos como lo eran Lenore y ella. Jack se dejaba ver a menudo por el despacho, y en esas ocasiones Gil se mostraba más relajado de lo normal. Desde el otro lado de la puerta llegaban risas estrepitosas, lo cual llevaba a Natalie a pensar que los hombres no se limitaban a hablar del informe legal que ella había mecanografiado para Gil sobre un asunto referente a las Aerolíneas Whyte el día anterior. Una vez, Jack incluso fue a cenar con Gil y con ella, ocasión en la que Natalie pudo ser testigo presencial de lo bien que los dos hombres se llevaban. Si bien Jack era un brillante administrador y un no menos brillante hombre de negocios, Gil tenía la perspicacia de ver más allá, con sugerencias de mejoras que habrían hecho palidecer a otro hombre, pero que Jack era más que capaz de llevar a cabo.

Llegó entonces el día en que Jack invitó a salir a Natalie.

—Estoy aterrada —le confesó Natalie a Lenore esa noche.

—Pero si te gusta. Estabas esperando este momento.

—Ya lo sé. Aun así, es un hombre… en cierto modo, intimidante. Y…

—¿Perfecto? Estás radiante, Nat. ¡Es perfecto!

—Nada de eso. No del todo —respondió Natalie, pensativa—. No es un hombre rico, o al menos no tiene una gran fortuna.

—Pero todo indica que lo será. ¿Tienes alguna duda de que lo logrará?

—No. Es un hombre listo y agresivo. Se hizo cargo de la pequeña empresa de su padre y realmente la ha sacado adelante.

—Y es guapo, encantador y soltero. ¿Qué más quieres?

—Va demasiado deprisa. Quizá es eso lo que me asusta. En cierto modo, cuando estoy con los dos, me falta el aliento, como si nunca fuera a estar a su altura —confesó tímidamente—. Quizá es que puede ser el hombre perfecto en muchos aspectos y me pone nerviosa que no vaya a pensar lo mismo de mí.

Lenore se puso firme.

—Natalie Slocum, eso son bobadas. Si no le gustaras, nunca te habría invitado a salir. Ha tenido mucho tiempo para hablar contigo y a estas alturas sabe perfectamente si le gusta lo que ve. —Cogió a su amiga del brazo y sonrió—. Esta es la oportunidad de tu vida, Nat. La que estabas esperando.

Natalie sabía que Lenore estaba en lo cierto, y eso era precisamente lo que aumentaba su recelo, pues había demasiado en juego y deseaba por encima de todo que la cita saliera bien. Pensó que las cosas saldrían mejor si lograra relajarse, de modo que se pasó toda la noche reforzando la imagen que tenía de sí misma, convenciéndose de que lo que había dicho Lenore era cierto y de que, si Jack la había invitado a salir era porque ella le gustaba. Estaba segura, o al menos era lo que no dejaba de repetirse, de que sería una esposa maravillosa para Jack Whyte.

Al llegar la mañana, Nat era un manojo de nervios. Lo primero que hizo en cuanto llegó al trabajo aquella tarde fue entrar al despacho de Gil Warren y contarle que tenía una cita con Jack y que, por cierto, tenía una gran amiga de su edad que era una belleza, para terminar preguntándole si no sería divertido que los cuatro hicieran algo juntos.

El siguiente sábado por la noche, Jack, Natalie, Gil y Lenore fueron al hotel Brunswick, donde cenaron, bailaron y hablaron hasta bien entrada la noche. Greta, que había recibido a los hombres a su llegada y que se había quedado tan impresionada al ver el resplandeciente Packard nuevo de Jack como por los dos hombres, estaba despierta, esperando a las dos jóvenes presa del nerviosismo hasta que por fin las devolvieron a casa. Natalie se quedó a dormir en casa de Lenore, como solía hacerlo desde que su padre había empezado a cortejar a una viuda de Chelsea, por lo que a menudo no aparecía por casa.

—Contadme —ordenó Greta cuando las chiquillas dejaron por fin de balbucear y pudieron quitarse los abrigos—. Contádmelo todo.

—¡Es un hombre maravilloso! —exclamó Lenore.

—¡Los dos lo son! —la corrigió orgullosa Natalie—. Han aparcado delante mismo de la puerta principal del hotel y le han dejado las llaves al portero. ¿Has visto el billete que Jack le ha dado, Lenore?

Lenore negó con la cabeza.

—Estaba demasiado ocupada intentando llevar el paso de Gil. Tendrías que haberlo visto, mamá. Ha estado tan galante… ofreciéndome el hombro, ayudándome a quitarme el abrigo, asegurándose de que no tropezara al subir los escalones que llevaban al restaurante, retirándome la silla. ¡Y conocía a todo el mundo! El *maître* lo ha saludado por su nombre y no sabes con cuánto respeto. ¿Exagero, Nat? Y el camarero estaba a nuestra disposición en cuanto él levantaba el dedo, y no menos de cinco parejas se han parado a saludarnos. ¿Has visto las joyas que llevaba esa mujer, Nat?

—¡Juro que éramos la envidia de las mujeres del restaurante!

No dejaban de mirar hacia nuestra mesa, y solo Dios sabe lo que me ha costado conservar la calma y la templanza y comportarme como si hubiera estado antes en el Brunswick cientos de veces.

—Y ¿lo has logrado? —preguntó Greta.

Natalie y Lenore compartieron una sonrisa pagada de sí misma.

—Sí, hemos salido airosas. Se han quedado encantados. Estoy segura. —Se mordió el labio inferior para reprimir una sonrisa aún más amplia, aunque los ojos con los que se volvió a mirar a Greta bailaban en sus cuencas—. Volveremos a salir el próximo fin de semana. Al teatro. El teatro. ¿Y quién va al teatro?

—Lo mejor de lo mejor —respondió Lenore orgullosa—. Y te aseguro que no nos sentaremos en el gallinero.

Se sentaron en el centro de la sexta fila y Lenore y Natalie podrían fácilmente haber pasado la noche comiéndose con los ojos las intricadas arañas de cristal que colgaban sobre sus cabezas, el elegante terciopelo que enmarcaba el escenario o las galas que llevaban los demás asistentes a la función. Sin embargo, se concentraron diligentemente en la obra, decididas a parecer inteligentes durante la conversación que sin duda seguiría a la caída del telón. Se manejaron admirablemente, a pesar de que no pudieron por menos que quedarse sentadas presas de un silencio maravillado cuando Jack y Gil se enzarzaron en un análisis comparativo de las muchas otras obras que habían visto.

Esa noche, las dos jóvenes estaban en una nube, y fue allí donde siguieron viviendo durante las semanas siguientes. Bien acompañadas, cenaban en un elegante restaurante tras otro, iban a los conciertos de música popular en el Symphony Hall, pasaban algunos días en la playa e iban de excursión en coche por el campo. A veces las parejas iban juntas y otras, cada una por su cuenta. Ni a Lenore ni a Natalie les importaba eso, pues ambas estaban totalmente cautivadas por su hombre.

Lenore adoraba el hecho de que, cuando estaba con Gil, volvía a sentirse como una princesa. Él la trataba como si fuera frágil. Percibía una gran ternura en su forma de tocarle el cabello, y admiración en sus ojos cuando la miraba. Él le decía que era hermosa, y aunque lo había oído en boca de otros hombres antes, atesoraba esas palabras por provenir de alguien tan zalamero como

Gil. De hecho, a Lenore le gustaba el modo en que él llevaba el control de la situación, y no le veía dominante sino fuerte, y si bien era cierto que podía ser duro como la roca cuando discutía cuestiones profesionales con Jack, con ella se mostraba infaliblemente respetuoso.

Asimismo, Natalie adoraba a Jack. Si antaño se había sentido intimidada, el evidente afecto que él mostraba por ella no hizo sino aumentar su seguridad en sí misma. Cuando estaban juntos, él era un hombre relajado e indulgente. No se mostraba demasiado propenso a hablar de negocios cuando estaba con ella, como si quisiera protegerla de los asuntos más mundanos de la vida. Ni que decir tiene que para ella sus negocios nada tenían de mundanos, pues rezumaban éxito, de modo que a menudo le preguntaba por ellos, deleitándose al verlo sonreír y ofrecerle un pequeño bocado de información tras otro. A pesar de que, en más de una ocasión, cuando habían estado con Gil, ella había visto a Jack perder los nervios por culpa de algún asunto profesional, con ella era la personificación del buen humor. Estaba plenamente convencida de que Jack era la respuesta a sus plegarias.

En diciembre, el ataque japonés a Pearl Harbour puso un interrogante sobre el destino de esas plegarias. Lenore y Natalie pasaron largas y frenéticas horas preguntándose qué sería de sus florecientes romances. Pocos días después de que se hiciera oficial la declaración de guerra, Jack y Gil decidieron alistarse y las mujeres sintieron que su futuro había quedado sitiado.

Entonces Jack pidió a Natalie en matrimonio.

Y Gil hizo lo propio con Lenore.

Mientras el resto del mundo parecía deshacerse en pedazos, Natalie y Lenore no cabían en sí de gozo. Los contactos de Gil con un juez local facilitaron la supresión de los cinco días de espera de rigor y, en una pequeña ceremonia doble, Natalie se convirtió en la señora de Jackson Whyte y Lenore, en la señora de Gilbert Warren.

Natalie y Jack se fueron dos días de luna de miel al campo, lo cual era un lujo dadas las circunstancias. Aunque Natalie había esperado algo más prolongado, no se quejó. Tenía lo que quería: Jack era suyo, estaban legalmente unidos. Absolutamente enamorada de su esposo y del futuro que auguraba como esposa suya, apartó de su mente la realidad de que él no tardaría en irse a la guerra y se sumió en la indivisa atención que él le prodigaba.

Su iniciación a la sexualidad femenina resultó tan suave como intensa. No tardó en descubrir que su esposo era tan astuto en las lides de amor como lo era en los negocios, dando buena muestra de un preciso sentido de la oportunidad, mostrándose atrevido cuando atrevimiento era lo que se terciaba, y conciliador cuando la conciliación reclamaba su lugar. Natalie se permitió ir mucho más lejos de lo que jamás había imaginado, aunque percibía en Jack una necesidad de delimitar su propiedad antes de irse a la guerra. Haciendo valer ese instinto que es propiedad exclusiva de las mujeres, Natalie supo que durante esos dos días, Jack le había dado un hijo que le haría compañía hasta que él regresara.

Lenore y Gil se quedaron en la ciudad. Pasaron la noche de boda en el Ritz y, aunque Gil tenía algunos asuntos legales que resolver al día siguiente, volvió a ella sin dilación. Lo cierto es que Lenore agradeció aquel breve respiro. Gil era un hombre intenso, mucho más de lo que había esperado. Aunque la trataba con cariño, como ella estaba segura de que lo haría, era un hombre apasionado. Sorprendentemente, a pesar de que era Natalie la que no había podido contar con los consejos de una madre, Lenore sabía menos de lo que cabía esperar en cuestiones físicas que su amiga. La única preocupación de Greta había sido lograr casar a su hija. En cuanto se firmaron los documentos de la boda, Lenore tuvo que arreglárselas sola.

Y eso era exactamente lo que sentía Lenore, al menos en lo que hacía referencia a hacer el amor. Gil la abrazaba y la besaba, tocando su esbelto cuerpo con una habilidad con la que sin duda la excitaba, pero alcanzaba la cima de su placer con suma rapidez y ahí terminaba todo, con lo cual Lenore no podía evitar preguntarse si las historias que había oído sobre estrellas fugaces no serían más que cuentos de hadas.

Aun así, era feliz. Tenía un marido respetado que se encargaría de ponerla a buen recaudo mientras él partía noblemente a la guerra. Y cuando regresara, pues Lenore se negaba a creer que no lo haría, tendría el mundo en un puño.

Tres días después de ambas bodas, Natalie y Lenore despidieron a sus respectivos esposos. Las dos habían decidido, animadas por Jack y por Gil, seguir estudiando en Simmons. Sin embargo, en vez de seguir viviendo en el hogar familiar, las dos se instalaron en casa de Gil, situada en Mt. Auburn Street, Cambridge. Natalie se había ofrecido a pasar sus horas libres en la oficina de Jack, ayudando a su suegro a dirigir la compañía aérea, que, a causa de la guerra, debería recortar rígidamente sus horarios de vuelo. Por su parte, Lenore insistió en ayudar en lo posible con las tareas de secretariado para asistir al anciano abogado en cuyas manos Gil había dejado su despacho.

Dos meses después de la marcha de Jack, quedó confirmado el embarazo de Natalie. Ella estaba encantada, como también lo estuvo Jack en cuanto se enteró de la buena nueva durante el primer permiso que le dieron en el campamento. Lenore fue presa de un arrebato de envidia y así se lo hizo saber a Gil. No tardó en soportar con elegancia los fervientes intentos de su marido por poner remedio a la situación cuando le llegó la hora de disfrutar a él también de su permiso.

En primavera de 1942, cuando ambos hombres completaron su período de formación, se convertían en oficiales del ejército y eran enviados a ultramar, los primeros herederos Whyte y Warren estaban ya de camino.

5

—Nunca entraron en combate. Ninguno de los dos... los muy cabrones.

Robert Cavanaugh estaba sentado en el salón de su apartamento de Charlestown con un montón de papeles, como todas las noches desde hacía diez días.

—Vuelves a hablar entre dientes, Bob. —La cariñosa regañina procedía de Jodi Frier, la mujer con la que vivía el detective, que en ese momento entraba desde la cocina. Apoyándose en el brazo de la silla de Cavanaugh, Jodi estudió los documentos—. ¿Más historial?

—Mmm.

Jodi apartó la mirada de los papeles para posarla en Bob. Llevaba la camisa arrugada y fuera de los pantalones, el cuello abierto, e iba arremangado hasta los bíceps. Se había quitado los zapatos con los pies y hacía ya tiempo que la raya de sus ajustados pantalones había desaparecido. Con el pelo irreverentemente rizado y la oscura sombra que le cubría la mandíbula, era la viva imagen de un pirata de tiempos modernos.

Aunque era un buen tipo y Jodi lo sabía, incluso aunque a veces lamentara la exagerada reverencia que profesaba a la ética en su cargo, también era absolutamente consciente de lo mucho que la investigación sobre el caso Whyte-Warren significaba para él.

—¿Algo interesante?

—Montones de cosas. Volvieron a casa como un par de héroes conquistadores, aunque ninguno de los dos llegó a ver el frente.

Pasaron por la academia de formación de oficiales, Whyte en la marina y Warren en el ejército de tierra. Whyte pasó los años de guerra en Peral en calidad de oficial de suministros. Se encargaba del avituallamiento de los barcos. —Cavanaugh soltó un gruñido—. Probablemente estaba metido hasta las cejas en el mercado negro.

—Oh, vamos, Bob, eso no es justo.

—Y Warren vio la guerra desde la seguridad de una confortable oficina en Inglaterra. Si quieres que te diga la verdad, ambos lo tuvieron más que fácil.

—Si quieres que te diga la verdad, creo que te habría gustado que tu padre lo hubiera tenido fácil.

Los ojos de Cavanaugh volaron hasta clavarse en el rostro de Jodi, y entonces se contuvo. A veces olvidaba lo perceptiva que era. Era una de las cosas que le gustaban de ella. No tener que explicarlo todo, como había tenido que hacerlo durante años con su ex esposa, era un alivio, como también lo era no tener que soportar el fastidio de tener que entrar en detalles, lo cual hacía que le resultara mucho más agradable darlos. Suponía que tenía algo que ver con su ego. Le gustaba ser él quien llevara el control de las cosas.

—Pues sí, ya lo creo. Recibió metralla en la espalda y tuvo que convivir con ese espantoso dolor hasta su muerte. Un Corazón Púrpura fue poco consuelo teniendo en cuenta lo que sufrió.

Jodi le masajeó los tensos músculos de la nuca.

—Pero estabas orgulloso de él, ¿verdad?

Bob esbozó una sonrisa taciturna. Sentir las manos de Jodi en la nuca ejercía sobre él un efecto calmante.

—No soy tan viejo.

—Muy bien —respondió Jodi con voz cansina. Sabía que Cavanaugh era sensible a los doce años que se llevaban—. De forma retrospectiva. Te enorgullecía saber que tu padre había librado su propio combate. Y que estaba orgulloso de sí mismo. Dudo de que ni Gil Warren ni Jack Whyte hayan podido sentir la misma clase de orgullo.

Solo el runrún del aparato de aire acondicionado instalado en la ventana quebró el silencio hasta que él habló.

—No pondría la mano en el fuego. Las mentes como esas son

capaces de magnificar cualquier nimiedad hasta hacer que parezca una proeza.

—No me negarás que les ha ido bien en la vida.

—¡Pero a expensas de mucha otra gente!

Jodi leyó en la inclinación de sus labios que Bob volvía a pensar en su padre. Era un gesto que repetía a menudo cuando se refería en particular a Jack Whyte. Deseaba saber qué más pensaba y, aunque respetaba su intimidad, llevaba ya diez días enteros viéndole dar vueltas a sus archivos, de modo que supuso que se había ganado el derecho a hacerle algunas preguntas.

Además, dándole un masaje en la nuca solo iba a lograr relajarlo momentáneamente. Bob necesitaba airear sus ideas. Y esa era la especialidad de Jodi.

—No me has contado mucho —empezó con suavidad—. ¿Cuándo emprendieron sus actuales carreras? ¿Después de la guerra?

—Ajá. En realidad, todo se remonta a más atrás. El padre de Whyte fue piloto en la Primera Guerra Mundial. Al terminar la guerra empezó a diseñar aviones. Era un tipo listo. —Cavanaugh no hizo el menor intento por ocultar su sarcasmo—. Vio que había un mercado lucrativo en la construcción de aviones para contrabandistas que introducían productos prohibidos en el país desde México y Canadá.

—¿Y Jack tomó parte en eso?

Ojalá, pensó Cavanaugh. Habría tenido algo más con qué condenarlo.

—Era demasiado joven. Cuando se unió a su padre en el negocio, se había levantado la Prohibición.

—¿Entonces?

—Jack se hizo con los aviones del viejo, les lavó la cara, lanzó una agresiva campaña comercial y dio comienzo a un servicio legítimo de transporte de pasajeros. —Hizo una pausa antes de proseguir—. Partiendo del capital procedente del contrabando.

—Lo cual no era nada infrecuente en aquellos tiempos —apuntó Jodi con suavidad—. Ni tampoco en estos. Muchos son los hijos de contrabandistas que han creado una empresa totalmente legal con fondos procedentes de una ilegal. Puede que no esté bien, ni que satisfaga nuestra fe en la justicia, pero ¿podemos acaso criticar a los hijos que han decidido enderezar el camino de sus padres? A menudo esa es la gente más caritativa.

—Sí. Emplean su dinero para comprar respetabilidad.

—Aun así, si el dinero va a parar a una noble causa, ¿no te parece admirable?

—Creo que has dado en el clavo la primera vez —concedió Cavanaugh, levantando la mirada hacia ella—. Ofende mi sentido de la justicia.

Jodi le agarró un mechón de pelo y le dio un cariñoso tirón.

—Eso es porque tienes un sentido de la justicia demasiado intenso. Pero nos estamos desviando del tema. Así que Jack Warren tenía ya una empresa en pleno rendimiento a la que regresar después de la guerra. ¿Qué me dices de Gil Warren?

—Gil tenía un bufete de abogado.

—¿Antes de la guerra?

—Ajá.

—¿Con alguien más?

—¿Te refieres a si hubo alguien que le pusiera el despacho delante de las narices en bandeja de plata? —preguntó Cavanaugh, lanzándole una mirada resignada—. No. Su padre pintaba casas. Gil empezó de cero. Estudió becado en Amherst y luego derecho en Harvard. Aunque, maldición —exclamó, negando con la cabeza en una clara muestra de reticente admiración—, el tipo tenía un don especial. Por lo que sé, ya en aquel entonces era todo un encantador de serpientes. Poco después de abrir su despacho, atraía ya a algunos de los mejores clientes… se los robaba a los despachos más prestigiosos, ahí es nada. No sé cómo lo lograba, si porque era un gran conversador, un buen abogado o simplemente un gran seductor.

—Carisma, Bob. Hay gente que lo tiene. Él lo tenía. Todavía lo tiene.

Cavanaugh soltó un gruñido.

—Y que lo digas. No solo carisma, sino virilidad. Quizá no llegara a entrar nunca en combate, pero estoy seguro de que fue protagonista de otro tipo de acción. Me refiero a que el tipo era un conocido playboy antes de decidir que a su imagen le convenía casarse, pero puedes estar segura de que no pasó sus noches en Inglaterra reservándose para su devota esposa.

—Bob...

—De acuerdo, de acuerdo. Solo puedo documentar lo que hacía con su esposa. ¿Sabías que cuando volvió de Inglaterra al final de la guerra tenía ya dos hijos y un tercero estaba en camino?

Jodi no pudo evitar una franca sonrisa.

—Creo que estás celoso.

—¿De un semental de semejante calaña? ¿Estás de broma? Probablemente solo estuviera intentando aventajar a su amigo Jack. Además —le rodeó la cintura con el brazo y le devolvió la pelota—, de no ser porque tú no estás dispuesta, yo tendría todos los hijos que pudiera. Así que, ¿quién es aquí la fuente de problemas?

Jodi contuvo el aliento durante un minuto antes de responder un tímido:

—Yo.

Lamentó enseguida haber sacado el tema. Era una constante fuente de discusión entre ambos. Jodi habría estado más que encantada de tener hijos si Bob hubiera accedido a casarse con ella, pero él no estaba dispuesto a dar el paso, de modo que él era tanto como ella la fuente del problema, aunque decirlo habría supuesto desatar la guerra. Cavanaugh había estado casado anteriormente, y la experiencia le había dejado profundas cicatrices, por lo que se negaba a hablar de ello.

El deseo de casarse por parte de Jodi no respondía a una cuestión de principios. Era un poco más moderna que todo eso. Aun así, sabía que Bob no estaba dispuesto a comprometerse del todo, y, hasta que lo estuviera, a ella le daba miedo traer al mundo a los hijos de ambos.

—¿De verdad crees que Gil estaba compitiendo con Jack en el tema de los hijos? —preguntó con la esperanza de apartar definitivamente esa conversación de tinte más personal.

—No lo sé —dijo Bob, sopesando la posibilidad al hablar—. De hecho, quizá no. Entre ambos existía una relación mucho más próxima que la que hay entre muchos hermanos. Trabajaban con el otro en vez de hacerlo contra el otro.

—¿Una relación simbiótica?

—Supongo que podría llamarse así. En cierto modo, resulta enfermiza. Se conocieron en Amherst. Gil pasó a estudiar derecho en

Harvard y Jack lo siguió a Cambridge, donde estudió empresariales, un año más tarde. Los dos decidieron quedarse en Boston y, en cuanto empezaron a trabajar, se pasaban trabajos constantemente. Se casaron con dos mujeres que eran amigas íntimas, incluso celebraron una doble boda. —Arqueó una ceja—. Una de esas ceremonias de aquí te pillo aquí te mato antes de irse a la guerra. —La ceja volvió a su sitio—. Jack tenía ya dos hijos cuando regresó del Pacífico, y vendrían más. En resumen, a mediados de los años cincuenta el total era de cuatro para Jack y cinco para Gil. —Hizo una pausa, mientras se rascaba la barbilla—. Aunque no, no creo que compitieran porque, de haber sido así, su amistad no habría durado todos estos años. Habría terminado por ocurrir algo que los separara.

—Quizá la competición fuera entre las dos esposas.

Él se encogió de hombros.

—Quizá.

Jodi siguió allí sentada un minuto más, acariciándole el pelo cariñosamente, hasta que por fin se atrevió a hablar de nuevo.

—¿Qué esperas encontrar en estos documentos? —preguntó, indicando con un gesto el regazo de Bob.

Cavanaugh miró los archivadores que tenía sobre las rodillas al tiempo que hojeaba con ademán ausente la punta del montón.

—Un poco de comprensión. Saber de dónde venían, lo que les motivaba.

—De eso es habitualmente de lo que yo me encargo.

Bob sonrió.

—Lo sé. ¿Ves lo que le pasa a un hombre después de vivir tres años con una consejera infantil?

Jodi a punto estuvo de preguntar si debía tomárselo como una queja, aunque sabía que no. Dejando a un lado las cuestiones del matrimonio y de los hijos, que carecían de importancia porque ella solo tenía veintisiete años y una prometedora carrera por delante, la relación entre ambos funcionaba bien y, a su manera, resultaba simbiótica. Ella daba a Cavanaugh un amor tierno y cariñoso a cambio de su apartamento, su compañía, su afecto y un sexo fantástico.

—De acuerdo. Te lo preguntaré de otro modo. ¿Qué tiene que ver todo este historial con tu investigación?

A Cavanaugh le era más difícil responder a eso. Bastante le costaba explicarse la fascinación que sentía por los Whyte y los Warren puesto que, en teoría, los despreciaba. Y no estaba preparado para confesar a Jodi que lo que buscaba era un episodio de traición interna porque ella era una eterna optimista. Caería sobre él al instante.

De modo que salvó el pellejo lo mejor que pudo.

—No estoy seguro de que tenga algo que ver. Pero toda pista, por pequeña que sea, ayuda.

Jodi no era tan tonta como para conformarse con eso.

—La versión oficial sigue defendiendo que se trata de un caso de asesinato-suicidio. Si lo que pretendes es comprender cómo Mark Whyte pudo asesinar a su esposa y suicidarse después, ¿a qué viene concentrarse en sus padres?

—No estoy concentrándome en ellos. Es solo una forma de empezar a investigar.

—Me parece una increíble labor investigadora simplemente para un claro caso de asesinato-suicidio. ¿No te estás excediendo de lo que exige el deber?

—Digamos que soy un investigador devoto.

—Oh, eso ya lo sé —se burló Jodi, aunque su sonrisa no llegó a asomar del todo—. Estás buscando juego sucio.

Los ojos de Cavanaugh buscaron los suyos.

—¿Qué te hace pensar eso?

—Te conozco bien.

Deslizándose en su silla, Bob puso los pies sobre la mesita de roble que tenía delante.

—Soy detective —dijo sin pensarlo—. Mi trabajo es considerar cualquier posibilidad.

—Algunas de las cuales son… —Cuando él le lanzó una segunda mirada, esta vez más fría, ella levantó una mano—. De acuerdo, era solo curiosidad. Bueno, no tienes que contármelo si no quieres.

—En momentos así Jodi se preguntaba si él no confiaba en ella, o si dudaba de su inteligencia. En realidad, lo más probable es que temiera que ella fuera demasiado inteligente y que pudiera aventajarlo a la hora de resolver un caso.

Hizo ademán de levantarse, pero él la cogió de la muñeca, obligándola a permanecer donde estaba.

—No es que no quiera, sino que no hay mucho que decir.

—Bob sintió que el cuerpo de Jodi se relajaba lentamente, así que prosiguió, aunque más despacio—. Superficialmente, un asesinato y un posterior suicidio serían lo más probable. Mark Whyte tenía problemas. Deborah Warren también.

—Pero eso nos pasa a todos, ¿no? —El tema le interesaba. El suicidio entre los jóvenes era un problema cada vez más acuciante y al que había tenido que enfrentarse en la escuela en la que trabajaba. Cierto era que la muerte de los dos miembros de las familias Whyte y Warren no pertenecía exactamente al espectro adolescente, aunque...—. ¿Acaso los problemas de Mark o de Deborah eran tan graves como para justificar la autodestrucción?

—Eso es lo que estamos investigando, aunque todavía no hemos dado con nada definitivo. Se rumorea que Mark tenía problemas de dinero. Y de drogas. Y de sexo.

—Y, en tu opinión, ¿esos problemas eran lo bastante graves como para explicar lo ocurrido?

—¿Qué es esto? ¿Un tercer grado?

Jodi contuvo el aliento, herida por el tono de Cavanaugh. Ahí estaba otra vez. Su ego.

—No. Solo yo. Simplemente me lo preguntaba.

Hubo algo en la voz de Jodi que le tocó. No supo a ciencia cierta si era su suavidad, su sinceridad o una extraña clase de tristeza. Sin embargo, fue presa de un remordimiento instantáneo, de modo que se ablandó.

—Todavía desconozco los detalles, pero, por lo que tengo entendido... ¿En mi opinión, dices? —Bajó entonces la voz—. No.

—¿La investigación te ha llevado a encontrar alguna evidencia de juego sucio?

Él se miró fijamente las uñas de la mano derecha y arrugó los labios.

—¿Evidencia concreta? No... todavía.

Estaba frustrado. Jodi lo percibió en su voz, lo vio en su cabeza gacha.

—Si hay algo que encontrar, seguro que tú lo encuentras, Bob. Eres el mejor que tienen. Por eso te han puesto al mando.

—Sí. Para que el mejor hombre del departamento vuelva con las manos vacías. Y entonces ¿qué?

—Entonces querrá decir que en efecto fue un caso de asesinato y posterior suicidio.

Cavanaugh consideró esa posibilidad durante unos minutos. Cuando habló su voz denotaba cierto desconcierto.

—Lo extraño de todo esto es que, en el fondo, no me trago lo del suicidio. Y no tiene nada que ver con lo que Ryan ni nadie haya dicho —declaró, llevándose las manos al estómago—. Lo siento aquí. —Su desconcierto pareció ir a más—. Hay algo en la escena del crimen, en la forma en que los cuerpos estaban tumbados sobre la cama… no, en cómo él sujetaba el arma con la mano, como si todo formara parte de una escena perfectamente estudiada… Lo que quiero decir es que, si fueras a pegarte un tiro en la cabeza, ¿no soltarías el arma al caer?

Guardó silencio, debatiéndose con esa pregunta. Un minuto después, volvió a hablar con una inflexión más determinada.

—Estamos ante dos familias fuertes. Puede que odie reconocerlo, pero es cierto. Son gente de acción. No se quedan esperando a que las cosas pasen. No puedo creer que se hayan quedado de brazos cruzados viendo cómo dos de sus miembros terminan tan jodidos como para cometer un asesinato, y menos aún un suicidio.

—Pero la enfermedad mental…

—Son fuertes. Rebotan contra el suelo y vuelven a levantarse. Jack Whyte cometió errores en su día, pero por cada paso atrás, ha dado tres adelante. Mark era su hijo. Y eso tiene que significar algo.

Jodi sabía que Cavanaugh estaba siendo poco realista. Los genes tenían una limitada capacidad de conformar la personalidad de cualquiera. Lo mismo podía decirse de la educación y del ejemplo paterno. Llegaba un momento en la vida de una persona en que las circunstancias se hacían con las riendas. Algunos de los suicidios que ella había visto implicaban a las víctimas más impensables.

—No —prosiguió Bob distraídamente. De nuevo era como si se hubiera olvidado de la presencia de ella, como si razonara consigo mismo—. No me trago lo del suicidio. ¡Pero es que tenemos muy pocas pistas, demonios! Hemos peinado el puerto en busca de testigos, pero no hay nadie que oyera ni viera nada fuera de lo normal aquella noche. Con el balanceo de los barcos en sus amarres, puede haber habido un montón de ruidos que suenen como un disparo. En la pistola solo hemos encontrado las huellas de Mark, aunque eso no significa nada si quien lo mató limpió bien el arma antes de ponérsela en la mano.

—¿Qué tal una prueba de nitrato?

—Es poco concluyente. Podría ser de la pólvora que quedó en el arma después de haber sido disparada.

—El arma era de él —apuntó Jodi con suavidad.

—Lo cual podría significar que quienquiera que la utilizó o bien la robó antes de hacerlo o sabía en qué parte del barco la guardaba Mark. Es decir, que podríamos estar tratando con un desconocido o con alguien que le conocía bien. —Se pasó los dedos por el pelo y luego levantó los ojos, mirándola suplicante—. El laboratorio registró cada centímetro del barco. Había docenas de otras huellas, al parecer dejadas allí durante un largo espacio de tiempo. La única pista posible es una huella encontrada en la puerta del camarote donde aparecieron los cuerpos. El camarote está enmoquetado, de modo que no encontramos nada, y llovió la mañana siguiente, así que cualquier huella que hubiera podido haber en cubierta desapareció. En cualquier caso, no hay forma de saber si la huella era de algún otro de esos invitados que también dejaron allí sus huellas digitales.

Hizo una pausa para recuperar el aliento, calmándose en el proceso.

—He ordenado al laboratorio que someta esa huella a pruebas adicionales. Si podemos encontrar algo en ella, alguna clase de suciedad, barro o alga única o característica... algo... lo que sea...

—¿Y mientras tanto?

Bob soltó un suspiro de agotamiento.

—Mientras tanto registraremos la casa que Mark tenía en Los Ángeles. Quizá encontremos alguna pista. La policía de Los Ángeles asegura que ya la han registrado. No puedo decir que les haya encantado saber que esta semana voy a enviar a mi propio equipo. ¿No te parece increíble? Es como si para ellos fuera un juego y se empeñaran en no mostrar sus cartas. Demonios, ¡se supone que trabajamos en el mismo bando!

—Shhh —murmuró Jodi—. Tranquilo.

—¡Nada de tranquilo, maldita sea! ¡Cuando por fin logremos echarle un vistazo a la maldita casa, la mitad de las jodidas pruebas habrá desaparecido!

—Lo sé —susurró—. Lo sé, pero estás haciendo todo lo que puedes.

Se le tensaron los rasgos de la cara.

—No. Voy a ordenar a mis hombres que pongan la casa boca abajo, y cuando hayan terminado podrán empezar a interrogar a todo el que haya tenido alguna relación con Mark o con Deborah. Ya hemos empezado a estudiar el historial financiero de Mark. Tenía la cartera y las tarjetas de crédito en el barco, así que estamos comprobando cualquier pista que podamos encontrar en ellas.

—¿Esperando encontrar qué?

—Algo que explique por qué el tipo iba a matar a su esposa y luego suicidarse o por qué otro iba a hacerlo por él. El móvil. Tiene que haber uno en alguna parte. Durante la próxima semana, más o menos, empezaré a entrevistar a la gente de aquí. No he querido apresurarme porque no quiero enemistarme con las familias.

—¿Por qué iban a hacerlo? Lo normal sería que agradecieran cualquier cosa que hagas. Al fin y al cabo, estás intentando descubrir si alguien mató a dos de sus miembros.

—El escándalo, Jodi —le informó secamente—. En lo que respecta a las familias, ha sido un caso de asesinato y posterior suicidio. Lo que menos quieren son titulares que relacionen a Mark o a Deborah con algo feo. Los periódicos ya han empezado a especular; lo que les llegara de la policía tendría el mismo peso.

Jodi lo miró, incapaz de disimular su incredulidad.

—¿Pretendes decirme que estarían más que dispuestos a dejar así las cosas simplemente por su reputación?

—No me sorprendería.

—Pero ¿no crees que les estás haciendo un favor mostrándote tan cauto? —Lo cierto es que Jodi imaginaba que, teniendo en cuenta los sentimientos que Bob albergaba hacia los Warren y los Whyte, nada podía hacerlo más feliz que ponerlos en tela de juicio.

—Intento ser humano —fue la apagada respuesta de Cavanaugh—. Saltar a la palestra con acusaciones terribles el día después del funeral habría sido una auténtica estupidez. Me gusta pensar que estoy un escalón por encima del sórdido reportero, independientemente de mis sentimientos personales.

El rostro de Jodi se relajó lentamente hasta esbozar una sonrisa. Luego lo abrazó.

—Ese es mi hombre.

Cavanaugh se sonrojó ante el halago, consciente de que quizá había parecido farisaico aun a pesar de que no se arrepentía de ninguna de sus palabras.

—Pero no te preocupes —dijo, ahora más brusco—. Llevaré adelante mi investigación. A mi ritmo y a mi modo. Haré lo que haga falta hasta quedarme satisfecho. Y si eso significa que tengo que torturar a los mismísimos Whyte y a los Warren, así será.

Irónicamente, Robert Cavanaugh se encontró en el lado equivocado de la mesa de interrogatorios la mañana siguiente. Poco después de llegar a su escritorio, recibió una llamada de Jordan Whyte en la que este le proponía que se encontraran a tomar un café en el Dunkin Donuts de Comercial Street. Claramente se trataba de terreno neutral, un lugar en el que ambos se verían libres de la mirada de los curiosos.

Curioso a su vez, Cavanaugh accedió de inmediato y, media hora más tarde, se presentó en el lugar donde se habían citado. El local estaba casi vacío, aunque aun en el caso de que hubiera estado lleno no habría tenido ningún problema para localizar a Jordan. Estaba sentado en la barra, mirándose las manos, que tenía entrelazadas sobre la superficie de formica. Incluso con la cabeza gacha, el polo de manga corta y los tejanos que llevaba, había en él cierta aureola de poder. A Cavanaugh le invadió el rencor por ello.

Acercándose al taburete contiguo, Cavanaugh se dirigió a la camarera con gesto brusco.

—Dos cafés.

Jordan levantó la mirada. No había visto nunca a Robert Cavanaugh y se sintió primero confuso y luego receloso. En respuesta a la pregunta que leyó en sus ojos, Cavanaugh asintió y le tendió la mano. Jordan respondió estrechándosela brevemente, aunque ninguno de los dos hombres pronunció palabra.

Un minuto más tarde, dos tazones de café caliente estaban depositados ante ellos en el mostrador. Cavanaugh señaló con la cabeza en dirección a una pequeña mesa donde podrían hablar con relativa intimidad, y solo habló cuando ambos hubieron tomado asiento.

—Siento lo de su hermano y lo de su cuñada.

Cierto: la muerte le entristecía. La enemistad que sentía hacia las familias relacionadas con el caso no podía pesar más que su propia decencia, por no hablar del hecho que deseaba jugar sus cartas con cautela hasta que hubiera tenido la oportunidad de juzgar a Jordan.

Jordan respondió asintiendo una sola vez en señal de agradecimiento por la expresión de condolencia y a continuación apoyó la espalda en el respaldo de la silla sin dejar de mirar a Cavanaugh. No estaba demasiado seguro de saber qué tipo de hombre tenía delante: le parecía un tipo aseado y alerta y no exactamente el detective agotado o desastrado que había esperado.

—Tengo entendido que está usted a cargo de la investigación.

—Así es.

—¿Es usted teniente detective?

—Sí.

—¿Homicidios?

—Sí. —Cavanaugh decidió esperar el momento oportuno. Sabía perfectamente que Jordan Whyte sabía las respuestas a cada una de las preguntas que le había hecho. Un hombre como Jordan, miembro de una familia como los Whyte, no se acercaba a nada a ciegas. Cavanaugh dio por sentado que Jordan estaba empleando su tiempo en evaluarlo, y dio gracias por llevar su definida chaqueta de tweed de verano, una fresca camisa blanca y corbata de reps. Jordan Whyte tenía que saber que no estaba tratando con ningún holgazán, incluso aunque Cavanaugh se hubiera vestido así respondiendo a la insistencia de Jodi.

—Según tengo entendido, ha sido John Ryan quien le ha asignado el caso.

Cavanaugh asintió.

—¿Qué ha sido de George Haas? ¿No es él el director del departamento de homicidios?

Aunque Cavanaugh habría argumentado que él estaba más que capacitado para llevar el caso, por si era eso lo que Jordan se preguntaba, su orgullo logró contener su mal genio.

—El capitán Haas se jubilará a finales de año. Por debajo de él, yo soy el detective con mayor experiencia. Dada la necesidad de continuidad que puede plantear el caso, Ryan ha decidido que yo sería una elección mucho más acertada.

Jordan asintió, aceptando la explicación. También aceptó el hecho de que Robert Cavanaugh era un hombre de cuidadoso lenguaje, cuya voz apenas dejaba adivinar un pequeño deje de inglés de Boston. Se le antojó un tipo culto, al menos relativamente, dada su profesión.

—Entonces, ¿cree usted que va a ser una investigación larga?

Cavanaugh respondió con un negligente encogimiento de hombros.

—Le dedicaré el tiempo que haga falta.

Jordan estaba empezando a sospechar que su adversario no solo era un tipo bien vestido y de cuidado lenguaje, sino que también era un hombre perspicaz. No parecía dispuesto a ofrecer una sola pizca de información voluntariamente.

—¿Y cómo va?

—Va.

—¿Han descubierto algo?

—¿Se refiere a alguna cosa que pudiera sugerir que se trata de algo distinto de lo que en principio parece ser?

—Por eso están investigando, ¿no? —respondió Jordan, desdeñoso.

Despacio, aunque con firmeza, Cavanaugh asintió.

—¿Y? —Al ver que Cavanaugh se limitaba a mirarlo sin más, le apremió un poco—. ¿Han encontrado algo sospechoso?

—¿Se refiere a alguna evidencia que indique que alguien se coló en el barco y cometió un doble asesinato?

—Eso es.

—Estamos en ello.

Jordan sintió que empezaba a terminársele la paciencia. Sacarle información a Robert Cavanaugh era como intentar arrancar un diente.

—¿Han terminado su trabajo en el laboratorio?

—No del todo. Lleva su tiempo.

—¿Cuánto?

—Una semana. Dos, tres.

—¿Para un informe de laboratorio?

—Para obtener los resultados de los análisis en profundidad de cientos de pequeños detalles.

Con gesto distraído Jordan espantó una mosca que se había posado junto a su tazón.

—¿Tienen alguna pista?

—Aún no.

—¿Cuáles son las expectativas?

—Ninguna. A pesar de lo que usted pueda pensar, ningún policía tiene esperanzas de encontrarse ante un caso de asesinato.

Jordan suspiró. Obviamente, el hombre que tenía delante le guardaba resentimiento.

—Le haré la pregunta de otro modo. ¿Qué buscan?

—Cualquier cosa que pueda salirse de lo común.

—Un caso de asesinato y posterior suicidio en familias como las nuestras ya es algo fuera de lo común.

—Esa es una de las razones por las que estamos llevando a cabo una investigación.

—¿En qué están trabajando ahora?

—En cualquier cosa… en todo.

—Escuche, detective Cavanaugh —dijo Jordan, apretando los dientes y acerando la mirada al tiempo que se inclinaba hacia delante en la silla—, mi familia ya ha sufrido demasiado para merecer respuestas tan vagas. —Utilizaba un tono grave, peligrosamente grave, y Cavanaugh vio latir un músculo en la parte superior de su mejilla. En un lugar menos público que aquel sin duda habría estallado, descargando en Cavanaugh toda la fuerza de su ira. Pero no era esa la situación, y estaba haciendo denodados esfuerzos por reprimirse—. Dos de los miembros de nuestras familias han muerto y creemos que tenemos derecho a saber qué están haciendo ustedes para descubrir por qué han muerto. Nos gustaría saber exactamente lo que hizo ayer, lo que está haciendo hoy y qué es exactamente lo que planea hacer mañana.

Cavanaugh no pudo contenerse. Albergaba demasiados sentimientos negativos hacia los Whyte y los Warren para permitir que Jordan Whyte intentara amedrentarlo. Inclinó también él el cuerpo hacia delante y entrecerró los ojos.

—Escuche, señor Whyte, no me parece que le deba nada. Yo trabajo para el Estado, en caso de que lo haya olvidado, y mi única responsabilidad es investigar este caso según mis capacidades y presentar mis averiguaciones a la autoridad adecuada, que a su vez emprenderá la acción que considere necesaria.

—Como funcionario del Estado debe responder a las demandas del contribuyente —replicó Jordan—. Y le aseguro que mi familia paga sus impuestos religiosamente.

—Ah, ¿sí? —preguntó Cavanaugh empleando en su pregunta la cantidad justa de sarcasmo. Los impuestos eran otro de sus motivos de mal humor, pues estaba convencido de que, gracias a todo tipo de pretextos, los ricos nunca pagaban sus impuestos.

Jordan no se dejó desconcertar por la pregunta. Prosiguió en un tono aún más condescendiente.

—Obviamente, no ha hecho usted sus deberes tan bien como le gustaría creer. De lo contrario no habría hecho esa pregunta.

—¡Y usted no ha hecho sus deberes tan bien como le gustaría creer si cree que yo no he hecho los míos! —Sus ojos echaban fuego—. Olvídese de que Haas se jubila. Olvídese de que, después de él, yo soy el hombre con más experiencia a mis espaldas. El verdadero motivo por el que me han dado este caso es que Ryan cree que puedo hacer con él mejor trabajo que cualquiera de los miembros del departamento. He tenido mucho tiempo para probar mi valía. He ascendido hasta aquí desde lo más bajo del departamento a base de trabajo. Nadie me ha regalado nada. Mis promociones responden únicamente a mis propios méritos. Trabajo duro, soy muy minucioso y doy mucha importancia a los detalles. No me subestime, señor Whyte.

Jordan se vio momentáneamente sorprendido. No estaba acostumbrado a que la gente le plantara cara, sobre todo cuando utilizaba esa mirada con la que, según demostraban los hechos, lograba hacer temblar a quienquiera que tuviera delante, mirada que creía haber estado empleando durante los últimos minutos. Cavanaugh era un tipo duro. Tendría que emplear una estrategia distinta para poder con él.

Inspiró hondo al tiempo que volvía a recostarse sobre el respaldo de la silla y dejaba caer los brazos a ambos lados del cuerpo después de haberlos tenido apoyados sobre la mesa durante su ataque.

—No le gusto, ¿verdad?

Esta vez el desconcertado fue Cavanaugh. No esperaba una pregunta tan directa ni tampoco tamaña resignación.

—Que me guste usted o no carece de importancia —dijo tajante, aunque sin perder la calma—. Este es un caso como cualquier otro. Quien sea usted es algo secundario al hecho de que hay dos personas muertas. Podrían haber sido dos vagabundos de Pine Street, y si hubiera cualquier motivo para pensar que habían sido asesinados en vez de que habían bebido hasta morir, llevaría una investigación con la misma intensidad con la que llevo el caso de su familia.

Jordan, que no podía evitar sentirse impresionado ante la aparente integridad de aquel hombre, inclinó la cabeza a un lado y frunció levemente el ceño.

—¿Cómo entró en la policía?

Aunque la pregunta sorprendió a Cavanaugh, no tenía nada que ocultar.

—Serví en Vietnam y, a la vuelta, había desarrollado una fijación por la ley y el orden.

—¿Cuándo estuvo allí?

—Desde el sesenta y siete al sesenta y nueve.

—Y volvió de una pieza —se maravilló Jordan, instantes antes de que en sus ojos apareciera una mirada distante—. Fue usted uno de los afortunados. Cuatro de mis compañeros de facultad no salieron tan bien parados: tres volvieron en una caja de pino y el cuarto ni siquiera apareció.

Cavanaugh no tenía la menor intención de perder protagonismo. Si Jordan estaba intentando despertar su compasión, a buen seguro él no le iba a la zaga.

—Yo perdí allí a dos amigos. Todos teníamos prórroga por estudios, pero la suerte cambió en cuanto nos licenciamos. Hay veces en que me pregunto si de haber hecho el servicio antes, o después, las cosas habrían sido distintas. Mis amigos se vieron en el lugar erróneo en el momento equivocado.

La facultad. No entraba en los cálculos de Jordan. Había dado por sentado que el grueso del departamento de policía de Boston, particularmente los elementos que habían empezado desde abajo, como Cavanaugh decía haberlo hecho, presumiblemente a finales de los sesenta o principios de los setenta, habían entrado en el cuerpo directamente desde el instituto.

—¿Dónde fue? —Al ver que Cavanaugh fruncía el ceño, obviamente perdido ante la vaguedad de la pregunta, Jordan se aprestó a concretar—. ¿A qué universidad?

—A la Universidad de Carolina del Norte.

La curiosidad de Jordan aumentó.

—Es usted más joven de lo que imaginaba. ¿En qué año se licenció?

Cavanaugh se permitió una sonrisa seca.

—En el mismo que usted. Si no me equivoco, fuimos rivales.

Jordan había estudiado en Duke. Sonrió.

—No me cabe duda. ¿También usted jugaba al fútbol? —Cuando Cavanaugh asintió, sonrió de oreja a oreja—. Debemos de habernos enfrentado en alguna ocasión.

—En más de una. Yo sabía perfectamente quién era usted. Todo el mundo conocía a Jordan Whyte, el *quarterback* estrella de los Blue Devils.

—¿Y usted?

—Yo jugaba de receptor. No creo que oyera hablar de mí. Básicamente jugaba en el equipo especial. —La mayor parte del tiempo que Cavanaugh había pasado en el campo de juego se resumía en *Punts* y en patadas iniciales. No, nadie había oído hablar de él, y menos aún el *quarterback* estrella de los Blue Devils.

—Vaya, no está mal —declaró Jordan—. Nada mal. Los equipos especiales son muy importantes. Algunas de las jugadas decisivas de los partidos tienen lugar cuando los equipos especiales están en el campo de juego.

—Oiga, escuche —le amonestó Cavanaugh, levantando una mano—, de eso hace una eternidad. No me estoy disculpando por lo que hice. No hace falta que se muestre condescendiente conmigo…

—No era mi intención. Realmente es lo que pienso. —Los rasgos de su rostro se suavizaron al tiempo que parecía recordar—.

Una vez, en un partido, íbamos un *touchdown* por debajo y solo quedaba un minuto y cuarenta segundos de juego. Era una de esas situaciones en las que había que elegir entre un cuarto *down* o un *punt*. Salió nuestro equipo especial al campo, lograron el *punt*, y el equipo contrario, que, si mal no recuerdo, eran los Georgia Tech, perdió el balón. Recuperamos posesión e hicimos una carrera completa hasta lograr un *touchdown*. ¡Menudo momento!

Cavanaugh no pudo contenerse.

—¿Y desempataron luego y ganaron?

—Perdimos por un gol de campo en el último segundo —aclaró Jordan—. Así es a veces el deporte.

—¿Alguna vez lamenta no haber pasado a profesional?

—¿Yo? Qué va. Tengo las rodillas débiles. Nunca habría llegado a nada en la liga profesional. Hay un lugar y un momento para todo. Mis días de fútbol quedaron atrás cuando me licencié.

Aunque Cavanaugh sabía que tenía que volver a concentrarse en lo que le había llevado allí, la curiosidad pudo con él.

—Es usted dueño de un equipo de hockey. ¿Por qué uno de hockey y no uno de fútbol?

Jordan esbozó una sonrisa torcida. Cavanaugh intentó decidir si esa sonrisa era simplemente un fingido intento de mofarse de sí mismo.

—¿Me ve acaso viendo los partidos desde el palco del dueño de equipo? Sería imposible trabajar para mí. Me resultaría demasiado frustrante quedarme ahí sentado con la boca cerrada. Además —lanzó una mirada a dos hombres que acababan de instalarse en la barra y bajó la voz—, comprar un equipo de fútbol era exactamente lo que la gente habría esperado de mí. No puedo permitirme ser tan predecible, ¿no le parece?

Cavanaugh se rió entre dientes.

—No, por supuesto que no. Disfruta comportándose de forma inesperada, ¿verdad?

—Sí. Y no solo por lo que puedan pensar los demás. —Jordan quiso dejar eso bien claro. Había sido a menudo criticado por *showman*—. Hago lo que me entusiasma, y le aseguro que lo inesperado consigue entusiasmarme. Aunque eso no significa que algo resulte automáticamente emocionante simplemente porque sea inesperado.

Soy muy quisquilloso en lo que elijo hacer, y tengo la suerte de poder permitirme ser quisquilloso. No soy tan impulsivo como alguna gente cree. Pero todos necesitamos darnos un respiro. Hacer lo mismo todos los días me volvería loco. —Hizo una pausa durante la cual se quedó pensativo—. ¿No le pasa a usted lo mismo? ¿No siente un pequeño estremecimiento de emoción cuando un caso nuevo y exigente cae encima de su mesa?

Ahora fue Cavanaugh quien espantó la mosca.

—Creo que eso le ocurre a cualquier detective. Los casos más emocionantes, y quizá también los de más difícil solución, son aquellos en los que ocurre lo inesperado. —Miró a Jordan a los ojos—. Es un pequeño giro aquí o allá lo que hace que las cosas sean interesantes.

Si lo que intentaba era sugerir que la implicación de Jordan en el asesinato de su hermano supondría un giro más que bienvenido, no salió victorioso del intento. Sin embargo, Jordan no estaba en absoluto fuera de su longitud de onda.

—Eso, si no me equivoco, nos devuelve al caso que tiene entre manos en este momento. —Había estado manoseando distraídamente el asa del tazón, pero alzó los ojos para mirar a Cavanaugh y habló con voz queda—. Creo que hemos entrado en la conversación con mal pie. Ha sido culpa mía y me disculpo por ello. Es que mi familia no ha sido capaz de obtener demasiadas respuestas, y eso resulta decepcionante.

—También lo es para mí —afirmó Cavanaugh, aunque esta vez había bajado la guardia—. Las cosas llevan tiempo. Por mucho que insisto, hay algún informe que no está todavía concluido. El informe de balística, por ejemplo. Necesito los resultados para saber si las balas que mataron a su hermano y a su cuñada fueron realmente disparadas por el arma que encontramos en la mano de Mark. Pero el jefe del departamento de balística ha estado de vacaciones, y personalmente no me fío de la opinión de ninguno de sus subalternos, así que tenemos que esperar.

Jordan dio un sorbo a su café templado y bajó la taza hasta depositarla en la palma de la mano que tenía libre.

—Mi hermano, mi hermana y los Warren hemos estado hablando y ninguno de nosotros encuentra ninguna justificación a la teoría de un asesinato y posterior suicidio. Estamos convencidos de que han sido asesinados.

Cavanaugh mantuvo una expresión neutra, intentando decidir hasta qué punto podía desvelar su propia opinión. Sin duda no pensaba confesarle a Jordan que sospechaba de su familia o de los Warren. Y tampoco estaba seguro de que fuera así. Era lo que quería, sí, pero el deseo no cerraba ningún caso.

¿Pensaba acaso que Jordan era capaz de cometer un asesinato? A primera vista, no. Jordan parecía llevar sus emociones escritas en la cara. Era un hombre aparentemente franco, que no dudaba en soltar lo que pensaba, legítimamente preocupado por el caso. De haber sido un asesino, habría demostrado algún signo de nerviosismo. La experiencia había enseñado a Cavanaugh que hasta los actores más consumados se traicionaban a sí mismos torciendo un labio o parpadeando en el momento inoportuno. No, Jordan no era ningún asesino, a menos que fuera un caso realmente patológico... aunque siempre existía esa posibilidad.

Cavanaugh no podía descartarlo, como tampoco podía descartar la vaga posibilidad de que Jordan hubiera manifestado intencionadamente la posibilidad del asesinato para cubrir así su propia implicación.

Se decidió por una vía cauta, revelando solo lo que Jordan hubiera podido averiguar en caso de que decidiera hacer una llamada telefónica al interlocutor apropiado.

—Hasta el momento, tampoco nosotros podemos encontrar un móvil que justifique el asesinato y posterior suicidio. Al parecer, el dinero parece haber sido un problema...

—Han comprobado sus tarjetas de crédito y sus cuentas corrientes. Lo sé. Nos llamaron poco después.

—Es mi trabajo.

—No lo estoy criticando. —Ahora la mosca estaba en la oreja de Jordan. La espantó con gesto distraído—. Mark debía mucho dinero, aunque no tanto como para matarse por él.

—A finales de la semana que viene registraremos la casa de Los Ángeles.

—Estaba metido en drogas —dijo Jordan, suponiendo que Cavanaugh iba a enterarse de todos modos. Aunque había más cosas de las que Cavanaugh quizá fuera a enterarse, Jordan no tenía intención de desvelarlas todavía. Aún no estaba decidido a confiar plenamente en el detective—. Básicamente cocaína. Aunque no tenía ningún problema grave y la autopsia no mostró que hubiera nada en su sangre, así que no estaba «colocado» en el momento de los disparos. De todos modos tampoco diría que unas cuantas rayas lleven a hacer algo así. Si hubiera estado tonteando con alguna sustancia alucinógena, lo entendería. Pero no con cocaína.

Cavanaugh se mostró de acuerdo con él.

—Tampoco encontramos signos que revelaran ninguna enfermedad orgánica en ninguno de los dos cuerpos. A veces, a una persona a la que se le diagnostica una enfermedad terminal decide acabar con la espera, pero no es el caso. —Hizo una pausa, decidiendo sondear a Jordan mientras pudiera—. ¿Cree que pudo haber algún desacuerdo entre ellos a causa del embarazo de Deborah?

Jordan negó con la cabeza.

—Querían tener hijos. El propio Mark me lo dijo, y a pesar de que Deborah lo pasó muy mal tras la muerte del primero…

—¿El primero?

—Nonato. Hace cuatro años. —Jordan vio que Cavanaugh sacaba una pequeña libreta de notas del bolsillo delantero de la chaqueta, la abría y anotaba algo—. Había estado en tratamiento psicológico para superarlo, y estoy seguro de que tenía que estar nerviosa ante el nuevo embarazo, pero quería tener ese bebé.

—¿Podría hablar con su terapeuta?

—Por supuesto, aunque está en Los Ángeles. Gil probablemente tenga el nombre y el teléfono. Se lo conseguiré si lo quiere.

Cavanaugh asintió, se frotó el labio superior con el dedo mientras estudiaba la libreta de notas y luego volvió a fijar la mirada en Jordan.

—Así que cree que los asesinaron.

—Así es.

—¿Algún sospechoso en particular?

—No.

—¿Qué me dice de los demás… de su hermano, su hermana, los Warren? ¿Tienen alguna opinión?

—No. Mark y Deborah pasaban la mayor parte del tiempo en

California. Mark tenía allí el barco, que utilizaban siempre que venían a la costa Este, pero, aparte de las vacaciones y de los tradicionales encuentros familiares, no los veíamos mucho. Quiénes eran sus amigos, con quién trabajaban, quién podía desear su muerte, y por qué... no lo sabemos. —De nuevo pareció decepcionado—. Lo que sí sabemos es que tenían muchas razones para vivir. Y —añadió al tiempo que su voz se endurecía, plenamente convencida— sabemos también que Mark no habría tenido las agallas para apretar ese gatillo y dispararse, y mucho menos para disparar a Deborah.

Siguieron sentados en silencio durante un minuto hasta que Cavanaugh por fin habló.

—Quizá el último informe del laboratorio nos diga algo; de todos modos, tengo intención de ponerme en contacto con todas las personas relacionadas con la pareja. —Volvió a meterse la libreta de notas en el bolsillo—. Me gustaría hablar con otros miembros de su familia y con los Warren.

—No estoy seguro de que puedan añadir nada.

—Algo que para ellos sea totalmente irrelevante podría darme alguna pista.

—Quizá resulte difícil, sobre todo para mi madre y para Lenore, pero si cree que es importante...

Cavanaugh así lo creía, aunque no era insensible a la difícil situación de Natalie y de Lenore.

—A ellas dos, de momento, no las molestaré. ¿Qué me dice de los McNee y de los Morell?

Jordan vaciló por primera vez al tiempo que se le tensaba el cuerpo.

—¿Qué quiere saber?

—Me gustaría hablar con ellos. A veces el servicio ve cosas que pasan inadvertidas a los que están más cerca de las víctimas.

—Supongo que tiene sentido —dijo Jordan tras un leve titubeo.

Cavanaugh observó atentamente a Jordan.

—Katia Morell... también vive en Nueva York, ¿verdad?

Pasó un momento antes de que Jordan respondiera.

—Ya sabe que sí. Y también sabe a qué se dedica.

Pero Cavanaugh no lo sabía, al menos no con precisión. No había llegado tan lejos en su investigación.

—Se dedica a la publicidad, ¿no es así?

—Es directora de arte en una agencia de publicidad.

—Me gustaría hablar con ella.

—¿Es necesario?

—Eso me temo.

Esta vez, cuando Jordan se inclinó hacia delante en la silla había en su rostro una mirada extraña y suplicante.

—Se lo ruego. Katia es un elemento totalmente inocente en todo esto. Lleva once años viviendo en Nueva York. Tiene su propia vida y sus propios intereses.

Cavanaugh no estaba completamente seguro de qué era lo que llevaba a Jordan a mostrarse tan protector con Katia, pero recordó la mirada que se habían cruzado en el cementerio y las sospechas que había levantado en él.

—Para usted es alguien importante, ¿verdad? —preguntó.

Jordan clavó en él la mirada. Se preguntó si sus emociones eran tan manifiestas o si simplemente Cavanaugh era un hombre muy perspicaz. En cualquier caso, algo le decía que la pregunta había sido formulada de hombre a hombre y no de detective a familiar de la víctima, y al responder lo hizo siguiendo esa línea.

—Sí. Es importante.

Cavanaugh habría seguido preguntando, pero algo lo obligó a contenerse. Sentía que se estaba moviendo sobre terreno pantanoso en lo que hacía referencia a esa línea de interrogatorio.

—Si me pongo en contacto con ella, ¿cooperará?

Jordan vaciló y luego asintió, consciente de que, fueran cuales fuesen sus motivos, Cavanaugh estaba más que decidido a seguir adelante en el camino que se había trazado. Aun así, quiso hacerle una última petición.

—Katia es buena persona, muy buena. Está sola en muchos sentidos. Es como un miembro más de la familia, aunque sin llegar a serlo del todo. Es una de nosotros y no lo es. La muerte de Deborah le ha afectado particularmente y no quiero que tenga que revivirla más de lo estrictamente necesario. Me parece injusto. —Su mirada se encontró con la de Cavanaugh—. Si no puede disfrutar de los beneficios de ser una Whyte o una Warren, ¿debe sufrir con nuestro dolor?

Cavanaugh sopesó el abanico de emociones que ocultaban las palabras de Jordan. Se mostraba protector, deseoso de luchar en defensa de Katia e incluso irritado por la suerte que le había tocado en vida. O bien ocultaba algo de mucho peso o simplemente estaba enamorado hasta las trancas de aquella mujer. Cavanaugh se preguntó cuál de las dos posibilidades sería la acertada.

—Lo tendré en mente cuando hable con ella.

Jordan volvió a asentir y luego, como desechando esa idea, se aclaró la garganta y habló, esta vez con más fuerza.

—Queremos ayudar, detective. Mi padre y Gil han estado importunando al comisionado de policía Holstrom, pero creo que básicamente lo único que están logrando es hartarle. Esa es una de las razones por las que quería verlo hoy. Sé que está usted ocupado y que este es uno de los muchos casos en los que debe de estar trabajando. Pero también yo soy un hombre ocupado. Debería estar en Nueva York y no aquí. Pero he creído importante que nos viéramos. Facilitaría mucho las cosas que usted y yo nos mantuviéramos en contacto…

—¿Se refiere a que le cuente lo que hice ayer, lo que hago hoy y lo que haré mañana? —preguntó Cavanaugh.

Jordan guardó silencio durante un minuto, a sabiendas de que se había ganado la enemistad de aquel hombre con ese comentario.

—En absoluto. Antes estaba decepcionado, y cuando me pasa tengo tendencia a saltar a la mínima. —Dio un manotazo a la mosca, que de pronto había decidido revolotear junto a su cabeza—. ¡Maldita mosca! ¡Demonios, pero si ni siquiera tenemos donuts!

—Quizá si los tuviéramos nos dejaría en paz.

Jordan soltó un gruñido, pero rápidamente se calmó.

—No le pedimos que nos dé todos los detalles, solo una idea general de lo que ocurre. —La comisura del labio se le curvó hacia arriba en un amago de la misma capacidad de reírse de sí mismo que Cavanaugh había percibido anteriormente—. Nos gusta tener la sensación de que lo controlamos todo incluso aunque no sea cierto.

Se llevó la mano al bolsillo trasero del vaquero y sacó una cartera.

—Tenga, aquí tiene mi tarjeta. Daré instrucciones a mi secretaria para asegurarme de que le pase conmigo. —Hizo ademán de pasar la tarjeta por encima de la mesa, pero luego la retiró de nuevo y le dio la vuelta. Se palpó un lado de la camisa y luego el otro—. No tengo bolsillos, y mucho menos un bolígrafo. ¿Puedo usar el suyo? —Anotó el teléfono de su casa en la tarjeta y se la dio, junto con el bolígrafo, a Cavanaugh—. Y sé dónde localizarlo.

Cavanaugh se metió la tarjeta en la cartera, de la que sacó el dinero para pagar el café.

—Un momento, déjeme a mí —empezó Jordan, siendo rápidamente interrumpido por la voz cansina de Cavanaugh.

—¿Y dejar que alguien piense que me está sobornando? Ni hablar, Whyte. Creo que todavía puedo permitirme pagar dos cafés —añadió, alejándose de la mesa—. Estaremos en contacto —fue todo lo que dijo antes de dejar a Jordan sentado solo con la taza de café frío y sus propias cavilaciones.

6

Jordan regresó a Nueva York, donde se zambulló en una apresurada y frenética jornada de veinticuatro horas seguidas de trabajo antes de volar a Baltimore a ver cómo los Blades perdían dos partidos seguidos en casa. Mientras estaba en la ciudad, además de algunas intensas reuniones para intercambiar impresiones con el director general del equipo, pasó algún tiempo con Cheryl Drew, a quien llevaba viendo con cierta frecuencia desde hacía un año. Se sintió tan desilusionado por su compañía como por las derrotas de su equipo.

Algo le había ocurrido desde la muerte de su hermano: la mortalidad le había golpeado en plena cara. De pronto veía su vida desde una perspectiva distinta, y no estaba seguro de que le gustara lo que estaba viendo. En el ámbito profesional tenía pocos motivos de queja. Los equipos estaban condenados a perder del mismo modo que los acuerdos comerciales lo estaban a sufrir algún revés, pero se trataba de percances que no le preocupaban porque sabía que en su momento habría también ganancias. Sin embargo, en el ámbito personal, se sentía en precario. El papel de playboy no era tan fantástico como pudiera parecer, sobre todo cuando uno tenía treinta y nueve años, y de pronto la idea de tener una mujer en cada puerto se le antojaba agotadora.

No ayudó tampoco que, dos días después de su regreso a Nueva York, llevara a una de esas mujeres al teatro y que, durante el descanso, viera a Katia al otro lado del abarrotado vestíbulo. Iba acompañada de un hombre distinguido que, según decidió Jordan, tenía que ser demasiado viejo para ella, una presunción de lo más irracional, sobre todo teniendo en cuenta que él era nueve años mayor que ella y no mucho más joven que el hombre que la acompañaba. Sin embargo, Katia parecía estar pasándolo en grande, y eso le fastidió.

A la mañana siguiente, Jordan apareció resplandeciente a primera hora de la mañana en la oficina de Katia. Ella estaba ocupada en su mesa de dibujo y levantó la mirada, primero sorprendida y luego encantada, cuando lo vio aparecer por la puerta.

—¡Jordan! —Se levantó apresuradamente y le dio un abrazo—. Tendrías que haber venido hace una hora, podríamos haber desayunado juntos.

Dejando las manos entrelazadas sobre la zona lumbar de Katia, Jordan sonrió al rostro ahora alzado de la joven.

—No me dirás que ahora te has apuntado a un curso de desayunos de gourmet.

—De hecho, me refería a un café con cruasanes de la tienda de abajo.

La sonrisa se desvaneció del rostro de Jordan.

—¿Desayunas en el trabajo? ¿A qué hora empiezas?

—A las siete, siete y media.

Apenas eran las nueve. Jordan creía que había llegado demasiado temprano.

—¡Después de haber ido anoche al teatro!

Katia frunció el ceño.

—¿Cómo sabes…? ¿Estuviste allí? Jordan, ¿por qué no te acercaste a saludar?

—Te vi durante el descanso y el vestíbulo estaba abarrotado. Además, parecía que lo estabas pasando demasiado bien y no quise molestar.

Katia percibió el leve tono acusador en su voz y sintió un ligero toque de satisfacción. Jordan no se había pronunciado demasiado cuando ella había salido con Sean. Llevaba ya un año libre y él no había dado un solo paso. Si él no la quería, había otros hombres que sí lo hacían.

—Fue una velada agradable. La obra era buena, ¿no crees?

—¿Quién era él? —preguntó Jordan en voz baja.

—¿Quién?

—El tipo que te acompañaba.

Saliendo del círculo de sus brazos, Katia apoyó la cadera contra el taburete en el que había estado sentada.

—Su nombre es Alan Montgomery. Forma parte del equipo de dirección de un centro médico privado. Hemos trabajado para ellos.

Jordan asintió. Se metió las manos en los bolsillos de los pantalones y se balanceó hacia atrás sobre los talones.

—Montgomery. ¿Vive aquí, en la ciudad?

Katia negó con la cabeza.

—En Long Island.

Jordan volvió a asentir. Y se balanceó una vez más.

—¿Medicina general?

Una vez más, Katia negó con la cabeza.

—Ginecólogo.

Hizo todo lo que estuvo en su mano para no reírse cuando Jordan soltó por lo bajo un:

—Jesús.

Esta vez no asintió ni se balanceó sobre los talones.

—¿Hace mucho que sales con él?

Lo cierto era que Alan llevaba meses invitándola a salir. Siempre le había parecido un hombre demasiado seguro de sí mismo y lo había rechazado no sin cierta satisfacción. Había accedido a verlo solo a la vuelta de Maine, después de haberse dado cuenta de que Jordan estaba tan fuera de su alcance como siempre.

Eso, de hecho, describía a la perfección su vida social. Había estado viviendo los últimos diez años de su vida a expensas de él.

—Es la primera vez que salimos.

—¿Te gusta?

Fingió debatir la pregunta en su cabeza. Curvó los labios hacia abajo, acompañando la mueca con un encogimiento de hombros y asintiendo sin más.

—Si puede permitirse contratar los servicios de tu empresa, le deben de ir bien las cosas —reflexionó Jordan.

—Así es.

—Seguro que las mujeres lo adoran. —Demasiado bien recordaba el deslumbrante atractivo del hombre.

—Jordan…

—Probablemente tenga una o dos ex esposas.

—Una.

—¿Hijos?

—Dos. ¿Importa eso?

—Sí, si planeas casarte con él.

—¡Pero si la de anoche fue nuestra primera cita! ¿No crees que estás sacando un poco las cosas de quicio?

—Solo quiero que sepas dónde te estás metiendo. Probablemente tenga a sus espaldas suculentas pensiones alimenticias, por no hablar de la manutención de los niños. Y si te casaras con él y tuvieras hijos suyos, él tendría que debatirse entre la lealtad a sus hijos anteriores y los que tenga contigo. —Hizo una pausa—. ¿Es tu ginecólogo?

Katia sí se rió entonces.

—No.

—Menos mal —masculló antes de proseguir, esta vez con tono más firme—. ¿Sabes?, un tipo como ese probablemente intente tirarse a la mitad de sus pacientes. Es el pan de cada día que los médicos se aprovechen de sus vulnerables pacientes femeninas. No quiero ni imaginar lo que pagará en primas por negligencia, que es otra de las cosas que deberías tener en cuenta…

—¡Esto es absurdo, Jordan! Pero si lo único que he hecho ha sido ir al teatro con él. No tengo planeado casarme con él, y si así fuera, mi principal motivo sería el amor y no el dinero que tenga que desembolsar en pensiones y en manutención de los niños, ni de si está adecuadamente asegurado contra posibles negligencias. —Le lanzó una mirada recelosa—. ¿Qué tienes en mente?

—A ti. Me preocupo por ti.

Como un hermano mayor. Katia lo odiaba.

—No te vi tan preocupado cuando estaba con Sean.

—Sean era inofensivo.

—Entonces, ¿quiere decir que aprobabas mi relación con él?

—Sabía que no duraría.

—Ah, ¿sí?

—No era lo bastante fuerte para ti.

—Quizá Alan lo sea —sugirió Katia, aunque enseguida lo pensó mejor y decidió dar un giro a la conversación—. Aunque eso ahora no importa. Lo que importa es que ya llevo mucho tiempo sola. ¿No es un poco tarde para empezar a preocuparte?

—Siempre me he preocupado. Quizá es que con la edad empeoro.

Entonces haz algo, ¡idiota!, estuvo a punto de gritar Katia, aunque se limitó a esbozar una sonrisa triste.

—Estoy bien, Jordan. En serio. Y no te preocupes. No pienso meterme en nada…

—¡Katia! —Roger Boland estaba apoyado en el marco de la puerta, ceñudo—. Necesito ese *storyboard* a las once.

—Lo tendrás —respondió, plenamente consciente de que Roger no tenía ninguna intención de detenerse en su puerta hasta que vio a Jordan por el panel de cristal de su oficina. Con los años, Jordan había estado en la oficina lo suficiente como para que los dos hombres se conocieran.

Jordan asintió a modo de saludo.

—Roger.

—¿Qué tal va todo, Jordan?

—No me quejo.

—Me estás entreteniendo a Katia.

—No creas. Estoy aquí por trabajo.

Roger irguió la espalda y se apoyó esta vez mejor en el marco de la puerta de Katia.

—Ah, ¿sí? ¿Has venido a traernos trabajo?

—Puede ser. De eso quería hablar con Katia.

—Me preguntaba cuándo te decidirías. —Y es que, por mucha aversión que Jordan y lo que representaba provocaran en Roger, no pensaba mirarle el diente a un caballo regalado—. Hasta ahora os lleva las cosas Klein & Wood, ¿no?

—Todavía les llevan las cosas Klein & Wood —afirmó Katia con firmeza.

Jordan la miró.

—No si decides aceptar el proyecto.

—Jordan —le advirtió—. Ya lo hemos hablado antes…

—¡Eso sería genial, Katia! —interrumpió Roger, aunque su atención seguía puesta en Jordan—. ¿Qué tenías en mente?

—Tendré que hablarlo con Katia.

—Y ella conmigo, puesto que soy su superior.

—Puede que no tenga nada que hablar contigo si no tengo la oportunidad de hablar primero con ella a solas —dijo Jordan con una sonrisa socarrona.

Roger sabía exactamente por qué sentía tal aversión hacia ese hombre. Era un tipo suave, arrogante y testarudo, y su sonrisa era tan legítima como un billete de tres dólares. De no haber sido por el hecho de que tener a Jordan Whyte como cliente sería la pluma que le faltaba al sombrero de la agencia, habría saltado con el comentario mordaz que la ocasión exigía. Sin embargo, levantó las manos y se retiró de la puerta.

—Toda tuya —fue todo lo que dijo antes de marcharse con su propia sonrisa ingenua en los labios.

Katia se levantó enseguida del taburete y cerró la puerta. Se volvió, apoyándose en ella, y se cruzó de brazos.

—De acuerdo, Jordan. Terminemos con esto.

—Acabo de comprar el viejo hotel Marshall Arms y la extensión de terreno que lo rodea en Martha's Vineyard. Voy a construir allí un centro de vacaciones y un complejo de apartamentos. Quiero que te encargues de la campaña publicitaria.

Katia lo estudió durante un instante. Jordan estaba ahí de pie, erguido y alto, casi irresistible con un traje de color tostado que resaltaba a la perfección su bronceado. Podría haberse fundido ahí mismo de habérselo permitido, pero no fue así. Bajó la cabeza hasta tocarse el pecho con la barbilla y negó con la cabeza.

—Otras ocasiones… otros proyectos… ya hemos pasado por esto antes.

—Cierto.

—Ya sabes lo que pienso.

—Sé lo que pensabas en el pasado.

Katia le miró a los ojos.

—¿Y qué te hace pensar que he cambiado de opinión?

—Que ya has probado tu valía. Ahora tienes una gran seguridad en ti misma.

—Jordan —suspiró—, puede que eso sea cierto, pero no quiero tu ayuda.

—Ajá, cariño. Lo estás leyendo al revés. Mi oferta no tiene nada que ver con que intente ayudarte. Lo que quiero es que me ayudes tú a mí.

—Ya tienes a Klein & Wood.

—Para otros proyectos, y, si quieres que te sea sincero, se están quedando atrás. Quiero darle un aire fresco a este proyecto. He visto lo que has estado haciendo y creo que puedes darme lo que busco.

Apartándose de la puerta, Katia se dirigió a la ventana.

—No quiero hacerlo, Jordan.

—¿Por qué no?

Katia se volvió una vez más.

—Para empezar, porque tenemos una relación demasiado próxima. Mal asunto hacer negocios con amigos o familiares.

—Serías parte de un equipo. No seríamos los únicos implicados en esto. Estoy impresionado contigo y con tu agencia.

—Si no quedaras satisfecho con el resultado final, se crearía una situación incómoda.

—Pero tendría mi parte de responsabilidad en los resultados finales. Hay varias rondas de presentaciones en las que ambas partes negocian y debaten el proyecto. No es una cuestión de todo o nada.

—Y, al final, si no quedas entusiasmado con lo que hagamos, te enfadarás. O eso o te reprimirás por mí y luego me odiarás por ello.

Jordan hizo una pausa y bajó la voz al hablar.

—Nunca te odiaría.

Katia contuvo el aliento, deseando desesperadamente que Jordan no empleara ese tono tan conmovedor con ella. Podría haber representado tanto para ella que resultaba cruel. Como intentando deshacerse de ese sonido, Katia negó bruscamente con la cabeza.

—No saldría bien.

—Creo que te equivocas.

—Por supuesto que lo crees. Siempre que te empeñas en algo, crees que saldrá bien.

—¿Tan a menudo me he equivocado?

Katia lanzó una mirada implorante al techo.

—No, Jordan. Normalmente tienes razón. Aunque reconozco que siempre he mirado lo que haces desde la distancia. No he tenido nunca una relación laboral contigo.

—¿Y no crees que ha llegado el momento de que lo intentes?

—¡No! —chilló Katia. La idea de trabajar con Jordan y verlo a menudo era a la vez el cielo y el infierno. Se vio de pronto debatiéndose entre ambos extremos, intentando simplemente sobrevivir.

La expresión de Jordan se tensó.

—¿Qué pasa, Katia? ¿No te crees capaz?

—Si te refieres a hacer el trabajo, claro que me creo capaz.

—Entonces, ¿de qué tienes miedo? ¿De mí? ¿Tienes miedo de tener una relación oficial conmigo?

Boquiabierta, Katia clavó en él una mirada incrédula.

—¿Estás de broma?

—En absoluto. —Despacio, Jordan empezó a acercarse a ella—. Puede que sea yo, o mi familia, o quizá los Warren. Es posible que no quieras verte asociada con nosotros para no mancillar la reputación de mujer independiente por la que tanto y durante tanto tiempo has luchado. ¿Es que acaso crees que vamos a engullirte? ¿Es eso?

—No...

—¿O que intentaremos controlarte la vida?

—No...

—¿O que te pediremos algo a cambio? ¿Algún favor especial?

—¡No digas bobadas, Jordan!

Él se quedó de pie directamente delante de ella, mirándola desde su formidable altura.

—Lo mismo te digo, Katia. Estarías lanzando piedras sobre tu propio tejado. Quiero que hagas este proyecto para mí porque creo que harás un gran trabajo. Y si fueras sincera contigo misma, estarías de acuerdo en que el proyecto sería beneficioso para tu agencia. Y no te atrevas a acusarme de estar ofreciéndote limosna porque soy demasiado empresario para eso. Cuando se trata de negocios, siempre busco lo mejor, y si da la casualidad de que lo mejor eres tú, ¡me importa un comino quién seas o cuál sea tu apellido!

Katia asimiló el discurso de Jordan en silencio e, incapaz de contenerse, esbozó una sonrisa.

—Me encanta cuando te enciendes —gruñó, lanzando en son de broma un puñetazo al aire—. Acaba con ellos, Jordan.

Jordan se llevó las manos a la cintura, apretó los dientes, cerró los ojos con fuerza y contó hasta diez. Cuando volvió a abrirlos, sonreía.

—Te ha gustado, ¿eh?

—Muy impresionante. Entiendo ahora por qué tienes tanto éxito.

—¿Quiere decir eso que trabajarás en mi proyecto?

Katia negó con la cabeza, que de pronto encontró inmovilizada contra el pecho de Jordan. Él la rodeó con los brazos. La había hecho prisionera.

—Trabajarás en mi proyecto —le ordenó, pegando la boca a su oreja.

—Ni hablar. —Katia había cerrado los ojos e inspiraba ese olor tan peculiar de Jordan.

—Te tendré así cogida hasta el fin de los tiempos.

—Te fallarían las piernas antes de que llegue el fin de los tiempos. ¿Recuerdas que tienes las rodillas débiles?

—Te tumbaré en el suelo y abusaré de ti aquí y ahora.

—¿Con todo el estudio mirándote?

—Ajá.

Katia fingió considerar esa posibilidad, cuando lo cierto era que simplemente disfrutaba de la intimidad del momento. El cuerpo de Jordan era largo y firme y el suyo encajaba con él a la perfección. ¿Acaso él no lo sentía?

Echó la cabeza hacia atrás y le sonrió.

—Atrévete.

La mano de Katia se deslizó sobre el pecho de él hasta sus hombros y segundos después siguió subiendo. Trenzó sus dedos en el pelo de Jordan.

—Vamos, Jordan. ¿A qué esperas? —lo apremió con un persuasivo susurro.

Pero Jordan no sonreía. La miraba desde arriba con una expresión repentinamente intensa, y mientras sus ojos mantenían cautivos los de ella, movió las manos sobre los costados de Katia hasta que las palmas perfilaron el volumen de sus pechos.

De pronto, tampoco ella sonreía. En sus entrañas había despertado un susurrante temblor y sintió un cosquilleo en los pechos que no habría sido mayor si su piel desnuda hubiera estado en manos de él. Más aún, sintió el despertar del cuerpo de Jordan, lo sintió crecer contra ella como aquella vez, años antes.

Ese día regresó ante sus ojos en un destello de recuerdo. Katia tenía diecinueve años en aquel momento. Era la primavera de su primer año en la facultad. Había ido desde Nueva York a la isla a pasar el fin de semana del Día de Conmemoración de los Caídos con las familias antes de volver a la ciudad, pasar los exámenes finales y trabajar durante el verano en Nueva York.

Había conocido a un chico en la universidad. John iba un curso por delante de ella, era muy atractivo y estaba muy enamorado de ella. La relación entre ambos había llegado a un punto en el que la intimidad física era inevitablemente el siguiente paso.

El resto de las chicas lo estaba haciendo ya. Katia se preguntaba cómo sería. Se sentía atraída por John, pero había pospuesto en repetidas ocasiones el momento porque era Jordan quien mandaba en su corazón. Lo natural era que quisiera que él le enseñara todo lo que implicaba la experiencia de hacer el amor.

O al menos así razonaba ella cuando Jordan y ella se encontraron a solas una noche en la playa. Se habían quedado hablando hasta tarde e, impulsivamente, habían decidido darse un baño nocturno en el océano. Las olas habían resultado ser muy juguetonas y, cuando por fin se derrumbaron uno junto al otro sobre la arena, estaban agotados.

—¡Ha sido genial! —jadeó Katia—. ¡Qué helada está el agua… aunque qué estimulante!

Tan desprovisto de aliento como ella, Jordan rodó hasta quedar tumbado de costado y, apoyándose en un codo, la miró.

—Eres maravillosa. ¿Sabes que cualquier otra mujer habría vuelto corriendo a la arena en cuanto hubiera tocado el agua con un dedo del pie? Eres una buena chica, Katia Morell. Probablemente la mejor chica que conozco.

—Viniendo de ti —bromeó ella, intentando recuperar el aliento— es todo un cumplido. Gracias.

—Hablo en serio. —Tendió la mano y le apartó unos mechones mojados de las mejillas—. Eres una buena chica. Y además eres hermosa.

A Katia se le aceleró de nuevo la respiración, aunque nada tuvieron que ver los efectos del baño.

—Tú también —susurró, mirándolo a los ojos. La luz de la luna se reflejaba en las pestañas mojadas de Jordan, en su pelo y en sus hombros, unos hombros anchos que de pronto se cernieron directamente sobre los de ella.

Entonces él bajó la cabeza y la besó. Oh, la había besado antes, pero nunca así. Empezó suavemente, como si la estuviera catando, y, al parecer, le gustara lo que había descubierto, así que abrió la boca para saborear más.

Katia se dejó devorar por él. Cada cosa que él hacía le era devuelta por ella con idéntica intensidad. Ya no era como un hermano para ella, sino un hombre y lo deseaba como solo podía hacerlo una mujer.

—¿Dónde has aprendido a besar así? —murmuró Jordan roncamente cuando por fin logró separar su boca de la de ella.

—Lo he aprendido de ti —jadeó Katia—. Ahora mismo. Bésame otra vez, Jordan.

Pegó las manos a la cabeza de Jordan y de nuevo atrajo sus labios a los de ella, aunque él volvió a ser el líder, volvía estar al mando. La exploró con los labios, con la lengua, los dientes y, en algún momento, deslizó todo su cuerpo sobre el de ella.

Katia adoraba su peso. Adoraba su firmeza, cómo el vello de las piernas de Jordan raspaba la suavidad de sus miembros, cómo su entrepierna presionaba la suya con cada respiración, el modo en que arqueó la espalda y deslizó una mano por su estómago hasta que tuvo su pecho entre los dedos.

El cuerpo de Katia se entregó a él. Se inflamó al sentir el contacto de su mano y suplicó más. Y cuando Jordan le quitó la parte superior del bañador y cerró los labios sobre uno de sus erectos pezones, Katia dejó escapar un grito de maravillado placer.

—Katia. Mi suave… mi dulce… Katia.

Katia había arqueado la espalda, ofreciéndose a él en toda su plenitud. Lo que él le estaba haciendo provocaba espirales de fuego que la recorrían hasta las puntas de los pies, que se encogían en la arena al tiempo que sus muslos se separaban del todo. Cuando él pegó la palma de su mano a la parte inferior de su seno, abrazando su carne y empezando a chupárselo con más fuerza, la llama que recorría el cuerpo de Katia ganó en intensidad.

Katia necesitaba apagar esas llamas con algo que solo Jordan podía ofrecerle.

—¡Hazme el amor, Jordan! Por favor. ¡Te deseo tanto!

La lengua de Jordan continuó bañándola y Katia sintió entonces que se le inflamaba la entrepierna. Sin embargo, cuando se estrechó aún más contra él, Jordan soltó un gemido y se tensó. Levantó la cabeza, respirando pesadamente.

—Eres virgen.

—No quiero seguir siéndolo y menos para ti.

Jordan se apoyó entonces sobre los brazos, ahora rígidos, al tiempo que sus ojos se deslizaban desde el rostro de Katia hasta sus pechos, para volver de nuevo a posarse en sus ojos. Soltó un gemido y cerró los ojos.

—No podemos, Katia. No estaría bien.

—Pero tú me deseas. ¡Sé que me deseas! —Dejándose llevar por el impulso, casi a la desesperada, tendió la mano para tocar la prueba del deseo de Jordan, pero él se la cogió antes de que ella alcanzara su objetivo.

—No —le ordenó con voz ronca—. Si me tocas, no respondo de mí.

—Quiero que pierdas el control.

—¡Pero yo no! Me odiaré si lo hago, y tú también.

—¿Por qué?

—Porque… porque… —Jordan rodó a un lado y se sentó sobre la arena, abrazándose las rodillas contra el pecho y clavando la mirada en el océano—. Porque algún día conocerás a un hombre que te querrá, que cuidará de ti y que te dará todas esas cosas buenas de la vida que tanto mereces. Y no quiero estropear eso.

—¿Estropearlo? ¿Cómo podría estropearlo que hagamos el amor ahora? —Katia se incorporó y, sintiéndose repentinamente desnuda, y enfadada, volvió a ponerse el bañador—. ¡Jordan, estamos en la década de los setenta! La doble moral es agua pasada. ¡Las mujeres siguen siendo igual de dignas por mucho que hayan disfrutado del sexo antes del matrimonio! Y los hombres lo aceptan. Les halaga saber que las mujeres fueron objeto de deseo de otros hombres antes que ellos.

Jordan la arponeó con la mirada.

—¿Es eso lo que te han enseñado en la Universidad de Nueva York? ¿Que no sois atractivas a menos que os acostéis con varios tipos?

—No es eso lo que he dicho.

—Pero sí lo que implican tus palabras.

—No. Yo no quiero ir por ahí acostándome con cualquiera. Yo quiero hacer el amor contigo. —Aunque el fuego que la recorría había menguado un poco, las brasas seguían encendidas—. Quiero que seas el primero. Quiero que me enseñes. Y si es mi futuro lo que te preocupa, simplemente piensa en que las cosas me irán muchísimo mejor si conozco el percal que si sigo siendo un patético bebé perdido en el bosque.

—¿Así que quieres conocer el percal? —preguntó él apretando los dientes. Ni siquiera la luz de la luna pudo suavizar la dureza de sus rasgos—. Yo te diré cuál es el percal. Perdí la virginidad cuando tenía quince años y durante los trece que han pasado desde entonces me he acostado con tantas mujeres como las que resultarían de multiplicar por tres los dedos de tus pies y de tus manos. No te conviene mezclarte conmigo…

—Pero es mejor que tengas experiencia. Sabes lo que hay que hacer. Sabes lo que te gusta y puedes enseñármelo todo.

—¡Pero es que yo no quiero liarme contigo! —gritó él, y en ese preciso instante un jarro de agua fría apagó de golpe el deseo de Katia.

Miró fijamente a Jordan y tragó saliva.

—Entiendo —susurró por fin. Se levantó de un salto y había recorrido ya la mitad de la playa cuando Jordan se lanzó sobre ella, deteniéndola.

—No, no lo entiendes, maldita sea —logró farfullar entre dientes. Katia se retorcía furiosa, intentando soltarse de sus manos—. Estate quieta, Katia…

—¡Suéltame! —Cargó alternadamente contra él con los hombros, apoyándose en la arena para coger impulso—. ¡Ya has dicho lo que tenías que decir! ¡Ahora suéltame!

La rodeó con firmeza entre sus brazos desde atrás, los hizo rodar a ambos hasta que quedaron sentados y la inmovilizó entre las piernas. A juzgar por la movilidad que Jordan le permitía, podían perfectamente haberle puesto una chaqueta de fuerza.

Jordan bajó la cabeza hasta que su mejilla quedó pegada a la sien de Katia.

—No me interpretes mal. —Habló despacio, entrecortadamente—. La razón por la que no voy a hacer el amor ahora nada tiene que ver contigo...

—No soy lo bastante buena para ti. Lo entien... —Sus palabras quedaron interrumpidas en cuanto Jordan estrechó de pronto aún más los brazos a su alrededor.

—Eres lo bastante buena. Eres demasiado buena. Soy yo. Soy yo el problema. No soy hombre para ti, Katia. Si hiciera lo que deseas —prosiguió con voz ronca, casi dolorida—, y podría hacerlo en cualquier momento, créeme... pero si lo hiciera y la semana que viene, o el mes que viene, o el año que viene, algo se torciera o nos peleáramos o pasara algo así, perderíamos todo lo que hay entre nosotros. ¿Es que no lo ves? Te adoro, Katia. No quiero que nada se interponga entre los dos.

Katia no supo qué decir. El tono de Jordan era tan cariñoso, tan tierno y sincero, y era tanto lo que ella le respetaba, que no pudo seguir enfrentándose a él. Aun así, se sentía frustrada. El deseo todavía ardía en su cuerpo. Estaba decepcionada. Y herida. No veía por qué no podía tenerlo todo. No entendía por qué las cosas iban a torcerse en una semana, en un mes o en un año. En lo que a ella hacía referencia, estaba más que dispuesta a dedicar su vida entera a Jordan.

Al parecer, él no sentía lo mismo por ella.

Los brazos de Jordan la estrechaban ahora contra su pecho, aunque juguetones.

—¿Amigos? —le murmuró al oído.

Katia siguió ensimismada un minuto más. Luego asintió.

—Bien. —Jordan se puso en pie, levantándola con él—. Vamos. Es hora de volver.

Katia regresó a la casa a su lado, le deseó buenas noches en la cocina y se marchó sola a su cuarto. Cuando volvió a verlo a la mañana siguiente se comportó, como él, como si nada hubiera ocurrido en la playa. Después regresó a la universidad. Había salido con

John, y después con otros hombres. Durante un tiempo, después de licenciarse, Jordan y ella se habían visto tan a menudo como para dar alas a la imaginación y fingir que había entre ambos un principio de relación, pero lo cierto es que él jamás la había vuelto a tocar y ella era demasiado orgullosa como para suplicarle que lo hiciera.

El dolor y la humillación que Katia había sufrido ese día en la playa la habían acompañado desde entonces, incluso durante los cuatro años que había estado con Sean. Era el recuerdo de ese dolor y de esa humillación el que volvía a embargarla ahora que Jordan estaba ahí, en su oficina, estrechándola firmemente entre sus brazos. A pesar de que deseaba a Jordan tanto como siempre, negó lentamente con la cabeza.

—Pensándolo bien —dijo con voz queda—, no creo que abusar de mí aquí y ahora en el suelo sea muy buena idea. —Con cuidado se deshizo del abrazo de Jordan, dio un paso atrás y se recolocó el vestido—. Con los años me he vuelto muy quisquillosa. Prefiero unas sábanas de satén y la luz de las velas —añadió, acompañándose de un suspiro resoluto—. Lo siento, amigo. No hay juego.

Jordan la soltó en cuanto notó que ella deseaba librarse de su abrazo. Había visto pasar por sus ojos todo un mundo de emociones y se había sentido incapaz de hablar durante un minuto, y mucho menos de recuperar el porte. Aunque solo durante un minuto.

—No hay juego —repitió aturdido. Luego inspiró rápidamente—. De acuerdo. No abusaré de ti. —Volvió a meterse las manos en los bolsillos del pantalón y la estudió detenidamente—. Pero no pienso renunciar a mi plan. Quiero que te encargues de mi campaña publicitaria. Y si te niegas...

—No me amenaces, Jordan.

—No pretendía...

—Ya lo creo que sí —insistió Katia. Sin embargo, más que una acusación, sus palabras delataban comprensión. Conocía bien a Jordan, demasiado bien. Él era como era, y, aunque a veces eso la molestaba, lo quería de todos modos—. Ibas a decir que si me niego irás a ver a mi jefe, y que sabes que no dejará escapar la oportunidad de aceptar tu encargo. —Suspiró—. Lo haré, Jordan. Pero quiero que recuerdes algo —prosiguió, sintiendo que todo en ella se entristecía—. Hace mucho tiempo te opusiste a que entre nosotros hubiera algo porque creías que algo podría ocurrir, que cabía la posibilidad de que nos peleáramos y perdiéramos todo lo que teníamos. Bien, me pregunto si lo que ahora sugieres podría perfectamente ser el motivo causante de lo mismo, y solo quiero que sepas que te he avisado.

Fue entonces cuando Jordan se dio cuenta de que, instantes antes, la mente de Katia se había remontado a aquella noche en la playa, diez años antes.

—No pasará nada —dijo con tanto convencimiento que Katia llegó a sobresaltarse.

—¿Tan seguro estás?

—Sí. No dejaré que nada ocurra.

—Muy bien. En ese caso… no tengo elección.

—Claro que la tienes.

—No.

—¿Por qué no?

Katia lo pensó durante un minuto y por fin alzó hacia él la mirada, presa de una absoluta impotencia.

—Porque me lo has pedido.

—Te lo he pedido antes y siempre te has negado.

—Quizá ahora me sienta más segura. Quizá crea de verdad que puedo sacarlo adelante.

En realidad lo que ocurría era que durante el breve espacio de tiempo que Jordan había estado en su oficina, Katia se había dado cuenta de que, por primera vez, quería estar con él más de lo que temía resultar herida. Y, además, con los años se había vuelto fuerte. ¿O no había sido ella la que esta vez se había separado de él? Había sido una absoluta tortura, pero también había sentido con ella cierta dosis de satisfacción.

—Pero tendrás que hablar con mi jefe —añadió—. Es él quien decide aceptar o no nuevos clientes.

—No habrá ningún problema.

—No.

—Bien. —A pesar de que Jordan había esperado sentirse extático, algo le molestaba. Tenía la espantosa sensación de que había esperado demasiado, de que Katia estaba ya fuera de su alcance. Ni siquiera la idea de que era lo mejor para ambos le produjo el menor consuelo. La deseaba. Maldición, siempre la había deseado. En el transcurso de esas décimas de segundo se maldijo, maldijo a su padre y maldijo también al destino por mantener a Katia fuera de su alcance.

—Vamos, Jordan —bromeó Katia—. ¿Dónde está esa sonrisa triunfal?

Jordan la esbozó al instante, aunque fue una sonrisa meramente superficial. A Katia le recordó a sonrisas similares que había visto en los rostros de Jack y de Gil, lo cual a su vez la llevó a pensar en las familias.

—¿Cómo están todos? —preguntó—. No he hablado con nadie desde mi regreso. —Se sentía culpable por ello, pero había necesitado analizar sus propios sentimientos sobre las muertes de Mark y de Deborah.

—Bien, están bien.

—¿Tu madre?

—Ha vuelto a Dover, y hace lo que puede por seguir adelante. Pasa la mayor parte del tiempo intentando consolar a Lenore.

—¿Y Jack y Gil?

—¿Tú qué crees? —respondió Jordan secamente—. Han vuelto a los negocios, para variar. El Congreso se ha tomado un descanso hasta después del Día del Trabajo, así que Gil está aprovechando el tiempo para granjearse la compasión y el voto de la mayor cantidad de electorado posible. Mi padre ha vuelto al trabajo con aires de venganza. Por lo que dice Nick, está más tirano que nunca.

—Está disgustado.

—Es un cerdo.

—Vamos, Jordan. No seas injusto. Ya lo viste en la isla. Sabes muy bien lo mucho que le ha afectado la muerte de Mark. De acuerdo, lo paga con su trabajo. Supongo que tiene que pagarlo con algo.

Jordan se acercó a la ventana.

—Cualquier otro habría intentado ayudar a su esposa. Ella también sufre. Pero no. El hombre no puede ser más egoísta. Jackson Whyte es la única persona que cuenta.

—Él es así —dijo Katia con suavidad. Se acercó a Jordan y levantó los ojos para mirar sus tormentosos rasgos—. ¿Has hablado con él?

—Tenemos muy poco de que hablar, bien lo sabes.

—Pero acaba de perder a un hijo. Quizá podrías ayudarle a superarlo.

—Él y yo no vemos las cosas de la misma manera. Nunca ha sido así. Y nunca lo será.

—Podrías intentarlo. Ahora ya eres un hombre independiente. ¿No es un poco lo mismo que me estabas diciendo tú hace apenas unos minutos?

—No, no es lo mismo. Contigo estaba pensando en el tiempo, en la madurez y en la experiencia. Ninguno de esos factores tiene nada que ver con las diferencias que me separan de mi padre. Nuestra discusión es estrictamente de adulto a adulto.

—No te gusta la forma en que trata a tu madre, pero eso no es nuevo, Jordan. Tus sentimientos son subjetivos.

—Ya lo creo. Es mi madre.

—También es una mujer adulta, y además un ser pensante. Si tan desgraciada fuera con su vida, ¿no te parece que haría algo por cambiarla?

Jordan volvió la cabeza hacia Katia.

—No es… desgraciada. No se trata de eso.

—Entonces, ¿de qué se trata?

—Es una cuestión de principios. Le ha sido fiel a mi padre desde el día en que se casaron. Ha soportado sus cambios de humor durante las épocas en que los negocios iban bien y en aquellas en que pintaban mal, en los buenos y malos momentos. Lo menos que él podría hacer es estar junto a ella cuando mamá lo necesita. —Volvió sus ojos oscuros a la ciudad que se extendía al otro lado de la ventana—. Y en vez de eso, él se refugia en su trabajo, probablemente en compañía de una o dos jovencitas atractivas y más que dispuestas.

—¿A su edad?

—Ya lo creo.

Katia no supo qué decir. Sabía que Jack había tenido sus *affaires* a lo largo de los años. También sabía que Jordan estaba en lo cierto al sentir que Natalie merecía algo mejor. Aun así, sin duda

Jack también debía de estar pasándolo mal y a Katia le hubiera gustado que Jordan pudiera hacer algo por él.

—¿Sabes, Jordan? —empezó con un tono de suave regañina—, puede que muchas de las cosas que hayas oído no sean más que rumores. Quizá si intentaras conocer mejor a tu padre podrías separar la verdad de las simples habladurías. Quizá podrías comprender entonces lo que siente de verdad. Es posible, solo posible, que no sea tan insensible como crees.

Un gruñido fue la única respuesta que recibió de Jordan, de modo que insistió.

—¿Cuánto tiempo hace que no os habláis?

—Ocho años —respondió Jordan sin la menor vacilación—. Y esa «conversación» en particular ocurrió aquí, en Nueva York. Papá tuvo un accidente. El taxi en el que iba fue embestido por otro coche. Tanto él como su acompañante tuvieron que ser ingresados de urgencias en el hospital. Como yo era el único de los hermanos que estaba en la ciudad, me llamó para ver si podía hacer algo por tapar lo ocurrido a fin de que el mundo en general y mi madre en particular no llegaran a enterarse nunca.

Katia pudo imaginarse perfectamente la escena.

—Y se las hiciste pasar moradas.

—Por supuesto. Se lo tenía bien merecido. Al menos, eso creí. Sin embargo, él no opinaba lo mismo. Lo que le preocupaba no era el hecho de estar con otra mujer, sino que lo hubieran pillado con ella.

—Probablemente tuvo que hacer un gran esfuerzo para llamarte.

—¿Bromeas? Creyó que lo entendería perfectamente. —Forzó la voz hasta darle un tono más profundo, imitando el hablar cansino y más grave de su padre—: Al fin y al cabo, Jordan, tú más que nadie puedes apreciar las necesidades de un hombre.

Katia no pudo contenerse.

—Admítelo, Jordan. Tu reputación te precede.

—Pero ¿por qué yo y no otro? Hasta entonces había puesto todo mi empeño en tener la mejor imagen posible de mi padre. Me refiero a que, aunque tenía mis sospechas, siempre apartaba la mirada.

—Tú y no otro, porque tampoco se te han dado mal las mujeres hasta ahora —dijo Katia con suavidad.

—Bueno, joder, ¡pero yo no estoy casado! —declaró Jordan, mesándose los cabellos—. Si lo estuviera, ¡puedes estar segura de que no iría por ahí trotando de corral en corral como un semental eternamente joven!

Katia le rodeó la cintura con el brazo y le dio un apretón tranquilizador.

—Lo sé, lo sé. Y esa es una de las cosas que te diferencian de tu padre. Aun así, os parecéis en muchos aspectos, y sospecho que uno de ellos es la angustia que sentís ante la pérdida de alguien próximo. —Guardó silencio durante un minuto—. ¿Se sabe algo de la investigación policial?

Jordan pasó a su vez un brazo por la cintura de Katia, dejándose reconfortar por su proximidad.

—Qué va. Son lentos como tortugas. Para serte sincero, si yo dirigiera una empresa como ellos llevan sus investigaciones estaría en quiebra antes de haberme dado cuenta.

—Las cosas que se hacen bien llevan su tiempo —dijo Katia—. ¿Cómo está Anne?

—Bien.

—Llevo días queriendo llamar a Em, pero... el tiempo... se me va.

—Mmm. —Jordan la miró desde las alturas. Había estado pensando en si debía o no hablarle de Cavanaugh a Katia, porque lo último que quería era preocuparla con la posibilidad de que la policía se pusiera en contacto con ella. Sin embargo, en cierto modo temía que fuera aún peor si pillaban a Katia con la guardia baja—. Puede que recibas una llamada de Robert Cavanaugh, el detective que lleva el caso.

—¿Yo? —preguntó Katia, frunciendo el ceño—. ¿Qué puede querer de mí?

—Hacerte algunas preguntas rutinarias. Está intentando reunir toda la información posible sobre Deborah y Mark —respondió Jordan, soltando un suave bufido—. Creo que lo que en realidad intenta es reunir toda la información posible sobre nosotros.

—¿Y eso es parte de su investigación?

—Poniéndole mucha imaginación, supongo que sí.

Katia reparó en su expresión preocupada.

—¿Te has visto con ese tal Cavanaugh?

—Mmm. Nos tomamos un café.

—¿Y?

—Es un tipo brillante. Culto. Y perceptivo.

—Supuestamente tendría que ser una buena noticia, pero no pareces especialmente entusiasmado.

Jordan la soltó y empezó a deambular distraídamente por la oficina.

—No sé, Katia. Es extraño. Al principio estuvo muy hostil, como si me despreciara... a mí o a mi familia... o a lo que cree que representamos. —Estaba junto a la mesa de dibujo de Katia, pasando con aire ausente la yema del dedo por el borde del *storyboard* en el que ella había estado trabajando—. Se relajó al cabo de un rato, aunque no puedo evitar pensar que está llevando el caso con un indudable prejuicio.

—¿Tanto como para no hacer un buen trabajo?

—No —respondió Jordan, aunque su voz vaciló. Se rascó la parte posterior de la cabeza y miró hacia donde estaba ella con expresión confusa—. Pero está dispuesto a ir hasta el fondo. Es esa clase de tipo. Levantará todas las piedras que considere necesarias hasta dar con el último gusano.

—¿Y eso no es bueno? Todos queremos que se resuelva el caso.

—Sí. La cuestión es saber cuántos gusanos encontrará y cuánto barro saldrá a la luz con cada gusano. —Su mirada se volvió afilada—. Tienen una especial fijación por nosotros, Katia. Los tipos como él, con un caso como este entre manos y con la carta blanca de que disponen, estarían encantados de poder sacar a la luz cosas que la gente no sabe o que ya ha olvidado.

Katia empezaba a comprender.

—Te preocupa que vaya a hacer algo que manche la imagen de las familias —dijo, aunque sin asomo de crítica. A pesar de haber puesto distancia con ambas familias, era suficiente parte de la conjunción Whyte-Warren como para que la perspectiva de las calumnias le resultara tan inquietante como a Jordan.

—No es que tengamos una imagen exactamente prístina, desde

luego que no. Pero toda familia tiene sus trapos sucios. No somos los únicos que prefieren lavarlos en privado.

Katia se acercó a él y con suavidad le puso la mano en el brazo.

—No creerás que irá por ahí repartiendo basura simplemente por el placer de hacerlo, ¿verdad?

—No lo sé. Está decidido a entrevistarnos a todos. Creo haberlo convencido para que se abstenga de hacerlo con mamá y con Lenore. Serían las dos más afectadas si algo llegara a saberse.

—No averiguará nada que no sepa ya —afirmó Katia con voz queda.

Jordan no respondió. Simplemente se limitó a volver a fijar la mirada en el *storyboard*.

—¿O no es así, Jordan? ¿Son esos trapos sucios… inofensivos? —Katia se preguntaba si había cosas que ni siquiera ella sabía.

Jordan le rodeó los hombros con el brazo y la atrajo hacia él.

—Solo el tiempo lo dirá, pequeña. Solo el tiempo lo dirá.

7

Natalie habría recibido a Jack con los brazos abiertos cuando este volvió de la guerra si hubiera tenido los brazos libres, pero en uno sostenía a Nick, que tenía ya tres años, y en el otro a Mark, de dos. Los dos pequeños se echaron a chillar cuando el alto desconocido los tomó de brazos de su madre y los lanzó bulliciosamente y por turnos al aire. Sin embargo, Natalie sonreía abiertamente, encantada al tener a su esposo de vuelta en casa para siempre, ante la idea de que las esperanzas que había alimentado durante los años que él había estado ausente por fin se harían realidad.

Al ver que en su vida no se producía ningún cambio instantáneo, cayó en una especie de estado de estupor. La pequeña casa que tenían en Brighton, en la que había estado viviendo con el padre de Jack y con los dos pequeños (la casa que Gil y Lenore tenían en Cambridge rápidamente se había llenado de gente en cuanto los niños habían empezado a llegar por ambas partes) parecía mucho más pequeña con la presencia de Jack. Sin embargo, Natalie no tenía el valor de proponer que se mudaran antes de que Jack tuviera la oportunidad de volver a reactivar del todo la empresa.

Tampoco tenía el valor de decir a Jack que trabajaba demasiado cuando este se pasaba catorce horas al día en el despacho. Sabía que el tiempo que su marido dedicaba era una inversión en su futuro y, puesto que era un futuro que ella deseaba encarecidamente, dejó que él hiciera valer su modo de actuar.

Hizo un admirable trabajo a la hora de convencerse de que sus vidas no podían ser de ningún modo una repetición de esos felices dos días de luna de miel en los que solo habían tenido tiempo y ojos para el otro. Ahora tenían dos exigentes pequeñuelos y una empresa aún más exigente que atender. Cuando, al llegar la noche, Jack regresaba a casa del trabajo estaba cansado, y ella también. Aunque había breves momentos en los que se encontraban, dulce y apasionadamente, en la cama, esas veces eran pocas y muy espaciadas.

La dedicación que Jack mostraba por su trabajo empezó a dar sus frutos. La compañía aérea recobró el nivel que había tenido antes de la guerra y luego dio un gran salto adelante. Un año después de que el cerebro de las Whyte Lines regresara del Pacífico, había extendido sus alas por el tercio este del país. Aunque Natalie sabía que Jack había pedido prestadas grandes sumas de dinero para financiar la expansión, no sintió la menor inquietud cuando él pidió un poco más para comprar una gran casa de ladrillo situada en una deliciosa calle arbolada de Brookline. Era la casa que ella quería. Estaba escalando posiciones en el mundo.

Además, Lenore y Gil se habían comprado una casa parecida a tres calles de allí.

Lenore y Natalie eran más amigas que nunca. Durante los años de guerra habían seguido compartiendo sus sueños, junto con las alegrías y los retos que representaba la crianza de los niños. Lenore estaba especialmente encantada con Laura, su hija mayor, una niña de buenos modales y un consuelo para ella incluso después del nacimiento de Benjamin y de Peter, con los que llegó el caos a Cambridge.

Si las payasadas de los niños la desanimaban de vez en cuando, en cuanto Gil regresó a casa, dio buena muestra de que a él no le importaban lo más mínimo. Gil deseaba una familia numerosa, el principio de una dinastía. El ruido, los juguetes y los pañales no lo desconcertaban, si bien era cierto que apenas estaba en casa. Su bufete monopolizaba por entero su tiempo y su mente. Había retomado el despacho donde lo había dejado y dedicaba las horas del almuerzo, la hora del cóctel y de la cena a conocer y cultivar nuevos clientes.

En ocasiones invitaba a Lenore a acompañarlo, cosa que ella hacía orgullosa: orgullosa de su marido, de la ropa y de las joyas que él le compraba y de las impresionantes compañías que frecuentaba. A menudo, en esas ocasiones estaban con Natalie y con Jack, puesto que, como siempre, los dos hombres se apoyaban para seguir creciendo.

Sin embargo, casi siempre Gil dejaba a Lenore en casa mientras él se concentraba en su carrera. En muchos aspectos, eso la aliviaba. Gil era un torbellino de energía incontrolada, amplias sonrisas y apretones de mano. Asumió la labor de conocer a todo el mundo y de que todo el mundo le conociera. Era todo un experto en la más banal de las conversaciones e inevitablemente se convertía en el centro de atención de cualquier grupo. A Lenore, que en cierto modo jamás había imaginado la cantidad de esfuerzo que conllevaba adquirir prominencia social y profesional, su marido le resultaba agotador.

Ella estaba ocupada con sus cosas: primero con los niños y luego con la nueva casa de Brookline. Se dedicó con esmero a decorarla, aunque parecía que cualquier nuevo toque que añadía quedaba inmediatamente amenazado por el poder destructivo de las diminutas manos de los pequeños. Un jarrón de cristal terminaba hecho añicos; una serie de garabatos de crudos contornos aparecían en una delicada mesilla de caoba; el ribete de ojetes de los transparentes cortinajes del comedor se veía distorsionado en cuanto aparecían los pequeños dedos.

Otra mujer quizá se hubiera tomado tamaños estropicios, por otra parte inocentemente infligidos, de forma menos seria. Pero Lenore, obsesionada como estaba por conservar sus posesiones, como si sin ellas no fuera nadie, estaba a punto de desintegrarse con cada nueva pérdida.

Necesitaba ayuda, y así se lo hizo saber a Gil, que no tardó en contratar a una criada. La chica en cuestión, llamada Cassie, era joven, apenas había cumplido los dieciocho años y era refugiada de guerra procedente de Europa, aunque lo que le faltaba de experiencia le sobrara en determinación. Brillante y laboriosa, se encargó de la cocina y de las tareas de limpieza, dejando libre a Lenore para que se ocupara de los niños. Y, aunque Cassie fue encargándose cada vez más del cuidado de los pequeños, Gil nunca se quejó. Quería ver a su mujer fresca y atractiva para esas ocasiones en que la necesitaba a su lado.

Y esas ocasiones fueron cada vez más frecuentes a medida que el año 1947 se acercaba.

—No estoy segura de haberlo entendido bien —le confesó Lenore a Natalie una tarde en que había ido a visitarla—. Durante estos dos últimos años, Gil tenía bastante con que pasáramos una noche juntos una vez cada dos o tres semanas. De pronto, son varias veces a la semana.

Natalie, que el mes anterior acababa de dar a luz a Jordan, su tercer hijo, había tardado más en recuperarse de su último parto. También ella necesitaba ayuda. Jonathan McNee le hacía las veces de chófer, hombre para todo y mayordomo, mientras que la mujer de este, Sarah, era un ama de llaves capaz. Aun así Natalie, que atesoraba los recuerdos de la época en que su propio padre había vivido con ella, insistía en ocuparse casi por completo de los niños, cosa que la dejaba agotada. Y así, en vez de ir de compras, como tantas veces lo habían hecho Lenore y ella, habían empezado a disfrutar de tardes tranquilas juntas en el acogedor estudio revestido de madera de Natalie mientras los niños dormían la siesta.

Observando atentamente a su amiga, Natalie reparó en que cuando Lenore parecía cansada, resultaba más distinguida que nunca. Naturalmente, a esas alturas, cualquiera que fuera delgado parecía distinguido a ojos de Natalie.

—Suponía que estarías contenta —fue la gentil respuesta con la que saludó la queja de Lenore sobre las exigencias de Gil—. Gil desea tu compañía.

—Lo que desea es mi presencia —la corrigió Lenore con una mirada fría que a Natalie le recordó desconcertantemente a Greta. La madre de Lenore había casado a Lydia, su hija menor, varios años antes y se había vuelto a casar también ella, aunque no había logrado adquirir el estilo que había conocido en su momento—. Y hay una diferencia. Es como si nunca estuviéramos solos.

—Pero ¿no estás haciendo lo que siempre soñamos? Esta semana, sin ir más lejos, has estado cenando en casa de los Locke-Ober, en un cóctel en Parker House, y también has ido a un concierto de la sinfónica. La semana pasada fue esa fiesta en Beacon Hill y una representación benéfica en el Statler. ¡Me parece genial, Lenore! ¡Estoy verde de envidia!

Lenore no estaba tan inmersa en sus propias preocupaciones como para hacer oídos sordos a la melancolía que denotaba la voz de su amiga.

—Pero tú todavía no te has recuperado del todo, Nat. Cuando estés bien, Jack y tú estaréis haciendo lo mismo.

Natalie pensó en ello durante un minuto y luego suspiró.

—No sé qué decirte. Jack siempre está muy ocupado. Vuelve a estar de viaje. Esta vez se ha ido a Chicago.

—¿A Chicago? ¿Va a empezar a volar allí?

—Con el tiempo… pronto, estoy segura. Pero este viaje es distinto. Está negociando la compra de un hotel.

—¿Un hotel? Dios mío, eso tiene poco que ver con una compañía aérea.

—No tanto. Si la gente vuela a Chicago, tendrá que alojarse en algún sitio. Jack asegura que Chicago está condenada a ser un destino mayor para el tráfico aéreo. Según él, es la parada natural para la gente que viaje de la costa Este a la costa Oeste.

Lenore sonrió, admirada ante el razonamiento de Jack.

—Es muy posible. —Y asintió lentamente—. Así que las Whyte Lines van bien. Qué afortunada eres, Nat. Tu marido se dedica a un sector tan… estable…

Natalie habría estado sorprendida si el comentario hubiera salido de boca de alguien que no fuera Lenore, para quien la estabilidad y la seguridad habían sido siempre la prioridad número uno.

—No es más estable que cualquier otro negocio —apuntó con debida indulgencia—. Lo que Gil hace también es estable.

—No tanto. Los clientes van y vienen.

—Pero siempre hay, y habrá, necesidad de abogados. Y ¿acaso muchos de los clientes de Gil no son clientes estables? Antes de la guerra, representaba a muchos bancos y corporaciones.

—Todavía lo hace, pero siempre parece estar a la búsqueda de nuevos clientes.

—¿Qué tal funciona su adjunto?

Lenore se encogió de hombros.

—Supongo que bien. Ahí sigue. —Solo había visto al hombre en una ocasión. Era un tipo joven y agresivo. Lenore se preguntaba cuánto tiempo seguiría contentándose con ser solo un asociado y empezaría a exigir pasar a ser socio con plenos derechos y exigir también una ración mayor del pastel. La idea la ponía nerviosa—. Y Gil está pensando en contratar a otro.

—Entonces, debe de irle muy bien —declaró Natalie con una sonrisa—. ¿Lo ves? ¡Te preocupas por nada!

De hecho, no era así. Varias semanas y numerosos compromisos sociales después, Gil le informó de que había decidido presentar su candidatura al gobierno del Estado. Estaban en el salón, Lenore con el lustroso vestido negro que había decidido llevar para una noche en casa y Gil todavía con el esmoquin que había llevado en la fiesta de la que acababa de volver. Había preparado una copa para ambos en el bar de madera de cerezo y se había acercado a su mujer, mostrando ante ella una actitud triunfal.

—¿Política? —preguntó Lenore con un hilo de voz.

—Política —respondió Gil con una amplia sonrisa—. Tú y yo hemos hecho bien las cosas durante los últimos meses. Les hemos encantado. Me he garantizado el apoyo de varios pesos pesados muy poderosos del partido que están hartos de tanto incompetente. No debería tener ningún problema.

—¿Para ser elegido? —preguntó Lenore con el mismo hilo de voz.

—Naturalmente. Estamos hablando de una elección —se burló Gil cariñosamente.

Lenore siguió mirándolo fijamente, por una vez sin dejarse influir por el retrato devastadoramente bello que vio en Gil, con su pelo oscuro, sus anchos hombros, sus estrechas caderas y esas largas piernas. Apretó con fuerza los dedos alrededor de su copa antigua.

—Entonces... ¿a eso venían todas esas fiestas?

Por primera vez, Gil mostró cierto asomo de impaciencia, aunque no fue más que un simple asomo, un apenas perceptible movimiento de las aletas de la nariz en un rostro de otro modo perfectamente compuesto.

—¿A qué creías tú que venían?

—Pensé... que... que era todo por el bien de tu bufete.

—Quizá indirectamente. El trabajo de representante en la Cámara del estado no es un trabajo a tiempo completo. Podré seguir manteniendo mi bufete. —La miraba de forma extraña—. Creía que estarías contenta, Lenore. Este podría ser un importante primer paso para nosotros.

Lenore se cubrió el estómago con el brazo.

—¿Primer paso?

—Por algún lado tenemos que empezar. —Gil miró hacia un punto situado a la espalda de Lenore y sonrió—. ¿Sí, Cassie?

—Me preguntaba si usted o la señora Warren desean algo antes de que me retire —dijo la dulce voz de la mujer que estaba de pie bajo el amplio arco que daba acceso al salón. La visión era igualmente dulce: ni el largo cabello rubio recogido en un pulcro moño ni el almidonado uniforme negro podían ocultar el obvio atractivo de la joven. Durante los meses en los que había estado empleada en el hogar de los Warren, Cassie había dado cada vez mejor prueba de lo capacitada que estaba para su trabajo. Los niños la adoraban, lo cual suponía un alivio para Lenore, cuyo miedo principal era que Cassie decidiera casarse con el hombre con el que estaba saliendo y los dejara. Lenore había terminado dependiendo de ella.

Lenore la miró con ojos velados. Fue Gil quien tuvo la presencia necesaria para responderle.

—Gracias, Cassie, pero no necesitamos nada. Puedes retirarte. Buenas noches.

Con una inclinación de cabeza, Cassie desapareció y Gil volvió despacio la mirada a su esposa. Era una mujer deslumbrante, aunque la suavidad que tanto le había atraído de ella en un principio parecía haberse desvanecido. Aun así, era la compañera perfecta cuando estaban en público, y eso era lo que más le preocupaba.

—Estás hecha para esto tanto como yo —dijo Gil en un intento por halagarla y encontrar en ella un marco más receptivo.

—Creía que nos iba bien con tu bufete.

—Oh, vamos, cariño —la intentó engatusar Gil—. Mi bufete va perfectamente, ¡pero esto es algo realmente emocionante! —Se sentó entonces en el cojín que estaba junto a ella, tomó la mano de Lenore en la suya, aparentemente ajeno a lo fría que estaba—. Empezaré despacio por el Congreso estatal, luego pasaré al Senado y quizá después a una oficina nacional. Demonios, ¿sabes la cantidad de oportunidades que supone eso? —Su entusiasmo aumentó ante esa imagen—. En cuanto alcance notoriedad nacional, podré plantearme presentarme al Congreso. Washington, Lenore. Es ahí donde está el verdadero poder de este país.

Lenore sentía como si los frágiles pilotes sobre los que había estado intentando construir una vida estable durante los últimos dos años flaquearan peligrosamente.

—Pero la política es tan… tan…

—¡Estimulante! De eso se trata precisamente nuestro gobierno.

—La política es sucia.

Gil irguió levemente la espalda y luego se encogió de hombros.

—Puedo jugar duro si lo hace mi vecino.

—Y la corrupción…

—Solo te afecta si eres corruptible. ¿Tú me ves como alguien corruptible, cariño?

Lenore no supo qué contestar a eso porque se daba cuenta de que había muchas, muchas cosas que todavía le quedaban por saber de su marido. Ni en sus más disparatadas fantasías habría imaginado que Gil tenía el ojo puesto en un cargo en las instituciones del Estado.

—¡Pero la política no es más que un juego! —gritó por fin, con el corazón en un puño.

Desgraciadamente, Gil era absolutamente miope en lo que hacía referencia a los miedos más profundos que atenazaban a Lenore. La inseguridad era un sentimiento que él se negaba en redondo a incluir en su forma personal de pensar.

—En la vida todo es un juego, Lenore, siempre que el objetivo merezca la pena. El secreto —prosiguió, acogiendo el tema con entusiasmo— radica en minimizar el juego y maximizar la recompensa. En este caso, eso es exactamente lo que he hecho. Cuento con un boyante bufete de abogado y con dos adjuntos que me sustituirán durante el tiempo que dure mi campaña. A cambio, incluso mientras esté haciendo campaña, no dejaré de aportar nuevos casos al bufete. Hay gente muy acaudalada en este distrito. En cuanto salga elegido mi nombre les resultará familiar a todos ellos. La gente acude al tipo que tiene contactos. Mis contactos serán tan buenos como los de cualquier otro abogado de este estado, si no mejores.

Lenore se llevó el vaso a los labios, le dio un buen trago y acto seguido recobró la compostura.

—¿Tan seguro estás de que vas a ganar esas elecciones?

La sonrisa confiada que Gil le dedicó fue su única respuesta. Esa fue la primera y única vez que Lenore le haría esa pregunta.

En noviembre de 1948, Gil celebró su elección a la Comisión Legislativa del estado de Massachusetts con una inmensa fiesta de victoria en Parker House. Lenore estaba a su lado con un deslumbrante vestido de seda color azul real, ajustado en la cintura y con falda hasta media pierna, como decretaban los cánones de Christian Dior, una gargantilla de zafiros, pendientes y pulsera a juego, y una brillante sonrisa. Nadie supo nunca que se pasó los dos días siguientes en cama.

Nadie, claro, excepto Natalie, y, por supuesto, Cassie.

Cassie Jondine era una joven de avezada percepción en todo lo que hacía referencia a las emociones. En sus diecinueve cortos años había vivido toda una vida de ellas. Hija de un maestro de escuela de una pequeña ciudad al noroeste de Francia, Cassie, que en aquel entonces era Carmela, se había criado en un hogar en el que la educación era prioridad número uno. Eso y el amor. Había conocido la felicidad durante su infancia, mimada no solo por sus padres sino también por su hermano mayor, al que adoraba. Las posesiones materiales no tenían para ella ningún valor. El modesto sueldo de su padre alcanzaba para satisfacer las magras necesidades físicas de la familia, una familia rica en comodidades intelectuales y emocionales, bienes mucho más preciados para ellos.

A pesar de su corta edad, Carmela tendría que haber estado sorda y muda para no haberse hecho eco de los rumores y del miedo que planeaban por la zona de la ciudad donde vivía su familia a finales de los años treinta. Aun así, había vivido con la infantil ilusión de la libertad y de la seguridad. Aspiraba a ir a la universidad, como ya lo había hecho su hermano, y dedicarse a la enseñanza como su padre, o a crear una familia como lo había hecho su madre. Le encantaban los niños y habría sido feliz trabajando con ellos de cualquier modo.

Cuando Hitler invadió Francia, en junio de 1940, el mundo de Carmela se derrumbó. Un día su padre no volvió a casa de la escuela y ella lloró hasta quedarse dormida después de ver cómo su madre se retorcía las manos, esperando a su esposo. Al día siguiente, su madre estuvo tanto tiempo fuera de casa que Carmela empezó a temer que también a ella se la hubieran llevado los soldados que peinaban las calles de la ciudad en pequeños grupos. Pero su madre regresó por fin, pálida, macilenta y nerviosa. Inmediatamente puso manos a la obra: hizo un pequeño fardo con las cosas de Carmela, que colocó en la puerta trasera de la casa. Luego se sentó con su hija, volvió a contarle sus cuentos predilectos, le preparó su cena favorita y se sentó a verla comer. Cuando el sol por fin se puso, llevó a Carmela a su lado.

—Una mujer muy buena llamada Madame Lavilla vendrá esta noche a casa. Te llevará con ella, Carmela. Estarás a salvo siempre que hagas todo lo ella te diga.

Carmela se echó a temblar. A sus once años ya era lo bastante astuta para entender cómo terminaban las palabras de su madre.

—¿Tú no vienes?

—No, amor. En este viaje solo aceptan niños.

—Pero ¿por qué?

—Porque solo los niños estarán a salvo.

—Prefiero quedarme contigo. No me importa si…

—Irás con ella, y no le harás ninguna pregunta. Está arriesgando mucho haciendo esto.

Carmela habría seguido discutiendo con su madre de no haber sido por el evidente sufrimiento que leyó en su rostro.

—¿Adónde me llevará? —preguntó con un hilo de voz.

—Al este. Te meterán en un barco con un montón de niños más. Con el tiempo llegarás a América.

—¡Pero si no conozco a nadie en América!

—Todo a su tiempo. Habrá gente esperándote, gente que te cuidará durante todo el camino.

—¿Y me seguirás hasta allí?

Su madre la miró entonces, sonriendo entre lágrimas al tiempo que, intentando memorizar con los dedos cada matiz de los delicados rasgos de su hija, acariciaba las mejillas de Carmela, su boca y su nariz, los pálidos mechones de sus cabellos.

—Te seguiría al fin del mundo, Carmela. ¿Acaso lo dudas?

Aunque no era aquella la respuesta definitiva que Carmela esperaba oír, antes de dar voz a sus temores, su madre la estrechó contra su pecho y siguió abrazándola y acunándola hasta que oyeron llamar suavemente a la puerta de atrás. Fue entonces cuando se llevaron a Carmela en la oscuridad, acompañada del recuerdo del «Adiós, pequeña» suavemente sollozado de su madre, que le arrancó las entrañas mientras una mano firme la alejaba más y más de su casa.

Noches de sigiloso movimiento habían seguido a ese primer y jadeante traslado de un lugar al siguiente, horas sentada en fríos y abarrotados vagones de tren, días aún más largos oculta en húmedos sótanos de iglesias o en oscuras cabañas. El viaje a un puerto seguro de la costa del noreste de Francia se prolongó debido a la necesidad de constante vigilancia y ocultamiento; Madame Lavilla fue solo la primera de otros muchos vigilantes que cuidaron de los niños.

Carmela estaba entumecida, tanto física como emocionalmente, y deseaba desesperadamente hacer preguntas, aunque sin atreverse a ello. La presencia de otros niños resultó de ayuda por cuanto no se sentía tan sola. Pero había también un aspecto negativo en su presencia, pues fragmentos de historias sobre las desapariciones de padres y madres empezaron a circular entre ellos, lo cual, encendiendo la imaginación que ya despuntaba en Carmela, le creó una aterradora imagen de lo que había dejado atrás.

Carmela echaba de menos a su madre, a su hermano y a su padre, y cuando no estaba preocupada consolando y ayudando a calmar los sollozos de los más pequeños, le inquietaba pensar dónde estaría su familia y cómo estaría saliendo adelante. En cuanto a ella, era ya lo bastante mayor como para saber que su vida había dado un giro irrevocable, aunque se adiestró para que su mirada al futuro se ciñera exclusivamente al fin de cada tramo del viaje en el que estaba embarcada.

Como bien le había anticipado su madre, Carmela por fin llegó a la costa y embarcó con los demás en un navío que los llevaría al otro lado del Atlántico. Aunque la tensión de los días y noches anteriores parecía disiparse al compás que lo hacía la costa de Francia, fue sustituida por una nueva ansiedad: el mundo desconocido que los esperaba a partir de entonces. Carmela era uno de los pocos niños lo bastante mayor como para comprender y temer la incertidumbre del porvenir.

Como ya le había anunciado su madre, también había gente esperando su llegada en Nueva York. Eran los representantes de las agencias contratadas para colocar a los pequeños refugiados en casas de familias norteamericanas. Una Carmela agotada por el viaje y aterrada, abrazada al pequeño fardo con su poca ropa, sus libros y las fotografías que eran sus únicas pertenencias, fue transportada al oeste de Massachusetts, donde conoció a sus padres adoptivos, Herman y Leona Marsh.

Los Marsh eran una pareja de ancianos que la recibieron con cierta inseguridad. El idioma era la barrera más inmediata entre ellos y la pequeña. Carmela llegó a Norteamérica sabiendo solo el escaso inglés que la acompañante que iba con los pequeños en el barco había intentado enseñarles. Ninguno de los Marsh hablaba francés, y, si lo entendían, nunca dieron la menor muestra de ello. Desde el principio insistieron en que el inglés sería el único idioma que se hablaría en su casa.

Sin embargo, además de la del idioma, estaba la barrera emocional. Herman y Leona Marsh, que después de muchos años de matrimonio seguían sin tener hijos, carecían de la menor experiencia en los entresijos de la forma de ser de los pequeños, especialmente los de una niña que había sufrido una prueba tan dura en un espacio de tiempo tan breve. Aceptaron a Carmela en su casa como si se tratara de la hija de un amigo o de algún pariente del Medio Oeste, sin delatar en ningún momento que eran plenamente conscientes de las circunstancias que habían llevado a la pequeña a quedar bajo su cuidado.

No eran mala gente. Carmela tenía su propia habitación y, a pesar del severo racionamiento impuesto por una economía de guerra, disponía de comida y de ropa suficiente. Iba a la escuela local, donde su empeño por aprender inglés por fin dio sus frutos y poco a poco se le asignaron ligeras tareas para hacer en casa. Vista desde fuera, se adaptó bien a su nuevo hogar.

Sin embargo, las apariencias no revelaban en absoluto el infierno interior que sufría Carmela.

Todo en casa de los Marsh le resultaba desconocido. Mientras que sus padres se habían mostrado siempre claramente afectuosos, los Marsh eran mucho más formales. Apenas se tocaban, y mucho menos a Carmela, y para una jovencita que se había criado entre abrazos y besos, la diferencia era abrumadora.

Mientras que en casa de los Jondine siempre había reinado un aspecto agradablemente desordenado, maravillosamente vivido, el hogar de los Marsh estaba invariablemente pulcro e inmaculado. Jamás se veía un tapete de encaje fuera de sitio, ni un jarrón de porcelana pintado cubierto de polvo, ni un periódico o una revista olvidada encima de una silla. Había en la casa un frío al que de ningún modo podían poner remedio los tristes radiadores grises que siseaban y chisporroteaban en cada una de las habitaciones.

Mientras que Carmela recordaba cenas con su familia en las que cada miembro compartía sus experiencias del día, las cenas en casa de los Marsh ofrecían o bien una conversación superficial o simplemente silencio. Al principio Carmela supuso que eso había que achacarlo a la diferencia del idioma, pero no tardó en darse cuenta de que Herman y Leona podrían fácilmente haber hablado entre ellos, aunque decidían no hacerlo. Ansiosa por complacer, se adaptó a lo que aparentemente era el estilo de vida del matrimonio. En las escasas ocasiones en que lo olvidaba y rompía a contar algo que había ocurrido en el colegio, las mecánicas sonrisas e inclinaciones de cabeza con las que recibían su conato de conversación sofocaban sus deseos de volver a intentarlo.

Si en casa de los Jondine el aprendizaje había resultado algo tan natural como lo era respirar, en casa de los Marsh se consideraba una tarea semejante a la de hacerse la cama o a la de limpiar la casa. El padre de Carmela solo tenía que preguntarle qué estaba estudiando en historia para entablar con ella una discusión que, a su vez, alimentaba el entusiasmo de la pequeña por sus clases. La extensión que alcanzaba el interés de Herman Marsh por las clases de Carmela se ceñía a su pregunta nocturna: «¿Has terminado todos tus deberes para mañana, Carmela?».

Incluso la religión, que en casa de los Jondine había gozado de una presencia firme aunque relajada, se abordaba en casa de los Marsh con absoluta rigidez, convertida ahora en objeto de un ritual forzado que Carmela llegó a detestar. Cuando añoraba su casa, sola y asustada, era esa religión lo único a lo que podía culpar, religión que, en su mente, era la única responsable de su obligada renuncia a sus padres, a su hermano, su casa y la vida feliz de antaño.

Peor, quizá, en la mente de Carmela, era la preocupación. Cuando preguntaba por sus padres, cosa que hacía con frecuencia, los Marsh rechazaban la pregunta con un encogimiento de hombros, otra de las cosas que Carmela llegó a detestar, puesto que creía que su familia merecía algo más que eso. Su única esperanza de recibir noticias de Francia estaba depositada en la asistente social local de la agencia de adopción que la visitaba de vez en cuando.

—¿Se sabe algo? —susurraba Carmela en cuanto los Marsh salían de la habitación. Sabía que su ansiedad sería interpretada como una muestra de ingratitud a oídos de los Marsh.

—No, Carmela. Todavía no. Te prometí que te lo diría en cuanto supiera algo, pero es muy difícil recibir noticias de tan lejos.

—¿Y si ya han venido y no han podido encontrarme?

Era uno de los temores más comunes con los que la asistente social se encontraba en niños como Carmela.

—Podrán encontrarte —dijo con una sonrisa confiada—. Sabrán empezar a buscar por las agencias, y todas trabajamos perfectamente conectadas. No te preocupes —repitió, dándole unas palmaditas en la rodilla—, nos aseguraremos de que te encuentren en cuanto pongan el pie en este país, y mientras tanto seguiremos intentando conseguir cualquier noticia. —Fue una promesa con la que Carmela no tenía más remedio que contentarse, pues era la única con la que contaba.

Durante los siete años que Carmela pasó con los Marsh nunca llegó a ser una de ellos. Al principio se mantenía apartada, repitiéndose que pronto se reuniría con su madre, incluso con su padre y con su hermano, que los cuatro encontrarían una casa como la que tenían en Francia, que su padre se dedicaría a la enseñanza y su hermano terminaría sus estudios, y que estarían a salvo, todos juntos en Norteamérica.

A medida que fue pasando el tiempo y ningún miembro de la familia apareció para reclamarla, Carmela empezó a aceptar la idea de que seguiría sola un tiempo más. Decidió hacer lo que creía que haría sentir a sus padres orgullosos de ella: estudiar e ir bien en el colegio, ayudar a los Marsh a cambio de sus cuidados y causar el menor número de molestias posibles.

Entonces, poco después del fin de la guerra, la mujer de la agencia de adopciones acudió a decirle a una Carmela que había cumplido ya los dieciséis años, con la mayor suavidad que le fue posible, que sus padres habían muerto separados en sendos campos de concentración y que, aunque no había noticias del destino de su hermano, debían presumir que también él había muerto.

Carmela se sumió durante días en el más absoluto estupor. Aunque a menudo había temido lo peor, la confirmación de sus miedos parecía haber aniquilado su espíritu como ni siquiera lo había hecho la mecánica adopción por parte de los Marsh. Se sintió más sola de lo que jamás lo había estado en toda su vida, y más consumida por el dolor. Pasaba las horas sentada mirando las fotos de la familia que había llevado con ella desde el otro lado del Atlántico. Luego las abrazaba contra su pecho y recordaba la última vez que había visto a su padre y a su hermano. Y también a su madre.

«Adiós, pequeña.»

A pesar de que el dolor que la embargaba era abrumador, peor resultaba ante las fotografías y relatos que habían empezado a aparecer en los periódicos, informando de las atrocidades cometidas en un campo de concentración tras otro. Carmela se dio cuenta de que su madre sabía aquella última noche que nunca volverían a verse. El tormento que la atenazaba al pensar en lo que su madre tendría que haber vivido antes de su muerte no tenía límites.

Carmela vivió períodos de rabia intensa durante los cuales se rebelaba contra un Dios capaz de permitir la aniquilación de su familia. Herman Marsh repetía a menudo:

—Fue la voluntad de Dios. Debemos confiar en que tenía un propósito más elevado en mente.

Las palabras de Herman la volvían loca de rabia. Había perdido todo lo que le era querido. Empezaba de nuevo con las manos vacías.

Fue precisamente esa noción la que terminó por sacarla de la peor fase de su depresión, o, para ser más exactos, el hecho de darse cuenta de que no estaba empezando de cero. Tenía recuerdos felices, unos recuerdos que eran en sí algo en lo que poder pensar, algo en cuya recreación poder soñar. Decidió que algún día tendría su propia familia y que daría a sus hijos el mismo amor que ella había recibido, aunque esta vez habría una seguridad real. Al fin y al cabo, Hitler había muerto. Y ella estaba en Norteamérica.

Carmela pasó sus últimos años de bachillerato alimentando esos sueños hasta el punto de que vivía a menudo distraída, tanto en el instituto como fuera de él. La vida con los Marsh se fue volviendo cada vez más incómoda para ella. No solo eran la antítesis de lo que ella quería, sino que además tenían poca paciencia con sus distracciones y parecían más estrictos cada día que pasaba. Leona criticaba su aspecto y el modo en que acometía sus tareas mientras que Herman nunca se mostraba satisfecho con su rendimiento escolar. Había dejado muy claro que no disponía del dinero suficiente para mandarla a la universidad, aunque estaba convencido de que sin buenas notas nunca encontraría un buen empleo al terminar el instituto.

Carmela aprendió a hacer caso omiso de las quejas de ambos. Estaba totalmente centrada en terminar sus estudios en el instituto y en disfrutar a partir de entonces de su libertad. No le importaba qué clase de trabajo consiguiera con tal de que le permitiera marcharse de casa de los Marsh. Estaba convencida de que solo entonces podría planear cuidadosamente su futuro.

Varios meses antes de graduarse empezó a leer los anuncios de demandas de empleo que aparecían en el periódico. Sopesó las distintas oportunidades laborales, eliminando al instante las que pudieran resultar aburridas y solitarias. No deseaba trabajar en ninguna fábrica ni en ninguna planta de producción y, a pesar de que había recibido clases de secretariado en el instituto, tampoco estaba segura de ser feliz en una oficina. Le encantaban los niños, pero no podía dedicarse a la enseñanza sin seguir estudiando, y como Herman se había manifestado claramente en ese sentido y ella disponía de muy poco dinero, la enseñanza se le antojaba totalmente fuera de su alcance.

Un día oyó por casualidad a unas chicas de la escuela hablar de una agencia de empleo especializada en empleadas del hogar. Lo cierto es que Carmela no se veía en el puesto de criada, pero si había alguna casa con niños, sin duda sería un buen lugar para empezar. Aun así, no tenía la menor intención de quedarse en el oeste de Massachusetts. Quería vivir en la gran ciudad. En Boston.

La encargada de la biblioteca pública la ayudó a encontrar el nombre de una reputada agencia de Boston y, sin dar la menor indicación de sus intenciones a los Marsh, escribió una carta a la agencia en cuestión y la envió. El resultado fue lo bastante prometedor como para merecer un viaje en tren a la ciudad y pasar una entrevista personal. Carmela se saltó un día de colegio para ir a la ciudad, esperando que los Marsh jamás se enteraran. Tenía la sensación de que se opondrían a sus planes, podía prever la discusión.

—Puedes aspirar a algo mejor —le diría Herman.

Leona sin duda apoyaría a su esposo.

—Nuestra gente no trabaja en el servicio, Carmela. ¿Es que no tienes el menor sentido del estatus social al que perteneces?

Lo cierto es que Carmela ya no se identificaba con los Marsh ni con su gente. Era una chica, estaba prácticamente sola en el mundo, y estaba firmemente decidida a hacer las cosas a su modo, para variar. Además, se le ocurrió que había poca diferencia entre hacer el trabajo sucio para un jefe en una oficina y hacerlo para una familia que quizá tuviera un hogar encantador y unos niños a los que cuidar.

La imagen que dio en la agencia fue la de una combinación de suavidad y firmeza. Se había vestido con sumo cuidado y, a pesar de los años que había tenido que vivir soportando las pullas de Leona, sabía muy bien que su aspecto jugaría en su favor, como también el hecho de que hablaba inteligentemente y con apenas una pequeña sombra de acento. Irónicamente, y fiel a su silencioso talante, resultó ser tan entrevistadora como entrevistada. Se mostró interesada en la clase de familias con las que trabajaba la agencia porque quería trabajar en un hogar acogedor y feliz. Y quería trabajar con niños. Tenía experiencia en todo tipo de tareas domésticas y así se lo dijo a la mujer con la que habló, pero su fuerte era el trato con los niños.

Aunque no tenía forma de saberlo, sus propios intereses resultaron ser una fuente de recomendación casi de tanto peso como todo lo demás. La mujer que la entrevistaba quedó impresionada al ver a Carmela Jondine como una joven de perfil muy superior al de las aspirantes habituales, y se tomó grandes molestias examinando sus diversas tarjetas hasta que por fin seleccionó una, la estudió y sonrió.

Dos semanas más tarde, apenas tres días después de su graduación, Carmela empezó una nueva vida como Cassie: hizo las maletas, cogió el tren en Worcester y luego un taxi que la llevó desde Boston a Brookline, donde fue instalada en una pequeña habitación de la tercera planta de la casa de Gilbert y Lenore Warren. Como era de prever, los Marsh no solo se habían enojado al conocer los planes de Carmela, sino que también parecían estar un poco dolidos. Sin embargo, cuando Cassie les informó de sus intenciones, el compromiso había quedado cerrado.

Cassie americanizó su nombre cuando empezó su nuevo trabajo a fin de dejar simbólicamente a un lado el pasado y enraizarse en el presente. Fue contratada básicamente como ama de llaves, pero se había quedado tan prendada de los Warren el día en que había ido a su casa a hacer una entrevista que en ningún momento le dio importancia al título de sus funciones. Lenore Warren no había tenido servicio doméstico hasta entonces, lo cual para Cassie era una ventaja adicional, pues no se veía obligada a seguir los pasos de nadie en sus tareas. Además, Lenore no hacía el menor esfuerzo por ocultar lo aliviada que estaba ante el hecho de que alguien hubiera llegado a hacerse con el control de la casa.

Luego estaban los tres pequeños Warren, a cuál más hermoso. A Cassie le parecían maravillosos, incluso los dos niños con sus trastadas. Los trataba con gran dulzura, enseñándoles que las travesuras estaban bien en su habitación, en la sala de juegos o en el jardín, pero que tenían que respetar el esmero con que su madre cuidaba de las demás habitaciones de la casa. Ellos respondían a sus suaves y seductores tonos y disfrutaban tanto jugando con ella como a la inversa. Incluso Laura, que en muchos aspectos era una versión en miniatura de su madre, correspondía a los abrazos que Cassie repartía generosamente entre los pequeños.

Y, naturalmente, estaba el señor de la casa. Desde la primera vez que Cassie puso los ojos en él, se había quedado un poco enamorada de Gilbert Warren. Gil era la personificación del hombre de éxito, rodeado de un aura de confianza en sí mismo allí donde iba. Era infaliblemente amable con Cassie, y se mostraba preocupado por si su habitación era confortable, por cuáles eran sus planes para su día libre y por si había hecho amigos en la zona de Boston.

Gil también le presentó a Henry Morell. Henry era el hombre para todo de uno de los amigos de Gil. Sus antepasados eran franceses, aunque era estadounidense de tercera generación. Además, no hablaba francés, lo cual agradó a Cassie, que estaba decidida a ser plenamente norteamericana. Le pareció un gesto de gran dulzura que un hombre tan prominente como Gil tuviera en cuenta un detalle tan nimio como ese en su intento de buscarle pareja.

Cassie veía a Henry cada vez que coincidían los días libres de ambos. Le gustaba Henry. Era un hombre relajado y en nada exigente, más que deseoso de acompañarla al cine, a tomar con ella un ligero almuerzo o a ir de compras. Esto último con frecuencia se traducía en que Cassie les compraba chucherías a los niños: libros, rompecabezas o cuadernos de dibujo y lápices de colores. Sabía que Gil tenía talento artístico. Había visto los garabatos que dejaba encima de su mesa de estudio e incluso había recogido alguno de la papelera, que alisaba y escondía después debajo de la ropa en el cajón de su cómoda. Aunque Cassie desconocía los nombres que correspondían a las personas que dibujaba el señor de la casa, daba por sentado que eran caricaturas de gente con la que trabajaba. Perpleja ante aquel talento, puesto que el de ella en ese ámbito quedaba tristemente limitado a figuras poco menos que rupestres, tenía la esperanza de poder animar a dibujar a alguno de los niños. El hecho de que fueran demasiado jóvenes para apenas garabatear al azar sobre la página no la desanimaba en lo más mínimo.

Cassie disponía de una notable libertad con los Warren. De hecho, había momentos en que tenía la sensación de que era ella, y no Lenore, la señora de la casa. Fijó su propio horario para hacer la limpieza, ejecutaba sus tareas organizándolas según las necesidades de los niños y planeaba los menús con apenas una precipitada aprobación por parte de Lenore. Hacía bien su trabajo y disfrutaba con él, sobre todo cuando Gil la felicitaba por algún plato o por el aspecto de la casa o de los niños. Cassie encontraba en su trabajo una fuente de orgullo que jamás habría imaginado posible. Tanto era así que en raras ocasiones llegaba a ocurrírsele que esa era para ella simplemente la primera piedra de su andadura profesional.

Por encima de todo, Lenore resultó ser el gran reto para Cassie. A pesar de que, a grandes rasgos se mostraba agradable e invariablemente agradecida por todo lo que Cassie hacía, era susceptible de caer en unos cambios de humor que confundían a la joven, que tenía un instinto natural para la compasión y a quien le habría gustado ayudar a su señora de haber estado en su mano hacerlo. Sin embargo, esa barrera en particular no iba a traspasarla un ama de llaves; Cassie era consciente de eso y la hacía sentirse mal. Lenore se callaba las cosas y prefería escapar a la soledad de su cuarto cuando algo la molestaba. Cassie no podía evitar creer que la mujer se sentiría mucho mejor de haber podido exteriorizar lo que la molestaba con alguien.

Natalie Whyte era una gran ayuda. Cassie siempre se sentía menos preocupada por Lenore cuando la señora estaba en compañía de Natalie, que tenía que ser, o así lo decidió Cassie al poco de llegar a la casa, una de las mujeres más bondadosas que había conocido. Natalie miraba a Cassie con naturalidad, respetándola como ser humano a pesar de que en ningún momento pareciera olvidar la posición de ama de llaves que Cassie ocupaba en la casa.

La tarde que precedió a la magnífica fiesta que dio Gil para celebrar su victoria, Natalie subió a la habitación de Lenore y pasó una hora con su amiga; luego fue a la cocina e intentó explicarle a Cassie los puntos básicos de lo que Lenore estaba experimentando.

—La señora Warren necesita más ayuda en momentos como este, Cassie. A su modo, es una mujer muy frágil.

—Está asustada —apuntó Cassie—. Me doy cuenta. Pero no estoy segura de entender por qué.

—La política es una carrera muy parecida a… al cine, supongo —respondió Natalie, eligiendo con cuidado sus palabras para no traicionar las confidencias de las que tanto Gil como Lenore la habían hecho partícipe. Se daba cuenta de lo muy unida que estaba Cassie a los Warren y del gran cariño que ellos sentían a su vez por ella, y las conversaciones anteriores que había tenido con la joven la habían convencido de que era además extremadamente comprensiva. El instinto le decía que Cassie era una mujer en la que se podía confiar, aunque no era justo decirle demasiado—. Una persona puede estar en lo más alto un día y caer a lo más bajo al día siguiente. Es un negocio precario. Creo que eso es lo que tiene asustada a la señora Warren.

—El señor Warren parece estar muy seguro de sí.

—Oh, lo está, y con razón. Es un hombre de gran talento. Será un maravilloso congresista. No me cabe duda de que en política llegará donde se proponga. Pero la señora Warren tardará un poco en acostumbrarse a la vida que él ha elegido. Ella no es en absoluto una activista como él. Se siente más cómoda con una existencia perfectamente equilibrada.

—La vida de un político no puede ser nunca así —musitó Cassie—. Se acelera más y más hasta que llega el momento de las elecciones y luego cae en picado inmediatamente después para volver a acelerarse cuando la siguiente elección aparece en el horizonte. Teniendo en cuenta que las elecciones al Congreso se celebran cada dos años, poco tiempo deja eso para un mínimo respiro.

Aunque Natalie arqueó una ceja, su tono fue de broma.

—¿Dónde has aprendido tantas cosas sobre las elecciones? Tu familia no estaba metida en política en Francia. —Días atrás, cuando Natalie había ido a casa de los Warren a echarle una mano a Cassie en la cocina tras una cena, Cassie le había dibujado un escueto bosquejo de sus orígenes.

—No, pero siempre leíamos los periódicos. Hago lo mismo a diario. Es una de las mejores herramientas educativas que conozco.

—Siempre que el medio sea imparcial. —Natalie agitó un dedo hacia Cassie—. Ten cuidado con eso. ¿Has visto lo que le ha pasado a Frank Sinatra?

Cassie, cuyos años de adolescencia habían coincidido con la ascendente carrera de La Voz, sin duda había visto lo que le había ocurrido a Frank Sinatra.

—¿Cree usted que él forma parte de la pandilla? —preguntó Cassie con un susurro conspirador.

Natalie se encogió de hombros.

—Eso dicen los periódicos, pero no se ha podido probar nada. Puede que sea totalmente inocente, en cuyo caso queda más que probada mi argumentación. Sin duda los periódicos pueden ser parciales. Ahora que el señor Warren está adquiriendo cierta notoriedad, lo más probable es que de vez en cuando aparezcan informes sobre él. Asegúrate de tomártelos con un granito de sal, a menos, naturalmente —sonrió— que hablen en nuestro favor.

También Cassie sonreía de oreja a oreja, aunque su sonrisa se desvaneció al instante.

—Eso también debe de preocupar a la señora Warren... Me refiero a la idea de tener a su marido constantemente en el punto de mira.

—Mmm, quizá —suspiró Natalie—. Si eso es así, tú y yo tendremos que recordarle que eso es parte del trabajo, que el señor Warren puede manejarlo perfectamente y que tampoco es tan malo puesto que probablemente el artículo siguiente caiga del lado contrario. Aquí lo que en realidad importa es que el señor Warren tenga el apoyo de la gente, y, a juzgar por el margen con el que ha ganado las elecciones, eso es innegable.

En ese instante, Cassie se juró solicitar la ciudadanía norteamericana permanente para poder votar en las siguientes elecciones. Sin embargo, tan ocupada estuvo en los meses siguientes, que todavía pasó algún tiempo antes de que volviera a planteárselo seriamente.

En febrero de 1949 Henry Morell la pidió en matrimonio. Aunque a Cassie la idea le parecía atractiva no le causaba entusiasmo. Henry era un tipo agradable. Y brillante. Pero el entusiasmo de Cassie estaba concentrado en los Warren, y si casarse con Henry significaba que tenía que abandonar su puesto en la casa, dudaba mucho de poder hacerlo. Se sentía necesitada y querida por los Warren. Por primera vez desde que se había ido de Francia sentía que tenía un verdadero hogar. No estaba segura de querer dejarlo todavía.

Cuando Henry empezó a mostrarse insistente por su respuesta, Cassie hizo lo que le pareció más natural dadas las circunstancias. Una de esas raras noches en las que Gil estaba en casa, cuando Lenore se había acostado hacía ya un buen rato dejándole trabajando solo en su estudio, Cassie llamó a su puerta abierta y de inmediato fue invitada a entrar con un simple ademán.

El señor Warren tenía un aspecto maravilloso. Llevaba unos pantalones de tweed y un cárdigan de cuello de pico abierto sobre la camisa. Tenía una pipa en la boca, cuya dulce fragancia estaba suspendida en el aire. A pesar de que Cassie siempre había asociado las pipas a los hombres entrados en años, Gil daba con ella un toque soberbio a su imagen de hombre aplicado. De hecho, la imagen completa que la recibió al entrar al estudio era tan deslumbrantemente masculina y atractiva que durante varios instantes Cassie no pudo articular palabra. Solo cuando Gil se recostó en el respaldo de la silla y le sonrió, fue Cassie consciente de lo ridícula que debía de parecerle.

Volviendo en sí, abordó de inmediato el tema que la había llevado al estudio.

—¡Pero eso es maravilloso, Cassie! —dijo Gil en cuanto ella le habló de la petición de Henry. Empezaron a brillarle los ojos—. Esperaba que ocurriera algo parecido.

Lo primero que pensó Cassie fue que él se alegraba de su marcha.

—Entonces, ¿no está contento con mi trabajo?

Descubrir que había decepcionado de algún modo a Gil era uno de sus mayores miedos.

—Estoy encantado con tu trabajo. Pero eres una chica hermosa y tienes mucho que ofrecer a un hombre.

Cassie se sonrojó. Los ojos de Gil parecían recorrer cada centímetro de su cuerpo, cada uno de los cuales se echó a temblar.

—Yo no… no estoy segura de si debo aceptar su propuesta —logró decir con un hilo de voz.

—¿Que no vas a aceptarla? Por supuesto que debes. Henry es un joven excelente. —Gil bajó la cabeza y la estudió desde debajo de la repisa de sus cejas—. ¿Le quieres?

—Creo que sí. Bueno, sí… supongo que sí. —Cassie no estaba segura de si lo que sentía por Henry era amor o simplemente afecto. Tenía un dilema. Por un lado, adoraba a su familia, aunque sabía que sin duda el amor que sintiera por un hombre sería naturalmente distinto. Y además estaba Gil. Cassie adoraba a Gil, pero él estaba casado. De todos modos, aunque las cosas hubieran sido distintas, no estaba segura de si lo adoraba como se adora a un ídolo o, a pesar de que él no era tan viejo, como a algo parecido a una figura paterna. Naturalmente, el propio padre de Cassie jamás le había provocado los cosquilleos que Gil acababa de provocarle con una simple mirada.

Cassie tenía el convencimiento de que el pobre Henry, o cualquier hombre que pudiera conocer, estaría condenado a verse comparado con él.

Cassie tomó aliento.

—Henry es un hombre muy agradable. Es formal y de fiar. Sé que jamás me fallará.

—De no ser así, le enviaré al jefe de policía con una porra —amenazó Gil, y Cassie creyó que lo haría—. ¿Tienes alguna fecha en mente?

—Yo… no. Antes quería hablar con usted.

—Bien, ahora que lo has hecho, puedes hacer tus planes.

—Oh, no. Todavía tengo algunas preguntas…

—¿Sobre Henry? No tienes que preocuparte de él. Mi amigo Norman Euson responderá por él.

—No. No es Henry quien me preocupa. Lo que me preocupa es casarme. Si me caso me resultará difícil vivir aquí. Pero me encanta mi trabajo. No estoy dispuesta a dejarlo.

—No habrá necesidad de que lo hagas —dijo Gil con absoluta calma y ladeando la cabeza en un gesto confiado—. Simplemente le robaré Henry a Norman delante de sus narices y lo contrataré.

Aquello sonaba muy sencillo viniendo de Gil. Una cálida sensación embargó a Cassie.

—¿De verdad lo haría?

—Por supuesto que sí. Muchos días necesito un chófer y solo Dios sabe que en muchas ocasiones se necesita a un hombre para todo en esta casa. Siempre hay algo que reparar y recados por hacer. Henry podría ayudarte cuando tengamos invitados, y cuando tengáis hijos…

—¡Hijos! ¡No pienso tener hijos por el momento! No podría trabajar.

—Por supuesto que podrías —dijo Gil con suavidad—. ¿Acaso no quieres tener hijos?

—Oh, sí.

—Eso me parecía. Eres maravillosa con los nuestros.

—Son unos niños deliciosos.

Gil se acarició los cabellos. Sus ojos parecieron dilatarse durante una décima de segundo mientras el resto de sus rasgos se tensaban.

—Mi esposa no siempre piensa así. A veces me pregunto… —Pareció contenerse, y cuando volvió a mirar a Cassie su rostro había vuelto a relajarse—. Aunque es ahí precisamente donde nos has sido de gran ayuda. Estoy tan poco dispuesto a dejar que te vayas como tú lo estás a marcharte. —Su mirada sostuvo la de ella con firmeza—. No veo ningún problema en que te cases ni en que, cuando estés preparada, críes aquí a tus hijos.

Cassie negaba con la cabeza, sonriendo con tristeza.

—No hay sitio suficiente…

—Arriba no, pero ¿y si mandara construir un apartamento encima del garaje? Henry y tú podríais vivir allí y cuando decidáis tener un hijo tendréis mucho espacio. De hecho —prosiguió, levantándose de la silla y rodeando despacio la mesa—, tengo un secreto que contarte. —Había bajado la voz y hablaba ahora en un susurro casi seductor, y la entereza de Cassie fue puesta aún más a prueba cuando Gil le rodeó los hombros con el brazo y la atrajo hacia él. Bajó la cabeza. Cassie sintió su aliento en la sien—. He empezado a buscar un terreno. Una buena parcela un poco apartada de la ciudad. Cuando la encuentre, tengo planeado construir allí mi casa, algo con el doble de espacio que el que tenemos ahora. —Irguió entonces la espalda, retirando el tronco de ella sin soltarle los hombros—. ¿Qué te parece?

Cassie apenas podía pensar teniendo a Gil tan cerca. Tuvo que hacer acopio de todas sus fuerzas para recordar lo que él acababa de decirle.

—Me parece… me parece maravilloso. ¡Pero si llevan en esta casa menos de dos años! —La casa de Brookline superaba tanto en hermosura a todo lo que Cassie conocía que le costaba imaginar algo mejor.

—Y no hay más que ver todo lo que ha ocurrido durante este período —respondió Gil con uno de sus típicos arrebatos—. El instinto me dice que pronto llegará el momento de hacer una nueva inversión. Puede que la gente crea que estoy loco por trasladarme fuera de la ciudad, pero creo que es eso lo que traerá el futuro. Cada año la población se extiende a zonas más alejadas de Boston. Invertir durante el próximo par de años tendrá su recompensa cuando la gente se dé cuenta de la tendencia dominante. El valor de la tierra aumentará. Es de cajón. Y tengo coche… y, con Henry, también chófer. La distancia no me molestará.

—Pero… ¿qué pasará con su cargo como representante del distrito? Si se va de aquí, ¿no tendrá que renunciar a él?

Gil la miró con ojos brillantes, aparentemente satisfecho ante tal muestra de previsión.

—No. Podré concluir la legislatura. De hecho, si quisiera, podría volver a presentarme por el mismo distrito incluso aunque ya no viva aquí. Naturalmente —añadió con voz cansina— no recibiría tantos votos si lo hiciera. A los votantes no les gusta que sus representantes vivan en otra parte.

—El año que viene es año de elecciones. ¿Qué hará entonces?

—Si nos hemos trasladado, simplemente me presentaré por mi nuevo distrito.

—¿Está decidido?

—Lo estará —dijo él sin un solo parpadeo.

—¿Qué dice la señora Warren?

—La señora Warren no lo sabe. —Gil frunció el ceño y sacudió la mano contra un insecto invisible—. Le preocupa mucho el menor cambio, así que he pensado que lo mejor será esperar hasta que encuentre el terreno. —Bajó la voz y la cabeza de nuevo—. Será nuestro secreto. Entre tú y yo, ¿de acuerdo?

Cassie asintió vigorosamente.

—Así que ya lo ves —prosiguió Gil a viva voz, dejando caer el brazo y alejándose lentamente de ella para volver a su escritorio—: no hay ninguna razón para que Henry no se convierta en parte de la familia. Si mis planes salen como es de esperar, tendremos más espacio del necesario. De hecho, si todo sale bien, tendremos que contratar a una chica para que te ayude. Habrá mucho que limpiar, muchas bocas que alimentar, y tendremos muchos más invitados que ahora. Ni que decir tiene que tú estarás a cargo de todo. —Se volvió a mirarla, apoyando el muslo en la esquina del escritorio. De nuevo bajó la voz—. Eres una encargada fantástica, ¿te lo había dicho?

Cassie negó con la cabeza.

—Pues bien, lo eres. Esta casa funciona a las mil maravillas desde… desde… demonios, nunca funcionó bien hasta que llegaste. Qué increíble —murmuró—. Pero si apenas tienes veinte años…

A Cassie no le pasó inadvertida la sutil crítica a su esposa que encerraba el comentario de Gil, y si lo que él estaba haciendo era una comparación, ella no la quería.

—Entre los niños y su carrera, la señora Warren tiene demasiadas cosas en la cabeza.

—Mmm.

—Y es ella quien me supervisa, así que el mérito es todo suyo.

Gil la estudió un instante más y luego tomó aliento brevemente.

—No solo eres una gran encargada, Cassie Jondine, sino que además eres modesta y fiel hasta decir basta. Espero que la señora Warren sepa apreciarte tanto como yo.

Tan encantada estaba Cassie con el halago de Gil que no imaginó hasta qué punto esas palabras finales volverían a atormentarla en su momento.

8

Un mes después de su conversación con Gil, Cassie se casó con Henry. Fue, a grandes rasgos, un momento feliz para ella. A pesar de haber invitado a los Marsh a la breve ceremonia que debido a la insistencia de Gil tuvo lugar en el salón de los Warren y estuvo oficiada por un juez al que él conocía, ellos se negaron a estar presentes, cosa que no llegó a sorprender ni a disgustar a Cassie. Gil y Lenore fueron los testigos de la boda y los jefes de Henry, o mejor dicho, sus antiguos jefes, puesto que Henry se quedaría en casa de los Warren con Cassie, asistieron de buena gana al enlace. Los tres pequeños Warren, Laura con un vestido de volantes y de pie junto a su madre, Ben y Peter tirándose de sus cuellos abrochados y causando tantos estragos como les fue posible, proporcionaron intermitentes instantes de diversión, cosa que Cassie adoraba. Los Whyte habían solicitado la presencia de Sarah McNee para que preparara una cena ligera tras la ceremonia; a Cassie le encantó, pues jamás la habían servido hasta entonces.

Como regalo de boda, Gil dejó que los recién casados utilizaran su coche y les pagó un viaje de fin de semana a las Montañas Blancas. Cuando regresaron a Brookline, se instalaron en el apartamento de tres habitaciones que había sido ya arreglado encima del garaje.

Solo había dos cosas que seguían inquietando la tranquilidad de Cassie, y sin duda estaban muy lejos de ser mutuamente excluyentes. Por mucho que intentaba soslayarlo, Cassie sabía que sus padres jamás habrían dado el visto bueno a su boda con Henry. Dado el motivo que había causado su persecución y posteriores muertes, sin duda la habrían considerado una traidora. A pesar de que hacía tiempo que Cassie había evitado cualquier forma de religión, no podía evitar sentir una punzada de culpa de vez en cuando.

Asimismo, también de vez en cuando sentía un pesar de otra índole. Aunque de niña le habían enseñado que el amor entre marido y mujer era sagrado, dudaba sinceramente de amar a Henry Morell. Le tenía cariño y estaba plenamente convencida de que podía ser una buena esposa para él, pero se había casado con Henry por motivos equivocados.

Se había casado con él porque él la amaba. También porque era un hombre inofensivo y porque casándose con él podía asegurarse de que su vida no se vería jamás perturbada. Se había casado con él porque estaba allí: quería tener hijos cuando llegara el momento, pero no tenía ganas de buscar un marido, ni un nuevo empleo, ni una nueva casa. Henry era la solución a un problema al que no deseaba enfrentarse en el futuro.

Y se había casado con él porque Gil Warren ya era propiedad de otra mujer.

Precisamente ahí radicaba la mayor fuente de su culpa. En el fondo de su corazón, Cassie sabía que le había hecho un flaco favor a Henry. Su única forma de compensarle era dándole todo lo que él deseaba.

Lo que Henry quería, lo que más deseaba en el mundo, no tardó en ocurrir. No cabía en sí de orgullo cuando, dos meses después de la boda, Cassie supo que estaba embarazada.

Cassie no estaba tan encantada como él. Sí, claro que deseaba tener hijos, pero había hecho todo lo posible, sin que Henry lo supiera, para posponer ese momento. Pero sus precauciones habían fallado. Para colmo de males, Lenore se había enterado el mes anterior de que esperaba su cuarto hijo, lo cual significaba que el embarazo de Cassie no podía ocurrir en peor momento. Lenore ya ayudaba poco en el mantenimiento de la casa en condiciones normales. Embarazada, no haría nada en absoluto. Le tocaría a Cassie encargarse de todo. Habría recibido la idea con los brazos abiertos de no haber sido por el miedo que tenía a verse más limitada conforme fuera avanzando su estado.

Durante varios meses, Cassie no dijo nada a los Warren. Se las arregló para sobrellevar las náuseas matinales y el cansancio y trabajó con más ahínco aún en un intento de mostrarse indispensable. Por lo que sabía, Gil todavía no había encontrado el terreno que buscaba, cosa que provocaba en ella sentimientos encontrados. Por un lado, no estaba segura de poder soportar las inconveniencias de una mudanza y del trabajo añadido que eso comportaría para su estado. Por el otro, temía que la casa de Brookline resultara pequeña en cuanto tuvieran que contratar una enfermera y una criada suplementaria para atender las necesidades de la familia mientras ella estuviera indispuesta.

Henry era un gran consuelo. La consentía cuando ella no estaba trabajando y constantemente la apremiaba para que redujera el ritmo de sus actividades. A pesar de que habría preferido comunicar a los Warren el embarazo de Cassie, accedió a los deseos de su esposa en esa materia.

Sin embargo, y sobre todo, Cassie encontraba consuelo en el hecho de saber que su esposo trabajaba para los Warren, en particular durante los momentos de inquietud en los que ella se preguntaba si, tras el nacimiento del bebé, los Warren decidirían que tener un ama de llaves con un bebé no era al fin y al cabo tan buena idea. Aunque sabía que, a pesar del bebé, podía hacer el trabajo, era agradable saber que Henry abogaría por los intereses de ambos durante el breve período de su convalecencia.

En octubre, Cassie no pudo seguir ocultando su estado. De nuevo, como se le antojó natural, se dirigió a Gil, aunque en esta ocasión con una actitud mucho más de disculpa que la que había mostrado el febrero anterior.

Debería haber sabido que Gil no se dejaría intimidar. Al parecer, nada desanimaba a aquel hombre, y menos que nada el motivo de preocupación que turbaba a Cassie. Se mostró encantado e incluso la tomó en brazos y le dio un abrazo. Luego, ante la perplejidad de Cassie, le puso la palma de la mano sobre su estómago ligeramente abultado.

—Tendría que haberlo imaginado —dijo, maravillado, mirando la suave redondez que abarcaba su mano—. ¿Cómo he podido no verlo? —Levantó los ojos y las miradas de ambos se encontraron—.

Serás una hermosa madre, Cassie. —Sus ojos se posaron en sus pechos para volver a alzarse de nuevo—. Una hermosa madre con un bebé hermoso. Henry es muy afortunado.

Cassie se sintió conmovida, exaltada y avergonzada.

—Tendrá usted un nuevo hijo cuando nazca el mío —dijo con un hilo de voz—. Y debo disculparme. Esperaba poder ayudar a la señora Warren con el recién nacido, pero me temo que he calculado mal. Es que Henry se muere de ganas de tener un hijo, aunque estoy segura de que trabajará el doble durante la semana o los quince días en que yo no podré…

—Cassie —la regañó Gil con exquisita ternura—, no tienes que preocuparte por eso. Durante estos últimos cuatro años hemos monopolizado tu vida. Te has ganado un descanso. Me parece que no te has tomado ni un día de vacaciones en todos estos meses.

—Pero es que me encanta trabajar aquí. No me apetece ir a ninguna parte, ni tampoco me apetece ver a nadie. Ustedes son mi única familia.

La voz de Gil le llegó muy tranquila al tiempo que las miradas de ambos quedaron prendidas de la del otro.

—Tienes a Henry. Y pronto tendrás un hijo.

—Pero no es lo mismo. Ustedes son… no creo que pudiera tener tanto estando sola.

—No tendrás que hacerlo —susurró Gil, acariciándole la barbilla con extrema suavidad—. Nos tienes a nosotros. Nada cambiará nunca eso.

A Cassie se le atragantó la respiración y transcurrió un largo minuto hasta que pudo por fin recuperar el habla.

—Pondré todo de mi parte. Se lo prometo. Con hijo o sin él, me encargaré de que todo siga como hasta ahora.

Gil sonrió entonces y a Cassie el corazón le dio un vuelco.

—Estoy seguro de que lo harás, Cassie Morell.

Cassie respondió con una leve inclinación de cabeza y dio un paso atrás, pero antes de poder darse cuenta de lo que él pretendía, Gil se inclinó hacia delante y le rozó la frente con los labios. Con el corazón a punto de salírsele por la boca, Cassie alzó los ojos y lo miró, sorprendida.

—Felicidades, madrecita —le susurró él tan tiernamente que

Cassie dio media vuelta y corrió a ocultar las lágrimas que le velaban los ojos.

Durante los días siguientes Cassie evocó repetidamente esa conversación y los gestos que la habían acompañado. Se dijo que Gil era simplemente un hombre de gran corazón, afectuoso y expresivo por naturaleza. Aun así, no lo veía tocar a su esposa como la había tocado a ella. Ni siquiera tocaba a sus hijos de ese modo. Parecía correr siempre de un lado a otro, cada vez con menos tiempo para su familia.

Si, por motivos personales, Cassie hubiera deseado que la realidad fuera distinta, entendería a aquel hombre quizá mejor que su propia esposa. Gil estaba ganándose las bases, consolidando los apoyos para la campaña de reelección a la que se enfrentaba en el plazo de un año. Al parecer no había compartido con nadie la posibilidad de marcharse del distrito, y si su estrategia política resultaba vagamente engañosa, Cassie no podía evitar ver en ella el experto movimiento político que en realidad era. Sabía que lo mejor que podía ocurrir era que Gil volviera a ganar las elecciones, de lo cual no tenía la menor duda, y luego, cuando se mudara, si llegaba a hacerlo, cumpliera con su deber durante esa legislatura tal y como lo permitía la ley, en vez de ceder el protagonismo a otro durante dos preciosos años. La presencia pública era crucial y eso era exactamente lo que Gil recibía como miembro vocal de la legislatura.

Cassie reparó en muchas caras nuevas presentes en el sinnúmero de cenas que los Warren dieron durante los últimos meses de 1949, y dio por hecho que se trataba de potenciales apoyos procedentes de las afueras de Boston. No sabía, sin embargo, si Lenore era consciente de a qué se debía la presencia de aquellos rostros recién añadidos a la lista de los habituales. Sabía que Lenore no estaba demasiado contenta con las fiestas. La veía encerrarse en sí misma antes y después de cada una. En cierto modo, no la culpaba. Lenore se encontraba físicamente incómoda desde principios de otoño. Había estado sufriendo dolor de caderas, de espalda y tobillos hinchados, a lo que no beneficiaban las largas veladas circulando entre los invitados a las cenas. Aun así, era, con su elegante vestido premamá, una graciosa anfitriona. Y por eso Cassie la admiraba.

Jack y Natalie Whyte acudían a casi todas las fiestas. Lo cierto es que también se prodigaban bastante a la hora de dar fiestas, ocasiones en las que Cassie y Henry echaban una mano a Jonathan y Sarah McNee en casa de los Whyte. Henry en particular disfrutaba con la compañía de los McNee. Aunque Cassie no estaba tan dispuesta a mezclarse con ellos, siempre mantenía los oídos abiertos, atenta a todo lo que decían.

Al parecer, según decía Sarah, el señor Whyte acababa de comprar su cuarto hotel. ¡El cuarto! Henry apuntó que, en ese caso, los tres primeros tenían que estar yendo bien, a lo que Jonathan respondió encogiéndose de hombros y añadió que el señor Whyte tenía detrás a un grupo de inversores y que, a pesar de que uno de ellos se había retirado recientemente, enfadado ante lo que consideraba un cálculo irregular de los beneficios, había muchos más para reemplazarlo.

Sarah apuntó que la señora había sometido a un severo interrogatorio a su marido sobre ese disidente, y la propia Sarah sospechaba que, de hecho, quizá hubiera algo de cierto en el rumor de que el plan de inversiones de Jack Whyte era poco claro. Jonathan hizo notar que el brazo de la ley todavía no había señalado al señor Whyte. Cuando Henry se preguntó si eso sería solo una cuestión de tiempo, Jonathan rápidamente le informó de que el señor Whyte había mantenido un montón de reuniones con sus abogados y que se habían tomado medidas para abordar cualquier problema.

Cassie se quedó preocupada por lo que había oído, pues sabía que Jack Whyte había aportado una importante cantidad de dinero a la campaña de Gil. También se preocupó porque respetaba a Natalie Whyte y porque sabía que si Natalie estaba preocupada, a buen seguro tenía razones para ello. Aun así, las líneas aéreas Whyte Lines seguían creciendo a pasos agigantados, si los informes que aparecían en el periódico eran correctos. Cassie dio por hecho que Jack tenía que estar haciendo algo bien.

Ni que decir tiene que ese «algo bien» que estaba haciendo Jack se ceñía exclusivamente a la esfera de los negocios. Si los breves fragmentos de conversación que le llegaban cuando Natalie estaba en casa visitando a Lenore eran ciertos, Jack era un padre y un esposo tan afectuoso como Gil.

Cassie tenía que estar agradecida. Independientemente de las carencias que Henry pudiera tener, era un hombre atento, tanto que había veces en que Cassie tenía que morderse la lengua cuando creía estar a punto de gritar. Cuando llegaron los primeros días del año era presa de ilógicos arrebatos de mal genio. Se sentía como un globo y parecía haber más trabajo que nunca entre la casa y los niños. Laura y Ben iban ya al colegio, aunque Ben solo medio día, y Cassie disfrutaba gustosa del pequeño Peter, que aprovechaba el tiempo en que los demás no estaban para monopolizar toda su atención. Sin embargo, por las tardes había que atar bien corto a los niños y supervisar las tareas de la escuela al llegar la noche; estaba además la hora del baño y los cuentos para dormir a los pequeños, de modo que cuando volvía al apartamento situado encima del garaje estaba exhausta y a menudo sin aliento.

A finales de enero, Lenore dio a luz a una niña. Gil, que no había ocultado en ningún momento su deseo de tener otro niño, se lo tomó con calma y se fue a Atlanta a visitar el más reciente hotel de Jack. Lenore parecía igualmente feliz con la marcha de su esposo, pues eso significaba que podía quedarse en cama durante horas sin sentirse culpable, lo cual, a su vez, se traducía en que los tres mayores quedaban a cargo de Cassie, algo que no habría resultado ser ninguna novedad de no haber sido por la situación de Cassie.

El bebé, Deborah, era atendido por la enfermera que Gil había contratado por adelantado. Cassie pasaba por la habitación del bebé siempre que podía para coger a la pequeña en brazos, pero esas ocasiones eran infrecuentes debido al sinnúmero de exigencias a las que tenía que hacer frente, incluida la de enseñar a una chica a ocupar su puesto para cuando diera a luz a su propio bebé.

Desgraciadamente, Mary, la chica nueva, no estaba acostumbrada a un hogar tan ajetreado como el de los Warren. Con inquebrantable percepción, los niños no tardaron en captar su desconcierto y en aprovecharse de él, obligando a Cassie a sumar al resto de sus tareas el papel de santa patrona de las nuevas criadas.

Lo cierto es que, en más de un sentido, fue un alivio cuando, tres meses después del nacimiento de Deborah, Cassie logró superar un arduo parto para dar a luz a un niño. Lo llamó Kenneth, en parte porque le gustaba el nombre y en parte porque nadie en su familia se había llamado así. Era perfectamente consciente de la costumbre que imperaba entre los suyos de dar a los recién nacidos el nombre de un familiar muerto y se mostró firmemente decidida a evitarlo.

A pesar de los inconvenientes que representaba tener un hijo tan pronto, Cassie adoró a Kenneth desde el principio. Henry no dejaba de mimarlo, y Cassie lo animó a que tomara parte en la crianza del bebé, pues sabía que necesitaría su ayuda en cuanto se reincorporara a las tareas de la casa. Aun así, adoraba los momentos en los que daba de mamar al pequeño, pues era entonces cuando podía cerrar los ojos y olvidarse de que estaba casada con Henry, fingir que estaba casada con Gil y soñar que su pequeño disfrutaría de las mismas ventajas que cualquier otro Warren.

Ese sueño recibió una inyección de esperanza cuando Gil insistió en que se instalara una segunda cuna en la habitación de los bebés para que Kenny pudiera pasar el día allí cuando Cassie volviera al trabajo. Al principio casi se mostró recelosa, convencida como estaba de que Lenore se opondría a aquel orden de cosas. Pero Lenore, que no había sido capaz de controlar el caos que se había adueñado de la casa durante los diez días en que Cassie había estado ausente, habría hecho casi cualquier cosa, salvo cuidar de Kenny, para que Cassie volviera a hacerse cargo de todo.

Durante los meses siguientes las cosas volvieron en efecto a su cauce. Cassie se organizó para disponer de tiempo para dedicárselo a Kenny, aunque Henry se encargaba totalmente del pequeño durante las horas de la noche en que ella estaba todavía en la casa. Mary, la criada interina, se había marchado en busca de aguas más tranquilas, pero la enfermera se quedó, ocupando la antigua habitación de Cassie. Kenny y Deborah crecían sanos y fuertes. Los demás niños se adaptaron sin problema a su presencia en la casa ya que, gracias a la enfermera, Cassie disponía de tanto tiempo como antes para estar con ellos. Lenore recuperó la esbelta figura de la que tanto se enorgullecía y, por primera vez en lo que Cassie podía recordar, parecía disfrutar de los niños mayores.

El estallido de la primavera llevó con él a Natalie y a sus tres pequeños, que pasaban muchas tardes jugando a la sombra de los árboles del jardín de los Warren con Laura, Ben y Peter. Cassie tomó cariño a Nick y a Mark; vio que Nick era la mente organizadora y

Mark el innovador y apreció a cada uno por lo que era. Sin embargo, Jordan, el rechoncho de tres años, le robó el corazón porque, a pesar de ser tan aventurero como los otros —porque hay que decir que, cuando estaban juntos, cada uno de los seis parecía alimentarse de la energía de los demás, con lo cual el nivel de travesuras era mayor que nunca—, había en Jordan una vena bondadosa que podía con ella. Cassie supuso que debía de haberla heredado de Natalie, aunque no estaba segura del todo, pues la relación que tenía con Jack era mínima.

El contacto entre Natalie y Jack también era mínimo, a juzgar por la cantidad de días que ella y los niños se quedaban a cenar en casa de los Warren. Escuchando a hurtadillas a Lenore y a Natalie, Cassie se enteró de que Jack le había echado el ojo al negocio de la electrónica, concentrándose particularmente en sacarle una buena tajada a la aparición de la televisión. Estaba construyendo una planta en Waltham donde produciría una línea de radios y televisores que, de tener éxito, crecería paralelamente al sector.

Al parecer, Gil estaba apostando fuerte por el proyecto y Lenore, como era de prever, se mostraba nerviosa.

—¿De dónde sacará el dinero? —le preguntó a Natalie presa del desconcierto.

Natalie tenía tan poca idea como ella. Inversores, le decía él siempre. Aun así, Natalie no terminaba de creerle del todo.

—¿De su bufete? —preguntó encogiéndose de hombros.

—Ningún abogado gana tanto. Además, lo que gana como legislador es una ridiculez. Debe de estar pidiéndolo prestado, y si hay alguna posibilidad de que el proyecto fracase...

—No fracasará, Lenore. Jack tiene un sexto sentido para eso. Sabe perfectamente lo que quiere la gente. Lo único que me preocupa es el tiempo que le ocupará este nuevo proyecto. Ya lo vemos bastante poco. No quiero ni pensar en lo que ocurrirá cuando añada un peso más a sus espaldas. No creas que me quejo, no. Vivimos muy bien. Me encanta poder ir a Jay's y comprarme un sombrero sin tener que mirar el precio en la etiqueta, pero si Jack no está nunca conmigo para verlo, ¿de qué me sirve?

Lenore no estaba totalmente de acuerdo con ella en ese punto en particular. Estaba más relajada cuando Gil no estaba en casa y, entre el bufete, las sesiones en la Cámara y los compromisos sociales de los que había sido lo suficiente considerado como para excluirla mientras se recuperaba del parto de Deborah, su ausencia era con mucho la regla y no la excepción. Lo que le preocupaba era que Gil estuviera pidiendo dinero prestado y ofreciendo algo de lo que no existía ningún registro oficial como garantía.

Cuando abordó el tema con Gil, él no se mostró demasiado paciente.

—Vamos, Lenore. Son precisamente esta clase de inversiones las que marcan la diferencia. Puede que me vaya muy bien en el bufete, pero solo hasta cierto punto. Si queremos ir más lejos —añadió acusador, bajando la voz—, y creo que esa era la idea de los dos, eso conllevará un poco de trabajo fuera del despacho.

Estaban en el dormitorio. Gil acababa de volver de una noche en la ciudad y se estaba cambiando de ropa antes de encerrarse a trabajar en su estudio. Lenore estaba en la cama, donde llevaba varias horas con un libro. Ahora el libro estaba abierto boca abajo sobre la manta y tenía las manos tensamente entrelazadas sobre las rodillas.

—Pero ¿no estarás corriendo un riesgo demasiado elevado?

—¿Con la planta de material electrónico? Demonios, no. —Gil se quitó la camisa del esmoquin y la lanzó a una silla cercana. A continuación se dispuso a desabrocharse los pantalones—. Habría invertido en ella antes de haberse presentado la ocasión propicia. No te parece que Natalie esté preocupada, ¿verdad?

—No…

—¿Entonces? —Los pantalones siguieron el camino de la camisa y Gil se volvió, en calzoncillos y camiseta, a coger ropa más cómoda del armario.

Lenore estudió su aspecto.

—Yo no soy Natalie. Yo me… me preocupo.

—¿Acaso te he fallado alguna vez? ¿Alguna vez he hecho algo que haya salido mal?

—No. —Qué extraño, meditó Lenore, que, incluso desvestido, Gil pareciera totalmente invulnerable. Era un hombre duro, arrogante e inflexible.

—Te preocupaste cuando contraté a un primer adjunto, luego

con el segundo, y en ambos casos ha resultado una decisión acertada. Mi volumen de trabajo se ha triplicado con los años, y soy yo —dijo, señalándose el pecho— quien se lleva la mayor parte de los beneficios. —Metió los brazos en un suéter con gesto brusco y rápidamente se paso la prenda por la cabeza.

—¿Y qué pasará cuando Robert y Jay quieran ser socios del bufete?

—Eso ocurrirá cuando yo lo decida. Y, cuando ocurra, será con mis condiciones.

—¿Y si ponen objeciones a tus condiciones?

El discurso de Gil apenas quedó interrumpido cuando con absoluta suavidad se puso unos pantalones.

—Hay muchos otros abogados que darían su brazo derecho por trabajar a mis órdenes. Ni Robert ni Jay son imprescindibles.

A pesar de la insensibilidad de su discurso, Lenore respiró aliviada al ver que Gil tenía intención de seguir llevando las riendas. Ajeno a esa sensación de alivio, Gil se vio espoleado por el silencio de su esposa.

—Te preocupaste cuando decidí presentarme a la Cámara, pero todo ha salido bien, ¿me equivoco? —Casi enojado, se abrochó los pantalones.

—Pero ahora tenemos que volver a pasar por todo eso... la campaña, la espera, las preocupaciones...

—Tú eres la única que se preocupa —declaró Gil, adelantándose hasta el pie de la cama—. A mí me encanta el período de campaña, y la espera no es más que parte de la vida. No sería tan pesada si pudieras relajarte y aceptar que ganaré.

—Siempre estás muy seguro de ti.

—Así es como he llegado a donde estoy. —Se inclinó sobre el pie de la cama y apoyó ambos puños en el edredón doblado—. Un hombre es tan bueno como la imagen que tiene de sí mismo. Yo me veo como un ganador. Desde que cumplí los catorce años y decidí que no tenía la menor intención de pasarme la vida pintando casas como mi padre, me vi como un ganador. Porque incluso en eso, lo fui. Simplemente cuando decidí prosperar, ya fui un ganador. —Entrecerró los ojos—. Prosperidad, Lenore. De eso estamos hablando aquí esta noche. Prosperidad, superioridad económica y poder

—declaró, dándose golpecitos en la cabeza con el dedo—. Y si no tienes cabeza para eso, no eres nada. ¿Es eso lo que quieres, Lenore? ¿Ser nada?

Lo que dejó perpleja a Lenore no fue tanto lo que dijo sino lo que no dijo. «¿Volver a ser... nada?» Rápidamente, negó con la cabeza, ante lo que Gil volvió a incorporarse y respiró hondo.

—Eso me parecía —murmuró antes de volverse de espaldas y salir de la habitación.

La cuestión había quedado pues zanjada. Gil invirtió en la planta de producción electrónica mientras su campaña de reelección siguió adelante a toda marcha. A pesar de que se celebraban pocas fiestas en casa de los Warren, hubo muchas en restaurantes locales o en las casas de aquellos que daban su apoyo a la candidatura de Gil. Lenore volvió a ocupar su sitio junto a Gil, atendiendo a todo aquel a quien él le pedía atender. Gil veía en su reelección de noviembre la mera formalidad que era. El único hombre que tenía alguna posibilidad de hacerle sombra gracias a su dinero decidió retirarse de la contienda en el último minuto, dejando a un empresario local que compitió sin demasiada convicción como oposición a la candidatura de Gil.

Poco después de un mes de esa victoria, Gil mostró a Lenore la escritura de compra de un terreno que acababa de adquirir en Dover, un pequeño pueblo de trabajadores situado a unos cuarenta y cinco minutos al sudoeste de Boston.

Simultáneamente, Jack llegó a Natalie con la escritura de un terreno de similares características colindante con el de Gil. De hecho, los dos hombres habían estado recorriendo juntos la zona y habían comprado los terrenos el otoño anterior. Puesto que habría sido demasiado tarde para que Gil presentara su cadidatura a la Cámara por un nuevo distrito, habían decidido mantener la compra en secreto hasta que Gil hubiera resultado elegido por Brookline.

Natalie estaba encantada. Jack los llevó en coche, a ella y a los niños, a ver el lugar. Se encontraron ante un mundo de ensueño cubierto de nieve y Natalie se enamoró del paraje a primera vista, cosa que encantó a Jack, que era perfectamente consciente de que Natalie estaba cada vez más preocupada por sus ausencias. Para él, la compra del terreno para la construcción de una nueva casa para su familia era una declaración de compromiso con la que esperaba recuperar el favor de su esposa. Y así fue. Y cuando le dijo a Natalie que podría planear la casa desde cero, el entusiasmo que delataron sus ojos le hicieron ver que acababa de comprar todo el tiempo libre del mundo para sí mismo.

También Lenore se mostró encantada... a su manera. No podía negar que el terreno, con sus bosquecillos de pinos y el huerto de manzanos, el prado serpenteante y la inmensa extensión de castaños, arces y robles, era sencillamente espectacular. Llegó incluso a decidir el punto exacto donde quería que estuviera la casa, imaginando un largo camino de acceso al edificio y una imponente fachada. Cuando Gil le dijo que el diseño de la casa quedaría enteramente en sus manos, Lenore se sintió ante un reto tan solo comparable al que se había enfrentado a la hora de decorar la casa de Brookline.

Oh, sí, deseaba vivir allí. Dover rezumaba pequeña aristocracia rural y la simple idea de formar parte de ella era para Lenore un sueño hecho realidad. Aunque... tan cara... el dinero... la hipoteca... ¿además de los gastos que ya tenían?

Por fin decidió no hacer partícipe de una sola de sus dudas a Gil porque tantas eran las ganas que tenía de levantar una casa en aquel maravilloso paraje que dejó que sus deseos pudieran más que la sombra de su propia desconfianza... lo cual no quiere decir que no estuviera preocupada, del mismo modo que puso todo su empeño en razonar y apartar de su mente cualquier preocupación. Al fin y al cabo, comprar un terreno y construir una casa era una sólida inversión. Tendrían algo de auténtico valor. A diferencia de los negocios, el terreno jamás quebraba, como tampoco una casa se veía sometida a unas elecciones cada dos años. Además, el terreno y la casa eran algo de lo que ella podría disfrutar. Bien sabía Dios que a Lenore no le producían ninguna satisfacción ni el bufete de abogados ni la Cámara del Congreso, ¡y menos aún la planta de material electrónico de Jack!

Lenore pasó los primeros meses de 1951 rodeada de arquitectos y constructores. En muchos aspectos estaba más feliz de lo que lo había estado en años porque tenía algo a lo que dedicarse, cierta semblanza de poder. Decidió que su casa sería un gran edificio colonial de estilo georgiano, un modelo de construcción que, a sus ojos, representaba la dignidad y la prosperidad. Habría un garaje para tres coches conectado a la casa por un amplio corredor cubierto de celosías, una gran caseta para el jardinero y una pequeña casa situada detrás del edificio principal para albergar a los Morell.

Cuando llegó a oídos de Cassie la futura construcción de este último edificio, sintió justificado su rígido empeño en quedarse con los Warren. Tendría su propia casa, literalmente y sin ningún gasto personal. Kenny, que estaba a punto de cumplir un año y que no tardaría en empezar a andar, tendría hectáreas de terreno donde jugar cuando se hiciera mayor, buenos colegios donde estudiar y, sobre todo, amigos y vecinos de un gran nivel. No podía haber elegido un entorno más acertado para su pequeño de haber sido una más de los Warren.

Naturalmente, no lo era, pero Kenny podría haberlo sido. Estaba constantemente con Deborah y recibía el mismo trato que ella por parte de la mujer que hacía las veces de niñera y de enfermera y los otros pequeños Warren lo veían como a un igual. De vez en cuando, como ya lo había hecho en un principio, Cassie se preguntaba si a Lenore le molestaba la presencia de Kenny. Después de todo, su pequeño era el hijo del ama de llaves. Pero si a Lenore le molestaba nunca le dijo nada, y si en alguna ocasión Lenore trató el tema con Gil, Cassie nunca llegó a saberlo.

Lo que Cassie sí sabía era que Gil se mostraba siempre increíblemente bueno con ella. Podía entrar en la habitación con el café mientras él estaba en medio de una acalorada discusión con Jack y él la miraba con una repentina sonrisa en los labios. Cassie era de su agrado. La joven se aferraba a esa certeza con el corazón inflamado, consciente de que no había nada en el mundo que ella no hiciera por Gil Warren si él se lo pedía.

Durante esa primavera y el verano siguiente Cassie no recibió ninguna petición especial, al menos por parte de Gil. Aun así, la perspectiva de la mudanza había inspirado los instintos de Lenore, que había decidido hacer una limpieza a fondo de la casa. Se pasaba las horas repasando con Cassie cada uno de los armarios y cajones de los niños, amontonando ropa que después entregaría al Ejército de Salvación. Limpiaron las cómodas y tiraron a la basura platos descascarillados y comida caducada. A Cassie no le importaba el trabajo adicional, pues Lenore estaba mucho más animada de lo que la había visto en los últimos meses. Incluso llegó a sincerarse con Cassie.

—Laura es ya toda una señorita —dijo sosteniendo en alto un vestidito para someterlo a una minuciosa inspección—. Creo que, en cuanto nos traslademos me gustaría enviarla a clases de ballet. —Colocó el vestido a un lado a fin de guardarlo para Deborah. De hecho era un acto meramente mecánico. Lo más probable era que, en cuanto el vestido le fuera bien a la pequeña Deborah, Lenore decidiera que estaba anticuado.

Cassie sonrió de oreja a oreja, imaginando a la femenina Laura dando giros en un escenario.

—Sería una bailarina preciosa.

—Sí, eso creo. ¿Te había dicho que hemos planeado construir un establo? Tenemos mucho terreno y creo que la equitación será un buen desahogo para los niños.

Cassie imaginó en esta ocasión otra imagen, la de Kenny a lomos de un caballo.

—¡Eso sería muy emocionante!

—Mmmm. Dover es región de caballos. ¿Alguna vez has montado a caballo, Cassie?

—Oh, sí —respondió la joven, riéndose al recordarlo—. Era un viejo caballo, pero le encantaba el azúcar. Era de un amigo de mi padre, y Michel, mi hermano, solía llevarme a pasear en él. No tenía silla, así que Michel me montaba a lomos del caballo; en aquel entonces me parecía tan alto que me agarraba aterrada a sus crines hasta que él montaba tras de mí. Entonces me cogía por la cintura y, sintiéndome perfectamente a salvo, emprendíamos el paso.

—Querías a tu hermano.

Cassie amontonó varias camisetas y las colocó con el vestido.

—Oh, sí.

—Guardas maravillosos recuerdos de él.

—Es todo lo que me queda de él. Eso y una foto.

—Qué triste —murmuró Lenore, aunque pensaba en términos más generales que en la tragedia del Holocausto—. Querías a tu hermano y conservas cálidos y maravillosos recuerdos de él, y aun así te fue arrebatado. Yo tenía una hermana, todavía la tengo, pero nunca nos llevamos bien. Ni siquiera ahora nos vemos casi nunca. Es muy triste.

—¿Echa de menos tener relación con ella? —preguntó Cassie.

—Echo de menos la sensación de parentesco.

—Pero ahora tiene su propia familia.

Lenore suspiró.

—Cierto. Aunque no existe ya esa sensación de tener un pasado en común. Me pregunto por qué será que Lydia y yo nunca nos sentimos tan unidas como lo estuvisteis tu hermano y tú.

Cassie sospechaba que sencillamente la personalidad de Lenore no había dado lugar a ello. Sabía que Lenore había perdido a su padre inesperadamente y siendo todavía muy pequeña, y se preguntaba si eso habría afectado su capacidad para crear relaciones íntimas. Siempre parecía poner cierta distancia entre ella y los demás, como temerosa de arriesgar algo más. La relación que mantenía con Natalie era la única excepción.

—Siempre ha tenido a la señora Whyte. ¿No hay en ello una sensación de historia en común?

—Supongo que en cierto modo sí.

—Es como una hermana para usted.

—No sé lo que habría hecho sin ella. Es una amiga de verdad. Aun así, es distinta. —Guardó silencio durante un instante y luego inspiró hondo—. Espero que mis hijos siempre se mantengan unidos. Hay un gran componente de seguridad en el vínculo de sangre. Me gustaría pensar que si a alguno de ellos le pasa algo, los demás acudirán en su ayuda.

—Estoy segura de que así será. Ya lo hacen ahora a su manera.

Pero Lenore parecía haberse puesto tensa.

—Laura es distinta de los niños, y ellos también lo son entre sí. En cuanto a la pequeña, ¿quién sabe cómo será?

—No creo que quiera que sus hijos sean copias exactas entre sí. Precisamente, lo interesante está en sus diferencias. Con el tiempo, cuando reconozcan sus diferencias, aprenderán a apreciarlas. Se mantendrán unidos. Las experiencias que están teniendo ahora, viviendo y jugando en común, les serán de gran utilidad.

Pero Lenore estaba momentáneamente distraída. Su mente se había remontado a veinte años atrás.

—Quiero que aprendan a controlar sus propias vidas para que no tengan que vivir reaccionando a cosas que están fuera de su control.

—¿Y eso es posible? ¿Acaso somos libres del poder de las circunstancias?

Lenore no la oyó, o si lo hizo, prefirió pasar por alto la pregunta filosófica.

—Quiero que sean felices. Que vivan felices y a salvo. —Volvió al presente tras un parpadeo—. ¿Qué quieres tú, Cassie?

—¿Para mi hijo? Lo mismo que usted para los suyos. Felicidad y seguridad.

—Para ti. ¿Qué es lo que quieres?

Cassie tuvo que pararse a pensarlo. Los últimos diez años habían sido testigos de impresionantes cambios en su vida. Durante la mayor parte del tiempo se había limitado a pensar en el momento presente. Pero ¿qué era lo que quería a la larga?

—No estoy segura —confesó por fin.

—Eres demasiado brillante para este trabajo —soltó de pronto Lenore—. Lo sabes ¿verdad?

—No. En absoluto —respondió rápidamente y a la defensiva. Luego sonrió—. Este trabajo es un reto constante.

—Pero podrías estar dedicándote a algo mucho más estimulante, y manejarte tan bien en ello como lo haces aquí, llevando nuestra casa.

Cassie volvió a quedarse pensativa.

—Quizá lo que me gusta de trabajar aquí es la estabilidad que me proporciona. Está el reto, sí, pero también encuentro aquí cierta sensación de… continuidad. Los niños crecen y hacen cosas distintas. El señor Warren y usted crecen y hacen cosas distintas. Pero la familia permanece intacta. Encuentro aquí cierta seguridad oculta que me tranquiliza. —Dedicó a Lenore una mirada contemplativa—. Hubo una vez en que mi vida era un gran signo de interrogación. Quizá lo que busco es un poco de normalidad.

—Pero podrías prosperar en la vida.

—Supongo que prosperar no significa tanto para mí como despertarme por las mañanas y saber dónde estoy y lo que voy a hacer durante el día, y que puedo hacerlo bien. Dejaré a Kenny lo de escalar posiciones en el mundo.

Lenore guardó unos minutos de silencio y simplemente siguió doblando jerséis sobre sus rodillas.

—Qué curioso —musitó por fin—. Mi madre lo sacrificó todo por el bien de Lydia y el mío. Me juré que nunca sería esa clase de mártir, y sin duda no lo soy. Vivo bien, pero quiero más para mis hijos. Más y mejor. Quiero que tengan un pasado, un presente y un futuro. Y quiero que se vean libres del temor de que todo pueda desaparecer en un solo minuto. —Había un sutil desafío en los ojos que alzó para mirar a Cassie—. Entiendes lo que digo, ¿verdad?

No era una pregunta. Era una simple declaración. Durante una décima de segundo Cassie se preguntó si habría en esa declaración algo más que lo que parecía a simple vista. Durante esa décima de segundo, se sintió culpable por todas las veces que había mirado a Gil y se había permitido soñar. Sin embargo, durante la siguiente décima de segundo, decidió creer a Lenore a pies juntillas.

Adoptando su expresión más compuesta, asintió.

—Sí, señora Warren. Claro que sí.

A mediados de otoño de 1951 las casas de Dover quedaron terminadas y las familias se instalaron definitivamente en sus nuevos hogares. Cassie no había subestimado la cantidad de trabajo que implicaba la mudanza, aunque fue otro desafío que encaró de frente. Y, aparte del trabajo adicional implícito en el traslado, resultó estimulante. Todo estaba por estrenar, incluida la acogedora casa de cuatro habitaciones que pasó a ser el hogar de los Morell. Cassie lo pasó en grande decorándola, aprendiendo de lo que Lenore había hecho en la casa grande, transformando los trucos decorativos de Lenore en lo que, según le parecía, podía permitirse y plasmar. Gil les había dado un generoso estipendio para los muebles, y, aparte de la cama que habían encargado mucho antes de la mudanza, Cassie disfrutó sobremanera eligiéndolos sin prisa. Nunca antes había tenido la oportunidad de encontrarse disfrutando del placer de empujar a Kenny en su cochecito en compañía de Henry una tienda tras otra hasta las compras finales.

También Lenore disfrutaba yendo de tiendas, aunque lo que la llenaba de alegría y orgullo era lo que compraba. Cierto, cuando por fin la casa quedó concluida tanto por dentro como por fuera, estaba plenamente convencida de que era la más hermosa en kilómetros a la redonda. Naturalmente, nunca se lo dijo a Natalie, que estaba tan orgullosa como ella de su propia casa.

Natalie había optado por una réplica de una vieja granja de piedra, aunque el edificio en sí no tuviera nada de rústico. Alardeando de todas las ventajas modernas, era un lugar limpio y reluciente. Era sin duda mucho más amplia que la casa colonial de Lenore y soportaba bien el fragor de los correteos de seis pies incansables. En vez de los techos altos de las habitaciones de Lenore, las de Natalie tenían techos más bajos que aumentaban la sensación de calidez.

Y es que eso era precisamente lo que Natalie quería: calidez. Quería una casa que reflejara su ideal de un entorno familiar. En eso quizá estuviera recordando los días felices de su más temprana infancia, la intimidad que había disfrutado con su padre, la sensación de proximidad. En aquel entonces estaban solos ellos dos, y aunque habían contado con los muebles más pobres imaginables, reinaba en la casa una sensación... una sensación que ella quería volver a captar... una sensación con la que persuadir a Jack para que pasara más tiempo con ellos.

Durante un tiempo pareció que todo iba bien. La casa era también una novedad para Jack, pero sobre todo era un motivo de orgullo. Quería abrir las puertas de la casa a sus invitados para alardear de su trofeo, y eso fue lo que hizo. Se celebró una fiesta poco después del día de Acción de Gracias, una fiesta antes de Navidad y otra a mediados de enero, todas generosamente servidas, con camareros de sala, de barra y flores en abundancia.

Natalie ya no preguntaba si podían permitírselo. Había decidido que Jack sabía lo que hacía y que cuestionarlo sería el equivalente a mostrar una falta de confianza en él que, a su vez, provocaría su ira, y eso era lo último que quería. Se mostró perfectamente de acuerdo con cada una de las fiestas, sumándose tanto como Jack al espíritu festivo de las ocasiones, de modo que quedó totalmente sorprendida ante la escena que se produjo el primer día de abril, apenas seis meses después de que la familia se hubiera instalado en Dover.

El motivo de la fiesta era el primero de abril, aunque de hecho el verdadero motivo fue el pistoletazo de salida de la campaña electoral de Gil en un nuevo distrito. La casa de los Whyte estaba llena hasta los topes. Jack había invitado a amigos, vecinos y socios de sus diferentes empresas, así como a amigos de los Warren, a clientes y colegas de Gil y a los residentes más notables de las comunidades de los alrededores. Tres camareros de barra, uno en el salón, otro en el gran solárium caldeado y otro en la biblioteca, servían licor en abundancia mientras camareros de blanco, con guantes, se movían entre la multitud con bandejas de plata llenas de todo tipo de entremeses imaginables. Se sirvió un bufet ya entrada la noche, al que siguieron más copas para aquellos lo bastante fuertes como para seguir bebiendo.

Uno de los invitados lo era y siguió haciéndolo. Después los invitados se preguntarían quién era. No estaba invitado y tampoco era un invitado de algún otro invitado. Al parecer había estado presente durante toda la velada aunque nadie lo conocía. Aunque él sí conocía a su anfitrión.

—¡JACK WHYTE! —se oyó su penetrante grito en medio de la noche. Tuvo que repetirlo varias veces, y en varios tonos, hasta que Jack, que estaba al otro lado de la habitación con un círculo de invitados, miró a aquel hombre bajo y corpulento—. Quiero proponer un brindis —vaciló el hombre, cerrando los ojos con fuerza durante un instante para recuperar la sobriedad. Alzó su vaso y lo sostuvo, balanceándolo, en el aire.

El profuso parloteo de las conversaciones había remitido cuando Jack había levantado la mirada, desvaneciéndose luego del todo, de modo que en ese instante solo algún murmullo ocasional rompía el silencio. Aunque se levantaron varios vasos, cierto recelo parecía prevalecer entre los presentes.

—Por Jack Whyte —empezó el hombre, levantando tanto la voz como para atraer la atención de las demás habitaciones—, el hombre que por decisión propia dio al traste con lo que podría haber sido una muy próspera… próspera empresa…

Se oyó un leve jadeo procedente de algún punto de la habitación y los vasos que se habían alzado volvieron a descender, aunque el hombre siguió hablando.

—Por ti, J…jack Whyte. Ojalá ardas en el infierno, hijo de p…perra…

—¿Quién es…?

—¿Con quién ha venido…?

—Está borracho…

—¿Borracho? —bramó el hombre—. ¡Claro que no! Solo J…jack Whyte puede emborracharse con la sangre de otro hombre…

Jack, que hasta entonces se había quedado de piedra donde estaba, empezó a cruzar de pronto la habitación, como lo hicieron Gil y varios de sus amigos más íntimos. En cuestión de segundos, le habían quitado al hombre el vaso de las manos, dejándolo en una tercera mano, y se lo habían llevado cogido de los brazos y prácticamente en volandas, haciéndolo desaparecer por la puerta.

—¿Alguien conoce a este hombre? —gritó Jack por encima del hombro—. Está borracho y necesita que lo lleven a casa. —Al ver que nadie respondía, Jack llamó a Jonathan McNee, quien de inmediato se adelantó—. Quiero que lleves a este hombre…

—No quiero ir a c…casa —se lamentó el hombre.

Jack le habló con suavidad, consciente del público que presenciaba la escena.

—Ha bebido usted demasiado. Mi hombre lo llevará a casa y lo dejará allí sano y salvo. Si ha venido en coche, yo me encargaré de que se lo lleven mañana. —Bajó entonces la voz—. Jonathan, echa un vistazo a su cartera. Necesitaremos una dirección.

Lo que Jack necesitaba era también un nombre, que consiguió en cuanto Jonathan cogió el documento de identificación de la cartera del hombre. Miró en silencio a Gil, le mostró la dirección a Jonathan y luego volvió a meter la cartera en el bolsillo delantero de la chaqueta del tipo. Sin una palabra más, dos de los amigos de Jack condujeron al hombre por la puerta seguidos de cerca por Jonathan.

Cuando Jack volvió a reunirse con sus invitados, las conversaciones se fueron animando poco a poco. Jack se movió entre la multitud, expresando sus disculpas por el suceso que había perturbado la noche, aunque hubiera sido durante un instante tan breve. En cuanto llegó al círculo del que se había separado, el incidente parecía haber quedado olvidado.

Sin embargo, el impacto de lo sucedido siguió presente en Natalie, que temblaba tanto que rápidamente se disculpó y escapó al tocador de señoras. También Lenore se había puesto tan pálida que alguien le llevó de inmediato un brandy.

—¿Quién era? —preguntó Natalie.

La mirada de Jack buscó la de Gil.

—Se llama Hiram Buckley. Supongo que debe de tener algo que ver con Buckley Engineering, ¿no?

Gil asintió. En calidad de abogado de los distintos negocios de Jack, conocía muchos más detalles de los mismos que el propio Jack.

—Hace unos meses le arrebatamos un importante contrato gubernamental.

—¿Un contrato gubernamental? —repitió Natalie, aunque miraba ya a su esposo—. ¿Qué contrato gubernamental?

—Para la producción de repuestos electrónicos. Los hemos estado fabricando en la planta.

Lenore se removió en la silla en la que se había derrumbado.

—Creía que estabais fabricando televisores.

—Y así es —dijo Jack—. Pero también estamos haciendo un trabajo especial para el gobierno.

—¿Qué clase de trabajo especial? —preguntó Natalie.

—Oh —respondió Jack, agitando una mano para indicar la insignificancia del asunto—, recambios para reactores… y otro material militar. —La guerra de Corea, por no mencionar el temor cada vez más general a los rusos, que hacía apenas dos años habían probado su primera bomba atómica, estaba resultando una mina de oro para la industria. Naturalmente, Jack no tenía la menor intención de hacer partícipe de ello a su esposa. Aunque Natalie había sobrellevado la última guerra bastante bien, Jack sabía que era, ante todo, un alma que abogaba por la paz.

Gil recondujo rápidamente la conversación.

—Por lo que he oído, Buckley creía tener cerrado el contrato. Se puso furioso cuando lo conseguimos nosotros.

—¿Qué ha sido de su empresa? —preguntó Natalie.

Jack se encogió de hombros y miró a Gil, que respondió:

—Ha cerrado.

—¿Por culpa del contrato gubernamental?

—Hacía aguas de todos modos. La pérdida del contrato gubernamental no fue más que la gota que colmó el vaso.

Lenore rodeó el vaso de brandy con ambas manos y clavó la mirada en el resto de bebida que todavía le quedaba. Lo que había bebido hasta entonces no había bastado para hacerla entrar en calor. Se sentía tan helada como siempre.

—Entonces… ¿no tiene nada?

—Hiram Buckley no es asunto nuestro —le informó Gil bruscamente.

—Pero está arruinado. ¿No te preocupa eso aunque solo sea un poco?

—El cierre de una empresa es siempre desafortunado para la gente implicada, pero la de Buckley habría cerrado antes o después incluso aunque hubiera logrado ese contrato.

—Así es la libre empresa —añadió Jack—. Solo sobreviven los más fuertes. —Se volvió entonces hacia Gil—. Y eso es precisamente lo que más me importa. ¿Crees que nos habrá causado algún perjuicio?

Gil se frotó la nuca.

—No sabría decirlo. Ya era muy tarde. Mucha gente se había ido antes de que Buckley hiciera la escenita. Supongo que le llevó todo ese tiempo acumular las agallas suficientes.

—O todo ese alcohol. ¿Cómo demonios entró? —preguntó Jack, mirando ceñudo a su esposa.

—No lo sé —fue la respuesta de Natalie—. Supuestamente tú debías conocer a todos los invitados. Un tercio de ellos me resultaban totalmente desconocidos. ¿Cómo iba yo a saber que había uno que no había sido invitado?

Gil se interpuso entre marido y mujer y levantó las manos con gesto conciliador.

—En cualquier asunto importante siempre aparece algún aguafiestas. No me cabe duda de que los hemos tenido en el pasado.

—¡Pero ninguno ha hecho nunca lo que Buckley ha hecho aquí esta noche! —argumentó Jack—. Tu actividad para que consiguiéramos ese contrato es tanto o más evidente que la mía. La gente debe saberlo. Demonios, si no te preocupa el daño que esto pueda hacer a tu campaña, a mí sí me preocupa mi reputación…

—Tranquilo, Jack. No era más que un chiflado que obviamente estaba muy borracho. Creo que ha ofendido a todos haciendo lo que ha hecho después de pasarse la noche aprovechándose de tu hospitalidad. Además, había otros empresarios en la fiesta. Saben muy bien dónde pisan.

—¿Y están al corriente de lo de Buckley? Creo que deberían saberlo. Creo que deberíamos hacer correr la noticia de que había llevado a su empresa a la ruina mucho antes de haber perdido ese contrato.

—¿Y ponernos a la defensiva? Eso sería exactamente lo que Buckley quiere. No, Jack. Estás enfadado. Eso es todo. Cuando te calmes estarás de acuerdo en que lo mejor será dar de lado a lo ocurrido. Si le damos importancia, no conseguiremos más que atraer la atención sobre algo que quizá la gente ya haya olvidado. Además, nosotros somos los que estamos por encima. Sabemos que un gusano como Buckley no puede hacernos ningún daño.

Jack le dedicó una mirada de fastidio.

—Supongo que tienes razón, aunque eso no signifique que no me gustaría poner a ese tipo contra la pared más próxima y pegarle un tiro…

9

Robert Cavanaugh garabateó una gran estrella en su calendario el día en que el experto en balística del departamento volvió de vacaciones y estudió con atención las balas que habían terminado con la vida de Mark Whyte y Deborah Warren. Cavanaugh llamó dos veces al hombre en lo que iba de mañana para exigirle dedicación prioritaria y estaba prácticamente apoyado sobre su hombro cuando concluyó el análisis.

—Interesante —comentó Leo Bachynski, incorporándose de su mesa de trabajo con una de las balas en la mano—. Es del mismo calibre que la que encontrasteis en el cuerpo.

—¿Pero?

—Las ranuras están distorsionadas. —Hizo girar la bala en la palma de la mano—. Similares, aunque distintas.

—Lo que significa —concluyó Cavanaugh con una nota de victoria en la voz— que se utilizó un silenciador.

El técnico en balística se mostró de acuerdo.

—Eso parece. Al menos no hay nada que pruebe que la bala no se disparó desde la misma arma. Diría con seguridad que fue un silenciador el que causó la diferencia que se observa entre las ranuras de ambas balas.

Cavanaugh ya estaba pensando más allá. Aquella era la primera pista concreta que tenía de que las muertes no habían sido autoinfligidas. No había modo posible de que Mark Whyte pudiera haberse causado la muerte de un disparo y luego quitar el silenciador del arma y deshacerse de él. Aun así, precisaba corroborarlo.

Su siguiente parada fue la oficina del forense. Desgraciadamente, el responsable, Nicholas Carne, estaba trabajando. El hedor que llenaba la habitación era casi tan abrumador como el hálito de muerte. En todos los años que llevaba en el departamento, Cavanaugh tampoco se había acostumbrado a él.

Naturalmente, Carne sí, y no recibió de buen agrado la inoportuna interrupción.

—Ahora no puedo hablar, Cavanaugh.

—Es importante.

—¿No puede esperar una hora?

—Si quiere que vomite encima de su cadáver, sí, puede. Necesito esto rápido o ambos estaremos metidos en un lío.

A pesar de que Carne le lanzó una mirada furiosa por encima de las gafas, finalmente se incorporó. Se arrancó los guantes quirúrgicos y, lanzándolos a un cubo de basura, se estiró para apagar el micrófono que tenía sobre la mesa. Luego se puso las gafas en la coronilla, se llevó las manos a la cintura y suspiró impaciente.

—De acuerdo. ¿Qué pasa?

—El caso Whyte-Warren. Usted hizo las autopsias, ¿verdad?

—Mi nombre aparece en el informe.

—Tiene algunos adjuntos. Quiero saber quién fue el encargado de hacer el trabajo.

—Lo tiene delante.

—Gracias —dijo Cavanaugh, sin hacer el menor esfuerzo por enmascarar su sarcasmo. Nunca le había caído bien Carne, que a su vez le guardaba un evidente resentimiento.

—¿Y bien?

—Ha aparecido una nueva prueba que indica que se trató de un asesinato.

—Ya, claro. Whyte mató a su esposa.

—No. Alguien los mató a los dos. Necesito echar un segundo vistazo a esas autopsias.

—Ya tiene los informes.

—No me dicen gran cosa, al menos nada que sugiera un doble asesinato.

—En ese caso, no había nada.

—¿Puede recordar las autopsias?

—Jesús, ¿sabe acaso cuántas autopsias he hecho en este último mes? Los pirados salen de debajo de las piedras durante el verano.

—Escuche, Carne, sé que está hasta arriba de trabajo, pero yo estoy igual y esto es importante. Necesito saber si hubo algo que pudiera haber resultado extraño en esos dos cuerpos.

—De haber visto algo, lo habría incluido en el informe.

—Estoy hablando de algún pequeño detalle, algo que quizá considerara insignificante en su momento y que ahora, a la luz de un posible homicidio, pudiera interpretar de forma distinta. —Percibiendo la amenaza de una inminente rebelión, prosiguió sin pensarlo dos veces—. Y no crea que estoy criticando su labor. Es que este es un caso difícil. Ya conoce a las familias implicadas. Si el departamento pasa por alto aunque sea el detalle más nimio, estaremos metidos en una buena.

A pesar de lo mucho que Carne detestaba la intrusión en lo que consideraba su dominio personal, tenía el suficiente sentido común para comprender la argumentación de Cavanaugh. Soltó un bufido y volvió la cabeza hacia el micrófono.

—Tengo las copias. Si vuelve dentro de una hora…

—Ahora. Las necesito ahora. —Y no es que una hora fuera a cambiar nada en el caso, pero Cavanaugh sentía que ya había perdido demasiadas horas esperando el regreso del técnico en balística. Una hora era más de lo que se sentía capaz de soportar en ese momento.

—No pienso dárselas así, sin más —le advirtió Carne con un gruñido, aunque dirigiéndose despacio hacia un despacho adjunto—. No sabría qué hacer con ellas. Aquí el experto soy yo. Si hay algo que encontrar en ellas, seré yo quien lo haga.

Cavanaugh no dijo nada. Se quedó pacientemente donde estaba mientras Carne abría un archivador, estudiaba su contenido y sacaba una carpeta. La puso sobre la mesa, volvió a ponerse las gafas sobre el puente de la nariz y empezó a estudiar las notas. Sacudió la cabeza y pasó una página, rápidamente leyó la segunda, volvió a sacudir la cabeza y pasó para ver la tercera.

Al ver que tardaba más en sacudir la cabeza, Cavanaugh se alertó.

—¿Ha visto algo?

—No lo sé —masculló Carne. Frunció el ceño, miró más allá de la mesa, a nada en particular, y luego volvió la mirada a la carpeta.

—Sueño. Podría no ser nada. Siempre existe la posibilidad. Pero si quiere mirarlo de otro modo...

—¿De qué demonios está hablando?

Carne levantó la mirada.

—Había legañas en los ojos de Mark Whyte. Mucosa seca. Arena. Ya me entiende —añadió, metiéndose el dedo por detrás de las gafas y fingiendo retirarse algo del extremo interno del ojo—, eso que tenemos que quitarnos por la mañana.

Cavanaugh podría haberse ahorrado la demostración.

—¿Podría haber sido causado por una alergia, un resfriado o algo parecido?

—Ni hablar. El tipo no tenía nada activo en el cuerpo.

—Si había legañas en sus ojos, deberíamos suponer que estaba durmiendo cuando le dispararon.

—Deberíamos suponer que había estado dormido en algún momento de esa noche —lo corrigió Carne con evidente satisfacción—. Podría haber estado dormido y que lo hubieran despertado y... —estiró el dedo índice desde el puño y apretó un gatillo imaginario— bang. Así que en realidad no tiene nada nuevo.

Pero no era así. Cavanaugh sabía ahora lo del silenciador. Y eso, sumado a lo que Carne le estaba diciendo, se anunciaba prometedor.

—Es otra pequeña prueba en contra de la teoría del suicidio —dijo, entusiasmado—. Nadie se va a dormir y duerme profundamente, cosa que Whyte a buen seguro estaba haciendo, siendo consciente de que iba a matar a su esposa y a suicidarse después. Por las muestras de sangre y los estudios de los tejidos, sabemos que no estaba borracho, que no se había tomado ninguna pastilla ni había consumido ninguna droga...

Carne lo interrumpió.

—Un momento.

Volvió entonces a concentrarse en la copia, leyó un poco más y luego puso el documento encima de la mesa y miró a Cavanaugh con aire satisfecho.

—Aquí está. Si hubiera leído el informe, lo habría visto.

—¿Qué?

—Edema corneal.

—¿Y qué demonios es eso?

—Una inflamación de la córnea que normalmente ocurre durante el sueño. No siempre tomo esa clase de medición, pero cuando existe la posibilidad de consumo de drogas, estudio los ojos con mucha atención.

—¿Encontró lo mismo en su mujer?

Carne hojeó más documentos, leyó un poco y luego asintió.

—Este edema, ¿no podría ser sencillamente resultado de la muerte?

—No.

—¿Puede alguien despertarse, pegar un disparo certero a otra persona y hacer lo propio consigo mismo en el plazo de un minuto y aun así tener un edema de córnea?

—Es posible, aunque no probable.

Cavanaugh soltó un suspiro. Por una vez, tratar con Carne había valido la pena.

John Ryan, al que Cavanaugh fue a ver a continuación, se mostró sorprendentemente cauto al tener noticia de esos dos nuevos giros en la investigación.

—Sin el silenciador, parte usted de una mera suposición. Bachynski solo pudo suponer que se empleó un silenciador. Esas balas podrían haber sido disparadas por un arma totalmente distinta. En cuanto a Carne, probabilidad frente a posibilidad no probará nada en un tribunal. ¡Necesita algo más! —replicó.

—Por supuesto. Acabo de empezar. —Y Ryan le había dicho en un primer momento que se tomara su tiempo. ¿A qué venía ahora tanta impaciencia?

—Se va a la costa, ¿verdad?

—El lunes por la mañana. —Era jueves. Tal como estaban las cosas, tendría que trabajar hasta altas horas de la noche para quitarse de encima el resto de casos que llevaba y seguir en California hasta terminar el registro. A Jodi no iba a hacerle ninguna gracia. Tenían planeado ir a pasar el domingo a Maine, y todo parecía indicar que tendría que trabajar. Quizá la madre de Jodi decidiera bajar a la ciudad a pasar el día, o quizá Jodi decidiera ir de compras o supervisar a alguno de sus alumnos para mantenerse ocupada. Eso a veces ocurría durante el fin de semana...

—Bien. Ahí tiene que haber algo.

—Si es así, lo descubriré.

—Regístrelo todo. Desmenuce la casa. Estudie todo aquello entre lo que ni siquiera parezca que haya la más remota relación.

—Sabe que lo haré —dijo Cavanaugh, reprimiendo su irritación. No necesitaba que Ryan le dijera cómo tenía que hacer su trabajo.

—Me están presionando mucho con este caso, Cavanaugh. Holstrom está hasta arriba de llamadas de los Whyte y de los Warren.

—Me he puesto en contacto con Jordan Whyte. Va a intentar que los dos peces gordos de la familia se relajen un poco.

—Jordan Whyte. Menudo bastardo rastrero. Si está cooperando con usted probablemente tenga algo que ocultar.

—Si es así, lo descubriré.

—Hágalo, Cavanaugh. Ya sabe lo que nos jugamos con este caso.

Oh, sí. Cavanaugh estaba perfectamente al corriente de lo que estaba en juego. Un jefe de homicidios a punto de jubilarse. Alguien necesario para ocupar su puesto, preferiblemente alguien del departamento. Más dinero, más poder, más prestigio.

Y venganza.

—Vamos, Bob —saltó Jodi cuando pasó la mañana del domingo y Cavanaugh la informó de que tenía que pasar al menos parte del día en la oficina—. Me prometiste que nos tomaríamos el día libre. Llevas toda la semana haciendo horas extras. ¿No crees que te mereces un respiro?

Desgraciadamente, la madre de Jodi había decidido no bajar a la ciudad. Tampoco había surgido ninguna otra distracción que la mantuviera ocupada.

—Una cosa es lo que merezco —afirmó Cavanaugh—. Y lo que tengo que hacer, otra muy distinta. Y lo que hoy tengo que hacer es sacarme de encima un montón de papeleo que tendría que haber ordenado ayer.

—No es propio de ti retrasarte.

—No todos los días tengo entre manos un caso como el Whyte-Warren.

—Quizá le estés dedicando demasiado tiempo. Quizá estés intentando encontrar cosas que simplemente no existen.

Cavanagh negó rápidamente con la cabeza.

—No. Las cosas existen. Pero todavía no he dado con las adecuadas.

—¿Cómo puedes estar tan seguro? Maldita sea, Bob, sigues mirando fotografías y revisando archivo tras archivo, y no estás llegando a ninguna parte.

—No es cierto. Estoy enterándome de cosas sobre esos tipos que la gente de la calle desconoce.

Jodi estaba tan decepcionada por haber tenido que suspender sus planes y tan molesta con Bob que ni siquiera intentó guardar un mínimo de cautela.

—¿Como qué, por ejemplo?

Cavanaugh sentía que tenía que justificarse.

—Como el hecho de que Gil Warren ganara sus primeras elecciones quitándose de en medio a sus rivales más fuertes.

—¿A qué clase de necio se le puede convencer de que deje de hacer algo que quiere hacer?

—A todo aquel a quien se le prometa algo mejor... como un trabajo chollo con alguno de los amigos de Warren.

—¿Whyte?

—Entre otros. Naturalmente, se me escapa que alguien pueda querer trabajar con Whyte. Dinero sucio donde lo haya.

—¿Qué quieres decir? —Aunque ya habían hablado en alguna ocasión del contrabando de licores al que se había dedicado el padre de Jack, la mirada de asco que Jodi vislumbró en los ojos de Bob le indicó que Cavanaugh tenía algo más en mente.

—A finales de los años cuarenta y a principios de los cincuenta, sus empresas se expandieron demasiado deprisa. ¿De dónde sacó el dinero?

—No lo sé —respondió Jodi, confusa—. ¿De dónde?

—Oh, vamos. Utiliza tu imaginación.

—¿De un banco? ¿Inversores? ¿Amigos? ¿Beneficios? —Jodi guardó silencio, sabiendo a la perfección lo que Bob estaba pensando—. ¿Tienes alguna prueba de que lo sacara de la Mafia?

—¿Prueba? —Cavanaugh arrugó la nariz como si no pensara que tener una prueba importara, aunque respondió con toda sinceridad—. No.

—Entonces, ¿qué sentido tiene sugerir algo así?

—De acuerdo —dijo Cavanaugh, esta vez más directo—. Tengo pruebas sobre otra cosa. En el año 1951, cuando aquí la gente estaba tan asustada ante la amenaza de la bomba atómica que los niños se refugiaban debajo de sus pupitres en las escuelas cuando pasaba un avión mientras sus padres construían frenéticamente refugios antiaéreos, Jack Whyte suministraba espectrógrafos de rayos beta al gobierno para que los utilizara en el desarrollo de la bomba H. Más y más potente armamento. Y le sacó suculentos beneficios.

—Hubo quien argumentó que necesitábamos la bomba más potente para mantener nuestra supremacía sobre Rusia.

—¡Y yo que te creía una palomita inocente! ¿Pero tú de qué lado estás?

—Del tuyo, Bob, pero no puedo evitar preguntarme si no estarás dejando que tus propios prejuicios te estén jugando una mala pasada en este caso. —Jodi lo había visto, una noche tras otra, revisando documentos con una intensidad que jamás le había conocido.

—Simplemente te informo de lo que Whyte y Warren hicieron en aquella época. Podrás imaginar lo que han estado haciendo desde entonces.

—Pero ¿qué importancia tiene eso para el caso?

—La tiene. Sé que la tiene. Estoy seguro de que en cuanto conozca los hechos, todo se aclarará. Pero no puedo conocerlos hasta que me libere de otros casos. Mañana me voy a Los Ángeles…

—Precisamente por eso te quiero hoy para mí —dijo Jodi, lastimera—. Estarás fuera… ¡Dios sabe cuánto tiempo!

—¡Ya hace tiempo que tendría que haber estado allí!

—¿Es que no tenemos derecho a estar juntos de vez en cuando?

—Soy policía. Los policías no trabajan de nueve a cinco. Ya lo sabías, como también sabías lo que mi trabajo significaba para mí cuando nos conocimos. Mi trabajo antes que nada. Es así de sencillo.

—Entiendo —dijo Jodi con voz queda. Luego dio media vuelta y se dirigió sin perder la calma al armario donde había dejado su cartera, se la colgó del hombro y salió del apartamento.

Cavanaugh se marchó a Los Ángeles la mañana siguiente, llevándose encima no solo el peso de la investigación sobre el caso Whyte-Warren sino la carga emocional de su relación con Jodi.

Jodi se había marchado del apartamento antes de las diez de la mañana del día anterior y todavía no había vuelto cuando él se fue a trabajar a mediodía. Cavanaugh había estado trabajando concienzudamente y con esmero en el papeleo acumulado, una tarea que se le había hecho más pesada que nunca. Le gustaba el trabajo de campo y tener entre manos un caso como el Whyte-Warren, en el que veía estimulado su intelecto. Rellenar formularios e informes no era precisamente la idea que tenía del trabajo creativo policial, aunque sabía que era una tarea necesaria. Aquel domingo en particular le había resultado doblemente pesada.

Le habría gustado estar en Maine con Jodi. Llevaba mucho tiempo esperando esa excursión porque Jodi lo relajaba y porque con ella lo pasaba bien. Ya habían hecho muchas excursiones antes y a Bob le gustaba sentir cómo ella enlazaba su brazo con el suyo mientras paseaban por la playa o hablaban en voz baja en algún pequeño restaurante delante de un cucurucho de almejas fritas.

También deseaba hacer esa excursión porque era consciente de lo importante que era para ella, y se sentía culpable. Así que, después de habérselas visto y deseado con sus formularios hasta librarse del último, cedió al impulso, pasó por el puerto a comprar un cucurucho de almejas fritas y lo llevó con él a casa, a Charlestown.

Pero Jodi todavía no había vuelto.

Entonces Cavanaugh se enfadó. Se comió hasta la última almeja, tuvo una indigestión y no le quedó más remedio que recurrir a la Mylanta. Se paseó por el apartamento preguntándose dónde estaría Jodi y cuándo volvería. Se la imaginó por ahí con otro y conoció el sabor de los celos, y después el del miedo.

Pero cuando, a última hora de la noche, Jodi por fin apareció, y ni siquiera dio la menor explicación de dónde había estado, el orgullo le impidió tantearla. Se comportó como si ella estuviera en todo su derecho a ausentarse durante un día entero sin justificar su tiempo, cosa que, como él sabía, ella hacía, aunque le enfureciera reconocerlo. Compartieron la gran cama común esa noche sin tocarse ni hablar, y Cavanaugh se fue al aeropuerto por la mañana con apenas un mecánico beso de despedida.

Mientras el avión planeaba hacia el oeste, Cavanaugh sufría. Quería a Jodi. También adoraba su trabajo. Agonizaba, preguntándose si podía tener las dos cosas según los términos que él había establecido. Jodi no era idiota; era una mujer afectuosa con mucho que ofrecer a un hombre, y aunque había sido comprensiva con su trabajo durante los últimos tres años, Cavanaugh temía que estuviera perdiendo la paciencia. Quizá no debería haber sido tan brusco con ella, diciéndole que su trabajo era su prioridad número uno. ¡Pero es que era cierto, maldición! ¡Era su vida!

Y Jodi... ¿qué era para él? Demonios, no lo sabía.

Si Buddy Annello y Sharon Webber, los dos detectives con los que viajaba, lo vieron particularmente ensimismado durante el vuelo, probablemente pensaron que estaba dándole vueltas al caso, pues no le molestaron en ningún momento. En cuanto el avión tomó tierra en Los Ángeles, Cavanaugh se metió de lleno en la investigación.

Tanto fue así que apenas tuvo tiempo de pensar en Jodi durante los cinco días que estuvo fuera de casa.

El sol de finales de agosto atrajo a más gente que nunca a Martha's Vineyard. Jordan había alquilado un pequeño aparato que, simplemente por una cuestión de orgullo, se había encargado de que no fuera uno de la compañía de su padre, para volar con Katia desde Nueva York. El hecho de que los vuelos regulares estuvieran tan llenos explicaba solo en parte su decisión. Quería disfrutar de la comodidad de elegir el horario de vuelo que más le conviniera. Además quería tener a Katia para él solo. Y no es que tuviera en mente nada ilícito, pues tenía sumo cuidado en evitar cualquier situación de esa índole entre ambos, sino que disfrutaba tanto de la compañía de ella que ni siquiera quería compartirla con la azafata. También cabía la posibilidad de que quisiera impresionarla, o, para ser más exactos, lograr que el tiempo que Katia pasara con él fuera lo más agradable posible. Un vuelo chárter, eso al menos, con sus mullidos asientos de terciopelo, el bar y la pequeña cocina, lo consiguió.

En cuanto tomaron tierra se dirigieron directamente al terreno que Jordan había comprado. El viejo hotel Marshall Arms estaba enclavado en un punto privilegiado de West Tisbury. Ocupaba una parte de la playa de Vineyard Sound y, con el terreno adyacente que Jordan había comprado, su dominio se extendía tierra adentro, incluyendo zonas más boscosas de pinos y robles. Jordan quería que Katia viera el terreno in situ antes de que el viejo hotel fuera derruido. Ahora, delante del edificio, Katia sacudía la cabeza, maravillada.

—Qué preciosidad. —Amplió el objetivo de su mirada para abarcar el terreno que se extendía más allá del hotel—. Pero eso es precisamente lo que me resulta tan extraño. Me cuesta creer que este hotel haya estado cerrado durante dos años y nadie lo haya pillado antes. Teniendo en cuenta la cantidad de gente que atrae el Vineyard y el hecho de que este extremo de la isla sea mucho más tranquilo que las demás zonas que rodean Degartown y Oak Bluffs, es la zona lógica para construir un conjunto residencial.

—Los últimos dueños del hotel no disponían del capital suficiente para meterse en algo tan grande. Y no creas que no ha habido más constructores detrás del terreno. Es que no han tenido ni la paciencia ni los recursos para llevarse el gato al agua. Llevo un año trabajando con la gente del pueblo para cerrar el tema de las ordenanzas locales. Aquí la gente cuida mucho sus recursos. No les entusiasmó la idea de la venta de propiedades. Se imaginaban algo demasiado llamativo.

Katia entrecerró los ojos, intentando protegerse del sol, y miró a Jordan. Con sus vaqueros y su camiseta, resultaba muy atractivo en medio del terreno que tenía delante, aunque con un estilo ligeramente canalla.

—¿Qué es lo que tienes en mente?

—Veamos. —Jordan plantó los pies en la arena y gesticuló con las manos al tiempo que miraba el antiguo hotel—. Todo eso va abajo, y la nueva estructura se levantará un poco más retirada de la playa para respetar los criterios de los ecologistas. Imagino algo más bajo, más moderno…

—¿Moderno? Pero si el encanto de Vineyard es precisamente el estilo típico de Nueva Inglaterra.

—Eso ya lo tienes en el resto de hoteles y de pensiones de la isla. Quiero que el mío sea distinto. Será imponente, aunque desde una óptica mucho más discreta.

Como la casa de Maine, pensó Katia.

—Con mucho cristal y piedra natural —prosiguió Jordan—. Los alojamientos en propiedad se levantarán aún más lejos —añadió, señalando a los bosques, primero a un lado del hotel y luego al otro—. También quiero que sean bajos. No quiero ni oír hablar de rascacielos. Como mucho, dos plantas. Más parecidos a pequeñas casas pareadas distribuidas en pequeños grupos. Quiero levantarlos ocultos entre los árboles para que la gente que se aloje en el hotel no pueda verlos y viceversa. La intimidad es un factor fundamental. Quiero que sea una zona exclusiva.

Katia asintió, intentando visualizar las cosas como Jordan. Su ojo de artista se estaba ya formando imágenes para la campaña publicitaria.

—¿Ya tienes arquitecto?

—Amidon y Dunn.

Katia volvió a asentir pues conocía bien el trabajo del estudio.

—¿Algún boceto preliminar?

—Están en ello. Espero que tengan algo dentro de un mes, aunque no creo que haya mucho hasta el día del Trabajo. En esta época todo va muy lento. Todo el mundo está de vacaciones.

—¿Y luego?

—Me gustaría derruir el edificio lo antes posible. Si logramos poner los cimientos, las obras del interior podrán llevarse a término durante el invierno. Quizá podamos abrir en abril o en mayo.

—Lo cual significa que querrás empezar la campaña publicitaria en noviembre.

—Como muy tarde. Cuantas más unidades vendamos lo antes posible, mejor. Cuando terminemos de derribar el hotel, bloquearemos las zonas para las obras. En cuanto a las viviendas, tendrán que encajar con las menores molestias posibles al paisaje natural. Otra exigencia de los padres del pueblo —añadió con sequedad.

—Pero entiendo su razonamiento. Sería un crimen destruir lo que lleva años creciendo, y no me negarás que los árboles son maravillosos.

—Asegurarán la intimidad.

—Mmmm. ¿Y qué me dices de los precios? ¿Ya has pensando en eso?

Jordan la miró como preparándose para un desafío.

—Como ya te he dicho, quiero hacer de esto una zona exclusiva. Eso significa que quienquiera que venga a pasar aquí unos días o que decida comprar lo pagará con creces. Lo que también significa que atraeremos a una clase de clientela muy específica.

—Gente rica. Muy bien. ¿De cuánto estamos hablando?

—A partir de trescientos cincuenta mil por las casas, dependiendo de las exigencias del comprador. Doscientos por noche en el hotel.

Los ojos de Katia se abrieron como platos.

—Desde luego, con esos precios ya puedes ofrecer exclusividad.

—Apunto alto.

Katia apenas pudo disimular una semisonrisa, a la vez divertida e irónica.

—Seguro que te los pagan, Jordan. Y lo sabes; de lo contrario ni se te habría ocurrido pedir tanto.

—Creo que lo conseguiremos —concedió él. Aunque aparentemente aliviado al ver que ella no se le había echado encima, prosiguió con cautela—. Quizá haya algo de esnob en lo que estoy diciendo, pero demonios, no me he metido en este negocio para perder el tiempo. He pagado una suma astronómica por este terreno y con la calidad de construcción que quiero los costes serán exorbitantes. Pero existe un mercado para las viviendas de lujo y si yo no las ofrezco, alguien lo hará por mí.

—Tranquilo, Jordan —bromeó ella con suavidad, poniéndole una mano en el brazo—. No te estoy criticando. Pero ni se te ocurra pedirme que suelte doscientos por una habitación… a menos, claro, que la habitación incluya jacuzzi, criada personal y un suministro infinito de caviar y champán.

—Lo siento, pequeña —respondió él con el mismo tono bromista—. Nada de criada personal. Puedo darte un jacuzzi en la suite ejecutiva, y creo que puedo arreglar lo del champán y el caviar, pero, a menos que quieras conformarte conmigo llevando un bonito vestido…

Katia soltó una carcajada.

—¡Qué imagen tan fantástica! Y lo harías, ¿verdad?

Jordan se limitó a sonreír de oreja a oreja y luego le tomó la mano.

—Vamos. Demos un paseo. Quiero que te empapes un poco de lo que es la propiedad. Por eso te he traído aquí tan deprisa.

—La verdad es que me ha extrañado. —Poco después de haber accedido a trabajar con él, Jordan había hablado con el director de la agencia. Había sido una formalidad, una mera cortesía. Naturalmente, el estudio se encargaría del proyecto. Y, naturalmente, Katia dirigiría el trabajo de arte personalmente—. Normalmente no me implico en los proyectos hasta que los planos del arquitecto están terminados.

—Pero los edificios no son más que una pequeña parte de lo que estaremos promocionando —dijo Jordan mostrando un entusiasmo tan juvenil que Katia no pudo reprimir una sonrisa. Jordan la tenía firmemente tomada de la mano y la llevaba por la arena hacia el extremo más alejado del viejo hotel—. Es algo que hay en el aire, Katia, algo que tiene que ver con la forma en que el mar lame la orilla y con el aroma a árboles y a océano que lo impregna todo. Parece que estemos a miles de kilómetros del continente. Isla abajo, las calles están abarrotadas, pero aquí reina una especie de tranquilidad que lo envuelve todo.

—Ya sé por qué me has traído aquí tan deprisa. Dentro de un mes esta penetrante tranquilidad quedará hecha añicos por el ruido de los bulldozers, los tractores y las sierras, los martillos y los taladros.

—Pero solo temporalmente. Tranquila, Katia. En cuanto todo haya terminado, volverá a reinar la tranquilidad.

—Entonces habrá gente.

—Por supusto.

—Y no será como ahora.

—Claro que sí. Bueno… quizá no exactamente como ahora. Pero la tranquilidad volverá, y eso es precisamente lo que quiero vender. Es ahí donde quiero enfocar la publicidad. ¿Crees que podrás hacerlo?

Katia sabía que podía y así se lo hizo saber. En su cabeza se formaban ya las ideas: líneas suaves y fluctuantes, colores suaves, un suave boceto perfilado en tinta… pero por el momento decidió dejarlas a un lado y permitir que sus sentidos absorbieran plenamente la escena de primera mano. Caminó cómodamente al lado de Jordan; sus Reebok le proporcionaban un buen agarre primero sobre la arena y después sobre la tierra cubierta de musgo bajo los árboles, mientras que los vaqueros y la blusa holgada que se había anudado alegremente a la cintura la abrigaban lo justo, al tiempo que le permitían ir fresca. Incluso olvidando por un instante la impresión positiva que había experimentado al ver el terreno, se sentía bien. Un día lejos de la ciudad, y viernes para mayor placer, se traducía en un fin de semana largo, en un regalo. A pesar de que oficialmente estaba trabajando, pasar el día con Jordan en absoluto se le antojaba como un compromiso laboral. Al menos ese día, tan relajada y feliz como estaba.

Jordan siguió hablando tranquilamente mientras paseaban por cada centímetro de la propiedad. Señalaba dónde había pensado construir este o aquel conjunto de edificios, compartía con Katia los detalles de sus planes, la invitaba a hacer comentarios y escuchaba todo lo que ella tenía que decir. Discutieron varios enfoques para la campaña publicitaria. En ese plano fue ella la que quiso oír la opinión de Jordan, pues todo lo que pudiera saber sobre los deseos de Jordan le sería de ayuda cuando volviera al estudio.

Mientras paseaban por la propiedad, el entusiasmo de Katia por el proyecto iba en aumento. Oír las ideas de Jordan e incluirlas en sus planes resultaba una experiencia estimulante, aunque lo cierto era que Jordan ya era en sí estimulante. Rodeada de su aura y de la maravillosa naturaleza, Katia se preguntaba por qué diantre se había resistido tanto a trabajar para Jordan.

Cuando por fin terminaron el paseo y volvieron al punto de partida, delante del viejo hotel, tenían un coche esperándolos para llevarlos de regreso a Edgartown. Jordan ayudó a Katia a subir al vehículo y dio al taxista el nombre de un restaurante antes de ocupar su asiento. Luego miró a Katia, se frotó las manos y sonrió de oreja a oreja.

—Y ahora, a jugar.

Katia intentó mostrarse austera.

—Creía que iba a ser un día de trabajo.

—Lo era, pero ya hemos hecho todo lo que teníamos que hacer.

—Pero si solo es la una de la tarde. De verdad, Jordan. Me estás desilusionando.

—Necesitamos relajarnos.

—Si nos relajamos más, probablemente me quedaré dormida. —Acomodándose perezosamente en el asiento, fijó la mirada en el paisaje que desfilaba por la ventanilla del coche—. Desde luego esto nada tiene que ver con un día normal de oficina.

—Creo que te hacen trabajar demasiado.

—No. Me encanta.

—Pareces cansada.

—Gracias.

—¿Has vuelto a ver al ginecólogo?

Katia sonrió, pero no apartó la mirada de la ventanilla.

—De hecho, el fin de semana pasado fuimos a un concierto en el parque.

—Dime que compró vituallas, tendió una manta en la hierba y te estuvo ofreciendo vino toda la tarde.

—No. Toda la noche. El concierto fue por la tarde.

—¿Toda la noche? ¿Pasaste la noche con él?

Fue entonces cuando Katia lo miró.

—¿Y qué si lo hice?

—No me gusta.

—No lo conoces.

—No es el tipo adecuado para ti, Katia. Lo sé.

—¿Cómo lo sabes si no lo conoces?

—Me lo dice la intuición.

Katia asintió.

—Mmm. Muy científico.

—Lo es. La intuición nunca me ha fallado.

—Ah, ¿no? ¿Y qué me dices entonces de tu negocio de hace unos años para fabricar coches eléctricos?

—¿Cómo iba yo a saber que la crisis del petróleo iba a terminar justo entonces? ¿O que la gente iba a olvidarla hasta creer que jamás volvería a ocurrir? Mi idea era buena; lo que falló fue el momento. Deja que te diga una cosa: algún día los coches eléctricos serán una realidad. Además —añadió en un último arrebato defensivo—, me di cuenta del problema y logré salir de aquel embrollo lo bastante rápido como para minimizar pérdidas. Así que mi intuición quedó finalmente redimida.

Katia se rió entre dientes.

—¡Ya, claro! Fue tu asesor financiero quien se redimió.

—Da igual. La cuestión es que no me gusta tu médico.

—Me parece muy bien. Y a mí no me gusta la Pequeña Mary Sunshine.

Jordan, que había emitido su juicio final sobre el médico mientras miraba ceñudo por su ventanilla, se volvió a mirarla.

—Su nombre es Mary Sandburg. ¿Cómo te has enterado?

—Vi una foto de vosotros dos en el periódico.

—¿En cuál?

—En el *Post*.

—¿Desde cuándo lees tú el *Post*?

—No lo leo. Pero Roger sí. Está empeñado en educarme sobre los acontecimientos destacados que llegan a sus oídos.

—¿Y mi foto es un acontecimiento destacado? Demonios, Katia, salí con ella solo una vez, y el maldito fotógrafo creyó que resultaría muy jugoso sugerir un romance.

Katia se encogió de hombros.

—Es muy guapa, y tiene dinero.

—Sí, el de su tercer marido. Le fue bien esa vez, pero si lo que está buscando conmigo es un cuarto, está pirada.

—¿No te interesa?

—No.

—Bueno, eso me alivia. —Bajó la voz, consciente de las miradas curiosas que el joven taxista les estaba echando por el retrovisor—. Tiene los pechos demasiado grandes. ¿Sabes lo que pasa con los pechos grandes cuando llegan a la mediana edad? Pues que o bien te ves pagando un montón de facturas astronómicas a un cirujano plástico o con un par de pechos caídos.

Jordan la cogió del cuello con el codo y la atrajo hacia él.

—Lengua viperina —dijo entre dientes, aunque intentaba no sonreír.

—Mejor tener una lengua viperina que unos pechos caídos.

Aunque la verdad es que no me vendría mal un poco de ayuda en ese departamento...

—Me gustan tus pechos. —La voz de Jordan era ahora apenas un gruñido—. ¿Le gustan también al médico?

—El médico —afirmó Katia despacio y con gran suavidad— no los ha visto.

—¿Así que hicisteis el amor a oscuras? ¿Lo ves? Ya te he dicho que no te conviene. Cuando dos personas hacen el amor deberían hacerlo con la luz encendida. Deberían disfrutar tanto viendo lo que está ocurriendo como sintiéndolo.

Sus palabras y la imagen que inspiraron provocaron un escalofrío en Katia. Un escalofrío que se hizo más intenso ante el hecho de que acababan de entrar en Edgartown: la cantidad de gente que se veía en las aceras amplificaba la sensación de intimidad que reinaba en el coche. Katia habló apresuradamente, casi con brusquedad.

—No seas pervertido. Aunque eso, pensándolo bien, es lo de menos. Alan y yo no hicimos el amor a oscuras. Simplemente no hicimos el amor.

El extraño abrazo de Jordan pareció relajarse hasta convertirse en algo menos forzado, aunque no por ello menos estrecho.

—Ah, ¿no?

—No. Ya lo sabes. ¿Tranquiliza eso un poco a tu pequeño corazón fraternal?

La confesión de Katia no había tranquilizado nada. Para empezar, y por mucho que lo intentara, el corazón de Jordan nada tenía de fraternal. Había soportado los años que ella había estado con Sean porque la constante presencia de este, en Nueva York, en Dover, en Maine, la había mantenido fuera de su alcance. Sin embargo, Katia volvía a estar libre, una vez más en su vida, y con ánimos de venganza.

En segundo lugar, le excitó pensar en Katia haciendo el amor. Había visto sus pechos una vez y, a pesar de que eso había pasado hacía mucho tiempo, podía sentirlos ahora contra su cuerpo y saber, sin el menor asomo de duda, que eran tan hermosos como siempre.

—Supongo —dijo con voz queda. La soltó inmediatamente,

aunque no antes de dejar que su mano le acariciara la espalda morosamente. Quería tocarla. No podía evitarlo. Pero con ello no hizo más que empeorar el deseo que lo atenazaba.

Con un profundo suspiro, levantó la pierna y la cruzó sobre su rodilla para ocultar su erección.

—Bien —dijo, llevándose las dos manos a la rodilla, buscando en sus brazos una medida adicional de protección—. ¿Qué más novedades hay en tu vida?

Aunque Katia habría deseado que él no hubiera dejado de abrazarla, hizo frente a la pérdida.

—No muchas desde la última vez que nos vimos. Oh… almorcé con Sandy Kane hace dos días. —Sandy y ella habían compartido piso durante sus dos últimos años en la Universidad de Nueva York. Jordan las había llevado a cenar en varias ocasiones.

—Siempre me gustó Sandy. ¿Cómo está?

—Muy bien. Es ayudante de producción de un programa de televisión en Chicago. Estaba en Nueva York para concertar una serie de entrevistas. No la veo muy a menudo, pero cuando nos vemos lo pasamos estupendamente. Es como si nos hubiéramos visto el mes pasado y no el año pasado. Nada ha cambiado la relación que teníamos, ¿sabes?

—Es que Sandy es así. Curiosa. Abierta. Interesante. No me cuesta imaginarla como una productora de éxito.

El taxista detuvo el coche delante del restaurante justo en ese momento, interrumpiendo la conversación. Katia bajó del coche; dejó pagar a Jordan, que la alcanzó instantes después. Poniéndole con suavidad la mano en la parte posterior de la cintura, la condujo al interior.

Después de haber tomado asiento a una pequeña mesa situada en un rincón del restaurante, con las cartas abiertas delante, Jordan retomó la conversación, aunque esta vez desde una posición ligeramente distinta.

—Supongo que lo pasaste bien en la facultad.

—Después del primer año.

—Mmmm. ¿Cómo olvidar ese primer año?

—No lo sé. Siempre venías a rescatarme cuando más te necesitaba.

—Echabas mucho de menos tu casa. Me alegró poder estar ahí para ayudarte.

—La añoranza era solo una parte. Para mí, ir a la Universidad de Nueva York fue como una especie de shock cultural. Supongo que cualquier universidad de una gran ciudad me habría producido la misma impresión.

—Tampoco es que hubieras salido de las cavernas.

—No, pero siempre había llevado una vida muy aislada. No había tenido que preocuparme de nada. De pronto tuve que adaptarme a un lugar nuevo, hacer nuevos amigos, aprender a usar un talonario. Fue abrumador.

—Era lo que querías —le recordó Jordan.

—Y no me quejo. Simplemente lo estoy recordando. —Se inclinó hacia delante, con los codos sobre la mesa, y sonrió afectuosamente—. ¿Sabes cuál es una de las cosas que recuerdo con mayor claridad de ese primer año? ¿Te acuerdas de aquella vez que en plenos exámenes finales me entró de repente un ataque de pánico?

—¿Que si me acuerdo? Todavía me dan escalofríos cuando lo recuerdo. Apareciste en mi despacho pálida como un fantasma y enseguida vi que habías estado llorando.

—¡No sabía qué hacer! Acababa de tener un examen, me quedé estudiando toda la noche y me presenté como pude al segundo. Estaba tan mal que no veía cómo presentarme al tercero, al día siguiente. Me llevaste a tu casa, calentaste un bote de sopa de pollo con fideos y me obligaste a tomármela, luego me acostaste. Me despertaste a las cinco de la mañana y estuviste estudiando conmigo durante seis horas para que pudiera presentarme al examen a mediodía. Y no paraste en ningún momento de decirme que la mitad de los demás alumnos de primero estaban tan aterrados como yo. Creo que mentías como un bellaco.

—Funcionó, ¿no? Sacaste un sobresaliente.

—No, fue un notable alto.

—Bueno, casi. Y no, no mentía. Simplemente, dejé hablar a la intuición. Me acuerdo de cómo me sentí durante mi primera ronda de exámenes. A punto estuve de tirar la toalla y dejar Duke.

—¿En serio? Nunca me lo dijiste.

—Orgullo, Katia.

—¿Y dónde está ahora ese orgullo? —bromeó.

—Oh, todavía lo tengo, pero con la edad ha tomado otro sesgo. Supongo que puedo permitirme el lujo de hablar de mis tiempos de facultad porque los he dejado muy atrás.

—Hablas como un viejo. Y no creo que puedas darte ese lujo, Jordan. Todavía no.

—Lo sé. Pero cada día estoy más cerca. Créeme si te digo que esta mañana la rodilla me estaba matando.

—Tendrías que haberte operado hace quince años. ¿Acaso fue también una cuestión de orgullo lo que te impidió hacerlo?

Jordan negó con la cabeza.

—Fue simple estupidez.

La camarera se acercó a la mesa. Era una jovencita adorable que parecía estar todavía en la universidad. Katia todavía no había mirado la carta, pero Jordan le dio un rápido repaso.

—¿Quiche y ensalada? —preguntó.

Cuando Katia asintió, Jordan se volvió hacia la camarera y pidió dos, además de un par de cafés helados. En cuanto la camarera se marchó, Katia se inclinó hacia delante, acercándose aún más a él.

—Creía que los hombres de verdad no comían quiche —susurró en un aparte.

—Has estado leyendo los libros equivocados. Me gusta la quiche. ¿Me convierte eso en un hombre irreal?

Katia llegó a la conclusión que desde luego era un hombre irreal. Era tierno y seguro de sí mismo, inteligente y sin duda espléndido.

—Te hace muy cosmopolita y un poco librepensador. Diría que comerías quiche porque alguien declaró que no es eso lo que hacen los hombres de verdad. Haces lo que quieres, y eso es algo que respeto.

—Gracias —dijo Jordan en voz baja.

—De nada —respondió ella a su vez.

Durante varios minutos, simplemente siguieron sentados mirándose. Katia se sentía envuelta en una nube de calor porque los ojos de Jordan le decían que era la única mujer de la sala. Entonces fue presa de la confusión porque si esos ojos le decían la verdad, y si ella estaba interpretando la verdad correctamente, no entendía por qué Jordan y ella no eran amantes.

—¿Alguna vez has pensando en casarte? —preguntó Katia, respondiendo a un impulso sin duda fruto de la frustración.

—¿En casarme? —Jordan arrugó los labios—. No, recientemente no.

—¿Nunca piensas en ello? ¿Y en tener hijos? ¿No quieres tener hijos?

—Sí, me gustaría.

—¿A qué esperas?

—A la mujer adecuada.

Ella asintió, aunque la confusión que la embargaba era mayor que nunca. ¿Qué estaría haciendo mal? ¿Por qué no era ella la mujer adecuada?

—Durante un tiempo creí que sentarías la cabeza con Donna Parker. Era muy agradable.

—Mucho.

—¿Pero?

—No había fuegos artificiales.

—Ahh. Era demasiado agradable.

—Si te refieres a que era una mujer dulce, convencional y aburrida, sí. ¿Y tú? Nunca hemos hablado realmente de lo que pasó con Sean.

Katia se encogió de hombros.

—No hay nada de que hablar.

—Saliste durante un año con el tipo ese y viviste con él otros tres. ¿Por qué rompisteis?

A Katia no se le daba bien mentir y ni siquiera lo intentó.

—Quería casarse. Yo no.

—¿Por qué no?

—Tú mismo lo has dicho. No era el tipo adecuado.

—¿Y después de Sean?

—¿Alan? —bromeó Katia.

—Olvídate de Alan. ¿Ninguna otra perspectiva de matrimonio?

—He estado demasiado ocupada.

—¿Un eufemismo para decir que no ha aparecido nadie que signifique para ti más que tu trabajo?

Oh, ese hombre sí había aparecido. Lo tenía sentado delante de sus narices. ¿Cómo podía responderle?

—No es ningún eufemismo. He estado muy ocupada.

—¿Qué es lo que ves en el futuro? ¿Estarás siempre tan ocupada o algún día querrás sentar la cabeza? —Jordan recordaba con absoluta claridad la conversación que habían tenido en Maine hacía un mes, cuando Peter había bromeado con Katia sobre su deseo de tener un marido e hijos. Jordan le había dado muchas vueltas a ese día desde entonces.

—Cuando hablas de sentar la cabeza ¿te refieres a tener una familia? —También ella recordaba la conversación. Su respuesta fue la misma—. Cuando llegue el momento.

Jordan, que hasta entonces había estado aguantándole la mirada con expresión casi melancólica, sonrió de pronto.

—¿Te acuerdas del tipo que te llevó al baile del instituto?

—¿Jimmy? Claro. Apareciste en casa justo antes de que viniera a buscarme y me llevaste a rastras con el vestido del baile al huerto de manzanos; estuvimos cantando y bailando hasta que el peinado en el que mi madre había estado trabajando durante horas quedó deshecho. Estuve a punto de decirle a Jimmy que estaba enferma, ponerme unos vaqueros y pedirte que terminaras la noche conmigo. Pero tenías una cita.

—Olvídate de mi cita. No podías darle plantón a Jimmy después de que hubiera alquilado un esmoquin.

Katia sonrió al recordarlo.

—No, supongo que no. Jimmy era muy dulce. Aunque sí recuerdo haberte fulminado con la mirada. Estabas recostado contra un árbol, muy fanfarrón, cruzado de brazos y con las piernas también cruzadas. —Katia inspiró brevemente antes de proseguir—. Jimmy se casó con una chica de la facultad. Lo último que supe fue que tenía una casa en las afueras, dos niños, un perro y un Cherokee Chief.

—¿Demasiado convencional para ti?

—Demasiado predecible. Era un tipo muy agradable, como tu Donna...

—Pero no había fuegos artificiales.

—Ni uno.

Jordan suspiró.

—Supongo que estamos hechos de la misma pasta. Siempre buscando emociones fuertes.

—No, emociones fuertes no, al menos no siempre. Solo... fuegos artificiales.

—Como ocurre en la eterna combustión natural... química explosiva. —Jordan arqueó una ceja—. ¿Qué tal se te daba la química?

—Notable bajo.

—Igual que a mí, y no sabes lo que me costó. —Jordan siguió entonces recordando esos esfuerzos, dando un hábil giro a la conversación y llevándola a terrenos menos comprometidos. La camarera apareció con el almuerzo y charlaron relajadamente mientras comían. Cuando terminaron de almorzar, de pie una vez más delante del restaurante, los dos estaban más que satisfechos.

—¿Cómo puede llenar tanto una quiche? —gimoteó Katia—. Siempre he pensado que una quiche y una ensalada eran un almuerzo ligero.

—Cuando la porción de quiche equivale al cuarto de una tarta y la ensalada viene con todo salvo con pollo, ¿qué esperas?

Jordan se desperezó y se dio una palmadita en el estómago, que a Katia se le antojó maravillosamente plano. Sin embargo, se sintió más que satisfecha con la siguiente proposición.

—Alquilemos unas bicis y demos un paseo.

—¿Crees que puedes permitírtelo con esas rodillas?

—Ya lo creo. ¿Crees que puedes permitírtelo con esos muslos?

Katia bajó los ojos.

—¿Qué les pasa a mis muslos?

Nada, decidió Jordan, imaginándolos bajo los ajustados vaqueros. Tragó saliva.

—No parecen muy musculosos.

—A Dios gracias —dijo Katia emprendiendo la marcha hacia el puesto de alquiler de bicis más próximo.

Durante las tres horas siguientes pedalearon por el extremo este de la isla. A Katia el paseo le pareció casi tan estimulante como la expresión de satisfacción que vio en el rostro de Jordan. Sin embargo, cuando por fin regresaron al puesto de bicicletas, Katia se dio cuenta de que sus muslos no eran precisamente el problema.

—Ajá —dijo Jordan—. ¿Duele?

Katia estaba estirando las piernas, aunque lo que le dolía era el trasero. Se lo habría frotado si hubiera podido hacerlo disimuladamente.

—Estoy bien.

Jordan se acercó a ella e hizo lo que ella había estado deseando hacer: su gran mano le frotó el trasero con suavidad. Cuando ella lo miró, avergonzada, él sonreía de oreja a oreja.

—El mío también me está matando. Supongo que los dos estamos en baja forma. ¿Te apetece caminar un poco?

—A falta de botellas de agua caliente, eso suena bien.

Y era cierto. Pasearon relajadamente por las calles, deteniéndose delante de las tiendas, echando un vistazo e incluso comprando algunas camisetas. Cuando Jordan anunció que volvía a tener hambre, Katia se dio cuenta de que ella también y de que ya era casi hora de cenar. Por mutuo acuerdo, comieron en un pequeño restaurante francés, sencillo aunque elegante. Katia no supo si fue el *acidule de cannette* que la sació, la botella de vino que Jordan y ella se terminaron o simplemente la compañía de él lo que hizo que se sintiera tan protegida y perezosamente feliz, pero tuvo que poner todo de su parte para despertar del halo de bienestar que la envolvía cuando Jordan de pronto se inclinó hacia delante.

—Pasemos aquí la noche.

—El restaurante cierra a las diez, Jordan.

—No me refería a aquí. Aquí, en la isla. No sé tú, pero yo hacía una eternidad que no estaba tan bien. Todavía no estoy preparado para volver a Nueva York.

—Pero el avión...

—Está a nuestra disposición. Estoy seguro de que al piloto no le importará una nochecita de vacaciones. Podríamos quedarnos a dormir, desayunar tarde, quizá ir a la playa si mañana hace buen día, y a la hora de la cena te dejo en la ciudad.

—¡Pero no he traído ropa, Jordan!

—¿Qué necesitas?

—El cepillo de dientes, el secador, maquillaje...

—Cepillos de dientes encontramos aquí. Llevas un cepillo en el bolso y no necesitas nada más. No necesitas maquillaje, Katia. Sobre todo aquí.

A Katia estaba empezando a gustarle la idea. Había sido un día maravilloso. Alargarlo sería tocar el cielo.

—No deberíamos —dijo, aunque sus ojos bailaban traviesos en sus cuencas—. Hay un millón de cosas que suelo hacer los sábados.

—Pero sería divertido, ¿no? —La emoción que destilaban sus ojos era similar a la de los de ella.

—Ya lo creo.

—Venga, anímate —susurró él.

—¡De acuerdo! —susurró ella a su vez.

10

A pesar de que resultó más difícil de lo que esperaban encontrar una habitación donde pasar la noche, ni a Katia ni a Jordan les importó tener que probar suerte en cuatro pensiones antes de dar con una en la que hubiera sitio... incluso aunque Jordan tuviera que hacer lo impensable para hacerse con la habitación.

—A esto lo llamo yo estilo —anunció Katia después de avanzar por el laberinto de estrechos pasillos y crujientes escaleras hasta llegar a la habitación situada en la buhardilla que habían conseguido sacarle al reticente recepcionista. La habitación contenía una destartalada cómoda y una cama pequeña y grumosa—. Ah, un espejo. —Estaba colocado encima de la cómoda y cubierto de una fina capa de polvo—. Qué bonito.

Se rieron, sin importarles la instalación, tan alejada de la idea que ambos tenían del lujo.

—¿Ves a lo que me refiero? —bromeó Jordan—. Un hotel como el mío es muy necesario.

—No es justo. Los mejores sitios estaban abarrotados, y por la forma de vacilar del recepcionista, supongo que esta habitación es el peor cuartucho de este basurero.

Jordan estaba vaciando la bolsa de papel marrón que llevaba con él, colocando cepillos de dientes, dentífrico y una botella de vino en la cómoda.

—¿Habrá por ahí algún vaso?

Katia encontró uno en el minúsculo cuarto de baño y lo sostuvo en alto con gesto triunfal. Afortunadamente, Jordan había tenido la precaución de pedirle al dependiente de la licorería que le abriera el vino. La habitación no incluía sacacorchos. Volvió a sacar el corcho y llenó el vaso.

—Por el Vineyard —brindó, bebiendo un buen sorbo y pasándole el vaso a Katia, que hizo lo propio.

Fue el primero de los brindis de la noche, cada uno más absurdo que el anterior. Cuando terminaron la botella, estaban sentados en el suelo, muslo con muslo y con la espalda apoyada en la cama. Habían transcurrido dos horas. Se habían reído, recordando cosas que habían hecho cuando eran niños, habían bromeado sobre las cosas que estaban haciendo desde que eran adultos, y, en términos generales, Katia disfrutó como hacía años que no lo hacía.

Sin embargo, no pudo evitar decir con voz quejumbrosa:

—Creo que ya basta, Jordan. Apenas puedo mantener los ojos abiertos.

—No te preocupes. —Jordan se levantó con cierta dificultad del suelo hasta que por fin logró ponerse de pie, aunque volvió a inclinarse, apoyando las manos en la cama. Se quedó mirando la cama y, con un sobreesfuerzo, se incorporó—. Tú duerme en la cama. Yo dormiré en una manta en el suelo.

—No. Duerme tú en la cama. Yo me quedo con la manta.

Jordan negó despacio con la cabeza.

—No, no, pequeña. Deja que me comporte como un caballero.

—¿Estás seguro?

—Sí.

Como si quisiera hacer hincapié en su decisión, o quizá en un intento por ganar algún punto a ojos de Katia, Jordan le tendió una mano y tiró de ella para ayudarla a levantarse. Katia se dejó caer hasta quedar sentada en la cama y luego soltó un gemido y se giró de costado.

—Oh, lo que daría por un buen baño —susurró.

—Adelante.

—Me quedaría dormida dentro. Tengo que esperar a mañana.

—Solo podía pensar en acostarse entre un par de sábanas frescas, reposar la cabeza en una almohada y rendirse a la guerra que en ese momento libraba con sus párpados. De hecho, hizo esto último primero. Con los ojos cerrados, y sin pensarlo, se desató el nudo de la camisa. Ni siquiera se preocupó en desabrochar los botones, sino que se quitó la camisa de algodón por la cabeza.

—¿Katia?

Los párpados de Katia revolotearon ligeramente hasta levantarse por fin. Jordan tenía la mirada clavada en su brevísimo sujetador. En cuestión de segundos, se había vuelto de espaldas para coger la camiseta que se había comprado.

—Toma. Ponte esto.

Katia tendió la mano para coger la camiseta con una somnolienta sonrisa, pero antes de poder cogerla, él se la llevó al pecho. Dando una sola zancada, Jordan se plantó delante de ella y se acuclilló. La miró entonces a los ojos y bajó la mirada hasta el pequeño cierre de la parte delantera del sujetador de Katia. Lo soltó con manos temblorosas, retiró la tela transparente del sujetador y a continuación deslizó los finos tirantes por sus brazos.

A pesar de lo espesa que estaba, Katia era perfectamente consciente de lo que estaba ocurriendo. Sintió que un incipiente cosquilleo le recorría el cuerpo; luego, la sensación se centró en sus pechos, que los ojos de Jordan adoraban.

—Más hermosa que nunca —dijo él con un susurro ronco. Inclinándose hacia delante, tocó con los labios primero un pezón, luego el otro.

Katia cerró los dedos sobre sus hombros y soltó un gemido. Tenía los pezones tersos y húmedos donde Jordan los había besado. Se balanceó, pero Jordan la ayudó a recuperar el equilibrio. Con leves sacudidas, él cogió la camiseta nueva y rápidamente se la puso a Katia por la cabeza. Como era de la talla de él, cayó fácilmente sobre su cuerpo, cubriéndola por entero.

Sin embargo, de nuevo Jordan pareció pensarlo dos veces. Se quitó la camiseta que había llevado puesta todo el día y, tirándola a un lado, se acercó y se sentó junto a Katia en la cama, le rodeó la cintura con el brazo por debajo de la camiseta y fue subiéndolo mientras iba haciéndola girar hacia él.

El contacto de los senos desnudos de Katia contra su pecho fue como un relámpago para ambos. Katia contuvo el aliento mientras un profundo sonido escapaba de la garganta de Jordan, que la abrazó más fuerte. Tenía los ojos cerrados. Había en su rostro una clara expresión de dolor. La expresión de Katia era muy semejante.

—Jordan, no me veo capaz de soportar...

Las palabras se le atragantaron en cuanto Jordan le puso la mano en la nuca con gesto brusco y tiró de su rostro con las yemas de los dedos. Luego su boca tomó la de ella, envolviéndola en un beso colmado de pasión enfurecida. Katia ya no pudo pensar y mucho menos hablar. Los labios de Jordan se adueñaron ávidos de los de ella sin dejar de moverse, buscando más. Le introdujo la lengua en la boca, profunda y ávidamente. Había algo en su ansia de posesión que sugería que en cualquier momento podía verse atrapado y arrastrado de allí por el cuello, pero lo único que Katia sabía era que llevaba demasiado tiempo anhelando esa posesión para analizar ese frenesí o negarse a él.

Presa de ese mismo pánico extraño, Jordan la empujó hasta tenderla sobre la cama y se colocó sobre ella, ondulando su cuerpo ya totalmente excitado contra el de Katia mientras seguía besándola. Katia estaba mareada por el exceso de vino y de deseo cuando de pronto Jordan se tensó, soltó un gemido y rodó a un lado.

—¡Lo siento, cariño! ¡Dios, lo siento mucho! —Se tapó los ojos con el brazo, esta vez sin hacer el menor intento por disimular el inmenso bulto que empujaba ya contra la bragueta de su pantalón. Respiraba pesadamente y su musculoso pecho se inflaba y desinflaba ostensiblemente—. No debería haberlo hecho. Te haré daño. Nos haré daño a los dos.

Si Katia hubiera estado más sobria y descansada, probablemente le habría pedido alguna explicación, pero no era ese el caso. Lo único que alcanzó a hacer fue coger la almohada y hundir en ella la cabeza, que en aquel momento le daba vueltas enloquecidamente. Jordan sabía lo que hacía, o eso parecía asegurarle a Katia algún difuso fragmento de razón. Si se había detenido, probablemente estuviera haciendo lo correcto. Jordan sabía... probablemente estuviera haciendo lo correcto...

Lo siguiente que supo Katia fue que era de día. Se despertó despacio, consciente de haber tenido un sueño... o una pesadilla, incapaz de decidirse por una de las dos cosas. Jordan estaba tumbado cuan largo era en una manta en el suelo. Solo llevaba puestos los vaqueros.

Su caballero con su armadura vaquera.

Notando la pesadez que le cerraba los ojos, y consciente de la causa que la había provocado en cuanto vio la botella vacía, saltó de la cama con cuidado y se metió sigilosa en el baño, donde disfrutó del baño que había estado demasiado cansada para darse la noche anterior.

Un buen rato después volvió a la habitación, se secó, se vistió y se dio cuenta de que se encontraba mucho, muchísimo mejor. Jordan seguía dormido. Katia sintió que el amor se inflamaba en su interior al mirarlo. La frustración que sentía era mucho más anímica que física.

Con un leve suspiro se dirigió a la puerta, la cerró silenciosamente tras de sí y bajó a buscar un poco de café.

Jordan ya se había despertado a su regreso. Estaba de pie en el centro de la pequeña habitación. Despeinado y con los vaqueros desabrochados, parecía haberse despertado hacía apenas un minuto, aunque había en sus ojos una expresión muy semejante al miedo. Katia se detuvo en la puerta, confusa.

—¡Jesús, Katia! ¡No sabía dónde estabas!

Aliviada, sonrió, cerró la puerta y le dio un tazón de café caliente.

—Me he despertado y no estabas aquí —tronó Jordan—. No sabía qué pensar. He registrado la habitación y no te he encontrado…

—Es una habitación bastante pequeña. No hay muchos sitios donde esconderse.

—Ya puedes ir borrando esa estúpida sonrisa. Estaba preocupado.

—¿Y dónde querías que me hubiera ido? —preguntó Katia inocentemente—. Sin ti no puedo salir de aquí.

—¡No sabía dónde estabas! —Se pasó una mano por el pelo y luego le dio un sorbo al café, quemándose la lengua—. Ah, mierda. Menudo día llevo.

—Es que te has levantado por el lado equivocado de la cama.

—Ni siquiera estaba en la cama.

—Pobrecito. ¿Por qué no te das un buen baño? Yo ya lo he hecho. Me ha ido muy bien.

Jordan le dedicó una mirada de fastidio antes de desaparecer en el cuarto de baño. Sin embargo, el remedio debió de funcionar porque estaba de mejor humor cuando salió. Mejor… aunque tampoco para muchas bromas.

En pequeños retazos que, a pesar de que resultaban demasiado reales, bien podían haber sido un sueño, Katia recordaba lo ocurrido antes de haberse quedado dormida la noche anterior; pero no estaba segura de qué pensar de él. Durante el largo baño que se había dado había decidido evitar cualquier mención al breve episodio entre ambos en la cama. Sin embargo, cuanto más lo pensaba, más tenía la sensación de que era ella la que tenía derecho a estar enfadada. Jordan se lo había vuelto a hacer. La había excitado y luego había dado marcha atrás. Lo único que podía hacer como medida de venganza era actuar como si le diera igual.

Desayunaron en el restaurante del piso de abajo, que resultó ser un homenaje mucho más generoso a la pensión que la lamentable habitación de la buhardilla. Katia no esperaba conversación por parte de Jordan. Sabía que no era hombre de mañanas hasta que no se había tomado dos tazas de café y algo sólido, e incluso entonces parecía inusualmente preocupado.

Abandonaron la pensión y echaron a andar sin rumbo fijo; eso creía Katia hasta que vio que él la conducía a un banco de la acera. Entonces Jordan dijo algo que la pilló totalmente por sorpresa.

—¿Has tenido noticias de Robert Cavanaugh?

—¿El detective?

Jordan asintió.

—No, todavía no he tenido noticias suyas. —Tenía los ojos ribeteados por su expresión taciturna—. ¿Qué pasa?

Jordan miró hacia el puerto, vaciló y luego habló despacio.

—Hay algo que no sabes, Katia. Algo que no creo que sepa nadie de la familia excepto yo.

—¿Sobre Mark y Deborah?

—Sobre Mark. —Se le crispó el músculo que tenía justo debajo del ojo—. Andaba metido en asuntos de pornografía infantil.

—¿Hablas en serio?

—Ojalá pudiera decir que no, y te aseguro que no hay nada que deteste más que tener que hablarte de esto, pero a estas alturas Cavanaugh probablemente ya habrá estado en la costa, y si eso es así, ya lo sabe.

—¿Cómo puedes estar seguro?

—Porque la policía de allí lo sabe. Mark me lo dijo.

—¿Cuándo fue eso?

—Hace dos meses. Estuve allí unos días y fui a hacerle una visita. Lo cierto es que no le alegró mi presencia.

Katia sacudió la cabeza, apartando de sí la imagen.

—Pornografía. No puedo creerlo.

—Pornografía infantil, y sí, créelo. Lo vi con mis propios ojos.

—Pero ¿por qué? ¿Por qué iba a meterse en algo tan asqueroso?

Jordan torció la boca.

—¿Por qué crees tú?

—¿Tan mal estaba de dinero? Pero si yo creía que las cosas le iban bien.

—Bien no es suficiente si quieres vivir en Beverly Hills. Invirtió hasta el último centavo en la producción de cine legal, y cuando necesitaba más dinero para vivir recurría a… eso.

—Pero ¿por qué niños? ¿Por qué no simplemente películas porno adultas?

—Porque había mucha menos gente dispuesta a hacerlas con niños y la demanda era mayor.

Katia cerró los ojos y tomó aliento, estremeciéndose.

—Es espantoso.

—Pues piensa en cómo me sentí yo al verlo.

—¿Hablaste después con él?

—Sí, si puede llamarse a eso hablar. Fue más parecido a una competición de gritos. Le dije que estaba loco, y él me dijo que me ocupara de mis asuntos. Así que le dije que aquello era asunto mío porque él era mi hermano… por mucho que en aquel momento hubiera deseado que no lo fuera.

—¿Qué te respondió?

—Dijo que ya era demasiado tarde porque la policía sabía lo que estaba haciendo. Dios, Katia, podría haberlo estrangulado ahí mismo, y se lo dije, pero a él pareció darle igual. Me dijo que él tenía su vida y yo la mía, que no metiera las narices en sus cosas. —Jordan la miró, desconcertado—. Fue como si no oyera nada de lo que le había dicho sobre hacer daño a la gente, como si le diera lo mismo incluso hacerse daño a sí mismo.

Katia contuvo el aliento.

—¿Crees que después de todo podría haber sido un suicidio?

Jordan negó firmemente con la cabeza.

—No. Parecía inmune a cualquier preocupación. Se creía en la cresta de la ola. Estaba convencido de que la ley jamás lo pillaría porque untaba gente a derecha e izquierda. —Se pasó una mano nerviosa por el pelo—. En algún momento de su carrera, Mark se volvió un ser completamente amoral.

Katia se quedó sentada donde estaba, mirando a Jordan durante largos instantes. Su corazón sufría por él porque sabía que sufría. Aunque Jordan tenía la mirada fija en el puerto, sabía que no veía nada. Tenía las piernas relajadamente extendidas, los hombros encogidos y la mandíbula oscurecida por la barba que no se había molestado en afeitarse.

—¿No lo sabe nadie más de tu familia?

—Solo tú.

—¿Por qué me lo has dicho?

—Porque sé que Cavanaugh te lo dirá y quiero que estés preparada. Mejor que te enteres por mí que por él. Quizá hasta puedas convencerlo para que no se lo diga a mis padres enseguida. Voy a intentar hacerlo, aunque no sé quién de nosotros llegará antes a él.

—¿No crees que tus padres tendrán que enterarse en algún momento?

—No si Cavanaugh encuentra a su asesino. Si el asesino está de algún modo relacionado con el mundo del porno, todo terminará saliendo a la luz. Pero si existe una relación totalmente distinta, cabe la posibilidad de ahorrarle todo eso a mi madre. Dios, se morirá si se entera de lo que Mark tenía entre manos. Crió a sus hijos en el respeto a ciertas cosas. Cualquiera habría pensado que si a Mark le tenía sin cuidado la ética de la pornografía infantil, al menos sí le habría preocupado su ilegalidad.

Katia no sabía qué decir. Estaba totalmente de acuerdo con todos y cada uno de los sentimientos de Jordan y se devanaba los sesos buscando algo que decir que pudiera servir de consuelo. Por fin, simplemente tomó la fría mano de Jordan entre las suyas y la calentó entre sus palmas.

—Lo siento, Jordan. Siento que tengas que cargar con este peso sobre tus hombros.

—Mis hombros pueden con esto y con mucho más. Simplemente me pregunto si ocurrirá lo mismo con los de Cavanaugh. Si es un hombre con principios tan férreos como los que parece tener, no hará pública la información que llegue a él a menos que tenga para ello una razón de peso. Por otro lado, si siente algún placer en escandalizar a la gente, desde luego cuenta con todos los medios para hacerlo. Ya lo creo.

Cavanaugh era un hombre de principios, mucho más de lo que incluso él había imaginado. En cuanto se enteró de que Mark Whyte estaba metido en asuntos de pornografía infantil, se limitó a meterse la noticia bajo el cinturón y a seguir adelante con la investigación que tenía entre manos. Estaba realmente entusiasmado: por fin tenía algo concreto sobre los Whyte, y la sensación de poder que eso le daba era increíble. Pero también era policía y un buen profesional, y no había la menor posibilidad de que fuera a comprometer el caso filtrando a la prensa algo que más tarde pudiera crear problemas en un juicio.

Sin embargo, y a pesar de que estaba convencido de que John Ryan estaría encantado con los resultados de la investigación, al llegar a Boston encontró al hombre contrariado.

—Así que se ha enterado de que Whyte estaba a punto de ser acusado de estar implicado en actividades relacionadas con la pornografía infantil. ¿Y qué? Y también de que vivía a cuerpo de rey. ¿Y qué? Y de que contaba con un puñado de socios poco recomendables. ¿Y qué?

—Pues que hay mucho más material que investigar y una razón más para que alguien haya intentado matarlo. Tenemos un móvil.

—¿Y de qué nos sirve tener un móvil sin un sospechoso? Si el asunto del porno fue lo que mató al tipo, ¿cómo explicas que alguien matara también a su esposa? Ella no tenía nada que ver con las filmaciones. Era totalmente ajena a eso. Y si eso ocurrió en la costa Oeste, ¿por qué demonios iba a venir alguien al este para hacer el trabajo sucio?

Cavanaugh sintió que empezaba a enfadarse. Se había hecho las mismas preguntas en repetidas ocasiones: Ryan tenía que saberlo. No estaba seguro de por qué Ryan estaba tan contrariado, pero algo le decía que le convenía más controlarse que enfrentarse a su jefe.

—Hemos entrevistado a más de sesenta personas mientras estábamos allí —dijo sin perder los nervios—. Una docena de ellos podrían haber tenido motivos para matar a Mark. Estamos investigándolos más a fondo.

La mano rechoncha de Ryan se estampó contra la mesa en una obvia muestra de contrariedad.

—¿No se le ha ocurrido que quizá uno de los Whyte o de los Warren, sabedor de que habría una orden de detención, haya decidido deshacerse del problema? Sin criminal no hay acusación, ni juicio, ni tampoco escándalo. Es así de sencillo.

—Oh, claro que se me ha ocurrido. Pero hay formas y formas de llevar adelante una investigación. Personalmente, me gustaría desestimar la posibilidad de un asesinato por obra de alguien ajeno a la familia antes de inculpar a alguien de ella.

—Pero ¿quién se cree usted que es? ¿Una nueva versión de un corazón sangrante? ¡No tiene usted que protegerlos, por el amor de Dios!

Cuanto Ryan más atacaba, más firme se mostraba Cavanaugh.

—Quiero hacer bien las cosas. Creía que estábamos de acuerdo en eso.

—Por supuesto.

—En ese caso, confíe en mí. Es tan posible que uno de los socios de la costa Oeste haya matado a Mark y a su esposa como que el asesinato haya sido obra de uno de los miembros de la familia, y exactamente por la misma razón. Sin criminal no hay acusación. Sin acusación no hay juicio. Así de simple.

—Ni se le ocurra repetir lo que digo, Cavanaugh —le advirtió Ryan, aunque lo peor de su enfado había ya pasado—. No me gusta.

—Simplemente le estoy dando la razón. —Lo último que Cavanaugh necesitaba era que la sed de sangre de Ryan se interpusiera en el caso—. Muy pronto empezaré con las familias, pero antes quiero trabajar un poco más en la costa Oeste. He dejado allí a Annello y a Webber para ver qué más podían averiguar. Llamarán a diario para tenerme informado. Si es necesario iré personalmente.

—¿Ha echado un vistazo a las cintas?

—¿A las películas porno? A un par. Buddy y Sharon estudiarán las demás. Esas películas son bastante patéticas.

—¿Y qué hay de las otras películas?

—¿A qué se refiere?

Ryan soltó un suspiro de exasperación. Cavanaugh se preguntó si el hombre comía pepinillos amargos también para desayunar.

—Whyte era director de cine. ¿No cree que sería una buena idea echar un vistazo a su obra? Tendría que haber en la casa un armario lleno con sus obras. Todos esos tipos tienen colecciones privadas.

—Tenía una, pero no tuve demasiado tiempo para sentarme a ver películas. Las bobinas que encontramos en el armario tenían etiquetas de lo más común. Dudo mucho que vayamos a encontrar pistas de un asesinato en piezas editadas y pulidas como esas.

Ryan tensó la mandíbula.

—De acuerdo, Cavanaugh. Lo he puesto a cargo de este caso, así que es su niño. Pero yo que usted no pasaría por alto unas etiquetas comunes. Alguien con tan pocos escrúpulos como Mark Whyte, un hombre capaz de contratar a niños para que hagan cosas obscenas y filmarlos, es muy capaz de otras muchas formas de depravación. Piénselo.

Cavanaugh así lo hizo, largo y tendido, y dio con varias vías nuevas. Sin embargo, lo que más le molestaba después de esa conversación era la impaciencia que mostraba Ryan con su forma de llevar el caso. No la entendía.

Incapaz de dejar sus preocupaciones en la oficina, volvió a comentarlas con Jodi durante la cena. Por extraño que parezca, Cavanaugh estaba hablador y nadie era más perspicaz que ella. Además pensó que no le vendría mal intentar arreglar un poco la situación con Jodi. Aunque ella lo había recibido a su regreso de California con una sonrisa, era una sonrisa cargada de recelo. Cavanaugh sabía que le gustaba que compartiera cosas con ella, como sabía también que no se sentía cómodo ante aquel fino muro que parecía haberse levantado entre ambos.

—No entiendo por qué Ryan está tan contrariado —concluyó después de compartir con ella los detalles más duros de la situación—. En este caso estoy yendo con mucho cuidado. Creo que debería estarme agradecido.

—Él ve el caso desde fuera. Quizá no entienda o no aprecie todo el trabajo que has hecho desde dentro.

—Pues debería. Hubo un tiempo en que él se ponía en mi piel, y no hace tanto como para que lo haya olvidado. De todos modos, siempre ha sido un poco raro.

—¿Raro?

—Sí, muy callado. Nunca se ha abierto con nadie del departamento, ni sobre lo que piensa ni sobre su familia. Nunca se ha mezclado con los demás, y mantiene su vida personal totalmente separada del trabajo. Rigidez en una cáscara de nuez. Aunque ha ido a peor en los últimos meses. No es el mismo desde que murió su hija.

—¿Estaban muy unidos?

—No lo sé. Familia numerosa, católicos devotos... supongo que lo estaban, sí, aunque ella no vivía por aquí. Nadie puede negarle el derecho al duelo, pero ¿tiene que hacérselo pagar a los demás?

—Quizá lo estén presionando desde arriba en este caso.

—Aun así, nunca había sido tan puntilloso.

—Nunca había tenido entre manos un caso tan explosivo potencialmente.

Los ojos de Cavanaugh se abrieron como platos, para reforzar su respuesta.

—Y que lo digas. Créeme si te digo que, si resulta que Mark y Deborah fueron eliminados por alguien de las familias para impedir que el asunto de la pornografía infantil saliera a la luz, explosivo será una palabra demasiado blanda para describir los resultados.

—¿Crees que fue eso lo que ocurrió? Resulta bastante... increíble.

—¿Te refieres a que puede parecer rebuscado? —Aunque intentó no mostrarse ofendido, no pudo evitar parecer un poco a la defensiva—. Un jurado aceptaría el móvil, sobre todo en el caso de familias como esas. Creen que están por encima de la ley. No sería tan increíble imaginar que dieron por sentado que se saldrían con la suya.

—Pero ¿matar a dos de los suyos? ¿Qué clase de gente haría algo así?

—Gente para la que el poder y el estatus lo son todo —dijo con una semisonrisa de seguridad.

Fue precisamente esa nimia sonrisa la que hizo mella en Jodi, quien, dadas las circunstancias que habían rodeado la partida de Cavanaugh la semana anterior, se mostraba menos indulgente que de costumbre.

—Son humanos, Bob. He visto las fotos que sacaste en el funeral. —Levantó una mano y prosiguió implacable—. No, no me las enseñaste, pero las dejaste encima de la mesa y las miré. Había dolor en ellas. ¿Acaso no lo viste?

—Estoy seguro de que lo había. La situación tiene que resultarles dolorosa. ¿Imaginas cómo se sentiría tu madre si de repente descubriera que eres una reina del porno? Así es como los Whyte deben de sentirse con relación a Mark.

—De acuerdo. Pero incluso aunque Mark hubiera ido a juicio, incluso aunque lo hubieran acusado, el Grupo Whyte no se habría arruinado. Es inmenso y poderoso. A menos que la empresa hubiera estado implicada en las actividades de Mark, no se habría visto en absoluto amenazada. Y, en lo que respecta a Gil Warren, lleva ya en el Congreso... ¿cuántos años?

—Veintitrés. Casi veinticuatro.

—Pues bien, lo mismo puede decirse de él. No se habría visto perjudicado por los desmanes de Mark a menos que lo hubieran incriminado a él.

Cavanaugh suspiró.

—Jodi, no estamos tratando en este caso con la mente del ser humano común. ¿Quiénes somos nosotros para suponer por qué hicieron lo que hicieron?

—Entonces, ¿ya los has sentenciado? ¿Policía, juez y jurado todo en uno?

—¡Eso no es justo, maldita sea! Creía que hablábamos hipotéticamente.

—A juzgar por tus palabras, cualquiera lo diría.

—No eran más que palabras. Estoy haciendo lo imposible por darles una oportunidad.

—Ah, ¿sí? ¿Sabes, Bob? Creo que tu problema es que simplemente no puedes concebir que la gente se quiera y que aun así tenga diferencias. No puedes concebir la idea de que los miembros de una familia puedan apoyarse incluso en los peores momentos. Y hay una buena razón que explica tu ceguera —prosiguió, imparable—.

Tu madre dejó a tu padre cuando su empresa se fue al garete. Tu mujer y tú os separasteis cuando las cosas empezaron a ir mal. No tienes la menor experiencia en luchar por tus seres queridos, ¡por eso eres incapaz de concebir que alguien lo haga! —Jodi respiraba pesadamente y tenía los puños apretados—. Se llama compromiso, Bob, y mucha gente cree en ello. Así que, hasta que no tengas prueba de lo contrario, ¿no crees que sería agradable dar a los Warren y a los Whyte el beneficio de la duda?

Sin esperar una respuesta, Jodi dio media vuelta y salió de la habitación con paso firme, reacción de lo más adecuada porque en ese preciso instante Cavanaugh se había quedado literalmente sin habla.

Sin embargo, cuando dos días después llegó a Nueva York y cogió un taxi para ir a la oficina de Katia, Cavanaugh tenía un perfecto control de la situación. Sospechaba que Jordan habría avisado a Katia de que iría a verla, de modo que no le sorprendió verla aparecer en la zona de recepción totalmente serena.

Con una sonrisa, Katia le tendió la mano.

—Detective Cavanaugh, soy Katia Morell. Me preguntaba cuándo aparecería.

Cavanaugh le devolvió el apretón de mano, reparando en que era aún más deslumbrante vista de cerca de lo que le había parecido a través de la lente de su cámara el día del funeral, hacía ya más de un mes.

—Me preguntaba si podríamos hablar. Sé que está trabajando, pero le estaría inmensamente agradecido si me dedicara unos minutos.

—Hay una cafetería abajo. Permítame avisar de que voy a ausentarme. —Se acercó a la recepcionista y habló con ella en voz baja durante un minuto. Luego volvió y emprendió el camino hacia el ascensor.

Cavanaugh admiró su porte del mismo modo que admiró el hecho de que, en cuanto estuvieron fuera del alcance del oído de la recepcionista, ella le pidiera con absoluta calma que le mostrara su identificación.

—Una nunca puede estar segura —dijo intentando disculparse mientras se la devolvía. Incluso a pesar de la advertencia de Jordan,

Cavanaugh no era lo que ella había esperado. Era joven, vestía a la moda y además era un hombre muy atractivo. Naturalmente, Jordan jamás habría mencionado eso, el muy maldito.

No hablaron durante el descenso en el ascensor. Katia, que estaba poniendo todo de su parte por ocultar el vago nerviosismo que sentía, estaba decidida a dejar que fuera Cavanaugh quien llevara la iniciativa. Él, a su vez, se sentía ligeramente intimidado ante la elegancia absolutamente natural de Katia.

Se sentaron a una mesa cerca de la parte posterior de la cafetería y a los pocos minutos la camarera les había servido un par de cafés y unas magdalenas. Katia levantó su taza y sorbió lentamente su café, sin dejar de estudiar a Cavanaugh en ningún momento. Cuando él habló por fin, lo hizo con una dulzura que la desarmó.

—Tengo entendido que se crió usted con los Warren y con los Whyte.

—Así es. Mi madre lleva con los Warren desde antes de que yo naciera.

—¿Se llevaba usted bien con Deborah y con Mark?

—Todos nos llevábamos bien.

—¿Diría que se llevaba mejor con Deborah que con Mark?

—Supongo que sí, por cuanto las dos éramos del mismo sexo. Deborah era seis años mayor que yo. Mark, trece.

—Pero supongo que tenía la sensación de conocerle también.

—Cuando éramos niños jugábamos todos juntos. Incluso los mayores, cuando se fueron a la universidad, venían a casa a menudo. Supongo que conocía a Mark tan bien como la mayoría de los demás, aunque él era muy distinto.

—¿Distinto en qué sentido?

—Era más solitario. Participaba de todo lo que hacíamos, pero aun así siempre se mantenía… aparte. Parecía tener la cabeza en otro sitio.

—¿Y a los demás eso les sentaba mal?

—No. Mark era Mark.

—¿Diría usted que a medida que fueron haciéndose mayores empezó a existir cierto desentendimiento entre ustedes y él?

—Todos somos distintos a nuestro modo. Es algo que aceptamos.

—Tengo entendido que Mark y Deborah eran novios desde muy pequeños.

—Ajá.

—¿Cómo se sintieron las familias cuando decidieron casarse?

—Estaban encantadas. Mark y Deborah estaban muy enamorados y la idea de un matrimonio entre las dos familias fue bienvenida.

—¿Y era el suyo un buen matrimonio?

—Sí. Se parecían mucho en muchos aspectos. —Al ver que Cavanaugh arqueaba las cejas, invitándola a que se explicara, Katia así lo hizo—. Ninguno de los dos era convencional, y con eso no estoy diciendo que fueran rebeldes ni díscolos, simplemente que parecían actuar en una longitud de onda distinta. Los dos tenían mucha inclinación por todo lo que tuviera que ver con el mundo del arte, no sé si me explico. Se vestían de forma diferente, no con un estilo claramente bohemio, aunque sí en esa línea. Nadie se sorprendió cuando Mark anunció que quería ser director de cine.

—¿Y Deborah? ¿Alguna vez se planteó estudiar una carrera?

—Mark era su carrera. Estaba encantada secundándolo en todo lo que él hacía.

—¿Quiere decir eso que no ponía objeciones a su estilo de vida?

Hasta entonces, las preguntas de Cavanaugh habían sido inocentes. Esta última, sin embargo, o quizá fuera el tono levemente crítico con la que había sido hecha, fue la primera referencia a algo negativo. Katia contuvo una instintiva reacción de defensa.

—Deborah amaba a Mark. Tenía fe en él.

Cavanaugh carraspeó. Había esperado que Katia se mostrara leal hasta cierto punto. Se preguntó hasta qué punto.

—¿Está usted al corriente de su estilo de vida?

—¿Se refiere a la vida que llevaban en California?

Cavanaugh asintió.

—Sé que llevaban vidas muy aceleradas, y que la gente de la que se rodeaban llevaba vidas aún más aceleradas.

—¿En alguna ocasión conoció a alguna de esas personas?

—No.

—¿Nunca llevaron a ninguno de esos amigos a casa?

—¿A Dover? No.

—¿Por qué no?

—No estoy segura.

—¿Cree usted que quizá temieran la reacción de sus familias?

Katia se removió en la silla.

—Supongo que es posible. Aunque creo que lo más probable es que no tuvieran ninguna necesidad de traer a sus amigos de California a la costa Este. Las reuniones familiares son reuniones familiares. Usted debe de saber cómo son, detective.

—Pues ahora que lo dice, no —respondió Cavanaugh a bocajarro—. Mis padres se divorciaron cuando yo era apenas un adolescente y era hijo único.

—Lo siento.

—No lo sienta. No me ha ido mal.

—Pues no sabe lo que se ha perdido —arguyó Katia con suavidad, olvidando durante unos instantes quién era Cavanaugh y por qué había ido a verla—. Las veladas familiares con los Whyte y con los Warren son momentos cálidos y maravillosos. Se habla mucho, nos reímos mucho, hay mucha camaradería… incluso ahora, a pesar de que cada uno lleve su vida.

—Oyéndola cualquiera diría que son momentos idílicos, como si la vida con los Whyte y con los Warren fuera una balsa de aceite.

Katia no alcanzó a entender el tono de amargura que se percibía en la voz del detective.

—No. Nada de eso. No siempre. Hubo momentos de tensión, como cuando Gil volvía a presentarse a las elecciones…

—Pensaba que él siempre había creído que las ganaría —dijo Cavanaugh con una sonrisa burlona.

Katia no pudo evitar sonreír a su vez.

—Quizá Gil lo supiera, pero deje que le diga que a los demás no nos quedaban uñas que morder. Jamás lo habría adivinado, porque todos sabíamos que teníamos que proyectar una imagen de confianza de cara al público. A menudo me he preguntado si no es eso lo que más busca el público: confianza, un aire de competencia, tanto si la competencia existe de verdad como si no.

—¿Y cree que Gil la tiene?

—¿Competencia? No tiene más que mirar su historial.

—¿El resto de la familia coincide con usted?

—Sí.

—¿Qué me dice de Peter Warren?

—¿Peter?

—Según tengo entendido ha tenido diferencias con su padre en más de una ocasión.

—Los dos tienen mucho genio. Es natural que de vez en cuando tengan algún enfrentamiento.

—Según creo es más que eso. Se dice que Peter ha estado arrebatándole apoyos a su padre delante de sus narices.

—¿Por qué iba a hacer algo así?

—Quiere ser juez.

—Si eso es cierto, y no estoy en posición de confirmarlo ni de negarlo, no tendría por qué existir ningún conflicto en relación con los apoyos de ambos. La misma gente que ha apoyado a Gil podría fácilmente prestar su apoyo a Peter, aunque incluso así no hay mucho que puedan hacer. En Massachusetts, los jueces llegan a las judicaturas por nombramiento.

—Nombramiento político.

—Sí, pero nombramiento al fin y al cabo. Al final, todo depende de la decisión del gobernador. —Katia negó con la cabeza—. Por favor, créame, detective. No existe ninguna inquina entre padre e hijo.

—¿Y entre padre e hija?

A Katia el corazón le dio un vuelco antes de volver a latir con la fuerza suficiente para compensar la pequeña arritmia.

—¿Perdón?

—Entre Gil y Deborah. ¿Había entre ellos alguna tensión?

—No estoy segura de entender qué importancia puede tener eso en su investigación.

Al darse cuenta de que Katia era una joven muy perspicaz y de que había abordado el tema demasiado deprisa, Cavanaugh levantó una mano.

—Solo estoy intentando entender a Mark y Deborah y a sus familias. Por eso he venido a verla. Aparte de Jordan, todavía no he hablado con los demás porque tenía la sensación de que, con la pequeña distancia que usted tiene, me ayudaría a ver las cosas con mayor precisión. Durante años he leído los periódicos como todo el mundo, y si tuviera que creer lo que he leído, diría que o bien las familias eran un ejemplo de cordialidad o bien estaban podridas hasta las trancas. Tiene que haber un término medio. Esperaba que me ayudaría a dar con él.

Katia esbozó una sonrisa irónica.

—Jordan tenía razón. Es usted un gran orador.

—Y también soy sincero —dijo, y, sorprendentemente, hablaba en serio—. Mi labor es llegar a la verdad, y eso no es fácil cuando uno tiene que leer entre líneas. Créame cuando le digo que necesito su ayuda, señorita Morell.

Katia no estaba segura de qué era lo que la atraía de aquel hombre. Se recordó que era policía e intentó advertirse de que debía mantener las distancias y no bajar la guardia en ningún momento. Pero Cavanaugh no parecía policía y tampoco se comportaba como tal. Parecía humano y profundamente preocupado por descubrir la verdad.

Inspiró hondo y, al espirar, sonrió.

—Quizá sea la mayor estúpida sobre la faz de la tierra, pero por alguna extraña razón confío en usted. —Arqueó una ceja—. Y se lo digo porque si resulta que me equivoco, tendrá que llevar el cargo de conciencia sobre sus hombros, ¿entendido?

Cavanaugh sonrió. Sintió un inmenso afecto por Katia.

—Entendido.

Katia cogió un cuchillo y cortó su magdalena por la mitad. A continuación cortó de nuevo cada mitad en dos trozos. Cogió uno de los cuartos y le dio un mordisco. En cuanto tragó, y al ver que Cavanaugh todavía no había hablado, dejó el resto en el plato.

—¿Y bien? ¿Quiere que siga donde lo dejamos o quiere empezar de cero?

—Me gustaría empezar de cero —dijo él sin la menor sombra de duda, antes de tender la mano como lo había hecho en la recepción de la oficina de Katia—. Me llamo Bob. ¿Puedo llamarla Katia?

Katia a punto estuvo de sonreír, aunque se contuvo a tiempo. Se limpió rápidamente la mano con una servilleta de papel y estrechó la mano del investigador—. Katia está bien.

—Bien. —Cavanaugh le soltó la mano y apoyó los codos en el

borde de la mesa. Durante varios instantes se limitó a sonreír y luego bajó la mirada hasta fijarla en la magdalena que ella había cortado—. ¿Siempre es tan pulcra?

—Cuido mi peso. Las cosas buenas duran más si las troceas y te las comes despacio.

—No necesita cuidar su peso.

Ella se encogió de hombros, pero una sonrisa tironeaba ya de las comisuras de sus labios.

—Una mujer no está nunca demasiado delgada ni es nunca demasiado rica.

—¡Oh, Dios! ¿Dónde he oído eso antes?

—No lo sé. ¿Dónde?

—Tengo una amiga que siempre lo dice, y con ese mismo tono seguro que usted acaba de utilizar. Está tan delgada como usted. —Cavanaugh se recostó contra el respaldo de la silla, inusualmente relajado—. De hecho, creo que le caería bien. Es consejera infantil del sistema escolar de Boston.

—Entiendo que no es su esposa.

—No estoy casado. Lo estuve, pero mi trabajo se interpuso entre nosotros.

—Dicen que es duro estar casada con un policía.

—Ha estado viendo *Corrupción en Miami* —la acusó, y le encantó verla sonrojarse.

—De vez en cuando. Pero no, lo sé de buena tinta, por un conocido de Jack. Al tipo en cuestión le encantaba estar casado, pero a su mujer no le gustaba tener a un policía en casa. Al final, ella no pudo con el desgaste que le suponía. —Katia hizo una pausa—. Debe de gustarle mucho su trabajo.

—Sí.

—¿Tiene hijos?

Cavanaugh negó con la cabeza.

—Supongo que es mejor así. A los niños se les hace difícil que sus padres no estén juntos.

—Dios, habla usted como Jodi.

La declaración de Cavanaugh satisfizo a Katia, como también la mirada de admiración que percibió en sus ojos. No entendía por qué, teniendo en cuenta que Cavanaugh era policía y que estaba allí en misión oficial, investigando un asesinato que había afectado a su propia casa.

El recuerdo de la realidad de la situación la ayudó a serenarse. Miró su reloj.

—Tengo que volver a la oficina, aunque estoy segura de que querrá saber más cosas.

—¿Podemos vernos más tarde?

—Claro. ¿Cuánto tiempo va a estar en la ciudad?

—Había previsto volver esta noche, pero esto me está gustando. Hacía mucho que no venía. Si cojo un puente aéreo mañana por la mañana, siempre puedo ir a ver algún espectáculo esta noche. ¿Alguna sugerencia?

—Claro. Está *Biloxi Blues*, o *The caretaker* de Pinter, o siempre puede ir a ver *Cats*. Cualquiera de los tres es fantástico.

—¿Alguno que no haya visto y al que la pueda llevar? Demonios, si le estoy causando tantas molestias, lo menos que puedo hacer es compensarla de algún modo.

Katia decidió olvidar que Cavanaugh era policía y también que había salido tres de las cuatro noches que habían transcurrido desde que había vuelto de Vineyard, todo ello sumado al recuerdo del último rechazo que había sufrido por parte de Jordan. Robert Cavanaugh era agradable y atractivo. ¿Por qué no?

—Me muero por ver *A Lie of the Mind* —dijo, con la boca pequeña— Si consigue entradas, me apunto.

Cavanaugh consiguió las entradas, aunque para ello tuviera que hacer esa tarde cinco llamadas y una cola de cuarenta y cinco minutos en la taquilla. Cuando llamó a Katia, acordaron encontrarse para comer algo antes de la función. En un restaurante de Broadway, ante un plato de carne y langostinos, volvieron a retomar el asunto que había llevado a Cavanaugh a la ciudad.

—Hábleme de su relación con los Whyte y con los Warren —le pidió con suavidad—. Sé que se crió con ellos y que les guarda un gran cariño.

—Los quiero. Son mi familia.

—¿Y su padre? No sé nada de él.

—Murió cuando yo tenía nueve años.

—Lo siento.

—No, no se preocupe. Nunca tuvimos demasiada relación.

—Aun así, debe de haber sido duro.

—Lo duro fue cuando murió mi hermano. Yo tenía once años. Apenas edad suficiente para entender lo que era la guerra y mucho menos sus víctimas.

—¿Vietnam?

Katia negó con la cabeza.

—Israel. Cuando mi padre murió y mi madre tuvo que organizar su funeral, nos enteramos de que ella era judía. Mamá no practica la religión ni se identifica con ella. Pero Kenny estaba en una edad muy introspectiva. En cuanto se enteró, ya no pudo volver a olvidarlo. Cuando estalló la guerra árabe-israelí en el sesenta y siete, no dudó en alistarse.

—¿Cómo se sintió su madre cuando eso ocurrió?

—Quedó destrozada. Había perdido a su familia a manos de Hitler.

Cavanaugh se estremeció.

—Cuando usted fue lo bastante mayor como para comprender, ¿cómo se sintió?

—¿Sabe? —empezó Katia, pensativa—, me sentí muy orgullosa de Kenny. Mi hermano sentía algo y actuó en consecuencia. Y creo que comprendí a mi madre mucho mejor en cuanto me enteré de su pasado. Intentaba protegernos, porque hay en ella algo de esa típica mentalidad de la gente que sigue pensando que todavía hay por ahí seguidores de Hitler, así que puedo entender por qué hizo lo que hizo. No digo que yo habría hecho lo mismo, negando totalmente mis raíces de haber estado en su piel, pero mi experiencia en la vida ha sido totalmente distinta de la suya. Lo mismo le ocurrió a Kenny, y quizá eso explique por qué hizo lo que hizo.

Cavanaugh sacudía la cabeza.

—No tenía ni idea. Cosas como esa nunca aparecen en las historias de los Whyte o de los Warren.

Por un momento Katia se preguntó si después de todo le habría juzgado mal.

—¡Y no quiero que aparezcan! Lo que le he contado es totalmente confidencial...

—Lo sé —dijo él con voz queda, apretándole suavemente la

mano—. Lo que me ha dicho no saldrá de esta mesa. —Retiró la mano y cogió el tenedor—. Si perdió a su padre y a su hermano, puedo entender por qué tiene una relación tan próxima con los demás.

Ya más tranquila y segura de que el detective respetaría la confidencialidad de la información que acababa de darle, Katia volvió a relajarse. Le caía bien Cavanaugh. Quería hablar, quería que él entendiera.

—De hecho, siempre me sentí cerca de ellos. Desde el primer momento, a Kenny y a mí se nos trató como a miembros de la familia. Esa es una de las cosas maravillosas de los Whyte y de los Warren. Siempre nos aceptaron, y sin asomo de condescendencia. Nos criamos disfrutando de muchas de las ventajas que ellos tenían. Siempre les estaré agradecida por ello.

—Fueron afortunados. Entiendo ahora que hable tan bien de ellos.

—Por favor, no me interprete mal —aclaró Katia—. No todo es gratitud. Aunque los quiero como familia, también tengo innumerables motivos para que me gusten. Son individuos y cada uno de ellos es una persona interesante. Tienen sus defectos, como todos. Pero siento un tremendo respeto por su fortaleza.

Cavanaugh bajó los ojos y clavó la mirada en la comida que tenía en el plato. Se llevó varios bocados a la boca antes de volver a levantar los ojos, que esta vez parecían más serenos.

—Mark Whyte estaba metido en un lío en California.

El tenedor de Katia vaciló delante de su boca. Por fin, lo dejó en el plato.

—Lo sé.

—¿Sabe usted a qué clase de lío me refiero?

—Sí… si está pensando en lo mismo que yo. —No pensaba ser la primera en decirlo.

—¿Pornografía infantil?

Katia soltó un suspiro y asintió.

—¿Cómo se ha recibido eso en el frente familiar?

—No se ha recibido. Me refiero a que no lo saben.

La noticia pilló a Cavanaugh por sorpresa. No estaba seguro de creer lo que acababa de oír.

—¿Y cómo es que usted sí?

Katia se vio momentáneamente en una encrucijada. Quería conservar la confianza de Jordan, pero no había forma de hacerlo sin mentir. De modo que, aunque con cierta vacilación, optó por decir la verdad.

—Jordan me lo dijo.

Cavanaugh controló los rasgos de su rostro. Solo sus ojos parecieron oscurecerse.

—No sabía que él lo supiera. No mencionó nada cuando él y yo hablamos.

—Estoy segura de que esperaba que encontrara al asesino sin tener que entrar en ese... asunto. Está preocupado por sus padres, sobre todo por su madre, y por cómo la noticia pueda afectarles cuando se enteren, si llegan a enterarse.

—¿Cuándo se lo dijo?

—El fin de semana pasado.

—¿Le dijo que estaban a punto de acusar a Mark?

Katia contuvo el aliento.

—¿De verdad?

—Sí. ¿Lo sabía Jordan?

—Dijo que la policía de Los Ángeles sabía en lo que Mark estaba metido. Él se lo había dicho. También le dijo que no sería procesado.

—Pero ¿Jordan estaba al corriente de las acusaciones?

—No. Al menos que yo sepa. —Katia leyó sin dificultad la expresión de Cavanaugh—. Si está pensando que Jordan tuvo algún motivo para ocultarle información... o para ocultármela a mí... se equivoca, Bob. A Jordan todo ese asunto le asquea. Creo que una de las razones por las que me lo contó fue simplemente porque necesitaba compartirlo con alguien. Jordan nunca ha tenido necesidad de mentirme. De haber sabido que Mark estaba a punto de ser procesado, me lo habría dicho.

Cavanaugh no estaba convencido de eso, pero no quería poner en tela de juicio la confianza de Katia. Aun así, había algo que necesitaba saber.

—¿Está usted enamorada de Jordan?

La mano de Katia sufrió una involuntaria sacudida.

—¿Qué le hace pensar eso?

—La mirada que veo a veces en usted.

A pesar de la confianza que Katia había depositado en Cavanaugh, no tenía intención de abrirse a él plenamente.

—Jordan es familia mía. Es como un hermano para mí.

—No es su hermano. No llevan la misma sangre.

—Sabe muy bien a qué me refiero —fue lo mejor que se le ocurrió decir.

Apiadándose de ella, Cavanaugh hizo como si aceptara la explicación. Apretó los labios y asintió.

Pero había algo que Katia le había prometido a Jordan, una petición que tenía que hacerle al detective.

—Le ruego que no diga nada sobre el asunto de la pornografía a menos que sea estrictamente necesario, Bob. Destrozaría a Jack y a Natalie, por no hablar de Gil y de Lenore. Lo intentaron, de verdad lo hicieron lo mejor que pudieron. Quizá Jack y Gil fueron padres ausentes la mayor parte del tiempo, pero siempre quisieron lo mejor para sus hijos. Y si Natalie se entera de lo que estaba haciendo Mark, se culpará. No podrá vivir pensando en qué se equivocó. No se merece algo así… ninguno de ellos. Puede que la gente los vea como ricos y poderosos, pero son seres humanos. En el fondo, no son muy distintos de otros padres que quieren a sus hijos. A veces sufren. Créame. Sufren.

11

En otoño de 1952 los Whyte y los Warren se habían convertido en prósperos residentes de Dover. Seis de sus hijos iban a las escuelas de la localidad, y Natalie y Lenore, por no mencionar a los Morell y los McNee, eran ya caras conocidas en la comunidad. Si las caras de Jack y de Gil no lo eran tanto, puesto que se pasaban la mayor parte de su tiempo fuera de casa, no podía decirse lo mismo de su reputación. Jack pronto fue conocido como uno de los empresarios más prometedores de la ciudad, y Gil, cuya pericia legal y política le precedía, era un firme candidato a ocupar el escaño en la cámara legislativa del estado que iba a quedar vacante tras la jubilación del longevo representante en activo.

Natalie estaba ocupada con los niños, compensando así no solo las ausencias de Jack, que había empezado a desaparecer de casa desde la primavera, en cuanto la novedad de la casa había pasado a un segundo plano, sino en un intento por disfrutar de la satisfacción que le daba saber que sus hijos conocerían a su madre como ella nunca había podido conocer a la suya. Se comprometió íntimamente en todas y cada una de las actividades de sus hijos, un doble desafío después de diciembre de ese año, cuando dio a luz a una hija a la que llamaron Anne. Aunque contrató a una niñera para que se ocupara del bebé, muy a menudo, conforme transcurría la primavera de 1953, Anne iba en brazos de Natalie mientras esta animaba en los partidos de la liga infantil de Nick, asistía a las obras de teatro de Mark y batallaba con los laboriosos intentos de aprender a leer por parte de Jordan.

Además, se había implicado tanto con los pequeños Warren como con sus propios hijos, ya que muchas de las actividades de los hijos de Lenore y de los suyos coincidían. Lenore solía estar presente, pues era una mujer de buen corazón. Sin embargo, en una ocasión que Peter lanzó su caballo al galope, cayó y se rompió el brazo, Lenore se derrumbó por completo, y fueron Natalie y Cassie quienes consolaron al pequeño y se ocuparon de que recibiera atención médica. Y cuando Laura sufrió un repentino y severo tartamudeo, fue Natalie quien tuvo el buen tino de buscar a un logopeda. Y cuando el profesor de Ben llamó para decir que estaba sembrando el terror entre las niñas de la clase, fue Natalie quien se sentó con él y tuvo con el niño una larga conversación.

Lenore estaba sumida en un perpetuo estado de nervios. Se preocupaba por todo: desde la estabilidad política de Gil y la propensión de Deborah a la difteria, hasta la aversión de Ben por la leche. Mientras que Natalie era lo bastante feliz como para disfrutar de lo que tenía en el momento presente, Lenore se obsesionaba con lo que quizá el futuro le arrebataría. Imaginaba que Gil no saldría reelegido en las siguientes elecciones o que sería víctima de un repentino revés en el bufete. Vivía presa del más absoluto temor a que un incendio o un huracán destruyeran la casa de Dover y les produjera una incalculable pérdida.

Tal era el estado de nerviosismo en el que estaba sumida, que muy pronto las migrañas fueron en ella algo habitual; entonces se tendía en la cama con las cortinas echadas, un trapo caliente sobre el puente de la nariz y órdenes estrictas de que bajo ningún concepto se la molestara. Los niños llevaban bien sus ausencias. Hacía tiempo que habían aprendido que tanto Cassie como Natalie podían perfectamente ocuparse de cualquier problema, y puesto que encontraban en ellas un cariño auténtico, se limitaban a agradecer la presencia de Lenore cuando estaba con ellos y a aceptar sus ausencias cuando no lo estaba.

En otoño de 1953 Jack fusionó sus distintos intereses en una gran corporación: el Grupo Whyte. Las líneas aéreas iban bien, y con el tiempo habían ido absorbiendo a un buen número de compañías más pequeñas. Jack tenía media docena de hoteles a su nombre que también prosperaban satisfactoriamente. La planta de material electrónico de Waltham se había expandido y operaba a pleno rendimiento incluso después de la firma del armisticio que había puesto punto final a la guerra de Corea.

Cassie Morell estaba al corriente de todo ello no por boca de Natalie ni de Lenore, sino por el propio Gil Warren. Adoptó la costumbre de quedarse hasta tarde en la casa principal las noches que Gil estaba en Dover, y, a pesar de que eran poco habituales, para ella siempre resultaban especiales. Poco a poco fue dibujándose una clara dinámica. Cassie acostaba a los niños, corría a la casita a dar a Kenny el beso de buenas noches y luego volvía a la casa grande por si podía preparar a Gil algo de comer o de beber. Él la invitaba a pasar a su estudio y ambos se quedaban hablando.

Gil mostraba con Cassie toda la paciencia del mundo: la incluía en la conversación y la hacía partícipe de temas que iban desde el progreso de los niños en la escuela, pasando por los suyos propios en algún caso legal, hasta lo que hacía Eisenhower en la Casa Blanca. Parecía disfrutar de las veladas, abriéndose libremente a ella, a sabiendas de que podía contar con respuestas inteligentes, confiando intuitivamente en que lo que hablaban jamás saldría de la habitación.

A veces Cassie se sentía más su esposa que su ama de llaves, un terreno en el que tenía sentimientos encontrados. Por un lado, se sentía culpable. Le tenía cariño a Lenore y comprendía que la mujer era de constitución débil. Por otro, se sentía provocadora. Lenore había elegido encerrarse en su cuarto, lejos de su esposo, que al parecer valoraba la compañía. Y si Gil buscaba a Cassie para disfrutar de esa compañía, y ella nunca se lo planteó de otro modo, él estaba en todo su derecho.

El sencillo placer que provocaba en ella la proximidad de Gil bastaba para que Cassie volviera en busca de más. Él no solo estimulaba su mente de un modo que Henry no lo hacía, sino que la hacía sentirse mujer como ningún otro hombre lo había conseguido jamás. Estaba en sus ojos, esos ojos oscuros, cálidos y penetrantes, posándose en el rostro de ella, en sus manos, en sus pechos. Aunque Gil nunca hizo el menor intento por tocarla de un modo que pudiera ser considerado impropio, Cassie se marchaba de su estudio con la sensación de haber sido acariciada de la cabeza a los pies, y la sensación la caldeaba durante días.

Henry, por el contrario, la dejaba fría. Ciertamente, seguía siendo el mismo hombre inofensivo con el que se había casado, pero con el tiempo parecían tener cada vez menos afinidades. Mientras que a Henry le gustaba pasar sus días libres en el canódromo, Cassie prefería ir al cine, de compras o al Museo de Bellas Artes. Si Henry encontraba estimulante pasar la noche viendo un partido de béisbol en un bar con sus viejos amigos de Brookline, Cassie encontraba mayor deleite en disfrutar de un buen libro. Si Henry se empeñaba en que Kenny supiera, ya a la tierna de edad de tres años, que no era uno de los Warren, Cassie se empecinaba en hacerle creer que, en la práctica, lo era.

Con el tiempo, Cassie y Henry simplemente empezaron a hacer vidas separadas. Cassie habría estado perfectamente feliz con el cariz que habían tomado las cosas de no haber sido porque percibía una oscura corriente de frustración en su marido. Profundamente consciente del voto que se había hecho a sí misma al casarse con él, proponía obediente que, al menos una vez al mes, hicieran algo juntos. A pesar de que era un simple arreglo, la iniciativa pareció apaciguar a Henry.

Lo cierto es que no era Cassie la única que tenía en mente apaciguar a su pareja. Jack y Gil buscaban también encontrar algún modo de compensar a sus esposas. A principios de 1954 encontraron la forma ideal.

Mientras los ojos de la nación estaban fijos en el Tribunal Supremo, que debatía la cuestión de la segregación racial en las escuelas, la atención de ambos hombres estaba puesta en una isla situada frente a las costas de Maine. Les gustaba la idea de disfrutar de un retiro exclusivo para sus familias, la perspectiva de poder poner su nombre a una residencia privada. La localización de la isla les ayudaba. Era un viaje fácil y, lo que era más importante, les permitía aparcar a sus familias durante los veranos y las vacaciones mientras ellos tenían plena libertad para ir y venir a su antojo.

Compraron, pues, la isla, hicieron las obras necesarias para reparar y dejar habitable la vieja casa victoriana e invitaron orgullosos a sus respectivas familias a conocer el lugar.

Natalie y Lenore, que en secreto le habían echado el ojo a una casa de veraneo en Bar Harbor, decidieron rápidamente que contar con su propia isla resultaba mucho más prestigioso. Les gustó la idea de que hubiera solo una casa. De hecho, les recordaba a un castillo rodeado de un gigantesco foso que las protegiera de la canalla, y, puesto que pasaban tanto tiempo juntas y ambas familias se llevaban tan bien, la perspectiva de compartir la casa les encantó.

Los niños carecían por completo de la menor noción de prestigio, estatus o apaciguamiento. Simplemente vieron un montón de senderos por los que corretear, innumerables escondites entre los que ocultarse, infinidad de arena para construir sus castillos, hacer sus pasteles de barro y meterse mutuamente en los bañadores. Estaban sencillamente encantados.

Si las reacciones hubieran sido equiparables, habrían supuesto una victoria sin precedentes para Jack y Gil, lo cual era muy positivo, porque las victorias aplastantes eran difíciles de obtener. Gil había decidido dar un paso más y presentarse al Senado del estado, y se enfrentaba a una formidable oposición por parte del titular. Lenore, como era de prever, estaba en estado de pánico, un estado ante el cual Gil, prediciblemente, tenía poca paciencia.

—¡Pero si las cosas te van muy bien en el Congreso!

—Cuando termine la legislatura ya llevaré en el cargo seis años. Desde siempre he dicho que esto no era más que un principio. Es hora de dar un paso adelante.

—Quizá si dejaras pasar unos años más…

—Ahora, Lenore. Ya tengo cuarenta y dos años. Dentro de unos años simplemente seré un poco más viejo. Ya he hecho todo lo que debía en el Congreso. El Senado es, con toda lógica, el paso siguiente.

—¿Y qué pasará si pierdes?

—No perderé.

—Pero Dover ya tiene un senador fuerte. Will Crocker cuenta con gran aceptación. No tiene intención de jubilarse, y desde luego no creo que vaya a retirar su candidatura así, sin más. ¿Cómo piensas enfrentarte a él?

—Con una campaña larga y dura.

Gil no solo se dedicó en cuerpo y alma a una campaña dura y larga, sino que sus esfuerzos recibieron la ayuda de un informe de última hora según el cual Will Crocker había aceptado cuantiosos fondos de un grupo de constructores que habían aunado sus esfuerzos en apoyo de la Legislatura para disfrutar de privilegios especiales. Sin tiempo suficiente para defenderse de la acusación de soborno, Crocker fue derrotado en los comicios.

Gil ocupó su cargo, pero Lenore sufrió más profundamente por culpa de esa victoria que por las que había vivido hasta entonces. Creía que la oportuna desgracia de Crocker era demasiada coincidencia y, a pesar de que la fuente de la profética revelación fue un misterio, tenía sus sospechas. Se acordaba de su padre, sabía lo rápida e innecesariamente que podían arruinarse las vidas y temía que llegara el día en que Gil, a causa de sus maniobras bajo mano, se encontrara en el bando de los perdedores.

Y se veía totalmente impotente para evitarlo. Gil no escuchaba sus temores. Lenore hablaba de ellos con Natalie, que a su vez los mencionaba en sus conversaciones con Jack. Sin embargo, Jack era tan ambicioso como el propio Gil, y confiaba tanto como él en su éxito.

La sensación de impotencia en la que se veía sumida Lenore, la sensación de estar siempre al antojo de un destino que no podía tocar ni controlar, sufrió una trágica confirmación con la llegada del año 1955. Ben enfermó. Todo empezó con un dolor de garganta que rápidamente se convirtió en una fiebre alta. El médico de la familia recetó aspirinas y reposo, pero cuando los síntomas se agudizaron, pasando a dolores y espasmos musculares y luego rigidez, Ben fue hospitalizado de inmediato.

Lenore estaba destrozada. Gil pasaba cada uno de sus minutos libres con su hijo en el hospital. Los demás niños estaban asustados. Natalie, preocupada, mantuvo a sus pequeños lejos de la casa de los Warren, aunque sabía que probablemente ya se habían expuesto a cualquier contagio. Cassie tenía pesadillas en las que soñaba que Kenny enfermaba. Y los periódicos no ayudaban. Estaban plagados de relatos de la epidemia en los que retrataban detallada, por no decir dramáticamente, innumerables casos de polio como el espantoso azote que era.

Ben tuvo a su disposición la mejor atención médica, pero ni siquiera eso pudo impedir el ataque de parálisis ni tampoco su muerte tras una valerosa lucha de diez días.

El funeral fue pequeño e íntimo. Por una vez, Gil no pensó en ningún momento en sus apariciones públicas. Las únicas imágenes que poblaban su cabeza eran la del cuerpo de su hijo de diez años encerrado en un pulmón de acero y luego, y más descorazonadora si cabe, en un ataúd infantil. Lenore no le fue de mucha ayuda en su dolor. Estaba sumida en un mundo de duelo propio y solitario en el que no permitía entrar a nadie.

Durante días el dolor de ambos se reforzaba con el temor a que uno o más de los demás niños enfermara. Incluso cuando transcurrió el período de incubación y ese miedo inicial remitió, seguía existiendo la posibilidad de que se contagiaran por algún otro vector, de modo que continuaron teniendo una preocupación, aunque más difusa.

A pesar de los vientos frescos y de las ocasionales lluvias, la isla fue un regalo particular a principios de la primavera de 1955. Lenore y Natalie se llevaron allí a los niños en cuanto llegó el primer día de vacaciones, y allí se quedaron durante un mes entero. Era la primera vez desde la muerte de Ben que podían disfrutar de un poco de paz. Mientras Lenore seguía llorando la muerte de Ben, con largos períodos de depresión, encontró consuelo al saber que los demás niños estaban protegidos de la epidemia mientras permanecieran en la isla, aislados del mundo. También Natalie se sentía más a salvo allí, y esa sensación de seguridad se hacía extensiva a los niños, el mayor de los cuales había resultado muy afectado por la muerte de Ben. Natalie pasaba largas horas con ellos: con Nick y con Laura, que ya tenían trece años; con Mark, de doce; con Peter, que ya casi había cumplido los diez, y con Jordan, de ocho… individualmente y juntos, intentando explicarles que Ben estaba en paz, que la vida conllevaba algunas tragedias que no tenían explicación, que la polio nada tenía que ver con la genética y que no podían vivir temerosos de sufrir un inminente ataque de la enfermedad.

Los niños parecieron responder a sus consejos, o quizá fuera simplemente el tiempo y la distancia lo que los tranquilizó. Fuera como fuese, se relajaron gradualmente y volvieron a recuperar su naturaleza indómita.

El hecho de que tanto Jack como Gil se reunieran con sus familias solo un día de vez en cuando molestaba menos de lo habitual a Lenore y a Natalie. Cualquiera que estuviera en contacto con el mundo exterior suponía una vaga amenaza. Incluso Cassie y Sarah, que se turnaban para volver periódicamente a la casa de Dover para atender las necesidades de los hombres, eran recibidas de regreso a la isla con cierta dosis de desconfianza.

Fue precisamente durante uno de esos viajes a Dover cuando Cassie fue consciente de las dimensiones del dolor que atenazaba a Gil Warren. Cassie suponía que Gil se había recuperado de la muerte de su hijo, puesto que había vuelto al trabajo con esa pasión tan propia de él y, como ya era en ella una costumbre, fue al estudio para ver si necesitaba algo antes de acostarse.

A pesar de que esperaba encontrarlo revisando documentos, Cassie no encontró a Gil en el estudio. Siguiendo la voz de su sexto sentido, subió silenciosamente al segundo piso de la casa. La luz que encontró encendida no procedía de la habitación del señor, sino de la habitación de Peter, la que este compartía con Ben.

Gil estaba sentado en la cama que había sido de Ben. Tenía la cabeza gacha y los brazos le colgaban, inertes, a los costados. Hacía tiempo que se habían retirado los juguetes de Ben, los trenes, los soldados y los perros de peluche, dejando un vacío que de pronto golpeó a Cassie como no lo había hecho durante las innumerables ocasiones en que había estado en la habitación desde la muerte del pequeño.

Pensó en dejar a Gil sumido en la intimidad de su duelo, pero su corazón sufría demasiado por él. Llamó suavemente al marco de la puerta. Cuando él levantó la mirada, aparentemente confuso y distante, ella habló casi en un susurro.

—¿Puedo traerle algo?

Gil se limitó a mirarla fijamente durante un minuto y luego sacudió la cabeza.

—¿Puedo ayudarlo?

Él siguió mirándola, y volvió a negar con la cabeza.

Aunque Cassie deseaba desesperadamente hacer algo, porque el espantoso dolor que embargaba a Gil la desgarraba, tenía que respetar su deseo de estar a solas.

—Estaré en la casita —dijo con un hilo de voz. Dio media vuelta y volvió a bajar, saliendo a continuación por la puerta trasera y cruzando la escasa distancia que separaba la casa principal de la suya.

Se desvistió sin encender ninguna luz y se puso el camisón. Luego se metió en la cama que desde el principio había compartido con Henry, que estaba en ese momento en la isla. No le importaba dormir sola. De hecho, era un alivio después de pasar noches y noches arrinconada a un lado de la cama para dejar espacio libre a la voluminosa figura dormida de su marido. Había aprendido a echar mano de sus fantasías para darse calor puesto que, por los motivos que fuera, el cuerpo de Henry nunca había llegado a lograrlo.

Seguía totalmente despierta, sumida en sus cavilaciones, cuando oyó que alguien llamaba suavemente a la puerta. No estaba segura de si la había alertado el mismo sexto sentido que anteriormente la había llevado a la habitación de Ben, pero de lo que si estaba segura era de que Gil había ido a verla. Echando apenas una mirada por la ventana, abrió la puerta y se hizo a un lado para dejarlo entrar.

Gil se había puesto una chaqueta, aunque no se la había abrochado. Llevaba las manos en los bolsillos y la camisa también descuidadamente desabrochada por debajo del pecho.

Cassie cerró la puerta y se acercó hasta quedar a su lado, donde esperó en silencio a que él hablara, se moviera o hiciera algo. Él siguió con la mirada fija en el suelo durante un buen rato. Tenía el pelo oscuro despeinado y la sombra que le cubría la mandíbula más pronunciada. Parecía exhausto, aunque sin duda se trataba de algo más que la simple fatiga propia de última hora de la noche. Cassie se preguntó cuándo habría tenido Gil una noche de sueño tranquilo por última vez, al tiempo que cavilaba sobre cuántos sentimientos habría estado ocultando durante las últimas semanas.

Gil era un arquetipo de la fuerza. El mundo y, por supuesto, su propia familia lo veían como una torre de acero. Lo que Cassie tenía en ese momento ante sus ojos era distinto, algo igualmente admirable e inconfundiblemente humano. De un modo extraño, se sintió confortada por esa visión.

Despacio, y con un gesto vacilante que ella nunca había visto en él, Gil levantó los ojos para mirarla. Su voz sonó ronca: un gruñido preñado de dolor.

—Necesito a alguien, Cassie. Tengo mucho frío… y me siento muy solo.

Cassie no necesitó oír nada más. Le daba igual que ese «alguien» pudiera ser cualquiera. El hecho es que Gil había acudido a ella. Consciente del amor que había sentido por él durante años, sabía muy bien lo que deseaba hacer.

Con sumo cuidado, como si estuviera tan herido por fuera como lo estaba por dentro, le quitó la chaqueta de sus anchos hombros.

—Venga —dijo entonces, llevándolo por el corto pasillo a la habitación. Cuando lo tuvo sentado en el borde de la cama, le desabrochó suavemente la camisa y se la quitó. Luego lo recostó sobre la almohada y con idéntica suavidad le quitó los zapatos, los calcetines y los pantalones. Cuando estuvo por fin tumbado en ropa interior, Cassie lo cubrió con la sábana, se metió en la cama a su lado y lo estrechó entre sus brazos.

Con la cabeza de Gil reposando sobre sus pechos, Cassie susurró:

—Yo le daré calor. Haré todo lo que necesite. Me destroza el corazón verlo así.

El único sonido que salió de labios de Gil fue un jadeo ahogado al tiempo que rodeaba la cintura de Cassie con sus brazos y la atraía hacia sí. Ella simplemente siguió abrazándolo, dándole tiempo, arropándolo con cada pizca del amor que sentía por él para paliar con él su soledad y su dolor.

Pasó un buen rato hasta que Gil por fin se movió. Ella le acariciaba la espalda cuando sintió la primera tentativa por parte de la boca de él sobre su pecho, y casi a la vez que Cassie relajó su abrazo, él la imitó para dar a sus labios mayor libertad.

Cassie nunca había sentido lo que sintió en ese momento: aquella enloquecedora y ardiente oleada de pasión recorriéndola entera. Intentó contenerla, pero resultó un esfuerzo tremendo pues él estaba utilizando sus labios y la lengua, acariciándole el pezón por encima del algodón del camisón, y nada pudo hacer ella por reprimir el suave gemido que escapó de su garganta.

Sin embargo, sí podría haber hecho algo cuando las manos de Gil alcanzaron el dobladillo del camisón, y así lo hizo. Levantó las caderas y lo ayudó a quitarle la suave tela por la cabeza. Era la primera vez que estaba desnuda delante de un hombre, puesto que el sexo con Henry era una cuestión vivida en el más absluto recato, pero Cassie estaba orgullosa de su cuerpo, orgullosa de que un hombre como Gil la encontrara atractiva. Y así era. Cassie podía notarlo en el temblor que sacudía los brazos de Gil, en el modo en que se le tensaba el estómago, en cómo se movió hasta colocarse encima de ella y unir sus caderas a las suyas.

Cassie había soportado ya demasiado recato como para saber que deseaba tocar el cuerpo de Gil de la cabeza a los pies, y, de nuevo, él pareció aceptar gustoso el gesto, pues la ayudó a quitarle primero la camiseta y después los calzoncillos. Cassie lo tocó despacio, saboreando el juego del músculo tenso bajo la piel cubierta de pelo, al tiempo que sentía cómo cada uno de sus sentidos se agudizaba hasta extremos casi dolorosos cuando él la tocaba del mismo modo.

Dejó que fuera él quien marcara el ritmo, pero sus muslos estaban ya abiertos y a la espera cuando por fin él la penetró. Gimoteando suavemente ante la absoluta belleza que contemplaban sus sentidos, Cassie lo arropó en su interior, cálida y prieta. Y cuando él empezó a moverse, ella se movió con él, dejándolo que la guiara a una cumbre de placer como jamás había siquiera vislumbrado. Encontró tanto éxtasis en su clímax como en el de él, pero no tuvo que preguntarse por qué nunca había sentido una recompensa como esa con Henry. Nunca había amado ni amaría a Henry como amaba a Gil.

Gil se derrumbó a su lado y respiraba pesadamente cuando la atrajo hacia él, encajándola en la curva de su propio cuerpo, aunque los jadeos cesaron rápidamente en cuanto se quedó dormido. A Cassie no se le pasó por la cabeza buscar el estrecho rincón habitual que ocupaba en la cama. El contacto con el cuerpo de Gil le resultaba agradable y reconfortante. Era su mayor fantasía hecha realidad.

Feliz y en paz, también ella terminó por dormirse; cuando despertó horas más tarde encontró que Gil había retirado las sábanas y estaba mirándole el cuerpo. Tampoco entonces Cassie sintió el impulso de ocultarse, y tampoco le preocupó si eso la hacía lasciva, pues vio júbilo en el modo en que los ojos de Gil se fijaban en ella y la admiraban. Poco después, las manos de él siguieron el camino de sus ojos, y Cassie descubrió que volvía a desearlo; si eso era ser lasciva, le daba igual. Sospechaba desde hacía tiempo que

Gil le había sido infiel a Lenore en más de una ocasión y no tenía la menor idea de si él tendría el deseo o la oportunidad de volver a ella, así que estaba plenamente decidida a aprovechar la ocasión que le ofrecía esa noche única y preciosa.

La única luz que entraba en la habitación era la de la luna reflejada en la frágil hierba invernal, pero bastaba para que Cassie pudiera ver los ojos de Gil y memorizara la mirada que encontró en ellos, para que viera su cuerpo y memorizara también su perfil. Más libre de lo que jamás se había sentido, lo tocó y lo adoró, y cuando él volvió a penetrarla, el clímax que experimentó fue incluso más potente que el primero.

Esta vez fue ella la primera en quedarse dormida, y no tuvo forma de saber que Gil siguió despierto un buen rato mirándola. Cuando por fin abrió los ojos, ya era de día y él se había marchado. Cassie lo aceptó, como aceptó también la realidad de Henry y de Kenny, y la de Lenore y los niños en Maine. Así que se vistió, preparó el desayuno habitual de Gil y luego limpió la casa y se fue a la isla.

El mes siguiente, todos los periódicos del país anunciaban en sus titulares que Jonas Salks había logrado perfeccionar la vacuna contra la polio. Tanto los pequeños Whyte y Warren, como Kenny Morell, fueron los primeros en recibirla gracias a algunas teclas que Gil no dudó en pulsar. Y, a pesar de que existía cierta amargura en el hecho de que la vacuna hubiera llegado unos meses después, demasiado tarde para salvar la vida de Ben, en cuanto los demás niños estuvieron inmunizados, un suspiro de alivio se elevó de las casas de Dover y la vida volvió a la normalidad.

Normalidad, claro está, siempre en términos de los Whyte y de los Warren. Esta vez fue Jordan quien se rompió un pie al tirarse al suelo desde la casa del árbol. Y fue el profesor de Peter el que llamó esta vez, informando de que su práctica de lanzar bolas de papel mojado en clase se estaba convirtiendo en un problema. Laura se quedó sin el papel de la princesa en el recital de ballet, decisión que le produjo un ataque de nervios del que solo se recuperó cuando le prometieron el papel del hada buena. Y Nick, cuyo cuerpo crecía tan deprisa como Natalie podía comprarle ropa nueva, se convirtió en el playboy de séptimo curso.

En junio de ese mismo año, poco después de que las familias se instalaran a pasar el verano en Maine, Cassie recibió de su médico la noticia de que volvía a estar embarazada. Poco después, Lenore recibió la misma noticia. Cassie salía de cuentas en diciembre y Lenore en enero. Cualquier pensamiento que Cassie pudiera abrigar sobre lo irónico de la coincidencia resultaba secundario ante el júbilo que la embargaba. No le dijo nada a Gil. Sobraban las palabras, al menos en ese flanco. A pesar de que nunca habían hablado de lo que había ocurrido esa fría noche de marzo, ambos daban por supuesto que sus vidas seguirían como hasta entonces.

Cassie tuvo un buen embarazo, cosa que no le sorprendió. Ya había pasado por uno y sabía perfectamente lo que podía esperar y el júbilo añadido de saber que llevaba en sus entrañas una parte de Gil le daba una gran dosis de fortaleza. Esta vez Henry no la mimaba tanto, y Cassie quizá hubiera llegado a plantearse si él sabía la verdad de no haber sido porque llevaban ya años distanciándose. Tenía tan poca intención de echarle en cara la paternidad del bebé como la que tenía Gil con Lenore. A Cassie le bastaba saber que Gil y ella compartían un secreto propio y muy especial.

Llegó y pasó diciembre como una exhalación y Cassie no daba a luz. Sin embargo, mientras todo el mundo esperaba ilusionado la nueva llegada, ella se mostraba tranquila y en paz. El bebé nació el ocho de enero. El parto de Cassie fue fácil y breve. La pequeña, una niña, estaba perfectamente formada y era muy hermosa. Y el bendito de Henry se atribuyó todo el mérito.

Sin embargo, no se encariñó tanto con la pequeña como con Kenny. No se mostraba ansioso por acunarla cuando lloraba, ni por cambiarle los pañales cuando estaba mojada o bañarla cuando Cassie estaba exhausta. Pero Cassie no se quejaba, pues había una parte de ella que no quería que Henry tocara a la pequeña. Katia era suya. Y de Gil.

Emily Warren nació tres semanas después de Katia, y de nuevo Gil contrató ayuda adicional para descargar de trabajo a Cassie. Además, les aumentó el sueldo a los Morell e hizo algo que a Cassie le pareció absolutamente dulce y de una perspicacia digna de admiración. Cuando los últimos restos de nieve habían desaparecido de Dover, se ocupó de que Kenny tuviera una bicicleta nueva idéntica a las de diversos tamaños que había comprado a sus hijos. Él los llamaba regalos adicionales para los niños y las niñas que con tan buen ánimo habían aceptado la llegada de sus nuevas hermanitas.

Aquel fue el primero de muchos gestos de ese tipo, gestos espontáneos en los momentos más inesperados, que incluyeron a Katia en cuanto esta tuvo la edad de disfrutar de ellos. Eran declaraciones silenciosas de que los hijos de Cassie debían ser considerados como iguales a los de Gil, y a pesar de que eran bienintencionados, creaban una sutil reacción que Gil en ningún momento había calculado.

Para empezar, estaba Henry. Era un hombre con una familia y, a pesar de que servía a Gil sin falta, haciendo de chófer para él cuando su horario así lo reclamaba, encargándose de las tareas pesadas de la casa y supervisando al jardinero y al mozo de cuadras, se sentía herido por la magnanimidad de Gil. Decía insistentemente a Cassie que él podía comprar a sus hijos lo que necesitaran, y cuando ella le explicó que Gil disfrutaba haciendo lo que hacía, Henry arguyó que quizá Gil disfrutara haciéndolo, pero que él no disfrutaba viéndolo. En el fondo, sentía rencor hacia Gil. Cassie nunca quiso profundizar en la cuestión.

Y además estaba Lenore. Aparentemente, mostraba la misma actitud hacia Cassie que siempre, pero había pequeñas cosas, sutiles detalles, que llevaron a esta a sospechar que Lenore estaba al corriente de la verdad sobre Katia. Estaba razonablemente segura de que Gil no había dicho nada, y no había nada en los rasgos de Katia que la delatara, pues la pequeña había heredado el pelo rubio de Cassie y sus propios rasgos infantiles, pero Lenore debió de sospechar algo ante el cariño que Gil mostraba hacia la niña. Cierto era que no la veía a menudo, de hecho mucho menos de lo que veía a sus propios hijos, pero cuando lo hacía, las tiernas sonrisas que dedicaba a esa pequeña en particular eran obviamente especiales.

Lenore evitaba mirar a Katia. Si los niños jugaban juntos, cosa que ocurría con frecuencia, ya que Katia y Emily apenas se llevaban unos días, Lenore fijaba su atención únicamente en Emily. Era como si intentara fingir que Katia no existía, aunque, naturalmente, fracasaba en el intento porque los demás niños, la niñera y Cassie adoraban a Katia, que resultó ser una niña afectuosa y feliz.

Si había ocasiones en que Lenore enviaba a Laura o a Deborah con Emily en el cochecito, dejando a Katia en la habitación de los niños, Cassie nunca dijo una palabra. No tenía el menor deseo de hacer una escena. Con ello solo conseguiría poner en evidencia a Gil, y eso era lo último que quería. Estaba totalmente convencida de que si seguía llevando el hogar de los Warren con la misma dedicación de siempre, Gil continuaría ocupándose de que sus hijos disfrutaran de todas las ventajas de la vida. Cuando Cassie miraba al futuro, precisamente eso era lo que deseaba para ellos.

También Lenore miraba al futuro, aunque de un modo mucho más calculador. Se sometió a las campañas de Gil de 1958 y 1960, resarciéndose de esos esfuerzos con ropa, joyas y pieles. Adoraba el respeto con el que se la recibía en público, pero estaba harta de los altibajos de la vida política, las infinitas campañas de recaudación de fondos, de la preocupación. Cuando a finales de 1961 Gil le informó de que tenía intención de presentarse al Congreso de Estados Unidos al año siguiente, ella se sacó el as que tenía guardado en la manga.

—El Congreso —dijo Lenore, asintiendo—. Ese es el paso siguiente.

—Ya tengo el poder aquí y también todo el apoyo que necesito. Será una carrera mucho más dura que las que he vivido hasta ahora, simplemente debido a la competencia, pero no veo ningún problema.

De nuevo Lenore asintió con una expresión de completa tranquilidad.

—También será más caro. Laura está en la universidad. Peter la seguirá dentro de dos años. No solo hay que pensar en que la campaña resultará cara, sino que si vas a Washington tendrás que dejar el bufete. Ser congresista es un trabajo a tiempo completo y económicamente no reporta ni de lejos lo mismo que has estado ganando hasta ahora. ¿Podemos permitírnoslo?

—¿Cuántas veces tengo que decirte que no te preocupes del dinero? —bramó él, sin darse realmente cuenta de que lo que le estaba encolerizando era tanto esa calma tan poco propia de ella como lo que para él era una ofensa a su capacidad de sostén de la familia—. Llevo años dejándome la piel en el bufete y durante todo este tiempo he hecho inversiones que han triplicado su valor. Demonios, Lenore, ¡somos millonarios! ¿Por qué no puedes entenderlo?

—¿Millonarios? Bien. En ese caso preséntate al Congreso o haz lo que te dé la gana —replicó, irguiendo la espalda—. Pero con algunas condiciones.

—¿Condiciones? —gruñó Gil—. ¿De qué estás hablando? Estamos casados. Entre marido y mujer no hay condición que valga.

—Pues ahora las hay, si quieres contar con mi cooperación durante la campaña.

No era que Gil deseara contar con su cooperación, sino que la necesitaba. Ella era parte de la imagen, la esposa del político que resultaba elegante y equilibrada y, al menos aparentemente, eternamente devota a su marido. A sus cuarenta y un años, Lenore era una mujer increíblemente atractiva. A los cuarenta y nueve, Gil era un hombre notablemente guapo. Estaba convencido de que formaban una pareja que resultaba tan impresionante como los Kennedy, que llevaban desde enero en la Casa Blanca.

A Gil le gustaba la idea de Camelot. Quería ser parte de ello. Sí, necesitaba a Lenore. Desgraciadamente.

—¿Qué condiciones? —preguntó con voz queda, aunque no sin cierto asomo de resentimiento.

—En primer lugar, no me mudaré a Washington. Me gusta vivir aquí, y quiero que los niños sigan viviendo aquí. Puedes comprar una casa en Washington…

—¿Y mantener dos casas?

—Ya lo haces con esta y con la de Maine. Si somos millonarios, una tercera casa no debería suponer ninguna gran diferencia. Los niños y yo pasaremos temporadas allí, pero esta será nuestra primera residencia. Cuando me necesites para algún compromiso social importante, cogeré un avión y volaré a Washington.

A pesar de que no era eso lo que Gil tenía en mente en un principio, de pronto se le ocurrió que un acuerdo como aquel actuaría en su propio beneficio. Gozaría de plena libertad para hacer lo que quisiera sin tener que dar constantemente excusas a Lenore por sus ausencias, y aun así ella estaría a su lado en las ocasiones en que su presencia fuera necesaria.

—De acuerdo —dijo—. Concedido.

—Bien. En segundo lugar, quiero que hagas inversiones regulares como acciones en empresas al alza y bonos de ahorro a mi nombre y a nombre de cada uno de los niños.

A Gil ya no le gustó tanto esa segunda parte.

—¿Con qué propósito? De todos modos, si me ocurriera algo, tú lo heredarías todo.

—Quiero tener ciertos bienes a nuestros nombres. —Estaba cansada de temer que Gil terminara metiéndose en algo sórdido o que lo demandaran y lo perdiera todo, en cuyo caso ella y los niños solo heredarían deudas y su historia no haría sino repetirse—. Lo cual me lleva a mi punto siguiente. Quiero que me transfieras el contrato de propiedad de esta casa.

Gil soltó un jadeo e intentó controlar su impaciencia.

—Por el amor de Dios, Lenore. Esto es absurdo.

—A mí no me lo parece. Quiero que lo hagas.

—¿Por qué?

—Me sentiré más segura.

—¿Más segura contra qué?

Lenore se encogió de hombros.

—Nunca se sabe. Personalmente, no veo que haya ningún problema con lo que estoy pidiendo. Acabas de decirlo: si algo te ocurriera, nosotros heredaríamos. Bueno, ¿por qué no nos ahorras tener que pagar el impuesto de herencia y simplemente nos legas todo ahora?

—¡Pues porque no quiero! —gritó, luego bajó la voz—. Porque estoy oyendo una cosa que no me gusta.

—Me parece perfecto, porque hace cinco años que yo estoy viendo algo que no me gusta.

—¿De qué estás hablando? —preguntó Gil, aunque le tembló la voz.

—De Katia Morell.

Gil palideció de inmediato. Lenore sacó fuerzas de su estado de confusión.

—¿Es que creías que no lo adivinaría? ¿Creías que no lo sabría?

Quizá no lo habría hecho si no te hubiera visto hacerle carantoñas desde el primer día. Pero es que era impropio de ti, Gil. Nunca les hiciste carantoñas a nuestros hijos.

Gil ni siquiera intentó salir del paso con una fanfarronada. Lenore era demasiado perspicaz y el momento, demasiado peligroso. Podía negar que Katia fuera hija suya, y ella podía elegir hacer pública su sospecha, provocando con ello la agitación suficiente para dar al traste con su futuro político.

—¿Qué pasa, Gil? ¿No se te ocurre ninguna zalamería?

—Yo no le hago carantoñas. —No era exactamente una carantoña, pero era lo único que se le ocurría.

—Muy bien. Quizá hacerle carantoñas sea una expresión algo exagerada. Sin embargo, es obvio a juzgar por tu forma de mirarla que hay algo especial entre los dos.

—Una noche, Lenore. Eso es todo. Fue tras la muerte de Ben. Me quedé aquí solo. Necesitaba ayuda.

—Y la tuviste. Ella lleva años amándote. ¿O es que no lo sabías?

—Cassie Morell es nuestra ama de llaves. Cumple con su trabajo y ha sido una segunda madre para nuestros hijos. Si el hecho de que me ame aumenta su cariño por ellos, no puedo ver en ello la menor falta. Y no tengo ninguna intención de despedirla, Lenore. Por el bien de nuestros hijos, jamás la despediré.

Lenore también había pensado en eso.

—No quiero que la despidas. Tienes razón. Es una parte vital de nuestro hogar. De hecho, puedes acudir a ella cuando quieras… eso, claro, si logras quitarte a Henry de en medio. ¿Cómo se siente él con lo de la pequeña?

—Supongo que no lo sabe.

—¿Del mismo modo que suponías que yo no lo sabía? No somos tan estúpidos como crees, Gil.

—Nunca he pensado que lo fueras.

—Ah, ¿no? ¿Y qué pensabas entonces?

A Gil no le gustaba que lo obligaran a ponerse a la defensiva, y no tenía la menor intención de seguir en esa posición.

—Sinceramente —empezó, aunando fuerzas a medida que hablaba—, creía, y todavía creo, que encontraste un auténtico chollo cuando diste conmigo. Tú no eras nada, Lenore. Oh, eras hermosa, y sigues siéndolo, pero en aquel entonces vivías con tu madre en un diminuto apartamento esperando a que apareciera el partido adecuado. Yo era la clave de tu fortuna. En mí encontraste dinero y poder. Desde que nos casamos, incluso durante los años de la guerra, viviste cómodamente. Y tu situación no ha hecho más que mejorar con el tiempo. Tienes un nombre respetado…

—Temido.

—Respetado. Tienes una casa totalmente amueblada y una isla privada en Maine. Tienes un coche, la mejor ropa que pueda comprarse con dinero, joyas y pieles… y no creas que no sé lo que has estado haciendo. Has estado acumulando cosas. Demonios, solo con esas joyas y esas pieles podrías vivir durante años si algo me pasara.

—Me las he ganado —respondió Lenore vehementemente—. He estado a tu lado y he sonreído hasta que se me ha quedado la cara rígida. Por ti me he mostrado cortés con algunos de los tipos más aburridos del mundo. He estado a tu lado en tu obsesión por la política a pesar de que desde el principio sentía que era una empresa arriesgada. He pasado noches y noches aquí sola mientras tú encontrabas mejores cosas que hacer, y he criado a la familia que tú querías.

Gil podría haber discutido el último punto, pero tenía cosas más inmediatas en mente.

—¿Por qué ahora, Lenore? ¿Por qué has esperado todo este tiempo, sabiendo lo que sabes, antes de mencionarme a Katia?

—Porque he aprendido de ti, Gil. «No te enfurezcas. Simplemente véngate», dices tú siempre. ¿Recuerdas a Donald Whitcomb? Te puso en evidencia en una ocasión delante del Congreso. Dijiste que tomarías tu venganza cuando llegara el momento, y lo hiciste. Casualmente aceptaste defender a un cliente que había demandado al hombre, exigiéndole hasta el último centavo de su fortuna, y ganaste el caso. Esa venganza te llevó tres años. Esperaste la oportunidad adecuada y cuando te llegó la aprovechaste. Pues bien, estoy haciendo lo mismo. Me he callado lo que sabía sobre Katia Morell hasta ahora porque es ahora cuando más me beneficia esa información.

—Dios, qué dura te has vuelto.

—Gracias a haberte observado durante todos estos años. Tendría que haber estado ciega para no darme cuenta de que esa dureza puede resultar efectiva.

Gil entrecerró los ojos.

—¿Quién más está al corriente de lo de Katia?

—¿Por mí? Nadie.

—¿No se lo has dicho a Natalie?

—No me sorprendería que lo supiera, porque tampoco ella está ciega. Pero, no, no lo he hablado con ella.

Gil sacudió los hombros e inspiró hondo. Se le agitaron las aletas de la nariz.

—Sabia decisión, porque eso habría ido en contra de una de mis condiciones.

—¿Tus condiciones para qué? —replicó Lenore.

—Para aceptar las tuyas. Si quieres jugar duro, jugaré duro. Haremos un trato. Te daré lo que quieres, acciones en empresas en alza, fondos de ahorro y el contrato de esta casa, a cambio de dos cosas. —Levantó el índice—. Primero, quiero que jamás digas una sola palabra de lo que sospechas a nadie. No lanzarás la menor insinuación a Henry, Cassie o Katia, a nadie de nuestra familia, a la de los Whyte ni a ninguno de nuestros conocidos, por muy lejano que sea; ni siquiera al maldito mendigo que vende lápices en la esquina de Tremont con Park.

»Y en segundo lugar —añadió, levantando otro dedo—, quiero que trates a Katia, y a Cassie, con respeto. Katia jamás será conocida como una Warren, pero tengo intención de que disfrute de todas las oportunidades que pueda ofrecerle la vida. Quiero que sea aceptada en la familia. Quiero que haga cosas con nuestros hijos. Y quiero que sepa que tiene tanto potencial como cualquiera de nuestros hijos, porque así es, Lenore. Su madre es una mujer inteligente. Katia llegará lejos en la vida.

Lenore se sentía como si la estuvieran colocando en segunda línea en una carrera que había estado segura de ganar. Pero había vencido, se dijo. Por fin disfrutaría de la seguridad económica que siempre había deseado. Aun así, le costó un gran esfuerzo levantar el mentón y mirar a su esposo con una expresión semejante a la de la victoria.

—Entonces, ¿trato hecho?

—Dímelo tú. ¿Respetarás mis términos?

—Siempre que tú respetes los míos.

—Oh, los respetaré. Pero escúchame bien, Lenore. Si llego a enterarme de que has incumplido tu palabra, lo perderás todo. Jack sabe lo de Katia y sabrá también lo de nuestro acuerdo. Habrá en mi testamento una cláusula que determinará que si actúas en contra de mi voluntad en la cuestión personal que solo Jack conoce, todo lo que te he dejado a ti pasará a manos de Katia. No creo que sea eso lo que quieres, ¿verdad?

—Sabes que no —respondió Lenore, sintiendo algo muy parecido al odio por el hombre que tenía delante.

—Entonces, ¿trato hecho?

—Sí. Trato hecho.

En el trato se daba por hecho que Lenore haría lo que había dicho respecto a la inminente campaña de Gil y después respecto a su carrera en Washington. Cierto, Lenore estuvo con él durante los largos días y las largas noches dedicados a ganarse los votos del electorado y después durante el largo día y la larga noche de la elección. Y cuando él juró su cargo como miembro del Congreso de Estados Unidos, ella estaba en la Galería de Visitantes con el resto de las esposas, sonriendo orgullosa y mirando al mundo como si fuera el día más feliz de su vida.

Durante la recepción que se celebró después, bebió más de la cuenta. Lo cierto es que, durante los meses siguientes, Lenore descubrió que un buen trago de scotch, de canadian o de bourbon, ya que no era maniática en ese sentido, la ayudaba a superar el tedio que suponía ser la mujer de un político. Sin embargo, aguantaba el alcohol respetablemente y sentía una gran satisfacción al percibir las miradas dubitativas que Gil le dedicaba de vez en cuando. Lenore no tenía intención de ponerse en evidencia. Tampoco a él. Naturalmente, Gil no lo sabía, y Lenore saboreaba la pequeña dosis de poder que sentía, por muy perversa que resultara.

De hecho, Lenore no era la única que tenía un problema con el alcohol. Henry había empezado a pasar cada vez más tiempo libre en su bar favorito de Brookline. Mientras Gil estaba en Washington, cosa que ocurría tres de cada cuatro semanas, con la excepción de los descansos del Congreso, no se necesitaban los servicios de Henry como chófer, de modo que quedaba solamente a cargo de las tareas de mantenimiento de la casa, lo cual habría sido perfecto si su presencia allí no hubiera resultado artificial a sus ojos. No había demasiado que hacer. Las labores más específicas, como las de carpintería, la limpieza más pesada y la jardinería, estaban en manos de equipos de especialistas que no necesitaban ni sus órdenes ni su supervisión. Se sentía básicamente de más. Sabía que hacía tiempo que habrían prescindido de sus servicios de no haber sido por Cassie.

Cassie. Su esposa. La mujer cuyo afecto por él era casi tan artificial como su trabajo en la casa. Ni siquiera los niños lo necesitaban. Se pasaban el día en el colegio, y cuando volvían estaban ocupados jugando con los Warren o haciendo los deberes. Aunque echaba de menos los momentos en que Kenny y él hacían cosas juntos, Katia… bueno, Katia nunca había sido suya, ni siquiera en el sentido más amplio de la expresión, y él lo sabía. La pequeña se sentía atraída hacia su madre y los Warren. No hacia él.

Así que Henry bebía. Una noche chocó contra un árbol al volver a casa en coche y Cassie lo abroncó por su estupidez. Dormía hasta tarde muchos días y a ella no le importaba porque estaba ocupada en la casa grande, siempre con algo que hacer, alguien que la necesitaba. Cassie se negaba a tener alcohol en casa, de modo que Henry empezó a hurtar algunos tragos del bien provisto bar de los Warren. Y si Cassie estaba al corriente, nunca dijo una sola palabra. Tampoco Lenore.

Era un juego, aunque un juego triste, el que Henry jugaba, pues sabía que nunca lo despedirían. Su mujer tenía línea íntima con el dueño de la casa y, precisamente por eso, el juego continuó.

Finalizó una noche lluviosa de 1965, cuando Henry tuvo la desgracia de tropezar, bebido como estaba, con los raíles de Beacon Street justo en el momento en que un tranvía pasaba por allí. Aunque los encargados de certificar la muerte de Henry declararon que había sido un trágico accidente, Cassie Morell sospechaba que había habido en lo sucedido algo más que un simple sesgo suicida. Al parecer, su destino en la vida era sentirse culpable: culpable por no haber muerto con su familia en la guerra, por haber llevado a Henry a las profundidades del suicidio y por seguir amando a Gil.

Kenny y Katia eran su salvación, pues en ellos veía la posibilidad de redimirse.

12

Cavanaugh se marchó de Nueva York la mañana después de su salida al teatro con Katia, pero regresó una semana más tarde a ver a Jordan. Había telefoneado de antemano para acordar el encuentro, pues no deseaba llegar cuando él estuviera fuera de la ciudad y ardía en deseos de ver su oficina con la esperanza de que el espacio le dijera más cosas sobre el hombre.

Lo que le dijo la oficina situada en el noveno piso de un edificio de Park Avenue era que Jordan Whyte era de una sencillez sorprendente. La oficina, que de hecho no era más que una suite que ocupaba apenas una cuarta parte de la planta, estaba bien decorada, aunque sin los alardes que Cavanaugh había esperado. Los muebles eran una mezcla de madera clara y cuero, la calidad alta, los colores apagados. No había ni rastro de chucherías chillonas sobre mesitas de café, ni placas autoconmemorativas o exuberantes rubias sentadas detrás de alguna máquina de escribir. De hecho, aparte de alguna ocasional y estrambótica obra de arte que daba al conjunto una pincelada de color, la oficina era un reflejo de su modestia.

Jordan en persona recibió a Cavanaugh en respuesta a la llamada de la recepcionista y fue también él quien lo condujo por el pasillo hasta su despacho.

—Le ruego disculpe el desorden —dijo, señalando con un gesto a su mesa, que estaba cubierta de cianotipos cuyas esquinas estaban sujetas a la superficie de la mesa por todo tipo de objetos que iban desde un pequeño bote de pequeños sujetapapeles hasta una pequeña grabadora y un teléfono—. Es una lata tener que estar enrollando y desenrollando esas cosas. No creí que le importara que fueran testigos de nuestra conversación.

Cavanaugh sonrió, aunque seguía ocupado examinando la habitación, decorada en un estilo muy similar al del resto de la oficina con la excepción de las estanterías que cubrían las paredes del suelo hasta el techo y de los cuadros. De hecho eran fotografías. Fotografías familiares. Toda una pared cubierta de ellas, cuidadosa e idénticamente enmarcadas, colocadas en filas perfectas. Resultaban impresionantes si alguien pensaba en Jordan Whyte como en un hombre familiar. Cavanaugh no tenía intención de hacerlo, pero cuando se acercó a las fotos, ostensiblemente para estudiarlas más de cerca, reparó en la fina capa de polvo que cubría cada uno de los marcos.

Eso eliminaba la posibilidad de que Jordan hubiera organizado la muestra en beneficio propio.

—Estas fotos cubren un buen intervalo de tiempo —comentó Cavanaugh mientras observaba con atención los rostros tras los cristales. Las fotografías presentaban un gran surtido de los Whyte y de los Warren en distintos períodos. Había más de un retrato de Katia Morell.

Jordan estaba apoyado en la mesa con los brazos cruzados encima de la camisa, la corbata y los pantalones arrugados y las piernas cruzadas a la altura de los tobillos.

—Antes las tenía en un aparador, pero llegó un punto en que eran demasiadas. Cuando me trasladé aquí, traje conmigo las viejas fotos y las mandé enmarcar. Tengo marcos adicionales en el almacén. Lo único que tengo que hacer es coger uno cuando hago una foto nueva.

Cavanaugh se volvió entonces, y Jordan lo invitó con un gesto a tomar asiento en una moderna silla con cojines forrados en cuero antes de acomodar su largo cuerpo en una silla idéntica.

—¿Qué tal va la investigación?

—No tan bien como me gustaría. Por eso estoy aquí. Hemos entrevistado a todos y cada uno de los contactos de Deborah y Mark en la costa Oeste y no hemos sacado nada. Por un tiempo creí que teníamos a alguien, pero el sospechoso en cuestión se las ingenió para presentar a dos testigos que testificaron que estaba en Reno la noche de los asesinatos.

—¿Podrían estar mintiendo?

—Posiblemente, pero hay recibos de gasolina y del hotel. No mienten.

—No.

—Por lo que hemos averiguado, Mark no traficaba con coca.

—¿Está seguro? —preguntó Jordan, entre aliviado y escéptico.

—La compraba, la usaba ocasionalmente, la ofrecía en fiestas junto con alcohol y patatas, pero no traficaba con ella.

—Gracias a Dios.

—Mmmm. —Cavanaugh bajó la voz—. No me dijo usted nada de que Mark estuviera metido en un asunto de pornografía infantil.

—No —respondió Jordan sin inmutarse. Sabía que eso llegaría.

—¿Le importaría decirme por qué no?

—¿No se lo ha dicho Katia?

—Sí, pero me gustaría que fuera usted quien me lo dijera.

Jordan lanzó una mirada de impotencia a la pared de fotografías antes de fijar la mirada en Cavanaugh.

—No estoy especialmente orgulloso de lo que estaba haciendo mi hermano. Esperaba que no tuviera que enterarse. Todavía espero que mis padres no lleguen a saberlo.

—Katia debe de haberle hablado de las acusaciones.

—Sí.

—¿Estaba al corriente de ellas antes de que Katia se lo dijera?

—No.

—¿Y Mark?

—No. O al menos no me lo dijo. Me aseguró que nunca lo cogerían.

—¿Y usted le creyó?

—Creí que él lo creía.

—¿Y se conformó con eso?

Jordan notó que empezaba a encenderse e hizo lo que estuvo en su mano por controlarse.

—Si está sugiriendo que me parecía bien lo que estaba haciendo siempre que no lo pillaran, se equivoca. Me puse como una fiera con él.

Cavanaugh se cruzó de piernas.

—¿Cuándo ocurrió eso?

—Tres semanas antes de su muerte. Fui a la costa Oeste por trabajo y pasé a verlo.

—¿Y fue entonces cuando se enteró de lo que su hermano estaba haciendo?

—Sí.

—¿Y discutieron?

—Ya lo creo que discutimos. No soy de los que aprueban esa clase de cosas, Cavanaugh. Mark podría haber sido un absoluto desconocido y el asunto me habría enfurecido. Era mi hermano, de modo que la situación era mucho peor.

—¿Volvió a verlo después de la discusión?

—Esa noche le llevé a cenar. Creí que podría hacerle entrar un poco en razón.

—Pero fracasó.

—Estrepitosamente. —El músculo situado encima del pómulo de Jordan parpadeó—. Volvimos a discutir. Mark salió hecho un basilisco del restaurante.

—¿Dónde estaba Deborah mientras eso ocurría?

—Allí.

—¿Se puso de parte de Mark?

—Se marchó con él.

—Pero ¿le apoyaba en la historia del porno?

—Supongo que la aceptaba, aunque no sé cuáles eran en el fondo sus sentimientos. No habló mucho. Siempre se ha sometido a la voluntad de Mark.

Resultaba coherente con todo lo que Cavanaugh había ido sabiendo sobre la mujer.

—¿Volvió a ver a Mark después de eso?

—¿Se refiere a si lo vi entre esa vez y su muerte?

—Eso es.

—No.

—¿No le vio la última vez que Mark vino a Boston? Según tengo entendido, estuvieron dos días en la ciudad antes de que se produjeran los asesinatos.

—Estaba aquí. No le vi.

Tenía una coartada, caviló Cavanaugh. Pero ¿tendría forma de corroborarla?

—¿Alguna prueba que lo confirme?

El cuerpo de Jordan se tensó. Irguió la espalda en la silla y lanzó a Cavanaugh una mirada endurecida.

—¿Está intentando sugerir algo?

—Estoy intentando descartar algo.

—Me está preguntando dónde estaba en el momento de los asesinatos, lo cual me indica que puedo ser sospechoso.

—Estoy intentando descartarlo —repitió Cavanaugh calmadamente.

Jordan distaba mucho de mostrarse tranquilo mientras batallaba contra la incredulidad, el enojo y la furia.

—¿De verdad cree que podría haber matado a mi propio hermano y a mi cuñada?

—No lo creo. Simplemente estoy haciendo mi trabajo, estudiando toda posibilidad y eliminándolas, una a una. Si Mark hubiera vivido, y hubiera sido acusado, su familia… y los Warren… se habrían visto profundamente afectadas. Su muerte les ahorró todas las molestias.

Jordan se puso en pie bruscamente y empezó a recorrer su despacho a grandes zancadas.

—¿Que su muerte nos las ahorró? Genial. Elegimos dos muertes inocentes en vez de una pequeña incomodidad. —Se volvió para bramar a Cavanaugh—. ¡Desde luego, es usted increíble! ¿Tiene idea del dolor que esas dos muertes han causado? ¿Tiene usted idea de lo que es pensar que dos personas de tu propia sangre hayan sido brutalmente asesinadas? ¿Que dos personas, dos personas inteligentes, dos personas que llevaban dentro una pequeña parte de ti porque has pasado años y años juntos con ellos —chasqueó los dedos—, desaparezcan así, de pronto? No, por supuesto que no. No puede o jamás sugeriría que nos beneficiaríamos de sus muertes. Pero ¿por qué nos toma? ¿Por unos monstruos?

—Solo hago mi trabajo, Whyte.

—¡Bien, pues yo hago el mío en calidad de miembro de mi familia cuando le digo que se equivoca usted! ¡Se equivoca y mucho!

—De acuerdo. Tranquilícese. Solo quería tantearlo.

—Demonios… —Jordan lanzó una mirada ceñuda al techo y a continuación bajó la cabeza e inspiró hondo. Cuando habló su voz sonó más calmada. No había recuperado su tono desenvuelto, pero sí sonaba más calmado, aunque se le volvió a crispar el pómulo—. ¿Y por qué no intenta tantearme con otra cosa? Esta vez con algo cuerdo. —Al oírse hablar, negó con la cabeza—. De acuerdo. Tiene razón. Sé que se limita a hacer su trabajo, pero créame si le digo que le está ladrando al árbol equivocado. —Una nueva idea se le ocurrió en ese momento, provocando en él un rebrote de la emoción—. Demonios, no pensará pedir a los demás que prueben dónde estuvieron esa noche, ¿verdad? Se enfurecerán tanto como yo en cuanto se den cuenta de que se le ha pasado por la cabeza que haríamos algo que pudiera perjudicar a Mark o a Deborah.

—No lo sé. Todavía estamos investigando otras pistas.

—Dios, Cavanaugh. Manténgase lejos de ellos. Ya han sufrido bastante con todo esto. Mi hermana Anne está deshecha por no haberle dejado dinero a Mark cuando él se lo pidió. A mi hermano Nick, que cuando eran niños era el más próximo a Mark porque apenas se llevaban un año, le pone malo no haber sido capaz de prever el problema. La hermana mayor de Deborah está pasando por una crisis de madurez espoleada por la muerte de Deborah, y la pobre Emily trabaja horas extras en el escenario para no tener que pensar en lo ocurrido. —Tomó aire apresuradamente—. Y, en cuanto a mis padres y a Gil y Lenore, desde lo ocurrido no han vuelto a ser los mismos. Tienen el corazón sangrando, Cavanaugh. Demonios, hombre, ¡no quiera echar sal en la herida!

Cavanaugh no pudo evitar sentirse afectado por la apasionada súplica de Jordan. Se dijo que era un idiota, pero creía en la sinceridad de las palabras de aquel hombre.

—No tengo intención de señalar a nadie hasta que no tenga un buen motivo para hacerlo.

De haber utilizado cualquier otro tono, esa afirmación habría sonado defensiva, pero Cavanaugh la había hecho con cierto tinte de tristeza.

Jordan pareció apaciguarse un poco.

—No tendrá el menor motivo, se lo garantizo. Puede pensar de nosotros lo que quiera, pero no somos asesinos.

—¿Y qué me dice de Peter Warren?

—¡Peter es incapaz de cometer un asesinato!

—Pero no lo ha mencionado antes. ¿Cómo se ha tomado las muertes?

Jordan pensó por un momento en fabricar una historia de inmenso dolor, pero cambió de idea. Hasta entonces había dicho la verdad. La intuición le decía que era la mejor política.

—Peter se quedó perplejo. Como todos. Pero él ha sido capaz de salir del estado de shock mejor que algunos de los demás. Tiene que comprender —apremió, tomando asiento de nuevo y apoyando los codos en las rodillas—. Le quiero como a un hermano, y tengo un gran respeto por sus habilidades legales, pero Peter es un hombre muy encerrado en sí mismo. Es como si viviera oculto en una cáscara de nuez. Le gusta ser el centro de atención. Por eso disfruta tanto en los juicios, cuando todos los ojos del jurado están en él. Por eso quiere ser juez. Pero créame si le digo —añadió, negando lentamente con la cabeza— que no hay la menor posibilidad de que Peter levantara un solo dedo contra Deborah o Mark. Él también los quería y ha aprendido a andarse con mucho cuidado con la ley. No hay ninguna posibilidad de que fuera a hacer algo que pudiera poner en peligro su futuro.

»Además —añadió con una sonrisa torcida— odia la sangre. Eso solía ser su perdición. Cuando éramos pequeños y alguien se cortaba o se hacía una rozadura, Peter siempre estaba a punto de desmayarse. Siempre nos burlábamos de él por eso. Aprendió a salir corriendo ante la primera gota de cualquier cosa roja. En ese sentido quizá sea como su madre, no lo sé, aunque sí sé que ha rechazado casos particularmente espantosos. Solo los miembros de la familia conocemos el motivo. —Tomó aliento y luego suspiró—. ¿Le parece un hombre que podría pegar un tiro en la cabeza a sangre fría a su propia hermana y a su cuñado?

—No. Pero un escándalo que vinculara a Mark con la pornografía infantil podría haber frustrado sus oportunidades de acceder a una judicatura.

—¿De verdad lo cree, Cavanaugh? ¿Se habría considerado a Peter responsable de lo que había hecho Mark? Vamos. Sin duda habría habido publicidad adversa, y habría resultado doloroso para todos nosotros, pero ¿dañino hasta el punto de afectar a nuestras oportunidades laborales? —Negó despacio con la cabeza, y esta vez con firmeza—. No lo creo.

A Cavanaugh no le quedó más remedio que estar de acuerdo con él, aunque resentidamente. Los Whyte y los Warren tenían poder. Probablemente podrían haberle dado la vuelta al escándalo en beneficio propio, aunque a Cavanaugh le resultaba difícil imaginar cómo podrían haber salido airosos de la empresa con ese escándalo en particular.

—Muy bien —dijo—, eso deja a Peter fuera.

—Eso nos deja fuera a todos. Apostaría todo mi futuro a que ni uno solo de los Whyte o de los Warren es capaz de hacer lo que usted ha sugerido.

—¿Creía a Mark capaz de verse implicado en un asunto de pornografía infantil? —preguntó Cavanaugh.

Punto ganado. Jordan le apuntó una victoria con el índice.

—Mark era distinto —le amonestó—. Indescifrable en muchos aspectos. Tanto Katia como yo se lo hemos dicho ya. —Se interrumpió, dedicando a Cavanaugh una mirada más especuladora—. Por cierto ¿qué piensa de ella?

—¿Se refiere a si la creo sospechosa de asesinato? —respondió Cavanaugh, aunque la mueca de burla que asomó a la comisura de sus labios lo traicionó.

—Como persona —dijo Jordan, ablandándose.

—Una mujer como pocas. Guapa, abierta, cálida. Me sorprende que no haya aparecido todavía nadie que se la haya quedado.

—A mí también —dijo Jordan, momentáneamente distraído ante la idea.

—¿Por qué no lo ha hecho usted?

—¿A qué se refiere?

—A quedársela. Obviamente se llevan muy bien, y entre ustedes no hay ningún vínculo de sangre. No hay duda de que le tiene mucho cariño. ¿Entiendo que es un sentimiento correspondido?

—Le quedó más que claro la primera vez que hablamos —le recordó Jordan secamente.

—Pero desde entonces he podido conocerla. No me cuesta entender que un hombre quede totalmente prendado de ella.

—¿Eso fue lo que le pasó a usted?

—Soy policía. Estaba entrevistándola. —Cavanaugh prefirió no mencionar la salida al teatro ya que al parecer Jordan no estaba al corriente.

—No me venga con esas —dijo Jordan, bajando la voz—. Usted es un hombre. ¿Le gustó?

—En cierto modo.

—Según me dijo, ya tiene a su chica.

—¿Le contó todo lo que hablamos?

—Me contó muchas cosas. La impresionó.

—¿Y eso le molesta?

—Creí que había dicho que era policía. Parece más psiquiatra que policía.

—En todo buen policía hay algo de analista. Y aquí el que pregunta soy yo. ¿Le molesta que yo le gustara?

—En el hecho de que sea policía, no especialmente. No me obsesionan demasiado las profesiones.

—En el hecho de que sea un hombre. En otras palabras, ¿acepta o no la competencia?

—Creía que ya tenía a alguien.

—Eso no tiene nada que ver.

—Y una mierda —replicó Jordan, cada vez más alterado—. No pienso dejar que vaya detrás de Katia para luego pillarla y dejarla por la mujer que lo espera en casa.

—¿La desea?

—¡Pues claro que la deseo! —gritó. En cuanto se dio cuenta de lo que había hecho y dicho, bajó la cabeza, se frotó la nuca y dejó entonces que asomara a sus labios una sonrisa tímida—. Debería haber sido psiquiatra. Tiene mucho talento.

—Qué va. Me gusta ser policía. Y me gusta la mujer que tengo en casa. Katia está a salvo de mí. Pero deje que le diga que será mejor que haga algo con ella antes de que alguien se le adelante. La paciencia de las mujeres tiene un límite, incluso cuando se trata del hombre al que aman.

Lo cual, de hecho, les dio a ambos algo en lo que pensar.

Sin embargo Cavanaugh no dispuso de mucho tiempo en los días inmediatamente posteriores. En cuanto llegó a Boston, volvió a ser víctima del acoso de Ryan.

—¿Y bien? ¿Qué tenemos?

—Tengo un puñado de posibles sospechosos en la costa Oeste, cada uno de ellos con coartadas acorazadas.

—¿Y la familia?

—De momento nada.

—Si ha descartado todo lo demás, ¿no le parece que ese es el camino que hay que seguir? —preguntó Ryan, tamborileando sobre la mesa con sus dedos regordetes.

—Eso es lo que estoy haciendo. Ayer volví a encontrarme con Jordan Whyte. Dice que estaba en Nueva York en el momento de los asesinatos. He puesto a alguien a investigarlo. Veremos si su historia se aguanta.

—¿Qué pasa con los demás?

—De momento, nada sospechoso. Jordan era el único que sabía que Mark estaba implicado en lo de la pornografía. Estuvo en la costa Oeste y tuvo un par de discusiones con su hermano por ese motivo.

Ryan pareció satisfecho.

—¿Algún testigo de las discusiones?

—Deborah, pero está muerta. Tendremos que ver si podemos encontrar otros.

—¿Algo más interesante?

—Nada en particular.

—¿Qué pasa con las cintas?

—Las hemos estado estudiando. Nada.

—¡Tiene que haber algo! —le soltó Ryan, calmándose luego un poco—. ¿Las han visto todas?

—Todas las que hemos encontrado.

—Quizá había más.

—No hemos visto ninguna otra.

—¿Lo han registrado todo?

Cavanaugh estaba empezando a tener la molesta sensación de que Ryan sabía algo que él desconocía.

—Prácticamente. —Se mordisqueó durante un minuto el labio inferior—. ¿Tenía algo específico en mente?

—Por supuesto que no —respondió el hombre con brusquedad, o al menos con toda la brusquedad que le permitía su voz aguda—. Este es su caso, no el mío. Es usted quien sabe cómo están las cosas ahí fuera. Pero creo haber leído en alguna parte que los directores de cine lo pasan en grande filmándolo todo. Incluso a las visitas.

—¿Como Nixon con sus grabaciones?

A Ryan eso le gustó.

—Buen tanto.

—Si Whyte lo hizo, las escondió. En los otros rollos no había nada.

—Si era lo bastante raro como para filmar su vida personal, seguro que también lo era para ocultar las cintas. Compruébelo, Cavanaugh. Puede que no haya nada, pero, maldita sea, si existe la menor posibilidad, vale la pena intentarlo. Necesitamos hacer algún progreso en este caso. Lo tenemos estancado.

Cavanaugh asintió brevemente y salió de la sala antes de decir algo que después lamentara. ¿Estancado? No del todo. La investigación avanzaba a un ritmo razonable. ¿Qué esperaba Ryan? ¿Por qué estaba tan impaciente? Cavanaugh era de la opinión de que últimamente Ryan estaba solo interesado en el caso Whyte-Warren, una teoría que apoyaban sus colegas. Había más investigaciones en curso, pero su atención estaba concentrada en esa. Se preguntó si el hombre tendría aversión personal hacia una de las dos familias. Sin duda eso explicaría que hubiera conservado un archivo tan detallado acerca de ambas...

Aunque Jordan pensó mucho en lo que había dicho Cavanaugh, seguía en las mismas de siempre. Katia era su hermana... figurada y probablemente también literalmente. Siempre había intuido que Henry no era el padre biológico de Katia, pero nunca se había tomado el asunto demasiado a pecho hasta el condenado día en que había oído hablar por casualidad a su padre. Ese día, su mundo se había derrumbado. Sin duda adoraba a Katia, pero no sabía qué hacer al respecto. Intentó olvidarla con Nancy, a quien invitó a salir el miércoles por la noche; con Judy, a la que invitó el jueves; con

273

Alexis, a la que invitó el viernes. Y a pesar de que había visto a Katia por razones de trabajo dos veces durante esa semana, al llegar el sabado volvía a estar ansioso por verla.

De ahí que apareciera por el apartamento de ella a mediodía de ese mismo día con la esperanza de que se apiadara de él y compartiera con él una pizca de su alegría.

Tras la sorpresa inicial, Katia se mostró escasamente receptiva.

—Hubiera preferido que llamaras antes, Jordan. —Suspiró—. Hoy tengo un millón de cosas que hacer. —La primera de ellas era limpiar el apartamento, lo cual, dado que no se había levantado hasta las once porque no se había quedado dormida hasta las tres, estaba haciendo cuando él había llamado al timbre. Katia llevaba unos bermudas deshilachados y una camiseta vieja, y se sentía como si acabara de salir de una mina.

—No pasa nada. Esperaré. De hecho, quizá pueda ayudarte. Pareces destrozada.

—Tú y tus cumplidos —masculló, aunque le dejó la puerta abierta, invitándolo a entrar en silencio si era eso lo que él quería.

Jordan así lo hizo. Cerrando tras de sí la puerta, la vio echarle spray quitapolvo a la mesilla lacada y luego frotarla con todas sus fuerzas.

—¿Energía nerviosa? —preguntó Jordan.

Katia alzó la vista, sobresaltada, y luego volvió con idéntica premura al trabajo. Sí, maldición. Era energía nerviosa. Y él era el motivo. Durante la semana podía refugiarse en el trabajo. Lo hacía a veces incluso durante el fin de semana. Sin embargo, ese fin de semana estaba demasiado nerviosa para poder trabajar, demasiado incluso para hacer poco más que pagar con los desventurados muebles todos sus agravios.

—Te creía en Maine —gruñó.

—Cassie me dijo que tú no ibas, así que decidí quedarme. Katia apretó los dientes.

—Pues deberías haber ido. Tu familia te necesita.

—También te necesitan a ti. ¿Por qué te has quedado?

—Tengo demasiadas cosas que hacer.

—La limpieza puede esperar.

—Tengo que trabajar. —Indicó con la cabeza la carpeta llena que estaba encima de la mesa del comedor, intacta.

—Podrías hacerlo allí.

—Es más fácil aquí. —Katia le lanzó una mirada—. Si de verdad quieres ayudar, puedes hacer esto. —Soltó el bote de quitapolvo y el paño y se dirigió a la cocina con paso decidido. Jordan había salido tras ella cuando Katia regresó con el aspirador en brazos. Llevaba unos radio-auriculares alrededor del cuello.

—¿Pasa algo, Katia?

—¿Qué podría pasar? —Katia se agachó para enchufar el aspirador.

—¿Ha pasado algo en el trabajo?

—Nada. —Se volvió hacia el aspirador y luego equilibró el mango entre las piernas mientras se llevaba los auriculares a las orejas.

—¿Tienes problemas con algún hombre?

Katia se levantó el auricular de una oreja y lo miró.

—¿Qué has dicho?

—Te he preguntado si tienes problemas con algún hombre —repitió alzando más la voz en un intento por hacerse oír por encima del constante zumbido de la máquina.

Katia volvió a colocarse el auricular y encendió el aspirador.

—Siempre tengo problemas con los hombres. Creo que es mi destino.

—Si alguien te está causando problemas… si hay alguien que te esté causando… ¡Maldita sea, Katia, no puedo competir con la música o con lo que demonios estés escuchando!

Katia alzó la mirada hacia él, pero ni apagó el aspirador ni se quitó los auriculares.

—No te oigo, Jordan. Llevo puestos los auriculares.

Jordan maldijo, aunque Katia tampoco lo oyó, así que él fue a grandes zancadas hasta un lado de la habitación, arrancó el enchufe del aspirador y volvió a quitarle los auriculares de la cabeza.

—Jordan —protestó Katia—. ¡Tengo que acabar de hacer esto!

—No hasta que me digas lo que te pasa. Desde que he llegado te comportas como una nube de tormenta andante. Quiero que me digas lo que te molesta.

Tú, zoquete, quiso gritarle, pero no lo hizo. En vez de eso, se limitó a llevarse las manos a la cintura y a quedarse mirándolo.

—No me molesta nada que un anticuado y saludable ejercicio físico no pueda curar. —Se refería a la limpieza. Solo después de haber hecho el comentario vio en él el desliz freudiano que contenía. Añadió apresuradamente—: Ha sido una semana larga y agotadora. Me siento muy presionada. Dejémoslo ahí, ¿de acuerdo?

Pero cuando fue a coger los auriculares, Jordan los apartó, impidiéndole llegar a ellos.

—Hay algo más. Te conozco demasiado bien.

—Si tan bien me conoces, podrías respetar el hecho de que quiera estar sola.

—Normalmente no quieres estar sola. No es propio de ti.

—¡Pues he cambiado! ¿De acuerdo? —De nuevo intentó coger los auriculares. Jordan los alejó un poco más de ella—. Jordan...

—¿Qué pasa, cariño? —preguntó con una preocupación tan tierna que Katia cerró los ojos y bajó la cabeza.

Se quedó así durante varios minutos antes de susurrar un derrotado:

—Oh, Jordan, estoy muy cansada de todo esto.

—¿De todo qué? —Al ver que ella se limitaba a negar con la cabeza, él salvó la escasa distancia que los separaba y la estrechó entre sus brazos—. Dímelo, pequeña. ¿Qué te tiene así?

Lo que la tenía así era el sonido de su voz, sus tiernas muestras de afecto, la fortaleza de sus brazos, la solidez de su cuerpo, el calor que desprendía, su olor. Y no podía hacer otra cosa que fundirse en él. Era lo único que había deseado siempre.

Jordan siguió estrechándola con fuerza, acariciándole el pelo con la mejilla. Sabía muy bien lo que la tenía así. Maldición, claro que lo sabía. La necesidad que Katia tenía de él era exactamente igual a la que él sentía de ella, con la única diferencia que ella no sabía lo que él sabía. Katia no había oído la conversación que él había oído. Ella no se había pasado los últimos once años de su vida deseando que la mano de Dios apareciera y, por obra de algún milagro, lo pusiera todo en su sitio.

Lo que más lo mataba era ese pequeño atisbo de duda que asomaba a su mente de vez en cuando. Deseaba poder enfrentarse a su padre y preguntarle sin ambajes si lo que había oído era verdad, pero apenas se hablaban y un enfrentamiento de ese calibre haría añicos la frágil paz que existía entre ambos. Incluso había considerado la idea de hablar con Cassie, pero en cuanto pensaba en plantearle la cuestión, se acobardaba. Por muy suavemente que articulara sus pensamientos, la estaría acusando de infidelidad. No tenía agallas suficientes para hacer algo semejante.

El descarado e irreverente Jordan… sin agallas cuando se trataba de lo que más le importaba en el mundo. La idea también le molestaba a él, pero se veía incapaz de cambiarla. Tenía que pasar algo, alguna carta tendría que descubrirse, alguna mano quedar revelada. Había intentado mantener las distancias con Katia, pero cada día que pasaba le costaba mayor esfuerzo. Sobre todo desde la muerte de Mark, un suceso que lo había vuelto absolutamente consciente del sentido de la vida y del paso del tiempo.

—Vámonos a Maine, tú y yo —murmuró a la oreja de Katia—. Los demás estarán ya allí. Es el fin de semana del día del Trabajo. Nos merecemos un respiro.

Katia soltó un gemido. Básicamente había decidido no ir porque estaba viendo a Jordan con tanta frecuencia que el doloroso placer que el contacto le producía la estaba matando. No había disfrutado de ninguna de las citas que había tenido últimamente. Al parecer no podía dormir sin despertarse varias veces a lo largo de la noche. El trabajo era trabajo. Los amigos, amigos. La cocina era la cocina.

Y Jordan era Jordan, pidiéndole que se sometiera a un tormento aún mayor. ¿Qué era lo que no funcionaba en él para ser incapaz de ver lo que la afligía? ¿Cómo podía castigarla así?

—Debería trabajar, en serio —murmuró contra el polo de Jordan.

—Como ya te he dicho, puedes trabajar allí. Y mezclar un poco de relajación con el trabajo. Estás cansada. Necesitas descansar.

—Si tuviera un poco de sentido común, cogería el primer avión y me iría a una isla desierta del Caribe. Entonces sí podría descansar un poco.

—Los aviones no llevan a islas desiertas del Caribe.

—He vuelto a cagarla, ¿verdad? Vaya, cada vez se me da mejor.

—Vamos, Katia —dijo Jordan, acunándola suavemente—. Relájate.

¿Relajarse? Si se relajaba un poco más quedaría hecha un charco a sus pies. Se sentía como la gelatina, acunada así contra él.

—Lo siento, Jordan —logró decir con un hilo de voz—. Me has pillado en un mal momento.

—Si vas conmigo a la isla, las cosas se arreglarán. Todos están allí, hasta Nick, Angie y los niños. Anne, Em y tu madre… no te ve muy a menudo. Sé buena con ella y hazle una visita.

—No hagas que me sienta culpable. No es justo.

—¿No te gustaría verla?

—Sí.

—¿Y a los demás?

—Sí.

La sostuvo por la espalda, con las manos en sus hombros, y bajó la cabeza hasta que sus ojos estuvieron a la altura de los de ella.

—Entonces, vamos. Podemos volar a Portland y estar en la isla a la hora de la cena. Vamos, Katia. Dime que sí.

Muchas eran las veces que Jordan así lo había hecho, y en cada una de ellas Katia había estado perdida. Soltó un gemido y puso los ojos en blanco. Luego habló entre dientes.

—Sí, Jordan, sí. ¿Es eso lo que querías oír? ¡Sí!

Los hombros de Jordan se relajaron y soltó un suspiro. Dos días. No podía ocurrir nada, pero él estaría con ella durante dos días. Dos días. Jordan sonrió de oreja a oreja.

—Esa es mi chica. Ahora —empezó, mirando a su alrededor— haz lo que tengas que hacer para estar lista y yo me encargo de pasar el aspirador. Cuando estés lista tendrás esto inmaculado. Estará todo perfecto para que puedas volver el lunes.

En ese momento a Katia no le apetecía pensar en tener que volver el lunes. Después de haber capitulado, una vez más, estaba firmemente decidida a disfrutar al máximo. Y si eso significaba que iba a flirtear sin la menor compasión con Jordan, estaba dispuesta a hacerlo. Sabía que podía excitarlo y ¡dejar que fuera él quien por una vez mordiera el polvo de la frustración!

El sonido de la lancha al llegar al muelle puso en sobre aviso a todos los habitantes de la isla, y hubo sonrisas y abrazos encantados cuando descubrieron quién había llegado. Natalie y Cassie en particular estaban muy contentas. La visita sorpresa de Katia y de Jordan era lo que necesitaban para hacer de aquel fin de semana festivo una ocasión especial.

Y resultó especial. Katia fue la primera en reconocerlo. Para empezar, porque pudo pasar tiempo con su madre. Aunque Cassie y ella hablaban semanalmente por teléfono, no se habían visto desde el funeral, y de eso hacía ya seis semanas. Cassie quería saber las novedades sobre el trabajo de Katia, los amigos con los que compartía su tiempo, los hombres con los que salía, y Katia se lo contó todo. Hubo en ello una especie de catarsis, pues Katia pudo ver su vida desde la perspectiva de Cassie e, inevitablemente, valorarla más.

Solo en lo que concernía a Jordan se mostró más circunspecta. Sabía que a su madre le encantaría que se casara con él, y aunque Cassie no la machacaba con ello ni la agobiaba abiertamente, siempre estaba más que dispuesta a oír cualquier cosa que tuviera que ver con esa relación. Así que Katia había aprendido a restarle importancia, sobre todo ahora que ya no contaba con Sean como escudo. No quería alimentar las esperanzas de Cassie injustamente. Y no quería reconocer que al parecer ella carecía de algo de lo que Jordan buscaba en una pareja.

Como siempre, Cassie pareció aceptar que Katia estaba demasiado concentrada en su trabajo como para considerar el matrimonio como una necesidad inmediata. Aun así, estuvo encantada al saber que estaba trabajando para Jordan. Era un paso en la dirección adecuada.

Gil, por su parte, se mostró mucho más pensativo. Katia había acudido a él cuando todos los demás estaban en la piscina. Estaba en su estudio, sentado en silencio. Katia se preocupó de inmediato.

—¿Gil? —preguntó con suavidad.

Gil alzó la barbilla del pecho y al verla esbozó una sonrisa.

—Katia. —Se inclinó hacia delante en la silla—. Pasa. Llegas a tiempo para rescatarme de las enfermizas cavilaciones de un viejo.

—No eres ningún viejo —bromeó Katia, caminando silenciosamente hacia la mesa y poniendo una mano en la que él le ofrecía.

—Quizá no lo sea a ojos de alguien de noventa años, pero tengo setenta y cuatro años. Debo de parecerte todo un anciano.

—¿Anciano? ¿Tú? Pero si eres uno de los hombres más activos y enérgicos que he conocido en mi vida. —Precisamente por eso se había sentido doblemente preocupada al encontrarlo sentado a solas, sin trabajar ni hablando por teléfono. Hasta su pipa estaba en el cenicero, y el aroma a cerezas del tabaco apenas flotaba en la estancia.

—A veces me pregunto si no estaré quedándome sin esa energía —dijo Gil, y durante un instante parecieron caerle encima cada uno de esos setenta y cuatro años. Estaba tan guapo como siempre, erguido, delgado y digno, pero sus rasgos parecían más pálidos que de costumbre, soportando el peso de la fatiga. Tenía un aspecto muy semejante al que había tenido después del funeral. Katia se preguntó si habría podido disfrutar de un poco de paz desde entonces.

—¿Te encuentras bien?

Gil desestimó su preocupación con un simple ademán.

—Oh, estoy bien. Solo que no soy buena compañía para mí mismo. —La mano que sostenía la de Katia dio un breve apretón—. Pero ahora estás aquí. Me alegro de que hayas decidido venir después de todo, Katia. Para tu madre significa mucho verte.

—Lo sé. A mí también me gusta verla. Hay veces en la ciudad en que me veo tan metida en todo que me cuesta mucho irme…

—No hagas eso. Es un error. Tu familia es tu punto de origen, lo que eres. Y si te aíslas ahora, algún día te encontrarás sola.

Su mensaje era claro, pero había más.

—¿Es eso lo que sientes en este momento? —preguntó Katia con suavidad.

Gil la estudió sin pestañear.

—Podría ser.

—Pero tienes que trabajar…

—Ah, sí. Siempre está ahí. El trabajo, la gente, un frente u otro. —Se le arrugó la frente—. Sin embargo, de vez en cuando tengo ganas de dejarlo todo. Llevo metido en política más de cuarenta años. Debería haber algo más.

—Tienes a Lenore, a tus hijos y a tus nietos.

—Me temo que he quemado algunos puentes en el camino —afirmó despacio.

—Pero ellos te quieren.

—¿Y les gusto?

—Estoy segura de que sí. Bueno, a veces puedes resultar intimidatorio —bromeó en un intento por sacarle de su desánimo, un estado que la preocupaba, pues era muy poco propio de él—, aunque ¿qué hombre poderoso no resulta intimidatorio a veces?

—Pues no debería. Al menos cuando está con su familia.

—¿Acaso es posible activar y desactivar la personalidad de uno a placer? —Katia se apoyó contra la mesa, ahora con la mano de Gil entre las suyas—. Eres quien eres, Gil. No puedes cambiar eso.

—No, aunque...

—Estás pensando en Deborah. —Katia lo sabía sin la menor sombra de duda—. Gil, no puedes culparte...

—Si hubiera acudido a mí, le habría dado cualquier cosa que necesitara, pero tuvo miedo. Siempre tenía miedo. —Soltó una breve carcajada—. Curioso, ¿no te parece? El mundo cree que mis hijos son unos niños mimados, que solo tienen que desear algo para que sea suyo. Entonces pienso en Deborah, que casi temía desear nada por miedo a que fuera suyo. Quizá si hubiera pasado más tiempo en casa, más tiempo con ella...

—No podías vivir dos vidas. Te habría sido imposible conseguir lo que has logrado en política si hubieras pasado todo el tiempo con tu familia.

—No todo el tiempo. Solo más de lo que lo he hecho. Algunos hombres lo hacen. Los veo, Katia. Me refiero a algunos de los miembros más jóvenes del Congreso. Claro que trabajan hasta la extenuación y duermen en el sofá de su despacho, pero corren a casa a pasar los fines de semana con sus familias, y no estoy seguro de que al final no les vaya tan bien como a mí. Incluso más. Porque tendrán esa base de amor que seguirá dándoles fuerza.

—Tú también la tienes.

—¿Yo? No. Es la ambición la que me empuja a seguir. Eso es todo. —Sus ojos se clavaron en los de ella y su mirada se volvió más penetrante—. No hagas nunca lo que he hecho yo. Sé que para ti tu carrera significa mucho. Te van bien las cosas, cada vez mejor. Pero estás sola.

—Hay gente en el trabajo, y amigos, y de vez en cuando salgo con alguien.

—Eso es lo que yo siempre decía, pero no es lo mismo. Deberías tener una familia, Katia. Un marido que te quiera, hijos. Durante un tiempo, creí que Sean y tú...

—No era el hombre adecuado para mí.

Gil asintió y luego vaciló, de nuevo un gesto muy poco propio de él.

—Siempre tuve la esperanza de que surgiría algo entre Jordan y tú. Es un buen chico.

—Es más que un chico —murmuró ella, sonrojándose.

—¿Así que te has fijado en él?

—Siempre he estado pendiente de él. Pero tiene tan poca prisa como yo por sentar cabeza.

—Pues debería empezar a pensar en ello —gruñó Gil—. Si espera mucho más, disfrutará de sus hijos desde una silla de ruedas.

Katia se rió.

—Lo dudo.

—Lo que necesita es una buena patada en el culo.

—Con eso no conseguiría más que un buen arranque de rebeldía.

—Déjalo. Un poco de rebeldía es buena para el alma. Es un buen purgante, te hace recuperar el sentido más deprisa.

Sin embargo, lo que Katia tenía en mente no era una purga de rebeldía. Aunque pasó otra hora con Gil, respondiendo a sus preguntas sobre su vida en Nueva York de un modo muy semejante a como lo había hecho con su madre, estaba ya planeando su forma personal de encender el fuego en Jordan.

Prendió la primera cerilla esa misma mañana, cuando se reunió con los demás en la piscina. En esta ocasión dejó vagar libremente la mirada por el cuerpo apenas cubierto de Jordan... y precisamente en los momentos en que sabía que él se daría cuenta.

Sentada con Amanda, la hija de Anne, en las rodillas mientras Jordan hablaba con ellas desde la tumbona contigua, Katia se dedicó a escudriñar su pecho desnudo, concentrándose en una tetilla marrón y plana anidada entre una mata de pelo oscuro. No desvió de ella la mirada hasta que vio endurecerse la pequeña mancha lisa. Luego apartó los ojos y volvió a concentrarse en Amanda.

Más tarde, estaba descansando en la misma tumbona, esta vez con las rodillas libres y las piernas estiradas, mientras Jordan retiraba agujas de pino de la superficie de la piscina con la larga red que había cogido de la caseta de los enseres. Recorrió lentamente con la mirada la estrecha cintura de su bañador de lycra, levantó los ojos para encontrarse con los de él y luego volvió a bajarlos por el bañador en una caricia más que evidente antes de cerrar los ojos y recostarse lánguidamente al sol.

Después del almuerzo, cuando una horda de Warrens y Whytes estaban en el patio comiendo helados, Katia, que se había colocado cerca de Jordan, limpió con el dedo los restos de chocolate que Jordan tenía en el labio superior. Aguantándole la mirada, se llevó el dedo a la boca, lo chupó detenidamente y de inmediato volvió la atención a los demás, ofreciendo adecuadas aportaciones a la conversación.

Durante la tarde, cuando Jordan y ella se llevaron a los dos hijos menores de Nick a dar un paseo por el bosque, Jordan subió al pequeño Sean a la rama de un árbol. Katia se encajó contra su espalda, sonriendo al pequeño mientras sus dedos trazaban una larga y lenta línea sobre la columna de Jordan, descendiendo hasta llegar a su base. Jordan volvió la cabeza justo a tiempo para verla dar un paso atrás y arrodillarse junto a Heather, que esperaba impaciente su turno para subir al árbol.

Esa tarde, cuando Jordan estaba en el salón de la televisión con Anne, Mark, Peter, Nick y Angie, Katia fue la encargada de llevar un cuenco lleno hasta los bordes de palomitas. Sentándose en el brazo del sofá en el que estaba Jordan, dirigió la mirada a la pantalla. Mientras tanto se llevó la mano al bolsillo y sacó varias nueces de macadamia que había cogido del bote de la cocina. Una tras otra, dejando cómodos intervalos entre ellas, se las fue metiendo en la boca mientras veía la película. Cuando se acabaron las nueces, deslizó su mano alrededor del cuello de Jordan y fue acariciándole con el pulgar el punto cálido y suave situado justo detrás de su oreja. Cuando notó que Jordan inclinaba la cabeza para facilitar la caricia, Katia retiró la mano, girándose para meterla en el cuenco de palomitas y sacar un buen puñado. Luego se deslizó hasta sentarse en el suelo para ver el resto de la programación.

Jordan no dijo nada. Esa misma noche, Katia y él estaban sentados hablando en el patio, pero él no hizo ninguna referencia al hecho de que quizá le estuviera pasando algo. Desayunaron juntos la mañana siguiente. Durante el desayuno, Katia sacó una fresa madura de la mermelada que rellenaba su magdalena y la pegó a los labios de él. Luego salieron a navegar con Donald, el marido de Laura, y su hija Dawn, y Katia se empeñó en apoyarse en la pierna de Jordan, que alzaba la parte interna de su muslo cada vez que el barco viraba trazando un ángulo peligroso.

Aun así, Jordan seguía sin decir nada. Tampoco es que ella esperara ningún comentario. Hacía tiempo que él había demostrado ser un maestro del autocontrol sexual cuando estaba con ella. Pero cuanto mayor autocontrol demostraba, más decidida estaba Katia a ponerlo a prueba.

Y así, ese día, después del almuerzo, y aprovechando que la mayoría de los miembros de la familia, incluidos Jordan y Katia, tenían previsto marcharse de la isla antes de que cayera la noche, Katia se enfundó su *pièce de résistance*. Era una camiseta con un gran escote y sin mangas. Tan grandes eran los orificios de las mangas, que prácticamente podía decirse que estaba abierta por los lados. Normalmente, la habría llevado encima de otra camiseta más tradicional. Encima de otra prenda y con un pantalón corto a juego, era sin duda un conjunto de lo más chic. Sin nada debajo, y con una brevísima braga de biquini, era casi lasciva.

La piscina fue el lugar elegido para el asalto. Sin duda la piscina era el punto neurálgico de las reuniones familiares, sobre todo en días como ese, en que el calor del sol era un lujo que debía aprovecharse y atesorar para recordarlo con añoranza durante los largos meses de invierno que no tardarían en llegar.

Katia mantuvo con sumo cuidado los brazos pegados a los costados hasta que se sentó en la silla que estaba situada junto a la de Jordan. No tenía la menor intención de pavonearse delante de los demás y simplemente inclinó la cara hacia el sol mientras la conversación fluía a su alrededor. Cuando los niños por fin estuvieron ocupados en el agua y los demás adultos parecían igualmente concentrados en sus cosas, echó el cuerpo hacia delante. Tenía los muslos separados, las rodillas dobladas, los tobillos cruzados. Precisamente alrededor de estos últimos fue donde cerró las manos.

Jordan disponía de un inmejorable panorama. Tenía que estar viéndola. Katia sentía el cálido aliento de la brisa contra sus pechos, y el contacto del aire los estremecía. Echó atrás la cabeza, la agitó de modo que su pelo rojizo se ondulara y sonrió.

—Mmm. Qué agradable es esto, Jordan. Me alegro de que me hayas convencido para que viniera.

Al principio, Jordan no dijo nada. Katia tenía los ojos cerrados y la cara al sol; los pezones se le iban endureciendo.

—¿Relajada? —preguntó él por fin. Su voz sonó tan tensa como los pezones de Katia.

—Mucho. Tenías razón. Es agradable verlos a todos. Y no podríamos haber tenido un tiempo mejor. Normalmente hace frío y llueve el día del Trabajo. Esto es… maravilloso. —La última palabra llegó acompañada de un ronroneo. Katia levantó los brazos y se pasó los dedos por el pelo.

—Te va a quedar la marca del sol. —La voz de Jordan sonó más tensa que nunca.

Katia apoyó los codos en las rodillas. Seguía con los ojos cerrados y la cara alzada.

—¿En el pelo?

—En tu cuerpo. ¿Dónde tienes el sujetador del biquini?

—En mi cuarto.

—Pues ahí te va a servir de mucho.

—No te preocupes. Este sol no es tan fuerte como para broncear nada excepto el alma. Cuando llegue enero voy a acordarme de este momento. —Como reaccionando a la idea del frío, fue presa de un ligero escalofrío que bastó para sacudirle levemente los pechos. De pronto bajó la cabeza y abrió los ojos—. De hecho, también entonces la playa no será más que un recuerdo. Creo que voy a dar un paseo hasta allí. ¿Vienes?

Por primera vez miró a Jordan. Él estaba sentado con los brazos alrededor de sus rodillas dobladas y habría parecido estar perfectamente relajado de no haber sido por el color blanco que teñía los nudillos de la mano con la que se agarraba el antebrazo contrario. Y por sus ojos. Los tenía oscuros, muy oscuros, y abrasadores.

Al ver que no respondía, Katia se levantó de la tumbona.

—Te veo luego —dijo, pasando despreocupadamente junto a él.

Se dirigió directamente a la playa, preguntándose si él la seguiría. Aunque se negó a mirar atrás y estropear así su muestra de absoluta indiferencia, no podía dejar de preguntárselo. Ni de escuchar. Intentó hacer uso de una percepción extrasensorial que nunca había poseído pero que siempre había deseado.

Al llegar al muelle, se instaló contra uno de los pilares de madera. Con los pies en el agua del océano hasta los tobillos, cambió de postura hasta que dispuso de una clara panorámica de la orilla.

Jordan no estaba a la vista. Aunque Katia esperó, dándole tiempo, él seguía sin aparecer. No había mordido el anzuelo. No la había seguido. ¡Menudo cobarde!, chilló Katia en silencio, apartándose del pilar y empezando a caminar por la playa rocosa. Le llamó un buen surtido de otros nombres hasta aplicarse muchos de ellos a sí misma mientras se dirigía furiosa hacia un pequeño grupo de rocas que procedió a escalar de un modo que habría resultado imprudente de no haber sido porque la rabia la dotaba de una fuerza y agilidad mayores de lo normal.

Sin embargo, esa fuerza quedó agotada en cuanto alcanzó un pequeño hueco abierto en las rocas, acolchado por una alfombrilla de hierba de playa. Había ido allí a menudo, tanto de niña como ya de mayor. Protegida a ambos lados por pequeños muretes de cantos rodados, era un trono desde el que podía supervisar sus dominios.

Pero en ese momento no se sentía particularmente regia. Ni poderosa. Se sentía bastante estúpida, una pizca avergonzada y muy, pero que muy desilusionada. Se le ocurrió que la única persona a la que había logrado encender era ella misma, y no eran simplemente las llamas de la ira las que sentía arder en su interior. Cada vez que había tocado a Jordan se había excitado. Cuando había estudiado con todo descaro su cuerpo, el suyo había despertado, estimulado. Y en aquel preciso instante, al dar a Jordan lo que ella consideraba era una irresistible muestra no había hecho más que magnificar el erotismo en su propia mente. Si tenía la fuerza o el sentido común suficientes, caviló, volvería a bajar y se daría un baño en el océano. El agua estaba fría. Siempre lo estaba. Sin embargo, en cierto modo sabía que eso no la ayudaría. El problema estaba tanto en su mente como en su cuerpo.

Había perdido la mirada en el mar, y seguía compadeciéndose todavía cuando la atronadora voz de Jordan acuchilló el aire de la tarde muy por encima de ella.

—¿Qué demonios estás haciendo ahí arriba? —Katia se volvió para verlo de pie sobre uno de los grandes cantos—. ¡Podrías haberte matado subiendo aquí!

—Ya lo he hecho otras veces —respondió ella con sequedad. De pronto, olvidó la autocompasión, sustituida por el desafío—. No lo sabías, ¿verdad? Encontré tu escondite una tarde que te seguí aquí. Tenía seis años. En aquel entonces no podía subir hasta aquí, pero me acordé de dónde estaba. Llevo viniendo desde que tenía ocho años. No eres el único al que le gusta un poco de aventura, Jordan. O un poco de privacidad.

Aunque dijo esto último con una mordacidad que se esforzó poco por disimular, Jordan prefirió pasar el comentario por alto. Se sentó en el borde de canto, se dio un empujón y saltó. Era una altura de más de tres metros. Katia se levantó, alarmada.

—¡Dios mío, Jordan! ¡Mira quién habla! ¡Ha sido genial! ¡Hacía tiempo que no veía nada tan autodestructivo!

—¿Y qué te importa a ti si lo es? —Jordan se expulsó la tierra de las manos al tiempo que se ponía de pie—. ¿Acaso es asunto tuyo? ¡Es mi vida y puedo arreglármelas sin tu ayuda! —Entrecerró los ojos al mirarla—. Has estado jugando conmigo y no me gusta.

—¿De qué estás hablando? —preguntó, deseosa de mostrarse tan perversa como él.

Oh, vamos, Katia. Los dos sabemos lo que has estado haciendo.

—Vaya, eso me alivia. Estaba empezando a pensar que estabas sordo, mudo, ciego y encima asexual.

—No soy asexual.

Sin la menor astucia ni asomo de humor, Katia bajó los ojos hasta fijar la mirada en la parte delantera de los pantalones cortos de Jordan.

—Obviamente tienes lo que hay que tener. Pero que funcione, eso ya es otra cosa.

—Sabes muy bien que funciona.

—¿Y cómo quieres que lo sepa? —gritó—. Nunca me lo has demostrado.

—¿Es eso lo que quieres? —gruñó. Antes de que ella supiera lo que él pretendía, Jordan se puso de cuclillas delante de ella y tomó su barbilla en la palma de la mano. Entre el pulgar y el resto de sus dedos, le inmovilizó la mandíbula—. Has estado provocándome. Pequeñas caricias por aquí, pequeñas miradas por allá. Lo has hecho a propósito, Katia, ¡y eso es una crueldad!

—Tú no sabes lo que significa esa palabra —logró replicar Katia entre dientes.

—¿Y tú sí? Qué inocente eres, Katia. Qué dulce, dulce e inocente eres. —Y dicho eso tomó su boca, dispuesto a destruir su inocencia de una vez por todas.

13

Jordan sabía que jamás sería capaz de hacerlo. En cuanto posó sus manos sobre ella, su ira empezó a disiparse. En el instante en que cubrió la boca de Katia con la suya, su rabia se distanció de él para disolverse luego del todo. En su lugar se abrió paso una necesidad tan potente que resultaba palpable, tangible y prácticamente audible.

Era Katia la que tenía ante sí, la mujer a la que amaba. Sus labios seguían bajo los de él, pero Jordan deseaba sentirlos abiertos, moviéndose y hambrientos, de modo que suavizó su beso hasta poner en él su mayor capacidad de seducción, lamiéndola, engatusándola y excitándola hasta que ella empezó poco a poco a reaccionar.

No era eso lo que Katia deseaba. Deseaba contenerse, manteniéndose rígida y fría. Quería volver loco a Jordan, verlo presa de la misma frustración que había estado carcomiéndola en vida durante días, meses, años. Pero era Jordan. Nunca había tenido la menor posibilidad contra él, y tampoco la tenía en ese momento. Si los labios de él la amaban, los de ella no tenían más elección que amarlo a su vez. Si la lengua de Jordan le llenaba la boca, Katia no tenía más elección que ofrecerle la suya a cambio.

Jordan suspiró su nombre cuando apartó la boca para tomar aliento, pero al instante siguiente había vuelto a ella, renovando el beso con un ardor aún mayor. Sus manos se deslizaban por sus costados, arriba y abajo, deteniéndose en los amplios óvalos de piel que habían quedado a la vista bajo la escasa protección de la camiseta. Cuando las manos de Katia se alzaron para acariciarle los cabellos, la proximidad de sus pechos resultó una tentación demasiado grande. Poco había ya que pudiera contener a Jordan. Un simple desplazamiento de la tela hacia el centro del cuerpo de ella y había alcanzado su objetivo. Un pecho desnudo, cremoso, cálido e inflamado, le llenó las manos. Los amó del mismo modo que siguió amando su boca, acariciando, masajeando, tironeando suavemente mientras el deseo crecía por segundos.

Y crecía, claro que crecía. Jordan sabía que debía poner fin a aquello, pero se dio un minuto más... solo un minuto más. Los leves susurros que escapaban de la garganta de Katia le confirmaban su placer, y si podía darle eso, sin duda sería perdonado por sus pecados.

El único pecado que cabía en la mente de Katia era que esa explosión de pasión hubiera tardado tanto en llegar. La espera y su tormento habían apagado cualquier esperanza de autonegación que ella hubiera podido albergar. Después de haber prendido la primera cerilla, ella misma estaba en llamas.

El contacto de los largos miembros de Jordan contra los suyos resultó eléctrica, o eso le pareció hasta que los pulgares de él se cerraron alrededor de sus duros pezones y unas corrientes totalmente nuevas de excitación la recorrieron. Deseó tocarle el cuerpo entero, pero temió que si retiraba los brazos de su cuello, las rodillas se negaran a seguir manteniéndola en pie, de modo que se limitó a unir más y más su cuerpo al de él, necesitada de su terso contacto para acallar su dolor.

De pronto Jordan la estaba depositando en la hierba de la playa, inclinándose sobre ella, besándole los ojos, la nariz, la barbilla. Katia se sentía adorada, y eso era exactamente como él quería que se sintiera. Quería que fuera consciente de su amor, a pesar de que no pudiera expresarlo con palabras. Quería que supiera que era lo que más quería en la vida y que sufría al hacerle daño, aunque decirle eso equivaldría a invitarla a hacer preguntas que simplemente no podía responder por temor a herirla aún más. En vez de eso, le demostró con sus labios errantes, sus manos y su cuerpo encendido todo lo que significaba para él.

Katia respondió a sus requerimientos tornándose cada vez más codiciosa. Sus palmas dibujaban amplios círculos en el pecho de Jordan, en sus hombros, en su torso. Le encantaba sentir su contacto, y se lo dijo con los dedos, peinando con ellos la mata de vello que le cubría el pecho y siguiendo su progresión cada vez más afilada hasta su ombligo. Allí se quedaron durante un minuto, pero más era lo que deseaban, lo que necesitaban tocar, y así lo hicieron. Los músculos del estómago de Jordan estaban rígidos, dejándole el espacio necesario para deslizar la mano por la estrecha cintura del bañador.

Jordan estaba duro y palpitante. Katia cerró los dedos a su alrededor, pero en cuanto oyó el gutural gemido que surgió de él, uno similar brotó de su garganta, pues la mano de Jordan había salvado la diminuta barrera de su biquini y ahora la estaba abriendo, acariciándola, enturbiándole la mente con la nebulosa de la pasión. Katia relajó los dedos. No podía pensar. Lo que Jordan le estaba haciendo estaba prácticamente más allá de toda sensación conocida.

Chilló su nombre, pero su grito quedó enmudecido en la caverna de la boca de Jordan, cuyo pulgar la acariciaba mientras el resto de sus dedos se deslizaban dentro, se retiraban y volvían a penetrarla de nuevo. En un momento dado, la mano de Katia había soltado a Jordan porque se vio aferrada a sus hombros, clavándole las uñas, agarrándose a él como si estuviera al borde de la destrucción.

Y fue eso exactamente, en pequeñas dimensiones, pues en cuanto se retorció contra la mano de él, después de haber contenido el aliento y de haberlo soltado en una serie de jadeos entrecortados, después de que sus entrañas se hubieran tensado, espasmo tras glorioso espasmo, por fin se relajaron y Katia fue consciente de que había perdido. A pesar de la belleza del momento, supo en cuanto abrió los ojos que Jordan no tenía la menor intención de poseerla de la forma más íntima, más total.

Respirando pesadamente, cerró los ojos y dejó rodar la cabeza a un lado. ¿Por qué? ¿Por qué? Deseaba como nada en el mundo preguntar, gritar, pero no quería saber la respuesta. Ya la había oído antes. Era demasiado dolorosa.

Cuando una lágrima se deslizó desde debajo de su párpado, Jordan dejó escapar un gemido, la tomó entre sus brazos y la estrechó con fuerza.

—No llores, cariño. Ha sido fantástico.

—Para ti no —se oyó decir Katia desde un sofocado sollozo procedente de su pecho—. No ha pasado nada.

—Yo no diría eso. He sentido un placer que no había sentido hasta ahora.

Entonces ella levantó la cabeza, y lo miró con ojos abiertos y suplicantes.

—Déjame que te lo haga —susurró, tendiendo la mano hacia él. Pero Jordan le cogió la mano y se la llevó al corazón.

—No, Katia. Ahora no. Me basta con saber lo que has sentido.

Su voz llegó dulce desde una suave sonrisa, aunque había en su voz una determinación a la que Katia simplemente no se vio capaz de resistirse, de modo que hundió la cara en su pecho y se dejó abrazar por él hasta que llegó el momento de marcharse. Jordan la ayudó a bajar con cuidado por las rocas y no hablaron mientras volvían andando por la playa en dirección a la casa.

Katia no se vio capaz de hablar hasta la mañana siguiente, cuando ya estaba de regreso en su inmaculado apartamento de Nueva York y después de haber estado largas horas moviéndose y dando vueltas en la cama antes de quedarse por fin dormida. Pero, por supuesto, Jordan no estaba allí.

Jordan no hablaba con nadie. Sus socios estaban totalmente confundidos ante su mal humor y sus secretarias lo evitaban. La expresión de sus ojos iba de la tristeza a la desesperación, pasando por la furia, para volver a iniciar el ciclo varias veces al día.

Cuando el miércoles viajó a Baltimore, le gritó a la azafata que por error dio su tarjeta de crédito al pasajero que iba sentado a su lado. Cuando el jueves voló desde allí a Kansas City, recriminó al taxista cuya cauta conducción le hizo llegar con cinco minutos de retraso a su cita.

Y cuando el viernes volvió a Nueva York, Katia se negó a verlo. Solo por cuestiones de trabajo, le dijo. Pero podían hablar de trabajo durante la cena, arguyó Jordan. Solo en la oficina, insistió ella. Pero tendría que comer, apuntó él. Tenía una cita, respondió Katia antes de colgarle.

Solo después de un fin de semana que lo acercó más al infierno

292

que cualquier otro de los que había vivido hasta entonces, Jordan hizo la concesión que había estado evitando durante años. Se fue a Boston a ver a su padre.

Sin duda habían estado juntos muchas veces en el curso de los años, pero nunca se habían visto para hablar, como Jordan lo necesitaba en ese momento. Había algunas cosas que su padre y él jamás habían tratado cara a cara. Más que discutir, como ya lo habían hecho en una ocasión, ambos habían optado por evitarse. Pero Jordan sabía que eso se había terminado. Aunque su pregunta provocara la más violenta de las discusiones, la respuesta que buscaba merecía la pena.

Jack Whyte no era un hombre al que resultara fácil encontrar. Nunca lo había sido, cosa que irritaba a Jordan cada vez que pensaba en ello, aunque aparentemente ni siquiera la edad había hecho nada por calmar el ritmo de aquel hombre. No estaba en su despacho cuando Jordan llegó. Tampoco estaba reunido, no tenía ninguna cita ni estaba en el club ni en el barbero. Jordan casi sospechó que estaba en el Bradford, follándose a alguna pelirroja con pocas luces y pechos descomunales. Pero se equivocaba.

Según le informó Nick, solo después de que Jordan amenazara al personal del cuartel general del Grupo Whyte con empezar a cortar cabezas, Jack estaba en el Public Garden, dando de comer a los patos.

No era exactamente el escenario que Jordan había imaginado para una confrontación, pero tendría que ser así. Había llegado demasiado lejos y había sufrido demasiado como para posponer lo inevitable, ni siquiera una hora más.

Sin embargo, lo que Jordan vio al entrar en el Garden desde Arlington Street y acercarse al banco que, según Nick, y ante el desconocimiento del público, Jack Whyte había ocupado de forma regular durante las últimas siete semanas, era un hombre triste y solitario. Jordan se detuvo a observarlo durante un minuto, esforzándose por relacionar la figura que tenía ante sus ojos y la del hombre alto de anchas espaldas que había visto hacía una semana.

Aquel hombre estaba sentado solo. No había nietos en sus rodillas, como los que pudo ver en las de varios ancianos sentados al otro lado de estanque. No había risa en su rostro, ni alegría en sus ojos. Una brisa otoñal lo despeinó, pero él no pareció darse cuenta, o si lo hizo, carecía de la fuerza o de la voluntad para reparar el daño, como lo habría hecho en el pasado. Jack Whyte estaba orgulloso de su aspecto, de su reputación, de su estatus. Al hombre que en aquel momento estaba sentado en el banco, eso no parecía importarle en absoluto.

Contra su voluntad, Jordan sintió una punzada de compasión. Aquel era su padre. Aunque había muchas cosas de ese hombre que no le gustaban, lo quería.

Pero también quería a Katia. Así que puso el cuerpo en marcha, caminando hasta llegar al banco. Al principio Jack no lo vio. Tenía la mirada concentrada en los patos que nadaban en el agua cercana y la mano enterrada en una pequeña bolsa de cacahuetes, aunque sus ojos parecían tan inmóviles como el resto de su cuerpo.

De pronto, al parecer intuyendo algo que no era solo una presencia pasajera, levantó la mirada. Se le abrieron los ojos al reconocer a Jordan y al instante irguió su postura en el banco. Una leve sombra de sonrojo apareció en sus mejillas y frunció el ceño.

Jordan no creía haber visto avergonzado a su padre. A pesar de la cantidad de veces que había deseado ver llegado ese momento, la realidad le puso más incómodo de lo que había imaginado. Cambió de postura junto al banco.

—Nick me ha dicho que podía encontrarte aquí.

—No sabía que estuvieras en la ciudad. —El tono de voz de Jack era de evidente brusquedad.

—Acabo de llegar.

—¿Trabajo?

—Quería verte.

—No te preocupes —replicó Jack—. No voy a morirme mañana. Nick no deja de repetirme que debería tomarme las cosas con más calma. Creo que cada vez está más impaciente por hacerse con las riendas de la empresa. —Guardó silencio al instante y se mostró receloso—. ¿Y tú, Jordan? Nunca has querido tener nada que ver con el Grupo. ¿Qué quieres de mí?

—Una respuesta sincera a una pregunta muy sencilla.

Jack lo miró con abierta desconfianza, una desconfianza que no hizo sino entristecer a Jordan.

—Suena demasiado fácil.

—No lo es. Es una pregunta difícil. Delicada, teniendo en cuenta las cosas que nos hemos dicho en el pasado.

Jack suspiró, cerró los ojos y fue moviendo la cabeza de un lado a otro al hablar.

—Sí, Jordan, quiero a tu madre. Sí, Jordan, me importa. Sí, Jordan, sé que no he sido un modelo de marido fiel. Sí, Jordan, sé que le he hecho daño. —Abrió los ojos—. Ahí lo tienes. ¿Alguna de esas respuestas responde a tu pregunta «sencilla»?

Obviamente Jack recordaba el último y delicado encuentro que había habido entre ambos tan claramente como Jordan.

—No. Tenía otra pregunta en mente.

—Si vas a pedirme que me reforme estás perdiendo el tiempo. Tu madre y yo llegamos a un acuerdo sobre nuestra relación hace mucho. Estamos cómodos con ella tal y como está.

—No creo que ella lo esté —fue la réplica de Jordan—, pero no es eso lo que me preocupa ahora. No he venido a hablar de tu relación con mamá.

—Entonces, ¿a qué has venido? —ladró Jack—. Vamos, chico. Dilo. Haz tu «sencilla» pregunta.

Jordan giró la cabeza y perdió la mirada en la lejana curva del estanque. Su padre siempre se mostraba impaciente con él. Se preguntó si su decisión de evitar cualquier implicación con el Grupo habría tenido un efecto tan profundo en aquel hombre como para que todavía siguiera afectándole. Pero tampoco esa era una cuestión para debatirla en ese instante.

Volvió a mirar a su padre y habló con firmeza.

—¿Eres el padre de Katia Morell?

Jack pestañeó, aunque no se apreció ningún otro cambio en la severa expresión de su rostro.

—¿A qué viene eso?

—Necesito saberlo —respondió Jordan empleando la misma firmeza en su tono de voz, aunque ahora sintiéndose levemente consumido en lo más íntimo. Jack no lo había negado.

—¿Por qué?

—Porque la amo, y no puedo hacer nada con ella si es medio hermana mía.

Jack pareció recibir esa confesión con calma. Su mirada siguió firmemente clavada en el rostro de Jordan.

—Henry era su padre.

—Hablo desde el punto de vista biológico.

—¿Qué te lleva a pensar que Henry no lo era?

—Lo sé. Katia es demasiado especial.

—Vaya, a eso le llamo yo una afirmación intolerante.

—¿Y de quién crees que lo he aprendido?

—¿Así que volvemos a los insultos? —Una nueva referencia a la última discusión entre ambos.

—Has empezado tú. Simplemente me limito a apuntar los hechos.

—No soy un hombre intolerante —respondió Jack, indignado.

—Quizá no. Pero eso no significa que no hayas tenido tu ración de afirmaciones crueles a lo largo de los años. —De pronto, no pudo reprimir una mueca de enojo—. Demonios, no quiero entrar en eso. No estoy menospreciando a Henry, solo digo que Katia es diferente.

—Cassie es diferente. Quizá Katia haya heredado todo lo que tiene de su madre.

Pero Jordan negaba con la cabeza.

—No. Hay otras cosas. Katia es muy perspicaz. Es sociable y ambiciosa...

—Porque Cassie le infundió esa ambición. Y porque creció con todos vosotros. Aprendió lo que se necesita para tener éxito en la vida.

Jack no estaba diciendo más de lo que Jordan había dicho en Maine el día después del funeral. En aquel entonces había estado intentando aplacar a Peter. El instinto le decía que su padre estaba intentando hacer lo mismo con él en ese momento.

—Hay más —arguyó Jordan, aunque había tomado asiento en el banco había dejado un amplio espacio entre Jack y él—. No hay más que recordar a Henry. Nunca se mostró demasiado cariñoso con Katia. Con Kenny sí. Me acuerdo muy bien. Pero no recuerdo una sola vez que Henry cogiera a Katia en brazos o se la llevara con él para pasar un rato a solas con ella.

—Ese era el problema de Henry. Para él en aquel entonces las cosas habían empezado a ir cuesta abajo.

—¿Y por qué? ¿No se te ha ocurrido pensar que empezó a beber poco después de que naciera Katia? ¿No te parece una extraña coincidencia?

Jack pestañeó, pero eso fue todo.

—Ninguno de nosotros sabe lo que pasaba por la mente de Henry. Era el típico hombre de clase obrera.

—Afirmación intolerante —masculló Jordan entre dientes.

Afortunadamente, Jack no le oyó. Estaba perdido en sus propias cavilaciones.

—Nunca llegué a entenderlo del todo. Supongo que decidió dejarse llevar. Cassie ya se había convertido en una pieza indispensable para los Warren cuando se casó con él. Probablemente Henry vivió esos años a su sombra. Pobre tipo. No envidio a ningún hombre en esa situación.

—Afirmación machista —masculló Jordan, de nuevo entre dientes.

Esta vez, Jack no estaba tan absorto. Se volvió a mirar a Jordan con una de sus grises cejas arqueadas.

—¿A ti te gustaría? ¿Quieres que sea tu esposa la que lleve los pantalones en la familia?

—No tengo esposa. Lo cual me lleva a mi pregunta original...

—No cambies de tema. Estábamos hablando de Henry. E iba a decir que, por lo que sabemos, el hombre quizá habría hecho algo con su vida de no haberse casado con Cassie. Si hubiera tenido que defender lo suyo, si hubiera tenido una esposa cuya comida, ropa y compañía dependieran de él... pero no fue así. La vida de Cassie era el hogar de los Warren. Trabajaba más duro que él y ganaba la mayor parte del dinero que ingresaban. En cuanto a la tenacidad, Cassie tenía más que de sobra para que Katia la heredara de ella.

Jordan empezaba a impacientarse.

—¿Eres o no eres el padre de Katia?

—¿Estás acusando a Cassie de haberle sido infiel a Henry?

—Exacto.

—¿Y crees que yo podía sentirme atraído por Cassie? —Se rió, aunque fue una risa decididamente forzada que no hizo sino preocupar más a Jordan.

—Cassie es una mujer encantadora.

—Con su uniforme y con sus guantes blancos, paseándose por un salón lleno de invitados con una bandeja de plata pulcramente dispuesta con entremeses...

—En peores te has visto —dijo Jordan. No soportó oír cómo Jack menospreciaba a Cassie.

—Ah, así que de nuevo empezamos con eso.

—No, no empezamos de nuevo con eso...

—¡Esto es ridículo, Jordan! ¿De verdad crees que me escaparía en medio de la noche, cruzaría el huerto de puntillas, entraría a hurtadillas en casa de Cassie y me acostaría con ella con su marido en la cama, mirándonos? —Levantó una mano—. No. No lo digas. Imaginabas algo más parecido a una cita en el establo. O quizá —abrió los ojos como platos, rebosantes de un arrebato de fingido horror— ¿incluso una violación? Puede que la idea te excite.

—Te equivocas.

—Pero creías...

—La posibilidad de una violación jamás se me ha pasado por la cabeza. Aunque, ahora que lo dices...

—Olvida lo que he dicho —gruñó Jack, aplastando la bolsa de cacahuetes que llevaba en la mano—. Nunca he tenido que recurrir a la violación.

—Tus mujeres son muy dispuestas. Lo sé.

—¿Y las tuyas no? No irás a decirme que no has heredado de mí una pizca de encanto masculino...

Jordan se llevó la mano a la frente y negó despacio con la cabeza.

—Dios, no puedo creer que estemos teniendo esta discusión. —Había ira en los ojos que volvió hacia su padre—. ¡Esto es totalmente irrelevante! ¡Todo! Solo quiero que me digas si eres o no el padre de Katia. ¿Tan difícil es? Sí o no... ¡es todo lo que quiero oír!

La voz de Jack fue tan firme como la mirada que dedicó a su hijo.

—¿Por qué me preguntas esto? Eso es lo que quiero saber.

—Porque te oí hablar una vez —empezó Jordan, por fin verbalizando la única cosa que sabía que obligaría a su padre a reaccionar—. Hace once años, cuando Katia empezó en la universidad. Estabas en el estudio con Gil…

—¿Escuchaste una conversación privada?

—No sabía que lo fuera, y no lo hice con mala intención. Pero estabais hablando de Katia, así que me quedé ahí un minuto porque ya entonces todo lo que la incumbiera me incumbía a mí.

—¿Y qué era lo que decía? —preguntó Jack con suma cautela.

—Decías que había que cuidar de ella. Siempre. Decías que Henry, el maldito idiota, y es una cita literal, no le había dejado ni un centavo, pero que eso no era sorprendente, sobre todo teniendo en cuenta las circunstancias.

—¿Y tú lo interpretaste pensando que él no era su padre?

Jordan hizo caso omiso de lo que consideró un nuevo intento por desviar la conversación.

—Dijiste —prosiguió— que Katia llevaba buena sangre por ambas partes, y que si tenía que alcanzar todo su potencial y hacer que estuviéramos orgullosos de ella, en ningún momento debería tener que preocuparse del dinero necesario para financiarse sus gastos básicos ni de las finanzas de su madre. Cuando Gil apuntó que Katia había conseguido una beca, dijiste que tendríamos que compensarla por ello, que le debíamos una responsabilidad, que… —hizo una pausa y tomó aliento—, que ya era bastante triste que su apellido fuera Morell cuando podría haber compartido plenamente la gloria. Dijiste —entrecerró los ojos, acusador— que era una pena que nunca supiera la verdad.

La vacilación de Jack fue mínima. Estaba decidido a mantener el dominio de la situación.

—¿Y a partir de eso dedujiste que la verdad era que yo soy su padre?

—¡Sí! —De pronto Jordan recordó la gran cantidad de veces durante la infancia en que había sido llamado al orden por su padre. Quizá las situaciones habían sido distintas: un boletín de notas mediocre, una aventura con una chica de reputación más que dudosa, una factura de cantidad nada desdeñable por la reparación del interior del coche que había quedado totalmente destrozado cuando había bajado la capota por el simple disfrute de conducir bajo la lluvia… pero el ánimo defensivo del que fue presa era el mismo.

Y lo lamentó profundamente. Ya no era ningún niño. Y la forma en que su padre lo miraba le hizo sentirse como si lo hubiera interpretado todo mal, cosa que, de ser cierta, significaba que había vivido once años de agonía innecesaria y que había causado idéntico perjuicio a Katia.

Tomó aire en un estremecedor jadeo y se volvió a mirar a su padre.

—¿Es cierto? —preguntó agotado.

—Once años. ¿Por qué has esperado tanto tiempo?

—Al principio no le di demasiada importancia. Katia era joven. Yo también, relativamente hablando. Supuse que ambos encontraríamos otras parejas, así que el hecho de ser parientes no habría sido importante. Quizá en un principio pensé que era uno de esos amores de adolescentes. Pero ese amor ha sobrevivido a los años durante los que ella estuvo con Sean y se ha fortalecido. No ha habido nadie más...

—Vamos, Jordan. Sé perfectamente que no eres ningún monje.

—Demonios, ¿es que no puedes apartar la mente del dormitorio?

—Cuidado con lo que dices. Sigo siendo tu padre.

—Y yo solo intento responder a tu pregunta —respondió Jordan, haciendo denodados esfuerzos por apaciguar su genio—. Por supuesto que he estado con unas cuantas mujeres...

—Unas cuantas —resopló Jack, jocoso.

—Sí, unas cuantas —fue la réplica de Jordan, pasando por alto la oportunidad de comentar que de casta le venía al galgo porque sabía que con eso no iba a conseguir nada—. Pero nunca ha habido ninguna a la que haya querido como quiero a Katia, y puedes burlarte de eso si quieres, pero es la verdad. Quizá haya sido la muerte de Mark lo que me hizo ser consciente de ello y me volviera de pronto impaciente, no lo sé. Quizá habría venido a verte antes de no haber sido porque tú y yo nunca hemos estado demasiado de acuerdo en nada. Sabes muy bien lo que pienso de tu estilo de vida. Y ahora, básicamente, vuelvo a acusarte de haber sido infiel. Pero, maldita sea, ya no me importan tus devaneos. Lo único que me importa es Katia.

Jordan se había visto tan consumido emocionalmente por su

monólogo que no había reparado en el cambio que se había operado en el rostro de su padre.

—¿Echas de menos a Mark? —preguntó Jack. No había en su voz sombra de ira ni de indignación. Solo tristeza.

Jordan tardó un minuto en asimilar el cambio que acababa de percibir en la situación.

—Por supuesto.

—Yo también. Nunca tuvimos mucha relación. Yo no le entendía. Quizá no lo intenté. Pero no tendría que haber muerto así. Ningún ser humano debería morir así.

Jordan se miró las manos y flexionó una.

—Lo sé —dijo con voz queda.

—Tu madre se lo ha tomado muy mal —prosiguió Jack. Su voz sonaba distante, como lo era también su mirada—. Intento hablarle de ello, pero está enfadada y supongo que no puedo culparla. Creí estar haciendo lo correcto… trabajando duro, construyendo la empresa, cuidando de mi familia de la única forma que sabía.

Entonces miró a Jordan.

—Tú no sabes lo que es crecer sin nada. Yo sí. Teníamos que ahorrar y escatimar para conseguir cada cosa que poseíamos. Quizá mi padre no fuera un hombre inteligente, pero la mayor parte de lo que ganaba lo despilfarraba en sobornos. Era un timador… un timador inteligente, sí, pero timador al fin y al cabo. Yo tenía dieciséis años cuando me puse al frente de la empresa. —Esbozó una sonrisa torcida—. No lo sabías, ¿verdad?

Jordan negó con la cabeza.

—Nadie lo sabe, y eso me alegra. El viejo traficaba con licor de contrabando y yo me encargaba de llevar las cuentas. Dejé que siguiera entretenido con sus aviones y que pagara sus sobornos mientras yo iba apartando una cantidad equivalente a la de sus gastos sin que él lo supiera. Parte de ese dinero iba a parar a manos de mi madre para que comprara las cosas que necesitábamos, otra a una cuenta de ahorro para pagarme la universidad y el resto a una cuenta que planeaba utilizar cuando terminara mis estudios y por fin me hubiera hecho definitivamente con las riendas del negocio. No era demasiado, pero bastaba para empezar.

Carraspeó y prosiguió.

—Mi padre, descanse en paz, no podía ver más allá del día en que vivía. Si yo no me hubiera hecho cargo de la empresa y él siguiera vivo, probablemente estaría metido en el tráfico de drogas con Sudamérica. El pobre diablo podría haber vivido por todo lo alto como un gran traficante si hubiera tenido cabeza para ello.

—Deberías estar agradecido de que no lo hiciera.

—Supongo que sí —musitó Jack—. De no haber sido por tu madre, solo Dios sabe lo que él habría hecho con la empresa durante los años que estuve en la guerra.

—Es una buena gestora.

—Es una buena persona. Lo de Mark no debería haber ocurrido. Si pudiera compensarla por ello de algún modo, lo haría.

—No creo que necesite un coche nuevo. El Mercedes tiene menos de un año.

La mirada que Jack le lanzó fue del todo cáustica.

—Dios, piensas lo peor de mí, ¿verdad?

—Solo pienso lo que se me ha llevado a pensar. —Y puesto que supuestamente debía ser una conversación sincera...—. Tú defines la felicidad en términos de bienes materiales y de posesiones. Y de poder.

—No me parece que te vaya mal en ese terreno. No te veo donando todo tu sueldo a la Fundación Salvar a Etiopía.

—Hago donaciones a obras de caridad.

—Pero vives condenadamente bien. No intentes negarlo, Jordan. Puedo ver la ropa que llevas, el coche que conduces. Y he visto el elegante piso que tienes en Nueva York. Gastas lo que quieres y cuando quieres. No te privas de nada.

—En el sentido material no.

—Ahhh, es cierto. Estás enamorado.

El músculo de la parte superior del pómulo de Jordan se tensó.

—Y tú todavía no me has dado una respuesta.

De nuevo Jack respondió con una pregunta.

—¿Y Katia? ¿Cuáles son sus sentimientos?

—¿Sus sentimientos?

—¿Te quiere como tú a ella?

—Eso creo.

—¿Nunca ha dicho nada?

—No con palabras.

—¿No te ve como a un hermano?

Jordan vaciló durante una décima de segundo y negó entonces con la cabeza.

—¿Lo has hablado con ella?

Los ojos de Jordan se abrieron como platos.

—¿Te refieres a la posibilidad de que seamos parientes? ¡Demonios, no! ¿Cómo quieres que le sugiera que su madre le fue infiel a Henry? ¿O que el hombre al que consideraba su padre no era tal? Quizá no tuviera una relación muy estrecha con Henry, y quizá ni siquiera haya sido consciente de que él la trataba de forma diferente de como trataba a Kenny, porque todo eso ocurrió antes de que ella naciera, pero nunca ha buscado ninguna explicación. Al menos, que yo sepa.

—Quizá sea ella la que tiene razón —dijo Jack encogiéndose de hombros—. Quizá simplemente haya aceptado a Henry por lo que era y haya seguido adelante con su vida.

—¡Pero su vida y la mía dependen de lo que Henry fue o no fue! ¿Es que no lo ves? ¿Por qué no puedes mirarme a los ojos y darme una respuesta sincera? Nunca saldrá de nosotros. Si me dices que entre Katia y yo existe un vínculo de sangre tendré que aceptarlo y retirarme. Si no lo hay, puedo seguir viéndola. En ambos casos, ella nunca sabrá que hemos tenido esta conversación.

—Si de repente dejaras de verla, ¿no crees que ella se extrañaría?

—¿Me estás diciendo que es cierto?

—Simplemente te estoy haciendo una pregunta. ¿No crees que sospecharía algo?

—No más que ahora. —Se pasó la mano abierta por la cara y dejó que fuera esa mano la que sofocara su voz—. Juro que debe de tenerme por un eunuco.

Sofocadas o no, Jack oyó cada una de sus palabras. Tuvo el descaro de reírse.

—¿Un eunuco? Ningún hijo mío es un eunuco. —De pronto se serenó—. ¿Lo has intentado con ella? Lo has intentado… ¿y no has podido?

Jordan se quitó la mano de la cara y la posó rígidamente sobre su pierna.

—No creo que eso sea asunto tuyo.

—Ya lo creo que lo es. No quiero que esa chica sufra. Si ha ocurrido algo así, quizá piense que es a ella a quien le pasa algo.

—No le pasa nada, y tampoco a mí —masculló Jordan—. No, no lo he intentado con ella. He estado a punto, pero siempre me he preguntado si estaría haciendo el amor con mi propia hermana. —Se sonrojó, aunque producto de la frustración más que de la vergüenza—. ¿Lo habría sido? ¡Respóndeme, maldita sea!

—No. No lo habría sido.

La respuesta llegó en voz tan baja y con tan poca fanfarria después de un debate tan prolongado que en un primer momento Jordan no estuvo seguro de haber oído bien.

—¿Cómo dices?

—Katia no es tu hermana.

Había oído bien, pero temía creer lo que había oído.

—¿No eres su padre?

—No.

El tenso guante negro que le estrangulaba el corazón empezó a perder fuerza.

—¿Estás seguro?

—Por el amor de Dios, Jordan —se mofó Jack—. ¡No soy tan promiscuo como para hacer el amor a ciegas! Nunca he hecho el amor con Cassie Morell. Punto. Se acabó.

—¿Se acabó? —La voz de Jordan adquirió una octava más de lo habitual al tiempo que una lenta sonrisa asomaba a su rostro.

Jack levantó la mirada al cielo.

—Que Dios me asista. O está sordo, o es idiota o es de una tozudez rayana en lo imposible.

En ese momento a Jordan le traía sin cuidado los calificativos que su padre había utilizado para referirse a él. Sentía como si la cadena perpetua a la que había sido condenado muchos años antes le hubiera sido conmutada. Con un profundo suspiro de alivio, estiró las piernas y recostó la espalda contra el banco. Ni siquiera la dura madera del banco podía provocar la menor melladura en la euforia que lo embargaba.

—Un imbécil —estaba diciendo Jack, mirando ceñudo y de reojo a su hijo—. Pero más te vale que, si te he dado el empujón para que hagas con ella lo que quieras, lo que quieras sea algo bueno. Esa chica se merece un buen marido y un buen hogar. No quiero que tenga otra cosa. Y si dice que también ella te quiere, y decidís casaros, si alguna vez me entero de que le has sido infiel, me encargaré personalmente de que recibas una buena tanda de latigazos.

—¿Doble moral? —musitó Jordan. Había echado la cabeza hacia atrás y tenía los ojos cerrados. Pensaba en la ironía de oír a su padre, un hombre que llevaba años engañando a su madre, pronunciando una afirmación semejante.

Jack siguió con absoluta precisión la línea de pensamiento de su hijo.

—En lo que a Katia concierne, sí. Así es como me siento con Anne, y lo mismo vale para Katia. Aunque no sea hija mía —afirmó con tono tajante; fue precisamente esa seguridad la que llevó a Jordan a entreabrir los ojos.

—¿De quién es hija? —preguntó indiferente.

La respuesta de su padre demostró idéntica indiferencia.

—De Henry.

—Entonces, ¿por qué te sientes responsable de ella?

—Porque prácticamente ha sido un miembro más de la familia desde que nació. Porque es una chica encantadora. Porque tu madre la quiere. Porque su madre nos ha ayudado en muchas ocasiones. Porque...

—De acuerdo. —Jordan lo interrumpió levantando la palma de la mano y sonriendo de oreja a oreja—. Me hago una idea. —Por el momento, así era. Aunque no creyó ni por un minuto que su padre pensara realmente que Henry podía haber engendrado a una persona tan exquisita como Katia, le bastaba con saber que eran libres. Costaba tanto creerlo...—. Me estás diciendo la verdad, ¿no? —preguntó, en un último arrebato de escepticismo cada vez más debilitado—. ¿No hay ningún vínculo de sangre entre Katia y yo?

Jack se levantó del banco, empujándose con las manos.

—Tengo que volver al trabajo —gruñó—, y ya he contestado a tu pregunta. Si quieres seguir aquí sentado preguntando otras doce veces, estoy seguro de que a los pájaros, los patos y las ardillas les encantará escucharte.

Y dicho eso se volvió y echó a andar hacia Arlington Street, dejando a Jordan saboreando el dulce olor de la libertad.

Robert Cavanaugh se sentía enclaustrado. La habitación, una sala de visionado privada situada en la planta baja de la casa que Mark Whyte tenía en Beverly Hills, estaba a oscuras. El aire estaba cargado, gracias al cigarrillo que Sharon Webber acababa de apagar hacía apenas unos instantes. En la sala reinaba una temperatura agradable, puesto que la calefacción central llevaba apagada desde que habían llegado al inmueble, dos horas antes.

—Muy bien —suspiró, descruzando las piernas y levantándose de la silla—. Etiquetemos esa y echemos un vistazo a la siguiente. Sacó la cinta de vídeo de la boca de entrada del aparato, se la lanzó a Sharon y se arrodilló y sacó otra del variado surtido que contenía el maletín del proyector de diapositivas.

Un maletín de un proyector de diapositivas. ¿A quién se le habría ocurrido que no contenía un proyector? Había dado con él a última hora de la tarde del día anterior, después de que tanto Sharon como él pasaran horas registrando la casa en busca de algo que pudieran haber pasado por alto. Maldición, Ryan había estado en lo cierto. Había cintas. Cintas privadas. Whyte debía de tener los mismos delirios de grandeza que Nixon. O eso o había estado obsesionado por su oficio. Había filmado un sinnúmero de episodios privados en su casa: en el salón, en el dormitorio y en la cocina.

Personalmente, Cavanaugh no lograba entender por qué lo habían permitido sus invitados. En las cintas había suficientes pruebas incriminatorias como para enviar a más de una docena de personas al trullo solo por cargos relacionados con el consumo de cocaína. La única conclusión a la que llegó fue que no sabían que estaban siendo filmados, cosa que a Cavanaugh, que se sentía incómodo en cuanto una cámara le apuntaba, le resultaba del todo increíble, aunque también tenía cierto sentido a juzgar por la clase de personas implicadas en las filmaciones. Esa gente era tan arrogante como debía de haberlo sido Mark Whyte. Les encantaba saberse filmados. Les encantaba burlarse de la ley.

Pero ¿no se habrían preocupado de saber que alguien contaba con una evidencia tan concreta de su participación en un delito? ¿No habrían deseado echar mano a las cintas, si no antes, sí después de la muerte de Mark? Sin duda el escondrijo que Mark había encontrado a aquel material había sido realmente inteligente. Pero ¿no habrían registrado la casa en un intento por dar con ellas?

Aparentemente no sabían que las cintas existían, lo cual, cuanto más lo pensaba Cavanaugh, podía resultar hasta comprensible. Con un tipo como Mark, director de cine profesional, podía perfectamente darse dado por supuesta la presencia de una cámara sobre un trípode en la sala. No era más que una silenciosa participante en las veladas. Nadie tenía por qué saber que la cámara estaba filmando.

Mark Whyte quizá sabía que las cintas le permitirían engatusar a la policía si llegaban a detenerlo, pero evidentemente había mantenido esa información en el más estricto secreto. Hasta ese momento, Cavanaugh había reconocido entre los rostros de la cinta a gente que Sharon o él habían entrevistado. Todos ellos contaban con una férrea coartada. Si a eso se añadía la ausencia de cualquier signo que indicara que alguien habían intentado dar con las cintas, Cavanaugh no tenía otra opción que suponer que ni la existencia de las cintas ni sus contenidos guardaban relación con los asesinatos.

Por supuesto, Deborah debía de estar al corriente de la existencia de las cintas, caviló Cavanaugh. Sin embargo, aunque hubiera estado molesta por su existencia, aunque hubiera llegado a discutir con Mark sobre ellas, aunque hubiera amenazado con utilizarlas ella misma en algún caso, no había razón que llevara a pensar que Mark había recurrido al asesinato. Podía simplemente haber destruido o borrado lo que había captado clandestinamente en película.

Con más energía de la estrictamente necesaria, Cavanaugh metió la siguiente cinta en el aparato, dio un paso atrás, se hundió en el asiento, apoyó el codo en el brazo del sillón y el puño contra su boca.

—Esto se está poniendo muy aburrido —dijo Sharon, cambiando de postura en su asiento—. ¿De verdad crees que encontraremos algo?

—No lo sé. —La respuesta de Cavanaugh llegó amortiguada—. Puede.

La enorme pantalla de televisión se iluminó en ese preciso instante y ambos se concentraron en la imagen. Tras varios minutos, Cavanaugh soltó un gruñido de rabia.

—Una orgía. No me lo creo. Menuda estupidez filmar algo así.

Sharon sonrió.

—Relájate y disfruta. Lo de los niños era peor. Y da gracias de que Scrumfitz no esté. Estaría montando su propio espectáculo.

Cavanaugh se rió disimuladamente. Scrumfitz era el lascivo del departamento. Con las antenas sintonizadas a la espera de captar cualquier suceso de índole sexual, sabía al segundo cuándo había empezado a proyectarse la cinta indecente de última adquisición. Con misteriosa precisión, se dirigía a la sala de interrogatorios que se utilizaba para proyecciones y se sentaba relajadamente a mirar la cinta. Mientras otros policías hacían comentarios chabacanos, él nunca decía una sola palabra. Se limitaba a retorcerse en su asiento. Y a respirar pesadamente. Luego corría al lavabo en cuanto terminaba la proyección.

Scrumfitz habría disfrutado con esa cinta. Había cuerpos desnudos por todas partes: una masa de brazos, piernas, nalgas y pechos retorciéndose en la pantalla.

—¿Reconoces a alguno? —bromeó Cavanaugh sin apartar el puño de la boca.

—Cuesta ver las caras cuando hay tanto de lo demás.

—Llevas demasiado tiempo fuera de casa, Shar. Cuando esto termine, tendrás que coger a tu marido y encerraros en una suite en el… —De pronto se inclinó hacia delante en el sillón—. ¿Quién es esa?

—¿Cuál?

Cavanaugh cogió bruscamente el mando de control remoto y rebobinó la cinta varios segundos. Luego dejó que volviera a avanzar con normalidad.

—La morena… ahí… a la derecha, con el tipo de piel oscura.

—¿Te gusta? —bromeó Sharon.

—Me suena su cara. ¿La hemos visto antes?

—No la hemos entrevistado.

—Quizá haya salido en televisión. ¿En algún anuncio? —Cavanaugh repitió la secuencia retroceso-avance—. Tengo la sensación de que debería poder identificarla, pero no puedo.

Sharon se encogió de hombros.

—No es más que otra cara bonita californiana.

—¿A ti no te suena? —Por tercera y última vez volvió a visionar la escena.

—No.

—De acuerdo —suspiró, dejando que la cinta siguiera avanzando, aunque sin soltar el mando.

No volvió a utilizarlo. No en esa cinta ni en las dos siguientes. Cuando la siguiente iba por la mitad estaba demasiado cautivado por lo que estaba viendo para acordarse del mando, al menos hasta que la cinta llegó a su fin. Entonces rebobinó toda la cinta y volvió a proyectarla por segunda vez.

—Jordan me dijo que había discutido con su hermano —dijo cuando terminó el segundo visionado—. Por decirlo de alguna manera.

Sharon tendió la mano hacia atrás para encender una luz.

—Tenemos una amenaza de muerte, Bob. «Que te quede claro —citó— que si algo de esto llega a saberse, te mataré.» La cinta sería una prueba de peso en el juicio. Cualquier jurado la aceptaría.

Cavanaugh debería haber estado encantado, pero no lo estaba. Había llegado a respetar a Jordan. Podría haber jurado que el hombre era sincero cuando declaraba que jamás habría levantado un dedo contra su hermano.

—Y además tiene una coartada muy poco firme —prosiguió Sharon—. Jordan se fue de su oficina a las cinco y media de la tarde del día en que se produjeron los asesinatos. Nadie sabe dónde estuvo entre esa hora y las nueve de la mañana del día siguiente, hora en que apareció de nuevo en la oficina. Eso le habría dado tiempo para ir a Boston en coche, hacer lo que tenía que hacer y volver a la ciudad.

Cavanaugh asintió despacio. Extrañamente pensaba en Katia, en lo destrozada que se quedaría al saber que Jordan había cometido un acto criminal. A pesar de que había sido sincero cuando le había dicho a Jordan que no tenía ningún interés personal en ella, no podía negar el afán de protección que Katia despertaba en él. Recordó el día del funeral y se acordó de cómo el pelo le había cubierto el rostro, cómo había elevado la mirada hacia Jordan con los ojos velados por el dolor...

—Bueno —dijo, inspirando hondo—. Es una posibilidad.

—¿Una posibilidad? ¡Es lo más convincente que hemos encontrado hasta ahora! Entre esa cinta...

—Palabras, Sharon. ¿Cuántas veces has estado tan furiosa con alguien como para amenazarlo de muerte?

Sharon guardó silencio y luego hizo una mueca.

—La semana pasada Sam y yo hablamos de comprar un coche nuevo. Le dije que lo mataría si compraba una furgoneta. Pero solo fue una forma de hablar, Bob. Sam no le dio más importancia que la que yo le di.

—Pero acabas de darme la razón.

—Oh, vamos. Comprar un coche nuevo es algo muy distinto a que te detengan por rodar películas obscenas con niños.

—Aun así, cuando está enfadada la gente dice cosas que no siente, sobre todo a los más allegados. Y quién más allegado que un hermano. Probablemente, cuando eran niños Jordan y Mark se dijeron lo mismo millones de veces.

—Hace tiempo que no son niños. No están discutiendo sobre quién ha llegado primero a la base o quién ha insultado a quién, ni sobre quién va a acusar a quién por una ventana rota. —Sharon señaló a la pantalla en blanco—. En esa cinta están discutiendo sobre algo muy adulto, muy peligroso y potencialmente trascendental. El móvil está ahí, Bob. Entre la cinta y el nada claro paradero de Jordan a la hora del crimen, podríamos tenerlo pillado.

—Evidencias circunstanciales. No tenemos a nadie que viera nada en el barco ni cerca del barco esa noche.

—Muchas condenas se han basado en evidencias circunstanciales.

Cavanaugh miró a Sharon.

—Estás forzándolo demasiado.

Sharon se volvió a mirarlo.

—Y tú lo estás evitando.

—Ajá. Solo intento dar al tipo el beneficio de la duda. Sigue habiendo muchos elementos dudosos en todo esto.

—Siempre hay elementos dudosos. Pero ¿dudas razonables? Un jurado tendrá que decidir si lo que tenemos va más allá de esas dudas.

Cavanaugh se levantó de la silla y se dirigió al aparato de vídeo.

—De acuerdo, pero todavía no hemos llegado a eso. —Rebuscó en el interior de la caja del proyector de diapositivas—. Todavía quedan cinco cintas más. Creo que deberíamos verlas.

Sharon se encogió de hombros, soltó un profundo suspiro y cogió un cigarrillo.

—Es tu partida. Eres tú quien manda.

Desgraciadamente, Cavanaugh sabía que eso no era del todo cierto. Cuando llegara la hora de la verdad, habría que tener en cuenta a Ryan. Ryan tendría que ver la cinta, aunque Cavanaugh sabía muy bien cuál sería su reacción. A menos que encontrara pronto algo más, Cavanaugh temía que a los Warren y los Whyte les esperara un dolor mucho mayor que el que les embargaba en aquel momento.

14

La muerte de Henry Morell no fue el único motivo de dolor para Cassie en 1965. La guerra de Vietnam había empezado a encenderse, y su reacción a la contienda fue visceral. Se le hacía un nudo en el estómago durante el telediario de la noche y se le humedecían las palmas de las manos al leer el periódico de la mañana. Sufría destellos de memoria: se veía saliendo de su casa en la oscuridad, corriendo de un escondite al siguiente, temiendo por aquellos que había dejado atrás al partir, aterrada ante lo que le esperaba... y se identificaba con las familias de campesinos que sufrían la peor parte del conflicto.

Los Warren no estaban en absoluto afectados. Tampoco los Whyte. Gil hizo valer su influencia con el encargado de la oficina local de alistamiento, que le había garantizado que, ni siquiera cuando expiraran sus prórrogas académicas, ninguno de los jóvenes Warren o Whyte sería llamado a filas.

Natalie vivió la noticia con gran alivio. Nick tenía veinticuatro años y estudiaba gestión de empresas, y estaba firmemente decidido a integrarse en el Grupo Whyte en cuanto se licenciara. Mark, a sus veintitrés años, tenía ya un título de Haverford en su haber, pero parecía flotar de una colonia de bohemios a la siguiente, intentando decidir qué hacía con su vida. Natalie vivía con preocupación su falta de dirección. Estaba agradecida por verse libre de la preocupación de que Mark tuviera que ir a la guerra. En cuanto a Jordan, tenía diecinueve años, y desde hacía dos estudiaba en la Universidad de Duke. No le importaba que estuviera disfrutando de la vida en la casa de su fraternidad de estudiantes, siempre que lo hiciera allí y no en un sórdido bar de Saigón.

Lenore se preocupaba incesantemente por Peter. Daba igual que Gil le hubiera asegurado que el chico no sería llamado nunca a filas. Ella seguía temiéndolo. Peter tenía veintiún años y todavía estaba en la universidad, pero Lenore estaba convencida de que en cuanto se licenciara, se lo arrebatarían. Su densa mata de pelo oscuro quedaría reducida a un patético corte militar. Lo obligarían a vestirse y a actuar exactamente como los demás reclutas. Y, como Ben, moriría sin que ella pudiera hacer nada por impedirlo.

Sus temores no hicieron más que aumentar cuando, hacia finales del primer trimestre de su último año en la facultad, recibió la llamada de uno de los decanos de Darmouth que le informaba de que Peter había sido sorprendido copiando en un examen. Lo primero que Lenore hizo fue servirse otro scotch. El hecho de que fuera la tercera copa del día le resultó irrelevante ante la apremiante necesidad que tenía de ella. Después telefoneó frenética a Gil a Washington para darle la noticia, tras lo cual se metió en la cama.

Gil gestionó el problema con la delicadeza que le caracterizaba. Se pasó el resto del día al teléfono, hablando primero con el decano que había llamado a Lenore y después con varias personas más, hasta que por último habló con el profesor de la asignatura en cuestión y con Peter. Se mostró decididamente de acuerdo en que Peter debía sufrir el castigo de volver a examinarse y de recibir una nota significativamente rebajada en la asignatura. Abrió su talonario y envió una suculenta donación a la fundación de dotaciones de la facultad. Luego llamó a Lenore para decirle que todo estaba solucionado.

Cassie, que naturalmente estaba de su parte, opinaba que Gil había actuado correctamente. Peter era joven. Había cometido un error que, a juzgar por el susto que se había llevado, sin duda no volvería a cometer. Solo esperaba que Kenny fuera igual de listo o de afortunado.

Kenny estaba en tercer año de instituto y Cassie se preocupaba por él. Desde la muerte de su padre era un chico distinto. Ya no hablaba con ella como antes, y aunque Natalie le aseguró que ese distanciamiento era algo común, e incluso necesario, en los adolescentes, Cassie seguía inquieta.

Kenny se había mostrado profundamente conmocionado al enterarse de que su madre era judía. Cuando era más pequeño y le había preguntado a su madre por su infancia, ella le había hablado de sus primeros años en Francia sin hacer particular mención a la religión, y había sido absolutamente sincera hasta llegar al motivo de su huida. Al llegar a ese punto había dicho que eran las condiciones económicas las que la habían llevado a Norteamérica. Cuando Henry murió, por fin les dijo la verdad a sus hijos. Les explicó que no había querido preocuparlos y que pensaran que lo mismo podía ocurrirles a ellos, y en un intento por tranquilizarlos, les aseguró que era del todo imposible. Eran norteamericanos y eran libres.

Kenny había estudiado los horrores del Tercer Reich en el colegio. A pesar de que Cassie no había mencionado los detalles de su propia historia ni el destino de sus seres queridos, percibía que Kenny había captado tanto de lo que no había dicho como de lo que sí había llegado a contar. Sabía que ella detestaba la guerra; también sabía, a pesar de que lo negara reiteradamente, que estaba ligeramente paranoica. El mayor temor de Cassie era que, por simple despecho, Kenny terminara sus estudios de secundaria y se alistara.

Para impedir que ocurriera, Cassie empezó a animarlo a ir a la universidad para que fuera una cuestión zanjada mucho antes de que lo hicieran los padres de la mayoría de los amigos de Kenny. Sin embargo, y a pesar de sus esfuerzos, tenía la sensación de que Kenny simplemente fingía escucharla. Tenía la cabeza en otra parte. Cassie no sabía con exactitud dónde, y eso la tenía preocupada. Había soñado con que su hijo se convirtiera en abogado como Gil, o en empresario como Jack, o en un prominente médico, o en un reconocido erudito. Quería que tuviera poder propio, porque solo entonces tendría el control de su destino.

Sintió un inmenso alivio cuando, en el invierno de su último año de instituto, Kenny envió solicitudes a las universidades Oberlin, Leigh, American y Brandeis.

Lenore no compartía el alivio de Cassie. Deborah anunció que no tenía intención de ir a la universidad. Según dijo, lo que quería era estar con Mark, que en aquel tiempo vivía en una comuna en el norte de San Francisco. Lenore se quedó horrorizada ante la noticia. Insistió a Gil para que hablara con la chiquilla, pero parecía que siempre que Gil estaba en casa, Deborah desaparecía, y que cuando ella por fin aparecía, Gil estaba en Washington. De modo que Lenore pidió a Natalie que hablara con Deborah; pero Natalie tenía un dilema: estaba intentando desesperadamente convencerse de que el tiempo que Mark se había tomado para «encontrarse a sí mismo» formaba parte importante de su crecimiento. A la desesperada, Lenore llegó incluso a acudir a Cassie que, como bien sabía, opinaba como ella sobre la importancia de una educación universitaria. Pero también Cassie le falló. Con la finura que la caracterizaba, Deborah estaba decidida a hacer lo que tenía decidido.

Lo mismo hizo Kenny. En junio de 1967, pocos días antes de la ceremonia de graduación del instituto, llamó a Cassie desde una cabina del aeropuerto para decirle que se iba a Israel. No iban a permitirle combatir, dijo pesaroso, pero podría ayudar desde la barrera. Sentía que, como ciudadano de Israel por herencia, tenía un deber, y que si los israelíes eran tan buenos como se decía, llegaría a tiempo para incorporarse a la Universidad de Leigh en otoño. Antes de que Cassie pudiera hacer poco más que contener el aliento, a Kenny se le acabó el dinero y la llamada se cortó.

Esa fue la última vez que Cassie oyó su voz. Dos semanas más tarde, una mañana tan soleada que luego Cassie llegaría a pensar que Dios le sonreía, llegó un telegrama en el que le comunicaban que Kenny había muerto mientras distribuía víveres a las tropas situadas en la región montañosa del Golán.

Cassie se quedó en la puerta del majestuoso hogar que los Warren tenían en Dover y vio alejarse el coche de Western Union. No se tambaleó. No lloró. Simplemente se quedó allí, ajena al paso del tiempo, hasta que Lenore la encontró.

—¿Cassie? —Lenore bajaba de su habitación, con una ligera resaca a causa del alcohol de la víspera, y se detuvo, confundida, en la escalera—. ¿Han traído algo?

Cassie asintió, pero no se movió.

Lenore se acercó a ella con intención de recoger lo que había llegado. Estaba esperando un suéter que había pedido a Bonwit's, pero no vio ningún paquete. Sí vio el papel amarillo que Cassie tenía en la mano. Lo cogió sin esfuerzo, ya que Cassie tenía los dedos totalmente flácidos, y lo leyó. La resaca desapareció como por encanto, aunque pasaron varios minutos hasta que por fin pudo articular palabra.

—Oh, Cassie… —susurró, compasiva—. Oh, Cassie, lo siento.

—Cualquier agravio que pudiera sentir contra la mujer quedó momentáneamente olvidado. Lenore podía fácilmente sustituir el nombre de Kenny por el de Peter y saber perfectamente lo que Cassie sentía. Cierto, en ese instante ni siquiera se habría opuesto a la decisión de Deborah de irse a vivir a una comuna.

Deslizando un brazo alrededor de la cintura de Cassie, la condujo al interior del vestíbulo. Era el primer gesto de aproximación física que había tenido con ella, pero Cassie estaba demasiado destrozada para apreciarlo.

Lenore la acompañó amablemente por la casa hasta la puerta trasera y de allí, por el sendero de gravilla, hasta la casa pequeña. Durante el trayecto levantó en dos ocasiones una mano para exigir silencio: la primera a la cocinera, que en ese momento horneaba panecillos en la cocina; la segunda a la lavandera, que tendía unas sábanas de hilo recién lavadas en el jardín posterior.

Cassie se negaba a pensar, como si al cerrar su mente a lo que había leído en el papel amarillo fuera a emborronarse, a borrarse, a anularse. Se dejó llevar a su casa y conducir por el pasillo hasta su habitación, hasta la cama. Se sentó, apremiada por Lenore; se acostó, de nuevo apremiada por ella; cerró los ojos, siguiendo una vez más sus instrucciones.

Sin embargo, lo que tan bien le había funcionado siempre a Lenore de nada le sirvió a Cassie. En cuanto cerró los ojos, su mente despertó, de modo que enseguida levantó los párpados y se sentó en la cama, viendo a Lenore junto a la puerta retorciéndose las manos.

—¿Hay algo… hay algo que pueda hacer? —preguntó Lenore nerviosa. Le dolía la cabeza. Necesitaba una copa.

Cassie negó con la cabeza. Sin articular palabra se levantó y volvió al pequeño salón donde con dificultad tomó asiento en una silla y se quedó sentada rígidamente. Lenore, que había dejado el telegrama en el tocador de Cassie, la siguió.

—No te preocupes por el trabajo —dijo apresuradamente—. Los demás se ocuparán de todo. Descansa.

Cassie asintió con los ojos abiertos como platos y fijos, aunque velados, en el suelo.

—Katia llegará más tarde.

Cassie asintió.

—¿Quieres que llame a alguien?

Cassie negó con la cabeza.

—A algún amigo o a… —A punto estuvo de decir cura, pero a tiempo se dio cuenta de que tendría que ser un rabino. Sin embargo, supo de inmediato que, conociendo a Cassie, no sería ni lo uno ni lo otro—. Quizá debería llamar a Gil…

Cassie levantó la cabeza tan deprisa que a Lenore la palabra se le atragantó. No obstante, sabía que eso era exactamente lo que había que hacer.

—Sí. Llamaré ahora mismo a Gil —dijo, y prácticamente salió corriendo de casa de Cassie. Entró dando un traspié en la casa grande y fue directa al estudio a llamar por teléfono.

Gil no estaba en su despacho. Lenore balbuceó un mensaje, diciendo que había una emergencia en casa y que le devolviera la llamada lo antes posible. Después de servirse una copa en el bar del salón volvió al estudio y esperó.

Pasó casi una hora antes de que sonara el teléfono.

—Gil —jadeó al oír su voz—. Gracias a Dios.

—¿Qué ha pasado? —preguntó Gil severamente. Se había acostumbrado a las frenéticas llamadas de Lenore. En más de una ocasión no implicaban nada más allá de un informe inoportuno o de un pequeño incidente con el coche, en cuyo caso Gil se limitaba a tranquilizarla o a remitirla al agente de seguros adecuado. Otras ocasiones habían requerido algo más que un simple esfuerzo, como había ocurrido el verano anterior, cuando Laura y Donald estaban de luna de miel y se habían quedado desamparados en Europa debido a una huelga de líneas aéreas. Se había visto obligado a actuar conjuntamente con Jack hasta que por fin pudieron conseguir un par de asientos para que la pareja pudiera regresar a tiempo a la fiesta de inauguración de la nueva consulta médica de Donald.

—Es Cassie —dijo Lenore apresuradamente—. Acaba de recibir la notificación de que Kenny ha muerto.

—¿Muerto? ¿En Israel? ¡Pero si se suponía que no debía combatir!

—Y no combatía —prosiguió aceleradamente—. Estaba ayudando a llevar avituallamiento a las tropas. No sé qué hacer, Gil. Cassie está ahora en su casa, sentada en una silla y mirando fijamente al suelo. No llora. Apenas habla…

—¿Katia sigue en el colegio?

—Sí.

—Bien. Escucha, Lenore. Voy a coger un avión a casa. Quizá Katia llegue antes que yo. Si es así, no la dejes ver a Cassie. Dale la noticia con suavidad. Te pido… te suplico… que lo hagas…

—No soy ningún ogro, Gil.

—Lo sé, y te agradezco que me hayas llamado.

—No fue Cassie la que me lo pidió.

—Nunca lo haría. ¿Natalie está en casa?

—Ha bajado al centro a hacer unas compras.

—Que vaya en cuanto vuelva. Cuando se lo hayas dicho a Katia, déjala que se reúna con Cassie, pero quiero que Natalie o tú os quedéis con ellas hasta que yo llegue. ¿Te encargas tú? —Implícita quedaba la promesa de una recompensa a Lenore si así lo hacía.

—Por supuesto —replicó Lenore, por una vez molesta ante la calculadora naturaleza de su relación en un momento en que intentaba dejar a un lado las peleas del pasado y mostrarse humana.

—Bien. Estaré allí en un par de horas.

Cumpliendo con su palabra, Gil estaba en Dover a media tarde para hacerse cargo de la situación. Habló suavemente con una Katia alteradísima y muy confundida, habló con el representante del consulado israelí que apareció para confirmar la muerte de Kenny, dispuso las cosas para repatriar el cuerpo del joven a Estados Unidos y luego, con Katia al cuidado de Natalie, se sentó con Cassie.

No hablaron demasiado. Cassie no se había movido de su silla. Durante un buen rato, Gil simplemente siguió acuclillado a su lado, tomando entre las suyas la fría mano de Cassie, sin llegar a saber con certeza si ella era consciente de su presencia.

—Háblame, Cassie —dijo por fin con mucha, muchísima dulzura. Aunque en muy raras ocasiones a lo largo de su vida se había sentido impotente, esa era sin duda una de ellas—. Tienes que sacarlo.

—¿De qué servirá hablar? —preguntó ella con un ronco susurro—. Está muerto. —Tomó aire en un truncado jadeo—. Como mi padre y Michel.

—Ellos murieron por una causa. Como Kenny.

—¡No! ¡Ha sido una estupidez! ¡Jamás debería haber ido! ¡Era ciudadano de este país!

—Pero sentía lealtad a Israel...

Cassie negó firmemente con la cabeza.

—Se estaba rebelando. Estaba enfadado porque no se lo dije antes.

—No. Se sintió llamado a hacer lo que hizo. Era un hombre...

—Pero si ni siquiera tenía dieciocho años. Debió de mentir para poder alistarse.

—Pero actuó como un hombre haciendo lo que creyó correcto.

—Era demasiado joven para saber lo que era correcto y lo que no. —El amargo sonido que salió de su garganta difícilmente podía calificarse de carcajada, aunque el sarcasmo implícito en él sonó alto y claro—. Y a mí que lo que me preocupaba era Vietnam...

—Cassie, Cassie, no te trates así. Has criado a un chico maravilloso y de gran corazón. Deberías enorgullecerte de que haya muerto haciendo algo que tanto significaba para él.

—No era más que un chiquillo que se embarcó en lo que más le llamaba la atención. —Su compostura empezó a derrumbarse—. Probablemente creyó que resultaría emocionante.

—Creyó que era lo que tenía que hacer. Y da igual lo que tú pienses, o lo que yo piense, o lo que el mundo piense, Cassie. Si Kenny creía en lo que hacía, aunque fuera con mentalidad de adolescente, eso es lo único que importa.

Inspirando entrecortadamente, Cassie recostó la cabeza contra el respaldo de la silla. Al ver que no decía nada más, Gil esperó que estuviera pensando en lo que él acababa de decir.

—¿Puedo hacer algo por ti? —murmuró impotente.

Cassie siguió con los ojos cerrados.

—Katia. ¿Dónde está Katia?

—Con Natalie.

—Quiero tenerla aquí conmigo. —Se le quebró la voz—. ¿Podrías traérmela?

—Ahora mismo. —A punto estuvo de preguntar por las disposiciones del funeral, porque estaba totalmente decidido a encargarse de ello personalmente, pero sabía que era demasiado pronto para que Cassie pensara en eso. Pasarían al menos unos días hasta que el cuerpo de Kenny llegara a casa. Tenían tiempo—. Me quedaré en Dover el resto de la semana…

—Te necesitarán en Washington.

—Mis asistentes se encargarán de mis asuntos. Esto es importante.

—Pero Lenore…

—Ha sido Lenore quien me ha llamado. Entiende que estás sola. Hará lo que pueda por ayudar. —Gil se puso en pie y la miró—. Has sido muy buena con nosotros dos durante todos estos años, Cassie. Dinos lo que quieres que hagamos.

Por primera vez en los doce años que habían transcurrido desde la muerte de Ben, Cassie le tendió la mano. Fue un pequeño gesto, la única forma que tenía de darle las gracias por estar allí. Le dio la mano y alzó los ojos hacia él.

—Katia —susurró—. Por favor.

Gil fue entonces a buscar a Katia y la llevó a casa de Cassie. Dejó solas a madre e hija para que lidiaran con su dolor como pudieran, aunque se mantuvo disponible, volviendo de vez en cuando a ver cómo estaban. Llamó a los pocos amigos que tenía Cassie y se ocupó de que llevaran las comidas a la casa pequeña. En un momento dado, aprovechando que Cassie dormía, se llevó a Katia a dar un largo paseo por el bosque.

Cuando, a altas horas de esa misma noche, volvió a la casa principal, Lenore lo esperaba.

—¿Está bien?

Gil se encogió de hombros sin sacar las manos de los bolsillos del pantalón.

—Por fin ha llorado. —Sollozos suaves y profundos mientras

estrechaba a Katia contra su pecho. Gil jamás olvidaría la acongojante imagen—. Lo necesitaba.

—¿Katia duerme ya?

—Sí. —Gil acababa de salir del dormitorio de la pequeña, donde había estado largo rato contemplándola.

—¿Y Cassie?

—No duerme, pero está acostada.

Lenore bajó la mirada hacia el lazo de terciopelo de su bata, retorciéndolo una y otra vez entre los dedos.

—Puedes quedarte con ella si quieres —susurró—. Te necesita.

—No, Lenore —respondió Gil con voz queda—. Cassie no me necesita, al menos no de esa forma. —Cierto era que Gil se había ofrecido a Cassie instantes antes, deseando desesperadamente poder consolarla, pero ella lo había rechazado con la más triste de las sonrisas—. Es una mujer fuerte. Se refugia en sí misma y encuentra allí lo que necesita. Quiero ayudar con los preparativos del funeral, aunque probablemente también ella podría ocuparse de eso personalmente. —Inspiró hondo—. Es una persona de una gran rectitud moral. Ella aceptó lo que ocurrió entre nosotros solo en mi beneficio. Aunque hubiera vuelto a ella después de aquella noche, probablemente me habría rechazado. Quizá me ame, pero es muy consciente de que tú eres mi esposa. Nunca pretendió interponerse entre nosotros.

En el fondo, Lenore sabía que Cassie era la última de las cosas que se habían interpuesto entre Gil y ella. Sin duda la noche en que Cassie se había entregado, y su concretísimo resultado, habían sido el arma que Lenore había necesitado para obtener lo que le hacía falta, pero no culpaba a Cassie por la distancia que existía entre su marido y ella. No, había otras mujeres, además de la incesante arrogancia de Gil, su inextinguible seguridad en sí mismo, así como su ansia de poder y su carrera.

Y, si Lenore era sincera consigo misma, estaba también su propia inseguridad. Cierto era que se había ido limando en los últimos años. Por fin se sentía estable económicamente. Pero persistía el miedo, siempre el miedo a que alguna desgracia se abatiera sobre los Warren, provocando su caída. Ya le había ocurrido en una ocasión; no estaba segura de poder sobrevivir a ello una segunda vez.

El día después del entierro de Kenny, Cassie volvió al trabajo. Tanto Gil como Lenore intentaron impedírselo, pero ella se mostró vehemente y firmemente decidida a volver a la actividad diaria. El hecho de que lo hiciera —y es que, desde ese momento, se mostró menos sonriente y más estoica— fue algo que nadie pareció capaz de remediar. Aun así, dirigió el hogar de los Warren con la misma diligencia que era habitual en ella y en eso nadie pudo jamás encontrar la menor falta.

La década de los sesenta tocó a su fin y empezó la de los setenta. Gil ascendió con firmeza hasta alcanzar una posición prominente en el Congreso, a fuerza de formar parte de comités de prestigiosos, que recibían cada vez más atención por parte de los medios. Lenore había oído rumores sobre aspiraciones presidenciales de Gil, rumores que no procedían de él. A menudo se preguntaba por qué. Sabía que Gil intentaría acaparar todo lo que pudiera y a ella eso le producía preocupación. Sin embargo, y a fin de no molestarlo, no decía nada mientras él defendía su escaño cada dos años, aparentemente satisfecho con el sólido prestigio que se estaba labrando en la Cámara de Representantes.

Jack, mientras tanto, estaba haciendo lo mismo en la lista de los 500 más ricos de la revista *Fortune*. El Grupo Whyte se había convertido en una corporación grande y poderosa. Su cadena de hoteles crecía y se expandía por el país y desde él por todo el Caribe. La planta de producción de televisores había dado origen a una red de plantas de producción de ordenadores y de componentes microelectrónicos. Y la compañía aérea, con su inteligente publicidad y la atención que caracterizaba su servicio, se había convertido en una de las más grandes del país.

En cuanto el último de sus hijos entró en la universidad, Natalie se vio con más tiempo entre manos de lo que podía imaginar. Jack apenas la necesitaba. Estaba inmerso en el mundo de sus negocios y pasaba no más de dos o tres días a la semana en casa. Nick trabajaba con él, pero si Natalie había llegado a pensar que la presencia de su hijo serviría para liberar un poco a su marido, se equivocaba. Jack estaba más ocupado que nunca.

Tenía que reconocerle sus méritos. Cuando Jordan había empezado a jugar al fútbol, Jack se había propuesto asistir a todos sus partidos. Asimismo, había asistido también a la ceremonia de graduación de Anne y a su posterior matriculación en Smith. Sin embargo, aparte de alguna cena ocasional en el club de campo, algún estreno teatral o alguna fiesta, dedicaba muy poco tiempo a Natalie.

Para contrarrestar el exceso de inactividad, Natalie se implicó en tareas cívicas. Se ofreció voluntaria para trabajar en la floristería del Deaconess, ayudó a planear campañas de recaudación de fondos para la Casa de Niños sin Techo de Nueva Inglaterra y también se integró en el consejo directivo del Museo de Bellas Artes. Aunque Jack soltaba algún que otro comentario despectivo sobre la inutilidad a largo plazo de esas labores, Natalie lo pasaba por alto. Había descubierto que no tenía bastante con tener cosas y ser alguien. Necesitaba sentirse necesitada.

Lenore no necesitaba tanto sentirse necesitada como querida. Acudía siempre que Gil la llamaba, cumpliendo ostensiblemente con el acuerdo al que habían llegado, pero también porque una pequeña parte de ella todavía quería agradar a Gil. Deseaba hacer lo mismo con sus hijos, pero con demasiada frecuencia los nervios podían con ella. Cuando los pequeños de Laura contrajeron la varicela, Lenore estuvo tan encima de ellos y sumida en tal estado de preocupación ante la posibilidad de que les quedaran marcas en la cara que Laura terminó por mandarla de vuelta a casa. Cuando Peter le pidió que aleccionara a su disgustada esposa sobre los aspectos básicos de la vida con un abogado, a Lenore no se le ocurrió nada que decir y terminó invitándola a almorzar en el Ritz. Cuando Deborah se prometió a Mark, Lenore les compró un juego completo de cristal de Baccarat y se puso al borde de un ataque de histeria cuando la pareja lo cambió por un par de cámaras Nikon y una caravana. Y cuando Anne se enamoró locamente de su profesor de matemáticas, que tenía veinticuatro años, era un renombrado playboy y, por cierto, estaba casado, a Lenore solo se le ocurrió meterse en la cama.

Cassie lo observaba todo en silencio, consciente de la singular ironía de la situación. Lenore Warren y Natalie Whyte eran consideradas por la gente como dos de las mujeres vivientes más afortunadas. Sin embargo, ninguna de las dos era totalmente feliz. Ninguna había dado con lo que había estado buscando.

El público no sabía nada sobre las semanas de tensión que pasaron los Whyte en 1971, cuando Jordan informó a su padre de que iba a emprender su carrera en solitario.

—¡No pienso moverme a tu sombra! —gritó Jordan cuando los razonamientos más pausados no lograron ningún resultado.

—¡Nick es parte del Grupo y no se mueve a mi sombra! —le respondió Jack, también a voz en grito.

—¡Y una mierda!

—¡Te prohíbo que hables así delante de tu madre!

—¿Por qué? Está más que acostumbrada a oírte a ti...

—Natalie, ¿puedes hacer entrar a tu hijo en razón?

—Es cierto que blasfemas, Jack...

—¡No me refiero a blasfemar, sino a trabajar en la empresa!

Natalie se encontró de pronto en medio de padre e hijo. Lo sentía por Jack, cuya idea de imperio exigía la implicación de sus hijos en su sueño personal, pero también lo sentía por Jordan, que ya había rechazado el ingreso en Yale y Columbia para poder jugar al fútbol en Duke, donde, según creía, tenía oportunidad de brillar con luz propia, lo mismo que quería hacer en ese momento. Natalie estaba agitada por sentimientos encontrados mientras la discusión seguía. Durante los siguientes días, incluso cuando Jack hubo ofrecido su simbólica rendición, ella seguía destrozada.

Nadie, ni siquiera Peter, llegó a estar al corriente de la maniobra bajo mano que Gil tuvo que hacer en 1972 para apartarlo de un plan urbanístico cuyos promotores pertenecían a la Mafia. Sin embargo, Lenore sí lo supo, y durante días esperó recibir la noticia de que un matón había hecho su trabajo.

El público jamás se enteró de los momentos de tensión que se vivieron en casa de los Whyte en 1973, cuando Nick anunció que había decidido ascender a su secretaria más atractiva al puesto de ayudante de administración. Los argumentos de Jack contra la maniobra resultaron tan elaborados y vehementes que Natalie sospechó que o bien se había acostado con la jovencita o la quería para él... y desde luego no en calidad de asistente de administración.

En 1974 Emily Warren provocó un revuelo familiar al juntarse con el jefe de camareros de un restaurante de dos tenedores de Nueva York. Pero el público tampoco se enteró de eso porque, a pesar de que la noticia añadió más canas a la cabeza de Gil de las que este se atrevía a contar, el romance fue breve y se silenció rápidamente. El camarero en cuestión aceptó sin vacilar un puesto en un restaurante de cuatro tenedores de Dallas; Lenore fue la encargada de explicar a Emily que el restaurante en cuestión estaba en uno de los hoteles de Jack.

El público sí se enteró del trágico accidente aéreo que se llevó la vida de ciento sesenta y dos personas en 1975, como también se enteró del dictamen de la FAA, de que habían sido las condiciones climatológicas y no una negligencia por parte de Trans-Continental Airways, nombre oficial de las Whyte Lines, las causantes de la desgracia.

El público también se enteró de que Gil Warren ganó la reelección en 1976 por el mayor margen conseguido hasta entonces, que en 1977 tuvo un papel decisivo en la negociación de los nuevos tratados del Canal de Panamá y que en 1979 Whyte Electronics recibió un contrato por valor de trescientos millones de dólares para la fabricación de componentes informáticos por parte de las Fuerzas Aéreas.

No obstante, nadie, ni el público, ni Jack Whyte ni Gil Warren ni ninguno de sus hijos supo lo que ocurrió en la buhardilla de la casa que los Warren tenían en Dover un día muy nublado de diciembre de 1980. Cassie había estado ordenando el armario de la ropa de cama del segundo piso cuando de repente reparó en que la puerta de la buhardilla estaba abierta. Fue a cerrarla y, por mera intuición, empezó a subir despacio la escalera. Lo que vio al llegar arriba la dejó helada.

Rodeada de cajas de cartón cubiertas de polvo, de chismes usados de bebés y de muebles queridos aunque maltrechos estaba Lenore, sentada en una vieja silla con la mirada fija en sus manos. Si había oído el crujido de los escalones no dio la menor señal de ello.

—¿Señora Warren? —Cassie contuvo el aliento durante un instante, pero no obtuvo respuesta—. ¿Está usted bien?

Al principio calló. Luego, muy despacio, Lenore levantó la cabeza.

—No... no estoy segura.

—¿Se encuentra mal?

Lenore pareció pensarlo y negó con la cabeza.

—Solo... he subido aquí. —Lanzó una mirada desesperada a las vigas del techo—. Mi padre murió en una buhardilla como esta. —Sus ojos volvieron a posarse en los de Cassie—. Se ahorcó. ¿Lo sabías?

Cassie negó con la cabeza. Le temblaban las entrañas, y el hecho de que no viera ninguna cuerda ni nada similar en manos de Lenore le dio un pequeño respiro.

—Quizá debería bajar. No puede ser sano darle vueltas a eso.

—Casi puedo entender por qué lo hizo —siguió divagando Lenore, haciendo caso omiso de las palabras de Cassie. Volvió a fijar la mirada en las vigas del techo—. Sintió que ya no podía seguir haciendo frente al mañana. En su caso fue algo repentino. Llevaba años jugando con fuego, pero creía que no se quemaría nunca. Entonces, se quemó de pronto. No pudo soportar el dolor.

—Usted es mucho más fuerte que él, señora Warren —dijo Cassie haciendo alarde de una calma que no sentía. El hecho de que la mujer estuviera pensando en la posibilidad de suicidarse la había dejado helada hasta los huesos—. Usted ha vivido con el dolor y lo ha superado.

—¿Superado, dices? Yo no estaría tan segura.

—Por favor, baje conmigo. Aquí hay demasiadas corrientes de aire. Le prepararé un té caliente...

—Quiero una copa.

—Abajo encontrará todas las que quiera.

—¿Podrías subirme algo? Te lo agradecería.

La mente de Cassie funcionaba a toda prisa. Se resistía a dejar sola a Lenore, pero no podía negarse a cumplir la orden de la mujer. Volviéndose, bajó rápidamente la escalera. Al llegar al pie, llamó a la doncella, que, si estaba haciendo lo que debía, estaría en ese momento limpiando el polvo de la bandeja de perfumes de Lenore.

—¡Isabel, Isabel!

La flaca chiquilla apareció en la puerta del dormitorio principal.

—Isabel —le ordenó Cassie en apenas un susurro, aunque presa de la alarma—. Quiero que bajes a la cocina. Llama a la señora Whyte y dile que la señora Warren la necesita ahora mismo. Luego prepara una taza de té con limón y miel y súbemela.

—¿Té? ¿Con limón y miel?

—Sí, chiquilla. Té… hirviendo el agua con una bolsita de té… no, dile a la cocinera que lo haga… té con limón y miel. Pero primero llama a la señora Whyte. Su número es el primero de la lista que está junto al teléfono de la cocina. Esto es importante, Isabel. ¿Puedes hacerlo?

La chiquilla asintió.

—Lo haré —dijo, dirigiéndose tranquilamente hacia la escalera.

—¡Deprisa! —susurró Cassie—. ¡Corre!

Solo cuando estuvo segura de que la jovencita había acelerado el paso Cassie regresó a toda prisa a la buhardilla. Temía lo que hubiera podido ocurrir incluso en esos breves minutos en los que se había ausentado, y soltó un pequeño suspiro de alivio al encontrar a Lenore todavía sentada en su silla.

—Isabel ha ido a buscarle algo de beber. Estará aquí en breve.

De nuevo fue como si Lenore no la hubiera oído.

—¿Tú sabes lo que es no querer vivir un día más, Cassie?

En otras circunstancias, Cassie quizá se hubiera mostrado evasiva, pero estaba decidida a mantener a Lenore interesada en la conversación y hablando.

—Sí.

—¿Es así como te sentiste cuando murió Kenny?

—Sí. Y cuando supe lo que había sido de mis padres y de mi hermano. No me parecía justo tener que vivir sin ellos. Habría dado mi vida por la de Kenny sin pensarlo un solo minuto.

—Pero no lo hiciste.

Sentándose en la esquina de una caja de cartón, Cassie encogió un hombro.

—No pude. Estaba muerto. Ni siquiera mi propio sacrificio habría servido para devolvérmelo.

—Y tenías que vivir por Katia. —Los ojos de Lenore volvieron a posarse en Cassie, pero esta hizo caso omiso de su aspereza.

—Del mismo modo que usted tiene al señor Warren, a sus hijos y a sus nietos.

—Ah, pero ellos no me necesitan. Están demasiado ocupados en sus vidas. Soy yo la que va a destiempo. —Frunció el ceño y habló con brusquedad—. ¿Dónde está esa copa?

Cassie estaba más preocupada por Natalie que por la copa. Cuanto más hablaba con Lenore, más tranquila se sentía, porque no había duda de que Lenore no estaba catatónica ni tampoco parecía tan deprimida como para estar al borde de la autodestrucción. Aun así, estaba obviamente turbada. En cuanto llegara Natalie, Cassie se sentiría mejor.

—Isabel la subirá.

—Esa chiquilla es muy lenta. A veces me parece que vive en otro planeta.

—Me temo que a veces está en otro país —dijo Cassie, esta vez más alegremente—. Pero se centrará. Realmente es una buena chica.

Lenore suspiró.

—Tú siempre ves el lado positivo de las cosas.

—¿Acaso tengo elección? ¿La tenemos? Pensar solo en lo negativo no nos lleva a ninguna parte.

—¿Y qué más da eso si no hay dónde ir?

—No puede estar hablando por usted, señora Warren. Tiene una vida plena. —Entre el viaje ocasional a Washington y los desplazamientos más habituales a Maine, por no hablar de las visitas locales a casa de Laura y a la de Peter, Lenore estaba siempre de un lugar a otro. Naturalmente, también estaba en casa con frecuencia.

Lenore movió la cabeza en breves sacudidas.

—Los niños no me necesitan. Tienen su propia vida. No soy más que un estorbo.

—¡Eso no es cierto! El señor Warren y usted son los pilares de la familia. Mire el día de Acción de Gracias que celebramos hace poco. Si alguno de ustedes hubiera faltado habría habido un tremendo vacío. Y la Navidad está a la vuelta de la esquina. Será como siempre. Puede que los niños vivan su vida, pero sus vidas están más plenas sabiendo que siempre pueden volver a casa.

Lenore pareció considerar las palabras de Cassie durante un minuto, pero cuando volvió a hablar fue para tomar una dirección totalmente distinta.

—¿Echas de menos a Katia?

Cassie se recompuso rápidamente. A pesar de que solo había hablado de ella con Leonor en contadas ocasiones, Katia era su tema de conversación favorito.

—Mucho. Pero está ocupada y es feliz.

—El señor Warren quería que fuera a Washington.

—Necesitaba estar sola —explicó Cassie con una semisonrisa—. Me temo que la he mimado demasiado durante mucho tiempo.

—¿Te refieres a después de la muerte de Kenny?

—Era difícil no hacerlo. Ella era lo único que me quedaba. En ciertos aspectos, para ella la muerte de Kenny fue más dolorosa pasado algún tiempo que cuando ocurrió. —Siguió hablando, ganando tiempo—. Yo quería protegerla del dolor, así que hice como si no existiera e intenté actuar como si nada hubiera ocurrido. Pero no lo lograba del todo. Katia me veía distinta y temía decir algo por miedo a verme más afectada. Tuvieron que pasar dos años desde que recibí el telegrama para que ella y yo pudiéramos hablar realmente de Kenny. Esa noche lloró como no la había visto llorar jamás. —Se le quebró la voz. Tuvo que inspirar hondo para poder seguir—. Después de eso, me sentí incluso más decidida a protegerla de cualquier cosa que pudiera afectarla. Verla sonreír lo es todo para mí.

—Es una chica feliz —admitió Lenore con voz queda—. Y muy dulce. —Lo que Lenore quizá habría dicho era que Katia siempre había sido dulce con ella, incluso a pesar de no haber tenido demasiadas razones para ello. Pero no lo dijo, pues de haberlo hecho habría provocado un alud de pensamientos a los que más valía no dar voz.

—He hecho lo que he podido —prosiguió Cassie—. Quería que fuera una chica dulce, buena y que triunfara en la vida. No estoy segura de que haya valorado las noches que pasé insistiéndole en la importancia de los estudios e intentando metérselo en la cabeza. Muchas veces habría preferido estar por ahí con sus amigos.

—Como Emily.

—Katia adora a Emily. Está encantada de que las dos estén en la misma ciudad.

—Estoy preocupada por Emily. Es tan… impulsiva.

—Es actriz. ¿No forma eso parte de su imagen?

—Supongo. Pero de todos modos…

—¡Lenore! ¿Estás ahí arriba?

Lenore reconoció al instante la voz de su amiga. Después de mirar ceñuda a Cassie durante una décima de segundo, gritó:

—Estoy aquí. —Y entre dientes murmuró un impaciente—: ¿Dónde está Isabel?

Entonces apareció Natalie en lo alto de la escalera, abarcando la escena con la mirada. Cassie intentó advertirle con los ojos de que Lenore estaba alterada, pero Natalie se dio cuenta por sí misma.

—¿Qué haces aquí? —preguntó con suavidad. Tendió hacia Lenore el plato y la taza que llevaba en la mano.

—¿Qué es esto? —preguntó Lenore, mirando la inocua bebida como si fuera veneno.

—Té. Isabel me lo ha dado para que lo subiera.

—Quería una copa. No… esto.

—No quieres una copa, Lenore. Hace dos años que no pruebas una sola gota y no vas a hacerlo ahora. —Le pasó el plato y la taza, y Lenore pudo elegir entre aceptarlos o quemarse cuando Natalie los dejó sobre sus rodillas. Optó por aceptarlos.

—Solo quería un trago, Nat —dijo con una sonrisa afectada—. No me hará ningún daño.

—Ya lo creo que sí —insistió Natalie dulcemente—. Un trago llevaría a otro, que a su vez llevaría a algo más fuerte, y antes de que te dieras cuenta habrías caído de nuevo. Vamos, Lenore —la apremió, tomando asiento en la caja de cartón en el lado opuesto al que estaba sentada Cassie—, pasaste seis semanas limpiándote y después te sentiste muchísimo mejor contigo misma. ¿Tanto necesitas una copa como para estar dispuesta a dar al traste con todo lo que has hecho desde entonces?

Cassie, que estaba perfectamente al corriente del tratamiento que Lenore había seguido, aunque nadie fuera del círculo más inmediato de los Warren y de los Whyte lo sabía, estaba empezando a sentirse incómoda. Con Natalie allí, su presencia no era necesaria. Pero cuando fue a levantarse, Lenore la cogió de la muñeca.

—No te vayas, Cassie. No estoy segura de poder yo sola con esta mujer.

Un toque de humor. Cassie se sintió mejor.

—Por supuesto que puede —dijo con fingida severidad—. Puede que no siempre estemos de acuerdo con ella, pero la señora Whyte tiene un gran corazón. Mímela. Y tómese el té. —De nuevo intentó marcharse, pero esta vez fue Natalie la que le pidió que no lo hiciera.

—No te vayas, Cassie. Dime de qué hablabais la señora Warren y tú.

—Hablábamos —empezó Lenore sin reparos— de mi hija Emily y de su carácter impulsivo. Pero ahora que lo pienso, no es peor que los demás. Peter no puede ser más arrogante. Ya le ha dado puerta a una esposa, y si no se deshace de ese caballote suyo, la segunda será la que le dé puerta a él. Y Deborah… Dios del cielo, no puede ser más excéntrica. A veces me pregunto si no me cambiarían el bebé en el hospital. ¡Es rarísima!

Natalie se rió.

—No tiene gracia —arguyó Lenore—. ¿Acaso lo que siento hacia Deborah es distinto de lo que tú sientes hacia Mark?

—Siento exactamente lo mismo que tú —respondió Natalie.

—¿Y no te preocupa?

—Por supuesto que me preocupa. Pero, en el caso de Mark, no puedo hacer nada. Tiene personalidad propia y también su propia vida. Si intentara cambiarlo, no haría más que alejarlo de mí, y ya está bastante alejado.

—Entonces, ¿estás contenta con su situación?

—¿Contenta? No. Ojalá las cosas fueran de otro modo, al menos en lo que se refiere a Mark.

—¿Y qué pasa con los demás? —preguntó Lenore con cierto tono de beligerancia.

Cassie fue consciente de que la conversación se había transformado en una refriega, y lo cierto era que no lo lamentaba. Lenore necesitaba sacar mucho más de lo que jamás había necesitado beber.

—¿Te hacen feliz? —preguntaba Lenore en ese instante.

Natalie lo pensó durante un minuto.

—En general, sí.

—¿Por eso te refugias en tus obras de caridad?

—No. Lo hago porque me apetece. Podría quedarme sentada sintiendo lástima de mí misma como tú, pero…

—¿Sintiendo lástima de ti misma? —la interrumpió Lenore—. ¿Por qué?

Natalie sacudió imperceptiblemente la cabeza.

—Siempre hay alguna razón. La vida no es perfecta. Mira a Nicolás. Ahora está casado, y es la imagen del perfecto hombre de familia. Pero ¿de verdad crees que no siguen yéndosele los ojos detrás de un bonito par de piernas?

—No estará portándose mal a espaldas de Angie, ¿verdad? —Lenore bajó la voz. Había en ella cierto tono íntimo, casi emocionado.

—No lo sé. Por eso me preocupo. Creo que me sentiría mejor si empezara a quedarse calvo, o si empezara a tener un poco de tripa. —Inspiró brevemente—. Y luego está Jordan. No muestra la menor señal de querer sentar la cabeza. En vez de eso, ¿qué hace? Se dedica a hacer locuras con sus negocios. Por un minuto parece que va a perderlo todo, y me imagino a Jack sentado en su despacho con ganas de decirle: «Ajá. ¡Te lo advertí!», y al minuto siguiente consigue salvarlo todo. Y durante todo ese tiempo yo no hago más que esperar, mordiéndome las uñas.

Cassie vio en las palabras de Natalie el auténtico valor de la metáfora empleada. Natalie tenía unas uñas preciosas: largas, bien perfiladas, sometidas a una pulcra manicura semanal. Muy parecidas a las de Lenore.

—Pero tienes a Anne —apuntó Lenore—. Tiene que ser una gran satisfacción para ti y para Jack.

—Y tú tienes a Laura. Podría decirte lo mismo.

—Laura es exactamente como yo. Aburrida.

—Tú no eres aburrida. Eres una mujer culta. Sabes lo que pasa en el mundo. Eres encantadora y tienes una gran personalidad… eso cuando no te dejas llevar por la autocompasión.

—¿Es eso lo que estoy haciendo ahora?

—Sí.

Lenore se volvió para mirar a Cassie.

—¿Me estoy dejando llevar por la autocompasión?

Cassie empezó a retirarse.

—No debería estar aquí.

—Por supuesto que sí —respondió Lenore, enojada—. Tú sabes tanto, si no más, que nadie sobre esta familia. Así que quiero que me digas… sinceramente… si crees que me estoy dejando llevar por la autocompasión.

—Yo, bueno… qué duda cabe que tiene algunas preocupaciones de peso…

—¿Me estoy dejando llevar por la autocompasión?

Cassie tomó aliento.

—Sí.

—Gracias —dijo Lenore con firmeza, mirando alternadamente a Cassie y a Natalie—. ¿Y por qué ninguna de vosotras lo hace? Bien sabe Dios que estáis en todo vuestro derecho.

—Nadie está en su derecho de hacer algo así —dijo Cassie suavemente.

Natalie estuvo de acuerdo con ella.

—Es contraproducente.

—Tienes que hacer algo —dijo Natalie—. Cassie y yo tenemos cosas que nos mantienen ocupadas. Si tuvieras algo por lo que levantarte cada día…

—¿Debería trabajar? ¿A mi edad?

—Por el amor de Dios, Lenore. Solo tienes sesenta años. De acuerdo, puede que sea un poco tarde para ponerse a trabajar, pero tiene que haber algo que te interese.

—Me interesa estar con mi marido —soltó Lenore, y entonces, sin darse cuenta, o sin importarle, que Cassie estuviera presente—: pero él no me quiere a su lado. Nunca me ha querido. Está feliz en Washington, llamándome cuando hay algún compromiso social que requiere mi presencia, pero no quiere mi compañía. Lo ha dejado muy claro.

—Pues eso no es lo que yo veo —dijo Cassie, con voz queda pero sin ambajes. Tanto Lenore como Natalie se volvieron a mirarla—. Creo que estaría encantado de tenerla con él, pero siente que es usted la que no quiere.

Natalie asintió.

—Por supuesto, Cassie tiene razón. Siempre has preferido la soledad a estar con él. Prefieres ocultarte en tu dormitorio…

—Me encierro en mi habitación cuando estoy alterada —arguyó Lenore en su defensa.

—Pero si es que estás alterada constantemente, y encima por los motivos equivocados. De verdad, Lenore, no puedes dejar que cualquier nimiedad te altere. No tiene sentido. Quizá si pasaras más tiempo en Washington con Gil… quiero decir que siempre puedes encontrar algo que hacer en su oficina, aunque sea llenar sobres.

—No me gusta Washington. Aquí me siento más segura.

—¿Más segura? ¿Contra qué?

—Contra… contra… oh, ¡yo qué sé! Hay demasiadas cosas.

—Quizá deberías empezar a analizarlas una por una. Intuyo que te darías cuenta de que tampoco son tantas y de que las que sí existen no son tan amenazadoras.

—No haría más que molestarlo.

—No si fueras todo lo encantadora que sabes ser.

—Pero una mujer no debería tener que esforzarse por ser encantadora constantemente, sobre todo delante de su esposo.

—Ahí es donde te equivocas, Lenore —le advirtió Natalie—. A veces un hombre necesita ver el encanto dirigido a él. No basta con que siempre que aparezca sea cuando hay más gente alrededor.

—¡Pero yo no puedo competir! ¡No puedo competir con esas deliciosas jovencitas que trabajan para él!

—Ah, así que es eso. Y piensas renunciar a todo sin plantar batalla.

—No hay mucho a lo que renunciar. Y, además, mira quién habla, Natalie Whyte. Jack pasa en casa tan poco tiempo como Gil. ¿Qué crees que hace él para conseguir su dosis diaria de encanto?

Natalie guardó silencio. Cassie deseó fundirse con el cartón de la caja en la que estaba sentada. De pronto, el aire de la buhardilla pareció más frío y cargado. Hasta Lenore pareció haberse quedado sin palabras.

Arrugando los labios, Natalie estudió la punta ovalada de una de sus uñas perfectamente cuidadas.

—Estoy al corriente de las aventuras de Jack desde hace años. Y las… las acepto.

—¿Y piensas renunciar a todo sin plantar batalla? —preguntó Lenore, repitiendo las palabras de Natalie, pero más suavemente.

Natalie levantó la cabeza.

—No estoy renunciando a nada. Cuando Jack está conmigo, está conmigo.

—Pero ¿es lo bastante a menudo?

—No. Para mí no. Pero no puedo cambiarlo, Lenore. Lo único que puedo hacer es cambiar yo para adaptarme a él.

—No deberías tener que hacer algo así. Yo tampoco.

Cuando Natalie volvió a hablar, había en su rostro una expresión de profunda tristeza.

—Lo que deberíamos o no hacer en la vida es a veces totalmente irrelevante. Lo que importa es lo que dictan las circunstancias.

Lenore caviló en silencio durante un minuto.

—No estoy segura de que me guste esa idea —susurró por fin.

—A mí tampoco —respondió Natalie—, pero es así.

Cassie no pudo por menos que asentir tristemente con la cabeza en señal de acuerdo.

15

Después de visitar a su padre, Jordan volvió a Nueva York. No se encaró con ninguna azafata ni se las vio con ningún taxista, aunque de haber ocurrido cualquier episodio semejante habría pasado por un blandengue a juzgar por la sonrisa tonta que no podía borrar de sus labios. Se pasó todos los minutos que tuvo libres soñando, imaginando la más exquisita de las seducciones. Si Katia deseaba sábanas de satén y velas, eso tendría. Si quería caviar y champán, o una cama de rosas, o una maldita tienda de beduino, también se las conseguiría.

Desgraciadamente, Katia no iba a estar al corriente de la sorpresa, de modo que Jordan tendría que decidir por sí mismo. Quería que la primera vez que estuvieran juntos fuera una sorpresa maravillosa.

Sin embargo, fue a él a quien le esperaba una sorpresa cuando se presentó en la oficina de Katia la mañana siguiente. Oh, Katia estaba allí, sí. La encontró inclinada sobre su mesa de dibujo como tantas otras veces. Pero no vio asomar ninguna sonrisa a su rostro al verlo. Tampoco se levantó para darle un abrazo ni le tendió la mano.

—Jordan —dijo, inclinando levemente la cabeza en señal de saludo.

La frialdad de su tono de voz devolvió a Jordan a la conversación telefónica que habían tenido el viernes anterior. Estaba tan encantado con la información que había obtenido de su padre que se había olvidado por completo de que Katia estaba enfadada con él.

Tranquilo, se dijo. Katia no tardaría en ceder. Siempre había sido así. Al fin y al cabo, lo quería.

—Traigo los esbozos preliminares del arquitecto —dijo alegremente mientras cruzaba la oficina para dejarlos delante de ella.

Katia tiró el gran sobre en su mesa.

—Los miraré más tarde. ¿Y dices que son solo los preliminares?

—Me han costado lo suyo, no creas.

—No deberías haberte molestado. Si son solo los preliminares no me servirán de mucho. No puedo planificar el trabajo de arte sobre bocetos que probablemente no sean definitivos. Esperaré a ver los planos finales y así me ahorraré un trabajo.

—Creía que… bueno, quizá estos te den algunas ideas.

—Ya tengo algunas ideas. Cuando tenga los planos finales, podré hacer algo con ellos. —Y lápiz en mano, volvió a su mesa de dibujo.

—¿Estás trabajando en algo bueno? —preguntó Jordan con su tono más agradable.

—Eso espero.

—¿Qué es?

—Un anuncio de sopa.

—Mmmm, mmm, qué bueno.

—Encantador. —Aun así, Katia no sonrió.

—Oye, Katia, sé que estás cabreada conmigo.

El lápiz de Katia volvió al trabajo.

—No, no lo estoy.

—Lo estás. Te lo noto.

—Estoy ocupada. Eso es todo.

—Entonces quizá podamos vernos después para hablar. —Imaginó un almuerzo en su casa. Él se encargaría de la comida, pero no probarían bocado porque estarían comiéndose el uno al otro.

—Hoy es un mal día, Jordan. Lo siento.

—Entonces esta noche. No me importa lo tarde que sea.

—Estoy hecha polvo. He tenido un fin de semana muy intenso.

—Intenso… ¿en qué sentido? —preguntó con cautela.

—Usa tu imaginación.

Su imaginación resultó letal.

—Katia, tenemos que hablar —afirmó con voz ronca.

—Adelante —lo invitó despreocupadamente.

—Te quiero.

—¿Alguna otra novedad?

Jordan se volvió a mirar tras él, llegó a la puerta en un par de zancadas, la cerró y regresó junto a ella.

—Te quiero como un hombre quiere a una mujer.

El lápiz de Katia siguió en movimiento.

—Qué bonito.

—No te lo había dicho nunca —protestó Jordan—. ¿Y lo único que consigo es un «qué bonito»?

—¿Qué otra cosa te gustaría que te dijera?

—Podrías decir: «Yo también te quiero, Jordan». O, «¿Lo dices en serio, Jordan?». O, «Oh, Jordan, llevo mucho tiempo esperando oírte decir eso». —Dio a cada una de esas posibilidades una inflexión apropiadamente entusiasta, pero Katia se mostró totalmente insensible y eso lo desconcertó. También lo asustó—. Katia, ¿me estás oyendo?

—Te oigo.

—¿Y no significa nada para ti? ¿Es que cada día hay un hombre que te dice que te quiere? Suelta ese lápiz, maldita sea. ¿Es así? ¿Es eso lo que te importa lo que acabo de decirte?

Katia suspiró y se volvió a mirarlo.

—Estoy muy triste, si quieres que te sea sincera.

—¿Triste? —preguntó Jordan con una nota de pánico en la voz—. ¿Qué quieres decir con…?

—¡Katia! —Roger abrió la puerta y asomó la cabeza por el estrecho hueco entre la puerta y el marco—. Tenemos un problema con el asunto del colchón. Te necesito. Ahora mismo.

—Está ocupada —gruñó Jordan.

Pero Katia estaba poniéndole el capuchón al lápiz.

—Está bien, Roger. Ahora mismo voy.

—¿Y qué pasa conmigo? —preguntó Jordan.

—¿Qué pasa contigo? —Katia se levantó y se alisó la falda.

—Yo también soy trabajo.

Katia recorrió la oficina con los ojos como comprobando si quería llevarse algo para la reunión con Roger.

—¿De eso se trata entonces, Jordan? ¿De trabajo?

—No, sabes muy bien que no, pero…

Pasó por delante de él de camino a la puerta.

—Tengo que irme, Jordan. Llámame cuando tengas los bocetos definitivos.

Jordan abrió la boca para hablar, pero antes de poder pronunciar palabra Katia se había marchado. Así que cerró la boca, bajó la mirada ceñudo hacia el *storyboard* e intentó asimilar lo que acababa de ocurrir. Volvió a repetir la conversación en su cabeza, preguntándose en qué se había equivocado, y decidiendo finalmente que simplemente ella no había estado demasiado receptiva.

Quizá sí fuera un mal día. Quizá sí estuviera hecha polvo. Quizá, y por mucho que le fastidiara la idea, había tenido un fin de semana muy intenso. Tendría que pillarla más tarde. Eso era todo.

Katia lo quería. Jordan lo sabía, y sabía también que el amor no se terminaba con una sola pelea. De acuerdo, había agotado a Katia en más de una ocasión. Ella creía que él intentaba manipularla. Pero con el tiempo lo entendería. Era una mujer razonable. Jordan simplemente tendría que seguir intentándolo.

Mientras salía de la oficina, tuvo otra idea. Fue un rayo de esperanza, un destello de pensamiento positivo. Aparte del instante en que ella había levantado la mirada de la mesa de dibujo para verlo en la puerta, Katia no lo había mirado una sola vez. Había evitado su mirada con evidente determinación. Y eso era, pensó Jordan, analizándolo desde el punto de vista psicoanalítico, una muy buena señal.

Jodi Frier, que debería haberse mostrado más ducha en el pensamiento psicoanalítico que Jordan, estaba fastidiada. Cavanaugh había vuelto de la costa Oeste aparentemente contrariado. Cuando le preguntó por el viaje, él se había limitado a responder con un gruñido. Cuando le preguntó si había alguna novedad, él le dio la espalda. Robert pasaba la mayor parte de su tiempo en casa —sorprendentemente más de lo que era habitual en él, lo cual, irónicamente, le hacía las cosas más difíciles a ella—, sentado en una silla con las piernas estiradas, los hombros caídos y la mirada preocupada. Jodi sabía que su estado de ánimo guardaba relación directa con el caso

Whyte-Warren, pero después de tres días soportando su melancólica presencia, también supo que no era así como quería vivir. Si podía llegar a atisbar lo que escondía la mente de Robert, podría empatizar con él de algún modo. Pero él se negaba a hablar, y a Jodi empezó a terminársele la paciencia.

A última hora de esa tercera noche, mientras se desvestía para acostarse, sola, algo se rebeló en su interior. Se puso una bata encima del camisón y volvió con paso firme al salón.

—Debes de haber tropezado con un bote de pegamento ahí fuera —apunto cáustica.

—¿Mmmm? —Cavanaugh no alzó la mirada.

—Tienes el ceño fruncido. Permanentemente. Inamovible.

—Ahora no, Jodi. Estoy pensando.

—Has estado pensando noche y día desde que volviste. Pues bien, yo también he estado pensando, y se me ocurre que podrías perfectamente dedicarte a pensar sin estar yo presente. Las paredes seguro que no se quejan. Tampoco una cama vacía.

Cavanaugh sí levantó entonces la mirada y sus ojos parecieron suplicar a Jodi al hablar.

—Por favor, Jodi. Tengo problemas. No me hagas esto ahora.

—Maldita sea, Bob. Debes de ser una de las personas más egoístas que conozco. Tus problemas siempre tienen preferencia. —Levantó una mano—. De acuerdo. Ya lo sé. Me lo advertiste desde el primer día. Pero es que de pronto me doy cuenta de que no puedo vivir así. Tú tienes problemas. Bien. En cualquier tipo de relación seria, la gente intenta resolver los problemas juntos.

—Mis problemas están relacionados con mi trabajo.

—Los míos también. Tu trabajo me está volviendo un poco loca. Te pasas las horas aquí sentado como una momia, una momia enfurruñada, y ni siquiera me das una sola pista que me indique lo que te preocupa.

Cavanaugh irguió la espalda en la silla.

—Mi trabajo es confidencial. No puedo ir por ahí soltándole mis ideas al mundo.

—Yo no soy el mundo. Soy yo. Solo una persona. Me has contado cosas confidenciales antes. Sabes muy bien que sé mantener la boca cerrada.

—¿Qué quieres que haga? —replicó Robert—. ¿Que te despliegue mi caso al detalle para que tú lo repases a fondo?

—No quiero saber los detalles. Solo que me des una idea general de lo que tienes en mente… si eso me ayuda a entender por qué has estado tan reservado.

—No me machaques, Jodi —le advirtió.

—¿Porque te hablo como tu ex mujer? —Jodi estaba lo bastante enfadada como para mostrarse imprudente—. ¿Sabes? Cada día que pasa la entiendo mejor. Una relación exige confianza, pero es obvio que tú no la tienes. Y eso basta para alejar a cualquier mujer. Quizá ella fuera más lista que yo, porque te agobiaba más en vez de comerse las cosas ella sola. Pues bien, estoy harta de tener que darle vueltas a las cosas yo sola. ¡Estoy harta de darle vueltas a las cosas, punto y final!

—Nadie te pide que lo hagas.

—Nadie me da ninguna razón para que no lo haga.

—Me estás presionando.

—Lo mismo te digo.

Robert cerró con fuerza los ojos y se frotó el puente de la nariz con el pulgar y el índice.

—No puedo con esto ahora, Jodi —dijo con una voz que anunciaba una inminente explosión.

Tan enfadada estaba Jodi que eso era exactamente lo que quería.

—¡Yo tampoco puedo con esto, Bob!

Él se levantó de golpe, tan enfadado como ella.

—¡Puedes marcharte cuando quieras!

—¡Eso pienso hacer! —Se volvió de espaldas y se habría marchado si él no la hubiera agarrado del brazo.

—No te vayas.

Ella no lo miró, pero como él, también bajó la voz.

—¿Por qué no?

—Porque no quiero que te vayas. Te quiero aquí conmigo.

—¿Para que pueda verte sufriendo con tu caso mientras yo sufro con el mío? —Aunque no lo había dicho, había quedado claro que él era su caso.

Robert le puso las manos en los hombros y despacio la hizo volverse hacia él.

—No quiero verte sufrir. Tampoco yo quiero sufrir, pero, Dios mío… —Apartó la mirada y sacudió la cabeza—. Estoy destrozado.

—¿Es por nosotros? —preguntó ella más tímidamente de lo que habría deseado en ese momento.

Cavanaugh volvió a negar con la cabeza, pero en esta ocasión la miró.

—Es por este caso. Me está matando.

—Eso ya lo veo. Por eso me resulta tan duro quedarme al margen sin hacer nada. ¿Qué ha pasado? Hasta ahora no iba tan mal. Era un gran desafío, sí. Material sensible, sí. Pero algo ha ocurrido en este último viaje que te ha descompuesto. Cuéntame, Bob —lo apremió con suavidad—. Quizá pueda ayudarte.

Un sonido ronco salió de la garganta de Cavanaugh al estrecharla entre sus brazos y atraerla hacia él. Jodi no supo si era el caso que tenía entre manos o la relación entre ambos lo que llevó a Robert a estrecharla con tanta fuerza, pero en ese momento eso era lo que menos le importaba.

—Ahhh, Jodi. Menudo desastre.

Jodi contuvo el aliento.

—¿Nosotros?

Cavanaugh se rió entre dientes sin apartar la boca de su pelo.

—No. Tenías razón. He sido una especie de momia. Me lo guardo todo. Ya sé que no es justo por mi parte, pero a veces cuesta cambiar.

—Cambiar es fácil si uno quiere.

—No es cierto. Cuando has vivido tu vida de una forma, te quedas anquilosado en ciertas rutinas. Quizá si hubieras aparecido en mi vida cuando tenía veintiún años… —Se contuvo—. Aunque tú habrías tenido nueve, así que no habría servido de nada.

—¿Quieres cambiar?

—No quiero perderte —fue su ronca respuesta.

Jodi no hizo caso de cómo las manos de Robert habían empezado a frotarle la espalda.

—Entonces tendrás que cambiar, al menos un poco.

—Lo intentaré. —Cavanaugh le había puesto las manos en el trasero, pegando sus caderas contra las de él.

—¿Lo dices en serio?

Robert inspiró hondo el leve aroma de limón que desprendían sus cabellos. Ese olor lo excitaba.

—Vamos a la cama —murmuró.

Jodi cerró los sentidos a la fuerte atracción que él ejercía sobre ella.

—¿Y olvidarlo todo con un buen revolcón? —refunfuñó.

—Si quieres ayudarme, esa sería una manera.

—¿Como intentar contener un dique con un dedo?

Las manos de Cavanaugh terminaron posándose en sus caderas.

—No es así como me lo planteaba. Pensaba en... quería demostrarte lo mucho que significas para mí.

Jodi echó la cabeza atrás y enmarcó el rostro de Cavanaugh con las manos.

—Si quieres demostrarme lo mucho que significo para ti, puedes sentarte y hablar conmigo —susurró—. Eso es lo que más necesito en este momento.

Los labios de Robert se afinaron y durante un instante Jodi pensó que la rechazaría. Él cerró brevemente los ojos y el ceño volvió a su sitio, pero cuando sus ojos volvieron a mirarla, Jodi supo que el dolor reflejado en ellos era causado por otra cosa.

—¿Qué pasa, Bob? ¿Qué es lo que tanto te preocupa?

—El caso —dijo él por fin—. Las cosas apuntan en la dirección que creía desear, pero de pronto ya no estoy seguro de mis propios sentimientos. —Se dejó llevar al sofá y dejó también que Jodi lo sentara. Luego ella se sentó a su lado sin apartar en ningún momento las manos de él—. He odiado a esas familias durante años. He leído cosas en el periódico sobre lo maravillosos que son, lo poderosos que son, el éxito que tienen. Siempre me ha parecido injusto que tuvieran tanto cuando otros tienen tan poco.

Jodi pensó en las palabras de Cavanaugh, así como en sus razones para decir lo que acababa de decir.

—Siempre he pensado que culpabas a Jack Whyte por la muerte de tu padre...

—¡Y con razón! —la interrumpió Bob—. ¡Ese hombre arruinó a mi padre!

Jodi se quedó ligeramente perpleja ante tal muestra de vehemencia. Pasó un minuto antes de que pudiera preguntar:

—¿Qué fue exactamente lo que pasó?

Bob soltó un jadeo entrecortado. Con él, su repentino arrebato de ira pareció quedar en nada.

—Tú sabes muy bien cómo fue todo. Después de caer herido en la guerra, papá insistió en volver al frente. No le dejaban combatir, así que se quedó en un segundo plano, básicamente trabajando con las máquinas. Cuando dejó el servicio, le había cogido el gusto a la electrónica. Veía en ello un campo en clara expansión, así que reunió cada centavo que pudo encontrar, se metió en créditos y creó una empresa, y lo cierto es que le iba realmente bien, cada año tenía más empleados, más contratos. Pero cuando estaba a punto de hacerse con uno de los más lucrativos contratos gubernamentales que se auguraban para el futuro, se le fue todo de las manos y se expandió demasiado. Al año siguiente perdió el contrato, que cayó en manos de Whyte Electronics.

—¿Y fue un concurso limpio?

—¿Quién sabe? Warren todavía estaba metido en política local, pero contaba con amigos en las altas instancias. Entre el olfato de Whyte para los negocios y el empuje de Warren, se creó una dinámica muy particular. El caso de mi padre no fue el único. No fue ni de lejos la única víctima. Whyte dejó sin trabajo a otras empresas con el mismo método: robando un contrato de singular importancia.

—Pero solo fue un contrato…

—Era justo el que necesitaba. Sin él, se endeudó tanto que lo único que pudo hacer fue vender a la baja.

—¿A Whyte?

—Voluntariamente no. Pero Whyte ya se había llevado a varios de sus mejores hombres, y sin ellos nadie iba a hacerle ninguna oferta razonable. Y tampoco es que Whyte lo hiciera. Le dio una basura, y así fue exactamente como se sintió mi padre desde ese día.

Jodi conocía el resto de la historia.

—Cuando te asignaron este caso te morías de ganas de que alguien pagara por eso. ¿El problema es que no puedes hacerlo, que has descubierto algo que hace que esas familias parezcan mártires?

Cavanaugh guardó silencio durante un minuto antes de admitir en silencio:

—Justo lo contrario.

—No lo entiendo.

La miró a los ojos.

—Todo apunta a Jordan Whyte como el asesino.

—¿Jordan Whyte? ¿Mató a su propio hermano y a su cuñada?

—Eso es lo que sugieren las evidencias.

Había muchas cosas que Jodi no entendía, pero lo que la preocupó de inmediato fue Bob.

—Entonces, ¿dónde está el problema? Supuestamente deberías pensar de que por fin se hace justicia.

—No estoy seguro de que se trate de justicia. Ahí está el problema.

—¿Qué quieres decir?

Pasándole el brazo por el hombro, Robert la atrajo hacia él. Lejos de ser sexual, el gesto reflejó la necesidad que tenía de infundirse valor. Lo que estaba a punto de decir, y el hecho de que tuviera que decírselo a Jodi, le resultaba duro porque se había equivocado, maldición. Se había equivocado.

—Es cierto que quería creer lo peor. Cuando Ryan sugirió que quizá estuvieran ocurriendo ciertas cosas extrañas en esas familias nada pudo hacerme más feliz. Luego empecé a estudiarlos, ya sabes, todos esos documentos e informes que estuve leyendo, y me enfadé más que nunca. Los Whyte y los Warren se han salido siempre con la suya a lo largo de los años. Cuando uno de los aviones de Whyte se estrelló en el año setenta y cinco, Warren y él lograron arreglarlo con la Agencia Federal de Aviación para que el motivo del accidente quedara registrado como el clima y no como un mantenimiento defectuoso. Whyte y Warren organizaron más fiestas entre empresarios y políticos de las que puedas llegar a imaginar. La capacidad de presión por parte de Warren fue lo que proporcionó a Whyte Electronics su suculento contrato con las Fuerzas Aéreas en el setenta y uno, a pesar de que había otras ofertas mejores y más baratas. Han estado a esto —dijo, mostrando el pulgar y el índice separados por apenas una fracción de centímetro— de que les pillaran, y siempre han escapado.

—¿Y? —preguntó Jodi, apremiándolo a que prosiguiera. Había otra cara escondida tras ese velo negativo. Jodi lo sabía, y en ese momento supo que también Cavanaugh lo sabía.

—Pero seguí leyendo. Y no solo los documentos que Ryan me había dado. Muchas de las noches que me creías en la comisaría, estaba en realidad en la biblioteca, recuperando pequeños artículos oscuros, o hablando con gente que en un momento u otro había conocido a los Whyte o a los Warren. Me decía que quería tener todos los hechos al alcance de la mano. Sí, ya sé lo que piensas: quizá hubiera en ello cierta sed de venganza, e incluso también cierta dosis de fascinación, pero en cualquier caso vi la otra cara de la moneda, la que el público no ve a menudo, y me di cuenta de que la vida tampoco ha sido un cuento de hadas para esas familias.

Cavanaugh guardó silencio mientras acariciaba con aire ausente el hombro de Jodi.

—No estoy seguro —prosiguió lentamente— de que esos chicos hayan tenido mejor vida con sus padres que la que yo tuve con el mío, ni de que el matrimonio de Natalie Whyte haya sido mejor que el de mi madre. Ni de que Lenore Warren... ¿sabías que es alcohólica?

—¡No!

Robert asintió.

—Lo taparon bien, pero a finales de los años setenta tuvo que ingresar en un centro de desintoxicación. Por lo que sé, ha estado limpia desde entonces, pero tiene que haber sucedido algo realmente terrible en su vida para llevarla a la bebida.

—Lo cual demuestra que los prejuicios pueden dar lugar a equívocos.

Cavanaugh había fijado la mirada en la ventana.

—Y luego sucede esto con Mark y Deborah. Ya he hablado con todos los hermanos y hermanas. Ninguno de ellos puede entender lo ocurrido. Me he reunido con ellos por separado, así que no ha sido cosa de que hayan puesto palabras en boca de los demás, aunque supongo que podrían haber inventado algo con antelación.

—¿Y qué pasa con Jordan?

—Lo peor imaginable. —Robert respondió con una rápida y casi enojada sacudida de cabeza—. De hecho, me gusta el chico. He intentado despreciarlo, pero no puedo. Quizá simplemente haya intentado estar encantador conmigo, pero ni siquiera puedo decir eso porque algunas partes de nuestra conversación resultaron bastante acaloradas. Cuando sugerí que las muertes de Mark y de Deborah podían ser obra de alguien de la familia, se puso como una fiera, y no fue solo una muestra de justificada indignación. He visto la reacción de criminales cuando los pillan, incluso de criminales de guante blanco, pero nunca he visto una ira tan legítima. —Bajó la voz—. Al menos eso me pareció.

—¿La evidencia es concluyente?

—No.

—Pero sí señala a Jordan. ¿Qué dice Ryan?

—Ryan está encantado… cosa que también me molesta. Demonios, soy yo quien está en todo su derecho de clamar venganza, pero él está aún más obsesionado con el caso que yo. Se las ha ingeniado para estudiar el caso a fondo, y es como si supiera que existía una cinta que incriminara a Jordan. Me dijo que me tomara tiempo, pero es él quien más ha presionado para que me dé prisa. Yo estoy dispuesto a mirar el cuadro completo con absoluta apertura de mente. Ryan no. Quiere que corramos a Nueva York a arrestar al tipo.

—¿Lo harás?

—Todavía no. Me quedan un par de cosas por resolver.

—¿Y qué dice Ryan a eso? —preguntó Jodi como si no lo supiera.

Una leve sonrisa asomó a labios de Cavanaugh.

—Se ha puesto furioso. Ha amenazado con retirarme del caso si con mi lentitud doy a Jordan la oportunidad de abandonar el país.

—¿Tú crees que haría algo así?

—¿Retirarme del caso? Ya lo creo.

—No me refiero a eso, Bob. ¿Tú crees que Jordan es capaz de abandonar el país?

—No lo creo. Pondría la mano en el fuego por él. Su familia significa mucho para él. Y su trabajo. Y Katia.

A Jodi no le pasó inadvertida la leve suavidad de su voz al hablar de Katia.

—¿Katia?

—Katia Morell.

—La hija del ama de llaves. Muy atractiva, por lo que vi en esas fotos. —Lo estudió atentamente—. ¿Has hablado con ella?

Cavanaugh le aguantó la mirada, complacido al ver en ella una leve sombra de celos.

—Ajá.

—¿Y?

—Es preciosa.

—No es eso lo que quería oír.

Cavanaugh sonrió por primera vez en días.

—Lo sé. —Acompañó sus palabras con un apretón—. Pero no tienes nada de lo que preocuparte. Jordan está enamorado de ella y es muy protector.

—Tampoco es eso lo que quería oír —replicó Jodi, arrugando los labios.

—De acuerdo. Es encantadora. Es preciosa. Es bien parecida. Pero no hubo ninguna química entre nosotros.

—¿Tan lejos llegasteis?

—¡No llegamos a ninguna parte, Jodi! ¡Es lo que estoy intentando decirte! Me gustó mucho, lo cual no significa que quiera acostarme con ella.

Jodi se relajó contra él.

—Pero Jordan sí.

—No le pregunté si eso era lo que quería o si ya lo ha hecho. Me ceñí a mi labor de policía, interrogándolo por el interés de la investigación. Ya fue bastante logro conseguir que reconociera lo que sentía por ella, porque eso es lo que realmente importa. No lo imagino dejando a Katia, como tampoco puedo imaginarlo lanzando un escándalo a su familia y largándose después. Eso en caso de que sea culpable, cosa que dudo. —De nuevo esa enojada sacudida de cabeza—. No lo creo, maldita sea. Pero casi me da miedo confiar en mi instinto. En este caso reconozco que estoy sometido a demasiados prejuicios. Ojalá pudiera trabajar solo con hechos.

—¿Puedes conseguirlos?

—No lo sé. Ryan me ha dado una semana para que consiga algo. Si no tengo nada al término de ese plazo, tendré que detener a Jordan.

—¿Tienes alguna posibilidad?

—No muchas. —Arrugó la cara en un gesto de pura frustración—. Hay algunas cosillas que me huelen mal… me refiero a cosas que pueden o no ser relevantes pero que no terminan de encajar. Tengo la incómoda sensación de que se me escapa algo, pero no consigo saber lo que es.

—Lo sabrás si te concentras lo suficiente.

—Eso es precisamente lo que estaba intentando hacer cuando me has interrumpido.

—Lo siento —dijo Jodi, aunque hablaba en broma y sin el menor asomo de arrepentimiento.

Cavanaugh arqueó una ceja al mirarla.

—¿En serio?

—Por supuesto. Ahora que por fin sé cuál es la razón que se esconde tras esa frente arrugada.

—Pero si ya no la tengo. Me he quedado sin concentración para lo que queda de noche. Ya ves. Me has dejado sin defensas, haciéndome sentir como un idiota sentimental. ¿Qué piensas hacer ahora?

Jodi era capaz de cazar un desafío al vuelo en cuanto lo oía. Levantó la mirada hacia él, sonrió de oreja a oreja, y antes de que él pudiera decir una sola palabra más, giró sobre sí misma hasta quedar sentada sobre sus piernas. Durante el proceso, se le subieron el camisón y la bata, aunque no se preocupó por eso pues estaba firmemente decidida a desnudarlo también a él. Sus dedos se habían puesto manos a la obra y le desabrochaban ya el botón de los pantalones.

—Tendré que ayudarte a recuperar tu sentido de la masculinidad —murmuró contra sus labios.

Si Cavanaugh había temido haber dado una imagen de hombre débil en lo que iba de noche, se puso a la altura de las circunstancias y se aprestó a corregirla.

Jordan, por su parte, no había dispuesto de ninguna posibilidad de abordar a Katia. Durante los dos días siguientes intentó ponerse en contacto con ella, pero todas sus llamadas resultaron infructuosas. Le telefoneó a la oficina, pero ella estaba reunida o haciendo alguna visita. Cuando por fin logró pillarla sentada a su mesa, ella se negó a hablar de nada que no fuera trabajo. La llamó a casa y no obtuvo respuesta: el teléfono daba ocupado o acababa de despertarla y, según decía Katia, estaba demasiado atontada para poder hablar. A pesar de sus elaborados planes de seducción, Jordan empezó a pensar en adoptar medidas más tajantes, como apostarse en la puerta de Katia y no moverse de allí hasta que ella lo dejara entrar y pudieran hablar. Entonces ocurrió algo que hizo que se olvidara momentáneamente de ella más de lo que lo habían hecho las exigencias de su propio trabajo.

Cavanaugh apareció en su oficina sin previo aviso, con aspecto cansado y taciturno. De inmediato Jordan intuyó que pasaba algo.

—¿Tiene por aquí un aparato de vídeo? —preguntó Cavanaugh.

—Claro. ¿Por qué?

—Necesito enseñarle algo.

Confundido, Jordan lo llevó por el pasillo hasta una sala de conferencias. En un rincón oculto de la habitación había un televisor y un aparato de vídeo. Jordan cogió la cinta que le dio Cavanaugh, la metió en el aparato y pulsó el *play*. Veinte minutos más tarde, había visto suficiente.

—¡No puedo creer que filmara esto!

—Lo filmaba todo. ¡Tendría que ver lo que hemos encontrado!

—¿Otras conversaciones privadas?

Cavanaugh asintió.

—¿Y ninguno de los participantes sabía que estaba siendo filmado?

—Eso parece.

—Menudo pirado. ¡Estaba chiflado!

—Puede que no —dijo Cavanaugh con suma cautela—. Si alguna vez hubiera tenido que hacer frente a cargos por consumo de cocaína, habría dispuesto de un montón de gente a la que inculpar con él. Las cintas habrían sido un seguro de vida. Podría haber pillado un buen acuerdo en su favor.

Pero Jordan no solo pensaba en la cocaína. Habló despacio, receloso, sin dejar de mirar a Cavanaugh en ningún momento.

—Si me hubiera traído esas otras cintas para mostrármelas, le estaría preguntando si creía que alguna de las personas que aparecen en ellas había matado a Mark. Pero no me las ha traído. Ha traído esta. —Guardó silencio y vio cómo Cavanaugh bajaba la mirada.

—Amenazó con matarlo.

—En ese momento estaba furioso. No fue más que una estúpida amenaza, como la que cualquiera puede proferir en un momento de rabia. Demonios, usted ha visto cómo me enciendo, pero me calmo inmediatamente después, ¿no es cierto?

—Eso es lo que yo he visto.

—Pero quienquiera que haya matado a Mark y a Deborah tenía que haberlo planeado. El barco tenía que haber estado vigilado, así como la zona, porque quien se coló en ese barco lo hizo cuando no había testigos. Fue un acto premeditado. ¿De verdad me cree capaz de asesinar premeditadamente a... olvidémonos de mi hermano... a alguien?

—No. Pero sí tenía un móvil.

Jordan dejó escapar un sonido ronco y se pasó la mano por el pelo.

—Ya hemos hablado de eso. No tenía ningún móvil, al menos ninguno que pueda considerarse válido. —Se irguió un poco más donde estaba—. ¿Estoy arrestado?

—No.

—¿Por qué no... si soy el principal sospechoso?

—Porque no estoy convencido de que lo hiciera.

—¿Por qué no?

Cavanaugh le dedicó una sonrisa torcida.

—Quizá por los viejos tiempos, porque era un gran jugador en Duke.

—Hay más de un jugador de fútbol entre rejas.

—Digamos entonces que no estoy preparado para detenerlo. Hay demasiadas preguntas que siguen sin respuesta.

—¿Como cuál?

—Como dónde estaba en el momento de los crímenes. Se lo pregunté en su momento y dijo que estaba aquí, pero no sé con exactitud dónde es «aquí», puesto que entonces zanjamos la cuestión.

—Aquí es en Nueva York. Mark y Deborah estaban en Boston.

—¿En qué parte de Nueva York? —preguntó Cavanaugh sacando la pequeña libreta de notas de su bolsillo.

—En la calle Ochenta y dos, entre Third y Lexington.

—¿Haciendo qué?

Jordan lo miró a los ojos.

—Tirándome a una mujer que estará encantada de proclamar a los cuatro vientos que la interrogó y por qué.

—Lo cual responde a mi siguiente pregunta. —La respuesta de Jordan también le dijo algo más a Cavanaugh. De haber sido culpable, Jordan no habría estado tan preocupado ni por su imagen ante la prensa ni por el daño que cualquier clase de publicidad pudiera infligir a su familia. Era un tipo listo. De haber sido culpable sabría que la publicidad llegaría antes o después—. Entiendo entonces que no quiere verla implicada. Aun así, supongo que entiende que no podrá ser.

Jordan era consciente de ello.

—Solo dígale… dígale que… agh, use su imaginación e invente alguna historia, pero ayúdeme. Si ella acude a la prensa, le haré responsable —concluyó, señalándolo con el dedo.

—¿Cree que ella respaldará su versión?

—¡Le aseguro que más le vale! ¡No fue un fantasma quien me hizo un servicio esa noche! —Su afirmacion quedó claramente puntuada por el tic nervioso de su pómulo.

—¿Por qué no estaba con Katia?

—Katia y yo no tenemos esa clase de relación.

—Pero usted está enamorado de esa mujer.

—¿Y?

Cavanaugh se rascó la cabeza.

—A ver si lo entiendo. Está enamorado de Katia, pero a pesar de los tiempos modernos en los que vivimos, no se acuesta con ella. Así que consuela sus frustraciones con otras mujeres.

Fue tanto el tono despreocupado del detective como la insensibilidad sugerida en el comentario lo que hicieron saltar a Jordan.

—Se equivoca de medio a medio, Cavanaugh. No utilizo a otras mujeres, al menos no más de lo que ellas me utilizan a mí. Y, en cuanto a lo de «tiempos modernos», nada tiene eso que ver con lo que siento por Katia. Me la habría llevado a la cama hace años, pero creía que no podía… —Se le agitaron las aletas de la nariz—. Y esto no es asunto suyo.

—Puede que no. Pero estoy haciendo todo lo que está en mi

mano por ayudarlo. A mi jefe, John Ryan, le habría gustado meterlo entre rejas hace dos días. De haberse salido con la suya, ya lo habrían detenido, procesado y condenado, y si es la publicidad lo que le da miedo…

Jordan levantó una mano, dándose por vencido.

—De acuerdo, entendido. ¿Qué quiere saber?

—Su relación con Katia. ¿Cómo es exactamente?

—Es curioso que lo pregunte —dijo Jordan con un sarcasmo que no se molestó en disimular—, porque eso es lo que estoy intentando averiguar.

—¿A qué se refiere?

—La quiero. Eso ya lo sabe, ¿verdad?

Cavanaugh asintió.

—Hace mucho tiempo que la quiero, pero, en fin… oiga, Cavanaugh, lo que le estoy diciendo es estrictamente confidencial. No quiero que nadie lo sepa, y Katia menos que nadie. Confío en usted. ¿Puedo?

—Cuente conmigo.

—Bien —bajó la cabeza y las mejillas se le tiñeron de rojo—, hasta el viernes pasado creía que Katia y yo quizá éramos familia. —Volvió a levantar la mirada, alzando la voz al mismo tiempo—. Sé que puede parecer estúpido, y además resulta que no es cierto, así que no tiene sentido seguir con ello; ahora estoy intentando que Katia acceda a verme, pero no hay manera. Así que ya lo sabe. No tenemos esa clase de relación.

—Todavía.

—Eso es.

—Le creo. —Lo que Jordan decía tenía sentido. Cavanaugh estaba al corriente de los devaneos de Jack Whyte. Hasta entonces simplemente se había compadecido de la esposa de Jack; ahora parecía que también Jordan había tenido que padecer sus consecuencias. Aun así, Cavanaugh sentía curiosidad. Ladeó la cabeza—. ¿De verdad pensó que Cassie Morell y su padre…?

—Una vez oí una conversación y llegué a mis propias conclusiones —refunfuñó Jordan—. Me equivoqué. Olvídelo.

—¿Cómo sabe que se equivocó?

—¿Es esto necesario para demostrar mi inocencia?

—No.

—En ese caso, olvídelo.

Cavanaugh soltó un prolongado suspiro.

—De acuerdo. Así que Katia y usted no tienen esa clase de relación. Entiendo que ha estado con muchas mujeres en el pasado.

—Veo que ha leído los periódicos.

—Eso es, y ahora se lo estoy preguntando. ¿Ha estado con muchas mujeres?

—Sí, he estado con varias. ¿Qué tiene eso que ver con nada?

—Simplemente me pregunto cómo es que puede recordar exactamente con quién estaba la noche de los asesinatos.

—Muy fácil —dijo, en absoluto relajado. Tenía la espalda tensa y había dureza en su mirada cuando clavó los ojos en los de Cavanaugh—. Cuando me enteré de los asesinatos, me quedé tan destrozado como el resto de la familia. Conjuré la imagen de Mark y de Deborah durmiendo tranquilamente en ese barco hasta que alguien subió a bordo y los mató a tiros. Y una de las primeras cosas que hice fue pensar en lo que yo había estado haciendo en el momento en que alguien le arrebataba la vida a mi hermano. ¡Si cree que me enorgullezco de haber estado cubierto de sudor en una cama elegante, tirándome a una mujer que no significa nada para mí, debe de estar loco!

Más que nunca, Cavanaugh creyó en la inocencia de Jordan. Era del todo imposible que un hombre mostrara esa clase de enojo consigo mismo o de crudo dolor en sus ojos por puro teatro. A menos que fuera un actor merecedor de algún galardón… aunque también estaba la posibilidad de que fuera un tipo totalmente psicótico, probabilidad que Cavanaugh ya había considerado en su momento, pero contra la que estaba dispuesto a empeñar su carrera.

—Estoy seguro de que no se siente orgulloso —dijo Cavanaugh, con actitud más humilde.

Jordan lo miró ceñudo y luego volvió los ojos al aparato de vídeo.

—Le aseguro que esa amenaza no significó nada. Jamás le habría hecho ningún daño a mi propio hermano. Y desde un principio le dije que habíamos discutido.

—Hablé con uno de los camareros de Morton's. —Se refería al elegante restaurante de Hollywood al que Jordan había llevado a Mark y a Deborah tras la escena que había tenido lugar en casa de Mark—. Confirmó que también allí discutieron.

—Si le dijo que levanté un cuchillo durante la cena y apunté con él al corazón de mi hermano, mintió.

—No, no dijo eso.

—Bendito sea Dios —dijo Jordan, lanzando una oscura mirada hacia el cielo. Pero la siguiente pregunta de Cavanaugh lo devolvió rápidamente a la tierra.

—¿Tiene algún arma?

—No.

—¿Alguna vez ha tenido alguna?

—No. Nunca he tenido un arma en la mano.

—¿Sabía que Mark tenía una?

—No. ¿Dónde nos lleva eso?

—A hacer preguntas y preguntas y más preguntas.

—¿A quién?

—De nuevo a la gente del puerto. Alguien tiene que haber visto algo.

—Sí. Un borrón negro en mitad de la noche. No sueñe con encontrar ahí ninguna identificación.

—¿Practica usted el buceo o el esnórquel?

—¿A usted qué le parece? —Fue una afirmación, no una pregunta, y hubo en ella una clara dosis de reproche—. He practicado casi toda actividad física y un poco peligrosa que pueda imaginar, pero solo he buceado y he practicado el esnórquel en el Caribe. No tengo equipo para ello. Puede registrar mi casa. Por supuesto —especuló— podría haber alquilado uno. Puede investigar en las tiendas de deporte de Boston. Aunque también tendría que hacerlo con las tiendas de aquí, porque si fui desde Nueva York esa noche perfectamente podría haber alquilado el equipo antes de irme.

Jordan rezumaba desprecio cuando de pronto pareció ocurrírsele una idea más constructiva.

—Tengo un Audi Quattro de color rojo chillón. No es exactamente discreto. Quizá alguien lo viera aparcado cerca del puerto de Boston. No —se pasó un dedo por la línea recta de la nariz y habló pensativo—, no lo habría aparcado allí si pensaba subir al barco por el agua. ¿Está seguro de que fue así como el asesino... subiendo desde el agua?

—No estoy seguro de nada. Nadie vio a nadie acercarse al barco desde el muelle, aunque supongo que podría comprobar lo del coche. Encontramos una huella húmeda justo en el interior de la cabina, de modo que doy por hecho que quienquiera que fuera subió desde el agua del puerto.

—Lo cual equivale a decir que tendría que haber aparcado en algún otro sitio. Podría comprobar las diferentes posibilidades. No habría sido fácil pasar por alto un coche así, con una matrícula de Nueva York JSW-1. Aunque también podría haber alquilado un coche que pasara inadvertido. Compruébelo en las agencias de alquiler de coches.

—Gracias por el consejo. No se me habría ocurrido nunca.

En otras circunstancias quizá Jordan habría agradecido la sonrisa taciturna que asomó a los labios de Cavanaugh.

—Quizá Mark o Deborah se dieran una ducha antes de acostarse.

—La huella era distinta. No encaja con las de ellos. Además, el laboratorio encontró restos de lodo del puerto.

—En ese caso, definitivamente tiene a un loco entre manos. Los únicos capaces de meterse conscientemente en esas aguas son los buceadores de la policía en busca de cuerpos metidos en cemento.

—O los hombres que desean abordar un barco sin ser detectados.

—Un hombre con un solo pie. ¿Qué se ha hecho de la segunda huella?

—Prácticamente difuminada en la alfombra, al menos por lo que respecta a su identificación. Los tipos del laboratorio han seguido analizando al detalle y han encontrado restos microscópicos del mismo lodo en un rastro que llevaba por la cabina hasta la cama—. Hizo una pausa—. ¿Usa usted algún tipo de polvos para los pies?

—No. ¿Por qué?

—Encontraron rastros de polvo en la alfombra, y ni Deborah ni Mark tenían rastro de él en los pies. ¿Qué número calza?

—El 45.

—Idéntico a la de la huella.

Jordan miró los zapatos de Cavanaugh.

—¿Cuál es el suyo?

—El 45. Ahí me ha pillado. Oiga, no estoy diciendo que un abogado defensor competente no pueda conseguir su libertad.

—Un abogado defensor —repitió Jordan, cerrando los ojos durante un minuto—. No puedo creer que esto haya llegado tan lejos. —Abrió los ojos—. ¿Debería buscarme uno?

Cavanaugh lo pensó antes de responder a regañadientes.

—No sería mala idea tener a alguien a mano por si acaso.

—¿De verdad cree que lo necesitaré? Quiero su sincera opinión, Cavanaugh.

De nuevo Cavanaugh ponderó la pregunta, y de nuevo respondió reticentemente.

—Creo que quizá le convendría. Estoy haciendo todo lo que condenadamente puedo, pero quienquiera que hizo esto lo planeó bien. Incluso es posible —dijo, al tiempo que la idea tomaba forma en su cabeza— que lo hayan inculpado intencionadamente. Quienquiera que lo hizo pudo estar al corriente de las discusiones que tuvo con Mark y también de la cinta. —Se frotó la sien con la palma de la mano.—Dios, se me tendría que haber ocurrido antes.

—Sí. El único problema es que seguimos sin tener un móvil y un sospechoso. Lo único que sabemos es que estamos lidiando con un tipo listo si lo que usted sugiere es cierto. No podía tener miedo a lo que aparecía en las cintas si esperaba que fueran encontradas, de modo que tiene que ser alguien relacionado de otro modo con Mark y con Deborah. ¿Quién podía estar al corriente de las discusiones? ¿Quién más vio esas cintas? ¿Y por qué demonios iba a querer inculparme a mí?

Cavanaugh estaba tan perplejo como Jordan.

—Es posible —empezó despacio— que fuera simplemente un inocente a mano. Por otro lado...

—¿Qué?

—Quizá hayamos estado tras la pista equivocada. Quizá el móvil esté relacionado con usted, y no con Mark.

—¿Quiere decir que alguien asesinó a mi hermano y a mi cuñada para saldar una cuenta que tenía conmigo? —Jordan no podía creerlo, o quizá la idea le provocó un escalofrío tal que simplemente prefería no darle crédito.

—Es posible. ¿Tiene usted enemigos?

—Ninguno capaz de matar así.

—Piense, Jordan. ¿Alguien que lo haya amenazado alguna vez o que haya dicho por ahí que algún día se cobraría alguna deuda o que simplemente tuviera algún motivo para estar tan enfadado con usted?

—¡No, maldita sea! He tenido diferencias con alguna gente, pero nada así.

—¿Alguien? ¿Cualquiera?

—¡No!

Cavanaugh soltó un suspiro y se separó de un empujón de la mesa contra la que había estado apoyado.

—De acuerdo. Dejémoslo por el momento. Pero siga pensándolo, por favor.

—¿Qué va a hacer?

—En primer lugar, quiero comprobar su coartada. ¿Podría facilitarme el nombre y la dirección exacta?

Jordan le facilitó la información.

—En cuanto haya hablado con ella, ¿quedaré libre de sospecha?

—Suponiendo que respalde su historia…

—Lo hará.

—Suponiendo que lo haga, eso me facilitará un poco las cosas con Ryan. Pero está sediento de sangre —advirtió Cavanaugh. Aunque oyó resonar leves murmullos en algún rincón de su mente, los hizo a un lado—. Si no consigo algo más, seguirá adelante con los cargos, haya o no haya coartada. Se aprovechará de que la testigo de la coartada puede quedar desacreditada en cuanto suba al estrado.

Con una lenta inclinación de cabeza, Jordan confirmó la suposición de Cavanaugh.

—Puede ser desacreditada, sí. Es una chica atolondrada. Una fiera en la cama, pero muy atolondrada.

—También en eso podría ayudarlo un buen abogado. Si el fiscal intenta desacreditarla, probablemente consiga que su declaración no quede registrada.

—Después de que el jurado la haya oído.

—Al jurado se le darán instrucciones para que la olvide.

—Vamos, Cavanaugh —dijo Jordan, enojado—. Soy realista. En cuanto el jurado lo haya oído, lo habrá oído. —Guardó silencio y esta vez bajó la voz al hablar—. Mierda, no puedo creer que estemos hablando de un juicio y de un jurado. Tiene que haber algo que podamos hacer. Tiene que haber algo que yo pueda hacer.

—Simplemente no se aleje demasiado. No intente huir.

—Oiga. —Irguió la espalda—. No soy ningún cobarde. Dejando a un lado la cuestión del honor, huir sería una señal de culpabilidad. Y no soy culpable.

—Le creo —dijo Cavanaugh con voz queda—. Y me ha sido de gran ayuda poder hablar con usted. Entre los dos quizá hayamos tocado algún resorte que nos lleve a alguna parte. Aunque todavía no estoy exactamente seguro de adónde. —Seguía percibiendo esa constante inquietud en algún rincón de su cabeza, pero todavía no estaba preparado para identificarla—. Pondré todo de mi parte para averiguarlo. —Y volviendo a meterse la libreta de notas en el bolsillo, se dirigió hacia la puerta.

—¿Cavanaugh?

Cavanaugh se volvió.

—¿Sí?

—Gracias por su muestra de fe en mí. Se lo agradezco mucho.

—Ya, bueno, quizá esté intentando probarme algo a mí mismo.

Jordan no entendió a qué se refería, pero estaba demasiado atribulado como para intentarlo.

—No sería nunca un buen Kojak. Tiene demasiado corazón.

—Si le dice eso a alguien —dijo Cavanaugh, señalándolo con el dedo—, yo mismo testificaré contra usted.

Jordan estaba deshecho. En un momento estaba enfadado y al siguiente era presa de un terror absoluto. Se devanó los sesos intentando pensar en alguien que pudiera tenerle tanta inquina como para matar a Deborah y a Mark y luego imputarle a él, pero no se le ocurrió nada. Su mente deambulaba de un lado a otro, saltando adelante, imaginándose encarcelado, juzgado y condenado, imaginando el tormento que eso causaría a su familia. Y a Katia.

¿Por qué ahora? ¿Por qué ahora? Justo cuando estaba libre para poder abordarla. Pero ella se negaba a verlo. Y él no tenía a nadie con quien hablar. Se sintió más solo de lo que lo había estado en sus treinta y nueve años de vida.

El resto del día fue un desperdicio de esfuerzos en el trabajo. Jordan se marchó de la oficina a las cuatro y media y caminó errabundo por las calles de Manhattan durante horas, intentando poner un poco de orden a lo que le estaba ocurriendo. Volvió a pensar en la conversación que había tenido con Cavanaugh, pero incluso el hecho de que el policía estuviera de su parte era un pequeño consuelo cuando la otra parte resultaba tan amenazadora.

No se fue a casa hasta que empezó a dolerle la rodilla, pero poco fue el descanso que encontró al llegar. Estuvo horas acostado desnudo en la cama con un brazo sobre los ojos, pero lo que veía tras sus párpados era tan inquietante, exasperante y absolutamente injusto que finalmente se levantó y pasó lo que quedaba de noche dando vueltas de una a otra punta de la casa.

Por la mañana estaba sumido en un estado de total desesperación. Sabía que no podía ir a trabajar y no quería volver a recorrer las calles. No podía ir a Boston porque su familia adivinaría que algo pasaba, y no podía acudir a Katia porque ella no quería verlo.

Solo quedaba un sitio. Cogió el teléfono y llamó a Cavanaugh. No sabía si el hombre habría regresado a Boston la noche anterior, pero valía la pena intentarlo.

Por una vez, las cosas salieron bien.

—Cavanaugh, soy Jordan Whyte.

—¿Se le ha ocurrido algo?

—Nada. ¿Ha comprobado mi coartada?

—Está fuera de la ciudad.

—Mierda.

—Volverá dentro de dos días.

—Ah, de acuerdo. —Cerró los ojos con fuerza contra el palpitante dolor de cabeza—. Escuche, solo quiero que sepa que me voy a Maine. Ya sé que me ha dicho que no me aleje demasiado, pero creo que voy a perder la cabeza si no me voy. Necesito aire fresco.

—¿Dónde exactamente? ¿A la isla?

—Sí. Puede llamarme allí si me necesita. —Le dio el teléfono—. Y si quiere ir usted por algún motivo, póngase en contacto con Anthony Olivery en Portland. —Le dio también ese teléfono—. Él lo llevará.

—Lo tengo —dijo Cavanaugh, dejando el bolígrafo sobre la mesa.

—¿Quiere que lo llame cuando llegue?

—No está bajo arresto.

—Estoy intentando mostrarle que actúo con buena fe.

—Me fío de usted. ¿Cuánto tiempo piensa quedarse allí?

—Tengo un par de reuniones muy importantes el lunes. Si no estoy de regreso entonces mi empresa se va al carajo.

—Tres días. Unas agradables vacaciones.

Jordan le respondió con un sonido áspero y gutural.

—De acuerdo, mensaje recibido —respondió Cavanaugh—. ¿Piensa estar solo ahí arriba?

—Sí.

—Quizá no debiera.

—No tengo elección, amigo. En este momento no soy buena compañía para nadie que viva y respire. Ni siquiera para un perro.

—¿Tan mal está?

—Tan mal.

—Escuche, no haga nada drástico.

—¿Como cortarme las venas? No soporto la sangre. Aunque yo no se lo he dicho, ¿de acuerdo? Peter no es el único que tiene ese problema, pero si se le ocurre decírselo, lo mato.

—¿En serio?

—En serio.

—En ese caso, supongo que tendré que callármelo. —Hizo una pausa antes de volver a hablar—. Tómeselo con calma, Jordan.

—Le diría lo mismo, pero cuento con usted para que logre dar con algo, Cavanaugh.

—Lo sé. Lo intentaré.

Le tocó entonces a Jordan hacer una pausa antes de responder con un callado y sincero:

—Gracias.

16

Jordan estaba en Maine a media tarde. El diluvio que caía sobre la isla nada hizo por alegrarle el ánimo, aunque lo cierto es que en ese momento nada lo habría conseguido. Se sentía como si todo lo que había deseado en la vida pendiera de un fino hilo sobre su cabeza, a su alcance aunque no del todo, porque cada vez que se estiraba y entraba en contacto con él, veía cómo el hilo se balanceaba evasivo.

Haciendo caso omiso de la lluvia, caminó por los bosques, pero ni el fuerte olor a pino mojado ni el aire fresco de finales de septiembre, ni siquiera el constante y rítmico romper de las olas contra la orilla le dieron el menor consuelo.

Ya era casi de noche cuando volvió a la casa y llamó por teléfono a Nueva York.

Katia estaba en una reunión.

—Es una emergencia —explicó Jordan a la ayudante que había contestado la llamada. No hizo el menor intento por mostrarse encantador; urgencia era lo único que se veía capaz de comunicar—. Soy Jordan Whyte y llamo desde Maine. Tengo un problema muy serio. Es indispensable que hable con Katia.

—Saldrá de la reunión dentro de una media hora.

—No puedo esperar tanto tiempo. ¿Puede darle el mensaje y ver si ella se pone al teléfono?

La mujer que estaba al otro lado de la línea guardó silencio durante unos segundos y luego dijo:

—Espere. Iré a ver.

Jordan fue cambiando su peso corporal de un pie al otro, se pasó el teléfono de una mano a otra y de una oreja a la otra, gruñó y maldijo durante cinco largos minutos hasta que Katia se puso al teléfono.

—Más te vale que sea algo bueno, Jordan —le advirtió sin ni siquiera un saludo.

—No, no lo es. Pero no puedo evitarlo, Katia. Estoy totalmente desbordado y no sé qué demonios hacer.

—¿De qué estás hablando?

—Te necesito. —El silencio que sucedió a esa declaración fue prolongado—. ¿Katia? ¿Sigues ahí?

—Estoy aquí —respondió ella con voz cansada—. Escucha, acabas de hacerme salir de una reunión importante…

—Esto es importante. Tengo problemas y necesito ayuda.

Hubo algo en la voz de Jordan que a Katia le tocó, porque su irritación quedó reducida a un simple recelo cuando volvió a hablar.

—¿Dónde estás?

—En Maine. ¿No te lo ha dicho la chica? He insistido para que te dijera…

—¿Qué estás haciendo en Maine?

—¡Intentando averiguar que he hecho mal en mi vida!

Hubo entonces una pausa, seguida de un cauto:

—¿Has estado bebiendo, Jordan?

—Ni una gota, pero quizá eche mano de la bebida si no vienes.

—¿Que vaya?

—Ahora.

—¡No puedo, Jordan! Estoy en medio de una reunión y tengo otra inmediatamente después.

—Cancélala.

—¡No puedo!

—Si tuvieras una gripe, estuvieras a cuarenta de fiebre y no te tuvieras en pie estoy seguro de que lo harías.

—No tendría más remedio.

—La cuestión es que las reuniones pueden ser reprogramadas y las citas pueden cambiarse. Sé lo mucho que tu trabajo significa para ti, y sé también lo importante que eres para tu trabajo, y no te estaría pidiendo esto si no estuviera tan condenadamente desesperado. —Se daba cuenta de que en efecto estaba desesperado y eso le enojaba—. ¿Te acuerdas de todas las veces que estuve a tu lado cuando me necesitaste? ¿Te acuerdas de todas las veces que te di la mano e hice que te sintieras mejor? Maldita sea, no te he pedido muchas cosas hasta ahora, ¿no?

Katia podría haberse tomado su pregunta de muchas maneras, pero prefirió tomársela en su sentido más simple, como, según supuso, pretendía Jordan.

—No, es cierto.

—Pues ahora, por primera vez, te estoy pidiendo que te tomes una pequeña molestia por mí. ¿Es mucho pedir después de todo lo que hemos pasado juntos?

—Oh, Jordan —suspiró Katia—. Ojalá estuviera segura de que se trata de algo urgente. Ya me has dicho que me quieres, y cómo me quieres. ¿De verdad tienes algo nuevo que añadir a eso? —Como por ejemplo qué pensar hacer al respecto, el muy idiota.

—¡Sí! ¡Muchísimo! Pero no oirás una sola palabra a menos que vengas aquí esta noche. Y si no vienes, si me fallas esta única vez en que te suplico ayuda, el mensaje me quedará más que claro. Así que ayúdame, Katia, te lo ruego. —Y dicho esto, colgó.

Eran pasadas las once cuando el helicóptero tomó tierra en la playa. Katia bajó a la arena, corrió hasta verse libre del remolino de viento provocado por el giro de las aspas y vio entonces cómo el aparato se elevaba en el aire de nuevo y emprendía el camino de regreso a tierra firme. Con su partida desapareció también el amplio rayo de luz que había iluminado la arena. Katia se vio repentinamente envuelta en oscuridad y bajo la lluvia.

Llevándose la pequeña bolsa de viaje al hombro, alzó los ojos para mirar a la casa. Su sorprendente oscuridad espoleó las conflictivas emociones que había experimentado en las horas anteriores. No estaba segura de haber hecho lo correcto accediendo a ir. Jordan la había manipulado tan a menudo en los últimos meses que se sentía en carne viva. Mientras estaba en Nueva York había sido fácil mantenerlo a distancia… bueno, fácil no era exactamente la palabra. Nunca era fácil, teniendo en cuenta lo que sentía por él…

pero sin duda más fácil de lo que sería a partir de ese momento. Sin embargo, se había asustado al oír ese tono tan cercano al pánico que había adivinado en la voz de él, y aunque Jordan no hubiera situado su petición en un contexto de «me debes una», con toda probabilidad ella habría estado allí de pie en cualquier caso. A oscuras. Y bajo la lluvia.

Lamentó demasiado tarde no haberse puesto una chaqueta, pero en la ciudad la tarde era cálida y despejada. Llevaba una sudadera en la bolsa, pero le pareció inútil sacarla a esas alturas. Bajó la cabeza contra el torrente que ya le había empapado el pelo y la ropa, y echó a caminar por la arena mojada. Se detuvo al llegar al cobertizo. Tras él había una arboleda y después el sendero abierto que llevaba a la casa.

Una oscura figura estaba de pie bajo la lluvia, desprotegida junto al alero del cobertizo.

Jordan.

Durante un minuto simplemente se miraron. Luego él avanzó lentamente hasta ella, transfirió la correa de la bolsa hasta su propio hombro y, con lluvia o sin ella, como si no pudiera contenerse, tomó a Katia entre sus brazos y la estrechó contra su pecho.

—Gracias —susurró con voz ronca.

Katia sintió cómo sus propios brazos se deslizaban alrededor del torso de Jordan. El cuerpo de él estaba helado en la superficie, pero su calor interno la envolvió como siempre lo había hecho. Estaba cansado; pudo notarlo en la forma en que sus hombros se encogieron sobre ella, en el modo en que su cabeza se apoyó contra la suya. Se le ocurrió que simplemente estaría aliviado, aunque sospechó que era una combinación de ambas cosas, y se alegró de haber ido.

—Estaba preocupada —murmuró contra su pecho alzando la voz lo suficiente como para poder ser oída a pesar del repicar de la lluvia contra la espuma del mar—. Tenías una voz terrible por teléfono.

—Estás aquí. Estoy mejor.

—Estás empapado.

—Tú también. Vamos. Entremos. —Pero en vez de llevarla a la casa, le cogió la mano y se dirigió a toda prisa al refugio más cercano, el cobertizo. En cuanto franquearon su amplia entrada, Jordan bajó la puerta de la pequeña construcción, una puerta similar a la de un garaje.

Katia no hizo preguntas. Aún no. Quería saber lo que Jordan planeaba decir y hacer. Así que se limitó a mirar, abrazándose en un intento por entrar un poco en calor, mientras él encendía un pequeño farol, sacaba unos cojines de una estantería, los metía en el casco de uno de los pequeños veleros y cogía también un par de mantas. La envolvió con una de ellas, hizo lo propio consigo mismo y luego la ayudó a subir al barco.

Un ligero regocijo asomó a la expresión de Katia. Era típico de Jordan evitar la casa principal y esconderse bajo una manta en el casco de un barco.

—¿Estás a gusto? —preguntó, acurrucándose contra ella.

—Humm.

Jordan asintió y fijó la mirada en la oscuridad. Instantes después volvió a mirarla.

—¿Estás segura?

—Estoy segura.

Él volvió a asentir. Bajo la manta, tenía la ropa empapada. Sabía que la de Katia también lo estaba.

—¿Prefieres que subamos a la casa y nos cambiemos?

—No. Así está bien.

El farol proyectaba un halo dorado sobre el rostro de Katia. Jordan lo observó atentamente.

—¿Ya no estás enfadada?

—No. Supongo que dejé mi enfado en Nueva York.

—Tenías todo el derecho a estarlo. He sido un maldito bastardo.

Katia no dijo nada.

—Es increíble —pensó Jordan en voz alta mientras volvía a mirar a la oscuridad—, siempre me he jactado de estar por encima de todo. De conocer bien el percal. Pero, demonios, esta vez la he cagado. —Soltó un jadeo de desesperación—. He dado por supuestas cosas que no debería y he llegado a conclusiones equivocadas, y ahora, cuando las cosas deberían solucionarse, resulta que se derrumban delante de mis propias narices.

Instintivamente Katia supo, como ya lo había sabido mientras hablaba por teléfono con él, que Jordan tenía algún problema que iba más allá de su relación.

—¿A qué te refieres?

La mera presencia de Katia ejercía sobre él un efecto calmante, lo cual le permitió decir lo que tenía que decir con un notable grado de calma.

—Al parecer, quizá me acusarán del asesinato de Mark y de Deborah.

—¿Qué?

—Soy el principal sospechoso.

—¡Pero eso es absurdo! ¿Quién ha dicho eso?

—Cavanaugh. Es un gran tipo y estoy convencido de que está de mi parte, pero la evidencia que tiene en sus manos apunta directamente hacia mí.

Katia se volvió hacia él y se llevó el borde de la manta hasta su corazón acelerado.

—¿Qué evidencia es esa?

Lo más sucintamente que le fue posible, Jordan le habló de la cinta de vídeo en la que aparecía su amenaza incriminadora y del móvil que, con un poco de imaginación, un jurado quizá creería. Incluso le habló de su coartada.

—No significaba nada para mí, Katia —se apresuró a decir—. Había estado con ella dos, quizá tres veces antes de eso, y entre nosotros no había nada más que sexo.

—No tienes por qué disculparte. Yo tampoco he sido célibe. —Aunque su respuesta había sido dada con suavidad, no ocultó la pequeña punzada de dolor que sentía. Lo que la molestaba no era tanto la vida sexual de Jordan como el hecho de que jamás se hubiera permitido darse ese lujo con ella.

Jordan se arrebujó aún más en la manta y estudió atentamente su borde deshilachado.

—Pues me estoy disculpando. Me enferma pensar en lo que estaba haciendo en el momento de la muerte de Mark. Si lo hubiera estado haciendo contigo habría sido distinto.

—Pero no fue así. Nosotros no hacemos eso.

Él la miró con la misma desesperación que había expresado durante la conversación telefónica que habían tenido horas antes.

—No, no lo hemos hecho. Y ahora que por fin me siento libre para poder hacerlo tengo que vérmelas con la perspectiva de un juicio y, si me juzgan culpable, con la de la cárcel. Una larga condena en prisión.

—Shhh, Jordan —susurró Katia, oyendo solo la última parte. Había desaparecido todo rastro de dolor personal. Tocó el punto en lo alto del pómulo de Jordan que siempre se le contraía cuando se alteraba—. No digas eso. Ni siquiera lo pienses.

Jordan cubrió la mano de Katia con la suya y la atrajo aún más hacia él.

—Intento no hacerlo, pero no lo consigo. Pienso en mi vida entera segada de raíz, así, de pronto, y me pongo a sudar y a temblar. Me importa un comino mi empresa. ¿Te imaginas lo que un juicio, por no hablar de una condena, supondría para mi familia? Y para los Warren. ¿Cómo crees que se sentirán si creen que fui yo quien mató a Deborah?

—Nunca lo creerán. Sabrán que fue un error, y harán todo lo que esté en su mano por corregirlo. —Katia tiritó, consciente de que se estaba adelantando a los acontecimientos, haciendo exactamente lo que le había dicho a Jordan que no hiciera.

Jordan percibió su temblor.

—¿Tienes frío?

Katia negó con la cabeza.

—Estoy nerviosa.

—Ven aquí. —Jordan abrió su manta y en cuestión de segundos Katia se vio arropada en ella, reposando acurrucada contra su pecho—. ¿Mejor? —Jordan sabía que estaba nerviosa por él. El mundo seguía estando muy oscuro, pero no tan amenazador como se lo había parecido antes.

—Sí —susurró ella—. Pero no puedo creer que esto esté ocurriendo.

Él conocía bien la sensación.

—La proverbial pesadilla de la que no puedes despertar.

—Es tan increíble que tendría que hacerme gracia, pero no lo consigue. Cavanaugh me pareció un tipo muy… razonable.

—Y lo es. Ya te he dicho que está de mi lado. Está poniendo todo de su parte para dar con un sospechoso alternativo.

¿Y si con eso no bastaba?

—Sospechoso alternativo. Cualquiera diría que se trata de un juego.

—No lo es.

—Lo sé.

—Por otro lado, quizá sí lo sea… en la mente de algún pervertido. Alguien cometió un asesinato e, intencionadamente o no por parte del asesino, estoy a punto de cargar yo con el crimen. Cavanaugh y yo hemos hablado de la posibilidad de que me hayan inculpado a propósito, pero tenemos tan poca idea de quién podría hacer algo así y de por qué, como de quién podría haber sido tan cruel como para terminar con dos vidas inocentes.

—¿Confías en Cavanaugh?

—No tengo elección. De todos los males, es el menor. Por lo que me ha confesado, es su jefe el hueso duro de roer.

—¿Quién es su jefe?

—Un tipo llamado John Ryan. Está a cargo del departamento de detectives.

—¿Qué sabes de él?

—Que es un tipo de carrera que fue ascendiendo con paso firme hasta llegar al cargo que ahora ocupa, que tiene una mente cerrada como pocas y que le encantaría tenerme bien pillado.

—No puede tener nada personal contra ti.

—Puede que no, pero quiere encontrar a un sospechoso y quiere encontrarlo ya. Le ha dado a Cavanaugh una semana. Después de eso verás aparecer mi foto en todos los periódicos del país.

—Oh, Dios, Jordan, no pueden…

—Claro que pueden, y lo harán —respondió con un arrebato de rabia—. Les trae sin cuidado el daño que pueda causar una simple acusación. Incluso aunque se retiren los cargos antes de que se celebre un juicio, el daño ya estará hecho. Personal y profesionalmente. Y si me juzgan y me condenan, ¿te imaginas lo que ocurriría? Iría por la calle y la gente estaría mirando al asesino que se libró de la cárcel gracias a la buena labor de algún selecto abogado. —Echó la cabeza atrás y soltó un ronco gruñido—. ¡No sabes lo dolorido que me siento!

Ella lo apretó con el brazo con el que le rodeaba la cintura y luego alzó la mano para frotarle la espalda.

—¿Hay algo que pueda hacer por ti?

—No. —La de Jordan era la voz de la desesperación—. Eso es lo peor. Desde que salí de la facultad supe que quería ser un hombre independiente. Cuando me licencié y empecé a trabajar pensé: Lo tienes todo en tus manos, Jordan, tío. Puedes hacer lo que quieras. Ahora eres tú el que lleva las riendas. —Soltó un gruñido—. Pero he dejado de llevarlas y eso me está volviendo loco. —Hizo una pausa, acariciando con suavidad el codo de Katia, y habló con voz muy queda—. Quizá me haya estado engañando. En algunas cosas no he sido yo quien ha llevado las riendas.

—¿Qué cosas? —preguntó ella, aunque sabía muy bien lo que se avecinaba. Había percibido la leve caricia de Jordan y era cada vez más consciente de la proximidad de su cuerpo.

—He sido un idiota, Katia.

El silencio de Katia resultó un efectivo empujón hacia la explicación, pero Jordan no estaba seguro de por dónde empezar exactamente. Tras varios instantes de debate interno, prosiguió con lo que le parecía el curso más sencillo y directo.

—Sé que esto te parecerá estúpido —dijo, al tiempo que las palabras salían aceleradamente de su boca—, pero durante años he creído que eras mi hermana.

Katia apoyó en su pecho la palma de la mano y, apoyándose en ella, se incorporó para poder verle la cara.

—¿Tu hermana?

—De hecho, hermanastra.

—Hermana... hermanastra... ¡eso es ridículo, Jordan!

—Te estás riendo de mí —dijo él, esta vez más bruscamente porque no se le había escapado la pequeña sonrisa que había asomado a la expresión de perplejidad de Katia—. No tiene nada de gracioso. Para mí ha sido una tortura. Quise amarte cuando tenías diecinueve años... no, incluso antes... pero tenía miedo. Creía sinceramente que... éramos parientes.

A Katia se le escapó la risa. No pudo evitarlo. Al ver gruñir a Jordan avergonzado, posó suavemente los dedos sobre sus labios.

—No me río de ti... bueno, puede que un poco. —Lo cierto es

que su risa era más una risa de alivio, incluso de alegría. Jordan acababa de darle la pieza que le faltaba al rompecabezas que tanto dolor le había causado a lo largo de los años. Se habría levantado de un salto y habría gritado de puro júbilo de no haber sentido una imperiosa necesidad de abrazar a Jordan. Deslizó su mano hasta darle un masaje en la nuca—. ¿Y cómo se te ocurrió pensar algo así?

Esa era la parte en la que él no quería entrar. Así que se salió por la tangente.

—No lo sé. Quizá porque pasabas mucho tiempo con nosotros. Quizá porque entonces eras muy joven y yo parecía demasiado mayor para ti. Quizá simplemente porque fui un idiota.

—En lo último te doy la razón —dijo Katia, todavía con una sonrisa en los labios.

Pero Jordan estaba totalmente sereno.

—¿Qué sientes por mí, Katia?

—Ya lo sabes.

—Quiero oírtelo decir.

—Siempre te he querido.

—¿Me quieres ahora?

—Sí.

—Oh, Dios —dijo Jordan, abrazándola—. Oh, Dios, cuánto me alegro.

Katia podría haberle dicho una y otra vez que lo quería, pero estaba demasiado ocupada disfrutando de toda la fuerza de su abrazo. Cuando Jordan bajó la cabeza y la besó, ella se entregó a él por entero. Al principio, y como consecuencia de la conversación de tinte más sobrio que acababan de mantener, hubo desesperación en el beso. Sin embargo, inevitablemente la desesperación no tardó en ser víctima de la atracción abrumadora e intensamente emocional que los unía, ahora fortalecida por el amor declarado entre ambos.

Hubo una libertad en sus bocas y en sus lenguas que jamás había estado ahí antes, y fue esa libertad la que prestó al beso una dulzura aún mayor. Y también lentitud. Lo que empezó con avidez y hambre gradualmente fue sumiéndose en una exploración colmada de asombro.

—Al llegar a este punto —murmuró Jordan un poco aturdido— siempre pensaba en que tenía que parar, pero no podía, así que me daba un par de minutos más. Volvía a besarte. —Llevó sus palabras a la práctica y, pasados unos segundos—: Pero no tenía nunca bastante. Deseaba tocarte y abrazarte como un hombre abraza a una mujer, así que me daba otro par de minutos…

Su voz se apagó. A la pálida luz del farol, sus ojos se clavaron en los de ella mientras sus manos se abrían paso por debajo de la manta hasta llegar a su blusa. Sus manos se movieron vacilantes y la tela empapada opuso resistencia, de modo que pasó un rato hasta que el último botón accedió a pasar por su ojal. Pero la espera mereció la pena, para ambos. Con cuidado, Jordan apartó a un lado la prenda mojada y posó sus admirados ojos en los pechos de Katia, mientras ella sentía que su carne se inflamaba bajo su mirada.

—Llegados a este momento —prosiguió él con voz ronca— estaría pensando: tienes que parar, tío. Estás pisando arenas movedizas. Pero no era capaz de parar, porque más que nada en el mundo deseaba quitarte el sujetador y verte y tocarte.

Sus ojos ascendieron por el cuerpo de Katia hasta encontrarse con los de ella, pidiéndole permiso. Más que dárselo, ella misma se desabrochó el cierre delantero del sujetador y apartó a un lado las copas cubiertas de encaje. Por mero instinto, ya que en su interior todo había empezado a agitarse, arqueó la espalda. Fue una invitación que Jordan aceptó con un suave gemido.

Sus manos se movieron con suavidad, adorándola como si fuera la primera vez que tocaba algo tan hermoso. Sus largos dedos la cubrieron, perfilando su forma y su plenitud. Katia dejó de sentir el aire frío del cobertizo: había empezado a arder desde las mismísimas entrañas de su cuerpo. Un arco de fuego la abrasó cuando Jordan le tocó sus turgentes pezones y soltó un grito de placer ante esa sensación casi dolorosa.

Entonces se mordió el labio, inspiró hondo y susurró:

—Llegados a este momento, estaba pensando en que si no te tocaba me moriría. —Con dedos ansiosos, tiró del suéter de cuello alto de Jordan hasta apartarlo de los pantalones y empujó la tela de la prenda lo suficiente como para dejar que sus manos tuvieran acceso a su pecho. Le encantó sentir la tersura de sus músculos, la leve raspadura de los oscuros remolinos de vello contra sus palmas. Nunca había conocido a un hombre que pudiera compararse en ese sentido a Jordan, con una fuerza exterior que enmascarara una calidez interna que, a su vez, la cautivaba como la de él.

Katia se inclinó hacia delante para besarle el pecho al tiempo que él se inclinaba también hacia sus pechos, golpeándose la cabeza contra la del otro. Entre risas, Jordan simplemente la atrajo hacia él. Cerró los ojos e inspiró entrecortadamente. La hizo girar sobre sí misma y atrajo sus pechos contra su cuerpo.

—¿Recuerdas cuando estábamos en el Vineyard e hice esto?

—Lo recuerdo. —A Katia le costaba respirar. Todo su cuerpo parecía haber enloquecido.

—Estabas medio borracha...

—Tú también...

—Pero me di cuenta de todo y creí que me iba a poner en ridículo entrando ahí, pero estaba muy excitado.

—Jordan, Jordan —susurró Katia contra su cuello—. Quiero tocarte. Siempre lo he deseado y solo me dejaste hacerlo una vez y después de eso todo dolía, pero nunca pude olvidar la sensación de tenerte en la mano.

—Estuve tan a punto... y me creí tan cerca del pecado...

Las manos de Katia se deslizaban ya por sus costados.

—Déjame hacerlo ahora... a menos que... —Demasiado bien recordaba las veces que él le había cogido la mano para retirarla de su cuerpo.

Pero esta vez, cuando Jordan le cogió la mano, la apretó contra su estómago mientras que con la que tenía libre se desabrochaba los pantalones. Se debatió contra la cremallera mojada y maldijo por lo bajo cuando tuvo que soltar a Katia para completar la tarea. En cuanto logró bajarse la cremallera llevó la mano de Katia hasta él, apremiándola para que se introdujera por debajo de la goma del calzoncillo y soltando un gemido cuando ella lo tomó entre sus dedos. También recordaba ese día en aquel pequeño trono de hierba de la playa, aunque en ese momento resultó mucho mejor porque sabía que estaba actuando correctamente.

Suaves jadeos se mezclaron con el repiqueteo de la lluvia sobre el techo, la respiración de Katia tan entrecortada como la de Jordan. Ella le acarició y él le devolvió las caricias. Jordan dejó al descubierto más piel, tanto de Katia como propia, saboreando cada nueva revelación hasta que ambos estuvieron a punto de perder el control.

—Llegados a este punto... —empezó él con dificultad, porque los dos estaban desnudos, arrodillados el uno frente al otro—. Pero nunca habíamos llegado antes a este punto. —Sus manos se cerraron sobre las caderas de ella y tragó saliva.

—En mis sueños —susurró Katia levantándose entonces cuando él la apremió para que se sentara sobre sus piernas—. Tantas veces en mis sueños...

Jordan estaba a punto de estallar, y supo que también Katia lo estaba porque sintió su calor y su humedad y porque sintió también su temblor cuando la acarició. Al mirarla a los ojos, se preguntó si la expectación podía llegar a resultar tan embriagadora como la consumación. Amaba a Katia. Sentía esas palabras, y las pronunció con el último atisbo de fragmentado jadeo que pudo aunar.

Y entonces, muy despacio, fue depositándola en el suelo. A punto estuvo de cerrar los ojos; Katia estaba apretada y caliente alrededor de sus piernas, aparentemente cada vez más cuando él la penetró, y el hecho de saber que era ella quien estaba en sus brazos se combinó con el placer físico para convertir la sensación en casi insoportable. Un ronco gemido de pasión escapó de su garganta simultáneamente con uno de la de ella, pero Jordan no cerró los ojos, y lo que vio hizo que el esfuerzo mereciera la pena.

Katia se mordió el labio inferior. Entrecerró los párpados y dejó caer la cabeza hacia atrás. Cuando Jordan se hundió por completo en ella, Katia le clavó los dedos en los brazos al tiempo que un dinámico clímax la sacudía. Jadeaba enloquecidamente, intentando tomar aliento, cuando de pronto se echó a reír.

—¡Dios mío, Jordan! ¡No me había pasado nunca! Al saber que eras tú el que estaba dentro de mí... todo lo que he sentido ha sido tan intenso... ¡no puedo creerlo!

—Espera —jadeó Jordan. Tenía los ojos cerrados con fuerza y el rostro tenso. Se retiró de ella casi del todo para penetrarla hasta el fondo y con toda su potencia, alcanzando así su intenso y prolongado clímax.

Katia, que había contenido el aliento al darse cuenta de lo que estaba ocurriendo, lo observaba con exactamente la misma fascinación que había embargado a Jordan instantes antes. Lo sintió palpitante en su interior, ralentizando el ritmo gradualmente, y vio cómo sus rasgos se relajaban suavemente, abandonando ese tenso estado, pasando por una especie de ceño indicador de una mezcla de dolor y placer hasta llegar a una sonrisa más relajada y totalmente satisfecha.

—Ohhh, Katia. —Abrió los ojos y la miró. Con un segundo gruñido la atrajo hacia él, hundiendo la barbilla en sus cabellos y envolviéndola con fuerza entre sus brazos—. Ahhh. Sabía que tenía que haber más. Todos estos años sabía que tenía que ser así.

Katia perfectamente podría haberse hecho eco de sus palabras de no haber sido porque habría resultado ordinario de su parte. Además, ella sabía que él era sin duda consciente de lo que ella sentía. Con las piernas separadas sobre las de él y los cuerpos de ambos todavía unidos, Katia se acomodó contra él, refocilándose en el calor de su cuerpo y en su olor almizcleño, e incluso en la fina capa de humedad que nada tenía que ver con la lluvia.

—Te quiero, Jordan —susurró.

—Dilo otra vez.

—Te quiero.

—¿Quieres casarte conmigo?

—Sí.

—¿Así de fácil?

—¿Cómo que así de fácil? ¿Sabes cuántos años llevo esperando que me lo pidas?

Al rostro de Jordan asomó una mirada de felicidad, seguida por una de diversión.

—Maldita sea, pero nunca imaginé que ocurriría así.

—¿Así cómo?

—Aquí, en este destartalado cobertizo mientras diluvia fuera y con una acusación de asesinato pendiendo sobre mi...

Por segunda vez en lo que iba de noche, Katia pegó sus dedos contra la boca de Jordan.

—Chis. No lo digas. Ahora no.

—Aun así —suspiró él—. No era así como lo había planeado.

—¿Lo habías planeado?

—No, no lo había planeado —la reprendió—, al menos no en el

sentido en que estás pensando. Cuando hoy te he llamado, lo único que sabía era que tenía que verte. Me habría bastado con que vinieras. Necesitaba marcharme de la ciudad y necesitaba hablar, y tú eras la única con la que quería hacerlo. —Prosiguió, esta vez con un tono más animado—. Pero deja que te diga que desde el viernes pasado no he dejado de soñar…

—¿El viernes pasado? ¿Qué pasó ese día?

—Fue el día en que le pregunté a mi padre si alguna vez… si tú y yo éramos… si Cassie y él…

—¿Si yo era tu hermana? —preguntó Katia, echándose a reír.

—No te rías. En ese momento estaba convencido de ello.

—Seguro que Jack estuvo encantado de que se lo preguntaras.

—Sí. Encantado. Quizá también se haya echado él unas risas.

—Vamos, Jordan. Solo bromeaba. Pero quiero saber más sobre cuáles eran tus planes.

—¿Mis planes? Oh, mis planes. —Puso los ojos en blanco—. Veamos: había sábanas de satén y velas…

Katia le dio un suave cabezazo en el pecho.

—Sabía que eso volvería a atormentarme.

—De hecho, me parecía muy romántico, desde luego mucho más de lo que te has llevado.

—¿Bromeas? Cualquiera que piense que hacer el amor sobre unos cojines en el casco de un barco dentro de un cobertizo con un farol por único ambiente no es romántico no tiene el menor sentido de la aventura.

—Pues quizá sea más listo que yo —dijo Jordan, cambiando de postura—. Estos cojines no son nada cómodos.

—Oh. Estás dolorido. —Jordan había estado, y todavía lo estaba, soportando el grueso del peso combinado de ambos, y debajo de los cojines había duras vigas de madera.

—En realidad… —Sonrió, y Katia supo exactamente a lo que se refería. El pequeño cambio de postura de Jordan no había hecho más que introducirlo un poco en ella, creando con ello una dulce oleada de sensaciones—. No —dijo con firmeza—. Esta vez subiremos a la casa y haremos el amor a lo grande.

Pero cuando fue a salir de ella, Katia le clavó los dedos en las caderas.

—Oh, no, campeón. Ya me has hecho esto demasiadas veces. —Hizo ondular su trasero—. Mmmm. Esta vez vas a terminar lo que has empezado.

—¿Lo que yo he empezado?

—Sí, lo que tú has empezado —replicó, aunque fue más bien una réplica débil porque lo que tenía en su interior se inflamaba a medida que pasaban los segundos, y su mera presencia bastó para dejarla sin aliento.

Mucho después, estuvieron prestos a correr bajo la lluvia hasta la casa. Llevaban los brazos cargados de ropa, además de cargar con la bolsa de Katia, y las mantas con las que se habían cubierto ondearon al viento en cuanto abrieron la puerta del cobertizo, dejando a la vista un brazo aquí, una pierna allí, e incluso una o dos nalgas durante el proceso.

—Esto es una locura —dijo Katia—. George va a pensar que nos hemos vuelto locos.

—George está en su casa, probablemente durmiendo. Y aunque no fuera así, te aseguro que no anda por ahí patrullando por la propiedad con esta lluvia. Sabe que estoy aquí. Ya nada de lo que yo haga puede sorprenderlo.

—Bueno, pero yo no tengo tu escandalosa reputación, Jordan Whyte. ¿Qué pensará de mí si me ve correteando semidesnuda bajo la lluvia?

—No te verá, y además, las escuetas prendas que te pones cuando bajas a la piscina no son exactamente remilgadas.

—Ya, pero eso es en la piscina.

—Me estás dando largas.

—Tienes razón.

—Vamos. Cuanto antes salgamos de aquí antes llegaremos a la casa. No me vendría mal una ducha caliente; llevo sin comer todo el día, no he pegado ojo en toda la noche y quiero hacerte el amor entre sábanas suaves y agradables.

—¿En ese orden?

—No necesariamente.

Katia echó una mirada a la cortina de lluvia que caía en el exterior.

—No sé, Jordan. No estoy segura de que haya nada que merezca tanto la pena como para salir ahí fuera.

A lo que Jordan respondió cogiéndola de la mano y arrastrándola con él fuera del cobertizo. Cuando llegaron a la casa, la ducha ocupó, por supuesto, el primer puesto en el orden de preferencias. Estaban helados. El agua caliente ayudó, como también el hecho de compartirla.

El segundo puesto en el orden de preferencias le tocó a la comida. Comieron como si llevaran días hambrientos, luego dejaron los platos, sartenes y tazas por lavar y se fueron a la cama.

Dormir, sin embargo, no fue la actividad que ocupó el tercer puesto en el orden de preferencias. Jordan procedió a amar a Katia como tantas veces había soñado hacerlo. No hubo un solo centímetro del cuerpo de ella que sus manos no tocaran o que su boca no saboreara. Y si algunas de las cosas que hizo la dejaron perpleja, Katia solo tuvo que bajar los ojos hasta su oscura cabeza o clavarlos en su apasionada mirada para darse cuenta de que aquel era Jordan, *ese era Jordan*, y de que ella estaba en el mismísimo cielo. También para ella era hacer realidad un sueño.

Ya muy avanzada la mañana, despertaron uno en brazos del otro, y siguieron acostados, cómoda y pacíficamente, mientras hablaban.

—Siempre he sabido que me querías —musitó Katia, casi temerosa de la felicidad que la embargaba.

—¿En serio?

—Humm. Pero no sabía de qué modo.

—¿Como hermano o como amante?

Katia volvió a asentir contra su pecho.

—Estaba confundida.

—¿Que tú estabas confundida? Pues piensa por un momento en cómo me sentía yo. Cuando tenía veinticinco años, perdí el oremus por ti. De pronto, la chiquilla a la que había adorado como a una hermana se había convertido en una mujer hermosísima.

—Solo tenía dieciséis años…

—Mmmm. Y ahí teníamos un problema. No sabes hasta qué

punto pusiste a prueba mi paciencia. Cuando tenías diecinueve y me hiciste esa numerito de seducción…

—¡Yo no hice nada! ¡Fuiste tú quien propuso que fuéramos a darnos un baño en plena noche! ¡Fuiste tú quien dio el primer paso!

—Sí. Pero tú no te opusiste en ningún momento.

—No —respondió Katia, esta vez con voz más suave. Apoyó la mejilla contra el pecho de él para no tener que mirarlo a los ojos—. ¿Sabes lo que hice después de ese fiasco? Volví a Nueva York y me acosté sin más con el tipo con el que estaba saliendo. Fue espantoso, doloroso, un desastre; después me enfadé mucho, sobre todo conmigo misma, aunque nunca se lo dije a John, al que acusé de ser el amante más inepto del mundo. —Soltó entonces un gemido—. Fue una crueldad. No creo haber sido tan cruel con nadie, pero estaba muy dolida, y lo que acababa de hacer lo había hecho por despecho hacia ti, y el pobre John simplemente estaba… ahí. Rompimos poco después.

—¿Era mejor con Sean?

Katia lo miró entonces, apoyando la barbilla en su pecho.

—Mejor, sí, pero no fue nunca como yo creí que debía ser. Me refiero a que, a su modo, era un hombre maravilloso: cariñoso, considerado, inteligente. Intenté convencerme de que lo quería, pero ¿cómo conseguirlo si durante todo este tiempo te quería a ti? Supe que la comedia había tocado a su fin cuando Sean insistió en que nos casáramos.

Jordan no dijo nada, pero la mirada de gratitud que asomó a sus ojos bastó para animarla a seguir.

—Creo que él sabía en el fondo que nunca me quedaría con él. No era ningún idiota. Utilizó la cuestión del matrimonio para obligarme a tomar una decisión. —Le acarició el pecho—. Ah, Jordan. Nada de lo que sentía con Sean se parecía ni de lejos a lo que siento contigo.

Jordan sonrió.

—Eres un gran bálsamo para mi ego.

—Tu ego no necesita ningún bálsamo. —Había en su voz algo más que simple acusación.

—Eso no es cierto —dijo él con tal muestra de infantil inocencia que Katia no pudo contener la risa. Pero su risa desapareció en cuanto él se puso melancólico—. En este momento de mi vida necesito toda la ayuda que pueda conseguir.

Katia sabía que estaba pensando en lo que le esperaba en el continente.

—Casémonos ahora.

—¿Ahora? —Jordan recorrió la habitación con la mirada—. Creo que nos faltan algunas cosas, como un cura, ejem… un juez…

Su lapso lingüístico la divirtió durante un instante.

—Iba mucho al templo cuando estaba en la facultad. Nunca te lo había dicho, ¿verdad?

—No.

—Lo habría hecho cuando murió Kenny, pero era joven, y cuando fui suficientemente mayor no quise hacerlo porque temía contrariar a mi madre. Cuando llegué a Nueva York no pude resistirme a la tentación.

—¿Y?

—Resultó inspirador. Unos hermosos servicios. Leí muchísimo.

—¿Y?

—Me di cuenta de que me habían educado con unos valores muy universales. No estoy segura de que los puntos específicos de cada religión sean tan importantes como el hecho de mostrar una rectitud vital. El más pío de los judíos, o de los protestantes, o de los católicos, puede ser el peor detrito sobre la faz de la tierra si decide decir una cosa y hacer otra.

Jordan la atrajo hacia él con brazos temblorosos.

—Eres una mujer extraordinaria.

—Y dime, ¿cuándo piensas hacer de mí una mujer honrada? Podríamos volver hoy mismo a la ciudad…

—No. Aún no. Necesito pasar más tiempo a solas contigo.

—El lunes tengo que estar de vuelta en la oficina.

—Yo también.

—¿Por qué no lo hacemos el domingo por la noche?

—Porque tenemos que ocuparnos de algunos detalles, como por ejemplo las pruebas de sangre y la licencia matrimonial.

—Oh, vamos, Jordan. Alguna influencia debes de tener en alguno de los lugares adecuados. ¿No podemos saltarnos eso?

Jordan negó con la cabeza.

—Me da miedo acelerar las cosas en este momento.

—¿Por el feo asunto de Cavanaugh?

—No es el de Cavanaugh, sino el mío. —Jordan rodó de pronto, poniéndola boca arriba sobre la cama e inclinándose sobre ella—. Haría lo que fuera por casarme contigo hoy, o mañana, o al día siguiente, pero ¿cómo quieres que haga algo así cuando mi futuro no es más que un gran interrogante?

—Me has pedido que me case contigo.

—Quizá estaba soñando —dijo él bajando la voz.

—¡Maldita sea, Jordan! ¡No me hagas esto!

Él la calló con un beso, dejó que sus labios permanecieran un poco más sobre los de ella y luego levantó la cabeza y la observó entristecido.

—Lo que me preocupa es lo que te estaría haciendo si nos casáramos ahora y dentro de una semana me acusaran de asesinato.

—¡Me trae sin cuidado!

—Pues a mí no. Habría palabras feas y una publicidad aún más fea. Estaría de mierda hasta el cuello.

—¡Me trae sin cuidado! Te quiero. ¿Crees acaso que me sentiré mejor si me dejas al margen? Quiero estar ahí contigo, para ti.

—Puedes hacerlo desde la barrera. No quiero verte expuesta a los husmeadores de escándalos ni a los hijos de puta...

—No soy ninguna debilucha, Jordan —afirmó, empujándolo al incorporarse y apoyarse sobre sus codos. En su rostro se había dibujado una máscara testaruda—. El matrimonio es para la bonanza y la adversidad. Saldría en tu defensa estemos o no casados, así que si estás intentando protegerme estás perdiendo el tiempo. Puedo mostrar tanto aplomo en la línea de fuego como tu madre o como Lenore...

—Sí. Ellas nunca han estado exactamente en la misma línea de fuego, y aun así, mira el precio que han tenido que pagar...

—Porque sus matrimonios no eran tan fuertes como lo sería el nuestro. Estamos juntos en esto, Jordan. Si, y es un gran «si», llegamos a juicio, al jurado le haría bien ver a tu nueva esposa sentada detrás de ti en el tribunal. No me ates de manos, por favor.

Jordan no podía apartar los ojos de ella. Creía haber visto todas y cada una de las facetas de esa mujer, pero estaba equivocado. Sabía que era fuerte; quizá simplemente nunca había visto esa fuerza canalizada hacia él como la estaba viendo en ese momento.

—Estás cerrando un duro acuerdo —murmuró por fin.

—Solo cuando creo tanto en algo como creo en esto.

—¿De verdad crees que deberíamos casarnos ahora mismo?

Jordan se debilitaba por momentos y Katia intentó alimentar su entusiasmo.

—Cuanto antes.

—¿Una sencilla ceremonia en la sala de un juez?

—No. Tan solo una sencilla ceremonia en la casa de tus padres, en Dover. Quiero que estén presentes, y también mi madre, y Gil y Lenore.

—Así que lo tienes todo planeado —dijo él, al tiempo que las comisuras de sus labios se curvaban hacia arriba.

Katia asintió.

—Hasta el anillo de boda que quiero. Será una ancha alianza de oro. Brillante, pero sencilla y sin ningún adorno. En la que solo diga que estamos casados. El resto puedo decirlo yo misma.

El siguiente miércoles por la mañana, Katia y Jordan estaban casados. Tal y como Katia había estipulado, la ceremonia se celebró en el salón de los Whyte. Allí no estaban solo los Whyte, Cassie y los Warren, sino también sus hijos y sus nietos habían acudido apresuradamente a la ceremonia, como apropiándose de la felicidad del momento como antídoto contra la pérdida del verano anterior.

Desgraciadamente, la felicidad no duró mucho. El lunes siguiente, el que era marido de Katia desde hacía cinco días fue acusado de los asesinatos de su hermano y de su cuñada.

A las ocho de la mañana, Cavanaugh apareció en la puerta del piso de Jordan. Jordan y Katia estaban terminando de desayunar antes de salir al trabajo. Toda idea de comida o de trabajo se desvaneció en cuanto vieron la expresión taciturna del detective.

Al parecer, la testigo que debía ratificar la coartada de Jordan podía jurar que había estado con él la noche de un lunes y no la de un domingo. Más aún, los investigadores habían descubierto que durante la mañana de los asesinatos Jordan había visitado un cajero automático de Madison Avenue y había sacado cuatrocientos dólares en efectivo, más que suficiente para pagar el alquiler de un equipo de buceo y un coche. El voto de Cavanaugh había sido desestimado.

Tuvo lugar una breve audiencia previa en un tribunal de Manhattan, tras la cual se había producido el traslado a Boston. Si a Jordan el viaje le pareció tedioso, no fue nada comparado con lo que siguió. No fue hasta última hora de esa noche cuando Katia y él llegaron a Dover. Jordan había llamado a su padre desde Nueva York poco después de la aparición de Cavanaugh. Jack había llamado a Gil, que rápidamente había volado allí desde Washington, y juntos les habían comunicado la noticia a sus respectivas esposas. Los cuatro esperaban ya cuando la pareja llegó a casa.

Natalie se levantó de inmediato. Abrió los brazos para abrazar a Jordan y lo estrechó con fuerza, soltándolo solo porque los otros tres reclamaban la atención del muchacho a su espalda.

—Qué demonios es todo este sinsentido...

—Quién se creen que son...

—No puedo creerlo...

Esos arrebatos procedían de Jack, Gil y Lenore respectivamente. No había forma de detenerlos.

—Alguien va a pagar...

—Ese tal Holstrom es un gran hijo de perra...

—No puedo creerlo...

—Pues créelo —dijo Jordan, dirigiéndose en voz baja a Lenore. Tuvo que emplear todo su esfuerzo para mantener firme la voz, aunque no habría salido airoso de la prueba de no haber tenido la mano de Katia en la suya—. Alguien nos guarda rencor. Todo indica que vamos a sangrar todos un poco.

Natalie se adelantó, pálida y temblorosa.

—¿Es cierto... lo que han dicho en el telediario... sobre lo que Mark estaba haciendo?

—Sí, era cierto.

—¿Intentaste detenerlo?

—Por supuesto. Y mira de lo que me ha servido. En cualquier caso, Mark y Deborah están muertos, y dicen que fui yo quien los mató.

—Bueno, nosotros no lo creemos —estalló Jack.

—¡Por supuesto que no! —rugió Gil.

Lenore gimoteó.

—Pero ¿quién puede ser tan cruel como para cometer un asesinato…?

—¡Y culparte a ti! —concluyó Natalie, visiblemente encendida. El trastorno del que fue presa al tener noticia de las actividades de Mark quedó momentáneamente suplantado por la rabia—. ¡Es un insulto a todos nosotros!

Jack se plantó delante de ella y habló, empleando su voz más oficiosa.

—Ya he hablado con el alcalde. Le doy mucho trabajo a esta ciudad, y si no es capaz de tener un departamento de policía en condiciones no va a recibir de mí un solo centavo más.

—No es una cuestión de corrupción —protestó Jordan—. La policía simplemente está haciendo su trabajo…

Gil lo interrumpió.

—¡Así no! ¡Por supuesto que no! Esa pandilla de perdedores están verdes de envidia. No soportan que tengamos más que ellos. Probablemente lleven años esperando una oportunidad como esta, y sin duda en este momento estén brindando por ello en algún bareto de mala muerte. Voy a dar una rueda de prensa por la mañana…

—No, Gil —afirmó Jordan con firmeza—. Nada de ruedas de prensa. Al menos, todavía no. Estamos enfadados y alterados. Cualquier cosa dicha en condiciones como estas podría resultar perjudicial. —Inspiró hondo, en un intento por calmarse—. Katia y yo hemos pasado con VanPelt las últimas seis horas…

—Buen abogado donde los haya…

—Espectacular como el que más…

Jordan miró sucesivamente a los dos hombres.

—Está firmemente convencido de que tenemos una buena oportunidad de salirnos con la nuestra en los tribunales. La prueba es circunstancial. Hay mucho terreno para sembrar la duda en la mente de los miembros del jurado.

La voz aguda de Lenore casi interrumpió sus palabras.

—¿Un juicio? Todo saldrá a la luz si llega a celebrarse un juicio. Lo que Mark estaba haciendo…

—Ya ha salido a la luz —le recordó Gil con expresión furiosa—. Puedes estar segura de que todos los periódicos del país lo sacarán en portada por la mañana. —Volvió entonces a concentrar su ceño en Jordan—. Para la prensa esta clase de cosas son un caramelito.

Jordan no dijo nada. Todavía podía ver el destello de los flashes, sentir los golpes de los micrófonos bajo su nariz, oír las interminables preguntas. El nudo que sentía en el estómago se tensó.

—¿Cómo pueden hacer algo así? —preguntó Lenore, tal y como Katia lo había hecho en su momento.

Natalie se mostró igualmente preocupada.

—¿Cómo se supone que vas a tener un juicio justo con esa clase de publicidad?

—Un secreto de sumario. Eso es lo que necesitamos —instruyó Jack a Jordan.

—VanPelt ya lo ha solicitado.

Gil estaba congestionado de rabia.

—La cuestión es saber cuánto daño se ha hecho ya. Gracias a Dios que no te han puesto ningún problema con la fianza. Me ha sorprendido.

Jordan se encogió de hombros.

—No tengo antecedentes. Teniendo eso en cuenta, además de quién soy, no tenían elección.

—¿Y qué pasará ahora? —Jack apartó los ojos de Jordan para mirar a Gil, cosa que resultó ridícula, puesto que la experiencia que Gil pudiera tener en el ámbito legal se ceñía exclusivamente al derecho mercantil. Volvió enseguida a mirar a Jordan.

Fue Jordan quien respondió, pues había sido bien informado por su abogado.

—La acusación de hoy ha tenido lugar en el juzgado del distrito, pero ese juzgado no tiene jurisdicción sobre casos de asesinato. Normalmente se celebraría una probable vista de causa en el Juzgado Municipal de Boston para estudiar si se transfiere el caso al tribunal superior, pero el fiscal probablemente renuncie a ello y el caso pasará directamente al jurado de acusaciones y se dictaminará una acusación en un tribunal superior. Cuando eso ocurra, posiblemente dentro de un par de semanas, volveré a ser acusado.

—¿Y la fecha del juicio?

—Se fijará para aproximadamente un mes después.

—En ese caso tenemos tiempo —reflexionó Jack—. Tenemos que poner a un detective a investigar el caso. Ahí fuera hay un cabrón que lo está pasando en grande a costa nuestra. Si la maldita policía no es capaz de dar con él, tendremos que hacerlo por nuestra cuenta.

A Jordan, cada minuto que pasaba le hacía más difícil estar ahí, delante de ellos.

—Escuchad —dijo con un suspiro de agotamiento—, VanPelt se encargará de todo. Tenemos que trabajar con él. Sabe muy bien lo que hace. Y ahora creo que me gustaría subir. Ha sido un día muy largo. —Y todavía con la mano de Katia en la suya, se volvió y se dirigió a la escalera.

—¡Te sacaremos de esta, Jordan! —le gritó su padre—. Todos estarán aquí mañana por la mañana: Nick, Peter, Laura y Anne. Hasta Emily vendrá desde Nueva York. Ya pensaremos algo.

—Más que eso —añadió Gil con una voz colmada de furia—. ¡Nos encargaremos de que el responsable de esto vaya a dar con su culo al infierno!

—Bien —murmuró Jordan entre dientes, aunque estaba tan embotado que solo tenía fuerzas para poner un pie delante del otro escaleras arriba. Cuando llegó con Katia a la habitación que había ocupado cuando era niño, y donde ambos se habían alojado la víspera de su boda, seis noches antes, Jordan la condujo dentro, cerró la puerta y se recostó exhausto contra ella.

Dejó caer hacia delante la cabeza que con tanta dignidad había llevado durante la pesadilla en que se había convertido el día. Encogió también los hombros, tan erguidos hasta entonces.

En ese momento, cuando docenas de otras emociones podrían fácilmente haber dominado en su cabeza, Katia fue consciente del inmenso orgullo que sentía por su marido. Se acercó a él y le apartó el pelo oscuro de la frente con los dedos.

—Lo has conseguido, Jordan —dijo suavemente—. Lo has soportado todo como ningún otro hombre lo habría hecho. Les has enseñado de lo que estás hecho, y también me lo has demostrado a mí, aunque yo siempre lo he sabido. Me he sentido muy orgullosa de estar a tu lado.

—Oh, Dios, Katia —gimió Jordan, inclinándose hacia delante y estrechándola entre sus brazos—. Oh, Dios...

Le temblaba todo el cuerpo. Katia lo abrazó más fuerte.

—No te imaginas lo humillado que me he sentido. —El de Jordan fue un susurro ronco, colmado del mismo dolor que seguía sacudiéndole el cuerpo entre temblores—. Verme esposado... en comisaria... cuando me han tomado las huellas... y luego me han sacado las fotografías con esa... con esa cosa para identificarme... no te imaginas... no, no puedes.

Rodeándole la espalda con el brazo, Katia lo llevó a la cama. Se sentó junto a él, sin soltarlo en ningún momento.

—Ya sé que no es ningún consuelo, pero Cavanaugh también estaba sufriendo.

Jordan volvió a soltar un gemido, esta vez cubriéndose el estómago con el brazo que tenía libre. Estaba tan pálido que Katia temió que fuera a vomitar.

—Duele, maldita sea —logró decir entre dientes—. Sabía que esto llegaría. Lo sentía aquí dentro. Pero saberlo no sirvió de nada. Nada podía haberme preparado para una cosa así.

Katia le acarició la cara, sintiéndose tan impotente como él.

—Pero ya se acabó. Al menos, esa parte. —Le besó el hombro—. ¿Puedo traerte algo? ¿Tienes hambre? —VanPel había mandado que les subieran la cena a su despacho, pero Jordan no había probado bocado.

Negó con la cabeza.

—¿Y una aspirina?

Asintió.

Resistiéndose a dejarlo, Katia lo besó en la frente y corrió por el pasillo hasta el cuarto de baño, volviendo instantes más tarde con las pastillas y con un vaso de agua. Jordan se había quitado la americana, en uno de cuyos bolsillos llevaba la corbata que se había quitado mientras habían estado con el abogado, y estaba ya desabrochándose los botones de la camisa. Mientras se tomaba la aspirina, Katia le desabrochó los botones que quedaban y luego retiró el edredón al tiempo que él terminaba de desvestirse.

Solo después de haberlo visto meterse en la cama y estirarse con un gemido Katia empezó a desvestirse. Momentos después, se deslizó ella también entre las sábanas.

Jordan tenía los ojos cerrados y los rasgos de la cara totalmente tensos. Katia se preguntaba si podría relajarse lo suficiente como para poder dormir cuando le vio tenderle un brazo en una clara invitación. Sin pensarlo dos veces, se acurrucó contra él, satisfecha cuando notó que la envolvía en su abrazo.

Katia besó el punto específico adyacente a la axila de Jordan, que tanto adoraba.

—Te quiero, Jordan.

Con un dolorido gemido, la estrechó con más fuerza contra su cuerpo. Katia pudo entonces sentir cómo los latidos del corazón de él reverberaban por todo su cuerpo; la fuerza de ese corazón prevaleció sobre las pruebas a las que los sometía la vida, y eso era una cosa más que amar de él. Frotó su mejilla contra el pecho de Jordan y empezó a depositar suaves besos sobre su piel.

—Mmm… mejor que la aspirina —murmuró él.

—Es el poder del amor. —Katia se incorporó hasta quedar tendida encima de él. Sus besos se extendieron, abiertos y húmedos sobre los oscuros remolinos del vello del pecho de Jordan, sobre la tensa columna de su cuello, los contornos ligeramente rasposos aunque absolutamente atractivos de su mandíbula y las líneas más suaves y difusas de su rostro. No hubo en ellos el menor asomo de pena, tan solo amor y deseo, aunque quizá fueran los ultrajes que había sufrido durante el día y el modo en que había lidiado con ellos lo que llevó a Katia a desear mostrar la fenomenal fuerza de ese amor y de ese deseo.

No le costó mucho esfuerzo. Tocar a Jordan siempre la había afectado en lo más profundo. Y en ese momento, consciente de que era su esposo, sabiendo que era libre de poder expresar sus deseos, se dejó llevar sin el menor atisbo de contención.

Sus manos erraron extensamente y sin propósito definido, acariciando el cuerpo fibrado de su esposo. Muy despacio, a medida que sus dedos se ocupaban en amasar la musculosa expansión de su pecho, la tersa llanura de su estómago, los marcados tendones de sus muslos, Katia notó que la tensión del día se desvanecía. Muy despacio, a medida que su boca trazaba el camino abierto por sus manos, sintió que una nueva tensión empezaba a despertar. La piel de Jordan empezó a encenderse. Anclando sus dedos en los cabellos de ella, susurró su nombre con voz ronca. Se le aceleró la respiración y sus músculos empezaron a temblar.

—Te quiero —declaró ella contra su estómago—. Te quiero...

Cuando se deslizó más abajo y tomó a Jordan en su boca, él contuvo un entrecortado jadeo. El pelo rubio de Katia giró ligeramente sobre su entrepierna, aunque fue la sensación más intensa la que curvó los labios de él hacia arriba. La lengua de Katia hacía maravillas, borrando todo pensamiento de su mente salvo el que más importaba: que Katia era su esposa y lo aceptaba plenamente. Los labios de ella no hacían sino magnificar el dulce tormento, proclamándola asimismo como la mejor de las amantes. Jordan sintió que se le tensaban los músculos al tiempo que temblaban en un intento de contención; lo que Katia estaba haciendo era tan íntimo, tan intenso, que, bajando la mirada hacia el suave movimiento de su cabeza, Jordan fue consciente de la inmediatez de la explosión. Un sonido ronco y grave salió de su garganta segundos antes de que corcoveara hasta quedar tumbado de nuevo sobre el colchón.

Con un simple y diestro movimiento, tiró de ella hacia arriba y la hizo girar sobre sí misma. Luego se adentró en ella, iniciando así una fluida penetración. Con cada embestida se hundía más y más hondo, y con cada embestida Katia se sentía más poseída. La boca de él sofocó los gritos de júbilo de ella, tragándose su aliento y ofreciéndole el suyo a cambio.

Katia fue entonces consciente de que su matrimonio sería siempre una relación de igual a igual. Por mucho que hubiera querido dar esa noche, Jordan había hecho lo propio. Ella entendía que era lo que él necesitaba y así lo aceptó, amándolo hasta la locura, volando de su mano hasta los más remotos confines de la pasión. Y cuando por fin volvieron a la tierra y recuperaron el aliento, se acurrucaron uno contra el otro, como debía ser.

No durmieron, sino que siguieron tumbados en silencio durante un rato. Por fin Jordan murmuró un quebrado:

—Gracias, cariño.

—No las merece.

—Te equivocas. Has estado a mi lado hoy. Apoyándome. Me siento muy culpable por hacerte pasar por...

Katia le tapó la boca con la mano.

—No lo digas. No habría podido estar en ninguna otra parte.

Jordan le acarició los dedos con la lengua hasta que se retiraron en defensa propia. Entonces le dedicó una mirada con un solo ojo.

—¿Ni siquiera de luna de miel en el Caribe?

—Qué va. Hace demasiado calor en esta época del año.

—¿Y Londres? ¿O París? ¿O Sidney, Australia?

—¿Australia? Me encantaría ir allí algún día.

Jordan quiso decir que lo haría, que él la llevaría, pero no fue capaz de articular las palabras.

Katia sabía lo que estaba pensando. También sabía que protestando ante sus pensamientos no lograría más que provocarle aún más angustia de la que ya sentía. Jordan estaba cansado, tenso y muy pesimista en ese momento. Estaría mejor por la mañana. Se sentiría mejor en cuanto VanPelt elaborara por fin un plan de ataque. Y ella se sentiría mejor en cuanto Jordan se sintiera mejor, porque si había algo que no podía hacer era permitirse pensar en lo que podía ocurrir si Jordan llegaba realmente a ser condenado.

17

Esa noche Cavanaugh estaba sentado a solas en casa, sintiéndose morir. Lo que se había visto obligado a hacer ese día iba contra todos y cada uno de sus instintos. Por primera vez en su vida despreciaba del todo su trabajo. También se despreciaba a sí mismo, porque, a pesar de que estaba seguro de que Jordan era inocente, no había sido capaz de probarlo. Y además, teóricamente le habían quitado el caso. Aparte de testificar durante las vistas y durante el juicio que se avecinaban, su trabajo había concluido.

No podía culpar al comisario por sentirse satisfecho; para Holstrom era una medalla más lograr un arresto en cualquier caso de asesinato, y no estaba lo bastante implicado en ese como para compartir los sentimientos de Cavanaugh. Lo mismo podía decirse del fiscal del distrito, que se limitaría simplemente a hacer su trabajo procesando el caso.

Pero Ryan tenía a Cavanaugh con la mosca detrás de la oreja. La satisfacción que ese día había visto en los ojos de su superior había bastado para revolverle el estómago. ¿Cómo podía alguien sentir tanta satisfacción viendo cómo se humillaba a un ser humano como lo había sido Jordan? ¿Cómo podía un hombre, y mucho menos un policía, regodearse de ese modo? Aunque esa actitud estaba en consonancia con todo lo que Ryan había hecho en relación con el caso. Desde el día en que habían aparecido los cuerpos, parecía ansioso por arrestar a algún miembro de la familia. De no haber sido Jordan habría sido cualquiera de los otros. Ryan había estado muy seguro de que estaban implicados en los hechos. ¿Cómo podía haber estado tan seguro? ¿Cómo sabía que existían las cintas? Y ¿por qué se había mostrado tan condenadamente ansioso por acelerar el arresto?

Eran preguntas sin respuesta, que amargaban a Cavanaugh más allá de lo indecible.

Recorrió el apartamento con la mirada. Todo estaba en perfecta calma. Jodi se había ido a Atlanta dos días antes para estar con su madre, que estaba ingresada en el hospital con una cadera rota después de un accidente con el coche. De pronto, y hasta cierto punto de forma sorprendente, a Cavanaugh se le ocurrió que le habría encantado poder compartir las emociones del momento con Jodi. Ella lo consolaría, diciéndole que había hecho todo lo que estaba en su mano. Podría haberle ayudado a mirar las cosas con un poco de perspectiva.

Pero ella no estaba. Cavanaugh estaba solo, como siempre había estado. El hecho de que eso por vez primera le molestara le resultó interesante. Quizá se estuviera haciendo viejo, o se estuviera ablandando. Aunque quizá Jodi, con su independencia, su inteligencia y su calidez, se había abierto camino en su vida como ninguna otra mujer, ni siquiera su ex esposa, lo había logrado. Se dijo que tendría que haber estado fastidiado, pero no lo estaba. Al menos no debido a eso.

Lo cual centraba la cuestión en el arresto de Jordan. Cavanaugh intentó imaginar lo que diría Jodi de haber estado allí con él. Sí, diría que había hecho todo lo que estaba en su mano, aunque iría más lejos. Le preguntaría sobre sus sentimientos hacia su trabajo. Le hablaría del compromiso… no tanto con ese trabajo en sí sino con las creencias en general. Exploraría la cuestión de John Ryan en busca de la posible motivación o justificación a su comportamiento. Le diría a Cavanaugh que si había albergado serias dudas sobre la culpabilidad de Jordan debería hacer algo en vez de quedarse sentado en casa como una… momia.

Una fugaz sonrisa asomó a sus labios. Sí, eso es lo que ella diría. Y tendría razón. No podía reabrir formalmente el caso, pero sí podía mantener los ojos y los oídos bien abiertos, y muy bien podía continuar haciendo preguntas por su cuenta. Las respuestas tenían que estar en alguna parte. Tenían que aparecer.

Natalie sufrió tanto durante los días siguientes como Jordan y Katia. Sufría por ellos. Había sospechado que Jordan llevaba años enamorado de Katia, y aunque no sabía lo que los había mantenido separados, jamás había visto una novia y un novio más radiantes en el día de su boda. Eran perfectos el uno para el otro. Ambos eran maduros, como quizá no lo había sido ella cuando se casó con Jack, y los dos gozaban de una situación económica plenamente segura. Contaban con todo aquello que ella no había tenido. Ver cómo de repente se lo arrebatan todo de las manos era un giro del destino de lo más cruel.

También sufría porque estaba plenamente convencida de que Jordan era totalmente inocente de los cargos que se le imputaban. Era su madre. Lo había criado y lo conocía muy bien. Si Mark había sido más evasivo, Jordan había estado siempre ahí, en todos los sentidos. Jordan quería a Mark. Quizá hubieran discutido, pero Jordan lo quería. Si resultaba obsceno que Jordan fuera acusado de un asesinato, que lo fuera del de Mark, por no hablar del de Deborah, era una locura.

También sufría como solo podía hacerlo una madre que acababa de enterarse de que su hijo estaba implicado en algo tan espantoso como la pornografía infantil. Todavía era incapaz de creerlo. Y menos aún de entenderlo. Tenía que aceptar que era cierto, ya que Jordan había sido testigo directo de ello, pero se pasaba las horas preguntándose en qué se había equivocado con Mark.

Y, por último, sufría por Jack, porque sabía que también él sufría. Había empezado a acercarse a ella como no lo había hecho en años. Había cancelado los viajes de negocios que tenía ya programados e iba a su despacho no más de cuatro o cinco horas al día. El resto del tiempo lo pasaba en casa, la mayor parte de las veces en la misma habitación que ella. Hablaban más que nunca, de los hijos y los nietos; también sobre Mark y el momento al que Jordan se enfrentaba. Sin duda era algo a lo que todos debían enfrentarse pues, a pesar de sus diferencias, Jordan era hijo de Jack. Su acusación era también una acusación a Jack y a Natalie.

A pesar de que Natalie hubiera deseado que la proximidad que

Jack y ella estaban encontrando hubiera estado provocada por unas circunstancias distintas de las que pasaban, se sentía agradecida. Tanto Jack como ella se estaban haciendo viejos. Demasiado a menudo había vuelto atrás la mirada y había encontrado grandes vacíos en cuanto a la relación con su esposo. Sabía que había habido otras mujeres y eso le había dolido a veces, pero las necesidades que ahora la embargaban eran puramente emocionales, no sexuales. En lo que hacía referencia a la compañía de su esposo, reparó en que no era una mujer orgullosa. No le importaba saber por qué él había vuelto a ella; se conformaba con saber que lo había hecho.

Aun así, y a pesar de todo ese dolor desgarrador, Natalie y Jack parecían estar tomándose la situación mejor que nadie.

Lenore estaba preocupada. Intentaba no estarlo. Lo cierto es que en los últimos años había estado mejor. Pero no podía hacer nada por evitarlo. La muerte de Deborah ya había sido un golpe bastante duro, pero ver a Jordan acusado de ella era un giro de una crueldad difícil de soportar.

Sus hijos se habían tomado la acusación de Jordan aún peor que la muerte de Deborah. Laura bebía más; Lenore podía ver cómo se repetía la historia y como no sabía qué hacer al respecto, no hizo nada salvo preocuparse. Cuando Emily estuvo en Dover, se movía por la casa presa de una perpetua y espectacular rabia que Lenore se habría visto incapaz de manejar en cualquier circunstancia, y menos aún en las tormentosas circunstancias del momento, así que se limitaba a frotarse las manos cada vez que Emily pasaba por su lado. Peter vacilaba entre la furia ante la idea de que alguien pudiera pensar que Jordan era un asesino y la conmoción al pensar en lo que eso podía significar para su propia carrera. Lenore estaba de acuerdo con ambas emociones, de modo que no era de mucha ayuda a la hora de prestar consuelo.

En más de una ocasión, durante los tensos días inmediatamente siguientes a la acusación, se dirigió al bar del salón, pero siempre logró detenerse justo a tiempo. No quería beber. Cuando bebía se encontraba mal, y cuando se encontraba mal subía a su cuarto, y cuando hacía eso su marido contaba con razones para pensar lo peor de ella.

Y le importaba lo que pensara Gil. Después de aquel día en la buhardilla, años antes, cuando Natalie y Cassie habían logrado sacarla del estado de desaliento en el que estaba sumida, decidió que habían acertado al decirle que había dado motivos para que Gil buscara compañía en otra parte. Poco después, había empezado a trabajar en la oficina de Gil, aunque en la de Boston y no en la de Washington, y solo unas cuantas tardes a la semana. Sin embargo, había ocurrido algo muy extraño. No era que Gil hubiera empezado a mirarla con otros ojos, sino que ella empezó a mirarse de modo distinto. No se dedicaba a rellenar sobres ni a mecanografiar cartas; recibía a la gente. Por supuesto, la mayor parte de los votantes que llegaban a la oficina lo hacían con problemas que ella derivaba a los asalariados del equipo de Gil, pero aun así sentía que estaba haciendo algo constructivo.

Desgraciadamente, todavía no había logrado transferir la imagen mejorada que tenía de sí misma al ámbito doméstico. Allí no se la necesitaba. Cassie tenía absoluto control sobre la casa. Gil hacía lo propio con las finanzas. El mozo de cuadras mostraba también control absoluto sobre los establos y el jardinero sobre la propiedad. Al parecer, no había nada que Lenore pudiera hacer en casa para ejercitarse. Y, en la presente situación, con el resto de la familia tan rebosante de opiniones y de emociones, ocupó su segundo plano habitual. Y se preocupó.

Gil, en especial, la preocupaba. Parecía inusualmente cansado. Como Jack, también él pasaba últimamente más tiempo en Dover que nunca, aunque, por propia elección, pasaba esas horas en la biblioteca. Parecía mayor. Se movía más despacio. Lenore no debería haber estado sorprendida; al fin y al cabo, tenía setenta y cuatro años. Pero de pronto parecía desprovisto de la vitalidad de antaño. Se trataba de algo que iba más allá de la edad, algo que tenía que ver con la mirada de derrota que Lenore veía de vez en cuando en su rostro lo que más la preocupaba.

—¿Te encuentras bien? —le preguntó una vez durante la cena.

—Perfectamente. Un poco cansado, pero estoy bien.

—¿Gil? —Lenore había estado pensando en algo mientras le había visto ir y venir por delante de ella en las últimas semanas—. ¿Vas a presentarte de nuevo el año que viene?

Él levantó la mirada, sorprendido, quizá incluso molesto.

—Por supuesto. ¿Creías que no?

Su tono la hirió. Lenore había abrigado la esperanza de que eso cambiaría con el esfuerzo que había hecho para resultar más complaciente, pero no era así. Gil parecía enorgullecerse de ser un icono de fortaleza ante ella, y a pesar de que Lenore deseaba decirle que no era necesario que lo hiciera constantemente, temía la reacción de su esposo.

—Llevarás en la Cámara veinticuatro años cuando expire esta legislatura. Pareces cansado. Me preguntaba si habías planteado retirarte.

—Pues no, la verdad. Quizá vaya cuesta abajo por fuera, pero aquí arriba —dijo, dándose unos golpecitos en la cabeza— todo está en perfecto orden.

—Aun así... últimamente...

—Últimamente he estado preocupado por Jordan y Katia. Lo que ambos tienen por delante... lo que todos tenemos por delante... basta para agotar a cualquiera. A pesar de lo que diga Peter, VanPelt parece estar haciendo lo correcto. —Sus rasgos se tensaron, revelando la irritación que lo embargaba—. Esperaba que el detective encontrara algo antes de que el caso fuera remitido al jurado de acusaciones, pero todo parece indicar que no ocurrirá. Y cuando Jordan vuelva a ser acusado, la situación será tan desagradable como la primera vez. Ni Jordan ni Katia tendrían que estar enfrentándose a esto en este momento de su vida. Deberían estar pensando en comprarse una casa en el campo y en tener hijos.

Lenore casi envidió a Jordan y a Katia al ver lo preocupado que Gil estaba por ellos.

—Katia sigue trabajando.

Había en la sonrisa de Gil una sombra de autocomplacencia.

—La entiendo muy bien. ¿Cómo si no podría mantener la cordura en un mundo que se ha vuelto loco? El trabajo es su salvación. —«Como ha sido siempre la mía», pudo oírle decir Lenore. Cierto, Gil negaba con la cabeza y continuó hablando como si acabara justamente de decir eso—. No, no puedo jubilarme. Si lo hiciera, me moriría en una semana.

Pero fue solo tres días más tarde cuando Jordan recibió una llamada desde Boston. En cuestión de minutos estaba de camino a la oficina de Katia. Una mirada a su rostro fruncido y a Katia se le cayó el alma a los pies.

—Algo ha pasado —murmuró, aunque no tenía ni idea de qué más podía pasar ya.

Jordan le tomó la mano.

—Es Gil. Ha sufrido una grave trombosis. Acaban de llamarme para decírmelo.

—¿Gil? —repitió Katia con un hilo de voz. Entonces, sin una palabra más, cogió el bolso y salió de la oficina con Jordan.

Dos horas más tarde, aterrizaban en Boston y cogían un taxi hacia el hospital. A pesar de que no habían dejado de darse la mano en ningún momento, ninguno de los dos habló demasiado durante el vuelo ni durante el trayecto en taxi al hospital. Tras unos segundos en el ascensor y una más prolongada y más inquieta búsqueda de la habitación de Gil, doblaron una esquina y vieron, esperando en el pasillo justo delante de ellos, la repartida congregación de Whytes y Warrens.

—¿Cómo está? —preguntó Jordan al grupo en general.

Un solemne Peter se adelantó.

—Ahora descansa.

—¿Qué dicen los médicos?

—Que las próximas horas son críticas. Si sobrevive, tiene bastantes probabilidades de salir adelante. En cualquier caso, va a tener que tomarse las cosas con más calma.

—¿Podemos verlo? —preguntó Katia, temblorosa.

—Hemos entrado por turnos, aunque solo durante uno o dos minutos. Ahora mi madre está con él.

Katia soltó la mano de Jordan, se acercó lentamente a la ventana de la habitación y miró dentro. Gil estaba en la cama con la cara casi tan blanca como las sábanas del hospital. De la nariz le salían tubos de oxígeno y le habían abierto una vía en la muñeca. Sobre la sábana quedaban visibles los monitores que tenía conectados al pecho, a su vez conectados a unas máquinas situadas junto a la cama.

Lenore estaba sentada en una silla junto a Gil. Su rostro reflejaba el mismo temor que Katia sentía en su interior.

Jordan se acercó a la ventana tras su esposa. Miró al hombre que estaba en la cama y luego a Katia, que apartó los ojos del rostro de Gil el tiempo suficiente para dedicarle una mirada suplicante.

—Quiero verlo —susurró—. Tengo que verlo.

Jordan la observó atentamente durante varios minutos antes de asentir, pero incluso antes de que se hubiera movido, Lenore se levantó y se acercó a la puerta.

La sostuvo abierta para Katia y Jordan y luego salió al pasillo en cuanto ambos estuvieron dentro.

Durante un minuto, el tiempo en que la puerta se cerraba despacio a su espalda, Katia no pudo moverse. Parecía tener las rodillas bloqueadas a pesar del fino temblor que sacudía el resto de su cuerpo. Entonces Jordan le dio la mano y, dándole un ligero apretón, inclinó la cabeza hacia la cama.

—¿Katia? —Era la voz de Gil, ronca y espantosamente frágil.

—Soy yo —respondió ella vacilante. Sus piernas empezaron de nuevo a moverse. Cruzó la habitación hasta el lado opuesto de la cama y tomó en la suya la mano que Gil le ofrecía débilmente—. Jordan y yo acabamos de llegar. ¿Cómo te encuentras?

—No muy bien.

Katia tragó saliva, reprimiendo un lamento, y forzó una sonrisa torcida.

—Desde luego, no podías haber elegido peor momento, Gil. Si tenías que tener un infarto, al menos podrías haber esperado hasta el término de la legislatura.

En otro momento, Gil habría soltado una de sus robustas carcajadas y habría hecho algún comentario acerca de cómo iban esos condenados idiotas a arreglárselas sin él. Pero en su rostro no había la menor sombra de humor cuando sus ojos se posaron en los de ella.

—Jordan será declarado inocente, Katia. Quiero que lo sepas... y que seas fuerte.

—Lo intento —dijo, sintiéndose más débil que nunca, desgarrada al verlo en la cama y al oír el extraño sonido de su voz.

La mirada de Gil se clavó brevemente en el rostro de Jordan antes de volver al de Katia.

—Jordan cuidará de ti. Me siento mejor sabiendo que te has casado con él. —Tomó aire trabajosamente y se estremeció a causa del esfuerzo—. Me tenías preocupado. Me habría gustado hacer tanto…

Las yemas de los dedos de Katia se posaron rápidamente sobre su boca. Sacudió varias veces la cabeza con movimientos cortos y firmes.

—No deberías preocuparte por mí.

—Me preocupo. Siempre me has preocupado. Significas más para mí…

De nuevo Katia lo obligó a que guardara silencio.

—Por favor, Gil. Preocúpate solo de ponerte bien.

Pero Gil negó con la cabeza, despacio y resignadamente.

—No creo que vaya a ocurrir. —Titubeó—. He vivido una larga vida, mucho más plena que la mayoría… y he tentado al diablo demasiado a menudo para… salirme con la mía esta vez.

—Deberías descansar —susurró, aterrada al ver que Gil parecía estar desvaneciéndose ante sus ojos. Siempre había sido un hombre fuerte—. Tanto hablar te está agotando.

—Hablar es lo que hago mejor —respondió él con un arrebato de fortaleza que desapareció con el siguiente jadeo—. Es lo que mejor he hecho siempre. Creo que a algunos de vosotros os he decepcionado por eso.

Katia le apretó la mano.

—No nos has decepcionado. Te queremos. ¿O es que no lo sabes?

—¿De verdad? —preguntó él, triste.

La voz de Katia fue el más imperceptible de los susurros.

—Oh, sí.

Débilmente, Gil levantó la mano de Katia hasta llevársela a los labios y la besó. Entonces, más débilmente si cabe, levantó un poco más su mano hasta que sus dedos le acariciaron la mejilla.

—Y siempre te he querido —susurró antes de cerrar los ojos.

Katia jadeó, pero Jordan la tomó en ese momento del codo.

—Tranquila, cariño. Solo está descansando.

Asintiendo aturdida, Katia se inclinó hacia delante y acarició apenas con los labios la pálida mejilla de Gil.

—Duerme bien —murmuró deshecha—. Volveré pronto.

Katia se incorporó entonces y dejó que Jordan la condujera primero fuera de la habitación y después por el pasillo hasta asegurarse de que los demás no podían oírlos. Katia se dejó caer contra la pared y luego contra Jordan cuando él la estrechó entre sus brazos, envolviéndola en un abrazo protector.

—Lo sabías —le susurró Jordan al oído.

Katia asintió, aunque tardó un minuto más en poder volver a hablar.

—Hace años que lo sé.

—¿Cómo?

—Mi capacidad artística… y la de Gil. La forma en que mi madre lo miraba. La forma en que él me miraba.

Jordan frotó su mejilla contra su cabello.

—Pues fuiste más rápida en darte cuenta que yo. No até cabos hasta que mi padre me negó su implicación. —Jordan sabía que había tenido que haber una explicación para la conversación que había oído años antes.

—¿Por qué no me lo dijiste esa noche en Maine?

—Mi madre y Gil decidieron no decir nada. No estaba segura de que me correspondiera a mí hacerlo.

—¡Pero es tu padre! —El hecho de saber que ella lo sabía explicaba por qué Katia se había mostrado tan inflexible, insistiendo en celebrar una boda en la que tanto Cassie como Gil estuvieran presentes.

—Y ahora se muere. Se muere, ¿verdad, Jordan?

—Eso no lo sabemos —respondió él con mucha dulzura—. La medicina moderna puede hacer maravillas.

Pero Katia negaba con la cabeza contra su pecho.

—Parece como si hubiera dejado de luchar, y eso es tan impropio de él que resulta casi injusto. ¿Cómo puede hacernos esto?

—Llega un punto en que tenemos que seguir adelante solos. Tú y yo llevamos años haciéndolo, aunque saber que Gil y mi padre estaban ahí era de gran ayuda. Lo que me molesta es pensar que algo sobre mi situación —no logró expresarse con mayor claridad— haya sido la causa de esto.

Katia inmediatamente echó la cabeza hacia atrás y lo miró.

—No, Jordan. No es nada de lo que tú, ni Mark, ni ninguno de nosotros hayamos hecho. Es la vida. Gil ha vivido al límite. Todos lo sabemos. Ha capeado unas cuantas tormentas sin sufrir un infarto. No puedes culparte por lo que ha ocurrido ahora.

Jordan no estaba demasiado convencido, aunque sus procesos mentales parecían llevar varios días funcionando mal.

—Bueno, supongo que eso ahora no importa. Lo único que podemos hacer es esperar que Gil se recupere.

Gil no se recuperó. Veinticuatro horas más tarde sufrió un segundo ataque, este fatal. Katia y Jordan estaban en el hospital, como habían hecho durante la mayoría de esas horas, junto con los demás miembros de las familias Whyte y Warren, cuando el médico salió de la habitación y sacudió la cabeza.

El funeral no se pareció en nada al de Mark y Deborah. Fue una ceremonia estrictamente privada, y lo fue porque por un lado solo se notificó a los amigos y a los miembros inmediatos de la familia. Por otro, soplaba un fuerte viento otoñal que provocó que los asistentes a la ceremonia tuvieran que levantarse el cuello de sus abrigos para protegerse de él. Y, por último, porque Lenore se había encargado de disponerlo todo.

Esta última fue la diferencia más acusada. Algo le había ocurrido a Lenore con la muerte de Gil. En un principio, había llorado y había empezado a derrumbarse, pero no había tardado en recomponerse y, para asombro de su familia, lo había conseguido plenamente. Antes de que nadie supiera con exactitud lo que había ocurrido, ella había empezado en silencio a reafirmarse.

Y lo cierto es que tenía que mantenerse firme. Cuando Peter se había enfrentado a ella, arguyendo que una ceremonia privada excluiría a muchas de las personas que habían formado parte de la vida de Gil, Lenore había insistido en que el ritual de duelo era de incumbencia exclusiva de la familia y en que ella quería tener a Gil para ella sola, para variar. Cuando Laura había comentado que a los colegas y los votantes de Gil les habría gustado hacer algo, Lenore anunció que podría celebrarse una misa por Gil en Washington durante la semana posterior al funeral y que cualquiera que quisiera colaborar podía hacer un donativo a nombre de Gil a la sociedad benéfica de su elección. Cuando Emily había advertido de que la prensa intentaría husmear y conseguir alguna información, Lenore declaró que los Whyte y los Warren les habían dado ya demasiado, sobre todo últimamente, en lo que husmear y que si la prensa no era capaz de observar un mínimo de decencia y de respeto, por ella podían irse al demonio.

Lenore se salió con la suya, en parte porque en el fondo el resto de la familia estaba de acuerdo con ella y en parte porque estaban tan perplejos ante su repentina muestra de control y de fortaleza que no se atrevían a pronunciar las palabras, y mucho menos a reunir las fuerzas, para contradecirla. Se mostró mucho más entera en el funeral de lo que nadie hubiera esperado, desde luego mucho más que sus hijos, Natalie y Jack o que Katia.

O que Cassie. Un poco apartada de los demás, con la cabeza gacha y las mejillas húmedas, era una figura envuelta en tristeza. Aunque Katia y Jordan estuvieron a su lado, la mayor parte de la ceremonia Cassie pareció totalmente ajena a su presencia. Sin embargo, cuando estuvieron de vuelta en casa y Cassie había intentado ayudar a servir la cena, a pesar de que le temblaban visiblemente las manos, Katia se levantó de la mesa y se llevó a su madre con ella a la casa pequeña.

Allí se abrazaron, llorando en silencio por el hombre al que ambas habían querido, pero que jamás les había pertenecido totalmente. Por primera vez, Katia reconoció que lo sabía, del mismo modo que Cassie reconoció lo que sentía.

—La mayoría de la gente habría pensado que estaba loca por quedarme con él durante todos estos años —murmuró, secándose los ojos con un pañuelo—. Pero es que nadie lo conocía como yo. No sabían lo bueno que era y hasta qué punto sufría por dentro. No sabían la sensación de volver de pronto a la vida que me embargaba cuando él entraba en la habitación.

—Lo querías mucho.

—Quizá demasiado si hubiera pensado en mi propio bien. Es posible que hubiera podido hacer mucho más con mi vida de haber estado dispuesta a dejarlo, pero no fue así. El simple hecho de verlo de vez en cuando, o de hablar como solíamos hacerlo, para mí era suficiente.

Katia pensó en ello mientras acariciaba la espalda de su madre.

—¿Y Henry? ¿Qué sentías por él?

—Le tenía cariño. Nunca le dije lo que sentía por Gil, aunque estoy segura de que él lo sabía. Como también estoy segura de que Lenore lo sabe. —Una risa quebrada emergió entre sus lágrimas—. Es un milagro que ninguno de los dos me echara de su lado.

—Los dos te necesitaban. Como Gil.

Cassie bajó la mirada al pañuelo que iba amasando entre los dedos.

—Bueno, no sé cuánto me necesitaba. Pero sí sé que me quería. Estoy segura. El amor recorre un largo camino hacia el perdón de un mundo de otros pecados.

—Tomos somos culpables de algún pecado, mamá.

Cassie levantó los ojos.

—¿Cuáles son los tuyos?

—Me he pasado los últimos días llorando sobre el hombro de Jordan, aferrándome a él como si fueran a arrebatármelo en cualquier momento. No he dejado de quejarme de lo injusta que es la vida, básicamente compadeciéndome. —Se le quebró la voz. El intento de reírse de sí misma no había funcionado. De nuevo se vio peligrosamente al borde del llanto—. Es tan duro… esto, encima de todo lo demás. Estoy empezando a volverme supersticiosa. Parece que todo me sale al revés.

Apartando el pelo de las mojadas mejillas de Katia, Cassie le recordó con suavidad:

—Tienes a Jordan.

—Pero será acusado ante el tribunal la semana que viene. —Una lágrima y luego otra se deslizaron por su mejilla—. Tendrá que ir a juicio. No ha aparecido nada que pueda contrarrestar los cargos que hay contra él.

—Todavía hay tiempo…

—Pero es que no han encontrado nada. Ni una pista, ni un solo indicio, nada. Si va a juicio, lo condenarán.

—Eso no tiene por qué ser así…

—¡Pero así es como yo veo las cosas en este momento! —Katia lloraba ya sin ambajes—. Y si lo condenan, voy a pasarme los próximos cien años de mi vida amándolo desde la distancia, algo muy parecido a lo que tú has tenido que hacer con Gil. Debes de ser mucho más fuerte que yo, ¡porque no me creo capaz de soportarlo! He esperado mucho, mucho tiempo a Jordan, y ver cómo vuelvo a perderlo todo...

Cassie la estrechó entre sus brazos y le canturreó:

—Shhh. Te estás adelantando a los acontecimientos. Estás dando por hechas cosas que quizá nunca ocurran.

—Tengo que estar preparada —balbuceó Katia entre sollozos.

—¡No, nada de eso! Jordan no será condenado. Y tú no tendrás que vivir sin él.

—Eso no lo sabes. Nadie puede saberlo.

—Tienes razón. Pero si hay algo que la vida me ha enseñado es que el pesimismo no hace sino alimentar la desgracia. Si me hubiera dejado llevar por la autocompasión cuando llegué a este país, sería como todos esos que piensan que el mundo está en deuda con ellos por lo que hizo Hitler. Por eso van por ahí llenos de resentimiento y no logran nunca ser felices. Si me hubiera dejado llevar por la autocompasión cuando me di cuenta de que por mucho que amara a Gil él nunca sería mío, nunca habría conocido a Henry ni habría tenido a Kenny, e incluso a pesar de lo que fue de ambos, durante un tiempo dieron mayor plenitud a mi vida. Si me hubiera dejado llevar por la autocompasión cuando me di cuenta de que tenía una hija que nunca podría ocupar el lugar que merecía, te habría amargado a ti. —Sostuvo a Katia entre sus brazos, apartándola de sí, y la miró a los ojos—. Dios mío, Katia, la vida es mucho más que eso. En este momento deberías estar pensando en todo lo que tienes. Si solo te fijas en lo que quizá pierdas mañana, la semana que viene, o el año que viene, nunca serás feliz.

—¿Y tú? ¿Has sido feliz? —preguntó Katia, sorbiendo.

Cassie irguió los hombros, pero sus manos no soltaron en ningún momento a Katia ni su mirada se apartó de los ojos de su hija.

—Sí, a la larga sí. Tengo un buen trabajo, una buena casa, maravillosos recuerdos del hombre al que he amado. Y te tengo a ti. ¿Sabes acaso el placer que siento cuando te miro y sé que eres el fruto de Gil y mío? Tu boda con Jordan es cosa del destino, y precisamente por eso sencillamente no puedo creer que pase nada que te lo arrebate. Jordan y tú sois lo mejor de los Whyte y de los Warren, y algún día tendréis hijos, mis nietos, que nos harán sentirnos orgullosos a todos.

—Pareces muy segura —dijo Katia no sin cierta dosis de desconcierto.

—Llevo toda una vida practicando.

—Pero ¿qué pasa cuando las cosas no salen como esperabas?

Cassie rápidamente negó con la cabeza.

—Eso es irrelevante. No importa. ¿Es que no lo ves? Una vida desperdiciada temiendo lo peor no vale la pena. Da igual si tus sueños se hacen o no realidad. Lo que cuenta es soñar. Una persona sin sueños es una criatura muy, muy triste.

Katia pensó en lo que su madre había dicho, pero se le hacía difícil soñar cuando veía cernirse en el futuro la sombra de una pesadilla. Jordan fue, en efecto, acusado de nuevo en el tribunal superior, y el horror de los artículos de opinión y de los titulares continuó. En los días siguientes, las reuniones con VanPelt ocuparon gran parte del tiempo de Jordan y de Katia. Viajaban entre Nueva York y Boston al menos dos veces por semana, agradecidos de que, aunque el tribunal le había confiscado el pasaporte a Jordan, le había dado permiso para moverse por el nordeste del país. Dadas las circunstancias, tampoco tenía el menor deseo de viajar más lejos. Tras su primera acusación, había dejado en manos de su segundo de a bordo los aspectos visibles de su empresa, convencido no sin razón de que su nombre contaba con cierta notoriedad que solo podía causar más mal que bien. Además, entre las reuniones con VanPelt y que pasaba con Katia la mayor cantidad de tiempo posible, poca energía le quedaba para viajar.

El día de Acción de Gracias fue una extraña jornada. Por celebrarse un mes después de la muerte de Gil, era la primera reunión general de la familia desde el funeral. Como siempre, se sirvió una pródiga cena a base de pavo en casa de los Whyte. Sin embargo, mientras que los días de Acción de Gracias en el pasado habían sido ocasiones joviales, ese año las sonrisas asomaron únicamente en honor de los más pequeños.

Natalie, que había sido de enorme ayuda a Jack para que este lidiara con la muerte de su querido amigo, estaba cosechando los beneficios de ese esfuezo. Jack y ella estaban más unidos que nunca. De hecho, se habría sentido hasta feliz de no haber sido por el inminente juicio de Jordan.

Lenore, que había llorado la muerte de Gil convirtiéndose por fin y plenamente en la clase de mujer que a él le habría gustado, estaba muy apesadumbrada. Había logrado comprender que el hecho de tomar las riendas de su vida era de crítica importancia para su bienestar emocional, aunque en el asunto del apuro en el que estaba metido Jordan, y que ella se había tomado de forma casi tan personal como Natalie, se sentía totalmente impotente.

Irónicamente, gran parte de sus preocupaciones se centraban en Katia. Se decía que era una estúpida, que a otra mujer Katia le habría tenido sin cuidado, especialmente teniendo en cuenta su paternidad. Pero a ella sí le importaba. Quizá se sentía culpable por haber estado evitando a la joven durante años. Quizá a su modo se estuviera rebelando, haciendo exactamente lo que ninguna otra mujer haría en su lugar. Quizá estuviera respetando el hecho de que Gil quería a Katia.

Aunque quizá simplemente fuera un ser humano apenado por otro ser humano en un momento de dificultad. Podía entender el dolor que Katia debía de estar sintiendo al ver el tormento por el que Jordan estaba pasando, consciente de que podía empeorar, y mucho, intentando pensar en distintos modos de ayudarlo pero siempre quedándose corta en el intento. Podía ser solidaria con el temor que Katia debía de sentir al saber que podía fácilmente perder aquello que su corazón más apreciaba.

Por muchas de esas razones Lenore hizo pasar elegantemente a Robert Cavanaugh a su casa cuando este apareció en su puerta un día de principios de diciembre.

—Gracias por recibirme, señora Warren —dijo Cavanaugh, sin tenerlas todas consigo—. Sé que son momentos difíciles para usted. Quizá me vea como a un enemigo.

—No, detective. Jordan me ha hablado muy bien de usted.

Y confío en su buen juicio. —Haciendo gala de una discreta dignidad, condujo a Cavanaugh al salón y le indicó que tomara asiento—. ¿Le apetece tomar algo caliente? ¿Un café, o un té quizá?

—No, gracias. —Cavanaugh dejó el abrigo en el brazo del sofá—. Ejem, pensándolo mejor, le acepto un café. Si no es molestia.

Lenore le dedicó al pasar junto a él una mirada con el implícito mensaje de «debería-usted-saber-que-en-ningún-caso-me-encargaré-de-ello-personalmente». Cuando regresó al salón, se sentó en el sofá de orejas situado delante de él.

—Cassie servirá el café. Me gustaría que se sentara con nosotros, si no le importa. También le he dicho que llame a la señora Whyte. Estoy segura de que a las dos les interesará tanto como a mí lo que tenga que decir. De hecho, no estoy segura de entender por qué ha querido hablar conmigo.

Cavanaugh no había esperado tanta franqueza por parte de Lenore Warren. A pesar de que hasta entonces todo le había llevado a pensar que no era sino el débil vínculo en la familia, empezó en ese mismo instante a reconsiderar su opinión.

—Oficialmente, he venido, con cierto retraso, a expresarle mis condolencias. Extraoficialmente, estoy aquí para preguntarle por Deborah.

Lenore frunció el ceño.

—Creía que había terminado su investigación.

—Técnicamente así es. Estoy aquí por iniciativa propia.

Lenore pareció no comprenderle durante un instante. Su compostura pareció flaquear.

—¡No irá a decirme que sigue usted investigando, que cree que hay más de nosotros implicados en lo ocurrido!

Cavanaugh sonrió y negó con la cabeza.

—No, no. Ni siquiera creo que Jordan tuviera nada que ver. Ya debe de habérselo dicho.

—Así es. Pero eso no significa que no sospeche usted de alguien más de la familia.

—No sospecho de nadie más. Créame, se lo ruego. No creo que nadie de la familia estuviera implicado en el caso, y me siento en cierto modo responsable de los problemas de Jordan.

—¿Se siente culpable?

Cavanaugh asintió.

—No he hablado con usted antes durante el otoño porque la creía demasiado disgustada, y luego las cosas llevaron a forzar la acusación, de modo que pareció una cuestión irrelevante. Sé que puede que esté usted tan disgustada ahora como lo estaba entonces, pero... —Vaciló durante un instante antes de proseguir, plenamente convencido—. Lo siento. No puedo dejar que las cosas se queden como están. Tiene que haber algo que se me escapa. Esperaba que pudiera usted darme alguna pista.

Lenore suspiró. Por un lado estaba aliviada; por el otro, fastidiada.

—No sé, detective Cavanaugh. He buscado, hemos buscado, cualquier pista, pero no hemos logrado dar con ninguna. No tengo la menor idea de quién puede haber querido asesinar a Deborah o a Mark, ni por qué.

—De acuerdo. —Cavanaugh se frotó las manos—. Mirémoslo desde una óptica distinta. —Cuando había abierto ya la boca para proseguir, Cassie apareció en el arco abierto del salón, donde vaciló, sin saber del todo si interrumpía.

Lenore le hizo un gesto.

—Pasa, Cassie. ¿Conoces al detective Cavanaugh?

Cassie se adelantó y dejó el servicio de plata sobre la mesita.

—Sí. Hablamos hace un tiempo. ¿Cómo está, detective?

—Perfectamente, señora Morell.

Cassie asintió y sirvió el café en dos de las tres tazas que estaban encima de la bandeja. Lenore contó las tazas antes de regañar cariñosamente a Cassie.

—Necesitaremos una cuarta taza.

—No se preocupe —respondió rápidamente Cassie—. Me he tomado un café hace poco.

—¿Has llamado a la señora Whyte?

—Ha dicho que vendría...

—De inmediato —concluyó la propia Natalie, quitándose el abrigo al entrar en la habitación—. ¿Ha pasado algo? —preguntó con esa peculiar mezcla de temor y esperanza que tan común había llegado a ser en ella en el curso de los últimos días.

—No. Pero el detective sigue trabajando en el caso.

Cavanaugh se levantó y le tendió la mano.

—Señora Whyte. Creo que no nos conocemos.

Natalie depositó su mano en la de él.

—De hecho, tendría que estar maldiciéndolo, aunque me temo que lo que le ha ocurrido a Jordan habría pasado independientemente de quién estuviera a cargo de la investigación. Le agradezco que haya tratado a Jordan como lo ha hecho.

—Jordan es un hombre muy agradable. Aunque el hecho de que me lo parezca nada tiene que ver con mi presencia aquí. —Esperó a que Natalie tomara asiento antes de volver a sentarse—. Sigo intentando encontrar la pieza del rompecabezas que falta. La señora Warren ha dicho que no tienen la menor idea de quién puede haber deseado la muerte de Mark o de Deborah. Quería hablar un poco de eso.

Las tres mujeres estaban sentadas y esperando con distintos grados de expectativa.

—En términos generales —empezó Cavanaugh— hemos partido de la teoría de que alguien tenía algo contra Mark. Cuando la evidencia empezó a señalar a Jordan, él y yo hablamos de la posibilidad de que le hubieran imputado el crimen, lo cual podría significar que Jordan era el objetivo final, y Mark y Deborah simplemente víctimas inocentes.

—Hemos considerado esa posibilidad —reconoció Lenore—, pero seguimos sin llegar a nada.

—No hay que preocuparse por eso, porque no estoy seguro de seguir dando por buena esa teoría. —Cavanaugh había hablado de todo ello con Jodi cuando ella había vuelto de Atlanta, y ambos habían llegado a la misma conclusión.

Natalie lo observaba atentamente.

—Explíquese, por favor.

—Hipotéticamente tendría sentido. Alguien quería vengarse de Jordan, de modo que él, o ella, asesinó a Mark y a Deborah e inculpó después a Jordan. Una lenta tortura. Sin duda es eso lo que Jordan está sufriendo.

—Pero...

—Es demasiado oportuno. En primer lugar —prosiguió Cavanaugh, levantando un dedo al aire— Jordan está limpio. Lo hemos investigado a fondo. No ha cometido ningún acto criminal, y no me trago el hecho de que alguien recurriera a algo tan extremo simplemente para vengar un desacuerdo empresarial, un romance frustrado o por el simple hecho de que Jordan tenga un Audi rojo chillón. En segundo lugar —otro dedo se unió al primero—, la acusación de Jordan resultó tan espectacular que sin duda estaba condenada a llamar la atención. El pretexto perfecto para desviar la atención. Si alguien tuviera una legítima pelea con Mark y pudiera culpar por los asesinatos a Jordan, o a cualquiera de ustedes, sería la jugada perfecta. Y, en tercer lugar —añadió, levantando un dedo más—, por mucho que me duela decirlo, era Mark el que estaba metido en un buen lío.

—Siempre queda la posibilidad —propuso Lenore— de que Mark y Deborah fueran asesinados y Jordan inculpado por los crímenes buscando vengarse de otro de nosotros. Ya sé que parece rebuscado, pero si eso es lo que buscaba el asesino, resultó efectivo. Todos sufrimos con esto. No hay más que ver lo que le ha pasado a Gil. No digo que su infarto haya estado directamente provocado por la acusación de Jordan, pero estoy segura de que la rabia que sintió, y no solo al ver que Jordan era inculpado, sino también ante los asesinatos, tuvo que afectarlo.

Cavanaugh había bajado la mano, apoyándola en su pierna.

—He hablado con Nick y con Peter. De hecho, durante las últimas semanas he hablado con todos los hermanos Whyte y Warren. Puede que la gente les tenga envidia. Puede que les guarden rencor. Pero nada de lo que he podido saber por ellos ni a partir de mis propios sondeos ha revelado nada tan atroz por su parte como para provocar esta clase de venganza. —Bajó entonces la voz—. Y esa es una de las razones que me han traído aquí hoy. ¿Se les ocurre —empezó, alternando la mirada entre Lenore y Natalie— alguna razón por la que alguien pudiera odiar tanto a sus esposos?

Cavanaugh sabía que él mismo había odiado a esos dos hombres cuando había empezado a trabajar en el caso. Cierto era que sus sentimientos habían ido modificándose por lo que había ido sabiendo, pero ni siquiera antes de eso se le habría ocurrido la posibilidad del asesinato. Tampoco a su padre se le habría ocurrido, por mucho que el hombre así lo verbalizara, presa de la rabia, en varias ocasiones… del mismo modo que, como Cavanaugh se había dado cuenta, Jordan había amenazado a Mark.

Natalie y Lenore se miraron. Irónicamente, fue Cassie la que habló.

—Estoy segura de que entenderá, detective, que los hombres no alcanzan las cimas de poder que el señor Whyte y el congresista Warren alcanzaron sin granjearse unos cuantos enemigos por el camino.

—Lo entiendo. Pero lo que estoy buscando es a alguien que realmente tuviera una cuenta pendiente. Alguien que quizá haya amenazado a alguno de ellos o a su familia. Alguien a quien conocían y que fuera propenso a la violencia.

Lenore negó con la cabeza.

—Solo un chiflado. Un chiflado sin nombre y sin rostro.

Natalie se encogió de hombros.

—Estoy de acuerdo. Se me ocurre mucha gente a la que mi marido no cae bien, pero ninguno de ellos echaría mano de la clase de violencia a la que nos estamos enfrentando.

Cavanaugh guardó un minuto de silencio, mordisqueándose el labio inferior. Por fin se lo soltó y habló con voz queda.

—¿Alguna de ustedes o sus esposos conocen a un hombre llamado John Ryan?

—¿No trabaja en el departamento de policía? —preguntó Lenore.

—Entonces, ¿ha oído hablar de él?

—Solo a raíz de este caso.

—¿Habían oído su nombre antes de que ocurriera todo esto?

Lenore y Natalie intercambiaron miradas igualmente confusas.

—¿Deberíamos haberlo oído? —preguntó Natalie.

Cavanaugh soltó un suspiro.

—No. Olviden la pregunta. Muy bien. Volvamos a Mark. Sé que no solía traer aquí a sus amigos demasiado a menudo, pero ¿en algún momento se refirió a ellos?

—Solo de pasada. Mencionó algún que otro nombre, pero muy raras veces supe de quién me hablaba. Si me pidiera que los recordara, no podría.

—¿Alguna vez le habló de algún problema?

Natalie suspiró, evidentemente entristecida.

—¿Se refiere a algún problema serio? Me temo que soy la última persona… no, probablemente sería la penúltima, después de mi esposo, a la que Mark le habría confiado algún problema. Mark era muy sensible a todo lo relativo al éxito y al fracaso. Sabía que con los años nos había decepcionado. Nosotros sabíamos que las cosas no siempre le iban bien, pero cuando nos contaba algo siempre se lo veía rebosante de entusiasmo, y me temo que probablemente estuviera exagerando.

—¿No se le ocurre nada? ¿Ninguna persona que según Mark hubiera arruinado su existencia?

Cuando Natalie negó con la cabeza, Cavanaugh se volvió hacia Lenore.

—¿Y a usted, señora Warren?

—Mark jamás habría acudido a mí más de lo que lo habría acudido a sus padres.

—¿Y qué me dice de Deborah? ¿En algún momento le mencionó algún problema en particular?

—Oh, sí —dijo Lenore, esta vez más suavemente. Lanzó una mirada nerviosa a Natalie, pero prosiguió—. Tenía problemas económicos. Nosotros le dábamos algún dinero de vez en cuando, pero siempre parecía desaparecer, así que al final decidimos dejar de hacerlo. Le dijimos que si no sabíamos en qué gastaba el dinero, no teníamos intención de seguir dándoselo.

—Y se negó a decírselo.

—Así es.

—¿Mencionó algún otro problema?

De nuevo Lenore miró a Natalie, esta vez con expresión de disculpa.

—A veces se desanimaba. La gente con la que se movían la atemorizaba.

—¿Alguna vez mencionó a alguien en particular?

—No. Era solo una alusión en términos generales. No era demasiado partidaria de las fiestas. Ni —en esta ocasión no miró a Natalie— de las demás mujeres.

—¿Había alguna fija? Me refiero a que si Mark estaba con alguna mujer en particular. —Al ver que Lenore se encogía de hombros, insistió suavemente—. Sé que había fiestas. Fiestas desenfrenadas.

—Orgías —dijo Lenore, ante lo que Cavanaugh no pudo evitar una sonrisa.

—Intentaba ser discreto, pero eso es básicamente lo que eran. ¿Deborah participaba en ellas? —No había podido verlo en la cinta, aunque lo cierto era que el vídeo le había asqueado tanto que tampoco se había concentrado demasiado en las imágenes. De repente pensó que tendría que haberlo hecho.

—No lo sé con certeza —respondió Lenore. Se sentía claramente incómoda al imaginar a su hija como a una *groupie* sexual—. Quisiera pensar que no, pero nunca se manifestó en contra de las fiestas. Sí hablaba contra las mujeres que seducían a Mark y con las que él tenía pequeños romances.

Lo cierto, según caviló Cavanaugh, era que Mark podía perfectamente haber sido el seductor, aunque no tenía la menor intención de discutir con Lenore por su forma de plantearlo.

—Si queremos plantear posibles situaciones, aquí va la primera. ¿Y si Mark hubiera tenido algo continuado con alguna mujer que casualmente estaba casada? ¿Y si el marido de ella se enteró? ¿Y si estaba al corriente de las cintas e incluso era lo bastante amigo de Mark como para haberse enterado de su discusión con Jordan y de la existencia de la cinta que la confirmaba? ¿Y si ese marido decidió entonces cargarse a Mark, consciente de que Jordan podía ser fácilmente inculpado, en cuyo caso las sospechas no recaerían sobre él?

Cassie se removió en su asiento, apoyando el razonamiento de Cavanaugh solo hasta cierto punto.

—Supuestamente ha entrevistado usted a todos aquellos que tenían relación con Mark y Deborah en la costa Oeste. ¿Habló con alguien que pudiera encajar con esa descripción?

—No. Aunque podría habérsenos escapado alguien. Llegué incluso a hablar con el terapeuta de Deborah, aunque no fue de mucha ayuda. —Volvió a mirar a Lenore—. ¿Hay algo que Deborah pueda haberle dicho… cualquier cosa en particular que pueda ser relevante?

Lenore bajó la cabeza y cerró los ojos, apretándolos con fuerza. Intentó pensar, recordar.

—Ojalá la hubiera escuchado más atentamente —murmuró—,

pero solía enfadarme e intentaba no oírla. —Había algo. Lenore sentía que la azuzaba desde algún rincón de su memoria, donde lo había aparcado hacía ya tiempo. Intentó recuperarlo, pero la información la eludió, cosa que no hizo sino enojarla. No le gustaba sentirse impotente. Con la muerte de Gil había emergido de la sombra. Tenía por fin una vida estable, una sólida fortuna. Sabía que nunca la perdería, pero ahora necesitaba más. Necesitaba hacer, actuar, tomar las riendas del destino en sus manos.

Entonces se acordó. Con calma, levantó la cabeza y miró a Cavanaugh.

—Deborah mencionó a una chica. Mark tuvo un lío con ella, la chica se quedó embarazada y tuvo un aborto. Deborah se disgustó casi tanto por el aborto como por el lío entre ambos. Deseaba muchísimo tener un hijo.

—¿Cuándo tuvo lugar el romance? —preguntó Cavanaugh manteniendo la calma.

—No estoy segura. Deborah me lo contó hará cosa de un año. No, creo que menos, aunque no sé cuánto tiempo llevaban Mark y ella ni cuánto tiempo siguieron viéndose después de eso.

—¿Qué fue de la chica?

—No lo sé.

—¿Deborah mencionó algún nombre?

De nuevo Lenore fue presa de una oleada de impotencia, pero se debatió contra ella, escarbando, escarbando en su memoria.

—Jane… June. No. —Inspiró hondo—. Julie. Creo que eso fue. Julie.

—¿Ningún apellido?

—No.

—¿Qué piensa hacer? —preguntó Natalie.

—Averiguar quién es Julie. No hemos entrevistado a nadie con ese nombre. Quizá nos abra algunas puertas. Mientras tanto —recorrió con la mirada los rostros de las tres mujeres—, si a alguna de ustedes se le ocurre algo más, les agradecería que me llamaran. Quizá la tal Julie no nos lleve a ninguna parte, pero merece la pena intentarlo.

Ninguna de las tres tuvo nada que oponer a eso.

18

Julie resultó ser Julie Duncan y estar fuera del alcance de Cavanaugh. Durante una visita a su casa de Bakersfield, Cavanaugh se enteró de que su marido era parapléjico y de que estaba en una silla de ruedas, mientras que Julie había muerto de una sobredosis varios meses antes.

John Duncan era una figura que despertó en Cavanaugh la más profunda compasión. Era un hombre roto. Le habló a Cavanaugh de las reticencias que había tenido a la hora de imponer su condición a alguien tan vibrante como Julie e incluso había reconocido que no la había culpado por haber buscado el placer en otra parte. Su mayor error, según dijo, había sido creer que Julie era más fuerte de lo que era en realidad. Abortar había sido decisión de ella. Él habría querido tener el bebé, ya que no podía tener hijos, pero Julie no había querido esa responsabilidad añadida. Desgraciadamente, el aborto había ido en contra de sus más profundos principios religiosos, lo cual, tras el suceso, la había destruido, como al parecer también lo hizo la doble vida que había llevado.

Si Duncan culpaba a alguien por la muerte de su esposa era a sí mismo. Aunque Cavanaugh estaba totalmente decidido a comprobarlo, su instinto de policía le decía que aquel hombre no era ni mental ni mucho menos físicamente capaz de cometer un asesinato.

Dejando a Duncan a un lado, en lo más profundo de la mente de Cavanaugh restaba un pequeño detalle al que no dejaba de darle vueltas. Un escurridizo instinto le decía que tenía al alcance de la mano la pista que conducía a los asesinatos, aunque parecía no poder caer sobre ella. Sobre lo que sí cayó fue sobre el resto de cintas que Mark había grabado. Se las llevó con él de regreso a la costa Este y pasó por Nueva York para proceder a un visionado exclusivo con Jordan, quien se mostró más que agradecido al ver que estaba haciendo algo de potencial relevancia para el caso.

—Mire las cintas —dijo Cavanaugh tranquilamente en cuanto la primera imagen apareció en pantalla—. Quiero que me diga si algo de lo que ve le llama la atención. Cualquier cosa.

Así que se dedicaron a mirar todas las cintas. Katia se unió a ellos después de un rato, y aunque Jordan estaba tan avergonzado por lo que su hermano había hecho como para desear pedirle que se marchara, no pudo hacerlo. Se sentía culpable por los arranques de mal humor que últimamente lo habían convertido en compañía no demasiado agradable, y egoístamente le reconfortó tenerla a su lado.

Los tres pasaron largas horas sentados con los ojos pegados a la pantalla mientras veían una cita tras otra. De vez en cuando volvían a ver alguna secuencia cuando surgía alguna pregunta, pero los resultados fueron tristemente improductivos. Entonces llegó la cinta de la orgía y Jordan se volvió hacia Katia.

—Será mejor que no veas esto —susurró.

—¿Bromeas? —susurró ella a su vez—. ¿Después de todas estas aburridas quieres que me vaya ahora?

—Son asquerosas.

—Oh, vamos, ¿dónde está tu sentido de la aventura?

—¿Aventura? ¿Llamas a esto aventura? Yo lo llamo…

—Asqueroso. Lo sé. —Se inclinó sobre él, acercándose a su oreja—. Si no supiera de primera mano que no es así, pensaría que eres un santurrón.

Jordan movió los labios, aunque no logró llegar a sonreír. El hecho de saber que su hermano no solo había participado en lo que estaban viendo, sino que además lo había grabado, le revolvía el estómago. De hecho, la situación tuvo el mismo efecto en Katia, que, por su parte, había echado mano del humor como antídoto.

Cavanaugh ya ni siquiera se sentía indispuesto ante las imágenes que estaba viendo. Paró la cinta al llegar a una secuencia en particular, la rebobinó durante un minuto y volvió a visionar la misma secuencia una segunda vez.

—¿Quién es? —preguntó entre dientes.

—¿Quién? —preguntó Jordan.

—Esa chica. La que está más a la derecha. —Detuvo la cinta en ese instante—. La de pelo oscuro que está con el tipo moreno. Hay algo en ella que me resulta familiar. Ya me fijé cuando la vi por primera vez, y ahora tengo la misma sensación. ¿Esa cara no le dice nada?

Jordan la observó con atención.

—No. Diría que disfruta mucho con lo que está haciendo. —Los ojos de la chica estaban cerrados y sus labios, abiertos.

Cavanaugh siguió mirando atentamente y en silencio aquel rostro. Fue Jordan quien respondió.

—Es difícil saberlo desde tan lejos y con todo el maquillaje que lleva, pero le calculo unos veinticinco o quizá veintiséis años.

Cavanaugh inspiró hondo.

—Veinticuatro —dijo, con repentina convicción—. Si no me equivoco se trata de Julie Duncan. Su marido me enseñó una foto de ella. Era una foto de los dos, mal enfocada, un poco velada. Sí, aquí está más maquillada. Parece mayor. Supongo que me quedé tan pillado con la historia de Duncan que no me di cuenta de ello cuando estaba con él.

—Pero ahora sí.

—Eso es.

Katia parecía horrorizada.

—¿Es la chica que supuestamente se quedó embarazada de Mark? Pero el que está con ella no es Mark. ¿Cómo podía saber que el hijo era de él?

—Deborah lo sabía, de modo que Mark debió de habérselo dicho. Si lo hizo, apuesto que algo de verdad tenía que haber.

Cavanaugh tenía la mente en otro sitio.

—Pero ¿por qué la reconocí la primera vez que vi la cinta? Eso fue antes de haber visto a Duncan o la foto. —Hizo una pausa, devanándose los sesos en un intento por dar con la ubicación adecuada—. Julie... Julie. —Frunció el ceño. Había algo en la nariz de la chica—. Julie Duncan. —Y en la boca—. Julie. Julie Duncan. Julie... Oh, mierda.

—¿Qué pasa?

—Julie Ryan.

—¿Quién es Julie Ryan? —preguntó Katia.

Cavanaugh se derrumbó contra el respaldo de su butaca.

—Julie Ryan. Original de Boston. Cinco hermanos y la única hija, ya fallecida... de John Ryan.

—John Ryan —dijo Jordan sin alzar la voz—. ¿Su superior?

—Eso es. Mi superior. —El hombre que había asignado el caso a Cavanaugh. El hombre que desde el principio había insinuado que uno de los Whyte o de los Warren había cometido los asesinatos. El hombre que sabía de la existencia de las cintas.

Jordan se había inclinado hacia delante en su asiento.

—¿Qué está pensando?

Menuda coincidencia. Eso era lo que Cavanaugh pensaba, aunque por un momento no dijo nada. Se frotó el puente de la nariz y a continuación el ceño.

—Creo que —empezó lentamente— será mejor que me ande con cuidado. Estamos jugando con fuego. Podría ser algo o nada. —Aunque, maldición, casi tenía sentido.

—¿Está seguro de que es la misma chica? —preguntó Katia.

—No. Hace años que no he visto a Julie Ryan, y quizá estoy imaginando su parecido con John. Tengo que comprobarlo. Una simple pregunta a alguno de los chicos del cuerpo sobre el nombre de casada de la hija de Ryan servirá.

La expresión de Jordan se volvió taciturna.

—¿Y luego qué?

—Luego tendré que pensar. —Se pasó una mano por el pelo—. Demonios, las implicaciones que esto puede tener son tremendas.

Jordan y Katia pensaban lo mismo. Hablaron de ello durante las primeras horas de la mañana, horas después de que Cavanaugh se marchara, y ambos se mostraron alternadamente esperanzados, enfadados e incrédulos.

—Creo que deberías llamar a VanPelt —anunció Katia por fin.

—No. Todavía no. Por lo menos hasta que confirmemos el nombre de la chica.

—Pero si se confirma, VanPelt debería saberlo.

—No. Todavía no.

Katia se levantó del sofá de un salto, recorrió la habitación hasta el extremo más alejado y se volvió a mirarlo.

—¿Qué te pasa, Jordan? ¿Es que no quieres encontrar al verdadero asesino?

Jordan le lanzó una dura mirada.

—¿Cómo puedes preguntarme una cosa así? Por supuesto que quiero encontrar al verdadero asesino. Pero creo que debo dejar que Cavanaugh haga primero lo que tiene que hacer.

—¿Y qué crees que va a hacer con Ryan poniéndole el pie encima? ¿De verdad crees que va a desbaratar su carrera acusando de asesinato a su superior?

—No acusará a Ryan de nada a menos que encuentre alguna evidencia que apoye su acusación. En este momento lo único que podemos hacer es especular. Supongamos que se confirma el nombre de la chica. Lo único que en realidad sabemos es que la hija de John Ryan tuvo un lío con Mark, que se quedó embarazada, que tuvo un aborto y murió de sobredosis.

—Pero eso daría a Ryan un motivo para matar a Mark. El odio. La venganza. ¿Es que no lo ves? Es un motivo más verosímil que el que según afirman tienes tú.

—Cavanaugh necesita una evidencia sólida para probar que Ryan cometió los asesinatos.

—No la tiene en tu caso.

—Pero tiene una amenaza. Necesita algo así con Ryan.

—¿Y si no la consigue?

—Entonces se lo contaré a VanPelt.

—¡Y quizá entonces ya sea demasiado tarde! ¡Quizá ya hayas ido a juicio!

—En cuyo caso, VanPelt podría utilizar la cuestión de Julie Ryan Duncan, en caso de que ese sea su nombre, para provocar la duda en las mentes del jurado. Escúchame, Katia —suspiró—. Deseo tanto como tú terminar con esto, pero cuando lo haga no quiero que quede el menor asomo de duda de mi inocencia. Quiero quedar total y absolutamente limpio. Si eso significa que tengo que soportar un poco más de dolor, al final habrá merecido la pena. Demonios, ya hemos sufrido lo nuestro. No puedo dar marcha atrás y borrar todo lo ocurrido. Pero confío en Cavanaugh. Estoy dispuesto a no hacer nada y esperar un poco más.

Katia se quedó totalmente inmóvil donde estaba.

—Qué impropio de ti, Jordan. Siempre has sido un hombre agresivo. En cualquier otro momento habrías cogido al toro por los cuernos en vez de esperar a que corneara.

—Quizá haya cambiado.

—Eso parece. Hay veces en que te veo aquí sentado y en que yo podría ser un... —gesticuló, frenética— un cuadro en la pared. Es como si ni siquiera estuviera aquí. Te encierras en ti mismo. No hablas conmigo.

Si Katia había llegado al límite de su paciencia, lo mismo podía decirse de Jordan.

—Demonios, Katia, ¿qué es lo quieres de mí? Ya me siento bastante mal teniendo que hacerte pasar por todo esto. ¿De verdad quieres saber los oscuros augurios que me atormentan, los planes alternativos que estoy haciendo en caso de que me condenen? Dios, ¿es que crees que no tengo nada en que pensar?

—¡Pues compártelo conmigo! —gritó ella—. Es lo único que te pido. Compártelo conmigo y así no tendré que callármelo todo. ¡No tendré que quedarme aquí sentada preguntándome qué es lo que estás pensando, preguntándome si prefieres estar solo, preguntándome si te arrepientes de haberte casado conmigo, preguntándome si lamentas el modo que en que lo apresuré todo para que nos casáramos! —Negándose a dejar que él viera sus lágrimas, pasó hecha una furia por delante de Jordan y se fue directa al dormitorio. Una vez allí se desnudó, se puso un camisón, se tumbó en la cama y hundió la cara en la almohada.

Estaba exhausta. Y desalentada. Las últimas semanas se le habían hecho eternas. Amaba a Jordan más que nunca, de ahí que los silencios de él la hirieran tan hondo. No pretendía perder los estribos, pero la tensión había podido con ella.

—¿Katia? —La voz de Jordan le llegó con suavidad desde la oscuridad. Sus pasos habían quedado silenciados por la alfombra. El colchón cedió bajo su peso y volvió a elevarse cuando él se levantó de nuevo.

Katia no se movió. No sabía qué hacer. Oyó el crujir de la ropa cuando él se quitó la camisa, el chirrido de una cremallera y el deslizarse de los vaqueros por sus piernas. Instantes después, el peso volvió al colchón y Jordan se acurrucó, cubriéndola en parte.

—Lo siento, cariño. —Su aliento acarició el oído de Katia—. Sé lo duro que esto es para ti. Y eso lo hace aún más duro para mí.

—Estoy muy avergonzada. —El susurro de Katia quedó sofocado por la almohada. No se atrevía a mirarlo—. Te he hablado como una arpía. No debería haberte gritado así. Ya tienes bastantes preocupaciones para encima tener que sumar mi irritación a la lista.

—Pero está ahí. Sé que te sientes irritada, enfadada e impaciente. Yo también me siento así. Y estoy preocupado por ti. —Le pasó la mano por la parte superior del brazo—. No quiero hacerte pasar por un juicio. Ya ha sido bastante duro tener que pasar por las acusaciones.

—¿Te arrepientes de que nos hayamos casado tan deprisa?

La mano de Jordan se deslizó hasta su cadera, acariciándola por encima de la sedosa tela del camisón.

—Oh, no —murmuró—. No sabes lo mucho que significa para mí tenerte conmigo, Katia. Incluso en eso soy un bastardo egoísta. Pero es que tú has sido lo único que me ha parecido real durante estas últimas semanas. —Le besó la oreja, apartó la boca y luego, incapaz de resistirse, volvió a pasar la lengua por el borde—. Pero me siento culpable...

—No digas eso.

—Es lo que siento. No te mereces todo esto.

—Tú tampoco —arguyó Katia, aunque habló con un hilo de voz, como siempre que tenía cerca el cuerpo desnudo de él—. Gran parte de mi tensión responde al hecho de no poder serte de más ayuda. Y encima pierdo los estribos y me pongo a chillar como una bruja...

—Shhh. Nunca podrías ser una bruja —susurró él. Su boca descendió lentamente hasta el cuello de Katia y de allí al hombro—. Eres humana. Como yo. —Deslizó la mano entre sus piernas, levantándole el camisón. Cuando empezó a acariciarla, Katia contuvo el aliento—. Relájate. Así.

—Jordan...

—Mmm. ¿Así?

—Oh, sí. —Katia sintió como si acabaran de inyectarle una dosis de morfina sensual. Sentía fluir el placer por todo su cuerpo.

Los dedos de Jordan hurgaron suavemente más adentro mientras le besaba la mejilla, el cuello, el punto sensible bajo el lóbulo de la oreja. Katia empezó a volverse, necesitada de abrazar y de tocar, pero él la mantuvo como estaba sobre la cama.

—Te quiero —susurró Jordan y ella solo pudo responder con un suspiro porque los dedos de él eran mágicos, barriendo de su mente todo salvo el fuego que alimentaban sus yemas. Suavemente, le levantó las caderas y le separó las piernas. Luego, con la misma suavidad, la penetró.

Los dedos de Katia se cerraron alrededor de la suavidad de la almohada. Jordan nunca le había hecho el amor así, y si momentos antes su único deseo había sido volverse hasta quedar de cara a él, descubrió de pronto que había algo en la imposibilidad de hacerlo que aguzaba el resto de sus sentidos. Con vívida claridad sintió que él se retiraba lentamente de ella para volver a entrar con más fuerza. Oyó cómo el sonido de la respiración de Jordan era cada vez más breve e iba entrecortándose en un sonsonete rítmicamente repetido. El peso del cuerpo de él contra su espalda creaba una línea de calor que se quebraba solo cuando él retrocedía tras sus acompasadas embestidas. La suavidad con que le acariciaba los pechos se ajustaba a esa otra caricia más profunda, en un punto inferior de su cuerpo.

A tientas, Katia buscó una de las manos de Jordan, enredando sus dedos entre los de él y anclándolos con los labios contra la almohada. Luego, intentó resistir desesperadamente al tiempo que el calor aumentaba y se encrespaba en su interior. Solo cuando también Jordan hubo alcanzado su clímax y se dejó caer sobre ella, Katia se esforzó de nuevo por volverse. Esta vez Jordan lo permitió. La tomó en sus brazos y la acunó contra su cuerpo.

—Eres lo mejor que me ha pasado en la vida —dijo él con la voz quebrada—. Lo mejor.

En ese momento, Katia supo que, independientemente de lo que deparara el futuro, esos instantes de intimidad hacían que todo mereciera la pena.

Cavanaugh pensaba algo similar varias noches más tarde mientras Jodi y él paseaban cogidos del brazo por el puerto. Durante los últimos días estaban más unidos que nunca, lo cual resultaba irónico, o eso se decía Cavanaugh, teniendo en cuenta el dilema al que se enfrentaba en el campo profesional. De hecho, había imaginado que sus problemas no habrían hecho sino separarlos, pero había sido al contrario. Entre la insistencia de Jodi y el amor que sentía por ella, Cavanaugh había descubierto que ciertamente la vida era algo más que ser policía. Por supuesto que todavía había momentos en los que se encerraba en sí mismo, instantes en que, por simple costumbre, no compartía sus preocupaciones con ella, pero Jodi se mostraba comprensiva, aunque no por ello cejaba en su suave empeño, y Cavanaugh había terminado por darse cuenta de que se sentía mejor al abrirse. Mejor... más libre... más aventurero... lo cual quizá explicaba que se la hubiera llevado con él, sacándola a esas horas del apartamento a disfrutar de un impulsivo tentempié de medianoche en el North End.

Ya con el estómago lleno, habían dado un corto paseo hasta sentarse en un banco desde el que se dominaba el puerto. Era una noche fría y tranquila. Hasta el fuerte olor del puerto parecía haberse suavizado. Se recostaron el uno en el otro, viendo cómo sus alientos se mezclaban en el aire para luego disiparse. Desde la ventana de un barco o de una casa se veía el parpadeo de alguna luz de Navidad, aunque el único sonido era el del agua lamiendo los cascos de los barcos que se balanceaban con la brisa.

—Fue ahí donde ocurrió, ¿verdad? —preguntó Jodi, mirando hacia el muelle.

—Sí.

—Y además también a esta hora.

—Sí.

—¿Cómo crees que lo hizo?

—¿Ryan? —Cavanaugh frunció el ceño. Aunque había sabido enseguida que Julie Duncan era la hija de John Ryan, más allá de eso, seguía buscando alguna pista—. No lo sé. Pero sí hay algo seguro. No se encargó de los asesinatos personalmente. No hay forma humana de que ese pedazo de sebo pudiera haber llegado al barco a nado y mucho menos de que subiera a bordo por uno de los costados.

A Jodi no se le escapó que la voz de Cavanaugh se había endurecido al hablar, como tampoco la amargura que destilaba.

—Nunca te ha caído bien, ¿verdad?

—Siempre ha habido algo en ese tipo que me ha molestado. Quizá cierta arrogancia. Un aire de superioridad. En este momento tengo una muy buena razón para odiarlo. Me ha utilizado. Me la ha jugado para inculpar a un inocente. No me gusta.

—Aun así, te pidió que te encargaras del trabajo.

—Sí. Suponía que me limitaría a dar por concluida la investigación. ¿Qué dice eso de la opinión que tiene de mí?

—¿Qué más da eso? Saber que has hecho tu trabajo mejor de lo que él tenía planeado tendría que darte alguna satisfacción.

—Todavía no. No hasta que no lo haya resuelto definitivamente.

El codo de Jodi se tensó alrededor del de él.

—Tiene que aparecer alguna prueba. Ryan tiene que haber contratado a alguien. ¿Quién iba a cumplir sus órdenes sin pedir algo muy suculento a cambio?

—Eso quisiera saber yo.

—¿Hay algún indicio de que se esté comprometiendo en otros casos?

—Nada.

—En ese caso tiene que haber pagado a alguien directamente. ¿Has investigado sus cuentas bancarias?

—Sí. No hay nada. Pero deja que te diga que ya eso ha sido bastante delicado.

—Tienes a Holstrom de tu parte.

—Afortunadamente. Pero hay que mantenerlo todo en secreto. Es como caminar por aguas pantanosas. No me atrevo a soltar una sola palabra de esto a nadie del departamento. No estoy seguro de quiénes son mis amigos.

—Ni de cuáles son los de Ryan.

—Bingo. Hasta cierto punto, me sorprende que Holstrom se haya puesto de mi parte.

—No tenía otra opción. Había demasiadas coincidencias en la

situación de Ryan en todo esto. Incluso aunque a la larga resulte que Ryan no tiene nada que ver con los asesinatos, tendría que haberse mantenido al margen del caso. Estaba demasiado implicado emocionalmente.

—Yo tampoco estaba muy limpio que digamos —apuntó Cavanaugh.

—Por supuesto que sí. Desde el principio estabas decidido a hacer bien tu trabajo.

—Lo mismo pueden decir otros de Ryan.

—Pero no jugó limpio. Podría haber sido claro desde el principio. Podría haberte dicho lo de su hija. ¿Dijo algo sobre la causa de su muerte?

—De hecho, apenas se menciona su muerte. Fue visto y no visto. Por lo que he podido saber, Julie fue enterrada en California a toda prisa y con muy poca ceremonia. En aquel momento, Ryan apenas aceptó alguna que otra muestra formal de condolencia. Y tampoco era la clase de hombre al que uno pudiera abordar y preguntarle por nada, y menos aún por algo así.

Jodi pensó en ello durante un minuto.

—Encaja con lo que has dicho de que siempre ha mantenido una estricta barrera entre el trabajo y su vida familiar. Pero si tus sospechas son correctas, él mismo la ha cruzado.

—Si mis sospechas son correctas, es un pirado.

—Lo es de todos modos. De haber sido inocente, tendría que haberte hablado de Julie después de los asesinatos de Mark y de Deborah. Y tendría que haberte hablado enseguida de la existencia de las cintas en vez de limitarse a dejar caer tímidamente alguna que otra pista. —La consternación dominaba ahora la expresión de su rostro—. Lo que no entiendo es por qué quiso que encontraras las cintas si sabía que su hija aparecía en ellas.

—Quizá no lo supiera. No sabemos lo que ella le había dicho, salvo que Mark había grabado esas cintas.

—¿Y cómo podía haberse enterado Julie de la discusión entre Mark y Jordan?

—O bien ella misma vio la cinta poco antes de morir o Mark debió de contárselo.

Una nueva idea le abrió a Jodi los ojos como platos.

—Dios mío, Bob. ¿Tú crees que es posible que Mark tuviera algo que ver con su muerte?

Cavanaugh negaba con la cabeza incluso antes de que ella hubiera terminado de hablar.

—Cotejé la información con el departamento de Bakersfield. Julie se alojó una noche en la habitación de un pequeño hotel. Nadie se encontró allí con ella. Nadie la vio después de que se encerrara dentro. No fue hasta el día siguiente, después de que su esposo empezara a preocuparse, cuando la policía siguió su rastro hasta el hotel y echó la puerta abajo. Mark fue una de las docenas de personas a las que se interrogó después. Estaba en Boston la noche de la muerte de Julie y llevaba allí dos días. Una sólida coartada y ninguna prueba que sugiriera que fue él quien le suministró el material con el que murió.

—Supongo que debemos dar gracias por ello —caviló Jodi en voz alta—. ¿Sabes?, desde la perspectiva psicológica resulta interesante el hecho de que Julie se casara con un hombre llamado John.

—Mera coincidencia.

—No necesariamente. John Ryan debe de haber sido una presencia muy poderosa en su vida. Cuando se mudó a California… ¿por qué se mudó a California?

La oscuridad no logró disimular la mirada de «¿Por qué-crees-tú?» que asomó a los ojos de Cavanaugh.

—Para ser actriz.

—Me pregunto qué pensaría de eso Ryan —caviló Jodi antes de proseguir—. Quizá cuando se fue a vivir a California sintiera la pérdida de una fuerza estabilizadora. Es posible que se casara con John Duncan para contrarrestar esa pérdida. Minusválido o no, según me has dicho, John es un tipo con los pies muy en el suelo.

—Cierto. No sé… quizá tengas razón. Al parecer Julie dependía mucho de la religión. Podría perfectamente haber dependido del mismo modo de su padre. En los meses previos a su muerte, Ryan fue a verla unas cuantas veces… Breves visitas de fin de semana, de manera que nadie se enteró.

—¿Y cómo te has enterado tú?

—Tras una inteligente labor de detective que he llevado a cabo esta mañana —le dijo Cavanaugh, aunque el irónico movimiento de su labio se congeló al instante—. Si, en la época en que tuvo lugar el aborto, Julie estaba lo bastante turbada como para derrumbarse y confesar sus pecados a su padre, perfectamente podría haberle hablado de Mark, de la coca, de las fiestas y de las cintas. No cuesta mucho imaginar una discusión entre padre e hija sobre la malvada familia Whyte. Quizá Julie mencionara de pasada la discusión que tuvo lugar entre Mark y Jordan, quizá incluso en defensa de la familia. Llegara o no realmente a ver la cinta, si estaba al corriente del fetiche de Mark, puede que simplemente diera por hecho que la discusión había quedado grabada.

—O quizá fue Ryan quien lo dio por hecho.

Cavanaugh suspiró.

—Quienquiera que planeara los asesinatos sin duda sabía algo. Ojalá pudiera acotar mejor la escena del crimen. Tendré que hacerlo si quiero coger a Ryan. Sin alguna prueba relacionada con los asesinatos no tengo nada.

—No tienes esa clase de prueba con Jordan.

—Y probablemente sea declarado inocente gracias a eso. Se lo dije a Ryan, pero él insistió en arrestarlo. En ese momento a punto estuve de montar un escándalo, pero solo habría conseguido que Ryan asignara a otro al caso y no era eso lo que yo quería.

—Un jurado de acusación devolvió las acusaciones.

—Ya, pero los jurados de acusación no son inmunes a la retórica, sobre todo cuando solo tienen una versión de la historia. El fiscal presentó un caso emocional, y la gente que lo escuchaba no era precisamente la clase de gente que se identifica con un Whyte ni con un Warren. —Desvió la mirada hacia la oscuridad del puerto—. Necesito algo. Tiene que estar aquí. Alguien tiene que haber visto algo esa noche.

Jodi miró a su alrededor.

—No sé, Bob. En este momento no se ve un alma por aquí. Esto está totalmente desierto.

—Quizá una —murmuró Cavanaugh. Sus ojos se habían clavado de pronto en el extremo más alejado del muelle. Jodi tardó un minuto en ver la solitaria figura que estaba de pie como una sombra oscura contra un poste.

—Parece un tipo solitario —dijo entre dientes—. Me gustaría saber qué está haciendo ahí tan solo a estas horas de la noche.

Cavanaugh la atrajo hacia él.

—Puede que valga la pena que demos un paseo e intentemos averiguarlo.

—No podemos hacer eso, Bob —lo regañó Jodi con un afectado susurro. Aun así, y en ningún caso deseosa de que la dejara atrás, se vio caminando junto a él al ritmo de sus relajadas zancadas—. Estaremos inmiscuyéndonos en su intimidad.

—Qué va. Los residentes del puerto están muy orgullosos de su territorio. Si le decimos que estamos pensando en mudarnos aquí, no nos dará la espalda. Parecemos una pareja de lo más respetable, ¿no te parece?

—Oh, por supuesto. Buscando casa a la una de la madrugada. Por no hablar de que el día en que podamos permitirnos una de estas será el día en que nos toque la lotería.

—Él no tiene por qué saber que todavía no nos ha tocado. —Habían llegado al muelle y se dirigían lentamente hacia la figura.

—¿Cómo sabes que vive aquí? —susurró Jodi, hablándole sin mirarlo.

Cavanaugh le respondió del mismo modo.

—Si no lo es, razón de más para que lo investigue.

—Estamos en un país libre. Cualquiera puede pasear por aquí.

—Cierto, por eso estamos aquí. Tranquila. Sonríe. Actúa con total normalidad.

—Esto es una locura, Bob. Podría ser un criminal. Podría tener un cuchillo o una pistola y nosotros no tenemos nada. —Por una vez, Jodi deseó realmente que Cavanaugh se hubiera puesto la pistolera. Aunque, tal y como habían salido de casa, habría resultado absurdo.

—En ese caso, míralo así —dijo Cavanaugh, bajando aún más la voz porque se acercaban ya al hombre—. Si nos atraca no nos sacará mucho.

—Menudo consuelo. Oye, se larga.

—Sí. A correr. —Incluso antes de que las palabras hubieran salido de su boca, Cavanaugh soltó a Jodi y echó a correr. La experiencia le había enseñado que cuando un hombre huía así, merecía la pena ir tras él.

Cavanaugh podía estar desarmado y no estar de guardia, pero ninguna de esas dos circunstancias sirvió para reducir la velocidad con la que siguió al hombre, que en ese momento intentaba trepar por una serie de pilotes con la esperanza de darse a la fuga. Cavanaugh lo agarró por el cuello de su pesada chaqueta vaquera y lo hizo bajar al suelo de un tirón.

—Tenemos un poco de prisa, ¿eh, colega? —gruñó. Una jadeante Jodi llegó justo en el momento en que Cavanaugh obligaba al hombre a volverse, instante en el cual ambos descubrieron que estaban tratando con un niño de no más de quince años. A pesar de que era casi tan alto como Cavanaugh, era un chiquillo larguirucho.

El chico levantó las manos.

—Oye, tío. ¿Qué pasa aquí?

Le estaba cambiando la voz. No la tenía grave ni aguda, sino que estaba en un territorio intermedio. Jodi no estaba segura de qué porcentaje de su gorjeo era achacable al miedo, que por otra parte estaba claramente escrito en los ojos del chico.

—¿Por qué corrías? —preguntó Cavanaugh, ya más tranquilo.

—Quería hacer un poco de ejercicio.

—¿Así, de repente?

—Sí.

—¿Vives por aquí? —preguntó Jodi. Había alcanzado a distinguir el pelo del chico, de punta en la coronilla y cayéndole sobre el cuello por detrás, y también el pendiente de oro que llevaba en la oreja izquierda. No era exactamente la clase de chico al que cabía imaginar viviendo en uno de esos caros pisos del puerto.

El chico miró a Cavanaugh con los ojos abiertos como platos, luego a ella y por fin intentó deshacerse de la mano que lo tenía agarrado por el hombro. El detective simplemente se limitó a agarrar un nuevo trozo de tela.

—¿Dónde vives? —preguntó Cavanaugh.

El chico indicó con la cabeza hacia las casas que tenía a su espalda.

—¿Con tu familia?

Asintió.

—¿Saben que estás aquí a estas horas?

—¡No, tío! ¿Por qué te crees que he echado a correr? ¡Si se enteran, me matan!

—¿Qué estabas haciendo aquí?

—Tomando el aire.

—¿Lo haces a menudo?

—Joder, tío, no lo sé.

—Oye, te he hecho una pregunta muy sencilla...

La mano de Jodi en su brazo lo detuvo.

—¿Cómo te llamas? —preguntó amablemente.

El chico respondió encogiendo un hombro, la misma respuesta que había dado instantes antes.

—La señora te ha hecho una pregunta —lo apremió Cavanaugh, manteniendo la calma solo por consideración a Jodi—. ¿Cómo te llamas?

Un minuto más tarde, el chico respondió a regañadientes:

—Alex.

—¿Alex qué más?

Tras unos segundos llegó un aún más reticente:

—Petri. Oye, vivo aquí, ¿vale? Estaba tomando el aire, pero no hacía nada ilegal, así que no tienes ningún derecho a detenerme.

—¿Quién ha dicho nada de estar haciendo algo ilegal? —Esta vez Cavanaugh intervino con un tono más calmado y natural. Y con una sospecha que cada vez iba tomando más forma—. ¿Me conoces?

—No —respondió rápidamente Alex. Demasiado.

La mano de Cavanaugh se cerró aún más sobre la chaqueta del chico.

—Me alegro —dijo con suavidad—. Así no podrás identificarme cuando te deje hecho mierda por ser un niñato malote. No me gustan los niñatos malotes. No me gustan los niñatos, punto.

—No me pegarás —soltó el chico, refocilándose en su propio arrojo—. No con la señora mirándonos.

Jodi casi estaba disfrutando. Nunca había visto a su hombre en acción, y como sabía que Cavanaugh jamás le haría el menor daño al chico, sentía curiosidad por saber lo que ocurriría a continuación. Tenía la misma sospecha que Cavanaugh: Alex Petri lo había reconocido.

—Pero si ella es parte de la comedia —prosiguió Cavanaugh—. Es experta en artes marciales y sabe dónde dar para que duela.

—Venga ya, tío. Ella no va a tocarme.

—¿Por qué no?

—Porque eso sería un asalto. No es de esas.

—¿Y yo sí?

—Tú eres un poli de mier…

Cavanaugh sonrió. Y Alex fue entonces consciente de lo que acababa de decir.

—Vale —gruñó—. Lo sé. Es muy fácil distinguir a un poli.

—No llevo uniforme.

Alex lanzó una mirada desdeñosa al estilo clásico de los pantalones, el suéter y el abrigo de Cavanaugh. Aunque podría haber dicho «Ah, ¿no?», optó por decir:

—Hueles a poli.

Cavanaugh miró a Jodi.

—¿Huelo a poli?

Jodi negó con la cabeza con expresión inocente, momento en el que Cavanaugh volvió a clavar la mirada en Alex, que dejó de apoyar el peso de su cuerpo en una de sus botas negras para hacerlo sobre la otra.

—Lo único que yo huelo —dijo Cavanaugh hablando despacio— es a rata, y sé que no soy yo, y sé que no es ella, así que debes de ser tú. ¿Por qué corrías?

—Ya te lo he dicho. Si mis padres se enteran de que estoy aquí…

Los puños de Cavanaugh volvieron a apretarse, levantando a Alex un poco más alto.

—Has dicho que no estabas haciendo nada ilegal. De haberte quedado donde estabas, no nos habríamos fijado en ti.

—Veníais directamente hacia mí.

—Estábamos paseando.

—Hacia mí.

—Esa es la voz de la culpa. Y echaste a correr. ¿Por qué? ¿No estarías fumando algo?

—¿Me has visto fumar algo? —preguntó nervioso.

Lo cierto es que Cavanaugh no había visto nada, aunque a juzgar por la forma de actuar del chico estaba seguro de que debía de estar fumándose un porro. Eso explicaría el terror que parecía tener a sus padres. Cavanaugh estaba también seguro de que el chico había tirado algo ilegal al agua del puerto antes de echar a correr. Aun así, eso no impidió al detective darse cuenta de que tenía en ello la palanca que necesitaba para hacer hablar al chico.

—Está oscuro —dijo Cavanaugh de pronto—. No puedo verlo todo. Quizá debería cachearte. ¿Llevas por ahí algo escondido?

—No. Nada. No estaba fumando.

—Entonces, ¿por qué has echado a correr en cuanto has visto a un poli? ¿Qué escondes, Alex?

—Nada. Dios del cielo, nada. —Sin embargo, el tono agudo de su voz indicaba lo contrario.

—Quizá debería llevarte a comisaría e interrogarte allí. ¿Qué son unas horas más o menos? Tus padres pueden pasar a buscarte por la mañana.

—Oye, tío, no me hagas esto. No escondo nada. No tengo nada que decirte. Yo no vi nada esa noche. Lo juro. Nada.

Cavanaugh relajó los músculos de la mano alrededor de la chaqueta del chico.

—Por fin empezamos a entendernos. Me has reconocido porque me viste cuando vine a interrogar a gente de por aquí. —El silencio de Alex fue suficiente confirmación—. ¿Estabas aquí, en el muelle, esa noche?

—¿Y cómo voy a saberlo? Vengo muchas noches.

—A tus padres les encantaría saberlo.

—Bueno, probablemente vas a decírselo de todas formas. Lo negaré.

—Chico duro ¿eh? ¿Te gustaría tener que comparecer ante los tribunales? ¿Qué les parecería eso a tus padres?

—Pensarán que estás pirado.

—No si les digo que su hijo puede haber sido el único testigo de un doble asesinato.

—Ya tenéis al tipo que lo hizo. ¿Para qué me necesitáis?

—Evidencia, Alex. Tal como están las cosas, el tipo al que hemos arrestado quizá sea declarado inocente, y si eso ocurre puede que venga a por ti para asegurarse de que no hables después.

—No soy tan idiota —soltó el chico, bufando de cólera—. Hay algo llamado doble riesgo. Si un tipo es declarado inocente, no puede volver a ser juzgado por el mismo crimen.

—Pero si aparecen nuevas pruebas puede serlo por perjurio. Hará lo que pueda por evitar que esas pruebas salgan a la luz. El tipo ya ha cometido un asesinato. Dos veces. ¿Estás dispuesto a pasarte los próximos años de tu vida mirando por encima del hombro?

Alex estaba decidido.

—No tengo nada que decir.

Jodi, que había estado presenciando en silencio la conversación, creyó llegado el momento de intervenir.

—¿Sabes, Alex?, con eso solo conseguirás ganar algo de tiempo. El detective está decidido a encontrar un testigo de esos dos asesinatos, y te citará a declarar si tiene que hacerlo. Sería más fácil si colaboraras con nosotros. Quizá a tus padres no les haga gracia que estés aquí fuera a estas horas de la noche, y quizá no quieras decirles lo que hacías aquí, pero si te decides y proporcionas algún testimonio que pueda facilitar la labor de la justicia, me atrevería a decir que estarían orgullosos de ti.

—No conoces a mis padres.

—Tienes razón. Pero conozco a muchos otros y sé que los padres a veces pueden sorprender a sus hijos. Pero olvídate de tus padres por un minuto. Piensa en ti. Si estuviste ahí fuera esa noche, y viste algo, ¿no te parece que deberías ser tú quien diera un paso adelante?

—No quiero ser un héroe. Si digo algo voy a meterme en un doble lío. No solo tendré a mis padres encima, sino que además el tipo que cometió los asesinatos vendrá a por mí. —Lanzó una mirada acusadora a Cavanaugh—. Como él ha dicho.

—No tiene por qué ser así —sugirió Cavanaugh—. Si nos dices lo que sabes, podemos protegerte. Si lo que sabes lleva a la prueba que necesito, el tipo pasará una buena temporada entre rejas. Quizá nunca haya ningún juicio. Si sabe que tenemos un caso irrecusable contra él, quizá se declare culpable, y solo nosotros estaremos al corriente de tu implicación. Piensa en ti como en un informador de primer orden. Estaría dispuesto a prometer proteger tu identidad. —Cavanaugh sabía que su última oferta terminaría por convencer al chico.

—¿No le dirás a mis padres que me has visto aquí?

El detective negó con la cabeza.

—¿Cómo sé que puedo confiar en ti?

—Me pareces un chico listo. ¿Qué alternativa te queda? Te estoy garantizando tu inmunidad a cambio de información. Si no hablas ahora tendré que llevarte conmigo.

Alex levantó una mano con un gesto torpe. Jodi reparó entonces en que el chico todavía no se había desarrollado del todo.

—Mira, tío —se apresuró a decir el joven—. No sé si tengo la información que buscas. Simplemente estaba aquí de pie...

—¿La noche de los asesinatos?

—Sí.

—¿Qué viste?

—Una figura. Vestida de negro. Nada más.

—¿Con un traje negro?

—Un traje de buzo. Con equipo de buceo.

—¿Qué aspecto tenía? ¿Constitución? ¿Altura?

—Estaba oscuro. Él también.

—Alex...

—Vale, vale. Me pareció que estaba encorvado. Alto, delgado y con esa cosa a la espalda.

—¿Dónde estaba?

—En el barco.

—¿De pie? ¿Andando?

—Subiendo al barco por uno de los laterales. Lo vi entrar. No me pareció extraño. Creí que el barcó era suyo.

—Pero ¿cambiaste de opinión en algún momento?

—No.

—Entonces, ¿por qué me estás contando esto?

—Porque me has preguntado qué es lo que vi esa noche. —Arrugó la cara y sacudió la cabeza bruscamente una sola vez—. Ah, mierda, aparecieron dos cuerpos en el barco.

—¿Qué hora era cuando viste al tipo?

—Las doce y media. Quizá la una.

—¿Oíste algo?

—¿Te refieres a tiros o algo así? No.

Bien. El asesino había utilizado un silenciador.

—¿Y luego qué?

—Luego el tipo volvió al agua. Creí que había subido al barco a buscar algo... alguna pieza de equipo de buceo o algo que había olvidado.

Cavanaugh todavía no estaba dispuesto a mostrarse optimista. Alex simplemente había confirmado lo que desde un principio había sospechado. Si iba a haber un cambio de rumbo radical en el caso, necesitaría más.

—¿Lo viste después de que volviera al agua?

—Sí. Quería saber lo que estaba haciendo.

—¿Y qué estaba haciendo?

—Nadar.

—¿Bajo el agua?

—Sí.

—Estaba oscuro. Nublado. Esa noche ni siquiera había luna. ¿Cómo pudiste verlo?

—Por las luces del puerto. Se reflejan en las nubes. Y por las burbujas de aire.

—¿Hasta dónde pudiste seguir las burbujas?

—Hasta que el tipo salió del agua.

—¿Dónde? ¿Dónde salió? —Las preguntas llegaban ahora a velocidad cada vez mayor.

Alex desvió la mirada hacia el puerto y entonces señaló un punto en concreto.

—Allí. En aquel paseo de allí. Salió del agua y luego el muy cabrón desapareció detrás del edificio.

Cavanaugh siguió la dirección que señalaba el dedo del chico, que llevó su mirada diagonalmente al otro extremo del puerto, hasta un edificio cercano al del *USS Constitution*.

—¿Te refieres al de las luces de neón?

—Sí.

Cavanaugh soltó un jadeo, pero mantuvo la alegría perfectamente contenida.

—¿Qué viste entonces? —preguntó sin perder la calma.

—Nada. Me quedé unos minutos más y luego me fui.

—¿Volviste a casa?

—Sí. Oye, tampoco te creas que estoy aquí mucho rato. Es solo que a veces necesito tomar un poco el aire. No sabes lo agobiado que me siento ahí dentro…

—¿Sabes una cosa, Alex? —dijo Cavanaugh, esta vez dándole un cariñoso apretón en el hombro—, para ser un niñato no estás mal. Pero deja que te dé un consejo. —Eso lo dijo en voz baja, empleando un tono claramente conspirativo y acercándose a Alex al tiempo que lanzaba una mirada a Jodi—. Tienes la boca un poco sucia. Si quieres atraer a las mujeres, a las mujeres de verdad, tendrás que olvidarte de ese lenguaje. —Echó la cabeza hacia atrás y miró al chico—. Y quizá también deberías deshacerte del pendiente. No querrás que alguien te atraque para quitártelo.

—Mierda, tampoco vale tanto —dijo Alex, y tuvo entonces el detalle de lanzar a Jodi una mirada de disculpa antes de volver a mirar a Cavanaugh—. ¿Hemos terminado?

Cavanaugh dejó caer la mano y dio un paso atrás.

—Hemos terminado.

—¿Puedo irme ya?

—Depende de adónde vayas.

—Allí arriba —dijo Alex, indicando la casa adosada que tenía delante—. Probablemente ya se haya acabado la cinta. Si no subo a darle la vuelta mis padres van a oír la misma conversación dos veces.

—¿Conversación?

—Sí. —Sonrió, orgulloso de sí mismo—. Si mis padres se despiertan, me oyen hablar con mi chica.

Cavanaugh lo miró fijamente durante un minuto y luego sacudió la cabeza.

—De acuerdo. Vete.

Alex dio varios pasos de lado, como si tuviera miedo de darle la espalda al policía.

—¿No te chivarás?

—Ya te he dicho que no.

—¿Vas a venir a buscarme? —Seguía alejándose sin volver la espalda.

—No si puedo evitarlo.

—¿Te he servido para algo?

—Mantente atento a los periódicos. Tú mismo lo verás. Eso, claro, si sabes leer.

—Eso —declaró Alex con una mirada de enojo que resultó terriblemente adulta— ni siquiera merece una respuesta. —Se volvió entonces y echó a correr por el muelle, torció por el paseo y minutos más tarde desapareció tras la puerta de su casa.

Cavanaugh siguió mirando hasta asegurarse de que el chico estaba a salvo en casa y luego volvió a pasar su codo por el de Jodi y echó a andar a paso ligero.

—¡No puedo creerlo! —susurró Jodi. Sonreía y no dejaba de lanzar miradas de incredulidad por encima de su hombro.

Cavanaugh también sonreía de oreja a oreja.

—Vaya, hombre —canturreó—. Vaya, hombre… vaya, hombre. —Su tono fue agudizándose con cada repetición al tiempo que su paso se aceleraba.

—Estuvo allí. Hemos dado con él.

—Vaya, hombre.

Llegaron al final del muelle y giraron, pasando en volandas por delante del banco en el que habían estado sentados minutos antes y dirigiéndose directamente al coche de Cavanaugh. Cuando llegaron hasta él, Cavanaugh la cogió en brazos, la columpió a uno y otro lado y por fin la hizo girar un círculo completo.

—¡Es lo que necesitaba, cariño! ¡No podría haber sido mejor!

—¿El muelle del que hablaba Alex es el que creo que es?

—Ya lo creo. ¡El tipo saltó del barco y fue nadando hasta el jodido muelle de la policía!

Jodi se rió y luego suspiró.

—Pobre Alex. No tenía ni idea de hacia dónde estaba señalando.

—Tiene sentido. El chaval no puede ver el muelle desde su ventana, así que no le resulta familiar. Es solo visible desde el extremo del muelle donde estaba, y desde ese ángulo lo único que se ve es el destello del neón donde dice Unidad Portuaria de la Policía de Boston. Con la marea adecuada ni siquiera se ven los barcos de la policía.

Durante un minuto ambos se preguntaron qué habría ocurrido si Alex hubiera sabido dónde había ido el buceador. Luego Jodi se preguntó otra cosa.

—¿Por qué no habrá visto el buceador a Alex?

—Supongo que por lo absorto que estaba. Y porque estaba oscuro. Alex pudo fácilmente haberse fundido con el poste al que estaba pegado y además es de los que prefieren pasar inadvertidos.

—Aun así, supuestamente el tipo tendría que haber obrado con cautela.

—A veces la arrogancia puede más que la cautela. —Cavanaugh sostuvo a Jodi en el círculo de sus brazos, las manos entrelazadas tras su cintura—. Pero no fue el propio Ryan quien lo hizo. Ya lo sospechábamos, pero la descripción de Alex no ha hecho más que confirmarlo.

—Entonces, ¿quién fue?

—Alguien del departamento, probablemente algún miembro de la Unidad de Patrulleros del Puerto. No será difícil saber quién estaba de guardia esa noche.

—¿Crees que fue alguien que estaba de guardia? Eso sería una auténtica estupidez.

—No necesariamente. Siempre tiene que haber dos tipos, alguien que maneje la lancha y un buceador. Supongamos que el patrón se durmió, como de hecho hay constancia de que ha ocurrido a la una de la madrugada, y que el buceador hizo su trabajo. Pudo ausentarse media hora, quizá un poco más. El patrón nunca habría tenido constancia de su ausencia.

—¿No tienen que dejar alguna constancia por escrito cuando utilizan el equipo?

—No cuando están de guardia. Y, aunque tuvieran que hacerlo, ¿qué es un pequeño error sobre el papel cuando lo que está en juego es un asesinato?

—¿Por qué iba un policía… un policía… a hacer algo así?

—¿La promesa de un futuro ascenso? ¿Chantaje? No lo sé, pero estoy seguro de averiguarlo.

19

Cavanaugh se encontró con William Holstrom al día siguiente en una pequeña cafetería de Brookline. Era distinta de la cafetería en la que se habían encontrado días antes, que a su vez había sido distinta del local en el que se habían visto varios días antes de aquel. Todas ellas estaban situadas lo suficientemente lejos de los límites de la ciudad para poder asegurar el secreto de los encuentros. Ninguno de los dos hombres deseaba ser visto con el otro. Al menos, todavía.

—¿Qué es lo que tiene? —preguntó Holstrom directamente.

Cavanaugh habló bajando la voz.

—Tengo un testigo que vio cómo un buceador subía al barco desde el puerto, entraba, salía, volvía al puerto y llegaba a nado hasta la Unidad de Patrulleros del Puerto.

—¿Está seguro?

—El testigo señaló directamente al muelle y ni siquiera sabía lo que era. He estado trabajando un poco esta mañana. La noche de los asesinatos había dos hombres de guardia en la unidad. Uno era Anthony Amsbury, el encargado de la lancha. El otro era el buceador, Chip Ryan. Oficialmente, John Ryan, Jr.

Holstrom cerró los ojos durante un minuto. Cuando volvió a abrirlos estaba dispuesto para la batalla.

—Tendrá que hablar con Amsbury.

—Ya lo he hecho. Esa noche no se encontraba bien.

—Pero estaba de guardia.

—Estaba bien cuando se incorporó, pero después de que Chip

y él comieron algo, empezó a sentirse mareado. Se quedó dormido dos o tres horas sobre su mesa.

—Drogado.

—Probablemente. Aunque no podemos probarlo. La evidencia hace tiempo que ha desaparecido.

—¿Tuvo alguna molestia cuando despertó?

—Dolor de cabeza. Pero pasó.

—¿Vio si faltaba algo del equipo?

Cavanaugh negó con la cabeza.

—Tampoco es que se dedicara a buscar nada extraño, aunque Chip debió de volver a secarlo todo. Y si había algunas toallas mojadas donde supuestamente no debían estar, Amsbury no las vio. También deberían haber desaparecido. —Soltó un jadeo—. Ni siquiera me había dado cuenta de que Ryan tenía un hijo en el departamento.

—Yo sí lo sabía, pero me alegro de no haberlo dicho hasta ahora. Lo ha descubierto por usted mismo y eso añade credibilidad a la investigación. También explica por qué no tuvo que pagar a nadie para que cometiera los asesinatos. Si la chica se suicidó por haber abortado, podrá imaginar cómo debe de haberse sentido el resto de la familia con ambas noticias. Son muy devotos. —Se recostó contra el respaldo de su silla, aunque tenía el puño tan apretado como la mandíbula—. Muy bien. Tenemos el móvil y tenemos también la oportunidad para llevar a cabo el crimen. Detengámoslos.

Pero Cavanaugh tenía otros planes.

—Detengamos primero a Chip. No creo que esté tan seguro de sí mismo como su padre. Quizá nos resulte más fácil lograr que se derrumbe, mientras que Ryan puede que nos plante cara descaradamente.

—Puede que los dos lo hagan. Quizá lo nieguen todo y nos acusen de haber amañado la acusación.

—La evidencia es muy sólida. Mucho más de lo que llegó a serlo en ningún momento con Jordan Whyte.

Holstrom se removió en su asiento, claramente incómodo ante la mención del nombre de Jordan.

—No me gusta cometer errores. Esto no pinta bien para el departamento, y tampoco para mí. Esta vez he cometido dos errores:

arrestar a Jordan y confiar en Ryan. Fui yo quien le nombró superintendente adjunto.

—El hombre lleva años en el cuerpo. Tiene un buen historial. Usted no podía saber que iba a perder los estribos por una cuestión personal.

—Pero quiero que todo esto se aclare. Y pronto.

—Yo también. Para empezar, se lo debemos a los Whyte. Pero siempre he creído en que las cosas deben hacerse correctamente. Si vamos a salir airosos de esta vergonzosa situación, tendremos que asegurarnos de que tenemos a Ryan bien pillado.

—¿Hay alguna posibilidad de que el chico de Ryan actuara por su cuenta? —preguntó Holstrom, hablando despacio.

Cavanaugh ya se había obligado a pensar en esa posibilidad.

—No. Ryan conocía la existencia de esas cintas. Fue él quien me dijo dónde encontrarlas. Y el hecho de que fuera él la cabeza organizadora de los asesinatos explica su obsesión por el caso. Cuando me lo asignó, me dio un archivo enorme. Supuse que había sido un seguidor de los Whyte y de los Warren durante años. Sin embargo, parece que reunió todo lo que contiene el archivo durante los últimos seis meses. Debió de empezarlo más o menos cuando tuvo lugar el aborto de Julie. Una de las secretarias inferiores del departamento confesó haber pasado mucho tiempo en la biblioteca y en los archivos del departamento por orden de Ryan. En ningún momento se planteó el porqué. Así que Ryan reunió un archivo que era lo bastante detallado como para resultar condenatorio, lo suficiente como para darme que pensar.

Holstrom apretó los labios y negó con la cabeza.

—Esto es realmente vergonzoso.

—Mucho menos si conseguimos garantizar las declaraciones de culpabilidad.

—Mmm. ¿Cree que podría conseguir una confesión del chico?

—No lo sé. No lo conozco. Haré lo que pueda.

—¿Abierta y honradamente? —preguntó Holstrom, arqueando una ceja.

Por primera vez, Cavanaugh sonrió.

—Siempre.

Era muy, muy tarde cuando Cavanaugh llamó por teléfono a Jordan, que respondió con un atontado:

—¿Eh?

—Dormía.

—¿Cavanaugh? —preguntó, incorporándose en la cama.

—Lamento despertarlo, pero es importante.

—No me ha despertado de nada profundo. Últimamente tengo un pequeño problema que...

—Creo que lo he resuelto.

Jordan tensó la espalda en el preciso instante en que Katia, adormilada, se sentaba en la cama.

—¿En serio?

—¿A qué hora es lo más temprano que puede estar aquí mañana?

—Hay un puente aéreo a las seis y media. ¿Qué pasa?

—Coja ese vuelo. Lo veré en Logan a las siete y media. Se lo diré entonces.

—Dígamelo ahora, Cavanaugh.

—Es demasiado tarde. Y no es una conversación segura. Pero créame, el mensaje es bueno.

—¿Como el de libertad?

—Bingo. Mañana por la mañana. A las siete y media. Nos veremos allí.

Y allí estaba Jordan, con Katia, a la que no le importaba si perdía su empleo por faltar un día más al trabajo, tan decidida estaba a oír la noticia de Cavanaugh de primera mano.

Como había prometido, Cavanaugh los esperaba en el aeropuerto y luego tomó una larga ruta de regreso a la ciudad para disponer del tiempo necesario y poder explicar lo que había ocurrido y lo que quedaba por hacer.

—Yo también voy —había afirmado Katia en cuanto Cavanaugh había delineado su plan.

—Ni hablar —dijo Jordan.

—Pero soy parte de esto. Al hacerte daño a ti, Ryan me lo hace también a mí.

—No vas.

Katia volvió su atención a Cavanaugh.

—¿Hay alguna razón por la que no pueda estar allí?

—Será peligroso —insistió Jordan.

—¿La hay, Bob? —Al ver que Cavanaugh se limitaba a encogerse de hombros, Katia insistió—. Estaremos en el Departamento de Policía. ¿Acaso hay algún sitio donde pueda estar más a salvo?

—Le sorprendería saberlo —dijo Cavanaugh, sarcástico.

Jordan fue más específico.

—Ryan podría verse acorralado, sacar un arma y decidir llevarnos a todos con él.

Cavanaugh se rió entre dientes.

—¿Otro aficionado a *Corrupción en Miami*?

—Tiene razón, Jordan. Lo que acabas de describir es una escena de una serie de televisión. Por favor. Quiero estar allí. Quizá pueda ser de alguna ayuda. Cuando Ryan me vea, lo que te ha hecho se volverá mucho más real para él. No soy mucho mayor de lo que era su hija. Mi presencia lo debilitará.

—En eso lleva razón, Jordan.

—Demonios, Cavanaugh, ¿dónde tiene el sentido común? Ese despacho, en esas circunstancias, no es sitio para mi esposa. De hecho, todo esto es un poco melodramático. Lo que usted está haciendo no puede calificarse exactamente de práctica policial común.

—No, no lo es, pero me encanta. Durante diecisiete años he seguido el reglamento al pie de la letra. He vivido y respirado según los procedimientos estándares. Naturalmente que hay cierta dosis de creatividad implícita a la hora de desentrañar un caso, pero cuando uno quiere medrar en esto tiene que controlar mucho esa creatividad. No hay que dejar nunca que el tipo que está por encima de ti sepa que eres más inteligente que él… es una regla consabida. Pues bien, esta vez voy a hacerle saber que no es más inteligente que el resto de nosotros, y voy a disfrutar haciéndolo. —Lanzó una mirada a Jordan, que iba sentado en el asiento del acompañante—. ¿Se acuerda de la conversación que tuvimos una vez sobre los giros inesperados de la vida que hacen que las cosas sean emocionantes?

Cuando me asignaron este caso, nunca soñé que resultaría como lo ha hecho. Los giros han sido de lo más inesperados, de eso no hay duda. —Evitó calificarlos de emocionantes; al fin y al cabo, el hermano y la cuñada de Jordan estaban muertos.

—Permita que le recuerde que es mi futuro con lo que está jugando.

—No estoy jugando. Le estoy diciendo que tenemos al tipo.

—Entonces, ¿para qué nos necesita a su lado? —preguntó Jordan, aunque estaba pensando más en Katia que en sí mismo.

—Para que difruten del espectáculo. —Cavanaugh sonrió—. Después de todo lo que ha tenido que pasar, ¿de verdad quiere perderse el golpe final?

No. Jordan no quería. Y tampoco Katia. Jordan lo entendía, por eso terminó por dar su brazo a torcer y dejó que ella los acompañara. Aun así, estaba nervioso y así se lo dijo a Katia durante los minutos que se quedaron a solas, mientras Cavanaugh se detenía junto a una cabina para hacer una llamada.

—Esto no me gusta, cariño. Si pasa algo…

—No va a pasar nada —insistió Katia, echándose hacia delante en el asiento trasero y tomándole la mano. Sus ojos brillaban con expectativa—. Bob lo tiene todo calculado. No pasará nada.

—Quiero que te quedes junto a la puerta. Si hay el menor signo de que puede pasar algo, sal de la habitación.

Katia sonrió dulcemente.

—Sí, Jordan.

—Sí, Jordan. ¿Por qué eso no me tranquiliza?

—Porque me quieres tanto que estás empeñado en preocuparte.

—¿Tendrás cuidado? ¿Te mantendrás en un segundo plano?

Compadeciéndose de él, esta vez Katia se limitó a asentir, haciendo lo posible por parecer sincera. En el fondo sabía que estaría encantada de poder estrangular a Ryan si este no les daba la satisfacción que buscaban, pero no pensaba decírselo a Jordan. Entonces volvió a hablar Cavanaugh y ella ya no pudo decirle nada.

—Todo dispuesto. Ryan está en la oficina. Vamos.

Quince minutos más tarde, los tres avanzaban por el pasillo que llevaba a la sala del departamento. Hicieron caso omiso de las pocas miradas que recibieron y continuaron directamente hacia la oficina de Ryan. La puerta estaba abierta de par en par. Cavanaugh se asomó al despacho y le dio un golpecito. Ryan levantó la mirada.

—¿Tiene un minuto? —preguntó el detective. Su mirada cayó sobre el periódico abierto sobre el escritorio del jefe. Ryan lo cerró, lo echó a un lado y asintió. Apenas abrió un poco los ojos al ver entrar a Jordan y a Katia tras Cavanaugh.

Cavanaugh esperó a que estuvieran todos en el despacho para cerrar la puerta. Luego se metió las manos en los bolsillos de los pantalones y se volvió hacia Ryan.

—Creo que tenemos un problema —empezó. Detrás de él y a su izquierda, Jordan y Katia estudiaban al hombre que tanto daño había causado a sus vidas. Jordan era puro odio y Katia, puro enojo. A sus ojos, Ryan tenía todo el aspecto de un obeso y viejo puerco espín.

—El señor Whyte —prosiguió Cavanaugh— está acusado de un asesinato que no ha cometido.

—¿No debe decidir eso un jurado? —preguntó Ryan. Su voz sonó aguda; su tono, afable, desinteresado.

Vacilón hijo de perra, pensó Jordan.

Pomposo puerco espín, pensó Katia.

—No debería tener que llegar a un jurado —dijo Cavanaugh—. De hecho, el caso ni siquiera tendría que llegar a juicio. Nos equivocamos arrestándolo. Las acusaciones fueron una parodia.

Ryan miraba fijamente a Cavanaugh.

—Usted fue partícipe de ese arresto.

—Presionado por usted. Yo quería esperar. Había demasiadas preguntas sin resolver.

—Un jurado de acusación nos quitó el asunto de las manos —dijo Ryan, desestimando la cuestión con un encogimiento de hombros—. Al parecer creyeron que existían pruebas suficientes como para autorizar una acusación.

—Solo oyeron lo que nosotros le dimos al fiscal del distrito. Es un asunto parcial, una vista por parte del jurado de acusación. No hay ninguna posibilidad de impugnación.

De nuevo Ryan se encogió de hombros.

—Así es el sistema. Ahora ya no hay nada que podamos hacer.

—Creo que sí lo hay —afirmó Cavanaugh. Hasta entonces había hablado en voz baja, y así siguió haciéndolo—. Creo que podemos compensar por los errores cometidos hasta ahora.

—Esto está empezando a parecer una reunión de autocrítica. ¿Tiene algo que confesar, Cavanaugh? Usted estaba a cargo de la investigación. ¿Me está diciendo que ha hecho un mal trabajo?

Si con ello había esperado irritar a Cavanaugh, se equivocaba. En ese momento, nada podría haber irritado al detective. Tenía a su presa justo donde quería tenerla.

—En absoluto. Por fin tengo todas mis respuestas.

Por primera vez, la compostura de Ryan pareció cuartearse, aunque fue tan solo un instante en el que frunció el ceño y flexionó los dedos.

—¿Y bien? No tengo todo el día.

Tranquilamente, y sin duda haciendo todo lo posible por fastidiarlo, Cavanaugh se dirigió al extremo más alejado del despacho. Quería poner distancia entre Jordan y Katia y él. Si Ryan se asustaba e intentaba algo, se enfrentaría a objetivos perfectamente diseminados.

—Desde un principio tenía preguntas sobre el supuesto móvil de Jordan para matar a su hermano —dijo Cavanaugh lentamente—. No me parecía cierto, al menos cuando empecé a conocerlo.

Ryan ni siquiera pestañeó.

—Lo embaucó. Le suponía más profesional que todo eso.

—Y lo fue. Empecé a preguntarme sobre esas cintas. Usted sabía de su existencia.

—Por supuesto. Usted las encontró y así me lo dijo. Por eso lo supe.

—Usted sabía de su existencia antes de que yo las encontrara. ¿No se acuerda de lo nervioso que se puso cuando vio que tardaba en dar con ellas? ¿Fue por eso por lo que me apremió a volver a Los Ángeles para que siguiera buscando?

Ryan se levantó con mayor velocidad de la que Cavanaugh jamás había visto en él.

—Si hay problemas con el modo en que llevó el caso, eso se debatirá ante una comisión de investigación. El departamento no airea sus trapos sucios en público. —La mirada que lanzó a Katia y a Jordan claramente los calificaba de público.

Cavanaugh seguía tan calmado como siempre.

—No creo que quiera que una comisión de investigación oiga lo que tengo que decirle. Y, en cuanto a la presencia del señor y la señora Whyte, creo que es algo que usted les debe. Todos nosotros se lo debemos.

—¡No les debemos nada! Hemos hecho nuestro trabajo, y si han sufrido es porque se lo han buscado.

Hubo algo en lo que Ryan dijo y en cómo lo dijo que hizo sonar una nota disonante en Jordan.

—¿Por qué? —insistió, interviniendo en la conversación—. ¿Por qué nos lo hemos buscado?

Ryan abrió la boca y volvió a cerrarla enseguida. Katia estaba a punto de empezar a verlo como una platija cuando Ryan se sentó, obviamente en lo que creyó que era un alarde de dignidad. A Katia se le antojó una muestra de arrogancia.

—Por haber matado a su hermano y a su cuñada —dijo—. Por haberlos matado a sangre fría.

—No, Ryan. Yo no lo hice. Fue usted quien lo hizo.

Ryan estudió a Jordan durante un minuto más y luego giró su rechoncha cabeza hacia Cavanaugh.

—Quiero que lo saque de aquí. No me gusta.

—¿Por eso me ha puesto en esta situación? —replicó Jordan—. ¿Porque no le gusto? ¿O quizá se trate de mi familia, o de los Warren? ¿Cualquiera de nosotros habría servido para sus planes?

Katia puso la mano en el brazo de Jordan en un gesto de contención.

—Dejemos proseguir a Bob —dijo en voz baja, aunque no tanto como para que Ryan no la oyera.

—¿Bob? —repitió—. ¿Así que Bob? ¿Ahora se tutean? —Dedicó a Cavanaugh una mirada furiosa—. Tiene usted mucho que explicar. Si pensaba que tenía puntos para ocupar el puesto de Haas, ya puede ir olvidándose.

Un ascenso era lo último que Cavanaugh tenía en mente.

—En este momento lo que pienso es que quiero contarle lo ocurrido después de que encontré esas cintas. —No dio a Ryan tiempo a discutir—. Las visioné atentamente, como lo habría hecho todo buen detective, y encontré la que mostraba la amenaza de Jordan. Pero también encontré otra. Era de una orgía, con cuerpos por todas partes y rostros asomando entre medio. Uno de esos rostros me resultó familiar: era el de una mujer, joven, de unos veinticuatro años, aunque no logré identificarla. —Le pareció ver palidecer a Ryan, aunque en cualquier caso el color de la piel de su cara era tan pálido que resultaba difícil saberlo con seguridad. Pero había captado por completo la atención del otro hombre, de eso no cabía duda. Así que prosiguió.

—Había algo en ese rostro que no me dejó tranquilo. Tampoco me dejó tranquilo que usted supiera de la existencia de esas cintas antes que yo.

—Soy mejor detective de lo que usted lo será jamás, Cavanaugh. Le falta imaginación.

—Yo no diría eso —fue la suave réplica del detective—. Empecé a imaginar toda suerte de cosas, sobre todo cuando me enteré de que Mark Whyte había tenido un lío con una chica llamada Julie Duncan.

—Tenía líos con muchas chicas.

Cavanaugh empezó a cercar a su presa.

—Ninguna que se quedara embarazada, tuviera un aborto y luego se suicidara. Ninguna que estuviera casada y cuyo nombre de soltera fuera Ryan, y cuyo padre fuera usted.

Más receloso esta vez, Ryan miró a Jordan y a Katia para volver luego a mirar a Cavanaugh.

—¿Y? Mi hija hizo una estupidez. Pagó por ello con su vida.

—¿Por qué no me lo dijo, Ryan?

—No es asunto suyo.

—Tenía relevancia directa en el caso.

—Decidí que no era así.

—¿Eso fue antes o después de que ordenara matar a mi hermano? —preguntó Jordan. Katia sintió que los tendones del brazo de Jordan se tensaban contra su mano. Sospechaba que él compartía sus ganas de estrangular a Ryan, y dio gracias de que Cavanaugh estuviera allí para impedirlo.

Cavanaugh, bendito sea, no perdió los estribos.

—Le di un móvil, John. Pero sabía que tendría que averiguar cómo lo hizo si quería pillarlo.

—Nunca lo sabrá —dijo Ryan alegremente—, porque yo no lo hice.

—Eso lo sé ahora. Lo hizo Chip.

—¿Qué tiene Chip que ver con todo esto? —preguntó Ryan, aunque la fanfarronería de instantes anteriores había desaparecido.

Cavanaugh se rascó la cabeza.

—Al parecer Chip estaba de guardia en la Unidad de Patrulleros del puerto esa noche. Utilizó el equipo de buceo. —Sonrió a Jordan—. Dio usted en el clavo cuando dijo que los únicos que se atrevían a nadar en el puerto eran los polis o los pirados. Chip es ambas cosas.

—Espere un minuto. —Ryan se puso en pie, aunque esta vez no las tenía todas consigo—. Está hablando de la carne de mi carne. Es un policía condenadamente bueno y un hijo aún mejor.

—No, John. De haberlo sido, lo habría convencido para que no llevara adelante este plan.

Ryan negaba con la cabeza. Tenía los labios arrugados, los ojos llenos de lo que solo podía llamarse asesinato.

—Si hay aquí un pirado lo tengo de pie delante de mí en este preciso instante. Ya he oído demasiado, Cavanaugh. —Hizo ademán de coger el teléfono, pero el detective apareció allí de pronto y estampó la mano y el auricular contra la mesa. Fue su primer y único gesto de ira. Cuando habló, su voz sonó perfectamente modulada.

—Chip ha confesado, John. Se acabó.

—Chip no ha confesado. No tiene nada que decir.

—¿Quiere que le ponga la cinta? —Sintió un perverso placer al ser testigo del horror que asomó al rostro de Ryan—. Los directores de cine no son los únicos que graban cosas. La policía también lo hace. Anoche pasé seis horas con Chip.

—No creo que haya podido. Estaba de guardia.

—Solo hasta que lo trajimos aquí para interrogarlo. Cuando se dio cuenta de que lo teníamos pillado del todo, cantó.

Ryan retiró su mano de debajo de la de Cavanaugh.

—Lo obligaron a confesar. Conozco los métodos. Yo mismo los he utilizado en no pocas ocasiones. —Y eso le recordó algo—. ¿Y quién demonios se cree usted que es para llevar a cabo una investigación por su cuenta? ¿Con qué autoridad trajo a mi hijo a comisaría para hacerle preguntas sobre un asesinato?

—Sobre un asesinato no —rechinó Jordan, dando un amenazador paso adelante—. Sobre el asesinato de mi hermano.

Ryan ni siquiera lo miró.

—Haré que lo expulsen del cuerpo, Cavanaugh. Y eso solo para empezar. Tengo amigos por toda la ciudad. ¡Intente conseguir otro trabajo aquí y será el hazmerreír de la ciudad!

—No lo creo —fue la respuesta de Cavanaugh. Se acercó a la ventana y miró por ella. Durante un minuto el único sonido que llenó la habitación fue el irregular tecleo de una lejana máquina de escribir. Katia sintió un escalofrío ante lo extraño de la imagen.

Entonces, la voz calma de Cavanaugh volvió a llenar el silencio.

—He estado trabajando con Holstrom. Ha sido él quien ha autorizado mi actuación. En este momento está esperando su confesión en su despacho. —Se volvió a tiempo para ver cómo la rabia teñía de rojo las mejillas de Ryan, pálidas hasta entonces.

—¿Holstrom? ¿Confesión? ¿Por quién me toma, por idiota? —Entrecerró los ojos—. Está decidido a conseguir ese ascenso, ¿verdad? Quiere conseguirlo y quiere hacerlo a bombo y platillo y a mi costa. Pues bien, ¡no lo permitiré!

—No tiene elección, John. —Por extraño que parezca, Cavanaugh había dejado de sentir parte del disfrute que hasta el momento le producía la situación. Vio los signos de rabia como sinónimo de desesperación, y había algo muy triste en la desesperación, incluso en un hombre por el que sentía tanta antipatía como la que sentía por John Ryan—. Tenemos la confesión de Chip, grabada, transcrita y firmada. Puede seguir proclamando su inocencia todo el tiempo que quiera, pero si decide confesar ahora, no tendrá que pasar por un juicio. Si es usted el que habla de proclamar algo a bombo y platillo, ahórreselo en su caso.

—No tiene usted nada —se mofó Ryan. Se dejó caer en su silla—. Demostraremos que ha manipulado a Chip para que confiese. No tiene edad suficiente como para saber que no pueden obligarlo a confesar.

—Y supongo que precisamente por eso cumplió sus órdenes. ¿Sabe, John? Tengo que reconocérselo. Lo tenía todo bien planeado. Se tomó su tiempo y luego atacó, y Chip tampoco lo hizo mal. Incluso tuvo el acierto de no utilizar su propio revólver. Pero entonces usted empezó a cometer errores. El primero fue asignarme a mí el caso. Me sentí honrado. Pensé que lo había hecho porque me creía un buen detective. Y lo soy, pero me tomo tiempo. Entonces se puso impaciente. Ese fue su segundo error. Después de tanta espera se puso impaciente. Empezó a presionar y eso me confundió.

—¡Era un caso importante!

—Hemos tenido otros casos importantes, pero nunca ha metido tanto la nariz en ninguno de ellos. Lo que resultó decisivo fue su insistencia en la cuestión de las cintas.

—Si no hubiera insistido, nunca habría encontrado las cintas y él... —Ryan giró la cabeza hacia Jordan— nunca habría caído en nuestras manos.

—¿Sabía que Julie estaba en la cinta? ¿Se lo dijo ella?

—También en eso se está tirando un farol. No aparece en ninguna cinta.

—Yo la vi.

—Hace años que no la ve.

—He hablado con su marido. Me enseñó una foto de ella. Era la misma chica de la cinta que me resultó tan familiar.

—Mi hija jamás habría participado en una orgía.

—¿Quiere ver la cinta?

—No habría participado nunca en eso. No aparece en la cinta. En ninguna cinta. Me dijo que no estaba...

—Ahhh. —Por fin un tropezón—. Así que se lo dijo. Le habló de las cintas, pero le aseguró que no aparecía en ellas. ¿O quizá murió antes de poder llegar a esa parte?

Ryan respondió sacudiendo la cabeza con un movimiento leve y convulso, y cada uno de los tres ocupantes presentes en la habitación fue presa de un instante de compasión. Aunque solo un instante.

—Al parecer subestimó al director de cine —dijo Cavanaugh con voz queda.

El labio superior de Ryan se torció, arrugándose en una mueca de desprecio.

—Sabía muy bien la clase de basura que era. Por eso abortó. No podía soportar la idea de llevar en sus entrañas algo de él, y mucho menos la de traerlo al mundo.

Jordan se adelantó, contenido por la mano de Katia primero y por la réplica de Cavanaugh después.

—Pero el aborto se la jugó. Tendría que haberse sentido aliviada después de haberlo tenido. En vez de eso, se derrumbó.

Ryan apartó la mirada de Cavanaugh para clavarla en Jordan mientras se le ensanchaban las aletas de la nariz.

—Su hermano le hizo eso. Merecía morir. No merecía pisar el mismo suelo que ella.

—¿Y Deborah? —le aguijoneó Jordan, visiblemente enojado—. ¿También ella merecía morir?

—¡Era tan mala como él! ¡También ella formaba parte de ese grupo de enfermos! Participaba de las fiestas. Se drogaba como los demás. ¡Se quedaba ahí sin decir nada mientras su marido sacaba fotos obscenas a niños! ¡Los dos merecían morir!

Jordan hizo cuanto pudo por contener la furia.

—¿Y yo? ¿Qué he hecho yo para que me inculpe?

Ryan había perdido todo sentido de la cautela.

—¡Es usted un Whyte! ¡Todos ustedes, los Whyte y los Warren, me dan asco! Van por la vida como si fueran los dueños del mundo y les trae sin cuidado a quién pisotean en el camino. Bien, mi hija no merecía ser pisoteada. Fue un Whyte quien la metió en las drogas, un Whyte quien la dejó embarazada, un Whyte quien la llevó a abortar y a suicidarse. Ojo por ojo, eso es lo que se dice. Mark merecía morir, y usted... en lo que a mí respecta, ¡no me basta con una condena a cadena perpetua!

—Dígame una cosa más, Ryan —insistió Jordan—. ¿Por qué yo? ¿Por qué no mi hemano o mi hermana?

—Porque era un blanco perfecto —escupió Ryan, apartando de él la mirada como si verlo le revolviera el estómago—. Tenía fama de temerario. Era un blanco visible. Y amenazó a Mark. Cuando me enteré, supe que tenía lo que buscaba.

—Se enteró antes de que Julie muriera —apuntó Cavanaugh—. ¿Planeaba ya entonces los asesinatos?

Ryan le lanzó una mirada venenosa.

—Sus asesinatos encontraban justificación incluso antes de su muerte. Y después… lo único que necesitaba era el tipo adecuado al que poder inculpar. Whyte apareció en el momento oportuno. Era demasiado perfecto para ser verdad.

—Creo que ya he oído bastante —dijo Cavanaugh sin levantar la voz en ningún momento. Su mirada se deslizó de Jordan a Katia y de nuevo a Ryan, cuyo veneno se había suavizado hasta convertirse por fin en algo similar a la confusión. Cavanaugh abrió su americana para dejar a la vista el diminuto micrófono que llevaba prendido del bolsillo de la camisa—. Lo tenemos todo, John.

Ryan se quedó muy quieto durante un minuto… incrédulo, desolado, perplejo. Pero el minuto pasó.

—No lo creo —murmuró—. Creo que me gustaría dejar algo escrito en papel. —Haciendo girar con evidente dificultad su prominente barriga, abrió el cajón lateral de su escritorio.

Cavanaugh se dio cuenta de lo que pretendía un segundo demasiado tarde. Apenas había tenido tiempo de sacar su pistola antes de que Ryan estuviera apuntándose a la cabeza con la suya. Aquel era un giro con el que Cavanaugh no había contado.

Katia contuvo el aliento y agarró a Jordan del codo al ver que se colocaba delante de ella.

—Baje el arma, Cavanaugh —dijo Ryan con la calma propia de un loco—. Bájela o aprieto el gatillo.

Por el bien de la audiencia que escuchaba lo que estaba ocurriendo desde la otra habitación, Cavanaugh dijo en voz baja:

—Ryan está apuntándose a la cabeza con una pistola—. Y luego, a Ryan—: No lo hará.

—¿Por qué no? No tengo nada que perder.

—¿Su vida no es nada?

—Gracias a usted no. Baje el arma.

De haber estado solo, Cavanaugh lo habría hecho al instante. Pero estaba preocupado por Jordan y por Katia. Lo último que deseaba era que Ryan descargara el arma en ellos, de modo que mantuvo la suya en alto y dijo:

—El suicidio no va con usted.

—Ah, ¿no?

—Va en contra de su religión.

—También el aborto. Y el asesinato. Mi hija se suicidió. Al parecer no sufrió.

Jordan sacudía lentamente la cabeza.

—No lo haga, Ryan. Por el bien de su familia, no lo haga.

Las ruedas de la silla se movieron cuando las rollizas piernas de Ryan la empujaron lentamente para apartarla del escritorio.

—¿Y cree usted que mi familia va a disfrutar viéndome suspendido y sentado en los tribunales? —Empujó firmemente la silla hacia un rincón de modo que pudiera colocarse mirando la habitación desde la diagonal. A pesar de que tenía la cabeza inclinada hacia Jordan, no apartó ni un segundo los ojos de Cavanaugh. El corto cañón del revólver seguía firmemente pegado a su sien.

Jordan tragó saliva.

—Entenderán que hizo lo que hizo por amor a su hija.

—¿Lo entiende usted, Whyte? ¿Me perdona? —Ambas preguntas estaban colmadas de tal dosis de sarcasmo que Jordan tuvo que hacer denonados esfuerzos por no saltar sobre él.

—Eso es mucho pedir —respondió tenso.

—Quizá —concedió Ryan, y su voz se endureció—. Baje el arma, Cavanaugh. Bájela ahora o disparo. ¿Quiere que sus amigos vean mi sangre por todas partes? ¿Cree que ese recuerdo les dará dulces sueños en los próximos años? ¿Quiere usted mi muerte sobre su conciencia?

—Su muerte no estará sobre la conciencia de nadie salvo sobre la suya.

—Un punto muy discutible. La mía quedará hecha pedazos.

—No lo hará —repitió Cavanaugh, rezando para estar en lo cierto, aunque Ryan estaba demostrando ser un hombre complejo.

—¿Quiere ponerme a prueba?

Cavanaugh no quería. Había albergado la esperanza de que Ryan se hubiera quedado en su escritorio, donde un francotirador habría dispuesto de un buen ángulo de tiro desde la ventana… llegados a ese punto. Sin embargo, y en un alarde de perspicacia, Ryan se había movido. Estaba acorralado, pero protegido. Y se negaba a apartar la mirada, ni siquiera durante un minuto. Otra medida perspicaz por su parte. El propio Cavanaugh lo habría desarmado de haber podido contar con el mínimo despiste.

Consciente de que su única esperanza era lanzarse sobre Ryan si el hombre apuntaba a Jordan o a Katia con el revólver, Cavanaugh hizo además de volver a meterse la pistola en la pistolera.

—Ni lo sueñe —lo apremió Ryan—. Póngala encima del escritorio.

Cavanaugh la dejó en la esquina de la mesa más alejada de Ryan.

—Más cerca. Empújela por encima de la mesa.

—No puedo. Hay demasiada porquería encima de su escritorio.

Ryan ni se inmutó. Un índice rechoncho señaló al punto donde sus pies estaban firmemente plantados en el suelo.

—Tírela aquí.

Un segundo índice rechoncho se tensó contra el gatillo, advirtiendo que si el movimiento de Cavanaugh no era suave y no lanzaba la pistola a sus pies, se dispararía.

Cavanaugh le lanzó la pistola y luego dio un paso atrás, alejándose de Jordan y de Katia, pero Ryan también supo leer esa maniobra. El mismo dedo con el que había señalado al suelo se agitó entonces hacia Jordan y Katia.

—Con ellos. Allí. —Al ver que Cavanaugh vacilaba, apretó un poco más el gatillo. Cavanaugh se movió, aunque apenas un par de metros.

—Esto no es necesario, John. Un juez se mostrará compasivo. Usted no tiene antecedentes.

—No me venga con esas. No existe mucha compasión con el asesinato.

—¿Por qué lo hizo? —preguntó Katia impulsivamente—. Su hija sabía lo que hacía cuando se acostó con Mark...

—¡No es cierto! Él la engatusó. Toda esa gentuza la engatusó. No me gusta la gente que busca placeres baratos. Ni los drogadictos.

—Escúcheme, John —se apresuró a decir Cavanaugh. No quería que Katia hablara. No la quería en la habitación. Sin embargo, no había tiempo para regañarse por haber cometido la estupidez de haberla dejado entrar—. Esto es absurdo. ¿Por qué no deja que se vayan? Usted y yo podemos hablar en privado.

—Eso es lo que yo quería, pero ha sido usted el que se ha negado. Ahora ya es demasiado tarde. Quiero que se queden.

—No tienen por qué estar aquí.

—Me gusta tenerlos aquí.

—¿Qué piensa hacer?

Ryan arrugó los labios como si pensara en ello durante un minuto y luego respondió frívolamente:

—No estoy seguro.

Cavanaugh le creyó a medias. Precisamente por eso hablar le parecía la opción más inteligente. Si lograba agotar a Ryan, conseguir que se viniera abajo, aunque fuera solo un minuto…

—No tiene mucha elección. Deberá elegir entre disparar o salir de aquí.

—Estoy pensando.

—No debería haber sacado la pistola. Podría haberse rendido tranquilamente.

—Pero he sacado la pistola.

—Todavía puede entregarla y salir de aquí pacíficamente.

—¿Salir? ¿Bromea? Probablemente haya una docena de tipos con sus propias armas en la sala de brigada en este momento.

—No dispararán.

—Tiene razón. Prefieren verme sufrir. No les caigo bien. Siempre han tenido celos de mí.

—¿Qué va a hacer al respecto?

—Estoy pensando.

—No puede quedarse aquí eternamente con una pistola apuntándole a la cabeza.

—Puedo hacer lo que quiera. Soy yo el que tiene la pistola.

Jordan decidió entonces intentarlo una vez más.

—Piense en su hija, Ryan. ¿Cree usted que esto es lo que ella habría querido?

—Le aseguro que no habría querido verme en la cárcel. Inténtelo de nuevo.

Y Jordan así lo hizo, esta vez más cansado.

—Entregue el arma. Ninguno de nosotros quiere hacerle daño.

—Hay muchas formas de hacer daño a un hombre. Usted estaría encantado viéndome encerrado de por vida y aun así no quiere que me suicide. Si lo piensa un poco, resulta de lo más irónico. —Se rió, pero de su boca salió solo un feo sonido—. Ninguno de ustedes se moverá de donde está porque no quieren ver morir a un hombre delante de sus ojos. No quieren verme morir… a mí, que soy responsable de dos muertes. ¿Y qué valor tiene una vida al fin y al cabo? No es más que un cuerpo que respira. Fácilmente reemplazable por otro idiota.

Se balanceó hacia atrás en la silla, pero la pistola seguía apuntándole a la cabeza.

—Deberían haberme nombrado comisario, ¿saben? Tenía experiencia suficiente. Deberían haberme nombrado comisario. Pero no. El alcalde trajo a alguien de Baltimore. Usted no habría soportado que alguien le hiciera una cosa así, ¿no es cierto, Whyte?

Jordan se limitó a decir:

—Baje el arma.

—¿Qué? ¿Justo cuando estoy empezando a disfrutar? En este momento la sala de brigada está llena de tipos. Hay más al otro extremo del pequeño micrófono que lleva Cavanaugh. Y además está Holstrom, sentado en su despacho, esperando a ver qué hago. No creo haber sido objeto de tanta atención desde que pillé al enano que planeaba matar al Papa cuando estuvo aquí.

Jordan estaba furioso, pero se obligó a hablar.

—Si lo que busca es llamar la atención, piense en la que tendrá cuando salga de aquí. La prensa estará por todas partes. Sacarán su foto, se darán de puñetazos por hacerle preguntas. Será una celebridad. Lo sé. He pasado por eso.

—Usted ha pasado por todo —dijo Ryan, despreciativo, con voz cansina—. Siempre usted primero y los demás después. Pero si me mato, he ahí algo que usted no ha hecho nunca.

Jordan no dijo nada. Lanzó una mirada a Cavanaugh, que parecía tan frustrado como él. Mientras tanto, Katia seguía de pie tras el hombro de Jordan, harta de la escena. Lo que deseaba era estar celebrando lo ocurrido en Dover con Jordan y con el resto de la familia. Quería recuperar todas las risas y las sonrisas de las que no había podido disfrutar en las últimas semanas. Quería poder abrazar a su esposo, sabiendo por primera vez que tenían el futuro por delante.

Pensó en Natalie, que había visto pasar los años mientras esperaba ver llegar lo que tanto había deseado.

Pensó en Lenore, que se había dado cuenta demasiado tarde de lo que más había deseado y que entonces no había sabido del todo cómo luchar por ello.

Pensó en su madre, que se había rendido a la derrota y que se había conformado con intentar vivir lo mejor posible.

Y pensó en ella misma. Había desperdiciado demasiado tiempo. De haberse enfrentado a Jordan años atrás como debería haberlo hecho, en vez de aceptar sus repetidas muestras de rechazo en silencio, el asunto de su supuesto vínculo de sangre con él habría salido a la luz y habrían podido casarse mucho antes.

De pronto fue presa de la impaciencia. No quería esperar en silencio a que el destino jugara sus cartas. Sabía lo que quería y no temía luchar por ello. Y no tenía la menor intención de sufrir una derrota.

Soltó a Jordan y levantó las manos.

—¡Se acabó! ¡Basta! —gritó, y sus gritos fueron los de una mujer que de pronto hubiera perdido la cabeza—. ¡Esto no tiene sentido! Nada de esto…

—¡Katia! —Jordan quiso cogerla, pero Katia lo empujó. En sus ojos, abiertos como platos, destelló una mirada enfebrecida, y siguió con las manos en el aire, mostrando las palmas.

—¡No me toques! —Sacudió la cabeza una vez, y luego otra, como intentando sacudirse de encima una araña—. ¡No me pongas un dedo encima!

Cavanaugh dio un paso adelante, pero también él se detuvo en seco, conmocionado.

—¡No soporto esto un minuto más! —chilló Katia al tiempo que se volvía y se dirigía hacia John Ryan, que estaba tan asombrado como los otros dos hombres—. ¡Usted —dijo, apuntándole con un dedo que se agitaba furiosamente— es un hombre cruel! Pero ¿quién se cree que es para hacerme esto? ¡Yo no le he hecho nada! ¡No le he hecho ningún daño! ¡Pero entiendo perfectamente que su hija se volviera loca! —Se había detenido y se estaba inclinando hacia delante con las manos en la cintura, intentando tomar aire, cara a cara con un perplejo Ryan—. ¡Ella lo quería! ¡Quería complacerlo! ¡Usted tenía el control sobre su vida! —Sus manos salieron disparadas hacia delante, agitándose—. ¡No es justo! No puede hacerle esto a la gente…

Antes de que Ryan supiera lo que le había golpeado, Katia le había arrebatado la pistola de la mano. Jordan se abalanzó sobre ella mientras Cavanaugh sacó su propio revólver. Los dos hombres se enderezaron, apuntando con sus armas a Ryan y clavando la mirada en Katia.

Katia se apartó de Ryan hasta quedar fuera de su alcance y se incorporó, echó atrás los hombros, inspiró hondo y audiblemente y luego dedicó una amplia sonrisa a Jordan.

—¿Qué tal he estado? —preguntó tranquilamente.

Jordan la miró fijamente. Cavanaugh hizo lo propio. Ryan fue el único que bajó la mirada y despacio, tristemente, sacudió la cabeza.

La celebración que tuvo lugar esa noche en Dover fue de auténtico triunfo. Entre los adornos del inminente día festivo, tres familias comían y bebían, hablaban, se reían y se abrazaban espontáneamente. No era la primera vez que habían superado la adversidad, ni tampoco la primera vez que tenían algo que celebrar, pero la retirada de cargos contra Jordan parecía anunciar un nuevo capítulo en las crónicas de los Whyte-Warren.

Gil no estaba ya entre ellos. En su lugar, Lenore se había convertido en la piedra angular de los Warren. Se sentía fuerte, vital y encaraba el futuro sin temor. Sabía que habría problemas. El problema que Laura tenía con el alcohol no iba a desaparecer con la liberación de Jordan. Peter seguía tan egoísta como siempre. Emily tan dramática. Lenore se preparaba ya para los altibajos que tendría que sufrir con sus nietos, pero por primera vez en su vida estaba dispuesta a enfrentarse a ellos sin arrugarse.

Natalie tenía a Jack y sabía que estaría a su lado cuando despertara la mañana siguiente. Y si lo cierto es que era optimista sobre esa relación en particular, veía con absoluta claridad los problemas a los que sus hijos tendrían que hacer frente. Nick, que había tomado con aplomo las riendas de la oficina, no era en absoluto fiel a su esposa; Natalie sabía que Angie, en toda su modernidad, mostraría mucha menos paciencia con sus devaneos, si estos seguían, de la que ella había tenido con Jack. También sospechaba que Anne, una mujer de su tiempo, pasaría por momentos difíciles en su empeño por mantener un equilibrio satisfactorio entre su carrera y su familia. Hasta Jordan y Katia tendrían que hacer frente a algunos desafíos. Pero así era la vida. A pesar de la muerte de Mark, Natalie estaba segura por primera vez de que los hijos que había sacado adelante sabrían lidiar con sus vidas.

Cassie estaba encantada con el giro que habían dado los acontecimientos, especialmente con el hecho de que, por voluntad propia, Lenore había rodeado a Katia con sus brazos y la había estrechado contra su pecho. Por primera vez en años, Cassie estaba casi dispuesta a admitir que Dios existía, y también un método que explicaba Su locura. Del dolor surgió la fuerza, y de la fuerza, la satisfacción. Cassie estaba satisfecha. Tenía lo que siempre había querido: la promesa de felicidad y seguridad para su hija.

Y Katia… Katia solo podía sonreír, encantada, sentada en el reconfortante círculo de los brazos de Jordan.

Esta edición de 5.000 ejemplares
se terminó de imprimir en
Artes Gráficas Piscis S.R.L.,
Junín 845, Bs. As.,
en el mes de agosto de 2006.